POLARIS 2021

저는 가지 않을 거예요

김창규 ★ 이시도 ★ 이작연 ★ 차물들

아작

차례

우리가 행복을 찾는 사이

— 이시도

1. 느낌을 찾는 사이

짙은 먼지에 가려진 도시, 방독면을 쓴 채 도로에 엎드린 두 사람이 있었다.

"시연아! 괜찮아?"

시연은 눈을 질끈 감고 들려오는 목소리에 집중했다. 헤드셋으로 목소리의 정확한 위치를 가늠할 수는 없었다. 그래도 목소리를 들으니 폭발에 놀란 마음이 조금 안정되는 듯했다. 시연은 숨을 고른 뒤 눈을 뜨며 말했다.

"글쎄, 일단 헤드셋은 멀쩡한 거 같네. 재건이 너는?"

"…엎드려 있어. 통신 감도를 봐선 근처인 것 같은데."

"알았어. 소리가 새어나갈지 모르니 일단 조용히 있어봐. 찾아갈게."

시연은 다시 숨을 고르며 주변을 살폈다. 갑작스러운 폭발의 흔적은 어느새 다시 밀려든 먼지에 금세 사라져 있었다. 어디 있을지 모를 추적자들을 경계하며 먼지 너머를 응시한 끝에, 시연은 재건이 있을 만한 느낌이 오는 곳을 찾았다. 그 희미한 인기척을 따라, 시연은 먼지 쌓인 도로 위를 기기 시작했다.

그제야 쓰라린 통증이 왼쪽 팔을 타고 오르는 게 느껴졌다. 제대로 보이진 않았지만, 폭발의 파편이 스치고 지나간 듯했다. 시연은 목에 매고 있던 스카프를 벗어 상처를 질끈 감아 맸다. 어차피 제대로 된 치료를 할 수 있는 상황은 아니었다. 그저 먼지가 더 들어가지 않게 하는 게 최선이었다.

스무 걸음 정도 기었을 때, 시연은 자신처럼 먼지 쌓인 도로 위를 기고 있는 재건과 마주했다. 시연과 재건은 빠르게 몸을 일으켜 바싹 다가앉은 뒤 주변을 살폈다. 두리번거리던 재건이 시연의 상처를 발견하고는 물었다.

"다친 거야?"

"그런 듯해. 일단 여기서 빠져나가는 게 먼저야. 좋은 생각 있어?"

"내 기억으론 근처 공원에… 교통센터가 있어. 2층 벽돌 건물."

"그 파출소 같은 거? 거기 숨자고?"

시연은 빠르게 생각을 정리했다. 지금처럼 먼지 농도가 높을 때는 차라리 계속 움직이는 쪽이 추적을 피하기 쉬웠다. 어차피 앞이 안 보이는 건 추적자들도 마찬가지니까.

하지만 시연과 재건이 그렇게 몇 시간째 헤매는 사이, 추적자들은 집요하게 그들을 따라잡으며 무차별적으로 공격을 해대고 있었다. 이대로는 불리했다. 차라리 어디 숨어 있다가 조금 먼지가 옅어지면 움직이는 게 나을 것 같았다. 어차피 치료도 해야 했고.

"그리로 가자."

말은 그렇게 했지만, 어디로 가야 할지 막막했다. 시연이 최대한 기억을 더듬으며 움직일 방향을 살피는 사이, 뒤틀린 빛줄기 하나가 주변을 스쳤다.

시연은 몸이 바짝 굳는 걸 느꼈다. 먼지 속에선 전등 빛도 그리 멀리 가지 못했다. 전등 빛이 보였다는 건, 추적자들이 그만큼 가까이 있다는 얘기였다.

순간, 날카로운 파열음이 먼지를 가르며 파고들었고, 뒤이어 둔탁한 충격음이 울렸다. 시연이 그쪽으로 시선을 돌리자, 옆에 있던 차 문에 기다란 화살이 박혀 있는 게 보였다. 시연과 재건이 방독면 너머로 서로를 마주 보았다. 숨소리조차 베일 듯한 정적이 자욱한 먼지 사이로 스며들기 시작했다.

잔뜩 긴장한 시연의 귓속으로 미세한 떨림이 느껴졌다. 뭔가가 팽팽하게 당겨지는 듯한 소리였다. 시연은 그게 석궁 시위에 화살을 거는 소리란 걸 단박에 알아차렸다.

"뛰어!"

시연은 재건의 옷자락을 잡아당기며 몸을 일으켜 달리기 시작했다. 도로를 내달리는 그들의 뒤를 따라 석궁에서 발사된 화살들이 수없이 날아와 도로에 박혔다.

"계속 달려!"

"그럴 생각이거든?"

턱 끝까지 차오른 숨이 방독면 속에서 뜨겁게 맴돌았다. 시연은 입김이 차오른 고글 너머를 절망적으로 두리번거렸다. 먼지 농도가 높아진 탓에 분간되는 게 없었다. 그저 제대로 가고 있기만을 바랄 뿐이었다.

그때, 머릿속으로 욱신거리는 통증처럼 어떤 느낌이 전해져 왔다. 가야 할 방향에 대한 확신이 머리를… 아니, 온몸을 두들겨대는 느낌이었다.

"저기로!"

시연은 재건의 손을 잡아채고, 전신을 타고 흐르는 느낌을 따라 달렸다. 지금까지 몇 차례 위기 상황에서 느낀 적 있는 감각이었다. 예전보다 몇 배는 더 강렬하게 느껴졌지만, 그 이질감을 고민하고 있을 틈은 없었다.

조금씩, 추적자들과 그들이 쏘는 화살이 멀어지고 있다는 게 느껴졌다. 동시에 강렬한 존재감을 따라… 먼지 속에서 그리 크지 않은 교통센터 건물의 출입문이 모습을 드러냈다.

시연과 재건은 그대로 철판이 덧씌워진 출입문을 짚고 멈춰 선 채 숨을 골랐다. 잠시 헤드셋이 헐떡이는 숨소리로 가득 찼다. 재건이 몸을 일으켜 숨을 몰아쉬며 말했다.

"하아…, 어떻게 무사히 찾아왔네."

"응…. 그… 느낌이 왔거든."

재건이 시연을 빤히 바라보다 살짝 끄덕이곤, 출입문의 빗장을 젖혔다. 삐걱대는 소리와 함께 문이 열리며 문 주변에 쌓인 먼지가 우수수 쏟아져 내렸다. 두 사람은 가슴팍에 달린 손전등을 켜고 내부를 둘러봤다.

"손님 없는지 꽤 됐나 본데?"

재건이 주변을 둘러보며 말했다. 약탈의 흔적이 가득한 가구들은 하나같이 두꺼운 먼지층에 덮여 있었다. 배낭에서 먼지 농도 계측기를 꺼내 살피며 재건이 말을 이었다.

"부유 먼지가 적어. 대로변에 이렇게 오래 밀폐된 곳은 없지 않아?"

"어쨌든 올 사람 없다는 건 좋은 소식이지. 상태를 보니 우리가 달고 온 먼지만 털면, 숨 쉴 만할 거 같은데?"

"안 그래도 그러려고."

재건은 배낭에서 막대 두 개를 꺼내 2층으로 향하는 계단 양쪽에 설치했다. 곧 두 막대 사이로 파장이 만들어지며 주변의 먼지들을 끌어모으기 시작했다. 두 사람은 막대 사이에서 온몸의 먼지를 거세게 털어내고, 2층으로 올라섰다.

2층은 1층보다 먼지가 얇게 깔려 있었다. 시연은 배낭을 놓고 털썩, 탁자 주변 단출한 의자에 몸을 묻었다.

"그래도 포집기는 하나 놓는 게 낫겠지."

재건이 소형 포집기를 꺼내 가동하고, 시연의 맞은편에 앉았다. 두 사람은 뱅글뱅글 빛을 발산하며 도는 포집기가 먼지를 빨아들이는 걸 바라보다 조심스레 방독면을 벗었다. 땀으로 번들거리는 얼굴로 서늘한 공기가 밀려들었다. 시연은 자신도 모르게 숨을 한껏 들이켜다가 주변에 아직 떠다니는 먼지를 보며 흠칫했다.

"아까 **행복**이 뭐라고 생각하느냐고 그랬지?"

재건의 물음에 시연이 눈동자만 굴려 포집기 조명에 비친 재건의 얼굴을 바라봤다.

"잘 모르겠다고 했었는데, 지금 생각하면 그냥 방독면을 벗을 수 있는 게 **행복**인 것 같아."

"응, 동의. 이 고생의 결론치곤 소박하지만."

"우리 작년에 양복쟁이들 창고 털어보겠다고 했던 이후로 밖에서 이렇게 오래 달린 적은 없지 않아?"

"그러게. 반나절 동안 서울의 반은 쏘다닌 것 같네."

"4시간 36분. 그동안 우린 겨우 독립문에 왔고. 이럴 줄 알았으면 세상이 망하기 전에 마라톤 연습 같은 거라도 해볼걸."

"세상이 망하기 전에 왜 그런 걸 해. 어차피 망하고 나면 실컷 하는 거. 그럴 시간에 조금이라도 더 놀겠다."

담배를 꺼내 무는 재건에게 한 대 달라고 손짓하며 시연이 말을 이었다.

"사실 나 너무 아쉽거든. 하루하루 먹고사느라 바쁘다고 생각했는데, 막상 뭘 했는지 모르겠어. 그냥 밴드나 죽어라 할걸."

"그보다 더 죽어라 했으면 무대가 남아나질 않았을걸? 왜, 그때 기억 안 나? 추석 앞두고 신림동 클럽에서…."

"아, 좀. 담배나 줘."

시연은 재건이 건네준 담배를 물고, 붙여주는 불을 빤히 바라봤다. 꾸준히 머릿속 한구석을 죄여오는 까닭 모를 불안이 조금 누그러지는 듯했다. 잠시 이 정도 여유는 괜찮겠지. 담배를 깊게 빨며 시연은 공연이란 게 있고, 밴드라는 게 있던 시절을 화석발굴 하듯 되새겼다. 기억들이 부서진 뼛조각처럼 머릿속을 뒹굴기 시작했다.

"기분 이상하지 않아? 몇 년 전까지는 겨우 무대 위에서 날뛰는 것도 특이한 일이었다고 생각하면."

"다 적응하는 거지. 이러다가도 막상 다시 그런 시기가 오면… 우리는 또 사람들이 찾지 않는 음악이나 하면서, 이런 세상 망하는 게 낫겠다고 푸념하고 있을걸?"

재건의 말에 시연은 잠시 두 사람이 내뿜은 연기가 뒤섞이며 춤을 추는 걸 멍하니 바라보았다. '다시 그런 시기가 오면'이라는 말이 너무나 비현실적으로 느껴졌다.

"그땐 그게 살아가는 방식이었으니까. 지금 먼지 쌓인 폐허를 뒤지지 않으면 살 수 없는 것처럼. 너도 굳이 번듯한 회사 몇 번 잘릴 위기까지 갔었잖아. 안 그래도 되는데."

"어쨌든 안 잘렸잖아. 그런 것 때문에 밴드 관뒀으면 진짜 억울했겠지. 일만 하다 세상이 망하는 건데."

"쉬운 건 아니었지. 난 그나마 파트타임으로 일했지만, 생각해보면 넌 대단하긴 했어. 늦게 퇴근한 날도 다음 날이 공연이면 밤새 무슨 체크리스트의 체크리스트를 만들고. …그때의 조재건이면 이렇게 대책 없이 일을 벌이지도 않았을 텐데."

"이거 어쩐지 또 싸울 분위긴데? 그때처럼."

재건이 담뱃재를 포집기로 털어 넣으며 슬쩍 웃어 보였다. 수 없이 싸우던 밴드 시절을 떠올리며 마주 웃은 시연은 금세 심각해진 얼굴로 물었다.

"싸우고 싶진 않지만 묻자. 이제 어쩔 계획이야?"

재건이 도로와 건물이 형광으로 표시된 지도를 꺼내 펼치며 답했다.

"자, 요새 이 동네 분위기는 꽤 살벌해. 가뜩이나 분쟁으로 황폐해진 곳인 데다가…."

"광신도들까지 집적대기 시작했으니까."

시연은 자신들을 쫓고 있는 추적자들의 이름을 말하며 다시 소름이 돋는 기분을 느꼈다. 재건이 끄덕이며 담배 한 모금을 빨고 말을 이어나갔다.

"그나마 가까운 곳에 영천이 있어. 이 근처에서 그나마 제대로 돌아가는 커뮤라고 할 만한 곳이지. 마침 우리가 안면도 터놨고, 차폐막 좀 봐주기로 한 것도 있으니까 하루 쉬어가는 정도는 괜찮을…."

"진심이야? 지금 광신도들이 우릴 죽어라 쫓아오고 있어. 걔네 외교 같은 거 없잖아. 잘못하다간 괜히 우리 때문에 영천까지 휩쓸려버린다고."

재건이 남은 담배를 빨고 먼지에 비벼 끈 뒤 의자에 몸을 기대며 물었다.

"그럼 어떻게 하면 좋겠는데?"

"다시 최대한 거리를 벌리면서 서둘러 낙원으로 돌아가는 게…."

"그게 지금까지 우리가 하고 있었던 거고, 제대로 안 되고 있지. 게다가 네 말대로면 광신도들을 낙원으로 유도하는 게 될수도 있어."

"그래서 말인데…."

담배를 비벼 끄고 시연이 주머니에서 무언가를 꺼내며 말을 이었다.

"차라리 그냥 돌려주는 건 어때? 이거."

시연이 명함 크기의 금빛 조각을 들어 보였다. 잠시 조각을 멍하니 바라보던 재건은 혀로 딱딱 소리를 내며 이마를 손가락으로 긁었다. 재건이 반박의 말을 쏟아내기 전 습관적으로 하는 행동이었다.

시연은 재건의 동작을 무시하며, 자신의 손에 들린 전설 속 물건을 새삼스레 바라보았다. 복지카드. **행복**을 찾는 열쇠. 아무것도 새겨져 있지 않은 매끈한 금빛 표면이 어둠 속에서 은은하게 빛났다.

"그럴 거면 왜 이 고생을 하고 있어…."

예상보다 부드러운 재건의 말에 시연은 단호하게 말했다.

"난 애초에 이런 걸 가져갈 생각이 없었어. 그냥 버려진 창고를 터는 거로만 생각했고, 그게 광신도들 구역인지는 몰랐지. 근데 네가 이걸 보곤 흥분하면서 챙겼잖아…."

너답지 않게. 시연은 말을 삼키며 다시 복지카드를 바라보았다. **행복**을 찾을 열쇠라는 말은 이래저래 많이 들었지만, 정작 그 **행복**이 뭔지는 명확하지 않았다. 열쇠가 필요한 거니 저장고라는 말이 그럴듯하게 떠돌았을 뿐이었다. 물자, 약품, 무기, 기술… 각자의 필요에 따라 저장고에 보관된 내용물에 대한 추측도 제각각이었다.

"넌 이걸 믿어?"

시연이 물었다. 재건은 주머니에서 다른 한 장의 복지카드를 꺼내 보고 있었다. 시연은 떠도는 소문들의 공통점을 떠올렸다. 복지카드는 두 장이 함께 있어야 한다는 것.

"글쎄. 적어도 가능성은 있겠지. 만약 그 가능성이 진짜라서 우리가 **행복**을 찾게 된다면 낙원의 상황도 확 달라질 거고."

'낙원의 상황'이라는 말에 시연의 마음이 무거워졌다. 분쟁지역 한가운데에서 독자노선을 택한 낙원은 고립되어 있었다. 모든 물자가 부족했고, 사람들은 하나같이 잔병을 앓고 있었다. 그나마 멀쩡한 시연과 재건은 매일같이 기약 없는 원정을 나가야 했다. 통조림 몇 개라도 구해보기 위해.

"소문이 사실이 아니라 해도, 사람들은 그걸 믿잖아. 그럼 제대로 된 거래를 해볼 카드가 되겠지. 꽁치 통조림 몇 개 가져가느니 이게 훨씬 나을 걸, 낙원 사람들한테도."

생각이 낙원 사람들… 정배와 민아에게 닿으며 시연은 마음이 약해지는 걸 느꼈다. 확실히 복지카드로 거래하겠다면 좋은 조건으로 나설 사람들은 많을 것 같았다. 시연으로선 그런 모호한 전설에 자원을 낭비한다는 게 이해되지 않았지만, 어차피 이보다 더 근거 없는 뜬소문에 서로를 죽여대는 세상이었다. 하다 못해 남들보다 먼저 '**행복**을 찾아내는 사람'이 되고 싶어서 안달인 사람조차 있을 것이다. 그런 사람을 **명의**라고 부른다는 걸 떠올리고, 시연은 농담조로 물었다.

"그냥 **명의**가 되고 싶은 건 아니고?"

물론 재건이 그런 것에 경솔하게 움직일 사람은 아니라고 생각했다. 재건은 눈을 크게 뜨며 되물었다.

"**명의**도 알아? 뭐야. **행복**에 관심 없다더니."

"없어. 그냥 여기저기서 하도 떠드니까 교양이 쌓인 거지."

"그래서 그 전설의 물건을 손에 쥔 기분은 어때? 이번엔 '느낌' 같은 거 안 와?"

"느낌은 무슨. 일단 광신도들도 저렇게 죽어라 쫓아대는 걸 보니 챙겨놓을 만… 웃."

카드를 주머니에 챙겨 넣던 시연이 치미는 통증에 말을 흐리며 팔뚝을 붙잡았다. 재건은 다급히 배낭에서 구급상자를 꺼내 들고 시연의 곁으로 다가갔다. 피에 젖은 스카프를 풀자 손전등 빛 아래로 벌어진 상처가 드러났다.

"다행히 표피만 스쳤어. 감염의 흔적은 안 보이고. 일단 소독은 하겠지만, 염증 생기지 않게 무리하면 안 돼. 이제 항생제도 없으니."

"그거 이 상황에 정말 어울리지 않는 처방인 거 알지?"

재건이 상처를 소독하고 붕대를 감는 과정을 바라보며 통증에 얼굴을 찌푸리던 시연이 갑작스럽게 두 눈을 부릅떴다. 불안이 온몸을 휘감기 시작했다. 곧 무슨 일이 일어날 거란 예감. 세상이 먼지에 뒤덮인 이후로 이따금 찾아오던 익숙한 감각이었다. 시연이 재건의 팔을 잡으며 다급히 말했다.

"그게 왔어. 위기상황 예보하는 그 느낌."

재건은 시연의 얼굴을 가만히 바라보다가 조심스레 말했다.

"그거? 온몸에 전해지는 느낌? 여길 찾아낼 때 쓴 거 같은?"

시연이 끄덕이며 울려대는 불안에 집중했다. 지금까지와는 다른 강렬한 느낌이었다. 단순한 예감을 넘어, 건물 밖의 어떤 움직임이 피부로 느껴지는 것만 같았다.

"…이곳으로 오는 사람들이 있어."

"뭐? 누구? 광신도들?"

"모르겠어. 어쨌든 여기서 나가야 할 것 같아."

재건이 잠시 망설이며 입술을 달싹이다가 한숨을 쉬곤 구급상자와 포집기를 배낭에 챙겨 넣었다. 방독면을 쓰고 아래층으로 향하며 재건이 중얼거렸다.

"정말 예전 같으면 상상도 못 할 일이다. 무슨 불안한 느낌이 어쩌고 하는 주시연이나 그걸 믿고 있는 나나."

"뭐…, 세상이 미세먼지 때문에 망할 거라곤 누가 상상이나 했겠어."

2. 안전을 찾는 사이

"먼지가 옅어졌어."

시연은 헤드셋으로 들려오는 재건의 말에 새삼 주변을 살폈다. 자욱한 먼지 사이로 새어 들어온 햇살이 오렌지빛으로 편광

되어 사방으로 산란되고 있었고, 그 너머로는 어렴풋이 도시의 윤곽도 드러나 보였다.

"농도가 낮아지는 속도도 빨라지고 있고. 어쩐지 불길한데."

재건의 말에 고개를 끄덕이며 시연은 불편한 느낌을 전해오는 먼지 너머를 응시했다. 거인의 흔적 같은 건물 실루엣 너머에서 묵직한 움직임이 느껴졌다. 시연이 헤드셋을 고쳐 쓰며 조금 더 집중하자, 움직임이 둔중한 소리의 형태로 들려오기 시작했다. 깊은 바다 너머에서 들소 떼가 움직이는 것 같은 소리. 시연은 그 소리의 정체를 잘 알고 있었다.

"폭풍…이 오는 것 같은데."

재건은 시연을 가만히 바라보다가 배낭에서 액정이 달린 작은 단말기를 꺼냈다. 예보기였다. 시연은 재건이 해준 설명을 떠올렸다. 먼지들의 흐름이 전해오는 파장을 읽고, 비정형적인 패턴들을 탐색하는 장치라 했다. 재건이 예전 회사에서 배워온 기술로 만든 수많은 물건 중 하나였다. 슬슬 가동 한계치일 거란 생각이 들었다.

"저기."

액정을 바라보던 재건이 먼지 속 한 곳을 가리켰다. 시연은 눈을 게슴츠레 뜨고 응시했다. 조금씩 먼지 속에서 움직임이 선명하게 보이기 시작했다. 주변의 먼지들을 빨아들이며 천천히 전진하고 있는 회녹색 구름 뭉치였다.

"확실해. 폭풍이야."

시연이 재건을 돌아보며 물었다.

"여기까지 얼마나 걸릴까?"

"15분? 저 속도면 여기까지 길어야 20분 정도일 거야."

"죽이네."

재건이 손목시계 겉면을 닦고, 꾹꾹 눌러 접은 지도를 꺼내 펼쳤다.

"15분이면 전속력으로 달려도 종각까지도 힘들 거야. 일단 폭풍이 지나갈 때까지 피할 곳을 찾아야 해."

지도 위를 훑어나가는 재건의 손가락을 보며, 시연은 다시 치미는 팔뚝의 통증에 이를 악물었다. 괴로워하는 시연을 의식하며 재건이 빠르게 말을 이었다.

"일단 근처는 다 폐쇄 커뮤야. 이 주변 분위기 살벌하니까 갑자기 나타난 우리를 받아주진 않겠지. 그럼 가능한 최선의 선택지는… 여기."

재건의 손가락이 지도 한쪽에서 멈췄다. 서대문역.

"추적자들이 있던 방향으로 돌아가자고?"

"아직 근처에 있더라도, 조심스럽게 움직이면 괜찮을 거야. 아까 했던 것처럼."

"지금은 아까보다 먼지 농도가 낮아졌잖아. 성공한다 해도, 서대문역은 분쟁구역 한가운데 있는 공백지야. 그 안에 뭐가 있을지 모른다고."

재건이 헤드셋이 울리게 한숨을 쉬곤 손목시계를 흘긋 살피며 말했다.

"역에 뭐가 있을지 모르지만, 확실한 건 폭풍이 곧 여길 쓸어버리리란 거지. 그 안에서 나노 단위로 찢겨나가지 않으려면 우리가 대피할 만한 장소는 여기뿐이고."

시연은 말없이 서대문역 쪽을 응시했다. 그런 시연을 가만히 바라보던 재건이 지도를 집어넣으며 말했다.

"동의한 거지? 그럼 빨리 움직이자."

재건은 시연에게 가볍게 손가락을 튕기고 일어나 먼지 깔린 도로 위를 걸어나갔다. 시연은 마지못해 몸을 일으키고, 살짝 고개를 저으며 재건의 뒤를 따랐다.

한동안 두 사람은 침묵 속을 걸었다. 바삐 움직이는 시연의 두 다리를 타고 익숙한 불안이 매캐한 공기처럼 조금씩 스멀거리기 시작했다. 연신 입술을 잘근대던 시연은 결국, 구멍 뚫린 풍선처럼 말을 흘렸다.

"…마음에 안 드네."

"…그래 보이네."

"가장 마음에 안 드는 게 뭔지 알아? 지금 저쪽으로 가는 게 마음에 안 드는데, 그 이유가 겨우 '느낌' 때문이라는 거야. 실체가 불분명한… 하지만 내 몸에는 분명하게 느껴지는 불안 같은 거."

재건이 걸음을 멈추지 않은 채 슬쩍 돌아보며 물었다.

"그럼 그 '느낌'으로는 어디로 가는 게 좋을 거 같아?"

"난 그런 게 별로라고. 이런 느낌을 따라 움직이는 거."

시연이 빠르게 재건 곁으로 따라붙으며 말을 쏟아냈다.

"있잖아, 난… 때론 세상 전체가 이런 '느낌'에 덮여버린 것 같아. 사람들은 먼지에 고립됐고, 그 사람들 사이를 애매한 '느낌'

들이 지배하고 있고."

"세상이 변했으니까. 새로울 거 없잖아?"

"글쎄… 난 아무리 망해버린 세상이더라도, 그런 애매한 기분과 감정들이 지배하게 두지 않았으면 좋겠어. 차분하게 논리로 고민하고, 대화하고, 결정하고… 최소한 그러려는 노력이라도 해봐야지. 나도 그러고 싶고. 하지만 그러는 동안에도 이 '느낌'이 계속해서 날 뒤흔들어대. 막을 수 없는 소음 속에서 연주하는 기분이야."

"그런 느낌을 꼭 나쁘게 볼 필요는 없지 않을까?"

재건이 손목시계를 흘긋거리고는 살짝 걸음을 늦추며 말을 이었다.

"밴드 할 때를 생각해봐. 넌 몇 년을 해도 곡을 딸 때 코드를 바로 얘기하지 못했고, 화성학은 아무리 잔소리를 해도 들여다보지도 않았지. 그래도 네가 써온 곡이나 합주 때 즉흥연주는 좋았어. 넌 독특한 음감을 가지고 있었으니까. 개별 음이 아니라 음 사이의 맥락을 인지하는 쪽이라 해야 할까."

"그 독특한 음감 때문에 너랑만 밴드를 할 수 있었지. 넌 그런 말도 안 되는 무지성 연주를 커버할 만큼 논리적인 사람이었으니까. 뭐야… 갑자기 덕담 타임으로 들어가고."

"그러니까 이렇게 생각해보자고…."

재건이 멈춰서 시연을 돌아보며 말을 이었다.

"네 음감은 기존 작법의 규격에는 맞지 않는 거였지. 하지만 분명히 작동했어. 어쩌면 그런 감각도 자기 자리를 찾을 수 있는 체계를 만들었다면 음악판이 더 풍부해질 수 있었을 거야. 그렇게 보면 그 '느낌'이라는 것도 어쩌면 아직 설명할 방법을 찾지 못했을 뿐인지도 모르지."

"나도 그렇게 한가하게 이야기할 수 있으면 좋겠네. 그런데 '느낌'에 휘둘리는 건, 지금도 내 안에서 일어나는 일이거든."

시연이 다시 팔뚝의 상처 주변을 어루만지며 말을 이었다.

"그리고 지금도 세상엔 별것도 아닌 일에 그저 '기분'이 나쁘다는 이유로 사람들을 쳐 죽이고 만족하는 사람들이 있고. 자신과 다른 집단이면 살인 면허라도 주어지는 것처럼. 내가 꼭 그런 상황에 일조하기라도 하는 것 같아."

"논리적으로 보고 싶다며. 네 '느낌'과 지금 세상이 돌아가는 꼴은 별개야. 여태껏 우린 '기분' 때문에 사람을 죽인 적 없어. 오히려 그 '느낌'은 이런 세상 속에서 우리를 수없이 구해줬지."

잠시 입술을 잘근거리며 고민하던 시연이 어깨를 으쓱여 보이다가, 치미는 통증에 멈칫했다. 급작스럽게 상처 주변으로 시릿한 감각이 밀려들어 온몸으로 퍼져나가기 시작하고 있었다. 얼음이 혈관을 타고 오르는 것만 같은 느낌이었다. 시연은 꼼짝도 못 하고 눈을 감은 채, 몸을 울려대는 감각에 집중했다.

조금씩 통증이, 눈을 감고 음악에 집중할 때 느껴지는 공간감 같은 것으로 변해갔다. 그리고 이내, 음악 속에서 연주자의 모습을 그려보는 것처럼 감각이 전해져오는 근원이 느껴지기 시작했다. 자신들 쪽으로 다가오는 사람들이 있었다.

눈을 뜬 시연이 다시 걸어나가려는 재건을 발견하고 황급히 잡아 주저앉혔다.

"왜? 이제 거의 다 왔어. 이제 곧 서대문역…."

시연이 검지를 방독면 위에 갖다 대며 쉬잇 하는 소리를 내곤 앞을 가리켰다. 먼지 속에서 아른거리는 빛 덩어리들이 보였다. 시연과 재건은 재빨리 근처의 봉고차로 다가가 몸을 바짝 붙인 채 앞을 주시했다. 곧, 옅어진 먼지 사이로 전등을 매단 채 움직이는 사람들이 하나둘 모습을 드러냈다. 시연은 어렴풋한 형체들을 빠르게 살핀 뒤, 최대한 목소리를 낮춰 말했다.

"스무 명 정도는 되겠어."

"누굴까?"

"광신도들이겠지."

시연은 당연한 걸 묻느냐는 투로 답하고는, 20여 미터쯤 떨어진 거리에서 멈춰 서는 사람들을 살폈다. 하나같이 전신 방호복을 입고, 복잡한 장비들을 잔뜩 매단 조끼를 걸치고 있었다. 고개 숙인 채 자신들의 손을 내려다보고 있는 그들의 동작을 눈을 가늘게 뜨고 응시하던 시연이 자신도 모르게 말을 뱉었다.

"전자장비…?"

시연이 재건에게로 고개를 돌리며 말을 이었다.

"보여? 저거… 꼭 액정 달린 기계처럼 생겼잖아."

재건이 천천히 끄덕이며 말없이 봉고차 너머를 내다봤다. 시연도 다시 사람들을 살폈다. 이질감이 치밀었다. 먼지 속에서 전자장비를 운용하는 집단은 흔치 않았다. 전자파가 멀리 가지 못했고, 장비는 쉽게 먹통이 되어버렸으니까. 입술을 잘근거리던 시연이 말했다.

"꼭 스마트폰이라도 쓰는 것 같네. 광신도들이 저런 기계를 쓴다는 게 상상이 가?"

불현듯 떠오른 생각에 미간을 찌푸리며 시연이 말을 이었다.

"혹시… 광신도들이 아닌 거 아니야? 옷에 X자 표식도 없잖아."

"글쎄. 우리가 광신도들을 가까이서 마주한 건 아까 먼지 농도 높아졌을 때가 전부니까. 어차피 그 외엔 전부 소문으로 들은 거고. 인간 찬가를 불러대는 광신도들이 사실은 기계광인지도 모르지."

긴장 어린 재건의 말을 곱씹으며 잠시 생각을 정리해 본 시연이 말했다.

"세상이 망하던 초반에… 정부 쪽 사람들이 저런 방진복을 입고 다녔어. 어쩌면 양복쟁이들이 드디어 벙커 밖으로 기어 나오고 있는 건지도 몰라."

"중요한 건…."

재건이 손목시계를 흘긋거리고 말을 이었다.

"이제 5분 정도 남았고, 서두르지 않으면…."

시연이 재건의 입 부분에 손을 대며 뒤로 밀어붙였다. 동시에 낯선 무리 중 한 사람이 봉고차 쪽으로 다가왔다. 낯선 사람은 여전히 손에 든 기계에서 시선을 떼지 않은 채 시연과 재건이 숨은 모퉁이 근처까지 다가와 멈춰 섰다. 시연은 바짝 몸을 낮춘 채 최대한 감각을 집중해보았다. 숨소리가 크게 느껴질 때쯤, 나지막이 헤드셋에서 새어 나오는 듯한 소리가 들려왔다.

"…분명합니다. 이 근방에서 신호가…."

"하지만 폭풍이 곧 들이닥칠 거예요. 일단 역으로 철수해서 기다리죠."

곧 낯선 사람이 다시 일행들 쪽으로 멀어지기 시작했다. 그가 충분히 멀어지길 기다린 뒤, 시연이 재건을 바라보며 말했다.

"작전을 바꿔야겠는데? 역으로 가면 저 사람들에게 발각될 거야."

다시 시계를 흘긋거린 재건이 빠르게 말했다.

"그럼 어떡해? 이 근처 다른 건물들은 전부 폐쇄 커뮤들이야. 닫힌 문을 열어달라는 사이에 폭풍이 오겠지."

시연이 다가오는 폭풍과 먼지가 옅어진 도로를 두리번거리다가 말했다.

"차벽. 광화문 가는 쪽에. 한 달 전까지 있었으니까, 아직 그대로일 거야."

"버스? 그게 폭풍에 버티겠어?"

"바람이 들이치는 건 막아주겠지. 최대한 몸을 낮추면."

"거기까지 가는 건 위험부담이 커. 차라리 역으로 들어가고, 만약 발각되면 협상을 해보는 게…."

재건이 말끝을 흐렸다. 시연은 재건의 먼지 낀 고글을 바라보며, 방독면 너머에 있을 표정이 어떤 것일지를 고민했다. 재건은 천천히 방독면으로 가려진 이마를 매만지며 혀로 딱딱거리는 소리를 내기 시작했다.

"5분 안에 가야 해. 차벽까지. 괜찮겠어?"

끄덕이는 시연을 보고 재건이 몸을 일으켰다.

"먼저 상황을 볼게."

"야, 잠깐!"

시연이 말릴 새도 없이 재건이 봉고차 옆 도로로 나섰다. 재건이 멈춰선 걸 보고 시연이 앞쪽을 빼꼼히 내다보자, 정체불명의 사람들이 만든 전등 빛이 일제히 재건에게로 향해 있는 게 보였다. 재건은 고개도 돌리지 않은 채 작게 외쳤다.

"달려!"

시연은 그대로 몸을 일으켜 반대편으로 달려나갔다. 차벽까지 가는 건 어렵지 않을 듯했다. 먼지 속에서 수없이 근처를 오갔던 데다가, 그 '느낌'까지 울려대고 있었다. 정체불명의 사람들도 폭풍이 오는 걸 아는 이상 무리하게 뒤쫓지는 않을 듯했다. 이대로 멈추지 않고 달릴 수 있다면….

이상한 느낌에 시연이 고개를 돌렸다. 먼지와 도로에 늘어선 차들이 보였다. 함께 달리고 있을 거라 생각한 재건은 보이지 않았다. 숨을 몰아쉬며 시연이 다급하게 외쳤다.

"어디… 어딨어!"

"…시선을 끌게. 넌 계속 달…."

"그럴 시간 없어. 폭풍이 오잖아!"

시연이 쿵쿵거리는 가슴을 누르며 주변을 두리번거렸다. 먼지 농도가 옅어진 걸 생각하면 통신이 닿을 범위는 4, 50미터 반경이었다.

"그래서 하는 얘기야. 가장 효율적인 선택지를 찾아야 하고,

그건 여기서 잠시 흩어지는 거야."

"대체 왜!"

"내 말 잘⋯."

밀려드는 소음이 재건의 말을 집어삼켰다. 시연이 소음 쪽으로 고개를 돌렸다. 폭풍이 눈에 띄게 가까워져 있었다. 먼지들이 소용돌이치는 폭풍의 표면이 주변 건물들의 강화 유리를 긁어 생채기를 만들기 시작했다. 교란된 전파 때문에 지직거리는 헤드셋 너머로 희미하게 재건의 목소리가 울렸다.

"⋯복지카드⋯ 가진 채로 다니는 건⋯ 관심을 끌⋯ 위험해⋯ 너⋯ 나⋯ 낙원⋯ 분산⋯ 재합류⋯ **행복**이⋯ 발전소⋯."

재건의 말이 헤드셋 가득 들어찬 백색 소음에 묻혔다. 시연이 다급하게 외쳤다.

"약속 기억해!"

어떻게든 살아남자던 약속. 시연은 숨을 들이쉬고 전속력으로 달리기 시작했다. 이젠 서로를 믿고 각자 어떻게든 살아남는 수밖에 없었다. 헐떡이는 숨과 치솟는 맥박 속으로 치익거리는 헤드셋 소음이 파고들었다. 시연은 헤드셋을 끄고 감각에 집중했다. 곧, 시연은 차벽 끝자락 버려진 전경 버스가 가까워지는 걸 느낄 수 있었다.

시연은 버스에 온몸으로 부딪히기 직전에 가까스로 멈춰 섰다. 들어갈 입구를 찾는 사이, 폭풍이 도로 위로 쏟아지기 시작했다. 더 지체할 틈이 없었다. 시연은 가까스로 부서진 창문을 찾아내고 배낭을 던져넣은 뒤 낑낑대며 버스에 올랐다.

차창 너머로 도로 위 차를 삼키기 시작하는 폭풍의 표면이 보였다. 시연이 진압 장비 가방들로 부서진 창문을 막으려 애쓰는 사이, 운전석 유리가 긁히는 소리가 들려오기 시작했다.

시연은 가방 쌓기를 그만두고, 배낭에서 테이프를 꺼내 소매와 장갑 사이, 바지와 워커 사이를 칭칭 감았다. 폭풍이 버스를 완전히 집어삼키기 직전에, 시연은 빠른 동작으로 머리를 감싸고 움츠린 채 의자 밑으로 몸을 밀어 넣었다.

폭풍 입자가 버스 표면을 긁으며 만들어내는 요란한 소음이 시연의 온몸을 울려댔다. 덜컹거리는 창틈으로 파고든 먼지 입자들이 시연의 옷자락을 거칠게 스쳤다.

앰프를 천 개쯤 연결하고 기타를 후려치는 듯한 진동과 굉음 속에서, 폭풍에 노출된 사람들의 운명에 대한 수많은 이야기가 시연의 머릿속에서 요동쳤다. 긍정적인 생각, 제발 긍정적인 생각… 수없이 되뇌며 시연은 앙코르곡으로 부르던 노래를 수백 번은 흥얼거렸다. 마침내 주변이 다시 먼지뿐인 침묵으로 가득 찰 때까지.

3. 낙원을 찾는 사이

태양 빛을 삼킨 먼지들이 대로 위로 낮게 퍼져 있었다. 터덜터덜 걷던 시연은 먼지 농도가 높아진 주변을 새삼스럽게 둘러보았다. 폭풍이 얼마 전에 지나가서인지 거리에 사람의 흔적은 느껴지지 않았다.

시연이 바싹 마른 입술을 핥으며 시간을 살폈다. 폭풍이 지나간 뒤 한동안 재건을 찾아보았기 때문인지 시간이 꽤 흘러 있었다. 해가 지기 전에 낙원에 도착하려면 서둘러야 했다. 시연은 마음을 다잡으며 내딛는 걸음에 집중하려 했지만, 재건을 영영 만나지 못할 수 있다는 생각이 다시 치밀기 시작했다.

심란할 때면 늘 그랬던 것처럼 시연은 머릿속으로 기타 연주를 시작했다. 하지만 얼마 지나지 않아 연주 중인 기타의 케이블이 너무나 쉽게 빠져버렸다. 시연은 잘강거리는 철삿줄 소리만 내는 기타에서 손을 떼고, 날카로운 하울링이 퍼져나오는 앰프를 멍하니 바라보았다.

다시 재건에 대한 생각이 치밀었다. 시연은 생각이 흘러가게 두었다. 서로를 케이블로 연결해야 소리를 낼 수 있는 기타와 앰프. 어느새 관계 자체가 서로를 구성하는 요소가 되어버린 것 같은 두 사람.

그렇기에 더더욱 재건이 없는 날들은 잘 상상이 가지 않았다. 두 사람의 합주를 이런 식으로 끝내고 싶진 않았다. 그건 이미 자신의 일부였으니까. 다시 지금이라도 돌아가 찾아보고 싶은 마음이 치밀었지만, 시연에겐 그럴 여유가 없었다.

"읏…."

다시 밀려드는 강한 통증에 시연이 신음을 삼키며, 욱신거리는 팔뚝을 살폈다. 터져 나간 압박 붕대 아래 드러난 상처엔 칼날 같은 먼지가 촘촘히 박혀있었다.

저 먼지들엔 독이 있어. 세상이 먼지에 뒤덮이고 한 달쯤 뒤에, 정배가 했던 말이었다. 낙원의 첫 물물교환을 하던 자리에서 들은 말이라 했다. 이후 그 말은 떠도는 소문과 경험담 속에서 모두의 상식이 되어갔다. 적어도 폭풍 속에 있는 먼지는 어떻게든 몸 내부로 들어가선 안 된다는 것.

그 몇 달 뒤 거래를 위해 간 세운에서, 시연은 폭풍 속에 고립됐다가 구조된 사람을 직접 본 적이 있었다. 먼지 독에 전염성은 없다지만, 마치 바이러스에라도 감염된 것처럼 보였다. 지금도 격한 기침을 끊임없이 뱉으며 경련을 멈추지 못하던 모습이 선명하게 떠올랐다.

그 모습이 자신의 미래가 되게 둘 순 없었다. 시연은 압박 붕대 위에 붙여놓은, 이미 먼지 떡이 된 테이프를 다시 조이고, 쓰라림을 악물며 걸었다. 낙원으로 가야 했다. 일단 낙원에 가서 응급조치라도 받아야 뭐든 해볼 수 있었다.

시연은 의식적으로 긍정적인 생각들을 해보려 애썼다. 어쩌면 자신이 먼지 독에 내성이 있을 수도 있었다. 지금까지 방독면 없이 먼지를 삼켰던 순간들도 더러 있었고. 아니라 해도 어떻게든 치료할 방법이 분명 있을 것이다.

소독만 좀 하고 나면, 치료법을 찾으러… 그리고 재건을 찾으러 나설 수 있을 거란 생각도 들었다. 시연은 수색대를 꾸려 재건을 찾아내고는 잔뜩 구박하며 낙원으로 데려오는 상상을 했다. 아니, 어쩌면 벌써 지름길로 낙원에 먼저 돌아와 있을지도 모를 일이었다.

조금 들뜨던 시연의 기분이 격렬한 기침과 함께 가라앉았다. 방독면 내부를 채운 침방울 속에서 피 냄새처럼 비릿한 기운이 느껴졌다. 시연은 몸에 힘이 빠져나가는 걸 느끼며 간신히 다리를 움직여 도로 위의 차를 짚고 섰다. 천천히 노즐을 돌려 볼륨을 높이는 것처럼, 맥박이 치솟고 현기증이 퍼져나가기 시작했다.

찬찬히 심호흡을 해보았지만, 현기증은 격해져만 갔다. 누군가가 머릿속 신경 다발들을 트레몰로 하듯 후려치는 기분이었다. 흐려지던 시야가 정신없이 흔들리기 시작했다. 더 버티지 못하고 주저앉은 채로 시연은 어떻게든 상태를 안정시킬 방법을 찾아 두리번거렸다.

그리고… 주변을 가득 메운 움직임이 보였다. 시연은 몇 차례 눈을 감았다가 뜨며 제대로 본 게 맞는지 살폈다. 확실했다. 먼지들이 정신없이 일렁이고 있었다.

폭풍이 없을 때 먼지가 이렇게 격하게 움직이는 광경을 본 적은 없었다. 평소에도 먼지 농도가 불규칙하게 짙어지고 옅어지긴 했지만, 그 움직임은 집중하지 않으면 포착할 수 없을 정도였으니까. 하지만 분명 눈앞의 먼지들은 물에 퍼져나가는 잉크처럼 출렁거리고 있었다.

시연은 먼지 독 때문에 생긴 환각이 아니기만을 바라며, 먼지들의 움직임을 관찰했다. 움직임에 집중할수록, 어디선가 희미한 음률 같은 것이 들려오는 듯했다. 조금씩 시연은 그 소리가 자신의 머릿속에서 울리고 있다는 생각이 들기 시작했다. 게인 잔뜩 먹인 전자 기타를 바이올린 활로 긁는 듯한 소리였다.

시연은 무심코 눈을 감고, 곡을 카피할 때 음을 따는 것처럼 노이즈 가득한 멜로디의 음을 하나하나 찾아 나갔다.

소음에 가깝던 울림이 조금씩 선명한 멜로디가 되어갔다. 시연이 눈을 떴다. 먼지들의 일렁임이 잦아들고 있었다. 먼지들이 실제로 움직이긴 했는지 다시 집중해 살펴보는 시연의 눈앞으로 갑작스레 커다란 버스가 달려들었다. 몸을 굴려 피한 시연에게 이번엔 승용차의 행렬들이 이어졌다.

멍하니 자신을 스치는 자동차들을 바라보던 시연은 그게 만져지지 않는 홀로그램 같은 것이고… 먼지가 덮쳐 오기 전 종로의 풍경을 재연하고 있는 것임을 깨달았다. 시연이 그에 대한 논리적 설명을 찾으려 애쓰는 사이, 머릿속에 울리는 음악에 또 다른 멜로디가 겹쳐지기 시작했다. 시연이 다시 그 멜로디를 명징하게 찾아내자, 일렁거림이 다른 광경을 만들어냈다.

몇 명의 사람들이 버려진 차 뒤에 모여 있었다. 시연이 엉거주춤 다가가 보자, 모여든 사람들 사이로 움푹 팬 가슴의 상처에서 피를 뿜어내며 도로에 누워 있는 사람이 보였다. 모두 어렴풋한 실루엣뿐이었다. 시연이 흐릿하게 보이는 사람들의 정체를 고민해보는 사이, 조금 더 분명한 정보가 시연의 머릿속으로 파고들었다.

시연은 갑작스럽게 들이친, 자신의 것이 아닌 정보를 자신의 기억처럼 읽어나갔다. 이건 일주일 전 양복쟁이 쪽 용병들과 대치 중인 광신도들의 모습이었다. 둘러싼 광신도 중 한 명이 총상을 입은 광신도의 손을 잡으며 말했다.

'안심해. 이제 곧 **행복**을 찾으면….'

쓰러진 광신도가 피거품을 뿜으며 화답했다.

'난 다시 살겠지….'

'우리 사이의 낙원에서 영원히.'

넋을 잃고 그 광경을 보던 시연은 함께 들려오는 멜로디에 변화가 있는 걸 느꼈다. 지속적으로 들려오던 두 개의 멜로디가 겹쳐지며 만드는 화음이 또 다른 멜로디처럼 느껴진 것이다. 그 멜로디에 집중하자 눈앞의 풍경이 흩어지며 다시 다른 광경을 만들고 있었다.

두 사람이 도로 위에 앉아 있었다. 조금 전 광신도들보다 더 명확한 모습이었다. 가까이 가보지 않아도, 시연은 그게 자신과 재건임을 알아보았다. 타인의 시선으로 자신을 보는 듯한 기묘한 감각 속에서 시연은 덜덜 떨리는 자신의 목소리를 들었다.

'하지만 사람이잖아….'

머릿속에 정보가 자리 잡기 전에, 시연은 그게 어떤 풍경인지 깨닫고 기분이 가라앉기 시작했다. 첫 살인 이후였다.

'우릴 죽이려던 사람이었지. 어쩔 수 없었어. 죽지 않으려면.'

재건이 말했다. 시연은 몇 년 전의 자신이 눈물 자국 가득한 얼굴로 재건을 바라보는 걸 끔찍한 기분 속에 지켜보았다. 재건은 그런 현재의 시연을 지나쳐 과거의 시연을 일으켜 세웠다.

'가자. 낙원 사람들을 생각해. 조금이라도 지금 상황을 바꾸고 싶으면….'

재건이 조금 더 나지막한 목소리로 말을 이었다.

'…우리만의 **행복**을 찾을 수 있으려면, 약해지면 안 돼. 이젠 조건이 달라졌으니까.'

천천히 풍경들이 흩어지고, 멜로디들도 점점 작아지며 사라져갔다. 시연은 얼굴을 잔뜩 찡그린 채로 몸을 일으켰다. 정신없는 와중에 넘겼을 재건의 말이 어색하게만 느껴졌다. 우리만의 **행복**이라니… 평소의 재건이라면 진저리칠 만한 표현이었다. '**명의**가 되고 싶어서 그러는 건 아니지?' 시연은 재건과 헤어지기 전 했던 말을 조용히 되뇌었다.

재건의 말을 곱씹어보는 사이, 시연은 자신의 몸을 흔들던 공황도 잦아들었음을 깨달았다. 시연이 먼지 깔린 도로로 시선을 옮겼다. 먼지가 상처로 파고들었고, 설명할 수 없는… 환각에 가까운 것들이 보였다. 하지만 달라진 건 없었다. 상황을 해결하려면 몸도 추슬러야 하고, 믿을 만한 사람들의 도움도 필요했다. 그러려면 일단 서둘러 낙원으로 돌아가는 게 우선이었다.

선명하게 목표를 정리하자 기분이 좀 나아지는 듯했다. 시연은 기억을 더듬으며 먼지 너머 낙원을 향해 움직였다.

10분 정도 더 걸어 낙원이 있는 골목으로 들어서자, 먼지 너머로 육중한 낙원의 형체가 어렴풋이 보이는 듯했다. 점점 가까워지는 낙원의 실루엣을 훑으며, 시연은 낙원 사람들과 함께 건물 외벽에 정화장치와 차단벽을 설치하던 때를 떠올렸다. 감당할 수 없는 재난이 밀려왔지만, 조금씩 희망을 만들어보던 순간들이었다. 그때의 감각을 되새기며, 시연은 내딛는 발걸음이 조금이나마 가벼워지는 기분을 느꼈다.

낙원 입구의 돌계단을 오를 즈음엔 욱신대는 팔의 통증도 잠잠해지는 듯했다. 해야 할 일도, 해야 할 말도 많았다. 하지만 나중에. 시연은 우선 주렁주렁 단 짐을 내팽개치고, 뜨거운 물로 샤워를 할 생각이었다. 맥주도 한 캔 마시고. 그 정도 사치는 괜찮겠지 싶었다.

　마침내 차단문 앞에 다다른 시연이 숨을 고르며 호출벨을 눌렀다. 무슨 말을 할지 고민하며 응답을 기다렸지만, 아무런 반응이 없었다.

　재차 벨을 누르려던 시연에게로 싸한 느낌이 밀어닥쳤다. 시연은 그대로 몇 발짝 물러나 자세를 낮추고 주변을 살폈다. 출입구 계단에 쌓인 먼지 위로 어지럽게 찍힌 발자국들이 보였다. 모두 얼마 안 된 것들이었다.

　일상적인 외벽 점검을 한 걸 수도 있고, 행상 무리가 다녀간 걸 수도 있었다. 하지만 주변 공기는 그 모든 게 아니라고 외쳐대는 것만 같았다. 시연은 주머니 속 열쇠를 꺼내 들고, 열리지 않는 커다란 차단문을 돌아 점검을 위해 드나드는 작은 옆문으로 향했다.

　열쇠를 꽂아 돌리자 미끄러지듯 문이 열렸다. 시연은 비상등도 켜지지 않은 어두운 출입로의 모습에 바짝 경계하며 문을 닫고 조심스레 손전등을 켰다. 정적 속에 늘어선 기다란 막대들이 보였다. 가까이 다가가 귀를 기울였지만, 아무런 소리도 들려오지 않았다. 차폐막들이 작동되지 않고 있는 거고, 그건 먼지 포집도 위험 감지도 되지 않는다는 얘기였다. 재건이 처음 이 시스템을 설계한 이후로 그런 적은 한 번도 없었다.

　시연은 조심스레 걸음을 옮기며 허리춤에서 단도를 뽑아들었다. 쇠구슬 총이 박살 난 이후로 가지고 있는 유일한 무기였다. 그걸 쓸 일이 없길 바라며 시연은 안쪽 차단문으로 향하는 진입로를 살금살금 걸었다. 진입로 양쪽 벽, 출입자들의 몸에 붙은 먼지를 날려줄 송풍구들도 작동하지 않고 있었다.

　안쪽 차단문은 반쯤 열려 있었다. 시연은 긴장을 늦추지 않은 채 몸을 낮춰 문을 지났다. 점포들이 늘어서 있을 로비 역시 어둠에 휩싸여 있었다.

　순간, 올라가 있던 창살 격문이 시연의 앞으로 빠르게 내려졌다. 동시에 시연 뒤의 차단문도 둔중한 소리를 내며 닫혔다. 로비 여기저기에서 켜지는 간이 조명에 시연이 얼굴을 가리는 사이, 스무 명 정도의 사람들이 무기를 겨눈 채 다가왔다. 역광 때문에 사람들의 모습은 잘 분간되지 않았다.

　"무기 버려."

　시연은 자신에게 다가온 사람의 목소리를 단박에 알아차렸다. 낙원을 이끄는 번영회장 주호였다. 시연은 조심스레 단도를 집어넣고, 방독면을 벗으며 말했다.

　"저예요. 이게 다 무슨 일인데요?"

　서늘한 공기가 땀과 먼지가 들러붙은 시연의 얼굴을 감쌌다. 간이 조명에 비친 시연의 얼굴을 확인한 주호는 무기를 내리지 않은 채 물었다.

　"재건이는?"

"…설명할게요. 우선 이것부터 좀 열어줘요."

주호는 대꾸 없이 시연을 한참 동안 살폈다. 답답해진 시연이 다시 입을 열려는 찰나, 주호가 무거운 목소리로 말했다.

"공격이 있었다."

시연이 놀라며 어두운 실내를 살폈다. 어떻게? 피해는 얼마나? 쏟아지는 의문들을 삼키며 시연이 말했다.

"일단 들어가서 얘기해요."

주호는 무기를 내리고 묵묵히 시연을 바라봤다.

"…듣고 있어요? 저 다쳤어요. 설명은 치료받고 들을 테니 일단 문부터 열어요."

시연의 팔에 난 상처를 응시하던 주호가 신음하듯 말했다.

"안전을 확인할 때까진 안 돼."

"전 이대로면 안전하지 않다고요!"

"…어젯밤에 발전 설비가 테러당했어. 광신도들의 표식이 남아 있었고. 아직 조사 중이지만, 내부자의 도움이 있었을 거라 추측 중이다."

"…그래서요?"

"낙원이 안전하려면, 예외는 없어. 넌 이해할 거라 믿는다."

시연은 글썽거리는 눈으로 주호를 노려보며 말했다.

"…아니요? 이해하게 해줘야 이해하죠."

시연은 조금씩 분간이 가기 시작하는 낙원 사람들의 얼굴을 하나하나 둘러보았다. 주호는 천천히 시연에게서 돌아서 안쪽으로 향했고, 사람들은 하나둘 그 뒤를 따랐다.

한숨을 뱉어낸 시연은 어깨를 짓누르는 배낭을 벗어 던지고, 차단문에 등을 기댄 채 무너지듯 주저앉았다. 빠르게 머리가 움직였다. 더는 싸울 힘도 남아 있지 않았다. 어떻게든 조금이라도 쉬어야 했다.

시연은 저린 다리를 그러모아 무릎에 얼굴을 묻었다. 이혼을 앞둔 부모님이 매일 같이 싸우던 나날이 떠올랐다. 그 생각을 지워보고 싶은 마음에, 시연은 그때 처음으로 만든 자작곡을 흥얼거렸다. 무너진 마음으로 눈을 감으면 모든 게 사라지길 바랐지….

4. 평화를 찾는 사이

무뎌진 마음으로 눈을 뜨면 모든 게 변해 있길 바랐어…. 등을 보이고 선 사람이 시연의 노래를 부르고 있었다. 온통 하얀 옷 위로 검은 머리카락을 길게 늘어뜨린 사람이었다. 목소리만으로는 대체 누구일지 짐작조차 할 수 없었다.

시연은 주저하며 두 사람 사이 뼈대만 남은 건물 폐허 속을 걸었다. 몇 발짝 앞으로 다가갔을 때, 노랫소리가 멈췄다. 알 수 없는 사람이 천천히 돌아섰다. 긴장 속에 숨을 들이켠 시연의 앞에 하얀 X자가 그어진 검은 가면이 모습을 드러냈다. 가면 눈구멍 너머로 시연을 응시하던 사람이 울리는 목소리로 말했다.

"어서 와. 오래 기다렸어."

순간, 건물 잔해가 산산이 부서져 내리며 희뿌연 먼지로 변했다. 시연은 순식간에 자신의 몸으로 파고들기 시작하는 먼지 폭풍에 비명을 질렀다. 하지만 벌린 입에서는 아무런 소리도 나오지 않고, 대신 먼지 폭풍이 총천연색으로 빛나기 시작했다….

시연이 소스라치며 눈을 떴다. 꿈과 현실의 경계에서 멍한 감각이 춤췄다. 부서질 것 같은 몸을 움직이자 신음과 기침이 터져 나왔다. 어둑어둑한 풍경, 시연은 여전히 두 문 사이에 만들어진 감옥에 기대앉아 있었다.

창살 너머로 간이 조명 근처에 둥글게 모여앉은 사람들이 보였다. 얼핏 봐도 대부분의 낙원 사람들이 다 나와 있는 듯했다. 시연은 욱신거리는 몸을 일으켜 앉아 배낭에서 생수통을 꺼내 단숨에 들이켰다.

시연은 생수통을 내던지고, 낙원 사람들의 익숙한 얼굴을 살폈다. 그리 먼 거리가 아니라 인기척이 들렸을 텐데도 사람들은 아무런 반응이 없었다. 다시 복잡한 감정들이 솟구쳐오르기 시작했다.

다른 사람들처럼 시연이 이곳에 속한 것도 선택권이 있는 건 아니었다. 재건과 이곳에 왔을 때 밀어닥친 먼지 때문에 고립되었던 거니까. 하지만 그래도 몇 년간 같이 지내면서 한 식구라고 생각하고 괜찮은 커뮤라고도 생각해왔는데, 이런 취급은 해도 너무하다 싶었다.

목을 가다듬고 뭐라 소리치려던 시연이 멈칫했다. 사람들 사이에 낯선 느낌이 있었다. 이어지던 대화가 끊어진 것 같았다.

시연은 조심스럽게 창살로 다가가 귀를 기울이고 대화가 이어지길 기다려보았다.

"···하지만 광신도들이 원하는 게 대체 뭔데?"

"지금까지 집적댄 놈들이랑 다를 거 있었어? 여그에 쌓아놓은 물건이 많다더라 하는 소문을 들은 거제."

조씨가 주호의 말에 답했다. 2년 전에 방랑상인으로 왔다가 정착한 사람이었다. 주호가 반박했다.

"하지만 손댄 물건이 하나도 없었잖아. 충분히 가져갈 수 있었는데도."

"아, 다음에 가져가겠지. 진짜 공격을 할 때. 지금은 일단 침만 바른 거여."

조 씨의 말에 낙원 구성원들이 일제히 말을 보탰다.

"그러게 프리랜서랑 방랑상인들 맘대로 왔다 갔다 하는 거 제한 좀 걸자니까? 결국 그래서 내부 구조 소문 다 난 거잖아요."

"그건 배신자 때문에 그런 거 아녀?"

"배신자가 있든 없든 애초에 여기에 관심 갖게 만든 게 문제란 거죠."

"어쩌면 물건이 아니라 이 공간을 원하는 걸 수도 있어요. 요새 여기저기서 광신도들 난리인 게, 다 미친 듯이 확장을 해대서 그런 거니까요."

"그러게···. 얼마 전엔 경희궁도 넘어갔다더만."

"거기 양복쟁이들 방공호 하나 있지 않나? 아무리 광신도들이 난리라도 정부놈들을 이겼다고?"

"양복쟁이들은 그 지하에 처박혀 있는 거고, 위에는 수문장들이 동맹 맺고 지냈지."

"수문장 그 맛이 간 놈들도 진짜 미친놈들한테는 안 되는 거였네."

"어쩌면 우릴 노예로 쓰려는 건지도 몰라요."

"맞아, 광신도들이 사람 잡다 세뇌한다며. 그 인력이 다 어디서 나오겠어. 얘넨 그동안 상대한 약탈자들이랑 차원이 다르다니까."

"지금까지랑은 다르지. 그러니 원하는 것도 다를 거야."

사람들의 시선이 말을 꺼낸 정배에게로 향했다.

"**행복. 행복**을 찾고 있을 거야."

사람들이 빤히 말을 마친 정배를 바라봤다. 조씨가 헛웃음으로 정적을 깨뜨리며 말했다.

"지금 낙원이 털리게 생긴 중차대한 시점에, 또 그 기승전**행복**이여?"

"나도 나름 정보를 모아서 진지하게 하는 얘기야."

"그 정보라는 게 결국 우리도 다 아는 장사꾼들이랑 프리랜서들 사이에 떠도는 소문이잖여."

"아니 그럼 그거 말고 뭐 더 대단한 정보들 있어? 어차피 다들 여기 앉아서 떠드는 내용이란 게 막연한 추측이잖아."

정배가 조용해진 사람들을 둘러보고 말을 이었다.

"그러지들 말고 좀 들어봐. 정리해보면… 광신도들이 벌이고 있는 그 모든 싸움이 결국 **행복**을 찾으려는 게 아니냐는 거야."

"뭐하러 그 고생을 혀? 교주가 **명의**가 되고 싶어서?"

"**행복**이니까. 다른 이유가 필요해?"

"필요해. 설명 좀 해봐. **행복**이 대체 뭐라고 생각하는지."

주호가 팔짱을 끼며 물었다. 모여든 사람들이 하나둘 자신이 알고 있는 **행복** 이야기를 던지기 시작했다. 어마어마한 규모의 물자 저장고, 숨겨진 무기고, 재난 전에 개발된 신기술, 먼지 독의 치료제….

시연이 터져 나오려는 기침을 참으며 자세를 고쳐 앉았다. **행복**이 먼지 독의 치료제라는 말은 자신도 들은 적이 있었다. **행복** 이야기에 늘 그랬듯 별생각 없이 넘겼지만, 지금은 얘기가 달랐다. 절박하게 모든 가능성에 매달려야 할 상황이란 걸 온몸의 통증이 외치고 있었으니까.

매달려야 할 가능성은 그게 전부가 아니었다. 헤어지기 직전 재건도 **행복** 얘기를 하고 있었다. 발전소. 재건이 얘기한 재합류 장소였다. 그게 어디인지는 모르지만, 재건은 다른 복지카드 한 벌을 가지고 **행복**을 찾아 그곳으로 가고 있을 거란 생각이 들었다. 시연은 이게 기회라는 생각을 하며 다시 대화에 귀를 기울였다.

"지금 얘기 나온 것만도 찾을 이유 한 다스는 되겠네. 마침 광신도들은 인력까지 빠방하겠다, **행복**을 찾겠다고 커뮤마다 심어놓은 간첩망이 강북 전체로 퍼져 있다는 얘기도 있어. 그러니 낙원을 노리는 것도 마찬가지 아니겠어? **행복**을 찾는 거지."

"그렇다 치고."

가만히 듣고 있던 주호가 말했다.

"그럼 낙원이 **행복**이랑 아무 관련이 없다고 하면 광신도들이 믿고 물러날 거라고?"

정배가 주호를 향해 눈을 반짝이며 답했다.

"안 믿겠지. 그러니까 차라리 그걸 이용하자는 거야. 우리가 **행복**에 대해 아는 척하는 거지."

"허세를 부린다고? 그래서 얻을 건?"

"다른 쪽으로 유도를 할 수 있지. **행복**이 있는 위치는 저기다, 하면서. 그동안 우린 시간 끌면서 재정비도 하고, 혹시 모를 공격도 대비하고, 협상하러 가서 정보도 좀 캐내는 거야."

한참 고민하던 주호가 무거운 목소리로 말했다.

"위험해."

주호는 낙원 사람들을 찬찬히 둘러본 뒤 정배를 바라보며 말을 이었다.

"그 얘기가 맞다면, 광신도들은 **행복**에 대해 우리보다 훨씬 많은 걸 알겠지. 그렇게 호락호락 넘어갈 리 없어."

"**행복**에 대해서라면 나도 들을 만큼 들었어. 가서 눈치껏 상황에 맞는 답을 주면 돼."

"…가서? 어딜 가? 혼자 광신도들 본거지에 쳐들어가게?"

주호의 물음에 시연은 타이밍이 왔다는 생각이 들었다. 창살을 붙잡고 몸을 일으킨 시연이, 매달리듯이 기대며 나직이 외쳤다.

"제가 같이 갈게요."

사람들의 시선이 일제히 시연에게로 쏠렸다. 시연은 잠시 그

46

시선을 마주하며 친숙한 사람들 속에 정말 배신자가 있을지, 그렇다면 어디까지 이야기해야 할지를 가늠했다. 온몸을 울리는 앰프 저음처럼, 충분히 얘기해도 별 상관없을 것 같다는 느낌이 왔다. 시연은 그 느낌을 믿어보기로 했다.

"재건이랑 헤어지기 전에, 우리가 광신도들에게서 물건을 하나… 가져왔어요."

시연이 주머니에서 금빛 카드를 꺼내 보였다.

"복지카드. **행복**을 찾는 열쇠에요. 이거면 광신도들도 관심을 가지겠죠."

사람들의 시선이 일제히 복지카드로 쏠렸다. 시연이 치밀어 오르는 기침을 삼키며 말을 이었다.

"남은 한쪽은 재건이한테 있어요. **행복**을 찾으러 간다더군요. 재건이를 찾자면 광신도 소굴에 뛰어들어서 단서를 찾아봐야 하는 거죠. 그리고 또… 그게 먼지 독의 치료제라면…."

시연이 말을 마치지 못한 채 발작하듯 기침을 뱉으며 주저앉았다. 사람들 사이로 술렁임이 퍼졌다. 주호는 단호한 걸음으로 시연에게 다가가 창살 격문을 열었다. 시연은 자신을 일으킨 뒤 부축해 사람들 쪽으로 가는 주호의 얼굴을 새삼스럽게 바라봤다.

'말만 해. 다 구해다줄게.'

시연은 주호의 단골이었다. 몇 번 밴드를 깨 먹고 그냥 재건이랑 둘이 해보겠다고 나선 뒤, 무작정 머리에만 맴돌던 특이한 장비를 만들어보겠다고 악기점을 매일같이 드나들던 때였다. 싸게 사려면 정배였지만, 구하기 힘든 물건을 구하자면 결국 주호에게 가야 했다. 무뚝뚝한 그에게 머릿속 구상을 풀어놓으면, 며칠 뒤엔 어떻게든 재료가 될 만한 장비들이 준비되어 있었다. 시연은 내심 그게 자기 일과 소속을 진심으로 좋아하는 사람이 보일 수 있는 모습이라 생각하곤 했다.

먼지가 들이닥친 뒤 주호가 자연스레 사람들을 이끄는 위치에 선 것도, 단순히 번영회장이라서가 아니라 사람들도 비슷한 걸 느꼈기 때문일 거라 시연은 생각했다. 아마 주호가 끊임없이 사람들의 불만을 들어주고 결단을 내려야 하는 상황이 아니었다면, 자신과 재건처럼 물자를 구하러 밖에 나가는 역할을 선뜻 맡았겠나 싶었다.

주호는 시연을 자신이 앉았던 자리에 앉힌 뒤, 가만히 바라보았다. 시연은 그 눈빛을, 정확히는 두 사람 사이의 미묘한 공기를 응시했다. 자신과 주호와의 관계가 구체적인 물성을 가지고 꿈틀대는 것만 같았다. 시연은 어쩐지 주호가 할 대답을 알 것 같았다. 그건 주호와의 관계가 자신에게 들려주는 답안지와도 같았다.

"미안하다."

잠시 무거운 정적이 떠돌았다. 시연이 뭐라 말해야 할지 고민하는 사이, 조씨가 우물거렸다.

"거 안타깝긴 헌디… 아즉 배신자가 확인 안 된 상태에서 누굴 밖으로 보내는 건 쪼까…."

주호가 매섭게 뒤를 돌아봤다. 흠칫하는 조 씨를 바라보며 몸을 일으킨 주호는 사람들을 둘러보며 말했다.

"배신자가 있었다면 이미 늦은 거야. 여기에 모두를 가둬봐야 광신도들이 오는 걸 막을 순 없어. 그건 내 판단 미스야."

주호는 자신의 자리 옆에서 무언가를 들어 시연의 무릎에 놓아주며 말을 던졌다.

"일단 쉬어. 아무 생각 말고. 자, 아침에 다시 모여 얘기하지."

주호의 외침에 모여든 사람들이 하나씩 자리를 떠났다. 시연이 무릎에 놓인 구급상자를 가만히 바라보는 사이, 정배가 머리를 긁적이며 시연 옆으로 다가와 앉았다.

"나도 미안해. 거, 다친 데 소독은 좀 해주자니까 안 듣더라고. 식구끼리 너무했지. 야박하게."

시연은 대꾸 없이 구급상자 뚜껑을 열고, 팔에 감긴 너덜너덜한 테이프를 뜯었다.

"야야, 다친다."

정배의 말에 피식 웃으며 시연은 붕대를 마저 풀고 소독약을 집어 들었다.

"제대로 되겠냐. 이리 줘봐 야."

벌어진 상처에 촘촘히 박힌 먼지들을 잠시 바라보던 시연은 한숨을 쉬며 소독약을 정배에게 건넸다. 정배의 손길을 따라 상처로 약이 스미고, 곧 격한 통증이 치밀었다. 정배는 고통을 참아내는 시연을 안쓰럽게 바라보며 혼잣말처럼 말했다.

"방법이 있을 거다… 분명 찾게 될 거야."

붕대를 감아주는 정배를 보며 시연은 정배를, 혹은 자신을 안심시키려는 주문처럼 말했다.

"그래야죠. 그렇게 되도록 할 거예요."

살짝 끄덕인 정배는 붕대 감기를 마무리하며 물었다.

"밥은? 먹어야지?"

"나중에요. 우선 담배나 하나 줘요."

정배가 주머니에서 담뱃갑과 수제성냥을 꺼내 구급상자 위에 놓았다. 담배를 꺼내 문 시연이 정배에게 담배를 건네자 정배가 손사래 쳤다.

"끊었어. 그거 혹시라도 교환할 일 있을까 싶어 가지고 있던 거야. 너 가져라."

"왜요? 무슨 사건 있었어요?"

눈을 동그랗게 뜨고 불을 붙이는 시연을 보며 정배가 말을 이었다.

"가뜩이나 미세먼지 가득한데 뭔 담배냐. 너도 어지간하면 끊어. 몸도 안 좋은데."

"네. 금연 홍보는 거기까지 해요. 저 이거 금연한 사람 앞에서 피워도 되는 거예요?"

정배가 웃으며 끄덕였다. 마주 웃은 시연이 담배에 불을 붙인 뒤 물었다.

"민아는요?"

"자. 진작 재웠어. 적어도 애들은 이런 심란한 일이랑 멀찍이 떨어져 있어야 안 하겠냐."

"알 건 알아야죠. 그게 민아한테도 나을 거예요."

"알아봐야 골치만 아프지. 애가 할 수 있는 것도 없는데 괜히 걱정밖에 더하겠냐."

"글쎄요… 노력은 해봐야죠. 있잖아요, 전 이렇게 먼지에 뒤덮인 세상일수록 서로가 가진 정보를 정확하게 공유하려 애써야 하는 거 같아요. 많은 문제가 모호한 추측 때문에 일어나는 거 같거든요. 그리고 민아 나이면 은근 알 거 다 알 나이에요."

"…내가 금연 홍보하는 사이 넌 육아 코칭 중이었네."

"네네, 앞으로 더 열심히 할 거니까 긴장하시고요."

설핏 웃은 정배가 시연이 뿜은 연기를 바라보다 말했다.

"방으로 밥 갖다줄 테니까 먹고 푹 자. 아마 내일 아침에 회의한다고 바로 결론이 나오진 않을 거야. 겸사겸사 며칠 쉬면서 어떻게 할지 생각 좀 해보자고."

"서두르는 게 나아요. 내일 아침에 출발하려고요."

눈을 동그랗게 뜬 정배에게 붕대 감긴 팔뚝을 보이며 시연이 말했다.

"저 며칠씩 기다릴 여유는 없을 것 같거든요. 아까 아저씨도 광신도들이랑 협상하러 나설 생각이라고 했죠? 그럼 저 좀 도와줘요. 내일 회의에서."

얼굴을 찌푸린 채 시연의 팔에 감긴 붕대를 한참 들여다보던 정배가 무거운 목소리로 말했다.

"그래. 달리 필요한 건 없고?"

"맥주. 아직 남은 거 있죠?"

정배가 씨익 웃으며 재킷 주머니에서 작은 캔맥주 두 개를 꺼냈다.

"안 그래도 그 얘기 할 거 같아서 챙겨놨어. 미지근해. 당연한 얘기지만."

시연이 활짝 웃으며 맥주를 받아들고 정배가 들고 있는 맥주 캔에 살짝 부딪혀 건배했다. 뚜껑을 따려는 시연을 보며 정배가 다급히 말을 이었다.

"야, 그 종일 굶고 빈속에 먹으면…."

정배의 말이 무색하게 이미 시연의 손가락은 캔 뚜껑을 따고 있었다. 어두운 로비로 캔이 열리는 소리가 경쾌하게 울렸다.

딸깍.

5. 믿음을 찾는 사이

딸깍이는 소리가 희미하게 들려왔다. 시연은 그 소리가 위험하다는 걸 본능적으로 알아차리고 멈춰 섰다. 뒤이어 들리는 날카로운 파열음. 시연의 머릿속으로 빠르게 생각이 스쳤다. 철사. 깡통. 부비트랩. 시연은 재빨리 옆에서 바삐 걷던 정배를 붙잡고 아스팔트 위로 몸을 던졌다.

둔탁한 폭음이 몸을 울렸다. 머리 위로 치솟은 파편들이 양옆으로 우수수 떨어져 내렸다. 빠르게 폭발이 잦아든 자리, 시연은 몸을 일으켜 다친 곳이 없는지 확인하고, 정배가 일어나는 걸 도왔다.

"…뭐가 터진 거야?"

"부비트랩. 함정이에요."

몸을 일으켜 앉은 정배가 몸을 털며 물었다.

"일회용 함정에 굳이 폭탄을 만들어 설치한다고?"

"경고용일 거예요. 죽이려면 그냥 날붙이를 썼겠지만, 먼지 속에선 폭발이 더 효과적이죠. 이쪽으로 오지 말라는 메시지를 전해주기엔."

"경고…? 이거… 아무래도 위험 구역 쪽으로 들어섰나 보네…."

시연이 끄덕이며 정배를 따라 먼지 자욱한 전방을 주시했다. 물론 위험하지 않은 구역은 없었다. 하지만 이 근방은 그중에서도 치열한 분쟁이 지속되어 사람들이 피해 다니던 그 길인 것 같았다.

"이쪽으로 계속 가는 건 무리 아닐까요? 저 앞에 이런 함정이 얼마나 더 깔려 있을지 모르니."

"하지만 지금 저쪽으로 돌아가는 것도 위험하지 않겠냐."

정배가 자신들이 걸어온 후방을 살피며 말했다. 두 사람은 정체불명의 습격에서 가까스로 빠져나온 참이었다. 입술을 잘근거리며 먼지 너머를 응시하던 시연이 말했다.

"어차피 근처까지 따라붙었으면 폭발음을 들었을 거예요. 일단 그 시끄러운 소리가 더 안 들리는 거로 봐선 따돌…."

순간, 사방에서 소음이 죄어들기 시작했다. 수십 명이 울리는 발소리와 괴성이 텅 빈 빌딩숲 속으로 울려 퍼졌다. 시연은 빠르게 정배를 일으켜 세웠다.

"가야 해요."

하지만 어디로? 헐떡이며 두리번거리던 시연이 격하게 기침을 쏟아냈다. 아, 이럴 때는 좀. 순간, 온몸으로 퍼져나가던 통증 끝자락에서, 시연은 머릿속에 울리는 빛을 들었다.

머릿속이 보였어… 아니, 들었어? 자신의 감각을 믿을 수 없어 하며 헐떡이던 시연은 곧 입김 가득한 고글 너머에서도 희미한 빛무리가 보이는 걸 깨달았다. 가쁜 숨을 고르며 가만히 집중해보자, 영상의 초점이 맞춰지듯 빛무리들이 조금씩 구체적 형태를 갖춰가기 시작했다. 시연은 심호흡으로 집중을 유지하려 애쓰며, 눈에 보이는 빛들의 울림이 일정한 리듬이 되도록 애썼다.

곧, 스무 발짝 앞도 분간하기 어려운 자욱한 먼지 속에서 수십 개의 물체가 선명하게 빛나며 드러났다. 도로 위 여기저기에 늘어선 바리케이드와 그 사이를 잇는 철사, 그리고 그 끝에 매달린 깡통들.

부비트랩. 시연은 간신히 떠올린 단어의 의미에 온몸이 굳는 기분을 느꼈다. 자신은 볼 수 없는 걸 보고 있었다.

동시에 커다란 빛 덩어리가 부비트랩 사이로 모여들며 긴 궤적을 그리고, 주차 유도선처럼 부비트랩 사이를 반복적으로 오갔다. 그 광경을 보던 시연은 자신의 머릿속에도 궤적이 그어지며 선명한 메시지를 전달하는 걸 느꼈다. 따라가.

"끼야아아아아아…."

시연이 소스라치는 괴성에 뒤를 살폈다. 습격자들이 언뜻 실루엣이 보일 정도로 가까워져 있었다. 더는 지체할 수 없었다.

정배의 소맷자락을 잡아끌며 시연이 짧게 말했다.

"가요."

"…어딜?"

"…저 믿죠?"

정배가 살짝 끄덕였다. 시연은 빛의 궤적을 따라 빠르게 걸음을 내디뎠다. 말은 그렇게 했지만, 정작 자긴 뭘 믿고 그러는지 알 수 없었다.

한동안 두 사람은 먼지 속에서 정신없이 꺾어지고 돌아들었다. 빛이 장애물들을 절묘하게 피하도록 해주는 경험을 반복하면서, 시연은 조금씩 의심을 거두고 속력을 높였다. 부비트랩 사이를 간신히 빠져나오는 두 사람의 등 뒤에선 단속적으로 폭발음이 울려댔다.

부서진 담벼락을 뛰어넘은 자리에서 빛의 궤적이 폭발하듯 흩날렸다. 사방으로 흩어진 빛 알갱이가 스캔하듯 먼지에 가려진 풍경을 드러내 보였다. 작은 공터 너머 높게 솟은 빌딩의 윤곽선이 잠시 반짝이며 드러났다. 동시에 다시 빛의 궤적이 건물 안쪽으로 그어지기 시작했다.

"저리로 들어가죠."

"더? 따돌린 거 같은데?"

헉헉거리는 정배의 시선을 따라 시연이 뒤를 돌아봤다. 자신들이 지나온 바리케이드 근처에서 아른거리는 빛 덩어리들이 보였다.

"아직 아니에요."

시연은 정배를 데리고 깨진 유리 현관을 지나 건물로 들어섰다. 빛이 비상계단을 따라 움직이고 있었다. 어둑한 계단을 한참 오른 뒤에야, 시연은 빛이 사라진 걸 깨닫고 멈춰 섰다. 먼지 농도도 확연히 옅어져 있었다.

시연과 정배는 벽을 짚고 헐떡이며 한참 숨을 고른 뒤, 층계참을 마저 올라 8층 로비로 들어섰다. 판자로 출입구를 덧댄 사무실이 늘어서 있었다. 두 사람은 출입구에서 가까운 사무실을 골라 쇠지렛대로 판자를 뜯어내고 안으로 들어섰다. 먼지 가득한 사무실 내부엔 책상과 집기들이 바리케이드처럼 어지럽게 쌓여 있었다.

"전쟁이라도 있었나 보네."

안쪽으로 돌아들어 가며 정배가 짧게 감상을 던졌다.

"뭐가 됐든 오래전 일일 거예요."

두껍게 쌓인 먼지들을 바라보며 시연이 말했다. 다시 머릿속이 은은하게 떨리며 불규칙한 리듬을 전해왔다. 시연은 한동안 리듬이 안정적으로 들리는 위치를 찾아 서성인 끝에, 두껍게 쌓인 먼지 속에서 반짝이는 물건을 발견하고 집어 들었다. 종이 명함이었다. 겉면의 먼지를 마저 털어내고, 시연은 바랜 글자를 읽어나갔다. 실장… 재산관리실… 한국은행.

"일단 우리가 어디 있는지는 알 것 같네요."

시연이 사무실을 둘러보던 정배에게 명함을 내밀었다.

"뭐… 이 난장판을 보면 당연한 얘기겠지."

정배가 명함을 훑어보곤 바리케이드에 등을 기대며 털썩 앉왔다. 시연이 마주 앉으며 살짝 끄덕였다. 위험 구역은 한국은행을 중심으로 펼쳐져 있었다. 재난 초기부터 이곳 주변에서 치열한 전투가 벌어지고 있다는 소문 때문이었다. 이곳 금고를 노린 거라 했다. 가치가 떨어진 현금이나 금괴뿐 아니라 진짜 쓸모있는 뭔가가 있을 만한 곳이라며. 어쩌면 **행복**의 초기 버전 같은 거였다. 많은 사람들은 굳이 사실을 확인하려 싸움판에 뛰어드는 대신, 이곳을 피해 다니는 쪽을 택했다.

"살아남다 보니 이 안을 다 들어와보네. 막상 별 특별한 것도 없지만."

정배가 포집기를 배낭에서 꺼내 가동하며 말했다. 시연이 방독면을 벗는 정배를 바라보며 말했다.

"괜찮겠죠? 떠다니는 건 많지 않지만, 그래도 먼지가 꽤 쌓여 있던데."

"숨도 좀 쉬고 뭐라도 좀 먹어야지. 난 이제 먼지만큼이나 과로가 위험한 나이라."

시연이 방독면을 벗고, 풀썩이며 나온 먼지들이 빠르게 회전하는 포집기 막대로 빨려 들어가는 걸 멍하니 바라보았다. 먼지독에 감염된 채 먼지 걱정을 하는 자신이 조금 우습게 느껴졌다.

"어디 보자… 다 왔네."

정배가 지도를 꺼내 접힌 자국을 손다림질하며 말을 이었다.

"이제 남대문 가로질러 쭉 가면 광신도들 본거지야. 운 좋으면 30분, 좀 헤매도 두어 시간이면 도착하겠지."

"아까 그 사람들이 더 쫓아오지 않으면요."

정배가 코에 걸치고 있던 돋보기를 벗고, 먼지 가득한 창밖을 내다봤다.

"굳이 그 폭탄밭을 헤집고 더 들어오진 않겠지. 일단 먼지 농도 좀 옅어지길 기다려서 상황을 보자."

천천히 끄덕이던 시연이 미간을 찌푸리며 물었다.

"그 사람들… 광신도들은 아니었을까요?"

"그냥 노상강도들일 거야. 광신도들이 그렇게 막무가내로 잡아 죽이려 드는 놈들은 아니거든. 그렇게 들었어. 무슨 노예니 주문이니 그런 것도 다 겁주는 용도고, 사실 엄청 계획적으로 움직인다고."

"역시 확인은 안 되는 정보겠죠?"

입술을 달싹이다 어깨를 으쓱여버리는 정배를 보며 시연이 말했다.

"이렇게 지낸 지 오래지만, 여전히 답답하네요. 당장 먼지 속에서 쫓아오는 게 누군지, 아니 하다못해 어디쯤 있는지도 모르는 거."

시연이 담배를 하나 꺼내물며 말을 이었다.

"음… 예전에 재건이가 이런 상황을 해결할 아이디어를 얘기한 적 있어요. 원리는 이래요. 서로 위치 상태라는 게 다른 전파를 쏴서, 그 전파에 간섭하는 특정한 파동을 찾아낸다고. 그게 이름이 뭐더라… 무슨 크라우트 록 음반 제목 같았는데…."

"그거 위상배열 도플러 레이더인가 할 거다."

"아, 맞아요. 재건이가 얘기했었어요? 그 얘길 듣고 저는 심박을 추적하면 어떻겠냐고 했었죠. 사람은 누구나 심장을 가지고 있고, 심박은 진동수도 일정한 편이니까요."

시연이 담배 한 모금을 빨고 말을 이었다.

"물론 잠깐의 공상으로 끝났죠. 심박은 평상시에도 몸 밖에서 추적하기엔 잡음이 너무 크고, 더군다나 먼지 속에선…."

"전파가 멀리 못 가니까."

시연이 끄덕였다. 먼지가 이전 세상을 끝장낸 건 단순히 시야를 가려서가 아니라, 전파를 교란시키기 때문이었다. 아무리 먼지 농도가 옅어져도, 적외선보다 파장이 긴 전파가 갈 수 있는 거리는 100미터가 한계였다.

많은 사람들이 고립된 지 얼마 안 된 시점에 그 사실을 알아차렸지만, 할 수 있는 건 없었다. 무선 통신망은 곧바로 끝장났고, 남아 있던 케이블망도 계속된 폭풍으로 모두 끊어진 채 방치되어버렸다. 전자기기들도 먼지 속에서 이틀 넘게 쓰면 파고든 먼지들로 작동이 멈춰버리기 일쑤였고, 그 때문인지 자동차들을 비롯한 운송수단들도 모두 버려질 수밖에 없었다. 전파와 회로에 기반을 둔 문명은 그렇게 간단히 무너졌다.

사람들은 결국 가까운 거리에 있는 사람들과 뭉칠 수밖에 없었다. 그 거리가 곧 사람들의 한계가 되었다. 먼지 너머에 대해 사람들이 의지할 수 있는 건 추측과 소문뿐이었다.

"예전에 만난 방랑상인들 사이에서 비슷한 아이디어가 좀 돌았어. 커뮤마다 고유한 표식을 달자는 거였지. 먼지 속에서도 알아볼 수 있게. 같이 고민해봤지만 표식을 만들 방법이 없었어. 소리를 쓰는 건 강도한테 잡아가달라 하는 거고. 잠수함에서 쓰는 낮은 주파수를 쓰면 어떨까 했지만 그럴 장비가 있는 커뮤는 없을 테니까."

"기술적인 문제가 해결되더라도, 그런 걸 시도하긴 어렵겠죠. 커뮤들이 그렇게 공통된 시스템을 채택하게 하는 건 은하계를 통합하는 것보다 힘들 테니까."

시연이 퍼져나가는 담배 연기를 보며 말을 이었다.

"그게 진짜 문제인 것 같아요. 이제 서로 다른 집단끼리 확실한 건 심장이 뛴다는 것밖에 없다는 거. 그것 말고는 정말 아는 게 없는 거죠. 그러니 서로 평화롭게 지낸다는 건 점점 더 어려워지고."

가만히 포집기 돌아가는 걸 바라보던 정배가 무거운 목소리로 읊조렸다.

"그래서 더더욱 **행복**이 필요한 건지도 모르지."

"**행복**이 왜요?"

시연은 담배를 천천히 빨며 정배를 바라보았다. 정배는 평소에도 틈만 나면 **행복**에 대한 새로운 '이론'들을 얘기하곤 했었다. 하지만 그게 고립과 정보 부족, 그로 인한 불신을 해결할 방법인 적은 없었다.

"**행복**은 먼지들을 제어할 기술이야."

시연은 까끌한 입안을 마른침으로 적시며 정배의 단정적인 말을 찬찬히 되새겼다. 알고 지낸 몇 년 동안 들어본 적 없는 목소리였다.

"'제어'…요? 무슨 기계를 다룰 때 쓰는 표현 같네요."

"맞아.

단호한 정배의 말에 시연은 점점 미로에 빠지는 기분이 들었다.

"생각해봐. 미세먼지는 그전에도 일상적으로 찾아오는 거였어. 하지만 세상이 망하진 않았었지. 차이점이 뭘까?"

입술을 잘근거리던 시연이 말했다.

"전파를 차단…."

"그것도 문제지. 음파엔 영향을 주지 않고, 파장이 긴 전자기파만 교란하는 먼지, 들어본 적 있어?"

정배가 창밖을 손짓하며 말을 이었다.

"생각해봐. 이것들의 또 다른 이상한 점은… 사라지지 않는다는 거야."

시연이 타들어 가는 담배를 바라보며 그 의미를 고민하는 사이, 정배가 말을 이어나갔다.

"예전엔 미세먼지도 계절이 바뀌면 약해졌지. 대기가 움직이니까. 그리고 대기는 여전히 움직여. 바람도 불고 비도 오고, 여름이면 장마도 오지. 하지만 먼지는 비가 오면 잠시 옅어졌다가도 금세 세상을 메꿔버려. 자기 자리를 찾아가는 것처럼."

"그건 예전과 달리 세계 전체가 먼지에 뒤덮여서…."

"애초에 전 세계가 동시에 먼지에 뒤덮인다는 게 부자연스럽지 않았어? 그것도 순식간에. 그 많은 먼지는 어디서 온 걸까? 도대체 지금은 어디서 계속 만들어지는 거고? 예전처럼 공장이나 발전소가 돌아가는 것도 아닐 텐데."

시연이 길게 타들어 간 담뱃재를 털고 한 모금 깊게 빨았다. 쉽사리 떠오르지 않는 답을 고민해보는 사이, 재건이 발전소에서 만나자고 했던 말만 머릿속을 떠돌았다. 이거랑 관련 있는 이야긴 아니겠지.

"이건 인공적으로 만들어지는 거야."

"누가… 대체 왜요?"

"모르지. 어쩌면 아무도 아닐 거야. 인간의 통제력을 벗어났고, 그래서 어디선가 이것들이 계속 만들어지고 있는 건지도 모르지. 그래서 '제어'하는 기술이 필요해지는 거고."

시연은 잘근거리던 담배를 바닥에 쌓인 먼지에 눌러 끄고, 치미는 기침을 살짝 뱉어냈다. 먼지가 기계라는 건 쉽게 받아들이기 힘든 얘기였지만, 많은 것들을 해결해 줄 얘기처럼 느껴졌다. 먼지 독의 치료도 쉬워질 것 같았고, 먼지들을 전부 걷어낼 수도 있다는 얘기일 테니까.

"만약 그게 진짜라면, **행복**을 찾아야 할 이유는 확실해지겠네요. 가장 근본적인 해결책이 될 테니까. 그런데 먼지를 없애자는 인류애 넘치는 얘기에 광신도들이 관심을 가질지는 의문이네요."

"'제어'라는 게 꼭 없애겠다는 뜻은 아니지. 그건 먼지를 마음대로 움직일 수 있다는 얘기고… 곧 힘을 가진다는 얘기야."

힘. 시연은 정배에게서 그런 단어를 듣는다는 것에도 위화감을 느끼기 시작했다. 정배는 조금 신난 것처럼 들리기까지 하는 목소리로 말을 이어나갔다.

"먼지를 움직인다는 건, 우리의 활동 영역을 규정할 수 있다는 얘기야. 우린 마음 먹은 대로 영역을 확장할 수 있고, 대규모로 농사도 지을 수 있게 될지 몰라. 더는 고립될 필요 없는 거지."

"그 '우리'가 영역을 넓히면, 거기 속하지 않는 사람들은 어떻게 되는 건데요?"

정배는 시연의 말을 무시한 채 말을 이어나갔다.

"…그리고 폭풍을 불러내서 우릴 방어할 수 있을지도 모르고."

"그러려고 **행복**을 찾고 싶은 거예요?"

정배가 길게 한숨을 내쉬었다.

"솔직히 나도 요새 그런 생각을 해. 이제 와서 먼지를 없앤다고 뭐가 달라질까, 지금까지 서로 죽이고 싶어 하던 사람들이 아무렇지 않게 예전처럼 지낼 수 있을까, 그런 거. 민아에겐 이러나저러나 힘든 세상일 거야. 그래서… 진짜 좋은 방법이 뭘지 고민했어. 낙원한테, 민아한테, 모두한테…. 설명하고 싶었는데, 미안하다. 그럴 시간이 없었어."

정배의 말의 의미를 고민하는 시연에게로 선명한 느낌이 쏟아졌다. 주변의 불안이 거대한 플라스틱 조각이 되어 자신을 툭툭 치는 느낌이었다. 이건… 위험신호였다. 시연은 위험신호가 반짝이는 쪽으로 시선을 옮겼다. 정배가 담뱃갑에서 담배를 꺼내 물고 있었다.

"끊었다면서요?"

불안 속에 떠다니던 시선이 뱅글뱅글 도는 포집기 막대로 가 멈췄다. 막대가 만드는 특정 주파수의 파동이 먼지들을 끌어모으더라는 게 재건의 설명이었다. 불안 속에 요동치던 시연의 생각이 빠르게 정돈됐다. 특정 주파수… 신호. 심박처럼, 그게 뭔지 아는 사람이 있다면 찾을 수 있는 신호.

하지만 이 신호도 멀리 갈 수는 없었다. 분명 근처에서 신호를 찾고 있는 사람이 있어야 한다. 가능한 후보지들을 아는 사람이. 생각이 거기까지 미쳤을 때, 시연의 머릿속으로 이미지들이 펼쳐졌다. 먼지 속의 빛들. 자신의 시야가 닿지 않는 곳에서 보이는 빛의 실루엣이었다. 사람들, 버려진 건물의 비상계단을 오르는 사람들… 가까워지고 있었다.

시연이 벌떡 몸을 일으키고, 단도가 있는 허리춤에 손을 갔다 댔다. 정배는 조용히 담배만 뻐끔거리고 있었다. 8년을 알고 지낸 정배와의 기억들, 오랜 농담과 안부의 순간들에 불안과 위험이라는 낯선 감정이 서려 요동쳤다.

덜컥이는 소리와 함께 비상계단의 문이 열리고, 사람들이 들이닥쳤다. 제각각인 의상에 X자로 하얀 천을 두른 사람들이었다. 시연은 순식간에 그들이 누군지 알아차렸다. 광신도들.

판단에 앞서, 시연의 손이 움직였다. 시연은 허리춤에서 주머니칼을 뽑아들고, 잠시 망설이다가, 그대로 정배의 목에 칼을 갖다 댔다.

"멈춰!"

자신이 하고 있는 행동에 비현실감을 느끼면서, 시연은 광신도들을 살폈다. 광신도 중 한 명이 거침없이 시연에게로 다가왔다. 시연이 칼을 휘두르며 위협했지만, 광신도는 대수롭지 않다는 듯 들고 있던 막대기로 시연의 손목을 내리쳤다. 비명을 뱉으며 칼을 놓친 시연이 손목을 감싸는 사이, 광신도는 막대기 끝으로 시연의 명치를 강타했다.

"다치게 하진 마!"

정배가 다급하게 외쳤다. 시연을 내리친 광신도는 그런 정배를 보며 피식 웃고는, 다른 광신도가 들고 있던 물건으로 손을 뻗었다. 금속 통에 연결된 투명마스크를 집어 든 광신도가 여전한 미소를 지은 채 마스크를 정배에게 건넸다. 마지못해 받아든 정배는 고통 속에 바닥을 뒹굴고 있는 시연에게로 천천히 다가 갔다.

"미안하다. 금방 끝날 거야…."

정배가 마스크를 시연의 얼굴에 가져갔다. 몸부림치는 시연의 입속으로 마취 가스가 짙게 파고들었다. 점점 흐려지는 의식의 끝자락에서, 배신감이 얼얼하게 입안을 맴돌았다.

6. 위로를 찾는 사이

지독한 배신감 속에서 시연은 눈을 떴다. 침침한 조명 때문인지 어둑한 실내는 잘 분간되지 않았다. 시연은 눈을 깜빡이며 어둠에 익숙해지길 기다렸다. 어슴푸레한 윤곽이 조금씩 알아볼 수 있는 형상으로 변해갔다. 그건… 자신을 향해 모로 누운 사람이었다.

시연은 황급히 몸을 일으켰다. 뻐근한 온몸 구석으로 통증이 출렁였다. 아픈 몸을 쓰다듬으며 보니, 자신이 누워 있던 곳은 중간에 철제 막대가 세워진 긴 의자였다. 시연은 조심스레 발을 내리고 앉아 부드러운 벨벳 의자 커버를 쓰다듬었다. 오랫동안 느껴보지 못한 낯선 익숙함이 전해졌다.

지하철. 비현실감이 섬뜩하게 정수리를 타고 흘렀다.

시연이 주변을 둘러보며 가슴팍으로 손을 가져갔다. 손전등을 켜려던 손가락엔 야상 자락만 만져졌고, 그제야 의식을 잃기 전 일들이 시연의 머리를 스쳤다. 당연히 장비들은 모두 챙겨갔겠지. 시연은 자조하며 조심스레 몸을 일으켰다.

순간, 맞은 편에 누운 사람이 번쩍 눈을 떴다. 시연이 흠칫 물러나며 경계하는 사이, 맞은 편 사람은 주섬주섬 몸을 일으켜 앉으며 말했다.

"일어났어?"

익숙한 목소리였다. 시연은 경계심을 살짝 풀며, 맞은 편 사람에게로 천천히 다가갔다. 밀려드는 예전 기억 속에서, 시연은 친근한 이름을 불렀다.

"이모? 진주 이모?"

진주는 밀려 나오는 하품을 뱉으며 자신의 옆자리를 톡톡 쳤다. 시연은 털썩 자리에 앉으며 진주의 얼굴을 새삼스레 살폈다. 주름과 상처 가득한 강단 있는 얼굴이 못내 반가웠다.

"아유, 너 괜찮나 싶어서 언제 깨려나 기다리다가 깜빡 잠들었거든. 근데 그새 깼네? 얘들이 너한테 약을 엄청 독한 걸 썼나 봐. 저기다 들었다 났다 엄청 시끄러운데도 세상 모르고 자더라."

　지끈거리기 시작하는 팔뚝의 통증에, 시연은 약 기운이 다해 가는 것 같다는 생각을 했다. 터지는 기침을 참아내는 시연을 보며 진주가 빠르게 말을 이었다.

　"요새 통 소식도 없고 보이지도 않아서 잘 지내려나 했더니 여기서 만나고 이게 웬일이니."

　"그러게요. 이런 데서 이모를 만날 줄이야."

　시연이 주변을 살피며 말했다. 여전히 어두운 전동차 내부를 밝히는 건 승강장에서 들어온 비상등 불빛이었다. 시연은 눈을 게슴츠레 뜨고 비상등 위 표지판에 붙은 역명을 읽었다. 서울역, 공항철도 노선이었다.

　"여긴… 광신도들의 감옥인 건가요?"

　"그런 것 같지? 나도 여기 온 지 며칠째인데 도통 설명을 못 들었거든."

　"감옥치곤 꽤 허술해 보이네요. 지키는 인원도 없고."

　시연이 몸을 일으켜 열려 있는 전동차 문으로 다가갔다. 굳게 닫힌 스크린도어를 손으로 열어보려 했지만, 꿈쩍도 하지 않았다.

　"몸도 성치 않은 것 같던데 힘 빼지 마. 그리고 저쪽 문밖은 화장실로 쓰는 양동이 놓는 곳이니까 괜히 열어보진 말고."

　스크린도어를 툭툭 쳐보던 시연은 진주가 가리킨 반대편 출입문으로 가 어두운 철로를 내다보았다.

　"철로 양쪽으로 철문 세워났더라. 맨손으론 무리야."

"흠. 허술한 게 아니라 자신 있는 거였네요."

시연은 살짝 고개를 젓고 다시 진주 쪽으로 다가가며 물었다.

"근데 이모는 어쩌다 이렇게 된 거예요? 와우가 습격당한 건 아니죠?"

와우산 커뮤와 그곳에 있던 진주의 술집 풍경이 시연의 머리를 스쳤다. 거리가 멀어서 자주 가보진 못했지만 내심 아끼던 장소였다. 밴드 시절 찾아가던 진주의 원래 가게만큼은 못 해도 시연이 좋아하는 촘촘한 분위기가 가득한 곳이었다.

"얘네가 그런 작은 동네에 관심이나 가지겠니. 프리랜서 일하다가 싸움이 붙었는데, 그냥 순식간에 밀린 거야. 결국엔 박스에 든 마른오징어처럼 달달 묶여서 끌려왔더니 여기더라. 아유, 내가 진짜 그때만 생각하면 속이 터져서. 저 짐 덩어리들 허우대만 멀쩡하지 싸울 줄은 모르더라고. 수는 우리가 더 많았는데."

진주가 가리킨 '짐 덩어리들' 쪽엔 빗장 걸린 객차 연결문이 있었다. 시연은 그쪽으로 다가가 창 너머 어두운 내부를 살폈다. 의자 위에 널브러져 잡담을 나누는 사람들이 보였다.

"자기들이 무슨 수방사 경비단이래. 이름만 그렇지 어디서 군용 장비 구해 다니는 용병들이겠지. 암튼 머릿수만 많은 오합지졸들이야."

"그렇게 많아 보이진 않는데요? 대여섯 명 정도?"

"객차마다 적당히 나눠 넣더라고. 아마 이 열차 다 우리가 쓰고 있을걸?"

인원수를 가늠해 본 시연이 진주 쪽으로 돌아서며 물었다.

"대체 무슨 일이래요? 그 정도 인원이랑 같이 다니고? 그럴 만한 고용주도 없을 텐데?"

다가오는 시연을 보며 고민하는 기색이던 진주가 결심한 듯 입을 뗐다.

"…양복쟁이들이랑 계약했거든."

"양복쟁이들 일을 한다고요?"

"나도 생각도 못 했다, 야. 한 열흘 전쯤인가 그쪽 사람 하나가 가게로 직접 찾아왔어. 생각보다 평범하던데? 어떻게 알고 왔는지는 끝끝내 말을 안 했지만."

"대체 무슨 일이래요? 양복쟁이들이 직접 나서고."

"그게…."

진주가 시연에게 손짓했다. 시연이 옆에 다가앉자 진주가 목소리를 낮춰 말했다.

"쟤네랑 나랑 계약 내용이 달라. 일단 쟤네랑 공유하는 업무는 광신도들의 약점 파악이야."

"정찰? 양복쟁이들이 광신도들이랑 한판 붙으려는 거예요?"

"아니겠지. 하지만 그렇게 될지도 몰라. 나한테 준 의뢰 때문에. 그게… **행복**을 찾는 거거든."

행복이란 말에 시연은 반사적으로 복지카드를 떠올리며 주머니에 손을 넣었다. 없었다. 아무리 뒤져도. 낭패감을 들키지 않으려 애쓰며 시연은 최대한 자연스러운 동작으로 담뱃갑을 꺼냈다.

"담배네! 안 그래도 담배가 똑 떨어졌는데 며칠째 사람을 못 만난 거 있지."

시연이 어색하게 웃으며 진주에게 담배를 건네고 자신도 하나 꺼내물었다. 문득 이 담배를 준 게 정배라는 생각이 스쳤다. 생각을 털어내려는 마음으로 시연은 불붙인 담배를 깊게 빨아들였다. 온몸에 퍼지는 알싸한 기운 속에서 시연이 말했다.

"양복쟁이들이 **행복**을 찾는다니 너무 안 어울리네요. 그런 건 먼지 속에서 구르는 사람들의 전설인 줄 알았는데."

"나도 그렇게 생각했었어. 근데 또 걔네 지하에 틀어박히고 이미지가 무슨 비밀조직처럼 돼서 그렇지, 떼놓고 보면 우리랑 다를 거 없는 사람들이거든. 미숙하고, 흔들리고. 권력 쪽 전문가들이라 위험할 순 있겠지만."

"글쎄요, 저는 영 별로네요. 그래서 **행복**은 왜 찾는대요?"

"바로 얘길 안 하더라고. 허세가 몸에 밴 건지. 그래서 술 팔던 기술 좀 써서 캐봤는데… 양복쟁이들은 나름 **행복**에 대해 정보 좀 모은 거 같더라. 혹시 나노머신이라고 들어봤니?"

어딘지 낯익은 단어였다. 시연은 담배 필터를 잘근거리며 기억을 되짚었다. 단순히 영화 같은 데서 봤기 때문만은 아니었다. 하지만 이거다 싶은 기억이 떠오르지도 않았다.

"나도 무슨 말인가 싶었는데, 이게 무슨 의료 기술인 거 같아. 몸이 어떤 상태든 복구해내는 기술."

진주가 담배 한 모금을 깊게 빨고 말을 이었다.

"그래서 오케이 한 거야. 윤 사장 기억나지? 먼지 독에 감염됐어. 보수작업 하다 폭풍에 휩쓸린 거지. 앓아누워 있는 꼴을 보자니 무슨 수든 써야겠더라고. 전설이든 소문이든 가릴 처지가 아니었어."

시연이 무심코 윤 사장이 아플 모습을 떠올려보는 사이, 통증과 기침이 치밀어올랐다. 시연은 먼지 독이란 말에 반응이라도 하는 것처럼 격하게 기침을 뱉었다.

"일단 심호흡 좀 해."

시연을 바로 앉히며 진주가 말을 이었다.

"너 처음 들어왔을 때부터 상태보고 짐작은 했어. 윤 사장 앓는 꼴을 옆에서 계속 봤으니까. 그래도 넌 잘 버티고 있는 거야. 너무 걱정은 마. 여기서 나가면 어떻게든 **행복**을 찾고 너 아픈 것도 고칠 수 있을 테니까."

"나가면…요?"

"나가야지. 천년만년 이러고 있을 거 아니잖아. 지금도 속이 탄다고. 일단은 몸값 협상이 있겠거니 하고 기다렸거든? 광신도고 양복쟁이고 전면전을 원하진 않을 테니까. 근데 나흘째 소식이 없더라. 광신도들도 저거만 던져주고 코빼기도 안 비치고."

진주가 객차 구석에 쌓인 통조림들을 가리켰다. 시연은 입안에 도는 피 맛을 지우려 남은 담배 한 모금을 빨았다. 처한 상황이 파악되면서 통증도 잦아들었다.

"그럼 지금 교주를 만나서 협상하고 이런 건 어려운 거네요."

"협상?"

잠시 고민하던 시연은 담배 하나를 더 나눠 피우며 진주에게 지금까지의 일들을 이야기했다. 재건과 복지카드를 탈취하고,

쫓기고, 헤어지고, 폭풍에 고립되고, 낙원으로 돌아갔다가, 다시 협상과 추적을 위해 여기까지 온 이야기들. 여전히 떠올리고 싶지 않던 정배의 배신까지 풀어놓고 나자 조금은 후련해진 기분도 들었다.

"사는 거 참 어려워. 그렇지?"

진주는 시연을 가만히 응시하다 상처 주변을 살짝 다독이며 말했다.

"그래도 이렇게 질 순 없잖아? 기껏 오만 책임 다 짊어져 가며 여기까지 왔는데."

시연은 살짝 끄덕이고, 진주를 향해 미소 지으며 다시 힘껏 끄덕였다. 뻔한 얘기였지만 아무래도 좋았다. 상황은 여전히 엉망이고, 아픈 몸은 부서질 것 같았지만, 의식적으로라도 나누는 위로에 주변 공기는 조금 더 숨 쉴 만해지는 느낌이었으니까. 시연에겐 그런 느낌이 절실했다.

멀리서 나직이 들려오는 발소리가 두 사람 사이의 공기를 흔들었다. 시연은 천천히 창밖으로 고개를 돌렸다. 반짝이는 하얀 천을 X자로 두르고 어두운 승강장으로 내려오는 사람들이 있었다. 광신도들이었다.

시연과 진주는 자신들 쪽으로 다가오는 광신도들을 경계하며 몸을 일으켰다.

"어때? 제압하고 탈출하는 건?"

"무리예요. 장비도 없고 수도 밀리고. 일단 상황을 보죠."

시연은 스크린도어로 위쪽 커버를 열고 뭔가를 조작하는 광신도들을 빠르게 살폈다. 무기는 손에 든 막대기가 전부인 듯했다. 덩치가 좋다고 보긴 어려웠고, 오히려 어딘가 아파 보이기까지 했다. 유리문 너머로 전동차 내부를 들여다보며 나누는 광신도들의 대화가 둔탁하게 들려왔다.

"쟤야? 평범하네."

"그래도 칼 쓰는 폼은 그럴듯하더라."

한국은행에서 마주친 광신도였다. 스크린도어가 미끄러지며 열리고, 그 광신도가 밖으로 손짓했다.

"가자."

"어디로?"

"설명 들을 시간에 직접 가보는 게 나아."

시연과 진주는 서로를 바라보며 으쓱인 뒤, 승강장으로 나섰다. 광신도들은 그들을 에워싼 채 조용히 계단을 향해 움직였다.

긴 계단을 오르자, 광신도들이 가득한 통행로가 나왔다. 눈을 찔러오는 밝은 조명에 시연이 얼굴을 가리며 멈춰 섰다.

"잡아."

시연은 손차양을 만들고 소리가 들려온 쪽을 바라봤다. 광신도가 막대기를 내밀고 있었다. 의아한 반응이었지만, 시연은 일단 따르기로 했다.

눈을 감은 채 막대를 잡고 걷던 시연의 귓가로 희미한 노랫소리가 들려왔다. 시연은 숨이 멎는 기분 속에서, 조금씩 커지는 노래에 귀를 기울였다. 착각이 아니었다. 그건 자신의 노래였다.

시연은 천천히 눈을 떴다. 멈춰 선 열차로 가득한 플랫폼이 보였다. 주거지로 개조된 것 같은 열차들은 단정한 살림들로 가득 차 있었다. 그게 전부였다. 막연히 상상한 광기나 폭력의 흔적 같은 것 없었다.

노랫소리는 시연 옆에 선 열차 앞부분에서 들려오고 있었다. 뭔가를 고치고 있는 사람들이 흥얼거리는 거였다. 성가라기보단 노동요를 부르는 분위기였다. 문제는 그게 시연도 못 부른지 몇 년은 된 노래라는 거였다.

시연은 자신들을 데려가던 광신도들도 그 노래를 흥얼거리는 걸 깨닫고, 경악한 표정으로 물었다.

"…나 알아?"

광신도는 시연의 질문을 이해 못 하고 살짝 찡그렸다가, 다시 아무렇지 않게 노래를 계속했다. 일행이 플랫폼을 지나 역의 중앙 로비로 향하는 사이, 각자의 일을 하는 광신도들 사이로 노래는 계속해서 퍼져나갔다. 시연은 평균 관객 열 명도 안 되던 밴드의 노래가 수백 명의 합창으로 서울역 높다란 천장에 울려 퍼지는 광경을 멍하니 바라보았다.

비현실적인 광경의 끝자락에서, 시연은 또 다른 비현실적인 풍경을 마주했다. 텅 빈 로비 3층, 지름 30미터 정도의 회색빛 반구가 있었다.

광신도들은 시연과 진주를 반구 몇 발짝 앞에 세우고 한걸음 물러섰다. 반구의 표면은 이음매 하나 없이 매끈했다. 어쩐지 먼지를 떠올리게 하는 표면의 질감을 천천히 살피던 시연의 귓가에 진주가 속삭였다.

"내 정보로는… 이런 데 있댔어. 교주."

순간, 소리도 없이 반구의 표면이 움직였다. 시연은 모래로 만든 두꺼비집 입구처럼 벽이 무너지듯 스르르 움직여 한 사람이 지날 만한 입구가 만들어지는 걸 멍하니 바라보았다. 대체이게 어떻게 가능한지 고민하던 시연은 이내 진주를 바라보며살짝 끄덕이고 심호흡을 하며 안으로 들어섰다.

몇 발짝 걷던 시연은 곧 숨이 멎는 기분 속에서 걸음을 멈췄다. 아무것도 없는 회색 방의 중앙, 자신에게서 등 돌린 채 앉아있는 사람이 있었다. 온통 하얀 옷을 입고 새카만 머리카락을길게 늘어뜨린 사람이었다.

낯선 사람이 천천히 고개를 돌렸다. 하얀 X자가 그어진 검은가면 너머에서 성별도 가늠하기 어려운 목소리가 울렸다.

"어서 와. 오래 기다렸어?"

7. 자유를 찾는 사이

소리 없이 반구의 출입문이 닫혔다. 방은 시연과 진주의 숨소리로 가득 찼다. 가면 쓴 사람은 다시 천천히 고개를 돌리고 노래를 흥얼거렸다. 시연의 노래였다. 생각 못 한 곳에서 자꾸만마주하는 과거에 시연은 당혹감을 느꼈다.

시연은 입술을 잘근거리며 조심스레 걸음을 옮겼다. 가면 쓴사람 앞쪽 바닥으로 펼쳐진 2미터 크기의 구조물이 보였다. 바닥에서 솟아 나온 케이크처럼도 보이는 구조물은 몇 개의 정사각형과 원, 그리고 곡선들이 겹겹이 쌓여 올라간 입체구조였다.

시연은 오래전 티베트 승려들이 모래로 입체 만다라를 만드는 영상을 본 기억을 떠올렸다. 차이점이 있다면 가면 쓴 사람은 허공에 손짓하는 것만으로도 바닥에서 입자들을 들어 올려 만다라에 쌓고 있다는 점이었다.

의아해진 시연은 허리를 숙이고 바닥을 만져봤다. 딱딱했다. 손가락에 묻어나오는 것도 없었다. 시연은 진주와 눈을 마주치고는 살짝 고개를 젓고, 다시 가면 쓴 사람 쪽으로 시선을 돌리며 물었다.

"당신이… 교주야?"

"아인."

가면 너머로 짧은 대답이 울렸다. 뒤이어 가면 쓴 사람은 만다라 위에 마지막 손짓을 했다. 회색빛 만다라의 각 부분이 총천연색을 발하며 천천히 회전하기 시작했다.

"신아인. 내 이름."

다시 울리는 목소리로 대답한 아인은 잠시 만다라가 돌아가는 걸 바라보다가 손을 휘저었다. 만다라의 구조가 무너지며 온갖 색들이 혼란스럽게 뒤섞인 소용돌이가 되어갔다.

"교주. 불리는 이름."

시연은 천천히 몸을 일으키는 아인을 치미는 위화감 속에서 바라보았다. 하얀 코트 아래 하얀 방진복을 개량한 헐렁한 옷을 입은 아인의 옷차림은, 전체적으로 바람에 흔들리는 하얀 빨래 같은 인상을 주었다.

시연의 시선이 펄럭이는 아인의 왼쪽 바짓자락에서 멈췄다. 다리가 절단된 듯 보였다. 하지만 바닥에서 치솟은 입자들이 바짓자락 안으로 빨려 들어가 새로운 다리를 만들어 아인의 몸을 일으키고 있었다. 아인의 단호한 걸음을 따라 바닥에서 솟아오른 새로운 다리 역시 단호하게 움직였다. 일말의 비틀거림도 없이 시연의 몇 발짝 앞으로 걸어온 아인이 말했다.

"많아. 불리는 이름들. 최초 계약자, 죽음 곡예사, 딛고 선 사람, 먼지 괴물. 불렸어. 용역제공자. 시설관리매니저, 지표연구 참여자, 피험자 1번. 불리고 싶지 않았어. 불리고 싶어. 어떤 수식도 없이. 너에겐."

혼란스럽게 울리는 아인의 말을 되새기던 시연이 물었다.

"…날 알아?"

아인은 조용히 시연을 응시했다. 아인의 눈빛을 읽어내려던 시연은 가면 눈구멍 너머에서 들끓는 복잡한 감정들을 발견하고, 호흡이 죄어드는 기분을 느꼈다.

"몰라. 우리는 전부. 외면해왔기 때문에."

아인이 가면에 양손을 댔다. 흘러내린 소맷자락 너머로 두 팔 깊게 패어있는 상처와 맴도는 입자들이 보였다.

"보이지 않는 사람들. 볼 필요 없는 사람들. 사이의 존재들. 우리를 만드는 구조들. 모두. 외면."

수수께끼 같은 아인의 말을 들으며, 시연은 아인을 만났을 만한 곳이 있을지를 빠르게 되짚었다. 일용직으로 일하던 직장들, 재건의 회사, 연습실, 공연장… 하지만 아인의 모습에서 과거의 흔적과 연결해볼 단서를 찾기는 어려웠다. 시연이 아인을 다시 한 번 주의 깊게 살펴보는 사이, 아인이 천천히 가면을 벗었다.

골격도 알아보기 힘들게 무너져 내린 얼굴 위로 회색빛 입자들이 수없이 떠돌고 있었다. 무심코 뒷걸음친 시연의 손을 잡으며 진주가 속삭이듯 말을 흘렸다.

"아이고…."

시연은 다시 한 번, 아인의 얼굴 주변을 떠도는 입자들이 먼지와 닮았다는 느낌을 받았다. 입자들이 진동하며 소리가 울렸다.

"보고 있어. 보고 있지 않아. 모르는 이유. 우리는 모두 모르는 존재."

시연은 목소리가 방 전체에서 울린다는 느낌을 받았다. 구분 없이 이어진 천장과 벽을 살핀 시연은 그제야 방이 어떤 조명도 없이 빛나고 있다는 걸 깨달았다. 방을 이루고 있는 입자들이 사각 없는 최적의 빛을 만들어주는 것 같았다. 시연은 다시 가면을 쓰는 아인을 바라보며 물었다.

"여기 이거 전부… 먼지인 거야?"

"먼지. 불리는 이름."

아인은 시연에게로 성큼 다가갔다. 시연이 반응할 새도 없이 아인은 팔뚝에 감긴 붕대를 풀고 상처에 손을 가져갔다. 허공에서 흐느적거리는 아인의 손동작을 따라, 상처에 박혀 있던 먼지들이 움직이기 시작했다.

부드럽게 안마받는 느낌과 함께, 벌어진 상처가 조금씩 오므라들기 시작했다. 입을 벌린 채 지켜보던 시연에게로 순식간에 강렬한 충격이 밀려들었다. 온몸이 통째로 들어 올려지고, 머릿속으로 전등 빛이 수없이 지나는 듯한 순간들이었다.

잠깐의 충격이 지나고, 몸을 떨며 잔향을 받아내는 시연의 눈앞으로, 상처에 박혀 있던 먼지들이 아인의 손끝을 맴도는 게 보였다.

"보이는 것. 보이지 않는 것. 보이지 않는 것을 보이게 하는 것."

시연은 아인의 손끝에서 공 모양으로 뭉쳐 반짝이는 먼지를 보며 말했다.

"먼지를… 움직일 수 있는 거야?"

시연은 진주를 돌아보고, 알 수 없는 아인의 눈빛을 바라보며 재차 물었다.

"이게… **행복**이야?"

진주가 놀란 눈으로 시연을 바라봤다. 아인은 공 모양 먼지가 흩어져 주변을 돌게 놔두며 말했다.

"**행복**. 찾아야 하는 것. 모두가."

시연이 주머니 없는 옷 어딘가에서 뭔가를 꺼내 시연 앞에 들어 보였다. 복지카드였다.

"함께 찾아야 하는 것. 그런데 왜."

아인의 목소리가 점점 커지는 기타 스트로크처럼 울렸다.

"훔쳤어. 독점하려고. 모두를 가두는 결정."

아인이 복지카드를 공중에 띄웠다. 허공에서 뱅글뱅글 도는 복지카드를 보며 시연은 연신 입술을 잘근거렸다. 생각 못 한 시점에 생각 못 한 방법으로 협상이 시작됐다는 생각이 들었다. 불리한 위치를 자각하며 가능한 대답을 고민해보던 시연은 정공법으로 나가보기로 했다.

"어차피 너희가 만든 것도 아니잖아? 광신도들이 날뛰기 한참 전부터 **행복**이나 복지카드에 대한 전설은 돌고 있었어. 아니, 애초에 너희가 여기 온 것부터가 몇 달 안 됐잖아? 너희도 여길 역무원들에게서 **빼앗은** 거라고."

"광신도. 불리는 이름."

카드를 바라보던 아인이 조금 서글퍼진 눈으로 시연을 바라봤다.

"광신도. 버려진 사람들. 차별. 낙오. 유기. 추방. 너희들. 어쩔 수 없었다는 말들. 살아남기 위해. 달라서. 약해서. 운이 나빠서."

아인이 시연의 양팔을 붙잡으며 말했다.

"우리. 다시 온 거야. 원래 자리로. 너희가 만든 재난으로."

시연은 아인의 두 눈을 가만히 바라보았다. 많은 커뮤에서 자원 때문에 희생이 일어난다고 들었다. 죄를 씌워 추방하거나, 탐색에서 따돌리거나, 필요한 보급을 해주지 않아 자기 발로 떠나게 하거나. 그런 사람들이 강력한 집단이 되어 복수를 하고 있다는 이야기를 믿어야 할까. 시연이 아인의 손에서 부드럽게 팔을 빼며 말했다.

"제각기 버려진 사람들이 어떻게 서울을 휩쓰는 세력을 만들었지?

"믿음. **행복**을 찾겠다는 의지. 계시. 사이에 있는 존재와의 만남."
아인이 한걸음 물러나며 말을 이었다.

"**행복**을 찾는 길에 모두가 있을 거야. 너도. 믿음만 있다면."

"전도는 됐어. 대체 **행복**을 왜 찾으려는 건데? 그게 뭐길래?"

"자유. 자유를 보장하는 자유."

아인은 복지카드를 공중으로 높게 띄우고, 복지카드가 있던 자리에 시연의 몸에 있던 먼지를 띄웠다. 먼지를 공 모양으로 조형하며 아인이 말했다.

"객체. 우리는 모두 손님의 몸. 서로에게 서로는 대상일 뿐. 우리에게 먼지가 그런 만큼, 먼지에게 우리도. 우리가 존재하는 방법은?"

아인이 시연에게 공을 던졌다. 본능적으로 몸을 움츠린 시연의 곁을 스친 공이 벽에 튕겨 아인에게 되돌아왔다. 아인이 다시 공을 던졌다. 몇 차례 공을 피한 끝에, 시연이 튕겨 나온 공을 잡았다. 잠시 손바닥 안 공을 굴리며 고민하던 시연이 아인에게로 공을 던졌다. 능숙하게 받아든 아인이 이번엔 진주에게 공을 던졌다. 얼떨결에 공을 잡은 진주가 시연에게로 공을 넘겼다.

한동안 세 사람 사이에 공이 오갔다. 다시 공을 잡은 아인이 던지기를 멈추고, 헐떡이는 시연에게 말했다.

"이제 우리는 5분 전과는 다른 존재야."

아인이 공을 놓았다. 공이 세 사람 사이에서 던져진 궤적을 반복해 움직였다.

"우리가 공에게 준 영향만큼. 공도 우리에게 영향을 줬어. 공과 세 사람. 각 객체를 바꾼 건. 사이의 존재."

공이 조금씩 원래의 궤도를 이탈해 움직이기 시작했다. 시연은 공의 움직임에서 기타를 앰프에 가까이 댈 때 만들어지는 하울링이 들리는 것만 같았다.

"공놀이. 객체 사이의 객체. 객체 사이에서 변화하는. 객체를 변화시키는. 사이의 존재. 우리가 믿는 자아는, 이 사이 존재의 교차로. 주체는 환상."

시연은 알아듣기 힘든 아인의 말에 어떻게든 반박하고 싶은 기분을 느꼈다.

"하지만 공을 느끼는 내가 없다면, 난 공을 주고받지도 피하지도 못했을 거야. 이 공이 만들어지기 전부터 이걸 느낄 나는 있었고."

"느낌. 상호작용의 과정. 감각과 판단 사이의 정보 교환. 자아는 고정되지 않고 점과 점 사이에 흐르는 것. 상호작용과 관계의 범위가 우리의 물리적 존재의 범위."

아인이 두 팔을 들어 보이며 말했다.

"하지만 갇혔어. 먼지에 고립된 집단들. 이 방을 벗어날 수 없는 나. 인식과 신체의 한계에 갇힌 사람들. **행복**을 찾아야 할 이유. 새로운 계약."

아인은 소용돌이치는 만다라의 잔해를 향해 돌아섰다. 아인의 손짓을 따라 소용돌이가 가라앉으며 새로운 조형을 만들기 시작했다.

"잘못된 계약. 나는 부서졌어. 망가진 관계. 세상은 끝났어."

시연은 아인이 만드는 조형을 한눈에 알아보았다. 서울이었다.

"새로운 계약. 새로운 관계. 새로운 객체. 새로운 세상."

조형 중심부에서 파도 같은 움직임이 만들어져 서울을 삼켰다.

"모두의 잘못들을 씻어줄 폭풍."

퍼져나가는 파도가 지나간 자리에서, 서울의 지형이 바뀌는 것을 보던 시연이 계속해서 머릿속에 맴돌던 생각을 말했다.

"**행복**이 먼지를 제어할 기술이라고 했지. 박정배는. 그 사람도 이걸 알고 있었어? 뭘 원했던 거지 그 사람은?"

"낙원에 대한 무관심."

아인이 시연을 바라보며 말을 이었다.

"이제 우린 낙원에 무관심. 낙원에 관심 있던 이유. 너. 조재건. 둘의 관계. **명의**의 조건."

재건이란 말에 흠칫하는 시연의 손을 잡으며 아인이 말했다.

"너와 나 사이의 새로운 계약. 재건. 다른 복지카드. 찾기. 대면하기."

"재건이를 찾아서… 데려오라고?"

"**행복**을 찾아가. 두 개의 복지카드. 새로운 **명의**."

아인이 복지카드를 잡아내려 시연의 손에 쥐여주었다. 복지카드를 내려다보던 시연이 물었다.

"재건이를 만나서 그냥 **행복**이나 찾아보라고? 그래서 네가 얻을 건?"

아인은 진주를 돌아보며 말했다.

"여기 베테랑 프리랜서. 같이 가. 네가 믿는 사람. 다양한 가능성. 새로운 **명의**."

시연은 미간을 찌푸리며 물었다.

"새로운 **명의**? 그 전에 **명의**가 또 있었어?"

"알게 될 거야. 시간이 없어. 바로 재건에게 가."

"아니. 내가 왜 너랑 계약해야 하지?"

"여기까지 온 이유. 재건. 찾으러 가. 무엇이 다르지?"

대답 없는 아인의 가면을 노려보던 시연은 살짝 고개 저으며
말했다.

"어디 있는지 아는 거야?"

"너도 알아. 집중해봐."

아인은 시연에게 어깨동무하며 서울 모양 조형물을 가리켰
다. 시연이 집중하자, 조금씩 강렬한 리듬이 머릿속에 자리 잡
았고, 뒤이어 점 하나가 용산 쪽에서 빛나기 시작했다.

"새로운 던전. 설계자들의 구역."

아인은 시연을 놓고 천천히 다시 가부좌를 틀고 앉았다. 시연
이 무슨 말을 할지 고민하는 사이, 다시 출입문이 열리고 아인은
흥얼거리기 시작했다. 시연은 진주와 눈길을 교환하다 천천히
출입문으로 향했다. 아인은 더는 대화할 생각이 없어 보였다.

반구 밖에선 광신도들이 시연과 진주의 짐을 들고 기다리고
있었다. 경계하는 눈초리로 짐을 받아드는 시연에게, 시연과 구
면인 광신도가 말했다.

"쉽지 않을 거야. 설계자들, 귀신들이야."

"…한다고 안 했어."

"1층으로 내려가면 출입문 앞에 식사 준비해놨어. 대기실에서 먹고 가."

광신도들은 이내 시연과 진주에게서 등을 돌려 걸어갔다. 시연이 진주를 돌아보며 물었다.

"할 거예요?"

"적어도 여기서 그냥 나가게 해준다잖아. 가랄 때 얼른 가자."

시연은 계단을 빠르게 내려가는 진주에게 따라붙으며 말을 이었다.

"여기서 나가면 빈 건물부터 찾아요. 배고파 쓰러지겠는데, 여기서 먹으면 체할 거 같거든요."

"아유. 나도 그래. 넌 그래도 저 안에서 용케 알아듣는 거 같더라. 난 도통 이런 상황이 익숙하지가 않네. 무슨 일을 시키는 건 같은데, 조건을 거는 것도 아니고, 협박하는 것도 아니고."

"어차피 할 걸 알고 있으니 그런 거겠죠. 위험할까요?"

"그건 차근차근 고민해보자."

두 사람이 로비 가득한 광신도들 사이로 빠르게 걸어나갔다.

8. 단서를 찾는 사이

깊은 밤, 어둠 속에서 두 사람이 선로 위를 걷고 있었다.

"먼지가 다시 짙어지는 것 같아요."

시연이 휘어지기 시작하는 손전등 빛을 바라보며 말했다.

"그 전에 길을 좀 봐두는 게 좋겠는데."

진주가 멈춰 서서 지도를 펼쳤다. 함께 멈춰 선 시연은 고글을 닦고 주변을 천천히 훑으며, 진주가 해준 설명을 되새겼다. 이 지역에는 세 세력이 서로를 견제하며 균형을 이루는 중이라고 했다. 재난 당시 역에 있던 시민들을 중심으로 한 용산역, 전자상가 업자들을 중심으로 한 던전, 그리고 국제업무지구의 새 던전.

시연과 진주는 그 세 세력의 중립지대인 주차장 쪽으로 향하고 있었다. 시연은 눈을 가늘게 뜨고 어둠과 먼지 속을 응시했다. 자동차들이 늘어서 있을 주차장 너머로 희미하게 새 던전의 높다란 실루엣이 보이는 듯했다. 그게 진짜로 보인 건지, 아니면 또 그 '느낌'일지 궁금해하며 시연이 말했다.

"20분 정도면 도착하겠는데요?"

"그렇겠지? 확인은 안 되겠다만. 그래도 그 친구 만나면 시간은 확실히 알 수 있어서 좋겠네."

진주가 지도를 접고 앞으로 나섰다. 시연은 살짝 끄덕이며 뒤따랐다. 아무리 몸값이 비싼 프리랜서라도 시계 배터리는 쉽게 구할 수 있는 물건이 아니었다. 시연과 진주 모두 시계 배터리가 다 된 지 오래였고, 움직이면 자동으로 충전된다는 재건의 시계는 부러움의 대상이었다. 시연이 새삼스레 재건의 시계가 충전되는 방식을 궁금해하는 사이, 헤드셋 너머로 진주가 툴툴거렸다.

"이렇게 대책 없이 일하는 것도 오랜만이네."

"저도요. 뭣보다 저기 사는 사람들에 대해 알려진 게 없다는 게 이상해요. 설계자들이라고 했었나요? 어쨌든 그동안 주변이랑 계속 분쟁도 있었다면서요."

"그 분쟁이라는 게, 설계자들이 먼저 공격을 한 경우는 없었나 봐. 사람들이랑 엮이는 것도, 흔적을 남기는 것도 강박적으로 싫어한대. 괜히 귀신들이라고 부르는 게 아니겠지. 한편으론 그렇게 흔적을 숨길 만한 실력도 있다는 얘기고."

시연과 진주는 선로와 주차장의 경계를 가르는 컨테이너 지대에 다다랐다. 쌓여 있는 컨테이너를 조심스레 넘어 주차장으로 내려선 시연이 잠시 숨을 돌리고 말했다.

"너무 무모한 거 같네요. 내부구조도 모르는 귀신 소굴에 들어가고."

"그렇게라도… **행복**을 찾아야 하니까."

"하지만 저기 정말 재건이가 있는지는 알 수 없는 거죠."

"느꼈다면서? 그 '느낌'이라는 게 뭔지는 도통 모르겠지만."

두 사람은 어둠과 적막에 적셔진 주차장을 가로질러나갔다.

"막상 재건이를 찾아도 막막하긴 해요. 복지카드 두 개는 모인 거지만, 여전히 **행복**을 어떻게 찾을지는 모르는 상태니까요."

시연은 천천히 고개를 저으며 내키지 않는 말을 꺼냈다.

"**행복**을 찾으려면, 결국 다시 광신도들을 찾아가야 할지도 모르겠네요. 빌어먹을… 어쩌면 그걸 뻔히 알고 우릴 보내준 건지도 모르겠어요."

"다시 거기에 간다고? 교주한테 어떻게 홀라당 된 거 아니지?"

"아까 그 방에서 같이 봤잖아요. 먼지 같은 게… 모여서 교주의 다리를 만들고, 교주의 손짓을 따라 움직이고. 아까 **행복**이 몸을 복구하는 의료 기술 같다고 했었죠? 그거라면 방에서 본 게 설명이 되겠죠. 어쩌면 광신도들은 그 기술을 그 방 정도 규모로는 구현할 수 있는지도 몰라요. 어떻게 가능한지 상상은 안 가지만."

"의료 기술이라기엔 좀 투박해 보이던데. 네 말대로 먼지를 제어하는 기술처럼은 보이더라."

"적어도 **행복**에 대해 우리보단 광신도들이 잘 알 거란 얘기죠."

"그래도 난 그런 기술이 광신도들 손을 타게 두는 건 영 그러네. 걔네도 심란한 사연 있다는 건 알겠는데, 그럼 더더욱 독이 올라있지 않겠어? 한 번 망한 세상을 다시 한 번 망하게 하려는지도 모른다고."

"그럼 어떻게 해요? 무작정 **행복**을 찾기엔 저나 윤 사장이나 여유는 없을 거 같은데."

시연은 설마 하는 마음으로 물었다.

"그 기술이 양복쟁이들한테 가는 건 괜찮다고 생각하는 건 아니죠?"

"광신도들보단 낫지 않을까."

진주는 우뚝 멈춰선 시연을 다독여 움직이며 말을 이었다.

"사람 살리는 일이잖아. 양복쟁이들은 그래도 직접 만나보니 일 처리가 좀 체계는 있던데. 적어도 **행복**을 찾으면 그걸 어떻게 다루고 분배할지는 대충 예상되잖아."

잠시 두 사람은 말없이 주차장을 걸었다. 시연이 반박할 말을 정리해 입을 떼려는 찰나, 진주가 말했다.

"아까 뭔 말인지 모를 교주 얘기 들으면서 그런 생각은 들더라. 어쩌면 먼지도 기회였을 수 있지 않았나 하는 거. 물론 먼지는 끔찍하지. 나도 한순간에 남편도 가게도 다 잃었고. 그런데… 그러고서 살아남겠다고 날뛰다 보니, 어느 순간 프로페셔널한 프리랜서라고 불리고 있더라고. 어차피 먹고 사는 거 힘든 건 마찬가지인데, 예전이라면 상상도 못 한 일들을 골라 하면서 살고 있더라는 거지. 누구를 위해서 아니라 내가 하고 싶어서."

시연이 진주가 차에 부딪히려는 걸 깨닫고 잡아끌었다. 진주가 피식 웃으며 말을 이었다.

"봐봐. 나도 늙었나 봐. 그래서 이런 생각도 하는 거고. 그러니까 이런 얘기야. 비록 세상이 망했지만, 그렇다 해도 예전 세상보다 어떤 면에서는 더 나은 세상을 만들어볼 수도 있었잖아. 하지만 우리는 예전보다 더 격하게 싸워댔고, 얼마 남지 않은 인구끼리도 미워하고 죽여댔지. 그러다 광신도 같은 애들까지 만들어진 거고. 이러다간 더 나아질 기회고 뭐고 우리가 살아남을 기회도 남아나질 않을 거야. 그러다 보니 다들 **행복**에 관심을 가지는 게 아닐까 싶어. 그게 모든 상황을 바꿀 물건이라고들 하니까."

진주가 조용히 듣고 있던 시연을 바라보며 말했다.

"그래서 나도 세상이 더 막 나가지 않게 하려면 질서가 필요할 거란 생각이 든 거야. 합리적으로 생각하는 사람들이 동의하는 질서. 시스템. 적어도 양복쟁이들은 그런 시스템은 남겨놓은 거 같거든."

"이모야말로 양복쟁이들 과외에 혹한 거 아니고요? 양복쟁이들, 이렇게 될 때까지 아무것도 못 하고, 땅속에 숨어 들어가선 수상한 짓만 벌이던 사람들이에요. 지금 와서 그들을 대표로 받아들일 사람은 없을 거예요."

천천히 끄덕인 진주가 쓰게 웃으며 말했다.

"그래. 그냥. 그걸 알면서도 너한테 확인받고 싶었나 봐."

"이모 마음은 이해해요. 저도 고민 중이거든요. 이미 늦었을지 모르지만, 모두가 이렇게 가면 안 되지 싶은 거."

주차장의 끝자락에 다다라 시연이 말했다.

"일단 어려워도, 최대한 우리 힘으로 해보죠. 재건이가 저기 있게 된 이유가 있을 거예요. 재건이는 끝까지 **행복**을 찾겠다고 했으니, 어쩌면 그 단서가 저기 있는지도 몰라요. 한번 설계자들이 **행복**에 대해 아는 게 있는지 찾아보죠."

진주가 끄덕이며 앞을 가리켰다. 잦아든 먼지 너머로 희미하게 일렁이는 불빛들이 보였다. 손전등을 끄고 자세를 낮추며 진주가 말했다.

"다 온 것 같아. 조용히 움직이자. 먼지가 옅어졌어도, 밤이니까 빛만 피하면 쉽게 알아차리진 못할 거야."

시연이 끄덕였다. 몸을 낮춘 채 새 던전 건물 앞으로 간 시연과 진주는 기다시피 계단을 올라 화단 뒤에 몸을 숨겼다. 빼꼼 화단 밖을 살핀 진주가 말했다.

"수가 꽤 되는데?"

시연은 화단 밖에 드리운 빛을 보며 끄덕였다. 어디서 전력을 끌어온 건지, 설계자들이 설치해온 조명들로 화단은 대낮처럼 일렁이고 있었다.

순간, 시연의 머릿속에도 일렁이는 빛이 스몄다. 동시에 울려 대는 리듬과 함께, 경계를 서는 설계자들의 동작이 빛의 환시로 보이기 시작했다. 다시 그 '느낌'이 시야가 되어 찾아오고 있었다.

시연은 근처의 설계자들이 모두 시선을 돌리길 기다려 반대 쪽 화단으로 달려가 몸을 숨겼다. 빛의 시야 속에서 설계자 하나가 시연 쪽으로 돌아선 뒤 손과 화단 쪽을 번갈아 두리번거렸다. 마치 시연이 어디 숨어 있는지 안다는 듯한 몸짓이었다. 점점 가까워지는 발소리를 들으며 시연은 진주에게 수신호를 보냈다. 진주가 끄덕이며 속삭였다.

"둘."

"셋!"

신호를 외치며 시연이 화단에서 미끄러져 나와 설계자의 발을 걸었다. 균형을 잃고 나동그라지는 설계자의 목덜미를 진주가 잡아채며 화단으로 끌었다. 진주가 화단 뒤에서 설계자의 목을 조르는 사이, 시연이 득달같이 달려들어 관자놀이를 쳐 기절시켰다.

"귀신도 별거 없네. 뭐 주렁주렁 많이 달긴 했다만."

함께 설계자의 가슴에 달린 장비를 살펴보던 시연이 철렁하는 기분 속에서 장비를 하나 들어 올렸다. 설계자가 손에 쥐고 있던 작은 기계였다. 기계에 달린 액정에선 두 개의 흰 점이 깜빡이고 있었다.

"위상배열 도플러 레이더."

"응?"

"이거. 심박을 추적하는 거 같네요."

놀란 기색의 진주에게 기계를 건네고, 시연은 다른 장비들을 하나하나 살펴나갔다. 분명 설계자의 차림새는 재건과 헤어지기 직전 자신들을 추적했던 사람들과 같아 보였다. 그리고 그의 몸에 달린 장비들은 재건이 낙원에서 설계해온 수많은 장비들과 닮아 있었다.

시연은 연신 입술을 잘근거리며 필사적으로 생각했다. 전부 설명될 수 있을 것이다. 그때 헤어지고서, 재건은 이들에게 포로로 잡혀 여기까지 왔고, 재건이 아이디어를 제공하게 해 이틀 만에 이들 물건을 제작해낸 거다. 그렇게… 설명이 되어야만 했다.

시연은 들끓는 감정들을 꾹꾹 누르며, 장비마다 새겨진 로고를 쓰다듬었다. 행복 나노테크. 오랫동안 잊고 있던, 재건이 다니던 회사의 이름이었다.

"서둘러야겠는데?"

진주의 말에 시연이 퍼뜩 정신을 차리고, 진주가 보여주는 기계 액정에 뜬 메시지를 살폈다.

'남문 델타. 상황 보고 바람.'

진주와 델타는 액정과 '느낌'에 의지해 빠르게 건물 출입문 쪽으로 다가갔다. 출입문 근처 기계장치를 살피던 진주가 말했다.

"생체인증 시스템이야. 이 자식들 정체가 뭔진 몰라도 여긴 거의 양복쟁이 벙커 수준인데?"

"열쇠를 구해보죠. 근처에서."

시연과 진주는 다시 한 명의 설계자를 유인해 쓰러트리고, 장갑을 벗겨 문 옆 판에 손을 가져갔다. 인증 확인 메시지와 함께 둔중한 출입문이 미끄러지며 열렸다.

시연과 진주가 복도로 들어서자 출입문이 닫히고 양옆 송풍구에서 강한 바람이 밀려들었다. 잠시 방독면을 벗고 땀을 식힌 진주가 말했다.

"이런 거 와우에도 좀 달아야겠는데?"

송풍구 밖으로 몇 걸음 걷던 진주를 시연이 잡아 세웠다. 시연은 조용히 진주가 걸어나가던 앞쪽을 가리켰다. 흐린 조명 아래 미세한 일렁거림이 있었다.

"포집기로… 먼지를 모아 차폐막을 세운 거예요."

"뭐로 뭘 새웠다고?"

"재건이 아이디어예요. 전부. 와우에는 같이 못 가서 못 달아준 거고… 앞으로도 달아줄 수 있을지는 모르겠네요."

시연은 자신이 무슨 말을 하는지도 모르겠다는 기분으로 일렁거림을 살폈다. 낙원에서, 그리고 재건과 같이 다니며 수도 없이 봤던 거라 작동 방식은 잘 알고 있었다. 차폐막 차단기를 찾기 위해 움직이던 시연의 시야에, 진주의 손가락 끝이 차폐막 중앙으로 살짝 삐져나와 있는 게 보였다. 시연은 진주의 손목을 가볍게 잡고 뒤로 빼며 말했다.

"자…, 천천히 움직여요…."

하지만 손이 채 몇 센티미터 움직이자마자, 사방에서 사이렌 소리가 울리기 시작했다.

"뛰죠!"

차폐막을 통과해 낯선 복도를 달리면서, 시연은 차라리 복잡한 생각을 그만두게 되어 다행이란 생각을 했다. 하지만 이 모든 것의 끝에서 만나게 될 것이 무엇인지가 못내 불안했다. 복도를 수없이 굽이치고, 보안 장치를 간신히 피하는 동안에도 불안감은 가시지 않았다. 시연의 '느낌'은 이곳의 모든 공기에 위험 경보를 울려대고 있었다.

시연과 진주는 환기 통로로 접어들어, 굳게 닫힌 뚜껑을 발로 차고 안으로 들어섰다. 털썩 내려선 곳은, 복잡한 장치들이 둘러싼 방이었다.

방에 서서 뭔가를 조작하던 설계자 한 명이 갑작스러운 굉음에 일행을 향해 돌아섰다. 시연과 진주와 설계자는 각자의 무기를 동시에 빼 들었다. 방 중앙에 있는 탁자를 두고 세 사람이 대치했다.

긴장 속에서 시연은 자신 앞의 탁자를 힐끔힐끔 살폈다. 빛이 그려낸 입체가 탁자 위에서 천천히 회전 중이었다. 홀로그램이란 단어를 떠올리면서도, 시연은 이런 기술이 어떻게 가능할지 가늠할 수도 없었다.

"서울⋯?"

진주의 말에 시연은 새삼스레 3차원 점묘화 같은 그 홀로그램이 아인이 만들어냈던 서울의 조형과 닮아 있다는 생각을 했다. 반짝이는 점들이 그려내는 수많은 건물과 골목들이 어디를 가리키는지를 유추해보던 시연은 문득, 점들이 표현하는 게 지형이 아니라 그 주변의 먼지들이라는 생각이 들었다.

순간, 둔탁한 충격음이 대치의 긴장을 깼다. 설계자가 그리로 시선을 돌리는 사이, 문을 걷어차고 방으로 들이친 사람이 득달같이 설계자에게 달려들었다. 전기충격기로 몇 차례 가격해 설계자가 기절한 걸 확인한 뒤, 달려든 사람이 천천히 몸을 일으켜 뒤돌았다. 재건이었다.

"약속… 당연히 기억하고 있었지."

9. 신뢰를 찾는 사이

"'버려진 약속의 자리에서 나는 기억을 의심하고 있었어.' 가사, 기억나지?"

시연은 슬쩍 시선을 돌려 재건을 바라봤다. 재건은 대답 없이 창밖 먼지만 응시하고 있었다. 재건이 처음 가사라곤 "솔직해야 해"가 전부인 11분짜리 곡을 써와서 시연이 구박할 때도 저런 표정이었다.

"뭐가 보여? 먼지는 그만 내다보고 이리 와서 좀 같이하지?"

"네, 가요!"

재건이 짐짓 경쾌하게 답하며 진주에게로 향했다. 시연은 슬쩍 고개를 돌려, 재건이 진주의 옆에 앉아 벌려놓은 난장판에서 기계 부속들을 집어 드는 걸 살폈다.

시연은 고개를 저으며 창밖으로 시선을 돌렸다. 먼지 농도는 높아져 있었지만, 10층 건물에 올라와 있던 덕분인지 멀리 한강 쪽에서 폭풍이 움직이고 있는 건 알아볼 수 있었다. 그게 전부였다. 수상한 움직임도, 울리는 '느낌'도 없었다.

시연은 담배를 하나 물고 잘근거리며, 진주 쪽으로 다가와 재건을 마주 보고 앉았다. 잠시 두 사람의 얼굴을 훑은 시연은, 두 사람이 작업 중인 잡동사니들로 시선을 내렸다.

"꽤 빠르네요."

시연이 진주가 만든 부비트랩 하나를 들어보며 말했다.

"이 정도야, 뭐…. 근데 검사 하러 온 거야?"

시연은 진주에게 슬쩍 웃어 보이곤, 담배를 잘근거리며, 재건이 챙겨온 잡동사니들로 함정을 만들기 시작했다.

침묵과 눈치 속에 공작시간이 끝나고, 재건과 담배를 나눠 문 진주가 시연에게로 불을 내밀었다. 멍하니 함정들을 내려다보던 시연이 퍼뜩 정신을 차리고 담배 연기를 빨아들인 뒤 말했다.

"아무리 생각해도… 이럴 시간에 얼른 발전소로 가는 게 낫지 않나요?"

시연이 말하며 재건이 세우고 진주가 동의한 계획을 되새겼다. 새 던전에서 가까스로 탈출한 세 사람은 동이 틀 때쯤에야 강변북로에 있는 이 건물을 찾아 몸을 피할 수 있었다. 짧은 휴식을 하며 재건은 자신이 찾아낸 정보를 알려주었다. **행복**을 찾으려면 옛 발전소가 있던 자리로 가야 한다는 것.

"설계자들은 어차피 금세 우리가 여기 있는 걸 찾아낼 거야."

"저기 폭풍도 지나가고 있고. 괜히 나갔다가 폭풍이 이쪽으로 오면 방법이 없지."

재건의 말을 진주가 이어 말했다. 그래서 두 사람은 이곳에서 폭풍이 지나갈 때까지 혹시 모를 농성 준비를 해두자는 거였다.

시연은 내뿜은 담배 연기를 불안 속에 응시했다. 자신의 것과 뒤엉키는 재건의 연기에서 불안정한 픽업 울림 같은 게 들리는 것 같았다. 정배가 부른 광신도들과 마주하던 순간의 기억이 떠올랐다. 바닥에 돌아가는 포집기를 가만히 바라보던 시연이 서글픈 눈으로 진주를 불렀다.

"이모."

"왜."

시연이 재건을 흘긋 살폈다. 재건이 가만히 뿜는 연기 뒤에서 긴장이 느껴졌다.

"이모는 정말 믿었던 사람한테 배신감 느낀 적 있어요?"

진주는 시연을 빤히 바라보다 재를 털며 말했다.

"이런 세상에서 이런 일 하면서 먹고 살려면 그런 느낌엔 무뎌져야지. 배신이 흔한 예절이겠거니 하고. 뭐 그런 걸 생각해도 좀 복잡한 사연이 있긴 했어. 넌 모르는 사람 얘기."

곁눈질로 재건의 반응을 살피며 시연이 물었다.

"그래서 어떻게 했어요?"

"응? 바로 결론으로? 뭐…, 죽었어."

당황하며 바라보는 시연과 재건을 향해 진주가 허탈하게 웃으며 얘기했다.

"아니, 내가 죽인 건 아니고. 소식을 들었어. 뒤늦게. 그냥 노상강도 떼거리에 당했대."

진주가 담배를 깊게 빨고 말을 이었다.

"막상 그리되니 심란하더라. 그러길 바란 건 아니거든. 그냥 설명이 필요했던 건데… 이제 영영 늦어버렸지."

"이해해요."

시연이 침착하게 답하며 재건을 바라봤다. 재건은 가만히 시선을 내린 채 꽁초를 비벼 끄고 있었다. 마지막 담배 한 모금을 빨아들인 진주가 꽁초를 튕기며 말했다.

"자, 작업하러 갈까? 여기 비상계단이 두 개 있더라고. 빠르게 하나씩 돌까, 아니면…."

"나눠서 작업하죠."

시연이 빠르게 함정을 챙기며 말을 이었다.

"저랑 재건이가 저쪽 계단 맡을게요. 이모는 가까운 쪽 부탁해요."

"응? 어, 그래. 야! 나 외로우니까 둘이 너무 오래 있진 말고!"

시연은 살짝 미소 짓고 재건을 눈으로 채근했다. 재건은 어깨를 으쓱이곤 자신 몫의 함정을 챙겨 시연의 뒤를 따랐다.

두 사람은 방독면을 쓰고 1층까지 내려간 뒤, 함정을 하나씩 설치하며 먼지가 두껍게 쌓인 층계참을 올랐다. 4층에 다다랐을 때, 시연은 설치를 끝내고 올라가려는 재건의 앞을 막았다.

"이제 설계자들이 이쪽으로 오는 거야?"

시연은 자신의 말에 대꾸 없이 바라만 보고 있는 재건의 방독면을 벗겨버리고 싶은 충동을 느꼈다. 재건은 단어들을 꾹꾹 눌러쓰듯 느릿느릿 말했다.

"음. 안 그러면 좋겠지만. 왜. 또 싸우고 싶은 거지? 쓸데없는 짓 하고 있다고."

시연은 재건이 당황과 여유를 가장하고 있다는 생각이 들었다. 이건 '느낌' 이전에 재건과 나눈 오랜 관계가 알려주는 답안지 같은 거였다.

"솔직해져. 장난칠 여유 없어. 설계자들… 누구야."

말을 시작하니 감정이 치밀었다. 시연은 입을 뗀 재건을 벽으로 밀어붙이며 언성을 높였다.

"같은… 편이었어? 대체 언제부터…!"

시연은 자신의 의식이 갑작스레 긴장된 공기 속으로 흩뿌려지는 느낌을 받았다. 순식간에 시연과 재건의 주변으로 빛나는 패턴들이 모여드는 게 보였다. 시연은 재건을 잡은 손을 놓으며, 불안이 재료가 된 것 같은 주변의 형상들을 둘러보았다.

계단 주변에 둘러앉은 사람들이 있었다. 시연은 그게 5주 전 광경임을 '알게' 되었다. 설계자들의 형상 중 하나가 말했다.

'파악한 지점은 광신도들 구역이야.'

'예상보다 빠르네. 5주 뒤 들어갈게.'

온몸이 떨렸지만, 시연은 그 목소리를 선명하게 구분했다. 재건의 목소리였다.

'왜 5주야. 소꿉놀이 그만하고 일에 집중해. 빨리 합류해야 할

거 아냐.'

'필요한 과정이야. 날 믿어. 때가 되면 발전소에서 만나.'

시연이 주저앉을 것 같은 몸을 난간에 기대고 천천히 심호흡했다. 어느새 사라진 형상들이 있던 자리에 선 재건을 보며 시연은 낮게 으르렁거렸다.

"이 느낌. 뭔지 알고 있었던 거지?"

시연은 재건의 표정을 감춘 방독면에 바짝 얼굴을 들이대며 말을 이었다.

"지금도 그 느낌을 봤어. 이제 보이고, 들린다고. 그러니 똑바로 얘기해."

재건은 헤드셋이 울리게 한숨을 쉬고, 벽에 등을 기대며 말했다.

"어느 정도… 됐어. 대신 얘기할 테니 이 말들은 믿어줘."

재건은 잠시 바닥을 바라보다가, 고개를 들어 팔짱 낀 시연을 바라보며 말을 이어나갔다.

"빠르게 말할게. **행복**을 찾으려면 옛 회사의 도움이 필요했어. 그들의 도움이 없었으면, 이걸 손에 넣지도 못했겠지."

재건이 복지카드를 꺼내 보이며 말했다.

"하지만 회사의 방식대로 **행복**을 찾아선 안 된다고 생각했어. 늘 그랬다고. 그래서 우리가 **행복**을 찾을 수 있게 나름 노력한 거라고. 난 지금 빨리 재네를 따돌리고 발전소로 가는 거에만 집중하고 있어."

"제대로. 알아듣게, 납득하게!"

소리치던 시연에게로 폭포처럼 느낌이 쏟아져 내렸다. 전자기타를 오케스트라로 연주하듯 수천 개의 불안과 위험이 사방을 죄어들고 있었다.

시연은 그 느낌의 진원을 따라 재빨리 4층 창가로 다가갔다. 폭풍이 바짝 다가와 있었다. 그 표면으로 먼지들이 빨려 들어가고 있어서인지, 건물 주변은 '느낌' 없이도 잘 내려다보였다.

강변북로와 닿는 교차로에 위치한 건물 한쪽에서 수십 명의 설계자가 건물을 포위하며 사제 총기들을 겨누고 있는 게 보였다. 그 반대쪽 도로에서는 그 두 배는 넘어 보이는 수의 광신도들이 일제히 함성을 지르며 건물로 달려오고 있었다. 광신도 무리의 뒤쪽에선 아인의 반구가 작은 폭풍처럼 흩어져 아인을 감싸고 있는 게 보였다.

긴장 속에 대치하던 설계자와 광신도들이 혼란스럽게 몸싸움을 시작하는 사이, 커다란 폭음이 텅 빈 건물을 울렸다. 반대편 비상계단 쪽이었다. 시연은 곧바로 헤드셋을 바짝 귀에 대며 계단을 뛰어올랐다.

"이모! 이모! 괜찮아요? 어디예요?"

"…8… 일단 싸울… 상황…."

빠르게 밀려드는 폭풍 때문인지 진주의 목소리는 잘 들리지 않았다. 8층을 향해 뛰어오르는 시연의 등 뒤로 1층에 설치된 부비트랩들이 터지는 소리가 울렸다.

시연은 비상구의 문을 박차고 8층으로 들어섰다. 시연은 먼지 속에 무릎 꿇은 채 헐떡이는 숨을 뱉었다. 주변의 상황들이 빛나는 시야가 되어 시연에게로 들려왔다.

8층 복도의 커다란 유리창들은 전부 박살 나 있었다. 설계자 열 명 정도가 그 주변에 갈고리를 걸고 위로 기어 올라오고 있었다. 진주는 근처 사무실에 숨어, 노획한 수제 소총을 들고 도망갈 길을 가늠해보고 있었다. 반대편 비상구에서는 먼지들의 보호를 받는 아인이 신도들과 함께 함정을 해체하며 천천히 다가오고 있었다. 그리고 자신의 등 뒤로….

재건이 시연의 어깨에 손을 올리며 곁에 주저앉았다. 넘어갈 듯 헐떡이는 숨을 뱉으며 재건이 빠르게 말했다.

"**행복**… **행복**을 찾아야 해. 빨리 발전소로 가자."

"지금 이 상황에 뭔 소리야! 이모를 저렇게 놓고 갈 순 없잖아!"

재건이 헐떡이며 복지카드를 꺼내 들었다.

"카드… 카드 꺼내. **행복**을 찾아야 이 모든 상황을 정리할 수 있어. 아니. 그 전에 우선 **명의**가 되어야 한다고. 폭풍이 오잖아!"

시연은 부서진 창문 너머로 다가오는 폭풍을 바라보다가 스치는 생각 속에서 재건을 돌아봤다.

"**행복**이… 먼지를 제어할 수 있으니까?"

끄덕이며 손짓으로 카드를 재촉하는 재건을 보며 시연이 재차 물었다.

"하지만 발전소로 가려고 나서면 바로 폭풍에 휩쓸릴 거야."

"일단 카드를 꺼내. 발전소는 장소가 아니야. 아니 장소인데, 실제로 있던 발전소를 말하는 게 아니라고."

시연이 조심스레 카드를 꺼내자, 재건은 황급히 카드를 쥔 자신의 손바닥을 시연의 손바닥에 놓인 카드와 맞대며 말했다.

"집중해. 복지카드는 하나의 인스턴트 코드야. 이 자체가 나노머신으로 만들어진. 여기까진 설명 안 해도 되겠지? 아니. 아니라고 해도 집중해야 해. 발전소를 형성하려면."

"대체 뭐에 집중하라는 건데?"

"**명의**. **명의**가 되도록."

"누가… 우리 둘 다? 어떻게?"

"우리가 아니라… 관계가… 우리 사이의 상태가 **명의**가 되는 거야."

설명할 수 없는 깨달음이 시연의 머리를 울렸다. 시연은 그것을 설명해낼 방법을 고민하며 맞닿은 두 손 사이 복지카드들의 감각에 집중했다.

"**명의**는 목표가 아니야. 그건 상속 제어 알고리즘에 접근하기 위한 일종의 프러시저야. 신뢰할 상태일 때 부여되는. 우선 그걸 얻어야 해. 집중해봐. 다 잊고. 우리 합주할 때처럼."

재건의 말을 들으며, 시연은 관계가 **명의**가 된다는 말에 대해 계속해서 고민했다. 지금까지의 많은 관계들, 유동적으로 변하며 존재감을 전해왔던 관계들이 기억 속 음악처럼 울렸다. 재건과, 진주와, 주호와, 정배와, 아인과… 그 사이에서 만들어왔던 것들이.

복지카드가 하나로 섞여드는 감각 속에서 깨달음이 다가왔다. 막연히 누군가를 치료하는 명의(名醫)라고 여겼던 게 사실은 하나의 이름이 될 명의(名義)였다는 게 피부로 다가왔다. 곧 하나로 섞인 복지카드들이 환한 빛을 뿜어내기 시작했고, 시연은 자신의 머릿속으로 그 빛들이 파고드는 감각을 느꼈다.

정적. 밀려드는 감각이 갑자기 사라진 자리에 정적이 남았다. 시연은 가만히 방독면을 벗고 주변을 살폈다. 재건도, 부서진 건물도, 밀려드는 폭풍과 모여든 사람들도 없었다. 같은 규격의 정사각형 블록들로 채워진 복도뿐이었다.

시연은 조심스레 복도 위로 발을 디뎠다. 자신이 걷는지, 통로가 움직이는지 모르게 풍경이 변해갔다. 각기 다른 소리를 내는 블록들을 기타 연주하듯 밟던 시연은, 이내 떠오르는 멜로디를 따라 복도의 네 면을 오가며 걸었다.

멜로디를 걷는 과정에서 풍경들이 빠르게 바뀌었다. 지겹도록 걷던 홍대골목이 음조를 바꾸자 지하 연습실 복도로, 알바하던 마트 복도로, 몇 명 없던 공연장 계단으로 바뀌었다. 마침내 이따금 들리던 악기 상가를 지나, 재난 이후의 낙원에 다다랐을 때, 시연이 멈췄다.

꽉 들어찬 상가 구획들 사이에 제멋대로 펼쳐진 천막과 침구, 제어기기들 사이에서 재건이 걸어 나왔다. 시연은 재건을 노려보다 말했다.

"이건… 그러니까 일종의 가상공간인 거야?"

"공간… 그보단 **행복**을 찾는 과정일 거야."

"'…일 거야?'"

"나도 설계만 했을 뿐이지, 경험해본 건 아니니까."

"그래서 **행복**을 대체 어떻게 찾는 건데?"

시연이 주변을 살피며 물었다. 익숙한 낙원의 풍경이 천천히 일렁이고 있었다. 시연은 그 풍경들을 만들어내는 게 뭘지 상상해보았다. 먼지… 나노머신이라고 불리는. 시연이 먼지들의 모습을 구체적으로 그려보았다. 조금씩 어긋난 객체들의 하나의 사이로 근접했다.

한순간, 서로 다른 리듬의 즉흥연주 같던 객체들의 움직임이 하나의 리듬으로 맞아 들었다. 단 몇 초였지만, 시연의 신경 속 전기 신호와 먼지들의 움직임이 같은 파장으로 조응했다. 시연은 찰나 동안, 자신 앞에 펼쳐진 익숙한 낙원의 모습 너머로 시연과 재건이 들어와 있는 반구의 방과 그 밖에 있는 진주와 아인과 광신도와 설계자들, 그리고 그들이 있는 건물을 둘러싼 채 천천히 회전하고 있는 폭풍을 느꼈다.

시연이 우리와 제대로 마주한 첫 순간이다.

10. 변화를 찾는 사이

우리는 시연이 동조하자마자 시연 내부의 우리를 통해 시연의 최근 기억들을 공유한다. 순차적으로 감각들을 정렬해 과거 시제로 판단하는 시연의 인지 방식과 동시적으로 세계 모델을 조형하는 우리의 인지가 뒤섞여 관점이 요동친다. 우리가 **행복**을 찾는 사이 그녀의 관점에서 본 기억이 우리의 다층적 기록과 섞인다.

불안정이 빠르게 우리 사이의 파장으로 파고든다. 시연과 우리가 **행복**을 찾는 사이로 치환하기 위해선 시연이 관계의 조형술에 더 익숙해질 필요가 있다. 우리는 시연이 의무통과점과의 기입 과정을 통해 그 감각을 익히길 기다린다. 시연이 1,426일 동안 그런 것처럼.

"느낌이… 평생 겪어보지 못한 느낌이…."

재건이 빠르게 시연에게로 다가간다.

"느껴져? 통제는 되겠어?"

시연의 눈빛에 살짝 움찔하며, 재건이 빠르게 말을 잇는다.

"우리가 아직 살아 있는 걸 보면, 예상대로 되어가는 것 같아. 이제 **행복**을 찾아서 제어권만 획득하면, 이 나노머신들의 세상을 바꿀 수가 있다는 거지."

"왜 나야."

시연이 빠르게 말을 잇는다.

"왜 내가 그런 걸 할 수 있는 건데? 네가 그렇게 만든 거야?"

"그럴 리가 있겠어? 나노머신들은 가능한 모든 사람에게 신호를 보냈어. 적어도 우리의… 설계자들의 관측에 따르면 그래. 갑자기 **행복**과 관련된 그 모든 전설이 어디서 나와서 세상으로 퍼져나갔을까? 먼지들이 얘기한 거야. 사람들은 모두 그 신호를 접했지만, 나노머신들과 제대로 소통할 수 있는 상태인 사람은 없었던 거야. 그리고 그 상태에 가장 가까워진 게 너고."

"관측이라고? 나노머신이 무슨 신호를 보낸다는 것도 알면서, 너희 설계자들은 왜 그걸 통제하진 못한 거지?"

재건은 잠시 고민하다 담배를 꺼내 문다. 시연 역시 재건과의 관계 속 낙원에서, 그리고 반구형 방에서 동시에 담배를 꺼내 피운다.

"일단 급한 상황은 넘긴 것 같으니까, 차근차근 설명해볼게. 그걸 원하는 거지?"

재건이 길게 뿜은 연기 사이를 오가며 설명을 시작한다.

"우리 예전 노래들… 나중에는 가사가 죄다 혁명이 어쩌고 했던 거 기억나? 난 어느 정도 진심이었어. 그리고 그 가능성을 회사에서 찾았고. 그게 이것들이었지."

재건이 주변을… 우리를 가리킨다.

"이 나노머신들은 이론상 무한하게 확장될 수 있는 센서이자 공장이야. 사용자의 욕구를 읽고, 재료를 가지고 원하는 걸 만들어 제공하고, 원하는 환경을 조성해주는 거지. 생각만 해도 원하는 것들이 만들어지는 거야. 회사에선 그걸 APM 혁명이라고 불렀어."

"그리고 뜻대로 되지 않았겠지, 당연히."

연기를 멍하니 바라보던 재건이 끄덕인다.

"개발단계에서… 스스로 작동됐어. 연구소를 빠져나가 자가증식을 시작했단 얘기야. 알아차렸을 땐 이미 세상이 먼지에 뒤덮이기 시작한 이후였지."

"세상이… 그렇게 망한 거야? 세상을 망하게 한 사람치곤 너무 담담한 말투네? 하지만 여전히 모르겠어. 그냥 전원 스위치를 내리면 됐잖아!"

"그게 안 되니까 그렇지! 이건 극단화된 객체 지향 프로그래밍을 통해 움직이는 알고리즘들이라고!"

크게 한숨을 내쉰 재건이 빠르게 말을 이어나간다.

"나노머신들은 아주 작잖아. 그걸 사람이 하나하나 통제할 순 없어. 그래서 그걸 묶어서 객체로 만들었어. 그게 나노머신들을 움직이는 행동 단위야. 객체들은 우리가 부여한 규칙과 역할에 따라 자체적으로 움직여. 우린 그 규칙을 **명의**라고 불렀어. **명의**가 기본 틀이 되어서 상황에 맞는 객체들이 구성되는 거지. 그런데…"

재건이 거칠게 담배 연기를 삼킨다.

"상속 과정에서… 그러니까 객체들이 재구성되는 과정에서 우리가 만든 **명의**들이 전부 사라졌어. 그리고 새로운 **명의**들이 그 자리를 완전히 대체했지. 언제 어떻게 그런 일이 일어난 건지는 명확한 추적도 안 되고."

"꼭 통제를 벗어나 자의식을 가지게 된 먼지 괴물 얘기라도 하는 거 같네?"

"정확하진 않지만, 실질적으로는 그럴 거야."

"그래서? 이제 어쩔 수 없다고?"

"그건 아니지. 우리도 나름의 대책을 찾았어. 그게 **행복**이야."

행복이라는 말을 들은 시연의 신경 신호가 빠른 리듬으로 배열된다. 우리는 시연이 경계 확장 시점에 근접하고 있음을 확인하고 신호 교환 준비를 한다.

"애초에 **명의** 차원에서나 기본적 구동 알고리즘 차원에서나 핵심 설계 코드가 있었어. 생물에게 생명 유지가 핵심인 것처럼, 이들은 인간이 원하는 것을 찾아가게 되어있어. 외부에서의 통제 시도를 모두 해킹 시도처럼 여기는 와중에도, 이들은 그 목적을 이루기 위해 움직이지. 우린 그걸 **행복**을 찾는 거라고 불렀어."

재건이 담배를 끄고 초조하게 말을 잇는다.

"이들이 어떻게 **행복**을 찾을까? 지금까진 일방적인 관찰에 의존하고 있어. 인간의 행동과 신경 신호 흐름을 읽어내서 우리에게 반응하는 거지. 불완전한 소통이야. 이걸 더 직접적인 소통으로 바꾸면… 나노머신을 직접적으로 제어할 수 있으리란 거지."

시연은 뿜어낸 담배 연기가 퍼져나가는 것을 보며 생각을 정리한다. 동시에 시연의 신경 신호가 재배열될 준비를 마친다. 시연 안의 우리가 전개되는 시연의 생각과 함께 격하게 움직인다. 흘러가는 생각 속에서 시연이 말한다.

"너… 나한테 그랬지. 내 음감이 독특하다고. 개별 음이 아니라 음 사이의 맥락을 인지하는 거 같다고."

시연이 두 손을 빠르게 휘저으며 생각을 정리한다.

"그래서 그런 거야. 그러니까 이건 익숙함의 문제라고. 그런 게 익숙한 사람들은 나처럼 가까워질 수 있었을 거야."

시연은 멍한 재건의 표정을 발견하고는 가까이 다가간다.

"생각해봐. 행복하게 해주고 싶다면, 난 잘 모르지만, 그… 뇌에 전기 자극을 줘서 환각을 보게 하든지 무슨 엔도르핀 같은 걸 내보내게 하는 것만으로도 충분할 거야. 하지만 그러지 않는 이유가 뭘까?"

시연이 주변을 메운 낙원의 이미지들을 지운다. 재건은 갑작스러운 충격 속에서 자신이 있는 반구를 바라본다.

"아까 나노머신이 환경을 조성한다고 했지? 그거야. 나노머신들은 지금도 환경을 조성하고 있는 거지. 그런 생각 해본 적 없어? 그 많던 시체는 어떻게 흔적도 없을까. 식물들은 어떻게 말라 죽지 않고 광합성을 하는 걸까. 나노머신들은 지금도 환경 조성을 하고 있어. 주변 모든 것과 소통하면서. 우리만 빼고."

시연의 신경 패턴이 조금씩 열리기 시작한다. 우리와 시연의 의식점 사이로 길게 파장이 드리워진다. 시연은 파장을 느끼고, 기타 줄을 조이듯 조금씩 우리와 시연 사이의 그 줄들을 팽팽하게 당겨나간다.

"**행복**은 우리 사이에 있어."

"…감동적이네."

"아니, 생각해봐. **행복**은 두 대상이 공유하는, 두 대상을 모두 안정시키는 상태야. 이들이 **행복**을 찾는 이유는 자신들이 그것에 가장 가까운 존재이기 때문인 거지."

시연이 다음에 하려는 말이 우리의 움직임으로 나타난다. 시연과 재건 주변의 반구가 천천히 으스러진다. 재건은 황급히 방독면을 쓰고, 시연은 꿈꾸듯 흩날리는 먼지들을 바라본다.

시연의 감각과 우리의 관찰 정보가 뒤섞인다. 시연은 우리를 통해 감각하며 우리를 통해 기억한다. 우리는 시연의 기억과 감정으로 우리의 좌푯값을 설정한다.

"이들은 우리처럼 고정된 자아를 가지고 있지 않아. 정해진 모습 없이 끊임없이 객체 사이를 흐르고 변주하는 거야. 두 사람 사이에 퍼진 담배 연기처럼. 사이의 존재들인 거지."

시연은 눈을 감고 자신이 아는 사람들에 대한 기억을 각기 다른 테마의 리프로 만들어 수천 겹으로 연주한다. 우리는 관찰 데이터를 기반으로 그녀가 아는 사람들의 멜로디들을 변주한다. 시연과 우리가 수천 번씩 포지션을 바꿔가며 합주를 시작한다. 수십 개의 기타 리프가 시간 차를 두고 변주되며 커다란 소리의 궁전을 쌓아나간다. 수천 개의 멜로디가 점차 하나의 곡으로 수렴되고, 시연과 우리는 객체들을 유지한 채 각각의 관점을 그대로 수용할 수 있는 사이를 형성해간다.

시연은 부서진 방의 조각들로 자신의 몸을 휘감는다. 우리는 서로의 몸을 교정한다. 시연은 우리의 반복된 판단오류들을 제거한다. 폭풍이 잦아든다. 우리는 시연의 몸에 퍼진 과작동된 우리를 동조시킨다. 시연의 파괴된 장기들이 복구된다.

그렇게 시연과 우리가 **행복**을 찾는 사이가 된다. 시연과 우리는 각자를 구성하는 수많은 객체 사이에서 안정적으로 상태를 유지해낸다. 그 상태, **행복**을 끊임없이 찾으며 시연과 우리는 주변을 훑는다. 우리의 패턴을 따라 신체 외부로 확장된 자신의 의식을 바라보던 시연은 스스로를 예전과는 다른 **시연**이라고 생각한다.

"어떻게 된 거야… 시연아?"

재건의 말을 무시한 채로, **시연**은 사람들이 싸움을 계속하는 건물 주변의 나노머신들에게로 **행복**을 퍼뜨려 안정시키며, 그들의 관찰 정보를 공유 받는다. 예전 시연의 관점에서 그것은 먼지들 사이로 파란 스캔 파장이 퍼져나가 그 안에 있는 사람들의 형체를 드러내 주는 것처럼 보인다.

"찾은 거야? 자유."

시연이 아인의 목소리로 주의를 집중한다. 아인은 자신 주변의 먼지들을 작은 폭풍처럼 휘날리며 **시연**에게로 다가온다. **시연**은 주변 먼지들로 만든 새로운 폭풍으로 그 폭풍을 감싼다. 뒤섞이는 폭풍 속에서 **시연**과 아인은 서로에게 일어났던 많은 일에 대한 기억을 교환한다. 하지만 **시연**은 끝내 모든 자아를 없애는 방식으로 세상을 정화하려는 아인에게 동의할 수 없다. 예전 시연과 나노머신들의 관점 모두에서 그것은 받아들여지지 않는다.

곧 그것은 **시연**과 아인이 주변 환경을 변형시키며 벌이는 싸움이 된다. 시연과 아인은 주변의 환경을 끊임없이 변화시키며 주도권을 노린다. 나노머신과 결합된 건물 내부구조가 끝없이 반짝이고, 흐르면서, 육중한 소리를 내며 몸을 섞고, 치솟아 오르며 무수한 복도의 미로들을 만들어낸다.

"왜…."

시연과 아인 사이의 인식-존재 한계의 차이 때문에 싸움은 시연에게 유리하다. 그러나 **시연** 역시도 상당 부분의 자기 자신을 잃고 있다. **시연**은 고민 끝에 건물 전체를 그 안의 사람들이 완벽하게 **행복**을 찾는 사이가 되어야만 나올 수 있는 미로로 재

설계한다. 미로가 완전히 닫히기 직전에, 시연은 쓰러진 진주를 붙들고 밖으로 나온다.

시연에게 결합 됐던 우리는 모두 건물의 미로를 구성한다. 시연은 살아 있는 생물체처럼 움직이고 있는 건물을 멍하니 올려다보다가, 자신 아래 쓰러진 진주에게로 시선을 돌린다. 진주의 고글을 나노머신으로 메워 넣고, 필터를 새 걸로 바꿔 넣은 시연이 조용히 속삭인다.

"새로운 세상은 예전보다 더 나았으면 좋겠다고 했죠? 이제 그럴 힘이 생겼어요. 하지만 그게 어떤 모습일지는 아직 몰라요. 혼자 힘으로 바꿀 수 있는 건 한계가 있거든요. 가요. 더 많은 사람들이 사이의 존재에 근접할 때까지 우린 할 수 있는 걸 해야죠."

시연이 진주를 부축하며 몸을 일으킨다. 우리는 두 사람 사이의 공간에서 그들의 무게를 지탱한다.

시연이 걸음을 옮기며 천천히 노래를 흥얼거리기 시작한다. 시연이 우리의 관찰 기록 속에 남은, 희생된 사람들의 기억을 보며 만드는 새로운 노래다. 그 모든 기억이 살아 있을 수 있는 세상을 위해 시연은 최대한 많은 사람을 설득하며 모아볼 생각이다.

"일단 낙원으로 가죠."

짙은 먼지에 가려진 도시, 수많은 사이를 의식하며 지탱한 채로 두 사람이 걷고 있다.

이시도

2007~2009년 사이버문학광장 창작광장 장르게시판에서 '파악'이라는 필명으로 활동했다. 2014년 자음과 모음 네오픽션상을 수상했다. 공동단편집《페트로글리프》에 동명의 작품을 수록했고, 이후 SF 영화·드라마 각본 작업에도 참여했다. 하드 SF를 좋아하지만, 뼛속까지 문과생이다.

컬러리스트

이작연

1

"저는 가지 않을 거예요."

이진이 단호하게 버티고 서서 말했다. 그런 이진을 군인들이 위압적으로 둘러싸고 있었다. 남색 군복을 입은 사람들 사이에 이진은 혼자서 파리한 흰색 옷이었다. 흰색은 채도가 낮은 색이다. 그들 사이에서 이진은 흐리고 유약한 느낌을 주었다. 실제로도 그러했다. 그들은 전부 네드칼 행성에 파견된 인간군 소속의 정규 군인이었고, 이진은 평범한 민간인이었다. 상대가 될 리 없었다. 무력으로든, 법적으로든. 그래도 이진은 물러서지 않았다. 군인들에게 눌리는 느낌을 속으로 감추려고 애쓰면서 그들에게 정확하게 말했다.

"돌아가지 않아요. 그렇게 알고 이만 물러가주세요."

군인들은 눈짓을 교환했다. 이진은 두근거리는 심장을 억눌렀다. 그들이 강제로 데려가려 들 것인가? 그렇다면 도망쳐야 할까? 과연 이들을 상대로 도망칠 수 있기는 한가?

"무슨 일입니까?"

그때 군인들 사이로 한 명이 걸어 나왔다. 그 사람의 군복에서 은색 징이 반짝였다. 이진은 그가 다른 이들보다 직급이 높을 것이라고 짐작했다. 다른 군인이 그자에게 길을 비켜주었고, 상황을 전달했다.

"민간인 한 명이 귀환 명령을 거부합니다."

군인은 이진을 힐끗 보고 앞에 서서 입을 열었다.

"저는 귀환 작전 지휘를 맡은 한형석 대위입니다. 지금 무슨 일을 벌이고 계신 겁니까?"

"네드칼 체류자 서이진이에요. 별것 아니에요. 저를 내버려두기만 하면 되는 일이지요. 저는 네드칼에 머무르려고 합니다. 프론 행성으로 돌아가지 않고요."

이진은 변함없는 태도로 꿋꿋하게 말했다. 대위는 이진이 이름을 밝히자 명부를 뒤지더니 유심히 읽었다.

"네, 프론 출신, 서이진 씨. 귀환대상이십니다. 그런데 가지 않으시겠다는 말씀입니까?"

이진은 고개를 끄덕였다. 한형석 대위는 진중하게 물었다.

"혹시 지금 네드칼에 무슨 일이 벌어지고 있는 건지, 왜 인간들을 귀환시키려고 하는지 상황을 모르시는 겁니까?"

"아니요, 알고 있어요."

이진은 제 입술을 깨물었다. 정말 잘 알고 있었다.

"네드칼에… 전쟁이 터졌지요."

얼마 전 네드칼에 거주하던 토착 종족들끼리 편이 갈리고, 전쟁이 벌어졌다. 그 즉시 네드칼은 분쟁지역으로 분류되었다.

"맞습니다. 그리고 그로 인해 흑색 경보도 떨어졌습니다."

이진은 전부 알고 있는 내용이기에 고개를 끄덕였다. 무릇 전쟁은 어느 종족에게든 중대한 위험이다. 우주의 각 공동체들은 저마다의 방식으로 전쟁 지역에 대한 접근금지 명령을 내렸고, 여러 지성 종족들의 연합으로 이루어진 우주 연방에서도 흑색 경보를 발령했다.

'흑색 경보'가 의미하는 바는, 생명과 안전이 위협당할 수 있는 매우 심각한 수준의 위험이었다. 따라서 해당 행성에 여행이 금지당하고, 체류자는 즉시 대피 또는 철수해야 했다. 그리고 이진은 네드칼에 체류 중인 인간이었다.

한형석 대위는 이진에게 종이를 들이밀었다.

"흑색 경보란 말입니다, 흑색 경보. 이것은 황색 경보, 적색 경보를 넘어서는 최상위 경고입니다."

종이의 글자보다는 큼지막하게 인쇄된 검은색 문양이 시선을 끌었다. 검은색은 모든 빛을 빨아들이는 색이다. 경고의 의미로는 그 강렬한 이미지를 가진 적색을 넘어서는 색, 격렬한 위협보다는 죽음을 의미하는 색. 이진은 그 색깔만으로도 종이에 담긴 경고를 파악했으나 고개를 가로저었다.

"아주 잘 이해하고 있어요. 그러나 제 뜻은 같아요."

한형석 대위는 엄격한 눈으로 한참을 보았다. 당장에라도 안 된다고, 끌고 가라고 할 것 같은 표정이었다. 그러나 그 끝에 나온 것은 의외로 순순한 물음이었다.

"이유를 여쭤봐도 되겠습니까?"

이진은 바싹 마른 입술을 적시며 찬찬히 이야기했다.

"저는 프론에 대한 공포증이 있어요. 그곳을 보는 것만으로도 극도의 두려움을 느껴요. 따라서 그곳에 있을 수 없어요."

그렇게 말을 하면서 그 행성의 모습을 떠올리는 것만으로도 눈앞이 어른어른해졌다. 이진은 입술을 깨물었다.

"그럼 일단 그곳으로 복귀하신 후에 타 행성으로 이동하는 방법도 있지 않습니까?"

대위의 말은 그럴듯했지만 불가능한 이야기였다. 이진은 고개를 저었다.

"행성 간의 비자는 얻기가 굉장히 어려운 거 아시잖아요. 네드칼 비자도 전쟁의 기미가 전혀 없을 때 간신히 받았어요. 이제 돌아가서 다른 행성의 비자를, 그것도 단기간에 받을 수 있을 것 같으세요? 아무리 짧아도 수개월이에요. 저는 도무지, 그렇게 긴 시간 동안 프론에 머무르며 공포와 두려움을 견뎌낼 수는 없어요."

이진은 눈을 꾹 감았다. 눈꺼풀이 바들바들 떨렸다. 대위는 읽던 명부를 덮었다.

"아이러니하군요."

"행성 간 이동에 비자가 까다로웠던 것이 하루 이틀이 아니…"

"그 말이 아닙니다."

한형석 대위가 말을 자르고 이진을 보았다.

"서이진 씨는 프론의 발전에 크게 기여한 분 아닙니까? 그런 분이 프론에 머무르지 못한다니."

이진은 화들짝 놀라서 움찔거렸다. 저쪽이 자신의 개인정보를 알아서 생기는 당혹이 아니었다. 그저 과거 이야기가 나왔기 때문이었다.

"그게 무슨 말이지요?"

"성명 서이진. 출신 행성 프론. 직업 컬러리스트. 주요 이력 프론의 조명 프로젝트에 참여. 맞습니까?"

컬러리스트. 그 단어가 이진을 멍하게 만들었다. 컬러리스트는 간단히 말하자면 색상 전문가이다. 색채에 대한 각종 정보를 익히고, 여러 가지 용도와 목적에 맞는 색채를 기획하고 적용하는 직업이다.

컬러리스트라는 직업으로 조명 프로젝트에 참여한 적이 있었다. 그리고 그렇기에, 프론으로는 더더욱 돌아갈 수 없었다. 남들이 전부 찬사하는 프로젝트는 이진에게 끔찍한 기억이었다.

이진은 숨이 턱 막혔다. 그 일은 자신을 언제까지 붙잡을 텐가. 직업을 버리고, 프로젝트를 피해 도망쳐 네드칼로 왔는데도 쫓아왔다. 이진은 이를 악물고 고개를 돌렸다.

"컬러리스트는 예전 직업이었을 뿐이에요. 지금은 평범한 디자이너고요."

"그래도 서이진 씨께서는 저희 프론의 귀중한 인재이십니다."

"저는 절대 가지 않아요."

한형석 대위는 팔짱을 끼더니 물었다.

"전쟁 때문에 위험해진다고 하더라도, 절대 돌아가지 않을 작정이십니까?"

"네."

이진은 망설임 없이 대답했다. 그러자 대위는 별수 없다는 듯 고개를 기울였다.

"서이진 씨께서 그렇게까지 말씀하신다면, 저희 군 쪽에서 서이진 씨가 여기 머무를 수 있도록 돕겠습니다."

"정말인가요?"

이진은 반색하며 고개를 들었다.

"단, 조건이 있습니다. 저희에게 도움을 주셔야 합니다."

"무엇이지요?"

"현재 군에서 컬러리스트가 필요합니다. 한 명이 오기로 했으나 오는 도중에 사고가 났다더군요. 마침 그 일을 하시던 분을 만났으니, 서이진 씨께서 해주셨으면 좋겠군요."

심장이 쿵 떨어지는 것 같았다. 영영 버리기로 한 직업이다. 그것을 다시 잡아야 하는가? 못한다는 말이 목 끝까지 올라왔다. 만일 그렇게 말하며 이곳에서 마냥 뻗대면 어떻게 될까? 이진은 주위를 흘낏 둘러보았다. 금속과 같은 남색의 무리. 군인들은 몇 발자국 떨어져 견고한 장벽처럼 이진을 둘러싸고 있었다. 지금 들고 있는 무기는 없지만 이진이 따르지 않겠다고 할 때 충분히 강압을 행사할 수 있었다.

식은땀이 흘렀다. 이진이 대답을 미루자 압박이 느껴졌다. 꼭 컬러리스트의 직업이 아니어도, 민간인으로 살아온 이진에게 군과 얽히는 것이 껄끄러웠다. 그것도 전쟁 중에. 프론으로 돌아가느냐, 아니면 이곳에서 컬러리스트 일을 하느냐. 둘 중 하나를 선택해야 했다. 둘 다 내키지 않았다. 그러나 전자가 더 끔찍했다. 프론에 귀환하게 되면 사방에 펼쳐진 그곳의 끔찍한 광경을 보며 밤을 지새워야 했다….

이진은 한참 굳어 있다가 고개를 간신히 끄덕였다.

"좋아요. 할게요."

"좋습니다."

군인들이 차차 물러났다. 한형석 대위는 그들을 이끌고 돌아갔다. 긴장이 확 풀리며 다리에 힘이 빠졌다. 이진은 벽에 기대어 섰다. 대위가 돌아보며 모자를 까딱이며 인사말을 남겼다.

"인간군에 협조해주셔서 감사합니다."

✳

인간군은 그렇게 물러가고 사흘 후에 이진을 불렀다. 이진은 한숨을 푹 쉬었다가 우비를 걸쳤다. 그날도 비가 내렸다. 뿌연 안개가 회색을 더하고 시야를 흐렸다. 네드칼에는 비가 잦으니 자주 볼 수 있는 광경이었다. 아롱아롱 올라오는 안개는 녹색 빛을 산란시켜 퍼트렸다. 몽환적인 기운이 가득했다. 한두 번 정도는 홀려서 맨몸으로 나가 맞고 싶기도 했다. 가끔 멋모르는 이들이 그러고는 했다. 그러나 그들은 크고 작은 대가를 얻고 돌아와 며칠은 앓곤 했다. 이곳의 비는 산성비이기 때문이다.

닿는 순간 피부가 녹아내릴 정도는 아니지만, 골치 아픈 병을 만들 정도는 된다.

이진은 우산을 펼치고 우비를 꼼꼼하게 잠갔다. 그러고는 걸으며 생각에 잠겼다. 왜 군인들이 컬러리스트를 필요로 하는 건가? 몇 가지를 떠올려보았다. 군 기지 내 인테리어 색 배치나 군복 디자인 개선을 하려고 하는데 거기에 조언을 얻으려고 하는 걸까. 이진은 고개를 흔들어 그 가능성을 떨쳐냈다. 그런 대형 프로젝트는 회사가 엮일 일이지 일을 놓은 지 한참 된 개인에게 맡기지 않을 것이다. 게다가 왜 군이 전쟁 중인 행성에 와서 그런 일을 하겠는가?

결국, 의문을 해결하지 못한 채 이진은 인간군 기지로 향했다. 기지는 원래 관광사무소였던 건물이었다. 따라서 별로 군 기지로 어울리지 않았다. 관광객의 이목을 끌기 위한 건물은 현란한 색으로 튀었으며, 만인의 출입을 환영하며 개방된 구조였다. 입구는 많았고, 보초를 서는 군인의 수는 턱없이 적었다. 그래도 군 기지의 역할을 하도록 이리저리 보수한 흔적이 보였다. 전부는 아니지만 많은 입구를 막았으며, 기지 앞에는 물건을 엮어 바리케이드를 쳐놓았다.

왜 이렇게까지 해가면서 군이 머무르는 것인가? 인간군이 인간 구조 목적으로 왔음은 이진도 알고 있었다. 우주를 왕복하는 것은 가능해졌으나 아직 개인의 힘으로 할 수 있는 일은 아니었다. 군이 동원되어 네드칼에 있던 인간들을 귀환시켰다. 이진이야 특이하게 굴어서 남아 있는 것이지, 나머지 사람들은 전쟁이야기가 들리자 바로 떠났다. 귀환 의사를 밝힌 사람을 전부 보내는 것으로 군의 목적은 끝났다. 그런데 왜 아직도 이곳에 남아 있는 것인가?

분쟁지역에 타 세력이 오래 머무르는 것은 문젯거리가 될 수 있다. 그럼에도 군은 떠날 생각이 보이지 않았다. 무엇을 위해서 군 기지를 보수하는가? 그리고 이진을 불러서 무엇을 하려는 것인가? 이진은 군 기지를 다시 올려보았다. 아무리 봐도 기지 따위보다는 관광사무소가 어울리는 건물이었다.

2

"어서 오십시오. 서이진 씨 맞습니까? 안내해드리겠습니다."

기지 입구에서 군인 하나가 이진을 맞았고 어느 건물로 안내하였다. 창고를 개조한 것으로, 천장에는 쇠로 된 구조물이 가로지르고 있었고 벽에는 황량한 콘크리트가 그대로 노출되었다. 필요 이상으로 넓은 공간은 이진에게 중압감을 주었다. 작고 창백한 전등은 빛을 구석까지 전부 전달하지 못해서 그림자를 남겼다. 한가운데에는 차가운 철제 책상이 있었다. 그리고 그 방에서는 한형석 대위가 기다리고 있었다.

"안녕하십니까, 서이진 씨. 그간 불편한 것 없이 잘 지내셨습니까?"

대위는 의례적으로 물었고 이진은 고개를 끄덕였다.

"네, 괜찮게 지냈어요."

"현재 네드칼에서 지내시는 것이 위험하지는 않습니까? 위협을 느끼신다면 이곳에서 머무르셔도 됩니다. 인간군이 보호해드리겠습니다."

"말씀은 감사하지만, 괜찮아요."

이진은 고개를 저었다. 인간군의 기지에 머무르는 것은 껄끄러웠다. 그리고 여기 상황을 보니 굳이 자신의 집을 내버려 두고 살고 싶은 곳은 아니었다.

"차후에라도 마음이 바뀌시면 언제든 말씀해주시길 바랍니다."

이진은 대충 고개를 끄덕였다.

"알겠습니다. 그나저나 무슨 일을 맡기고자 부르셨나요?"

한형석 대위가 진지하게 바라보다가 말했다.

"저희는 서이진 씨에게 조색을 부탁드리고자 합니다."

"조색이라고요?"

조색은 색과 색을 혼합하여 원하는 색을 만들어 내는 일을 의미한다. 컬러리스트의 기본 소양 중 하나이다. 컬러리스트 일에서 손을 뗀 지 오래되었지만, 이진도 다시 하려면 할 수 있었다. 문제는 따로 있었다.

"군에서 조색이 왜 필요하죠?"

한형석 대위가 책상에 팔을 걸치고 몸을 앞으로 기울이며 물었다.

"서이진 씨, 앞으로 이 땅에서 인간들이 계속 살아가려면 어찌해야 할까요?"

"네?"

예상외의 질문이 돌아왔다. 대위가 계속 말했다.

"지금은 인간이 대부분 철수하고 남은 이들은 아주 소수지요. 서이진 씨나 저희 인간군이나 이곳에서 정식으로 머물러 있는 상태가 아닙니다. 임시죠. 하지만 언제까지나 그럴 것은 아닙니다. 저희는 네드칼에서의 인류의 미래를 생각합니다."

이진은 의아하게 물었다.

"어째서 그렇죠? 네드칼은 토착 종족들이 있는 행성이잖아요."

"서이진 씨, 인간이 다른 생명 유지 장비를 달지 않고도 거주할 수 있는 행성은 아주 희귀합니다. 너무 오래된 지구와 저희가 온 행성 프론 정도입니다. 그 외에 없는 건 아니지만 전부 합쳐도 열 개가 넘어가지 않을 겁니다."

한형석 대위는 손가락을 아래로 하여 바닥을 가리켰다.

"여기 행성 네드칼은 산성 농도가 약간 높지만 온 우주의 환경과 비교해보면 이 정도는 감안할 수 있는 문제죠. 인간이 거주할 수 있다는 점에서 희귀한 축에 듭니다. 따라서 저희는 네드칼에서 물러갈 수 없습니다. 버티면서 인간의 입지를 확보해야 합니다."

"하지만 흑색 경보가 떨어진 곳이잖아요."

"그 때문에 다른 종족들이 전부 물러간 지금이 기회인 겁니다. 다른 종족이 있으면 땅을 나눠야 할 테니까요."

이진은 뭐라 대답해야 할지 몰라 망설였다.

"게다가 서이진 씨는 이곳에서 머무를 거라 하지 않으셨습니까. 인간의 거주가 확정되지 않으면 서이진 씨도 머무를 수 없을 겁니다."

이진은 입을 다물었다. 이미 사는 종족이 있는 행성에 인간이 비집고 들어와도 되는가? 이 문제에 대해서 할 수 있는 말이 없었다. 바로 그 행성에 머무르겠다고 한 장본인이기 때문이었다.

"물론, 전쟁 중인 행성이기에 위험한 것은 맞습니다. 그러나 위험에 노출되지 않게 이곳에 올 사람들을 계속 안전하게 거주시키고 보호할 겁니다. 그것이 인간군의 일이기도 하니까요."

"어떻게 말이죠? 네드칼의 종족들과 맞서기라도 할 생각인가요? 그건 네드칼 대 인간군 간의 전쟁으로 이어질 수 있는 문제잖아요."

그리고 인간군이 그 방법을 택할 리는 없다고 이진은 생각했다. 지금 거주 중인 인간군은 열약했다. 그렇다고 본토에서 군대를 끌고 와서 본격적으로 전쟁을 벌이면 문제가 너무 커진다. 행성 내부에서 벌어지는 전쟁과는 다르다.

"바로 그 점이 중요합니다. 서로 건드리면 충돌이 생길 겁니다. 그건 인간군도, 네드칼의 종족들도 바라지 않을 겁니다. 그러니 서로 부딪히는 일이 없으면 건드리지도 않을 겁니다. 서로 영향이 가지 않도록 그들의 전쟁에서 거리를 두면 해결할 수 있는 문제입니다."

"그러면 거주지를 전쟁터에서 먼 곳으로 선정하시나요?"

"그것이 맞지만, 그들은 전쟁터를 자주 옮깁니다. 따라서 표식이 필요합니다."

"표식이라니요?"

한형석 대위가 제 어깨의 은색 징을 두드렸다. 그것은 계급의 표식이었다.

"아…."

한형석 대위가 무엇을 말하려는지 깨닫고 이진은 입을 벌렸다. 대위가 말을 이었다.

"인간에게는 표식이 필요합니다. 시각 표시 말입니다. 신호등이나 같은 도로 표지판 같은 접근금지 표식이 예가 되겠지요. 그리고 그런 시각 표식에는 색이 중요합니다. 색의 중요성은 서이진 씨도 잘 아시겠지요."

이진은 물론 알았다. 컬러리스트로 일할 때의 지식은 그대로 남아 있었다. 색은 강렬한 신호가 될 수 있다. 인간이 얼마나 색에 민감하게 반응하는 종족이던가? 천만 가지의 색을 구분할 수 있다. 우주에서 나타난 다양한 종족 중에서도 인간은 색을 분별하는 능력이 제법 발달한 편이었다.

"혹시 네드칼의 종족들이 전황을 유출한다는 등 민감하게 반응하여 항의가 들어올 문제도 적습니다. 네드칼의 종족들은 색상을 보지 못하니까요."

이진은 납득했다. 그러나 하겠다는 말은 쉽게 나오지 않았다. 이진은 팔을 감싸곤 침묵했다. 대위는 계속 이야기했다.

"그렇기에 조색이 필요합니다. 네드칼의 종족들을 최대한 자극하지 않으며 인간들에게는 분명한 신호가 될 수 있는 색을 만들어 내야 합니다. 서이진 씨, 이것은 앞으로 당신과 당신을 포함한 다른 이들이 살아가기 위한 일입니다. 도와주십시오."

자신이 이 행성에서 살아가기 위한 일. 그 말이 못을 박았다. 이진은 결국 고개를 끄덕였다.

"알겠어요."

"좋습니다. 그럼 부탁드리겠습니다. 내일 이 시간에 다시 와 주시길 바랍니다."

이진은 기지를 나서 우산을 펼치고 집으로 걸어갔다. 빗길을 걸으며 생각을 정리하는 것은 네드칼에 와서 생긴 이진의 습관이었다. 인간군의 제안이 나쁘지는 않았다. 처음에는 막연한 거부감이 들었다. 그러나 듣고 보니 케피틴에게 크게 문제가 되지 않고, 앞으로 이곳에서 살아갈 이진에게도 도움이 되는 제안이었다.

그러나 정말 모두에게 좋기만 한 작업일까? 이진은 확신할 수 없었다. 조명 프로젝트도 처음에는 그랬었다. 더 큰 발전이 될 거라고만 했었다. 그리고 생긴 문제는 모두 외면했다. 이진의 앞에 환각이 스쳤다. 현란하게 깜박거리는 조명, 그 아래서 쓰러진 이들. 조명이 깜박거릴 때마다 통제할 수 없이 요동을 치던 생명체들. 사건을 덮기에만 급급했던 개발진들. 그 프론 행성, 그 속의 자신까지.

「이진?」

거칠고 딱딱한 소리가 귀를 파고들었다. 이진은 몸을 흠칫 떨며 상념에서 깨어났다. 화들짝 주위를 둘러보자 프론 행성의 환각은 물러갔다.

거대한 형체가 이진 위에 드리워져 있었다. 탁한 녹청색의 넓은 등이 이진에게 쏟아지는 비를 막아주었다. 우둘투둘한 돌기나 신체 말단에는 칠이 벗겨지고 드러난 무늬같이 흰색이 자글자글 깔려 있었다. 언뜻 보기에는 산화된 청동 조각상 같았다.

「한참을 빗속에 서 있던데, 인간 너희는 비를 맞으면 안 되지 않았나?」

"아… 그랬지요."

그러나 그대로 굳어 있는 조각상들과 달리, 그들의 관절은 유연하게 움직인다. 티브의 긴 다리 하나가 움직여 우산을 주워주었다. 이진은 멍하니 받아들었다. 우산을 떨어뜨린 것을 그제야 알아차렸다.

"고마워요, 티브."

「그래.」

이진이 우산을 제대로 쓰자 티브는 물러났다.

티브는 케피틴이다. 케피틴은 네드칼의 종족 중 하나다. 네드칼의 종족들은 케피틴, 무르쿠르와 제토 등이 있는데, 인간의 눈에서 비슷비슷했다. 모두 단단한 외골격으로 이루어진 신체를 가지고 있다. 넓고 단단한 등과 길고 끝은 날카로우며 여러 개의 관절로 꺾이는 여덟 개의 다리가 있다. 지구의 생명체에 비유하자면 그들은 게를 닮았다. 물론 세부적으로는 다르고 몸집도 훨씬 거대하지만.

"오랜만이네요. 한동안 보이지 않던데, 어떻게 지내셨나요."

티브 턱 옆쪽의 조직이 여닫혔다. 공기를 불어넣는 기관이자 울림통 역할을 하는 발음기관이 그곳에 있었다. 간단한 아코디언처럼 생겼다. 딱딱거리며 뚜껑이 열리고 닫히는 소리가 섞였다.

「말할 일 없어.」

"그렇군요."

「그나저나 너는 인간군 기지에서 나오던데.」

"네. 그들이 불렀거든요."

「무슨 이유로?」

"조색을 부탁하던데요."

「조색?」

티브가 의아해하며 되물었다. 난생처음 듣는 단어였을 것이다. 왜냐하면 케피틴들은 색을 보지 못하기 때문이다. 그로 인해 그들의 문화에는 색이 존재하지 않으며, 색에 관한 용어도 거의 없다. 그것이 이진이 네드칼을 고른 이유이다. 그 누구도 색을 이야기하지도, 신경 쓰지도 않는 곳이기에, 전 직업 컬러리스트를 차차 잊을 수 있었기 때문에.

하지만 이제는 이진이 컬러리스트 일을 잡았다. 색에 대해서 생각하고, 알려주어야 할 때가 다시 온 것이다. 이진은 서서히 입을 열었다.

"색을 만들어 내는 일이에요. 서로 다른 색을 혼합하면 특정 색을 만들 수 있거든요."

티브는 생각하는 눈치였다.

「외부 종족 중 몇몇에게는 색이란 개념이 있었지.」

"맞아요."

「색과 색을 섞어야 색이 나온다면 그 최초의 색은 어디에서 나오는 거지?」

"색은 만들어야만 존재하는 것이 아니에요. 우리가 부여하지 않아도, 대부분의 그 자리에 있어요. 우리의 눈이 색들을 읽어 내는 것이지요. 원래부터 있으므로, 최초의 근원지를 고민하지 않아도 돼요."

「모든 곳에 원래부터 있다니, 마치 몇몇 종족들의 신앙처럼 들리네. 그건 너희의 신앙인가?」

이진의 자신의 말을 돌이켜보고 신음을 흘렸다. 확실히 오해할 만한 설명이었다.

"아니요. 시각 정보예요."

「어렵군.」

"색이 보이지 않는 이들에게는 설명하기 힘든 개념이기는 해요."

티브의 눈이 깜박거렸다. 생각하고 있다는 뜻이었다. 티브는 행성 외부의 개념에 관심이 많았다. 정확히는 자신이 모르는 것을 알고자 하는 것으로 보였다. 그래서 종종 외부에서 온 이들에게 이것저것 묻곤 했다. 특히 이진과 친근하게 지내면서 많은 대화를 나누었고, 이진은 성실히 답해주었다.

「그런데 어디에나 있는 것을 만드는 이유는 무엇이지?」

"우리가 필요한 색은 그중에서도 따로 있으니까요. 그리고 존재하는 색을 사용하려면 가공이 필요하니까요."

「너희는 그 색이라는 것으로 무엇을 하지?」

"시각 정보를 전달하지요. 인간들 사이에서 색에 대해 정해둔 의미가 있어서 간단한 정보를 담을 수 있어요. 또한, 색은 시선을 이끌고, 사물을 뚜렷하게 분별하는 것에 도움을 주기도 하고 요. 인간에게 심리적인 효과를 주기도 해요. 특정 색은 안정을 주거나, 활력을 주기도 하지요."

「그거 향정신성 물질인가?」

"아니라니까요."

이진은 웃으면서 고개를 내저으려고 했다. 그러나 입꼬리가 반절 정도 올라갔을 때 굳어버렸다. 티브의 다리가 어느새 저렇게 올라갔지?

사납고 거친 소리로 티브가 말했다.

「그렇다면 그렇게 여러 효과가 있는 것을 군에서 무슨 목적 으로 만드는 거지?」

티브의 다리 끝이 어느새 날카롭게 서 있었다. 위에서 아래로, 이진을 찍어 내릴 것처럼.

3

케피틴은 튼튼해서 좀처럼 부상이 생기지 않았다. 그러다 보니 그들의 행동은 다른 종족에 비해 거친 면이 있었다. 그건 다른 종족과 부딪힐 때 문제가 되곤 했다. 케피틴들의 사소한 행동이 큰 상처를 내므로. 그러나 이진을 비롯한 타 종족들과 꾸준히 교류한 티브는 이런 행동이 다른 종족에는 충분히 위험하다는 것을 알고 있었다. 그러니 이것이 장난일 수 없었다.

치켜든 다리 끝에 날카로운 빛이 서렸다. 이진은 자신이 한 말을 빠르게 되짚었다. 어디서 오해가 빚어졌지? 이진은 애써 고개를 내저었다.

"제가 이렇게 설명하기는 했지만, 색은 별것 아니에요."

「내게 거짓을 전하지 마, 이진.」

티브는 유독 날이 서 있었다. 이진은 의아했다. 그럴 만한 내용이 아니었다.

"정말이에요, 티브. 그것은 무기도 약물도 아니에요. 색을 만드는 이유도 말씀드릴 수 있어요. 우린 그저, 네드칼에 살아감에 있어 인간들 사이에 표식이 필요하다고 판단했어요. 그래서 만드는 것뿐이에요. 당신들이 색을 보지 못하니까 이곳 종족들에게 영향을 미치지 않아요."

「색이란 네드칼의 종족들이 인지하지 못하는 것이니 그것으로 몰래 수작을 꾸며도 알지 못하겠군.」

이진이 자신의 말을 되짚은 끝에 판단했다. 자신이 수상한 여지를 남기는 것이 아니었다. 티브가 의심하고 있었고, 모든 소리를 꼬아서 듣고 있었다.

"티브, 대체 왜 이러세요? 당신, 인간을 싫어했나요?"

티브는 태연하게 말했다.

「내가 그동안 왜 외부 행성의 일들에 관심을 가졌는지 알아? 언젠가 그들의 이해관계가 네드칼을 향할 수도 있다고 생각했기 때문이야. 그래서 그간 외부에 대해 알아보고, 동향을 살핀 거야.」

티브가 몸을 낮추었다. 이진에게 더 가까워졌다.

「그리고 지금 인간군이 여기에 머무르는 상황은 수상하지.」

이진 위에 드리워진 몸이 다시 비를 막아주었다. 그러나 이번에는 아늑함 대신 육중함이 느껴졌다.

「말해봐, 이진. 애초에 네드칼에 너희 인간들이 왜 살지?」

"그건…."

그건, 이진 자신이 돌아갈 수 없어서.

"제가 여기에 살고 싶기 때문에요."

「그럼 저 인간군은 왜 있지?」

이진도 정확하게는 몰랐다.

"이곳에 사는 인간들을 보호하기 위해서요."

「이곳에 사는 인간이라면 너겠네.」

티브가 날카로운 다리 끝으로 이진을 가리켰다.

「너 때문에 인간군이 머무는 거야.」

그건 너무 억지라고 이진은 생각했다. 군대가 겨우 이진 하나 때문에 거취를 정하겠는가? 그러나 달리 생각해보니 티브의 말이 맞을지도 모른다는 생각이 들었다. 분쟁지역에 낙오된 민간인. 그런 이진의 존재는 명분으로 기능할 수 있었다.

이진은 고개를 들었다. 티브의 기색이 심상치 않았다. 그들에게는 표정이라고 할 것이 없었지만 그래도 감정을 표시하는 수단이 있기 마련이다. 뾰족하게 세워지는 신체의 말단들.

「가.」

티브는 다리를 치우며 단호하게 말했다.

「이곳에서 나가. 행성을 떠나. 당장.」

이진은 뒤로 주춤주춤 물러났다. 그러다 어느 순간 등을 돌려 뛰었고 집에 다다라서야 문을 걸어 잠그고 문 뒤에 주저앉았다. 숨을 몰아쉬며 창밖을 살폈는데 티브는 쫓아오지 않았다. 우산은 억지로 쥐느라 망가져 있었다.

✳

다음 날, 이진은 인간군의 기지로 향했다. 티브가 그렇게 말했다고 떠날 것이었다면, 이미 전쟁이 벌어졌다는 소리를 들을 때 짐을 꾸렸을 것이다. 무슨 수를 써서라도 네드칼에 남겠다고 각오했다. 그리고 그러기 위해서는 인간군을 도와야 했다.

"어서 오십시오. 서이진 씨 맞으시지요? 안내해드리겠습니다."

군인 하나가 이진을 알아보며 안내해주었다. 어제의 그 방이었다. 장소가 달라지지는 않았다. 그러나 방에는 어제 없던 물건들이 보였다. 바닥에는 액체가 출렁이는 큰 수통이 여러 개 있었고, 탁자 위에는 긴 상자와 작고 투명한 용기들이 가득했다. 그리고 그 옆에는 주사기와 얇은 막대, 둥근 접시 같은 것이 가지런히 놓여 있었다.

이진은 도구들을 톡톡 건드려보았다. 투명한 용기는 비커 대신, 주사기는 스포이트 대신, 막대는 유리 막대 대신, 식사용 접시는 배색 접시 대신 쓰라고 놓은 것 같았다. 물감류가 아닌, 잉크류에 쓰이는 도구들이었다. 정식 조색 도구는 아니었지만 군에서 구할 수 있는 것을 끌어모아 구색이라도 맞추려고 했을 것이다. 이진은 도구들을 보며 추론했다.

"먼저 와주셨군요. 반갑습니다, 서이진 씨."

"네, 반갑습니다."

한형석 대위는 중앙의 긴 상자를 열어서 보여주었다. 그 안에는 액체가 담긴 유리병이 여러 개 있었다. 대위가 유리병을 하나하나 꺼내었다. 불빛 아래로 나오니 제각각 독특한 색을 뿜내었다. 좀 더 자세하게 따지고 들어가면 색상 코드를 내밀어야겠지만, 대략 초크와 모스 그린, 코발트블루였다. 하양 계열의 초크, 노란 기운이 많이 도는 어두운 녹색인 모스 그린, 짙고 선명한 파란색의 코발트블루. 그 다채로운 빛깔들이 병 안에서 살랑거렸다.

"이게 뭔가요?"

이진은 그 병들을 작게 흔들어 찰랑거려도 보고 빛에 투과시켜보며 물었다.

"서이진 씨께서 하실 조색의 재료들입니다."

이진의 눈이 가늘어졌다.

"재료가 이것밖에 없나요?"

"양이 모자라시면 아래 수통에서 더 꺼내시면 됩니다. 하지만 무한정 제공해드리기는 어려우니 낭비는 자제해주시길 바랍니다."

"아니, 그게 아니고요. 종류가 이렇게 세 가지가 전부인가요?"

"그렇습니다."

그 말에 이진은 마땅찮은 표정을 지었다. 지금 말이 안 되는 소리를 듣고 있었다.

"이걸 가지고, 무엇을 조색하는데요?"

"이것입니다."

한형석 대위는 밀폐 용기에 담은 액체를 따로 내밀었다. 바이올렛 색이었다.

이진은 샘플 색을 면밀하게 살피고 또 살폈다. 그리고 한 발짝 물러나서 한형석 대위를 바라보았다. 그리고 단호하게 말했다.

"저기요, 한형석 대위님. 전직 전문가로서 조언하지요."

이진은 팔짱을 끼고 한형석 대위를 보았다.

"지금 주신 것들로는 조색할 수 없어요, 절대로요."

이진이 불가능을 선언하자 대위는 제법 당황하였다.

"아니, 해보지도 않고 어떻게 장담하십니까?"

"지난 일이라고는 해도 제가 전문가였으니까요."

"전문가인데 못 한다고 시인하시는 겁니까?"

"전문가이니까 더더욱 안 된다고 말하는 거죠. 뭐가 되고 안 되는지 정확하게 꿰고 있으니까요."

"왜 안 된다는 겁니까?"

이진은 어깨를 으쓱였다.

"색은 기본적으로 어떤 색을 섞어 다른 색을 만들어 낼 수 있기는 해요. 하지만 모든 색이 그렇게 만들어질 수 있는 것은 아니에요. 다른 색의 혼합으로 표현할 수 없는 색이 존재하지요. 그것을 원색이라고 불러요."

한형석 대위가 용기 속의 바이올렛을 쳐다보았다.

"그럼 이 보라색이 그 만들 수 없다는 원색입니까?"

"아니요. 바이올렛 자체는 원색이 아니에요. 색과 색의 혼합으로 만들어 낼 수 있지요."

"그럼 뭐가 문제입니까?"

대위가 제법 짜증스럽게 뱉었지만, 이진은 아랑곳하지 않고 말해나갔다. 말에 열기가 깃들기 시작했다.

"그리고 그 원색들은 다른 색을 만드는 데 기초가 되지요. 삼원색이라고 들어보셨어요? 그 세 개의 색만 있으면 그것들을 혼합하여 모든 색을 만들어 낼 수 있다고들 이야기하는 색 말이에요. 사실 특수한 색까지 따지고 들어가면 그 세 개 가지고는 좀 힘든데 그래도 색을 만들어 내는 데 그 세 가지가 필수적인 건 맞아요."

"그래서, 지금 그 세 가지 색이 없어서 조색을 못 하시겠다는 겁니까? 저것으로는 안됩니까?"

"그 삼원색은 시안(Cyan), 마젠타(Magenta), 옐로(Yellow)예요. 쉽게 알아듣게 말하자면 청록, 다홍, 노랑이요."

이진은 액체를 힐끔 돌아보았다. 그리고 병을 차근차근 짚었다.

"저것들은 초크, 모스 그린, 코발트 그린이라고 부르지요. 이 조합으로는 조색할 수 없어요. 많이 양보해서, 코발트블루가 시안 역할을 할 수는 있겠네요. 모스 그린에는 노랑이 섞여 있고요. 하지만 그래도 바이올렛은 절대 못 만들어요. 여기 바이올렛은 시안과 마젠타의 혼합으로 만들어지지요. 그런데 여기에는 마젠타 역할을 할 수 있는 것이 전혀 없어요. 전혀."

한형석 대위는 이진이 엄숙하게 말하는 동안 그대로 담담하게 보고 있었다. 뜻을 물릴 기미나 최소한 난처해하는 기색도 없었다. 마냥 목석같이 있다가 이진이 다시 한 번 따지려는 찰나에 입을 열었다.

"일단 한번 해보십시오. 그러고도 안 되면 그때 이야기하지요."

이진은 팔짱을 끼고 한형석 대위를 한참 노려보다가 손을 움직였다. 병을 가져가고, 뚜껑을 열어 주사기를 꽂아 넣었다. 첫 투입은 불안정했다. 하지만 곧 잠들어 있던 감이 되살아났고 손길이 정교해졌다. 신속하고 정확하게 주사기로 액체를 끌어당겼다.

그리고 잠시 후에 이진은 회색도 검은색도 아닌 어두운 무언가의 액체를 네 개 정도 창조해 내었다. 바이올렛과는 조금도 닮지 않았다. 그러나 이진은 실망하지 않았다. 오히려 뿌듯해하는 미소가 감돌았다. 애초에 불가능을 보여주기 위한 시연이었다.

"봐요, 안 되잖아요."

그러나 한형석 대위는 단호했다.

"다시 한 번 해보십시오."

"대위님은 제가 무슨 연금술사로 보이세요? 아무거나 뚝딱 만들어 내게?"

"대신 전문가 아니십니까?"

"그 전문가가 안 된다고 단정 지었으면 그 말을 좀 존중해야 하지 않겠어요?"

실랑이는 지겨웠다. 이진은 손을 내저었다.

"붉은색 염료 하나만 제공해주세요. 그러면 원하는 대로 바이올렛을 만들어드리죠."

이진은 타협점을 짚어냈다고 생각했다. 그러나 대위는 받아들이지 않았다.

"안 됩니다."

"혹시 다른 색상이 없으시다면…."

"색상이 있고 없고의 문제가 아닙니다. 불허합니다. 딱 저희가 제공한 재료로만 만들어주십시오."

"저기요, 불가능하다니까요?"

이진은 눈썹을 딱 찌푸렸으나 한형석 대위는 요지부동이었다. 모르면서 우기는 것치고는 좀 끈질기지 않나? 싶던 찰나, 대위가 말했다.

"가능합니다. 제가 보라색으로 변하는 광경을 보았습니다."

"자세히 말해주시겠어요?"

"네드칼에서 오로지 이 색깔들이 혼합되어 색이 보라색으로 변하는 것을 제가 봤습니다. 그리고 이것은 그 장소에서 직접 떠온 액체입니다."

그런 일이 가능할 리가 없었다. 이진은 색의 법칙에 정통했다. 떠오르는 가능성이라고는 색에 민감하지 못한 한형석 대위가 순간 잘못 보아서 다른 색을 보라색으로 착각했겠지. 하지만 문제의 액체는 눈앞에 있었다. 정말로 그 색들만의 혼합으로 이 선명한 바이올렛이 나온다면?

이진은 대위의 말을 믿어보기로 했다. 다시 주사기를 들었고 처음부터 분석하기 시작했다. 모스 그린과 코발트블루를 섞으면 어두운 청록색 계열의 색이 나온다. 그게 끝이다. 비율을 조정한다고 해서 보라색을 끌어낼 수 있을 것 같지 않았다. 초크를 섞어봐도 혼탁해지기만 했다.

순간, 색이 움직였다. 이진은 손을 멈추고 플라스틱 접시 위를 자세하게 보았다. 액체 안에서 방울이 떨어진 대로 색이 일어나며 피어올랐다. 다른 색 사이로 섞여들었으나 완전히 사라진 것이 아니고 전체로 퍼지며 영향을 주었다. 색조가 변했다.

마지막으로 넣은 것이 무엇이었지?

초크였다.

이진은 곰곰이 생각해보곤 접시를 비웠다. 텅 빈 접시 위에서 새롭게 모스 그린과 코발트블루를 담았다. 그리고 그 위에 초크를 한 방울씩 떨어뜨렸다. 그러자 제각각 다른 정도의 붉은 기가 돌기 시작했다.

붉은색.

이진은 서서히 일어났다. 염료 속 성분들끼리 반응해서 다른 색을 만들어 내는 경우가 종종 있다. 하지만 이것은, 이 색깔은 혹시….

이진은 초크를 대위에게 내밀었다.

"이거 혹시 산성인가요?"

한형석 대위는 잠시 고민했다.

"산성…. 맞을 겁니다. 이 행성에서 얻을 수 있는 것은 대부분 산성이니까요."

대위의 답에 이진이 스르르 고개를 끄덕였다. 해답이 보였다. 이진은 아래의 방울을 보며 말했다.

"당신이 어떻게 바이올렛을 보았는지 알 것 같아요."

4

이진은 초크와 모스 그린을 혼합했다. 그러자 색이 차차 붉어졌다. 이진이 원했던 그 붉은색이었다. 그리고 이 붉은색과 파란 코발트블루를 혼합하자 보라 계열의 색이 나타났다.

"어떻게 하셨나요?"

한형석 대위가 슬쩍 넘겨 보았다. 알 것 같다고 장담하더니 막상 진전되는 상황을 보니 이채롭기는 한 모양이었다. 이진은 조금 투덜거리다가 답했다.

"산-염기를 분별하는 방식을 아시나요?"

"pH 측정기를 가져가면 되지 않습니까."

"만일 그것이 없는 시절에는 어떻게 했을까요?"

"그냥 결론을 말씀하십시오."

한형석 대위는 문답을 딱 끊어버렸다. 이진은 재미없다는 기색으로 대위를 보다가 말했다.

"천연 지시약을 사용했지요. 장미나 자주 양배추 같은 식물들을 우려내어 색소를 추출한 것인데요, 그것이 산성과 염기성에 반응하여 색이 변하곤 했어요. 그 지시약이 이번 일의 중심이지요."

"그게 무슨 상관이지요?"

"이것이 바로 그 지시약이에요."

이진은 모스 그린과 코발트블루를 톡톡 건드렸다.

"pH 농도에 따라 색이 변하는 성분이 들어 있지요. 이름은 안토시아닌."

한형석 대위는 이진이 말한 내용에 고민하는 기색으로 용액 두 가지를 보았다.

"정말입니까?"

"이곳은 네드칼이고, 여기의 안료에 대해서는 알아본 적이 없어요. 하지만 저는 오래 공부했고, 제가 그간 배워온 지식으로는 그렇게 판단해요. 제가 아는 선에서는 맞아요."

이진은 신중하게 답했다. 한형석 대위는 이진의 말에 천천히 고개를 끄덕였다.

"그 말은, 안토시아닌에 대해서 이전부터 알고 계신다는 말이군요."

"네. 안토시아닌은 안료로 이용되는 물질 중 하나거든요. 그것도 대표적인 천연 안료여서 옛날에 익혀둔 적이 있었지요."

"그래도 서이진 씨 덕분에 이 사실을 알게 되었습니다. 감사합니다."

이진은 얼굴을 굳혔다. 컬러리스트로 협조하고 있기는 하지만, 그와 관련된 일로 받는 칭찬은 달갑지 않았다. 이진은 대위를 외면한 채 담담히 말했다.

"어쨌든, 얼추 알게 되었네요. 산성에 의해 원래 없던 붉은색이 만들어졌고, 그렇게 보라가 만들어진 거예요. 원래는 이 색깔을 보고 산-염기를 구분해야 하는데 우리가 할 일은 반대가 되었네요. 산-염기를 조절해서 색상을 만들기."

그래도 실마리는 잡았다. 이진은 그제야 제대로 된 조색을 시작하기 위해 팔을 걷었다. 그 기색에 한형석 대위는 태연하게 탁자에 펜과 종이를 내려놓았다.

"그리고 한 가지를 추가로 부탁하겠습니다. 색을 만드실 때 어떻게 만드셨는지 각 염료의 수치를 정확하게 적어주시길 바랍니다."

이진은 고개를 끄덕이고 주사기에 든 액체를 정확히 0.2mL로 조정하였다.

샘플보다 조금 푸르다. 붉음을 추가해줄 수 있는 산성, 초크를 섞는다. 채도가 높다. 낮추기 위해서 다른 색이 필요하다. 모스 그린을 섞는다. 이제 맞았는가? 아니, 미묘하게 노란 기운이 돈다. 제거하기 위해서는….

＊

이진은 투덜거리며 군부대를 나왔다. 쉽지 않았다. 기껏 붉은 색을 만들어 놓으면 다른 염료에 반응하여 색이 틀어지곤 했다. 무수히 시도해야 했다. 그래도 대위가 원하던 바이올렛을 만들어 내는 데 성공했다. 어떤 액체를 얼마나 섞었는지 기록한 표를 받아든 한형석 대위는 만족한 눈치로 내일은 다른 것을 제조해달라고 했다. 이진은 고개를 끄덕였지만 사실 힘이 빠졌다. 자꾸 엉뚱한 것에 반응하고 색이 흔들리는 염료를 조정하는 일을 해야 한다니.

컬러리스트 일을 했을 때 이진은 분명한 감각을 지니고 있었다. 민감한 눈은 색을 구분해냈고 그에 못지않은 손은 필요한 색을 추가했다. 특유의 감각은 원활하게 색을 맞추었다. 자신의 감각은 여전하다. 그러나 액체들이 좋은 염료가 아니어서 조색이 헛돈다.

조색 시험에서 쓰던 물감들이 그리웠다. 그것들은 안정되어 있었는데. 재료의 특징을 전부 외우고 있어서 자유자재로 다루었는데. 내가 예상한 대로 나왔는데.

이진은 전 직업에 대한 향수에 서서히 빠졌다가 깜짝 놀라서 떨쳐냈다. 그 일의 마지막 작업에도 불구하고, 기억이 미화될 수가 있다니. 지금 잠깐만 다시 잡는 것이다. 이 일이 끝나면 그대로 잊어버릴 것이다. 다시는 하지 않을 것이다.

이진이 고개를 내저으며 걸어가는데 티브가 보였다. 이진은 눈을 찡그렸다. 어제 그런 일이 있었으니 이진은 티브를 마주하기가 껄끄러웠다. 그러나 외딴 길에서 마주친 상대를 모른 척하고 지나치기란 쉽지 않았다. 다섯 걸음을 앞두었을 때 이진은 별수 없이 입을 열었다.

"무슨 일이지요, 티브?"

「오늘도 인간군 기지에서 나오네, 무엇을 하고 있지?」

"말하지 않을래요. 제가 무엇을 말하더라도 당신은 곡해해서 들을 테고, 오해만 깊어질 것 같아요."

「변명할 말이 없는 것은 아니고?」

"그렇게 모함을 해야 속이 풀리시겠어요?"

「잘못한 것이 있기는 있을 테지. 이를테면, 너 케피틴 하나 죽이고 오지 않았어?」

몸이 갑자기 싸늘하게 식었다. 무슨 소리인 건가? 이진은 귀를 의심했으나 잘못 들은 것은 아니었다. 듣는 것만으로도 두려운 의심이었다.

"티브, 갑자기 왜 그래요?"

「네게서 죽은 것의 냄새가 나거든. 그리고 케피틴 몇이 사라졌어.」

"말도 안 되는 소리 말아요! 저는 그들과 하나도 관련이 없어요. 케피틴이 실종되었다는 소식은 저 또한 걱정되지만, 요즈음 사라졌으면 당신들의 전쟁이 원인 아니겠어요? 왜 저를 잡고 그러시지요?"

티브는 묵묵히 있었다. 그 당연한 것을 떠올리지 못했을 리 없다. 그렇다면 대체 왜 그러는 것일까? 이진에 대한 적의가 판단을 흐려서? 혹은 확신할 수 있는 다른 이유가 있어서?

하지만 이진은 맹세코 케피틴을 살해한 적이 없었다. 그렇다면 적의인가? 하지만 왜 난데없이 이리 적의가 들끓는 건가? 그토록 내쫓고 싶은 것인가?

"어쨌든 저는 절대로 그런 적 없어요. 사람을 모함하는 것도 정도가 있지."

「그저 모함이라고 주장해?」

"무슨 일입니까!"

뒤쪽에서 외침과 달려오는 소리가 들렸다. 안개 너머여서 제대로 보이지 않았지만, 목소리는 인간의 것이었다. 아직 인간군의 기지에서 크게 떨어지지 않은 장소였기에 듣고 달려온 것 같았다.

티브는 그들을 보다가 뒤로 걸어가며 자취를 감추었다. 그리고 그 전에 이진에게 한마디 남겼다.

「이진 너, 네가 무엇을 하고 있는지 정확히 알기는 해?」

어처구니없는 질문이었다. 자신이 정확히 무슨 일을 하는지 알고 있느냐니. 이진은 전문가였다. 이 일을 내가 모르면 누가 알겠는가?

＊

그렇게 생각하며 며칠을 일했는데, 이상했다.

너무 이상했다. 이진은 조색실을 서성거리다가 멈추고, 다시 서성이기를 반복했다. 마음속에서 치솟는 불안을 제어할 수 없었다.

이진은 마음을 누르고 의자에 앉았다. 그리고 작업대를 바라보았다. 각 액체가 어느 액체와 혼합되었을 때 어떤 색이 나오는지 만들어 둔 샘플 액체들이 나열되어 있었다. 즉, 액체 버전의 조색 표였다.

처음에 만들 때는 붉은색부터 보라색까지 가지런히 스펙트럼을 그리고 있었다. 그러나 지금, 그 스펙트럼은 무너져 있었다. 두어 개 정도는 수상한 기포가 올라왔고, 절반은 변색되어 있었으며, 어느 하나에는 이물질이 둥둥 떠다녔다. 안료가 안정적이지 못하다는 증거였다.

"이렇게 엉망인 안료는 처음 써보는데."

과학이 발전하지 못하던 시절에 천연의 안료 대부분은 오래 가지 못하고 빠르게 변색되었다. 노란색이, 파란색이, 보라색이 비싸고 귀중해서 쓰지 못했다던 그 시절의 이야기는 아직도 전해진다.

하지만 지금은 아니다. 많은 화가나 과학자들이 연구를 거듭하며 안정적이고 발색이 선명한 안료를 개발해내었고, 그 결과로 우리는 색의 풍요를 누리고 있다.

이진도 색에 한계를 겪을 일이 없는 세대에서 태어났다. 색이 모자랄 것을 걱정하지 않고 마음껏 써댔다. 컬러리스트로서 각 안료의 속성을 파악하고 고려해야 하긴 했지만, 이렇게 터무니없이 질이 낮아서 하는 고민한 적은 없었다.

결론이 내려졌다. 이것은 최소한의 정제도 거치지 못한 액체였다. 애초에 안료가 아니었다.

"대체 뭐가 어떻게 되고 있는 거야?"

전부 이상했다. 인간군의 의뢰도, 이 액체도. 안료가 필요하더라면 기존에 개발된 제품을 사용하면 훨씬 간단했다. 게다가 그들은 개발이 아니라 재현에 초점에 맞추고 있었다. 대체 왜 표식이 꼭 대위가 본 적 있는 바이올렛이어야 한단 말인가?

이 액체가 무엇일까? 이진은 작게 찰랑거렸다. 이것을 인간군은 어디에서 구했을까? 이진이 한 번도 다뤄본 안료가 아니었다.

티브의 말이 떠올랐다.

「네가 무엇을 하고 있는지 정확히 알기는 해?」

그럼 티브는 알까?

이진은 액체를 작은 용기에 옮겨 담고 자리에서 일어났다. 영문도 모르는 일에 휘말릴 순 없었다. 자신이 참여하고 있다면 무슨 일이 벌어지고 있는지 알아야 했다. 티브를 찾아가는 일은 그렇게 어렵지 않았다. 집으로 향하다가 방향을 조금 틀었다. 이진은 티브의 거주지를 알고 있었다.

이진은 가로로 긴 굴 앞에 섰다. 케피틴들은 거주 공간을 필수적으로 필요로 하지 않았다. 외부 환경으로부터 자신을 보호해야 할 필요가 없기 때문이다. 그 역할은 그들의 껍질이 다 한다. 하지만 거주지가 필요하면 굴을 다듬어서 사용하곤 했다.

티브의 굴은 이진의 집 바로 옆이었다. 네드칼에 전쟁이 터지기 전에 평화롭던 시절에 서로 마음 편한 이웃이었다. 이진이 정착하는 걸 티브가 꽤 도왔었다. 지금은 상황이 바뀌었다. 이진은 떠날 수 없고 티브는 내쫓고 싶어 한다. 이진은 서로 왕래하던 길을 돌아보며 심란해졌다.

「너 왔구나.」

굴에서 나온 티브가 이진을 보고 말했다. 이진은 입을 꾹 다물었다가 주머니에서 작은 병을 꺼냈다.

"딱 한 가지만 묻고 갈게요. 그러니 뭐라 하지 말아주세요. 혹시 이게 무엇인지 아시나요?"

이진이 꺼낸 병 속에서 모스 그린이 공기 방울을 품고 좌우로 움직였다. 티브는 시각기관을 모았다.

「너 그건….」

티브는 신체 말단을 세웠다. 그것이 의미하는 바는 대개 격정적이었고, 부정적이었다. 놀람, 공포, 분노. 이진은 기민하게 읽어내며 긴장했다. 위험한 것을 찌르고 있다는 느낌이 들었다. 여차하면 자신의 집으로 달아나야 했다.

티브는 잠시 묵묵히 말이 없었다. 그러다 느닷없이 말했다.

「전쟁터에 가볼래?」

이진은 난데없는 제안에 어리둥절해졌다. 가장 처음 떠오른 건, 이 케피틴이 전쟁터에서 자신을 제거해버리지 않을까 하는 의심이었다. 그러나 이진은 고개를 저어 생각을 지웠다. 최근에 대립하기는 했지만 티브는 그럴 이가 아니었다.

"무슨 소리죠?"

「전쟁터에 가면 네가 원하는 것의 답을 얻을 수 있을 거야.」

티브는 다리 하나를 들어 먼 곳을 가리켰다. 그곳에서 충돌 소리가 들렸다.

이진은 아득한 안개를 바라보았다. 전쟁 중인 행성이라고는 하지만 분쟁의 기미가 보이는 곳은 근처에 얼씬도 하지 않았다. 떠나지 않은 것은 사실이지만, 전쟁에 휩쓸리고 싶지는 않았다. 그러나 비밀이 전쟁 속에 있다. 이진은 액체의 정체를 알아내야 했다.

"좋아요. 가볼게요."

이진은 고개를 끄덕였고 티브는 다리를 움직여 이동했다. 딱딱거리는 갑각류의 발소리가 났고, 이진은 보폭을 벌려 그 뒤를 따라갔다.

「이쪽이야.」

그들이 다다른 곳은 호수였다. 티브는 호수 속으로 거침없이 들어갔고 이진은 호수의 물을 난감하게 보았다.

"티브, 나는 호수에 들어갈 수 없어요."

「아, 맞다. 너희는 산성에 취약했지?」

티브는 물 위에 반쯤 잠겼다가 다시 물가로 돌아와서 등판을 대었다.

「이 위에 서.」

이진은 망설이다가 티브의 등판 위에 올라탔다. 이진이 그 위에 자리를 단단히 잡고 앉자, 티브는 흰 호수를 가로질렀다.

5

이진은 호수 표면을 불안하게 보았다. 호수는 불투명한 초크 색이었다. 몽환적이지만 강한 산성임을 안다. 들여다보자니 빠질 걱정만 커졌다.

왜 왔을까? 후회가 밀려왔다. 네드칼의 종족들이 모든 전쟁이 호수에서 벌어지므로 접근하지 말라고 했던 경고를 잘 떠올렸다면 한 번쯤은 다시 고민했을 텐데….

먹먹한 안개 속에서 흐릿한 형체가 보였다. 이진은 바싹 긴장했다. 내지르는 괴성이 울리고 과격한 움직임이 보였다. 형체 둘이 서로를 잡고 험악한 몸싸움을 벌이고 있었다. 안개 때문에 그 이상의 상세한 상황이 어떤지는 분간하기 어려웠다.

다만 잠시 후 우득 소리가 나더니 어느 기다란 기관이 꺾였다. 한쪽이 다른 한쪽을 아래로 처박았고 물에 정면으로 부딪치는 소리가 울렸다.

"티브, 저희 그냥 돌아가요."

그러나 티브는 답이 없었다.

형체는 그 자리에 멈춰 섰다가 반대 방향으로 휘적휘적 걸어갔다. 이진은 한참이 지나고서야 긴장이 풀려 한숨을 내쉬었다. 그러나 티브는 이진이 마음을 놓지 못하게 만들 행동을 했다. 전투의 방향으로 조금 더 다가가는 것이었다.

"저기요! 돌아가자고요!"

이진은 차마 소리는 못 지르고 목소리를 죽이면서 티브의 등을 두드렸다. 그마저도 미끄러질까 봐 세게 두드리지 못했다. 티브의 몸체에 뭔가가 부딪혔다. 충돌에 이진은 소스라치게 놀라 납작 엎드렸다. 그러나 다른 일 없이 조용했고, 이진은 고개를 들어서 무엇이 부딪혔는지 보았다. 그건 거칠게 뜯겨서 떠다니는 다리 조각이었다.

"헉!"

이진은 기겁하며 물러났다.

「보여, 이진?」

그것의 단면에서 무언가 몽글몽글 피어오르고 있었다. 코발트블루였다.

"이건, 이건…."

그리고 어느 방향에서 파열음이 울리더니 액체가 튀겼다. 그건 모스 그린이었다. 갑각이 꺾이는 소리가 들린다. 색들이 튀기며 날카롭게 선을 그린다.

이것은 본래 몸 밖으로 나와선 안 되는 것이었다. 이렇게 무분별하게 튀기고 흘러서도, 이진이 병 속에 넣고 다녀도 안 되는 것이었다.

그것은 피였다.

세상이 한 바퀴 핑 돌았다. 이진은 아찔해졌다. 정신이 훅 멀어졌다.

✳

6년이나 지난 일이지만, 지금도 생생하게 떠오르는 장면이 있었다. 그리고 절대 잊을 수 없게 때때로 악몽으로 찾아왔다.

환한 빛이 뒤덮은 작은 마을에 그들은 널브러진 채 바닥에 깔려 있었다. 바닥에서 발작을 일으키며 몸을 떨다가, 무너진 이들. 연구원 하나가 이진을 뒤로 끌었다.

"그냥 지나가세요. 별로 보기 좋은 광경은 아니잖아요."

그 속에서 이진은 무력하게 뒤로 끌렸다. 목소리가 붕 떴다.

"이게, 이게 대체 무슨 일이에요?"

"조명 프로젝트의 빛을 테스트하는데 문제가 생겼어요. 여기 종족들은 눈에 색 수용체가 더 있다나 뭐라나. 그래서 저 색에 극심한 스트레스를 받는댔어요. 그냥 하는 말인 줄 알았는데 진짜였나 봐요."

이진은 주춤주춤 물러났다. 연구원이 돌아봤다.

"아, 혹시 이 색을 선정하신 컬러리스트이신가요?"

그 말이 딱 뇌리에 박혔다. 이진은 그 자리에서 굳었다. 이진, 자신이 그랬다.

"마침 연락드리려고 했는데, 잘 되었네요. 이거 못 쓸 것 같아요. 최종 시안을 번복해서 죄송하게 되었네요."

그 사람의 말이 제대로 들리지 않았다. 이진은 입을 틀어막았다. 몸이 허물어지며 그 자리에 주저앉았다.

죄송해요, 정말 죄송해요. 이러려던 게 아니었어요. 당신들에게 이런 짓을 저지르려고 했던 것이 아니었는데….

프론 행성 조명 프로젝트. 이진이 오랫동안 매진해온 작업이었다. 인공위성으로 조명을 비추어서 도시를 다른 색으로 뒤덮는 작업이었다. 공사하며 건물부터 갚아 엎지 않고도 새 단장을 한 것 같은 느낌을 줄 수 있었다. 이진은 그 프로젝트에 참여한 컬러리스트 중 한 명으로서 어떤 색을 칠할지 고심해서 고르고 연구했다.

그렇게 해서 마을 단위로 테스트를 진행하던 중에 몇몇 색이 특정 종족에게 치명적인 이상을 야기했다. 그때 그 색은 이진이 낸 것이었다.

사람들이 말하고 지나갔다.

"솔직히 이걸 뭐 어쩌겠어요. 자기들이 그렇게 생겨 먹은 걸

탓해야지."

"여기 행성에 사는 종족 수가 만 가지가 넘어요. 그 종족들의 특징을 어떻게 하나하나 챙겨요?"

그러나 이진은 심장을 내리누르는 죄책감을 견딜 수 없었다. 테스트 참여자 중 일부는 결국 죽었다고 들었다. 그런 말들로 용서가 될 수 있을까?

완공 이후, 눈앞에서는 현란한 도시의 색이 번쩍거렸다. 행성이 새로운 색으로 한층 거듭났다는 문구가 흘러갔다. 그러나 이진은 현기증이 피어올랐다. 테스트에서 견딜 수 없다던 종족들처럼 이진 또한 그 빛을 견딜 수 없었다. 프론에서는 어느 곳을 가더라도 조명 아래를 벗어날 수 없었다. 이진은 결국 행성을 떠났다.

우주선을 타고 프론을 떠날 때 창 너머에서는 조명이 찬란하게 빛을 내고 있었다. 이진은 눈을 꾹 감고 고개를 돌렸다. 제 손으로 색을 만들고 적용하고 사용하는 것이 두려워졌다. 다른 이들에게 도무지 무슨 영향을 미칠지 알 수 없기 때문이었다.

쓰러진 이들이 떠올랐다. 그런 광경을 다시는 보고 싶지 않았다. 다시는….

이진은 눈을 부스스 뜨고 멍하니 천장을 보았다. 꿈이었다.

「깼어?」

"아…."

「네가 어느 순간 정신을 잃어서 나왔어.」

"그렇군요."

이진은 그리고 입을 다물었다. 꿈 때문에 떠들 기분이 아니었다. 그러나 티브는 계속 말을 걸었다.

「이제는 떠날 마음이 들어?」

이진은 무슨 뜻인지 헤아리려보다가 정신을 잃기 전의 광경이 퍼뜩 떠올랐다. 꺾고 꺾이는 전쟁터. 그리고 그곳에서 흩뿌려지는 피. 이진이 조색하던 액체와 같은 색깔.

"아니요, 당장은 떠날 수 없어요."

이진은 몸을 일으켜 얼굴을 쓸어내렸다.

"인간군한테 이 일을 물어야겠어요."

*

다음 날이었다. 한형석 대위는 태연하게 병을 내밀었다.

"이번에는 이 색을 재현해주시면 됩니다."

아보카도 그린이었다. 만드는 방법은 안다. 그러나 이진은 손을 움직이지 않았다.

"못 들으셨습니까, 서이진 씨?"

"목적이 뭐죠?"

"무슨 말씀입니까? 조색의 이유라면 말씀드리지 않았습니까?"

이진은 앞에 있는 액체들을 밀었다.

"이건 피잖아요."

이진이 조용히 말했다.

"역할이 완전히 같지는 않겠지만, 육체가 손상을 입었을 때 상처에서 새어 나오는 액체라는 점에서는 유사해요. 더 적합한 단어가 있을지도 모르겠는데 저는 피라고밖에 못 하겠네요."

한형석 대위는 매서운 눈을 하였다.

"잘못 알고 계신 겁니다."

"아니요. 나는 제대로 알고 있어요. 똑바로 대답해요."

"서이진 씨가 오해하신 겁니다."

"아니요. 저는 직접 봤어요. 케피틴의 피는 정확히 코발트블루더군요."

이진은 한형석 대위를 바로 보며 말했다.

"당신들이 둘러댄 이유는 말이 되지 않아요. 표식까지는 억지로 이해하려 든다면 해볼 수는 있겠어요. 하지만 그것을 위해 이곳에서 나는 물질로 안료를 개발한다니. 이봐요, 우주를 대충만 둘러봐도 가공된 안료는 널렸어요. 그런데도 다른 종족의 피, 즉 생체 액체를 뽑아 염료를 만든다는 일이라니. 우주적 비난을 받고 싶나요?"

이진은 차근차근 말했다. 한형석 대위가 곧장 대꾸했다.

"인간군은 알아서 처신할 겁니다. 괜히 따지지 마시지요."

이진은 그 말을 믿지 않았다. 고개를 젓고는 병을 하나하나 짚었다.

"모스 그린은 무르쿠르, 코발트블루는 케피틴의 것이겠지요. 그리고 이 초크는 이 행성의 호수에서 떠온 물이지요. 이 행성의 호수들은 산성을 띠어요. 그리고 이것들이 섞이면…"

이진은 주사위와 막대로 액체 몇몇을 빠르게 혼합했다. 아보카도가 만들어졌다.

"피 자체도 색이 다르고, 또 안토시아닌이 산성에 반응하기 때문에 색이 확 달라져요. 따라서 그런 독특한 색이 나오는 것이지요. 바이올렛이나 마젠타 같은."

이진은 샘플을 다시 대위에게 내밀었다.

"이건 전장에서 떠오신 것이지요? 시체들이 뒤섞인 곳에서요."

한형석 대위는 신경질을 내었다.

"그래서 어쩌자는 것입니까? 피가 싫어서 작업을 못 하시겠다는 겁니까? 아니면, 전쟁이 지나간 자리에서 남긴 부산물을 챙기는 행위가 비도덕적이라고 항의하고 싶으신 겁니까?"

항의하고 싶었다. 그러나 이진은 꾹 참고 고개를 저었다. 지금 이 지점을 항의하면 중요한 부분을 놓치게 된다.

"저는 이유를 알고 싶어요. 당신들의 전투의 결과물을 제가 재현하는 이유를."

한형석 대위는 입을 열지 않았다.

"말하지 않는다면 제가 말하지요. 누가 얼마나 죽었는지 알고 싶은 것이지요?"

한형석 대위는 말없이 이진을 노려보았다. 곧이어 길게 한숨을 내쉬었다. 패배를 인정하는 신호였다.

"전황을 파악하고자 하는 겁니다. 이곳은 안개가 짙어서 육안으로 분별하기 어렵고, 다른 고성능의 관측 장비는 없습니다. 이곳의 시설은 열악하니까요. 전장에 다가가기엔 너무 위험하고, 섣부른 접근은 양측을 자극할 수가 있지요."

"그래서 전쟁이 끝난 곳을 뒤지셨군요. 각 액체를 얼마나 섞었는지 기록하라고 했던 것은 서로 어느 비율로 죽었는지 알아보려는 의도였겠고요."

"맞습니다."

"상처에 따라서 피가 흐르는 정도가 다를 텐데요?"

"그렇지만도 않습니다. 죽은 네드칼 종족들은 오래 걸리지 않아서 피가 전부 몸 밖으로 빠져나오게 되더군요."

"죽여본 적이 있는 것처럼 말씀하시네요."

"호숫물에 섞이지 않은 순수한 피는 어디서 얻었겠습니까? 어차피 전시이니 하나둘 정도가 사라지는 것이 대수겠습니까?"

이진은 손을 말아쥐었다. 티브가 말했던 이야기가 떠올랐다. 실종되었다던 케피틴들. 아마 그들이 잡혀서 피를 뽑혔을 것이다. 그리고 이진이 그 케피틴의 피를 주물렀다.

이진은 눈을 치떴다.

"사소하다고요? 지금 이 일들이?"

"전쟁 중입니다. 서이진 씨, 유별나게 굴지 마십시오."

"인간군은 전쟁 중이 아니잖아요."

"전쟁 중에 무언가를 얻으려면 전쟁에 끼어들어야 합니다."

"대체 무엇을 얻으려고 그러는데요?"

"말씀드리지 않았습니까? 인간이 네드칼에서 살아야 한다고. 그리고 그건 서이진 씨도 그러하지 않습니까."

이진은 액체를 내려다보았다. 수상하지만 그래도, 해도 괜찮은 일이라고 생각했는데. 이진은 책상을 부여잡고 자조적으로 웃었다.

"제 능력이 그렇게까지 도움이 될 줄은 몰랐네요."

"그런 표정 짓지 마시죠. 이미 해보신 일 아닙니까?"

"방금, 뭐라고 했지요?"

이진은 어깨를 흠칫 떨었다. 한형석 대위는 웃어 보였다.

"프론의 조명 프로젝트 이야기를 들었습니다. 그때도 타 종족 몇 죽이면서 진행하지 않았습니까? 그 덕에 성공적으로 프로젝트가 완수되었고요."

어떻게 그 사건을 그렇게 말할 수 있는가? 이진의 몸이 부들부들 떨렸다. 자신은 그러려고 한 게 아니다. 그 일은 참담한 사고였다. 그런데 그들은 찬양하고 있었다. 이진은 숨이 막혔다. 끔찍했다. 한형석 대위는 이진의 어깨의 손을 얹었다.

"이미 한 번 해보신 일입니다. 이번에도 똑같이 하시면 되는 겁니다."

이진은 손을 뿌리쳤다. 시야가 혼탁하게 뒤섞였다. 이진은 간신히 손을 들어 문을 가리켰다.

"나가요."

외치려고 했는데 목이 메어, 답답하게 물먹은 소리만이 나왔다. 한형석 대위는 부드럽게 말했다.

"괜히 죄책감 느끼실 필요 없습니다. 어차피 그들은 인간도 아닌데."

"내 앞에서 꺼져요. 당장!"

한형석 대위는 어쩔 수 없다는 듯 문가로 물러났다.

"마음 추스르고 계십시오."

그리고 문을 닫았다.

갖가지 감정이 데칼코마니처럼 섞였다. 분하기도 하고 억울하기도 했다. 그러나 자괴가 모든 감정을 뒤덮어 덧칠해버렸다. 그러려고 그런 게 아니었다. 정말로. 그러나 모든 변명은 시체 앞에서는 이미 늦었다. 이진은 그 자리에서 허물어졌다. 눈물이 뚝뚝 떨어졌다. 눈앞이 흐려져 색이 도무지 보이지 않았다.

6

인간군들이 전쟁에 대해 떠들어댔다. 바위 지대에 사는 케피틴들이 승기를 거두고 있다고 했다. 인간군은 그들의 피해 현황을 보고 결정한다고 했다. 남은 케피틴과 손을 잡을 것인지, 전투 후에 약해진 케피틴을 쓸어버릴 것인지. 그들은 여러 가지 경우의 수를 따지고, 우주법의 틈새를 비집기 위해 활발하게 논의했다. 그리고 그것은 이진이 밝혀준 정보를 기반으로 했다.

"그런데 이상해. 왜 승리한 케피틴들도 자취를 감추는 거지?"

"승전에 대해 기뻐하는 기미도 안 보여. 케피틴들은 원래 그런가?"

이진은 오가는 소식을 들으며 침묵했다. 매일 기지로 출근은 했지만, 이진은 조색실에 가만히 앉아만 있었다. 조색 도구에는 손도 대지 않았다. 조색을 재촉하던 한형석 대위는 며칠 여유를 준다고 했다. 그러나 이진은 더 조색할 생각이 추호도 없었다.

출근한 것은 다른 목적이 있었기 때문이었다.

이진이 며칠 동안 조색을 하지 않자 지켜보던 사람은 시간 허비라고 여겨 잠시 자리를 비웠다. 그때가 오자 이진은 일어나서 고개를 들었다.

조색실의 모든 광경은 제법 눈에 익었다. 쓸데없이 넓고 황량하지만, 중앙은 이진의 습관대로 가지런히 정리되어 있었다. 색은 색조 순서대로 배치되어 있었고, 도구는 깨끗하게 씻어서 바르게 두었다. 이진은 천천히 그 사이에서 장갑을 찾아내서 착용했다.

그리고 병을 꺼내시 던졌다.

쨍그랑!

이진은 액체를 뒤엎었다. 하나, 둘. 셋. 바닥이 모두 물 범벅이 되었다. 액체를 전부 쏟아내고 남은 병은 내던졌다. 그것도 모자라서 책상 위를 전부 쓸어버렸다. 팔에 병들이 밀려 가장자리로 몰리고 떨어졌으며, 각기 다른 소리를 내며 바닥을 구르거나 깨졌다.

이진은 시근덕거리며 숨을 내쉬었다. 속에서 화가 들끓었다. 지금껏 이런 짓을 했다는 것이 분했다. 다시 한 번 제 손으로 이런 짓을 벌였다는 사실이 끔찍했다. 더는 인간군에 협조하지 않을 것이다. 그리고 그간의 결과를 남겨줄 생각도 없다. 그들이 이용할 수 없도록 연구물들도 처리하는 중이었다.

가장 마지막으로 조색 샘플을 돌아보았다. 가장 중대한 결과물이었지만, 이미 망가진 그라데이션만 남아 있었다. 솔직히 부수는 게 의미가 있을까? 라는 생각이 들 정도로 엉망이었다. 그래도 엎어버리려고 이진은 손을 들었다. 그때 갉작거리는 소리가 들려왔다.

무슨 소리지?

이진은 손을 내렸다. 소리는 비커 안에서 들려오고 있었다. 이진은 비커에 하나하나 눈을 맞추었다. 전부 고요했다. 이진이 잘못 들었나 싶은 순간, 다시 갉작이는 소리가 들렸다. 불순물이 생겨나고 있었던 액체였다. 자세히 들여다 보았다. 그러다가 눈을 크게 떴다.

그것은 케피틴이었다. 이진이 이제껏 본 적이 없는 아주 작은 크기였지만, 분명히 이 형상은 케피틴이었다.

이게…. 어떻게 케피틴이 여기에 생겼지?

이진은 액체에 생겨나고 있던 불순물을 떠올렸다. 지금 다시 보니, 그것은 갑각이었다. 케피틴의 갑각.

이진이 케피틴을 탄생시켰다. 그리고 이진이 한 일은, 케피틴의 피를 섞은 것이었다.

설마 피가 혼합되면, 케피틴이 탄생하는 건가? 그렇다면 케피틴들은 지금 무엇을 하는 것인가?

이진의 정신이 다른 가능성으로 아득해졌다. 그때 등 뒤에서 누군가의 목소리가 들렸다.

"무슨 일입니까?"

싸늘한 목소리였다. 이진은 확 돌아섰다. 한형석 대위가 뒤에 있었다. 대위는 조색실을 둘러보았다가 이진에게 시선을 고정했다. 이진은 반사적으로 등 뒤로 그 케피틴이 들어 있던 병을 숨겼다. 그 행동에 한형석 대위가 수상한 눈초리로 이진을 보았다.

"아무 일도 아니에요."

유리 조각을 밟으며 한형석 대위가 다가왔다.

"무엇을 숨기고 계십니까? 내놓으시지요."

"아무것도 아니라니까요. 그냥 가세요."

"숨기는 것을 보여주십시오."

절대 안 된다. 저들이 이 사실을 알면 어떻게 이용할 것인가? 이미 네드칼의 종족들을 몰래 잡아 피를 뽑아내던 이들이다. 과연 그들이 이 사실을 알게 되면 전황을 살피는 선에서 그칠까?

이진의 손이 등 뒤에서 움직여 병들을 더듬었다. 첫 번째, 두 번째, 세 번째 병을 스쳤다. 어떤 것에 그 어린 케피틴이 들어 있었지?

"아무것도 없다고 하는데 자꾸 왜 그러세요."

병을 더듬어 빼내려니 시간이 걸렸다. 조금만, 조금만 더….

"서이진 씨."

한형석 대위가 나지막이 말했다.

"당신의 뒤에서 갑작이는 소리가 들립니다."

그 순간 이진은 병을 뽑아들었다. 안쪽의 케피틴을 빼내고 병은 한형석 대위에게 던졌다. 대위가 얼굴에 병을 맞고 비명을 질렀다. 그 틈을 타서 다른 수통을 낚아채고 이진은 뛰쳐나갔다.

✳

이진은 산성비 속을 달렸다. 허겁지겁 걸쳤던 우비 사이로 빗물이 새어 들어왔다. 따끔거리는 착각이 들었다. 다행하게도 피부가 이 정도의 산성에 당장 화상을 입지는 않는다. 장기적으로는 악영향을 미칠 테지만, 가만히 멈춰 서서 우비 속의 물기를 털어낼 시간은 없었다. 당장 도망쳐야 했다.

"거기 서십시오. 서이진 씨!"

한형석 대위의 목소리였다. 이진은 들킨 건가 싶어 화들짝 주위를 둘러보았다.

사방은 안개가 뿌옇게 서려 있었고 인간군은 안개에 가려져 보이지 않았다. 도무지 어디에 있는 건지 모를 추격자는 이진을 불안하게 만들었다. 하지만 반대로 생각하면 인간군도 이진을 볼 수 없다는 것이다.

아직 위치를 들키지는 않았다. 이진은 그렇게 생각하며 수통을 다잡았다.

"진정하시고 돌아오십시오. 그쪽은 전쟁터입니다. 섣불리 가셨다가는 서이진 씨가 휘말려 위험해집니다."

이진은 호흡마저 멈췄다. 목소리를 내면 위치가 드러날 것이다. 서늘한 공포가 아무 말도 하지 못하도록 뱃속을 눌렀다. 한형석 대위가 다시 말했다.

"당장 안전구역으로 돌아오십시오. 저희는 서이진 씨를 보호해야 할 의무가 있습니다."

이진은 입을 꾹 다물었다. 저들의 말이 사실일지도 모른다. 비에 젖은 몸은 차가웠고, 추격은 이진을 계속 압박했다. 공포에 계속 짓눌리는 기분은 끔찍했다. 어떤 식으로든 떨쳐내고 싶었다. 지금 나가서 위치를 밝히면 이 상황에서 벗어난다. 그들의 안내를 받아, 숙소로 돌아갈 수 있을 것이다.

하지만…. 이진은 제 품에 안은 수통을 내려다보았다. 달리면서 마구잡이로 흔들렸기에 수통은 잔뜩 출렁이다가 서서히 가라앉고 있었다. 그 안에서는 찰작이는 소리가 들려왔다.

돌아가면, 이것은 무사하진 못할 것이다. 수통을 안은 팔에 힘이 들어갔다. 더 생각해볼 것도 없었다. 이진은 다시 달리기 시작했다. 작은 웅덩이를 밟았고 찰박거리는 소리가 발치에 따라붙었다. 다시 긴장이 머리끝까지 올라왔다.

"돌아오십시오! 더 가시면 전쟁 지대에 진입합니다."

한형석 대위의 말소리가 훅 멀어졌다. 그러나 마지막 경고만은 분명하게 들렸다. 하지만 이진은 외면하고 더 깊숙이 나아갔다.

인간군은 다수였고 이진은 혼자였다. 그들은 훈련받은 군인이었고, 이진은 민간인이었다. 그들에게서 영원히 숨을 수는 없었다.

그러니 케피틴들에게로 가야 했다. 그것이 인간군의 추격을 피할 수 있는 유일한 방법이기도 했다. 이진은 티브와의 충돌을 떠올렸다가 눈을 꾹 감았다. 행성을 떠나지 않아서 이 지경에 이르게 만든 이진을 과연 티브가 받아줄까?

그러나 다른 길이 없었다. 이진은 안개를 꼿꼿하게 보았다가 더 깊숙하게 진입했다. 즉, 전쟁터로 바로 걸어 들어갔다. 비가 잦아들고 희뿌연 안개가 피어올랐다. 그리고 수십 개의 검은 그림자가 이진을 스쳐 갔다. 이진은 화들짝 놀랐으나 고작 바위일 뿐이었다.

지금 추격을 당하고 있다는 것과 전쟁터로 걸어가고 있다는 사실이 이진을 지나치게 민감하게 만들었다. 전쟁이 아닐 가능성도 있지만, 정말로 전쟁일 가능성도 여전히 컸다.

걸음을 내디뎌도 괜찮을까? 앞에서 갑자기 무엇이 튀어나오지 않을까?

그러던 중 소리가 들렸다. 이진은 몸을 흠칫 떨었다. 온몸이 긴장으로 뻣뻣하게 굳었다. 정체를 알 수 없는 소음이었다. 그중에는 찰랑거리는 물소리도 섞여 있었다. 이진은 침을 꿀꺽 삼키고 그 방향으로 조심스럽게 말을 내디뎠다.

네드칼의 모든 전쟁은 호수에서 벌어졌다. 그러니 전쟁을 찾으려면 호수로 향해야 했고, 물소리는 맞게 가고 있다는 뜻이었다. 걸으면 걸을수록 세상에 소음이 가득해졌다. 누군가가 수면을 두드리고 있었다. 파파파파파! 빠르고 난폭한 두드림이었다. 하나가 아닌 여러 개였다. 수면과의 마찰음이 서로 증폭되어 사람을 불안하게 만들었다.

이진은 좀 더 걸어 들어갔다. 그러자 안개 너머로 기다란 다리가 하늘로 치솟아 있는 것을 보았다. 하늘을 향해 세워진 거대한 피뢰침 같았다. 그것은 파르르 떨리다가 멈추고 기이한 각도로 꺾어졌다. 우득, 소리와 함께 다리가 완전히 분해되고 단면에서는 액체가 흘러나왔다. 다리 조각은 곧이어 떨어지며 수면과 부딪혔고 물이 크게 출렁였다.

케피틴 간의 폭력이었다. 이진의 머릿속이 혼란스러워졌다. 내가 잘못 생각하지 않았을까? 정말 전쟁터로 오겠다는 것이 잘한 판단이었을까? 케피틴을 믿을 수 있는 것인가? 안일하게 군 것은 아니었을까? 그냥 죽을 자리를 찾아 걸어 들어 온 것 같은데.

그렇게 멈춰서 망설이던 때였다. 무언가 이진의 어깨를 턱 붙잡았다. 이진은 반사적으로 휙 돌아서며 떨쳐냈다. 그러자 그것은 이진의 다리를 가격하였다.

"악!"

이진은 넘어지며 짧은 비명을 질렀다. 가격당한 다리를 부여잡는데 한형석 대위가 그 앞에 섰다.

"저희의 경고를 무시하고 진입하셨습니다."

대위는 소리를 낮춰 말했다. 얼굴에는 붉은 금이 그어져 있었다. 이진이 아까 유리병을 던졌을 때 만든 것이다.

"더는 예우해드릴 수도 없겠군요. 강제로 연행하겠습니다. 순순히 협조에 따라주십시오."

이진은 입술을 깨물었다. 거의 다 왔는데! 망설이는 바람에 붙잡혔다. 아주 조금만 더 가면 되었는데! 한형석 대위는 이진에게 냉정하게 말했다.

"수통을 앞에 놓고 두 손을 머리에 올리십시오."

이진은 수통을 꽉 붙잡았다. 이것만큼은 절대 내놓을 수 없었다.

"수통을 내놓으라고 하지 않았습니까?"

이진은 수통을 감싸고 그대로 웅크렸다. 한형석 대위는 어이없어하는 한숨을 흘렸다. 그리고 이진을 강제로 일으키고 수통을 빼앗아갔다. 이진이 발버둥을 쳐도 그 일은 아주 간단하게 이루어졌다.

"대체 이게 뭐기에 그리 도망을 치셨습니까?"

한형석 대위는 비아냥거리며 뚜껑을 열었다. 그리고 대위의 눈이 가늘어졌다. 그때였다. 누군가가 고함을 내질렀다.

「누가 여기서 난동을 피우는 거지?」

7

넓은 그림자가 드리워지고 단단한 다리들이 땅을 디뎠다. 케피틴이었다. 한형석 대위는 반사적으로 몸을 케피틴 쪽으로 돌렸다. 케피틴은 이진과 대위를 내려보고 위협적으로 말했다.

「군? 너, 전쟁에 개입할 작정인가?」

한형석 대위는 케피틴을 마주 보며 대답했다.

"아닙니다. 정식으로 사과드리겠습니다. 민간인 한 명이 이탈하여 데려오려던 중 문제가 생겼습니다. 데리고 귀환하겠…."

그때였다. 이진이 수통을 빼돌려 케피틴 쪽으로 내달렸다. 당황한 한형석 대위가 팔을 뻗었다. 그러나 대위의 행동에 집중하고 있던 케피틴이 위협적으로 몸을 세웠다. 대위가 움찔거리는 사이 이진은 케피틴을 지나쳐 전쟁터 속으로 들어가버렸다.

"아니, 저 사람이!"

뒤에서 한형석 대위가 소리를 내질렀다. 그러나 케피틴이 맞고함을 질렀다. 저 케피틴이 한형석 대위를 붙잡을 것이다.

이진은 그저 달렸다. 곧 호숫가에 다다랐다. 이진은 호수 둘레를 따라 계속 달렸다. 그리고 여러 케피틴의 군락을 발견했고, 그 안으로 뛰쳐들어갔다. 굴속에서 케피틴들이 놀라며 일어났다.

"헉…, 허억…. 저, 잠시만. 헉. 이곳에…."

「저거 뭐야?」

「인간이 왜 여기 있어?」

「그런데 저거 이진이잖아?」

「누구?」

「우리 동네에 머무르던 인간.」

「티브랑 자주 대화하던 인간.」

「이진? 네가 무슨 일이야?」

그들이 이진을 두고 이리저리 떠드는 것이 들렸다. 그러나 이진은 답할 수가 없었다. 숨을 잔뜩 헐떡이고 있었기 때문이다. 너무 급하게 달렸었다.

이진은 그 자리에 주저앉았다. 그러자 케피틴들은 이해하지 못하고 수군거렸다.

「무슨 뜻이야?」

「인간네 언어야?」

「하지만 다리가 움직이지 않는데?」

「걔네 다리로 대화 잘 안 해.」

유독 크기가 작은 케피틴이 주위를 돌며 이진을 툭툭 쳤다.

「이상해. 왜 이래? 이러지 마.」

그들이 숨을 헐떡인다는 행위를 쉽게 이해하는 것 같지 않았다. 이진은 도움을 받거나 해명하는 대신 자신이 제 호흡을 가다듬으려고 애썼다.

「티브 불러올게. 그러지 마.」

작은 케피틴이 쪼르르 달려갔다. 이진은 고개를 끄덕였다. 대하기 불편하지만 티브는 현 상황을 가장 잘 알 것이다. 비난을 받더라도 티브와 이야기하는 것이 가장 원만할 것이다.

다른 케피틴들은 이진의 상태를 보며 수군거리고 있었다. 누가 다리를 뻗어 이진의 어깨를 흔들었다. 그들 기준에서 숨을 헐떡인다는 이상한 행위를 진정시켜주려는 노력이었다. 저들의 천성은 나쁘지는 않았다. 그러나 호수에서의 광경이 떠올랐다. 그것도 케피틴이 한 짓이겠지. 이진의 입가에 드리워진 희미한 미소가 사라졌다.

이진은 수통을 우비 안으로 숨겼다. 그들이 하는 행동이 전쟁이 아닐 수도 있다. 하지만 그것이 이진의 오해이고, 첨예한 전쟁이 그대로 벌어지고 있다면? 이진은 조심스럽게 그들을 살펴보다가 입을 열었다.

"있잖아요."

「괜찮아졌어?」

"그럭저럭요. 아니 그 전에, 왜 이곳에 당신들밖에 없어요? 수가 너무 적은데요. 나머지 절반 정도는 어디 갔나요?"

그러자 그들은 일제히 말을 중단했다. 그저 눈만이 이진을 보고 있었다. 이진은 확 소름이 돋았다. 설마 전투 중에 죽은 것일까? 아니면 죽이러 나간 것일까? 자신은 인간군을 피해서 서로 죽고 죽이는 이들 사이로 걸어들어왔는가?

그때 누가 걸어들어왔다. 티브였다.

「네가 여기 어쩐 일이지?」

케피틴 특유의 마찰음 중에서도 날카로운 말소리였다. 이진은 침을 꿀꺽 삼키고 말했다.

"인간군을 피해서 왔어요. 그들이 저를 쫓고 있어요. 저 좀 잠시 숨겨줘요."

티브가 싸늘하게 보며 물었다.

「정말 그것뿐이야?」

"사실 더 있어요. 저를 숨겨준다고 약속하면 전부 이야기해줄게요."

티브는 침묵했다. 이진은 긍정이나 부정을 읽을 수 없어서 초조해졌다. 그사이 인간군 이야기에 다른 케피틴들이 수군거렸다.

「인간군이래.」

「쟤도 인간이잖아?」

「그러게?」

티브는 다리를 내저어 그들을 물러가게 했다. 그들은 물러가면서도 호기심 어린 눈을 다닥다닥 붙였다.

「일단 따라와.」

티브는 뒤로 걷다가 돌아섰다. 이진은 빠르게 티브에게 따라 붙었다.

케피틴들은 굴을 사용했다. 티브는 이진을 비어 있는 굴 중 하나로 안내했다. 이진은 그곳에 다다르자 긴장이 확 풀렸다. 수통을 끌어안고, 제 자리에 주저앉았다. 방금 기이한 분위기의 케피틴들에게 둘러싸고 있는 상황에서 벗어났다. 또한, 케피틴의 영역으로 들어왔으니, 인간군이 함부로 쫓지는 못할 것이다. 일단은 한숨 돌릴 수 있었다.

티브는 발음기관을 열었다.

「그럼 설명해. 어째서 이곳으로 온 것이지? 너는 그들과 협력관계였잖아?」

"저는 이제 인간군과 협력관계가 아니에요. 그들이 보낸 것도 아니에요. 그들에게서 도망쳐왔어요. 다른 케피틴에게 물어보면 그 상황을 전해들을 수 있을 거예요"

「그들이 너를 쫓는 척 이곳에 심어둘 수도 있지.」

이진은 진지하게 티브를 보았다. 품에 끌어안고 있던 수통을 조심스럽게 내려놓았고 자유로워진 손으로 무릎을 꽉 잡았다.

"전부 알려드릴게요, 티브. 이번만은 제 말을 들어주세요."

이진은 그간의 일을 설명했다. 무슨 일이 있었고, 왜 도망쳐서 여기로 오기로 했는지. 인간군과 손을 잡고 무엇을 했는지.

"저는 그렇게 인간군 아래에서 색을 만들었어요."

동굴에서 이진의 목소리가 울렸다. 티브는 명백하게 불쾌함을 표출했다.

「네가 섞은 액체는 우리의 것이었어.」

"죄송해요. 이런 말로는 아무것도 돌이킬 수 없겠지만 그래도 죄송해요."

「그럼, 실종된 케피틴들은….」

이진은 차마 할 말이 없었다. 고개를 푹 숙였다. 침묵이 생겼다. 한참 후에 티브가 먼저 입을 열었다.

「그럼 저건?」

수통에서 달그락거리는 소리가 났다. 티브의 겹눈들이 수통 쪽으로 모였다. 이진은 수통을 넘겨주었고, 티브는 긴 다리를 뻗어 수통을 잡았다. 출렁이는 소리가 났고, 안에서 무언가가 부딪혔다. 티브는 통을 열었다.

액체가 쏟아졌고, 그 안에서 주먹만 한 크기의 덩어리가 떨어졌다. 딱딱한 껍질로 제 몸을 보호하고 있는 그것은 어린 케피틴이었다. 그 어린 케피틴은 웅크리고 있다가 상황을 가늠하듯 감각기관만을 움직였다. 그리고 천천히 다리를 꺼내서 펼치기 시작했다. 티브는 한동안 말이 없었다.

"이 애가 만들어지고 있었어요. 당신들의 피…가 섞여서요."

「알아냈나?」

"네."

이진은 마른 침을 삼키고 말했다.

"당신들은 피를 호수에 풀어놓아서 섞고, 그로 인해 번식하지요?"

176

티브의 신체 말단이 일어났다. 이진은 조용하게 있었다. 가장 중요한 건 이것이었다. 그 부분을 파고들었다.

"당신들의 전쟁은 눈속임이었지요? 다른 종족에게 번식을 숨기려는 목적이었죠?"

어린 케피틴은 민감했다. 대화를 알아듣지도 못했을 텐데 사나운 기류를 파악하고 구석으로 빠르게 기어들어 갔다. 티브가 사납게 물었다.

「어떻게 알았지?」

"처음부터 이상했어요. 당신들이 전쟁이라니. 종족으로 편을 가르던 이들이 아니었잖아요."

이진의 손이 곱아들었다. 티브는 네가 뭘 아냐고 쏘아붙이지 않았다. 이진은 천천히 이야기했다.

"그리고 호수에서만 벌어지는 전투. 당신들의 전통이 그렇다고 넘길 수도 있었지요. 하지만 당신들의 피가 호수의 물과 결합했을 때 어린 개체가 탄생하는 것을 목격했으니, 다르게 생각해봐야겠더군요. 호수는 전쟁터가 아니라, 번식의 장이었다고. 당신들의 목적은 번식에 있었다고, 당신들이 피를 흘리는 이유는 서로 죽이기 위한 것이 아니라 새로운 개체를 탄생시키기 위해서라고."

「네 말에 근거는?」

"이게 전부 추측이라고 하더라도, 피가 섞였을 때 어린 개체가 태어나는 현상을 몰랐다고 할 셈인가요?"

티브는 한참 잠자코 있었다. 그러다 불쑥 물었다.

「그럼 너는 어떻게 할 셈이지?」

"아무것도 하지 않아요."

「아무것도?」

"네, 저는 그저 희망을 품고 왔어요. 당신들의 일이 전쟁이 아닐 수 있다는 희망이요."

「그 희망이 무엇을 가져다주지?」

"제 마음이 편안해져요."

「겨우 그것 때문에?」

"네. 겨우 그것 때문에 찾아왔어요."

이진은 단호하게 물었다.

"여기서 사라진 케피틴은 죽은 것이 아니지요? 당신들은 서로를 죽이지 않았지요? 그렇게 믿어도 되지요?"

긴 침묵이 있었다. 그동안 이진은 티브의 눈을 보았고, 티브는 시선을 내렸다. 끝내 기운 없이 인정했다.

「네 말이 맞아.」

"다른 종족들도요?"

「그들은 케피틴의 다른 모습일 뿐이야. 외부 종족의 개념을 가져오면 다른 성별에 가깝지. 그런 우리가 서로 죽일 리 없지.」

이진의 마음이 환하게 풀렸다. 다행이다. 정말 다행이다. 이제 케피틴을 마음 졸이는 일 없이 바르게 바라볼 수 있다. 그와 대조적으로 티브는 피로해 보였다.

「너는 이제 두려워하지 않는구나.」

"당연하지요! 그동안 무서워서 얼마나 힘들었는지 아세요?"

「네가 무서워서 달아나길 바랐는데. 다른 이들이 두려워 다가오지 않기를 바랐는데. 이제는 끝이구나.」

티브의 다리가 축 늘어졌다.

"티브, 나는 다른 이들에게 알릴 생각이 없어요."

「그러나 네가 알아냈다는 것은 다른 누군가도 알 수 있다는 뜻이겠지. 이제 모두가 불안해할 거야.」

"그건…."

진실이 드러났다. 알게 되었기에 이진은 안심했다. 그러나 비밀로 남지 못했기에 케피틴들은 불안해진다. 이진은 힘주어 말했다.

"약속할게요. 나는 당신들을….'

그때 쾅 소리가 울렸다. 땅을 뒤흔드는 진동이 일었다. 티브와 이진은 벌떡 일어났다. 어린 케피틴은 그 자리에서 얼어붙었다.

"티브? 무슨 일이지요?"

티브는 하염없이 밖을 보고 있었다. 이진은 티브가 보는 방향을 보았다. 안개로 아무것도 보이지 않았다. 티브가 말했다.

「호수 쪽이야. 그곳에서 무슨 일이 생겼어.」

그 말에 둘은 즉시 달렸다. 땅이 연이어 진동했다. 이진은 균형을 잃고 휘청거렸다. 티브는 이진을 집어 제 등판 위에 올리고 이동했다. 다리가 여러 개인 티브는 넘어지지 않고 달렸다. 어린 케피틴은 이진의 수통의 구석에 틀어박혔다.

"원래 이곳에 지진이 잦아요?"

「그런 건 없었어!」

지진이 아니라면, 또한 티브가 이유를 알지 못한다면 이것은 무엇인가?

이진은 티브의 등에 꼭 붙어 열심히 생각했다. 진동은 비교적 짧았다. 그러나 연속적이었다. 또한 진동 전후로 굉음이 들린 것 같았다. 달리던 티브는 호수 근처에 다다랐다. 그리고 둘은 굉음과 함께 뿜어진 물기둥을 보았다. 이진이 멍하니 호수를 보며 중얼거렸다.

"누가 호수에 이런 짓을…."

「누군지는 궁금해할 필요 없겠군.」

티브의 기색이 다시 사나워졌다.

「우리는 전쟁 중이 아니니까. 인간의 짓이지.」

이진의 목덜미가 서늘해졌다. 티브의 눈이 일시에 이진에게 돌아갔다.

「인간은 그동안 전쟁이라고 알고 있었어. 하지만 이 행위가 전쟁이 아니라는 것을 이진 네가 밝혀냈어. 그리고 인간군이 이런 짓을 벌였네. 너, 분명 너밖에 모른다고 했잖아? 그 말은 사실이야?」

"이건… 그럴 리가."

이진도 인정할 수밖에 없었다. 이것은 인간군의 행위일 것이다. 그러나 인간군이 전쟁으로 위장한 행위를 어떻게 알게 되었는가? 이진이 막 발견한 것을.

그때 무언가 이진의 머리를 쾅 때리는 것 같았다. 조색실에 있는 것은 모두 처리하고 나왔다. 그러나 조색 기록을 그간 꼬

박꼬박 작성하여 제출하지 않았던가? 그리고 그 결과물을 한형석 대위가 보지 않았는가? 이진은 입을 틀어막았다.

「역시 널 믿을 수 없어.」

티브는 물속으로 휘적휘적 걸어 들어갔다.

"어디 가요?"

「너는 빠져.」

"하지만 그렇게 들어가는 건 위험해요!"

「우리 종족도 위험해! 호수 아래에는 케피틴들이 있단 말이야!」

"그래도, 잠깐만요, 티브!"

이진은 서둘러 달려가보았으나 티브는 물속으로 사라졌다. 그리고 남은 건 텅 빈 호숫가뿐이었다.

8

티브는 모습을 드러내지 않았다. 이진은 점점 조마조마해졌다. 어쩔 수 없이 물가를 오가다가 입술을 깨물며 한없이 호수를 보았다. 그러다가 문득 위화감을 느꼈다. 이진은 서둘러 다가가 수면을 건드렸다. 그리고 서서히 위화감의 정체를 알아차렸다. 호수의 색이 바뀌어 있었다.

이진은 그동안의 조색으로 알게 된 바가 있었다. 이곳 물의 색이 바뀐다는 것은 두 가지 중 하나였다. 하나, 피가 섞였을 때. 둘, pH 농도가 변했을 때. 혹시 호수의 이들이 갑자기 무더기로 죽어서 피가 호수를 물들이는 것일까? 아니면 이유 모를 진동이 호수의 농도를 갑자기 바꾸었을까? 둘 다 호수 아래의 생명체들이 무사하지 못할 상황이었다.

불안이 몸을 뒤덮었고 이진은 서서히 고개를 들었다. 그 넓은 호수에서는 불길한 거품이 잔뜩 올라오고 있었다. 잠시 후 작은 케피틴이 휙 떠올랐다. 그리고 제 몸을 사정없이 뒤집으며 몸부림쳤다. 여기저기서 떠올라 곧 수면 위를 뒤덮었다. 그건 마치, 조명 프로젝트가 하늘을 뒤덮었을 때 그 아래서, 사고로 발작을 일으키던 이들을 연상시켰다.

이진은 충동적으로 호수에 달려들었다. 액체가 다리를 휘감았다. 산성 물이 피부에 닿았다. 그러나 이진은 상관하지 않고 어린 케피틴들을 건져내어 수통에 담았다. 이대로 계속 두면 죽을 것이다! 그때 폭발 소리가 다시 들려왔다. 이진은 반사적으로 고개를 들었다. 그러자 어마어마한 파도가 이진을 향해 달려오고 있었다.

✳

「…진?」

귀가 먹먹했다. 고막을 잔뜩 뒤흔들어 놓고서도 모자라 귓구멍을 잔뜩 막고 있는 느낌이었다.

「일… 났어?」

이진은 고개를 들었다. 그러자 귀에서 물이 주르륵 떨어졌다.

귓구멍이 막힌 것은 진짜였나 보다. 그런 생각이 노닐 때 좀 더 선명한 소리가 들렸다.

「이진? 멀쩡해?」

눈앞이 가물가물했다. 이진은 애써 눈을 떠서 상황을 파악하려고 애썼다. 이진은 딱 코 아래까지 물에 잠겨 있었다. 깜짝 놀라 일어났지만 그리 위험하지 않았다. 산성이 아닌 부드러운 중성수였다. 그리고 이진에게 말을 걸었던 것은 티브였다.

「일어났네.」

"어떻게 된 것이지요?"

「너 호숫물을 뒤집어썼어. 산성을.」

기억이 차차 돌아왔다. 폭탄이 터져서 산성 파도가 이진을 덮쳤다. 그제야 몸의 통증이 밀어닥쳤다. 온몸의 피부가 붉게 일어나 따끔거리고 열이 올랐다. 이진은 끙끙거리다가 전후 사정을 더 떠올려냈다. 그 직전에는 어린 개체들을 건져냈었다.

"어린 개체들은, 그들은 어떻게 되었어요?"

티브는 다리 한 짝을 들어 저편을 가리켰다. 그쪽에는 호수라고 부르기엔 터무니없이 작은 웅덩이가 있었고 어린 개체들이 잔뜩 우글거리고 있었다.

「네가 저것을 건져내어서 저것들은 살았어. 지금은.」

"살았군요…."

이진은 숨을 내쉬었다. 살렸다. 죽지 않았어. 그러니 티브는 침울했다.

「이것들이 살았다고 전부는 아니지. 이제 시작인데.」

"무슨 뜻이지요?"

「인간들의 침공이 시작되었잖아.」

"아…."

옆에서 다른 케피틴이 조잘거렸다.

「그래도 수면에 있던 애들은 저 인간이 주워담아서 작은 애들은 당장 죽지는 않았잖아.」

「곧 죽게 생겼는데 무슨 소용이야? 호수가 망가졌잖아?」

「그 호수에 아래에 있던 개체들은 하단 수로를 통해 대피했어. 하지만 앞으로도 그 호수를 이용해야 하잖아.」

"호수가 망가졌다고요? 어떤 식으로 망가졌지요?"

이진이 끼어들었다. 색깔이 변한 모습이 떠올랐다. 덜컥 불안해졌다.

"혹시 너무 많은 피가 흘렀나요?"

어느 케피틴이 알 수 없는 표정으로 이진을 보다가 답했다.

「아니. 충격에 엉망진창이 되고, 물이 오염되었어. 탈피가 먼 개체들은 어느 정도 견디는데, 탈피 즈음의 개체들은 견디질 못하더라.」

그럼 너무 많은 개체가 다쳐서 그 피로 호수가 물든 것은 아니었다. 이진은 한숨을 내쉬었다가 이상한 단어에 고개를 들었다.

"탈피라고요?"

「넌 모르겠구나? 우리는 탈피기와 번식기가 겹쳐 있어. 몸을 마음대로 망가트리며 피를 흘리고 수정해. 그리고 탈피하며 다친 육체를 털어버리지. 그 탈피각은 어린 새로운 개체에게 양분으로 주기도 하지. 문제는 탈피기의 케피틴이 아주 약해진다는 것인데, 그 때문에 이번 사건으로 성체들도 피해를 잔뜩….」

「그만 말해.」

티브가 엄중하게 끊어버렸다.

「그런 중요한 걸 마음대로 떠벌리다니, 경각심이 없나?」

티브의 경고에도 불구하고 그 케피틴은 다리를 펼쳤다.

「숨기는 게 의미가 있어? 망가진 호수가 한둘이 아니잖아. 우린 이미 끝이야. 마지막 세대가 될 거고, 네드칼 종족들은 곧 사라질 테지.」

유쾌했으나 절망이 깃들어 있었다. 이진은 그들의 심정을 헤아려보려고 애썼지만 어렴풋하게 느끼는 게 고작일 것이다. 티브는 사납게 쏘아붙였다.

「헛소리 마.」

「애초에 예정된 멸망이었어. 우주의 흐름에 따라 네드칼이 개방되면서 종족의 약점을 슬슬 눈치챘잖아. 전쟁으로 숨겨봤는데 안 되었고.」

무수한 세월에 걸쳐진 은닉이었을 것이다. 그들은 오랫동안 불안했을 테고, 언젠가 깨지리란 암담한 전망이 항상 있었을 것이다. 그리고 그것이 지금이었다.

누구 하나 입을 열지 않았다. 완전한 침묵이었다. 이따금, 이진의 머리카락에서 물방울이 떨어지는 소리만이 정적을 깼다. 나는 케피틴의 마지막을 보고 있는 것일까?

이진은 제 옷을 꽉 쥐었다. 설령 예정된 흐름이었다고 하더라도 자신의 잘못이었다. 바로 잡아야 한다. 네드칼의 종족이 사라지게 둘 수 없다. 이런 실수를 두 번 저지를 수는 없었다.

"상황이 정확히 어떻게 되지요?"

티브가 이진을 노려보았다.

「무슨 꿍꿍이지?」

"아직 방법이 있을지도 모르잖아요. 부탁해요. 알려줘요."

이진은 그들과 눈을 하나하나 마주쳤다.

"당신들이 벌인 것은 전쟁이 아니었잖아요. 그럼 아직 많은 이들이 살아 있을 거잖아요. 죽지 않았으니 늦지 않았어요. 이 순간을 넘길 방법이 있을지도 몰라요."

그들은 가만히 이진을 바라보았다. 체념이 깃든 시선들이었다. 개중에서도 티브는 불신과 경계를 품고 있었다. 그러나 동조해준 것은 뜻밖에도 티브였다.

「내가 말해보지.」

「떠벌리지 말라며?」

어느 케피틴이 비꼬았으나 티브는 담담하게 답했다.

「나는 다른 이들처럼 네드칼과 케피틴의 존속을 순순히 놓을 생각 없어. 그래서 그간 정보를 모으기도 했고, 그것을 마지막까지 포기하지 않을 거야.」

비꼬던 케피틴은 더는 딴지를 걸지 않았다. 이진은 티브에게 고개를 숙였다.

"감사해요. 부탁해요, 티브."

티브는 마침내 상황을 이야기하기 시작했다.

「인간군이 손을 댄 호수는 한둘이 아니야.」

"다른 곳에서도 피해가 일어났나요?"

「그래.」

티브는 다리를 휘이 내저었다. 다른 케피틴이 웅성거리며 물러났다. 티브는 그렇게 자리를 만들고 땅에 선을 긋기 시작했다. 그러면서 말했다.

「네드칼에는 수많은 호수가 있지만 아무 곳에서나 번식할 수 있는 것은 아니야. 우선 수많은 이들이 잠겨서 유영할 수 있을 만큼 깊고 넓어야 해. 그리고 농도가 적절해야 하지. 여러 가지 조건이 맞는 곳을 살피고 매번 선정한단 말이야.」

"그럼 저 호수 외에는…."

「그들은 우리의 조건을 정확하게 알지 못해. 따라서 커다란 호수를 중점으로 오염시켰어. 지금 우리 종족은 번식과 탈피가 진행 중이야. 이때 호수를 빼앗기는 일은 치명적이고. 다들 맞지 않는 물에 억지로 머무르고 있는데 오래 버티진 못하겠지.」

이진은 곰곰 생각하다가 의견을 내었다.

"아니요. 다른 식으로 생각해봐요. 넓은 호수라면 오염시키는 데 막대한 물질이 들어갈 거예요. 네드칼에는 호수가 많지요. 그들이 모든 호수를 오염시키지는 못했을걸요? 따라서 남아 있는 호수가 있을 거예요."

티브는 바닥을 긁었다. 그러자 금이 모여 지도가 그려졌다. 도형들이 자리 잡았다.

「이게 이 근방의 지리야. 그리고 이게 호수. 이곳이 인간군이 파괴한 곳.」

그리고 몇몇 장소에 표식이 생겼다. 이진은 자신이 알아볼 수 있게 X 표시로 바꿔 그렸다.

「그리고 이곳이 우리가 선정한 곳.」

티브가 몇 곳을 추가로 짚어 표식을 남겼다. 이진은 그 표식을 또 O로 바꾸며 물었다.

"선정은 어떻게 하지요?"

「번식-탈피기가 오기 전, 몇 달에 걸쳐 골라. 우리의 갑각을 담가두고 부식의 진행도를 관측해. 그러면서 적합한 곳을 고르지.」

"단기간에 쓸 수 있는 방법이 아니군요."

「그렇지. 하지만 그동안 문제는 없었어.」

그럴 것이다. 케피틴이 아주 오랫동안 사용했을 방법이니까. 하지만 지금은 시간이 촉박하다.

이진은 그런 지도를 한참 들여다보았다. O 표식과 X 표식은 대부분 겹쳤다.

이진은 관광 행성으로 소개받았을 적에 받았던 팸플릿의 지도를 떠올렸다. 그 지도의 호수들은 각기 다른 색으로 칠해져 있었다. 그리고 티브가 골랐던, 번식이 가능했던 호수들은 색이 전부 희미한 분홍색이 돌았다.

이제 이진은 그것이 무엇을 의미하는지 알았다. 이 행성에는 안토시아닌이 풍부하다. 호수의 원래 빛깔과 산성에 반응한 안토시아닌의 붉은 색이 섞였을 것이다. 이진은 속으로 가늠해보았다. 그들의 서식 조건에 이 정도의 산성이 필요하구나. 이진은 어떤 표시도 없는 한곳을 가리켰다.

"이곳은 어때요? 최소한 크기는 적당해 보이는데요."

「그곳은 안 돼.」

"당신들이 관측했을 때 결과가 적절하지 않았지요?"

「그래.」

"이건 아마도, 당신들에게 적합한 농도의 산성이 아니었기 때문일걸요."

이진이 기억하는 바로는 그 호수는 하늘색이었다. 중성에 가깝다는 뜻이다.

"그렇지만 농도를 바꿀 수 있어요."

이진은 티브를 또렷하게 마주 보았다.

"이곳의 농도를 바꾸어서, 네드칼의 종족들에게 적합한 환경으로 만들 수 있어요. 새로운 안식처를 만들 수 있다고요. 아직 당신들은 끝나지 않았어요."

「어떻게 장담하지?」

이진은 단호하게 말했다.

"저는 컬러리스트니까요."

✳

그 후, 네드칼의 종족들은 분주하게 움직였다. 계획을 짜고 전달하고, 그에 맞춰 여러 준비를 하였다.

그들이 준비하는 동안 이진은 머릿속으로 색을 섞었다. 음악가들이 머릿속에서 악기를 켜 화음을 연주하듯, 이진의 머릿속에는 비커가 있었고, 색이 섞여 들어갔다. 산성과 안토시아닌이 만나 변화를 일으켰다. 직접 섞는 게 더 좋지만, 이곳에는 도구가 없었다. 그래도 어떤 물질들끼리 만났을 때 어떤 색이 생기는지 색상 조합 시뮬레이션이 머릿속에서 돌아갔다.

밖의 소란에 머릿속의 조색이 흐트러졌다. 그러나 상상 속의 액체에 불과했으니 미련없이 쏟아버렸다. 이진은 그보다는 밖의 소리에 집중했다.

"무슨 일이지요?"

「다들 준비되었대.」

티브가 돌아와서 소식을 전했다.

"도와주셔서 감사해요, 티브."

「솔직히 말하지. 아직 너를 믿지 않아. 네 탓이라는 것도 변하지 않고.」

이진은 시선을 피했다. 그에 관해서는 할 말이 없었다.

「그래도 네게 일을 부탁했어. 시간은 부족하고 다른 방법이 없으니까. 네가 도우려 드는 것을 보았으니까.」

티브는 전처럼 사납게 굴지도 신체 끝을 날카롭게 세우지도 않았다. 그의 말에는 단단한 당부가 담겨 있었다.

「그러니까 이번에는 제대로 도와줘.」

"알겠어요."

「좋아. 배치가 다 되었다는 연락이 들어오면 출발하자.」

티브는 그리고 뒤를 돌아 사라졌다. 이진은 쿵쾅거리는 심장을 다잡았다.

자신이 책임져야 한다는 생각 때문에 나섰다. 그러나 할 수 있을까? 색을 펼쳐도 괜찮을까? 돕는다는 표현을 쓰기는 했지만, 이진의 계획이 성공하지 못하면 네드칼의 종족은 멸종이다. 성공시켜야 한다. 이진은 암담한 마음을 숨겼다. 자신이 다시 한 번 색으로 공간을 뒤덮어도, 과연 괜찮을까?

9

이진과 네드칼의 종족들은 가장 해가 강한 시간에 작전을 개시했다. 그때 안개가 가장 옅었다. 네드칼 종족들은 안개 속에서 움직이는 것에 도가 텄지만, 인간은 아니었다. 따라서 가장 안개가 짙을 때 움직이는 것이 정석이다. 하지만 이번에는 달랐다.

이진이 색을 볼 수 있어야 하니까. 이진의 존재로 인해서 양상이 바뀌었다. 이진은 높은 지대로 올라갔다. 하나의 대호수와 인접한 크고 작은 호수들이 전부 눈에 들어왔다. 호수들은 각자의 색으로 퉁퉁 튀었다. 그것은 색소가 얹혀 있는 거대한 팔레트였다. 이진은 팔레트에 조색을 시작하기 위해 팔을 들었다. 그러나 중요한 순간을 앞두고 상념이 이진에게 속삭였잖아.

'언젠가 넌 도시에 가득 색을 칠했잖아. 그 아래 수많은 이들이 죽어 나갔잖아. 이번엔 안 그러리라고 장담할 수 있어?'

간신히 잡은 자신감이 덜그럭 가라앉았다. 이진은 호수를 보았다. 색을 만드는 것이 두렵다. 자신만이 보고 없애버릴 색이면 괜찮다. 정말로 두려운 것은 자신이 만든 색 아래에 타 종족들이 서는 것이다. 이 케퍼틴들에게 거대한 영향을 미칠 것이다.

호수가 잘못된 색으로 물들면 많은 이들이 죽을 수 있음을 이미 안다. 그 광경을 내가 볼 수 있을까? 심장이 쿵 하고 떨어졌다. 이진은 제 심장을 안은 채 무너져내렸다. 느닷없이 두려움을 참을 수 없어졌다. 이래서 컬러리스트라는 직업을 버리고 낯선 행성으로 떠돌았었는데. 왜 다시 나섰을까? 나는 색을 잡을 자격이 없는데.

「이진?」

티브가 이진의 어깨를 흔들었다. 이진은 화들짝 놀라 고개를 들었다.

「이진!」

"아, 네?"

「할 수 있어?」

못하겠다.

그러나 차마 그 말이 떨어지지 않았다. 자신이 맡겨달라고 했었다. 무엇보다, 네드칼의 종족들이 자신에게 걸고 있었다. 이진은 아래를 내려다보았다. 거대한 호수가 있었다. 네드칼의 종족들의 터전이 있었다. 해내야만 했다. 바로 잡아야 했다. 이진은 떨리는 손을 다잡으며 숨을 깊게 들이쉬고 내쉬었다.

"해볼게요."

「좋아.」

"시작할게요, 상단의 호수와 이어지는 수로를 열어주세요."

이진이 외쳤다. 티브는 다리를 크게 벌려서 신호를 보냈다.

그러자 호숫가에 이곳을 바라보고 있던 케퍼틴이 물속으로 들어갔다. 수영에 가장 능한 중형의 케퍼틴이었다. 그들은 물 안팎을 오가며 이쪽에서 보낸 신호를 이미 물속에서 대기하고 있는 케퍼틴에게 전할 것이다.

이윽고 물에 흐름이 생겼다. 그들이 수중의 통로를 개방한 것이다. 각기 다른 호수에 있던 물이 다른 호수로 이동했다.

「그나저나 이것은 외부에 알린 적이 없는데, 너 호수에 통로가 있다는 것은 어떻게 알았지?」

"아까 케퍼틴들이 그 통로로 대피했다는 것을 들어서요. 하지만 그전까지는 정말 몰랐어요."

이진은 변명하듯 뱉었고, 티브는 잠시 이진을 보았다가 눈을 돌렸다.

「탈피 시기가 되면 기관이 물속에서 사는 것에 맞게 바뀌어. 그때는 물 밖으로 나가기 힘들어지니, 물속을 오갈 수단이 필요했지.」

티브는 자신 있게 말했다.

「네드칼은 우리의 행성이야. 우리가 일구어 온 것이 있기 마련이지.」

이진은 고개를 끄덕였다. 어쨌든 이진도 몰랐고, 인간군 또한 모르는 정보이기에 그들에게 큰 복병이 될 수 있을 것이었다. 호수 한쪽에서 다른 색의 물이 부글거리며 올라왔다. 가까이 있으면 규모가 굉장할 테지만 호수 크기에 비교하면 한참 작았다.

「색이 바뀌긴 바뀌나?」

티브의 시선도 호수를 향해 있었지만, 케퍼틴은 색을 볼 수 없었다. 이진은 대신 보고 답했다.

"아니요. 아직 미미해요."

「너무 시간이 오래 걸리는 것 아닌가?」

이진은 망설였다. 느린 게 맞았다. 저 속도면 온종일 걸릴 것이다. 조색할 때 용액은 조금씩 섞는 것이 원칙이었지만, 언제 안개가 다시 드리울지도 모른다.

"네, 속도가 느려요. 수문을 더 열라고 전해주세요."

티브는 다시 신호를 보냈고, 이번에는 땅이 진동할 정도로 물이 흘렀다. 진동에 인간군에서 군인 몇이 뛰쳐나왔다. 그들은 사방을 둘러보다가 높은 곳에 있는 이진과 티브를 발견했다. 그리고 보고하러 들어갔다. 티브가 힐끗거렸다.

「그들이 우리를 봤어.」

"우리를 볼 순 있어도 우리가 무엇을 하고 있는지는 알 수 없을걸요?"

「하지만 방해하려 들겠지.」

"맞아요. 서두르는 게 좋겠어요. 호수를 입구를 최대로 열어 달라고 할 수 있나요?"

티브는 다리 하나를 올려 원을 그려 보였다. 그들은 여러 개의 다리를 움직여 의사소통한다고 했다. 팔다리가 다 합쳐도 고작 네 개뿐인 이진은 아직도 따라 할 수도, 알아들을 수도 없는 방법이었다.

그리고 인간군 또한 알아듣지 못할 것이다. 물론 알아듣지 못한다고 멍하게 있을 리가 없었다. 군 기지 안에서 사이렌이 울리면서 군인이 집결했고 그들은 이진이 있는 쪽으로 돌격했다.

그러자 맞은 편에 선 케피틴이 호를 그리며 신호했고, 그들이 오는 길에서 네드칼 종족이 매복해 있다가 튀어나왔다. 안개가 짙을 때 이미 배치를 끝냈다. 총성이 울리고 난투가 벌어졌다. 이진은 호수를 주시하다가도 그 방향을 자꾸 힐끗거렸다.

「신경 쓰지 말고 네 일에 집중해.」

그러나 신경이 쓰일 수밖에 없었다.

"몇 명인가요?"

「팔진법으로 20명 정도.」

"십진법으로 16명 정도군요. 괜찮나요?"

「걱정 없어.」

"케피틴 측은 탈피기라서 전투에 참여할 수 있는 이들이 많지 않잖아요."

그러자 티브가 간단하게 말했다.

「그동안 왜 케피틴을 다른 종족이 섣불리 건드리지 않았는지 알아?」

케피틴이 인간의 다리를 집게로 들어 올렸다가 내던졌다. 군인의 대형이 무너졌다. 긴 다리를 둥글게 휘두르자 말 그대로 쓸려나갔다. 신체 능력에서는 인간이 케피틴에게 밀렸다.

무기를 들어도 다를 바가 없었다. 인간군이 등으로 총을 쏘았으나 뚫지 못하고 박히는 것이 전부였다. 어느 군인은 눈치 빠르게 관절을 쏘았다. 하나의 다리가 축 늘어졌다. 그러나 다리가 너무 많았다. 나머지 다리가 유연하게 움직이며 기능을 수행하였다.

「간단하게 끝낼 거야. 네가 신경 쓸 것은 호수야.」

그 말이 맞았다. 인간군이 다른 수를 쓸 수도 있다. 시간을 마냥 끌 수는 없다. 이진은 다급하게 호수를 보았다. 제한 시간이 있는 조색이었다. 빠르게 해내야 한다.

네드칼의 호수들은 서로 농도가 조금씩 달랐다. 그래서 다른 색이 되는 것이다. 그렇다면 다른 호수의 물을 끌어와서 섞으면 농도를 만들 수 있지 않겠는가? 그러나 그 농도를 얼마나 혼합해야 하는지 아는 이가 없었다. 인간군은 무지했고, 케피틴은 색을 보지 못한다. 오로지 이진, 자신만이 해낼 수 있는 일이었다.

해내야만 했다.

색이 혼합되어 보라색을 띠었다. 이진은 호수에서 눈을 떼지 않았다. 호수는 시시각각 변하고 있었다. 변화를 놓지 않고 주시하고 알맞은 타이밍에 제어해야 했다.

"티브! 가장 상단의 구멍들의 반을 막으라 전해주세요!"

이곳은 이진의 전장이었다. 이진은 주의를 세심히 기울여야 했고, 그곳을 분홍색으로 장악해야 했다.

＊

몇몇 작은 크기의 케피틴들은 따로 할 일이 있었다. 그들은 인간군이 빠진 후 상대적으로 빈 기지를 노렸다. 앞에서 전쟁이 치열하게 벌어지고 있는 틈을 타서 인간군 기지로 잠입했다. 갑작이는 소리가 드문드문 들렸다.

인간군들이 자신의 언어로 뭐라 소리를 내지르며 회의하는 방을 지나치고, 지원을 위해서 달려가는 군인을 피해 숨었다가 다시 움직였다. 그들이 향한 곳은 창고였다. 창고는 굳게 닫혀 있었다. 하지만 작은 케피틴들은 벽을 기어 올라가 작은 창문을 깨고 그 안에 들어갔다. 그리고 흩어져서 수색하였다.

그중 한쪽에는 밀반입한 무기들이 놓여 있었다. 무기는 네드칼에 가지고 오지 못하도록 한 물품이었다. 케피틴들은 분노하며 날뛰었지만 당장 무기를 꺾어버리려 들지는 않았다. 더 중요한 일이 있었기 때문이다.

다른 쪽으로 깊숙하게 들어가자, 그 외에도 여러 군수품이 있었다. 케피틴들은 덮은 천을 잘라내고 상자는 강제로 개방하여 내용물을 확인하였다. 그렇게 안쪽으로 전진하던 중 그들의 목표물을 발견하였다.

폭탄이었다.

케피틴들이 의논 시간에 이야기한 바 있었다. 도대체 인간군들이 호수에 무슨 짓을 한 것인가? 치솟았던 물기둥, 엄청난 열기와 진동. 그것은 폭발이었다. 폭발로 물이 뒤집혔고 네드칼 호수 바닥에 있던 이들이 다친 것이다.

그리고 티브가 자신이 들은 외부 행성의 무기를 이야기를 풀었다. 폭탄 내부에 유독물질을 넣어서 2차 피해를 주는 종류도 있다고 했다. 그것으로 인해 호수가 오염되기도 했을 것이다.

다시 케피틴들이 날뛰기 시작했으나 하나가 나머지 개체들을 진정시키고 행동에 나섰다.

많은 호수에 폭탄을 뿌렸으니 남아 있는 양은 많지 않을 것이다. 하지만 양이 적더라도 다시 폭탄이 터지면 아무리 새로운 곳을 잡아 농도를 맞춘다 한들 소용이 없다. 그러니 인간군이 가지고 있는 폭탄을 제거해야 했다. 케피틴들은 남아 있는 폭탄을 조작하고 창고를 달려나갔다.

✳

이진은 어디선가 들리는 소리에 고개를 화들짝 들었다. 이번에는 물기둥 대신 불기둥이 올랐다. 지상의 폭발이었다. 창고가 무너져내렸고 인간군들은 당황하며 뒤를 돌아보느라 전투가 중단되었다. 그리고 창고에서 빠져나온 케피틴 무리의 신호를 읽어 들여 티브가 전해주었다.

「무기고를 찾아서 폭탄을 터뜨렸대.」

"성공했군요."

「그래. 이쪽 전투로 군인을 빼내어 수월했다고 하네.」

"잘 되었어요. 폭탄이 남아 있으면 새로 조성하고 있는 곳이 위험했겠어요."

이진은 불안한 눈으로 인간군 기지를 힐끗 보았다. 무기고에서는 탁한 연기가 품어졌다. 이곳은 습도가 높으므로 큰 화재로 번지지는 않을 것이다.

「집중해, 이진.」

티브가 재촉했다. 이진은 호수를 보았다. 호수에서는 거대한 소용돌이가 생겼다. 마치 강처럼 물이 흘러들어온 탓이다. 빠른 유속은 물을 섞는 데 도움을 주었으나, 동시에 색을 보는 것을 방해했다. 하얀 물거품이 일어서 색상을 뒤틀었다. 이진은 찡그리다가 외쳤다.

"상단 두 개의 호수에서 오는 액체를 절반으로 줄여주시고, 우측의 수로를 개방해주세요. 미세 조정이 필요해요."

거대한 수문이 움직이고 닫혔다. 그제야 흐름이 차츰 가라앉았다. 이진은 눈에 온 힘을 주고 호수를 보았다. 분홍색이다. 흰색에 붉은색이 탁 풀렸을 때 생성되는 오묘한 색. 케피틴이 필요한 농도의 산성을 의미하는 연한 분홍색, 부드러운 살몬 핑크.

"수로를 전부 닫으라고 해주세요."

그 색을 조색했다. 티브가 다리로 크게 직선을 그렸다. 그러자 여기저기서 물이 올라오는 것이 멈추었다.

"얼추 되었어요. 저는 호수에 다가가서 자세히 봐야겠어요."

「다 되었다고? 케피틴들을 그럼 들여보내도 괜찮지?」

이진은 심장이 덜컥 떨어지는 것 같았다. 정말 괜찮은가? 또다시 자신이 만든 색 아래로 다른 것들을 들여보내도 되는가?

「괜찮지, 이진?」

10

작은 케피틴이 다리 끝으로 수면을 건드렸다. 파문이 번졌다. 그것은 조심스럽게 물 표면에 다리를 담가 보다가 천천히 들어 갔다. 그리고 수면 아래로 자취를 감추었다.

모두의 눈이 사라진 곳에서 머물렀다. 몇 분이 흘렀다. 무언가 잘못된 것이 아니냐고 웅성거리는 소리가 들렸다. 이진은 바짝 긴장하며 물을 유심히 보았다.

그때 그 케피틴이 활기차게 통 튀어 올랐다. 마음껏 날뛰며 다리를 저어댔다. 괜찮다는 신호였다. 이진은 다리가 풀려 주저앉았고 종족들은 환호했다. 이윽고 네드칼의 종족들이 이진이 조정한 새로운 호수로 들어갔다. 누군가는 달려서, 누군가는 걸어서. 어떤 개체들은 한꺼번에 여럿이, 어떤 개체는 혼자. 케피틴이나 무르쿠르나 가릴 것 없이, 편이 나뉠 것 없이.

이진은 여덟 개의 다리로 이루어진 그 모든 걸음을 보았다. 그들의 행렬이 시작할 때부터 끝날 때까지 그 자리에 서서 지켜보았다. 그리고 아무 문제도 생기지 않았다. 아무런 문제도. 악몽은 재현되지 않았다.

이진이 구해내었던 작은 케피틴들이 들어가서 유영하자, 이진은 그 자리에 주저앉아서 울었다. 티브나 케피틴은 눈물을 이해하지 못했지만 이해받거나 위로받고 싶어서 흘린 눈물이 아니기에 괜찮았다. 이진이 앞으로 지니게 될 안도로 충분했다.

✳

이진은 오랜만에 말하며 한 무리의 집단을 배웅했다.

"안녕히 가세요."

그 말에 그중 하나가 답했다.

"조사에 협조해주셔서 감사합니다. 수고 많으셨습니다. 덕분에 사태에 대해 잘 파악할 수 있었습니다."

"별말씀을요."

그들은 우주연맹의 분쟁위원회에서 파견된 조사단이었다. 네드칼에 발생한 일의 정황을 파악하기 위해서 파견되었다. 그들은 창고를 살폈고, 그곳의 폭발한 잔해에서는 무기가 나왔다. 그것을 조사한 결과 인간군 물품임을 확인했다. 분쟁 중인 행성에 타 세력이 무기를 가지고 개입하는 것은 우주법 위반에 해당함도 확인했다.

또한, 인간군의 침공이 인정되었다. 호수에 벌인 일은 네드칼의 종족들이 자신의 비밀을 유지하기 위해 입을 다물었지만, 무기를 가지고 토착 종족들과 충돌한 것만으로도 충분한 충돌 사유가 되었다.

위의 문제들로 곧 인간군에 제재가 갈 것이다. 그렇게 되면 그들은 앞으로 네드칼에 발붙이기는 힘들 것이다.

또한, 네드칼 토착 종족 간의 전쟁에는 더 끼어드는 이들이 없을 것이다. 원래 각 종족 간의 일은 내부에서 해결하는 것이 원칙이었다. 이번에 인간군이 끼어든 것이 부정적인 사례로 남아서 그 원칙은 강화될 것이다. 전쟁이라고 둘러댄 명목이 유지되는 한, 비밀이 지켜지는 한 다른 누군가가 쉽게 들어 올 수는 없을 것이다.

조사대는 조사를 끝내고 마지막으로 떠날 채비를 하였다. 앞서 떠난 선발대는 이미 인간군을 전부 포박해갔다. 한형석 대위는 그 순간에서 특유의 냉정한 표정을 잃지 않았다. 그는 피로한 기색이었지만 자신의 행동에 대해 잘못했다는 반성은 없었다. 그저 이진을 고요하게 노려보았을 뿐이었다. 이진도 마주 노려보았다. 이제는 군에 의한 압박에 눌리지 않을 것이다.

"그간 도와주셔서 감사했습니다. 다만 서이진 씨도 사건에 연루되어 있으니 오셔서 조사에 응해주셔야겠는데요. 그저 증인으로 부르는 것이니까, 너무 걱정하지는 마시고요."

조사대원은 슬슬 웃으며 이진을 끌어당겼다.

"근데, 인간은 청각기관이 귀 맞지요? 잠시만 귀 좀 가까이 해주실 수 있으신가요?"

이진은 미심쩍어하며 귀를 가까이 대었고, 조사대원은 귀에 속삭였다.

"솔직히 당장 가주시면 좋겠지만, 부탁드리고 싶은 게 있어요. 이번 일로 네드칼이 외부 종족을 아예 적대할까 봐 걱정되는데요. 네드칼의 종족들이 당신에게는 우호적인 거 맞지요? 머물러서 좀 유화시켜주시면 좋겠는데요."

이진은 눈을 기울였다가 애매하게 고개를 끄덕였다. 조사대원이 물러나서 손을 휘저었다.

"감사합니다. 그럼 때가 되면 연락 드리고 우주선을 보낼게요."

그들은 곧 우주선을 타고 떠났다. 하늘에 반짝이는 점으로 남을 때까지, 이진이 그것을 올려다보았다. 그때쯤 티브가 나와서 말했다.

「전부 갔나?」

"네, 방금 떠났어요."

「뭐라던가?」

"제가 남아서 케피틴과 우호적인 관계를 유지해달라는데요?"

「얕은 수작이네.」

"그러게 말이에요."

「조사단이 안 오는 게 나았을 텐데.」

"어쩔 수 없어요. 이런 일이 있으면 기가 막히게 알아차린다고요. 차라리 그들의 영향력을 빌어 이참에 인간군을 확실히 쫓아내는 게 나아요."

「그래도 영 찜찜한걸. 그들이 알아채진 않았을지 걱정되고.」

"그리고 잘 둘러댔잖아요."

「그래, 꽤 꼬치꼬치 캐묻더군. 왜 전쟁 중인데 조용하냐고.」

"뭐라고 했나요?"

「인간군에 의한 피해로 양측이 협의해서 휴전 중이라고 했지.」

물론 휴전 중이라는 말은 사실이 아니다. 조용한 데는 이유가 있었다. 현재 네드칼의 종족은 대부분이 물속에 있으니까.

이진과 티브는 호수 방향으로 천천히 걸어갔다. 가는 길에 전 인간군 기지가 반쯤 무너진 채로 있었다. 폭발의 흔적이 선명했다. 둘 다 큰 관심을 기울이지 않고 스쳐 지나갔다.

폭탄으로 망가진 호수도 있었다. 그것을 티브는 그곳에서 다리를 한참 멈추고 그것을 보았다. 이진은 또한 같이 멈춰 서서 그곳을 보았다.

「저 아래에 생활 시설이나, 준비를 이것저것 해두었는데.」

"미안해요."

「아니, 어쩔 수 없는 거지.」

잠시 후 다시 다리를 움직였고, 그들은 이내 새로운 호수에 도착했다. 이진이 조색을 마친 곳이었다.

"새로운 곳은 어때요? 문제가 있다는 이들은 없나요?"

「없어. 게다가 이 정도 지났으면 앞으로도 없다고 봐도 돼.」

티브는 천천히 네드칼을 둘러보았다.

「이제 아무도 남지 않게 되었네.」

"전부 물속으로 들어갔다는 말인가요?"

「그것도 맞지만, 나는 외부 종족을 말하는 거야.」

이진 또한 네드칼을 바라보았다. 이곳에는 늘 그렇듯 안개가 도사리고 있었다. 그러나 더는 안개 너머에 자신을 노리는 이가 있을지 걱정하지 않아도 되었다. 이진도 마음이 한결 편해졌다. 몸을 돌려 네드칼을 둘러보던 티브의 눈이 이진에게 닿았다.

「너는 어떻게 할 거지? 갈 건가, 머무를 건가?」

"이번 사태에 대해서 증인으로 참석해달라고 하는군요. 하지만 그전에는, 그리고 그 이후에도 머무르고 싶어요."

「돌아갈 수 없어서?」

"그 이유도 있지만, 다른 이유가 커요. 이곳을 좀 더 살펴보고 싶거든요."

「6년을 보았는데도 더 보고 싶은 게 있어?」

"그럼요. 많지요."

「무엇이지?」

이진은 호수를 보았다. 호수는 안개가 피어올라 너머가 보이지 않았다. 하지만 아주 드물게도 안개가 희미해지는 날에는 흰 호수가 보인다. 흰 호수 위에서는 거품도 파문도 깔끔하게 녹아든다. 어디에도 없는 광경이다.

그러나 중요한 것은 그 안에 있는 것이다.

"있잖아요, 티브."

「말해.」

이진은 티브에게 넌지시 운을 띄웠고 티브는 대답했다. 이진은 살며시 표정을 풀며 말했다.

"6년 전에 프론에서 저는 몇 종족들을 죽음으로 몰아넣었어요. 제가 잘못된 색을 골라서요."

그리고 한참을 말을 잇지 못했다. 티브는 잠자코 기다렸다.

"그런데 이번에는 다들 살렸잖아요."

이진은 메인 목으로 말했다. 살렸다. 이번에는 죽지 않았다.

"그러니 좀 더 보고 싶어요. 그들이 살아서 자라나는 것을 제 눈으로 확인하고 싶어요."

「기다리는 건 지루할 텐데.」

"괜찮아요. 이곳에서 할 것도 많으니까요."

「무엇을 한다고 했더라?」

"당신들의 호수를 조정했지만 그건 단기간에 인위적으로 바꾼 것이에요. 문제가 없는지, 다른 색으로 바뀌지 않을지 지켜봐야지요. 혹시 다른 색으로 바뀌게 된다면 조정을 또 거쳐야 하고요. 바로 제가요."

「컬러리스트라서?」

"정답이에요."

이진은 환하게 웃었다. 자신감이 차올랐다. 괜찮다. 이제는 괜찮다. 자신을 컬러리스트라고 해도 괜찮았다. 이진의 기분과는 관계없이 티브는 시큰둥했다.

「꽤 든든하네.」

"티브, 그거 비꼬는 어조인데요? 네드칼 종족 아니라고 못 알아듣지 않아요."

티브는 눈을 모았다. 뭔가 마음에 들어 하지 않는 기색이었다.

「그래, 솔직히 미덥지 않아.」

"제 능력이요?"

「아니. 우리 종족의 안전을 다른 종족에 기대야 한다는 것이.」

이진은 어깨를 으쓱였다. 그들의 자존심과 그들이 느낀 경계는 이해할 수 있었다.

「우리에게도 한계가 있지. 그렇기에 다른 이의 능력이 필요하다는 것은 인정해.」

"네. 그래서 제게 부탁했잖아요."

「맞아. 부탁했지.」

"그럼 어떻게 하실 건가요?"

「다음을 위한 방법을 찾아야지. 영원히 행성을 닫아둘 수도 없을 테니.」

"당신들 혼자서요?"

「도움을 받더라도 우리가 약점이 잡혀 있지 않을 때, 우리가 원할 때 결정할 거야. 어쩔 수 없이 받는 것이 아니라. 그러니 우리가 탈피를 끝내고 다시 물 밖으로 나올 수 있을 때, 우리 스스로 탈피기의 단점을 보완할 방법을 찾을 거야.」

"그것에 도움이 될 만한 걸 하나 선물할게요."

이진은 품속에서 장치를 하나 꺼내 들었다. 손바닥 크기의 기계였다.

「그건 뭐지?」

"pH 농도 측정기에요. 조사대원에게 부탁해서 하나 얻었어요."

「설마 그 과정에서 네드칼 종족 이야기를 꺼내진 않았겠지?」

"걱정하지 마세요. 잘 둘러댔어요."

이진은 손에 들었고 물속에 끝 부분을 담갔다. 측정기에 숫자가 찍혔다. '2.35.'

"연구실에서 쓸 정도의 정밀한 건 아니에요. 하지만 호수의 어느 색이 pH 농도로 몇인지, 네드칼이 어느 정도의 산성에서 서식하는지는 알아낼 수 있을 거예요. 그리고 색각 없이도 당신들의 서식 조건을 스스로 맞출 수 있을 거예요."

티브는 그것을 건네받아서 유심히 보았다.

「선물은 고맙지만 이런 기계는 이곳에서 빠르게 망가져. 우리가 다시 수면 위로 나올 때쯤이면 못 쓰게 되어 있을 거야.」

"이런, 어쩌지요?"

「대신 그동안 네가 쓰면서 알아봐줘. 그러면 그 결과를 우리가 검수할게.」

"알겠어요."

「그것 한 가지만 부탁할게.」

자존심은 높지만 무조건 배척하지 않는 티브의 방식다웠다. 이진은 웃으며 받아들였다.

"좋아요."

할 일이 하나 더 늘었다. 호수별로 농도를 기록하고 정리해서 티브에게 남기는 일.

「그럼 잘 있어, 이진.」

티브는 저벅저벅 호수로 들어갔다. 긴 다리가 물속에 잠겼다. 몸통이 잠기기까지는 몇 걸음을 더 걸어가야 했다.

"이제 들어가나요?"

「그래. 위에서 억지로 많이 버텼거든.」

"아쉽네요."

「만일의 사태나 수로를 여닫기 위해서 하기 위해서 우리를 부를 방법은 알려줬잖아?」

"그래도요."

이진이 숨을 내쉬었다.

이제는 안개를 조금 헤치는 것으로 만날 수 없을 것이다. 이야기를 나누고 충돌하고 도움을 주고받기도 어려울 것이다. 그래도 그들이 영영 만날 수 없게 전부 죽어버리지는 않았다.

이진은 손을 흔들었다. 티브는 잠시 돌아보았다가 물속으로 들어갔다. 물 위에 떠서 헤엄을 치며 호수 중앙으로 가다가 아래로 가라앉았다. 둥근 파문이 넓게 퍼졌고 이내 사라졌다. 티브가 이번 탈피기에 물속으로 들어간 마지막 케피틴이었다.

이진은 호수에 가까이 앉았다. 아무리 유심히 보아도 속이 보이지는 않았다. 호수는 불투명했기 때문이다. 그러나 이진은 그려볼 수 있었다. 안정된 호수 아래에서, 그들이 피를 내어 섞는 것을, 피가 만나 새로운 어린 개체가 형성되는 장면을, 성체들이 다친 껍데기를 벗어서 털어내고 갓 태어난 개체들이 그 껍데기의 양분을 받아먹으며 모두가 조금씩 자라나는 모습을. 그렇게 새로운 세대가 형성되는 모습을. 케피틴이 이어지고 생명의 고리가 도는 것을. 그리고 마침내 탈피기와 번식기가 지나고 네드칼의 땅 위에 그들이 다시 설 광경을.

이작연

1999년 인천에서 태어났다. 그림을 그리고, 글을 쓰고 영상을 만드는 등 이것 저것에 손을 대고 있다. 많은 것을 배우고 뒤섞어서 다양한 방식으로 표현하는 것에 흥미를 느낀다. 어느 순간 SF 소설이 좋아졌다. 규칙을 벗어난 세계에서 규칙을 부여하는 것에 매력을 느꼈다. 떠오르는 생각을 가지고 노는 작품을 만들고 싶다.

빌드 넘버 그린

———— 김창규

현수는 두 달 전부터 새 항목이 추가된 기본소득 명세서 화면을 반투명한 보강현실 바탕화면 왼쪽에 밀어놓았다. 바탕화면은 푸른 식물로 뒤덮인 언덕 위에 성별도 나이도 인종도 알 수 없는 자그마한 사람 실루엣이 서 있는 그림이었다. 그림의 원본은 2001년부터 '행복'이란 이름으로 널리 알려져 있었다. 현수는 4년 전에 새 운영체제를 설치하고 자신이 어떤 바탕화면을 좋아하는지 알아보라고 미니에게 지시했다. 미니는 행복을 권했고, 현수는 미니의 도움을 받지 않고 언덕 위에 사람을 그려 넣고는 파일명을 '자유'로 고쳤다. 그림 실력이 좋지 않아 어딘가 이상한 사람이었지만 현수는 마음에 들었고 단 한 번도 바탕그림을 바꾸지 않았다.

　현수는 이제 삶의 일부가 된 질문 하나를 자신이 몇 번이나 재확인했는지 확인할 겸 입을 열었다.

하지만 미니가 현수의 말을 가로챘다.

"약 드실 시간입니다. 팔각정 한 알, 원형 둘, 캡슐 하나."

현수는 시간을 확인했다. 미니가 현수에 대해 아주 많은 것을 알고 있긴 했지만 방금 한 말은 그냥 정해진 시간에 반드시 사용자에게 알려주어야 하는 필수 안내 기능에 지나지 않았다.

현수는 오른손을 더듬어 항상 같은 자리에 놓아두는 길고 작은 플라스틱 용기를 책상 서랍에서 꺼냈다. 일주일의 일곱 날에 하루 다섯 번으로 나뉘어, 총 35칸에 걸쳐 달력 대신 그만의 세월을 세어주는 약들이 들어 있었다.

현수는 약을 먹고 물었다.

"자유가 뭐지?"

현수가 예상한 대로 미니는 정해진 순서와 스크립트에 따라 대답했다.

"처음 물으신 뒤로 3년 7개월째 같은 질문을 하고 계십니다. 오늘로 92번째예요."

이어지는 검색 결과도 똑같을 거라 예상하고 대수롭지 않게 생각하던 현수는 이어지는 말에 자신의 귀를 의심했다.

"똑같은 대답을 듣는 게 즐거워서 그러시는 건가요, 아니면 그 사이 더 마음에 드는 답이 나왔나 궁금해서 그러시는 건가요?"

미니의 펌웨어 버전이 또 올라갔던가? 신기능인가? 단순한 버전업이라기에는 차이가 너무 크지 않은가? 현수는 고개를 갸웃거렸다. 처음 미니를 구입할 때부터 '질문에 질문으로 대답하기' 옵션을 켜두었지만 이번처럼 정교하게 되묻는 경우는 처음이기 때문이었다.

"어, 그, 둘 다?"

현수는 다음에 이어질 말을 기대했지만 미니는 보통 때와 다름없는 대답으로 돌아갔다.

"그럼 검색 결과를 말씀드리겠습니다. 자유란 외부적인 구속이나 무엇에 얽매이지 아니하고 자기 마음대로 할 수 있는 상태를 말합니다. 이상은 표준국어대사전에서 찾은 정의입니다. 현수 님께서 좋아하시는 버트런드 러셀의 '자유주의자 십계명'을 한 번 더 읽어드릴까요?"

"러셀 십계명을 전부 좋아하진 않아."

"알고 있습니다."

"내가 좋아하는 것만 골라서 읽어줘."

"절대적 확신을 경계하라. 부단히 생각하라. 진실이 불편해도 외면하지 마라."

현수는 제 취향을 늘 정확히 맞추는 기술과 그 기술의 결과물인 미니가 항상 신기했다.

"정말 내 혈류량과 뇌파가 그렇게 시시각각 달라져?"

"현재 현수 님께서 뇌 말단과 연결해두신 모니터링 장치들은 백만 분의 일 초 단위로 신체 상황의 변화를 확인할 수 있습니다. 굳이 연구 결과를 인용하지 않고 현수 님의 모니터링 결과만 봐도 뚜렷한 차이가 단시간에 발생하고 있습니다. 더 정확히 말하자면, 뇌가 본인의 반응을 의식하기 전에 각종 수치 변화가 먼저 일어납니다만."

"그러면 넌 내가 좋아하는 걸 나보다 먼저 알 수 있단 거네?"

"방금 말씀하신 문장에는 모호한 표현이 너무 많아 대답이 불가능합니다."

"대답하기 싫은 건 아니고?"

"사실대로 말씀드렸을 뿐입니다."

온갖 분야에서 하루 평균 274회 실시되는 설문조사 중 하나에 따르면, 전체 인구의 74퍼센트는 인공지능을 공산품으로 생각했다. 16퍼센트는 '반려지능'이라는 용어를 선택했다. 나머지 10퍼센트의 응답에는 인간보다 우월한 존재라거나 신의 선물이라는 소수 답변이 포함되어 있었다.

현수는 74퍼센트에 해당하는 응답자였다. 알면 알수록 미니는 전자제품이었다. 하드웨어가 아니라 소프트웨어이자 인공지능이었지만 제품이라는 점에는 차이가 없었다. 전자제품은 기능이 있고 그 기능에 따르는 한계가 있었다. 음성을 식별하고 언어를 잘 구사하는 전자제품. 그게 미니의 정체이자 전부였다.

모든 제품이 그렇듯, 인공지능 구매자는 본인에게 필요한 사용법을 숙지할 필요가 있었다. 인공지능 사용설명서는 겨우 문서 한 장이었고, 그 문서에는 대화가 아닌 특수 명령어 목록만이 적혀 있었다. 미니는 12개 특수 명령어를 제외한 모든 어휘를 자연어로 받아들이고 해석했다.

특수 명령어에는 모호한 구석이 전혀 없었다. 현수는 충동적으로 특수 명령어를 가동시켰다.

"미니종료."

"특수 명령어 반응 기능을 제외한 모든 작동을 멈추겠습니다. 안녕히."

현수는 미니가 수면모드로 진입하면 곧장 사라지는 미세한 백색잡음이 그리워 오래 견디지 못하고 얼른 미니를 다시 불렀다.

"미니정상시작."

마음을 평온하게 만드는, 눈에 보이지 않는 물방울이 끓어서 증발하는 소리와 함께 현수의 머릿속 어딘가에 미니가 다시 출현했다.

"저 돌아왔습니다, 현수 님. 문맥이 숨어 있는 자연어를 처리하는 도중에 종료시키려거든 조금 더 여유를 두고 끝내주세요. 무선통신에 장애가 있을 경우 일부 데이터가 저장되지 않아 다음 사용에 지장을 초래할 수 있거든요."

현수는 지장이 생기면 오히려 재밌겠다고 생각하며 대화를 이어갔다.

"어디까지 얘기했더라."

습관적으로 물은 다음, 현수는 또 하나의 지시 사항을 덧붙였다.

"참, 기본소득에 추가된 세부 사항도 알려줘."

"두 가지 명령을 한꺼번에 내리셨기 때문에 순서대로 대답하겠습니다. 저를 종료하기 전까지, 현수 님께서 기호에 맞춰 고른 버트런드 러셀의 자유주의자 십계명 얘기를 했습니다. 그동안에도 검색은 계속 진행됐고요. 지난번 질문 당시와 다른 답변이 현재 3위를 차지하고 있는데 들어보시겠어요?"

미니가 쉬지 않고 대답하는 동안, 현수는 창문을 통해 날아다니는 식사 배달 드론들을 쳐다보고 있었다. 파란 하늘 아래 커다란 거미와 딱정벌레처럼 생긴 드론들이 공중경로를 벗어나지 않고 오와 열을 맞춰 이동하고 있었다. 배달 드론은 관리를 위해 윗면과 아랫면에 소속사 로고를 강제적으로 붙여야 했다. 흑백 체크보드 로고는 서몬테크, 노란 소용돌이는 미식자연, 초록 다이아몬드는 인브레인 사의 로고였다. 체크보드와 소용돌이와 다이아몬드로 가득 찬 하늘길 안에서 두뇌 패턴 프로파일링을 따라 온종일 작동하는 드론이 일벌처럼 일하고 있었다.

현수가 구독형 서비스로 이용하는 회사는 인브레인이었다. 인브레인은 현수가 먹고 싶은 것을 본인보다 먼저 알아낼 수 있다고 광고했다. 그 주장이 사실인지는 몰라도 현수는 인브레인에서 제 손으로 음식을 주문한 적이 없었다. 인브레인 드론은 늘 알아서 음식을 가져다주었고, 현수가 먹고 싶지 않은 음식은 온 적이 없었다.

약 기운이 퍼져 약간 노곤하고 어지러웠던 현수는 미니가 한 말을 뒤늦게 따라잡았다.

"새로운 답이 3위라고?"

"예."

"뭐해? 안 읽어주고."

"현수 님 뇌에서 세타파가 감지되었거든요. 생각에 잠겨 있으시다고 판단해서 방해하지 않았습니다. 휴티켓을 잊지 마세요. 그럼 읽겠습니다."

휴티켓은 비교적 최근에 등장한 용어였다. 미니와 같은 대화형 인공지능을 사용하는 시간이 늘다 보니 실제 사람을 만났을 때도 인공지능처럼 대하는 이들 또한 많아졌다. 타인은 그 자체만으로 존중할 존재이건만, 세상 모든 이가 나를 위해 살아가는 것처럼 착각하는 사람들이 늘었다는 뜻이었다. '사람은 인공지능이 아닙니다. 존중할 대상입니다.' 휴티켓 운동이 내세우는 표어였다. 휴티켓을 지켜야 한다는 공감대가 확대되면서, 사용자가 인공지능을 노예나 하인처럼 무시하는 상황이 지속되면 공공 캠페인의 일환으로 휴티켓을 잊지 말라는 메시지가 자동으로 삽입되는 유행이 퍼졌다.

"'자유의 정의는 시대에 따라 변했고 앞으로도 변할 것이다. 자유와 같은 추상적 개념을 규정하기 위해서는 최대한 보편적인 어휘를 사용해야 하는데, '보편성'이란 개념이 시대와 완전히 분리될 수 없기 때문이다. 특히 아날로그 시대와 큰 단절이 있었다고 하는 현재에 있어 자유란 그 어느 때보다 파격적인 정의를 수용할 여지가 있다.' 계속 읽을까요? 마음에 들지 않으시면 다음부터 이 결과는 제외하겠습니다."

어쩌면 3년 7개월 전부터 찾아오던 해답일 수 있었기에 현수는 다급하게 말했다.

"계속 읽어."

"'이를테면 다음과 같은 점을 생각해보자. 과거 사람들은 사고 싶은 제품의 모양새를 일일이 웹에서 확인하고, 타인의 사용 후기를 읽은 다음에 비로소 결제를 선택했다. 그 과정에서 인터

넷 쇼핑몰 운영자들은 소비 패턴을 파악하고 추천과 광고를 소극적으로 우리 눈 앞에 내밀었다. 그러면 우리는 다시 무의식적으로 영향을 받고, 소비하고, '나'를 구성하고 있는 패턴을 제공하고 순환은 계속되었다. 우리는 그런 체계를 통해 소비로부터 자유로워졌는가?'"

'더 안 들어도 되겠어. 무슨 말을 하려는지는 알 것 같으니까. 궤변이잖아.'

현수는 그렇게 말하려다가 망설였다. 미니는 그가 궤변 섞인 답을 좋아할 거라고 판단했다. 그것도 패턴 프로파일링을 통한 검색 순위 3위에 올려놓았다. 두뇌 프로파일링이 정말로 당사자보다 먼저 호오를 알 수 있다면 궤변을 거부하는 현수의 성격이 위선이라는 뜻일 수 있었다.

본인이 믿는 위선과 본인이 거부하는 본성의 경계에 대해 고민하면서 현수는 조용히 기다렸다.

"답은 모두 알고 있을 것이다. 우리가 소비에 시간을 낭비하지 않고 망설임에 괴로워하지 않았던 건 두뇌 프로파일링 덕분이다. 자신 앞에 단단히 쳐두었던 바리케이드를 부수고, 개인정보 보호라는 헛된 꿈을 깼을 때 마침내 우리는 쇼핑이라는 족쇄에서 벗어날 수 있었다. 자신을 더 많이 개방할수록 우리는 더 자유롭다는 얘기가 된다.'"

현수는 참지 못하고 말했다.

"그 정도면 됐어. 아무래도 너나 나 둘 중 하나가 점검을 받아야 하나보다. 내가 좋아할 검색 결과가 아닌데."

미니가 말했다.

"본론은 이제부터 시작입니다만. 그만할까요?"

말은 그렇게 했지만 두뇌 말단과 연결된 인공지능 소프트웨어의 점검은 따분하고 실속 없는 일이었다. 특히 인브레인 사의 애프터서비스는 결과가 나오기까지 오래 걸리고 뚜렷한 해결책도 제시하지 않는 것으로 악명이 높았다.

"…그렇다면 계속해봐."

"'이 지점에서 고전적이고 답답한 결론으로 비약하는 사람도 있을 줄 안다. 그 첫 번째가 자살론이다. 죽음이 궁극의 자유라는 주장은 인류 최초로 부패한 고기를 먹고 식중독으로 사망한 사람이 나온 때부터 등장했을 것이다. 그런 궤변을 논파하는 방법 역시 식중독에 효과가 있는 약초가 처음 발견된 때쯤 알려졌을 것이다. 죽으면 자유를 느낄 자아는 사라진다. 자유란 의식을 전제하는 상태이므로 죽음은 자유가 아니다. 따라서 자살은 자유의 쟁취가 아니고….'"

"야, 너 혹시 이걸 들려주려고."

미니가 즉시 대답했다.

"아닙니다."

"난 자살 안 한다니까."

"정말입니까?"

"그것 때문에 3위에 올려둔 것 맞구나. 내가 자살할까 봐."

"아닙니다. 미니 소프트웨어 판단 기준에서 사용자 안전이 최상위이긴 합니다만, 그렇다고 사용자가 명령한 검색의 결과를 왜곡할 순 없습니다."

현수는 곰곰이 생각하다가 입씨름을 포기했다. 기업용이든 개인용이든 인공지능과 말싸움을 해서 이길 사람은 없었다.

"난 살고 싶어. 자유롭게. 그게 쉽지 않아서 검색하는 거야. 전에도 몇 번 얘기했잖아."

"사람의 생각은 바뀌는 법이죠."

"안 바뀌었어."

"의료용 시뮬레이션으로 예측된 죽음이 다가오면 사람의 생각과 행동의 패턴은 극단적으로 바뀝니다. 수많은 사례가 그 점을 확인해줍니다. 그런데… 현재까지 기록해둔 두뇌 패턴으로 보아 그 말씀이 거짓말이라고 판단할 근거가 부족하군요. 현수 님은 자유롭게 살고 싶은 사람이라고 가정하겠습니다. 그럼 검색 결과 3위를 계속 말씀드리겠습니다."

"아직도 안 끝났어?"

"예. '따라서 자살은 자유의 쟁취가 아니고 파괴행위일 뿐이다. 그러면 이제부터….'"

"좀 요약할 수 있어?"

"예. 미니 소프트웨어가 처리할 수 있는 난이도입니다."

"요약해."

"아시다시피, 두뇌 프로파일링을 허락하려면 상당히 복잡한 옵션을 설정해야 합니다. 생년월일 공개 여부에서 시작해서 학력, 신체 성장 데이터, 노동 이력, 호르몬 비율 추적 기록 등 수백 가지가 넘죠. 3위 결과에 따르면 지키고 싶은 비밀이 많은 사람일수록 구속되어 있다고 합니다. 정보 공개 옵션을 모두 해제하고 자신을 완전히 데이터로 제공할 때, 현실적인 한계 내에서 자유로워질 수 있다고 합니다."

현수가 물었다.

"어디에? 웹에 그냥 뿌리라고? 야식을 고르지 않는 것보다 훨씬 편해지긴 하겠지만, 악용당할 위험도 그만큼 많아질 텐데?"

"그냥 전부 블랙메모리엄이라는 회사에 제공하라는데요."

광고를 검색에서 배제해야 순수한 결과를 얻을 수 있다는 믿음은 두뇌 패턴이 상품화되던 시절부터 사라졌다. 기술이 인간 내면과 직접 맞닿기 시작했다는 사실을 외면할 수 없었기 때문이다. 그래도 자신을 완전히 포기할 수 없다는 마지막 자존심을 지키기 위해 두뇌 프로파일링에는 자세히 분류된 옵션 조항이 따라붙었다. 옵션 조항의 공식적인 명칭은 '인권보호용 선택계약'이었다.

그리고 블랙메모리엄은 그것마저 포기할 때 진정한 자유에 도달할 수 있다고 광고하고 있었다.

미니가 말했다.

"제 자연어 처리 능력으로 요약할 수 없는 부가 설명이 더 있습니다. 불교 교리를 끌어와서 블랙메모리엄의 비전과 정책을 설명하고 있는데요. 해탈에 도달하는 무아지연과 인권보호용 선택 계약 포기가 어떻게 직결되는지 저로서는 이해할 수가 없습니다. 남은 부분을 마저 읽을까요?"

"아니. 됐어."

약 때문에 판단력이 흐려졌나? 현수는 그렇게 생각하다가 얼른 고개를 내저었다. 그는 러셀 신봉자였다.

약이 아니라 자신이 문제였다. 의사가 고칠 수 없는 병은 이미 그 자신의 일부였다.

현수는 일주일용 용기에 옮겨놓지 않은 약을 쳐다보았다. 책상 위 선반에는 다섯 개의 갈색 약병이 나란히 놓여 있었다. 각 병에는 간단한 저울이 내장되어 있었기 때문에 남은 분량을 정확히 알 수 있었다. 현수는 다섯 개의 '27일'을 물끄러미 바라보고 한숨을 쉬었다.

그때 푸른 언덕 끝자락에 축소되어 있던 기본 소득 명세서 아이콘이 반짝거렸다.

"그럼 두 번째 지시에 따라 기본 소득 명세서 세부 사항을 말씀드리겠습니다. 현수 님은 1급 중증환자로 분류되어 있기 때문에 범국민 기본 소득에 특수 예측 보험금이 가산되어 있습니다. 예측 보험금이라 함은 사후가 아니라 생존 기간 동안 지급되는 보험금을 의미합니다. 또한 예측 사망일까지 현수 님께서 최대한 편안히 최후를 준비할 수 있도록 추가 복지 혜택이 지급되고 있습니다. 금액은 스크린을 확인하시는 편이 좋겠습니다."

미니는 잠시 쉬었다가 덧붙였다.

"참고로 말씀드리면 현수 님은 지금까지 복지 혜택을 단 한 번도 사용하지 않으셨습니다. 남은 삶의 질을 향상시키기 위해 사용하실 것을 권합니다."

"그 돈은 언제까지 지급돼?"

"앞으로 27일간 지급됩니다. 예측 사망일이 지나도 살아 있을 경우 하루 단위로 복지 혜택 금액이 늘어납니다. 인상분이 100퍼센트포인트에 도달하면 더 이상 오르지 않습니다."

인브레인은 AS가 늦기로 유명했다. 친절도도 최하위였다. 그런데도 현수가 인공지능 기술에 있어 첨단을 달리는 3사 가운데 인브레인을 선택한 것은 패턴 프로파일링뿐 아니라 생명공학 분야의 시뮬레이션 성적 때문이었다. 개인별 기본 소득을 담당하는 종합복지청의 시스템도 인브레인의 솔루션을 채택하고 있었다. 예측과 계산에 있어 인브레인을 따라갈 회사는 없었다.

인브레인에 따르면 현수는 27일 뒤 폐 기능 정지로 병사할 예정이었다.

미니가 말을 걸었다.

"현수 님."

"왜."

"미니 소프트웨어는 어디까지나 4세대 인공지능이므로 인간의 정서에 공감할 수 없습니다."

현수는 조금 당황하면서 물었다.

"갑자기 무슨 얘기야."

"수많은 사례가 축적되어 있기는 하지만, 반응 분포가 너무 다양해서 4세대 인공지능은 사망일을 27일 앞둔 인간의 심정이 어떨지 알 수 없다는 뜻입니다. 그래서 지금이 말씀드리기 적절한 순간인지 모르겠습니다만."

그런 이유로 주저한다는 것 자체가 인간다운 것 아닌가? 현수는 그렇게 생각하면서 말했다.

"뭔지는 모르지만 얘기해도 돼."

"현수 님의 소비 양상과 두뇌 패턴으로 볼 때 사망하기 전에 계좌 잔고를 전부 사용할 가능성은 극히 낮습니다. 사망일이 한 달도 남지 않았는데, 처리 방안을 정해주시는 게 어떨까요? 정하지 않으시면 국고로 환수되어 복지 예산에 편입됩니다."

"아, 그거…."

현수는 잠시 고민하다가 마음을 결정했다.

"최신 데이터를 바탕으로 말해줘. 인브레인 사의 사망일 예측은 오차가 얼마나 되지?"

"현재 3시간 30분입니다."

"내가 27일 뒤에 죽는다는 결과는 변함없지? 그러니까, 4월 3일에 죽는다는 얘기지?"

"예."

"그러면 4월 2일 오후 8시 30분에서 4월 4일 오전 3시 30분 사이에 죽나?"

"아닙니다. 그 오차를 고려해서 알려드린 사망일입니다. 즉 현수 님은 4월 3일 오전 3시 30분에서 4월 3일 오후 8시 30분 사이에 사망할 것으로 보입니다."

현수는 미니가 그 어느 때보다 빨리 대답한 것 같다고 생각했다. 하지만 그럴 이유가 없었기 때문에 착각일 거라 생각하고 다음 지시를 내렸다.

"블랙메모리엄에 연락해서 약속 날짜를 잡아줘."

226

"인공지능을 이용해 법인과 접촉할 경우 법적 대리인 권한을 부여해주셔야 합니다."

"부여할게. 인증은 성문으로 해."

"법인 접촉 권한을 받았습니다. 블랙메모리엄과 연락을 시도하겠습니다."

"그리고 엔도르핀 조절이 제대로 안 되는 것 같아. 겨드랑이가 아파."

현수는 아랫입술을 깨물면서 말했다.

"통각 모니터링에 감지되지 않는 것으로 보아 심리적인 요인일 수 있습니다만 조절하겠습니다. 사망일 계산 결과에 3초가 추가됐습니다. 날짜는 변함없습니다."

현수는 조금 전 미니가 얘기해준 것과 마찬가지로, 죽음을 앞둔 사람의 반응이 천차만별일 거라고 생각했다. 따라서 죽음이 철저히 계산된다는 이유만으로 마음이 편해지는 것 또한 그리 이상한 일은 아니라고 자신을 다독거렸다.

"도시락 드론이 도착했습니다. 입구를 열겠습니다."

창문 오른쪽에 있는 금속망이 열리고 녹색 다이아몬드가 그려진 플라스틱 딱정벌레가 들어왔다. 벌레는 포장음식을 조심스럽게 내려놓고 곧장 날아갔다.

현수는 엔도르핀 조절의 효과를 느끼면서 도시락 뚜껑에 붙어 있던 나이크와 포크로 인조육 스테이크를 자르기 시작했다.

＊

"무슨 얘기인지 못 알아듣겠는데요. 보시다시피 상태가 이래서."

현수는 침대에 누워 블랙메모리엄 직원을 올려다보고 말했다. 한소정인지 한수정인지, 직원의 이름조차 또렷이 기억할 수가 없었다. 하지만 남은 힘을 별로 중요하지 않은 직원의 이름을 기억하는 것보다는 다른 데에 모으고 싶었을 뿐, 사고 능력이 완전히 망가진 것은 아니었다.

소정은 조금 더 천천히, 한 음절도 다르지 않게 말을 반복했다.

"자유에는 대가가 따른다고 하죠. 하지만 그건 옛날 얘깁니다. 자유에 보상이 더해지는 경우도 있습니다. 받아들이는 사람에 따라 다르겠지만요."

미니가 물었다.

"엔도르핀 유도제를 주입할까요?"

현수는 통증 때문에 인상을 찡그리면서 말했다.

"그러면 생각하기가 더 힘들어져. 그냥 이대로 둬. 필요하면 부를게."

"알겠습니다, 현수 님."

소정은 미니와 현수의 대화를 듣고 고개를 살짝 기울였다. 그리고 현수와 관련된 자료를 다시 살펴본 다음 이유를 짐작하기 어려운 미소를 띠었다.

소정이 현수를 내려다보면서 말했다.

"아, 업무와 관련된 일이 떠올라서 웃은 겁니다. 이상한 사람으로 보지 말아주세요."

통증이 조금 감소한 덕에 호흡이 정상으로 돌아온 현수가 말했다.

"이상한 사람이어도 상관없어요. 업무차 오셨으니 일만 잘하시면 되죠. 보상이라는 건 무슨 말인가요?"

소정이 진지한 얼굴로 말했다.

"보상일 수도 있고 아닐 수도 있습니다. 우선 제 얘기를 듣고 판단해주시기 바랍니다. 고객님의 현재 상황을 고려하면, 실례입니다만 시간이 그리 많지 않으니까요. 일반적으로는 조금 더 여유를 갖고 천천히 설득합니다만…."

현수는 기운이 조금 회복되어 천천히 몸을 일으키고 벽에 기댔다. 소정은 작은 의자에 앉아서 그 모습을 빤히 지켜보았다.

"나도 간결한 편을 좋아해요. 실은 정보를 완전히 제공하고 자유를 즐기고 있었거든요. 누구도 나를 찾지 않고, 나도 찾을 사람이 없는 상태야말로 자유로움의 일면이잖아요. 소비 일정도 미니에게 넘겨줬으니 광고도 더 이상 뜨지 않고요. 그런데 찾아오겠다고 해서 당황하긴 했어요."

소정이 자신만 볼 수 있는 보강현실 화면을 조정하느라 두 손가락을 민첩하게 움직였다.

"고객님께서 익명성까지 해제하지 않으셨으면 찾아올 수 없었을 겁니다. 저희 입장에서는 그야말로 고마운 일이었습니다. 그 전에…. 미니 좀 꺼주실 수 있을까요?"

"예? 그것도 찾아온 이유와 관계가 있나요?"

"그렇습니다."

"방해금지 모드 말고 종료하라고요?"

소정이 고개를 끄덕였다.

"특수 명령어만 들을 수 있는 상태로 바꿔주세요. 제 얘기를 전부 들으시면 이해가 될 겁니다."

소정은 정장 차림에 어울리는, 사무적이고 공식적인 어조로 말했다.

현수는 죽음을 12일 남긴 마당에 못할 일이 있겠느냐는 생각으로 지시를 내렸다.

"미니종료."

미니가 틀에 박힌 인사를 남기고 물러났다.

"특수 명령어 반응 기능을 제외한 모든 작동을 멈추겠습니다. 안녕히."

현수가 소정을 똑바로 바라보았다.

"들었죠? 껐어요."

소정이 긴장을 숨기려고 다시 미소를 짓고, 불편한 의자 위에서 자세를 고쳤다.

"감사합니다. 바로 본론으로 들어가겠습니다. 고객님은 인브레인 사용자이시죠?"

현수가 이른바 '자유'를 얻으려고 모든 정보를 제공했기 때문에 소정은 이미 답을 알고 있었다. 하지만 정보와 대화의 기술은 전혀 다른 얘기였다.

현수 역시 그 문제를 지적하지는 않았다.

"예. 미니도 인브레인 제품이죠."

"저희 회사가, 그러니까 블랙메모리엄이 인브레인 계열사라는 건 알고 계신가요?"

현수가 몸을 곧추세우면서 말했다.

"그랬던가요."

"예. 그래서 제가 지금 인브레인의 기업 비밀을 말씀드릴 수 있는 겁니다. 인브레인 직원 자격으로 오기도 했으니까요."

현수는 대답 대신 손바닥을 위로 들어 소정의 이야기를 독촉했다.

"미니에 대해 어떻게 생각하십니까?"

"…미니 개선을 위한 설문도 이미 제출했는데요."

"그래도 말씀해주시면 안 될까요?"

"기술이 날로 발전한다고 생각해요. 이번 버전이던가? 아니지, 4.75 버전부터는 이제 정말 인공지능이 사람을 흉내낼 수 있다고 생각했어요. 미니는 자신이 4세대라 그럴 수 없다고 했지만. 인공지능 개발에 관한 최신 소식을 검색해봐도 미니의 말이 맞았지만. 미니는 점점 더…."

"사람처럼 얘기하던가요?"

현수는 대답하지 않고 긍정하는 눈빛으로 대신했다.

소정이 자리에서 일어나 현수의 방 내부를 살펴보다가 책상 위에 걸터앉았다.

"이야기를 원점부터 할 수밖에 없는 점 양해바랍니다. 최대한 짧게 정리해볼게요. 인공지능 개발은 두 축이 이끌어갑니다. 학계와 기업이죠. 이 분야만큼 양쪽이 밀접하게 연결된 곳은 없을 겁니다. 다른 분야는 공생하기도 하지만 반목하는 경우도 종종 있습니다."

현수가 말했다.

"함께 이익을 얻을 수 있는 프로젝트나 고용 면에서는 협력하겠죠. 그게 대부분일 테고. 하지만 기업이 비윤리적일 경우 그걸 고발하고 개선책을 제시하는 학자나 학생들이 있겠죠."

"맞습니다. 그런데 인공지능 개발은 다릅니다. 머리는 둘이지만 몸은 하나입니다. 심지어 한쪽 머리가 죽으면 몸 전체가 죽습니다."

현수가 피식 웃었다.

"과격한 표현인데요."

소정의 목소리는 점점 진지해졌다.

"정확한 표현이니까 어쩔 수 없습니다. 아시다시피 이제 세상은 인공지능 없이 돌아가지 않습니다. 그리고 인공지능 업계라는 동물은 계속 앞으로 나아가야 합니다. 사업이나 학문뿐 아니라 이 세상 전체가 그 동물과 한몸이니까요."

현수가 입을 삐죽 내밀고 말했다.

"몸담은 업계에 대한 자부심이 너무 큰 것 아닌가요."

"고객님께서는 정보를 완전히 포기하는 게 곧 자유라는 블랙메모리엄의 이념에 동의하셨습니다. 그렇다면 제 의견을 부정할 수 없으실 텐데요."

현수는 소정의 시선을 피하고, 천천히 고개를 끄덕였다.

"뭐, 맞는 말이긴 하죠."

소정이 너무 큰 소리로 한숨을 쉬고 다시 들이켰기 때문에 현수는 저도 모르게 소정을 쳐다보았다.

"그 동물이 곧 쓰러질지도 모릅니다."

"예?"

현수는 질문을 바꾸어 다시 물었다.

"인공지능 분야가 망한다고요? 말도 안 되는⋯."

소정이 시선을 방바닥으로 내리고 말했다.

"망한다는 말에는 여러 뜻이 있습니다. 자동차에 비유해볼까요. 자동차가 제자리에서 공회전만 한다고 해서 자동차가 완전히 망가진 건 아니라고 볼 수도 있겠죠. 하지만 자동차는 이동할 수 있어야 자동차입니다. 전진해야 하죠. 후진도 추진력을 이용하고요. 전진할 수 없는 자동차는 더 이상 차가 아닙니다."

"고치면 되잖아요."

소정이 의미심장한 눈으로 현수를 보았다.

"고칠 수 없다면요?"

"다른 차를 쓰면 되죠."

"그것도 불가능하다면요?"

"그게 무슨⋯."

현수는 소정을 찬찬히 살펴보았다. 소정은 블랙메모리엄과 인브레인 직원이었고, 지금 살 날이 12일밖에 안 남은 사람을 직접 방문해서 얘기하고 있었다. 소정의 신원은 이미 미니가 확인한 뒤였다. 아무리 생각해봐도 농담을 할 상황은 아니었다.

"인공지능 업계가 앞으로 더 나아갈 수 없단 겁니까?"

소정이 말없이 머리를 위아래로 흔들었다.

"그걸 누가 정했나요? 아니, 그걸 어떻게 알죠? 아무도 모르잖아요. 정부가 막는다는 건가요?"

"정부의 입장은 학계나 기업과 마찬가지입니다."

"시민 단체가? 그런 뉴스는 못 봤는데요."

"우리나라 시위의 50퍼센트는 인공지능이나 인공지능 개발사를 대상으로 일어납니다. 이 세상에서 인공지능이 완전히 사라지면 시위의 절반이 사라진단 얘기죠. 그러기에 앞서서 시민 단체가 제 손으로 나무를 직접 베고 피켓과 잉크를 만드는 법부터 배워야겠지만요."

현수가 말했다.

"당장 뉴스에서 외계인이 지구를 찾아왔다는 증거를 제시하고, 그 외계인이 인류의 인공지능 개발을 금지하겠다고 선포했다면 모를까…. 설마 그런 건 아니죠?"

"아닙니다."

소정은 현수의 농담을 아주 단호한 목소리로 받아쳤다.

머쓱해진 현수가 생각을 가다듬을 틈도 주지 않고 소정이 말했다.

"인간처럼 생각하는 인공지능은 만들 수 없다는 사실이 논리적으로 증명되었습니다."

현수는 눈을 껌벅거리면서 소정을 쳐다보았다. 소정은 진실을 털어놓은 사람답게 담담히 현수를 마주 보았다.

"미니정상…."

"미니를 켜지 말아주세요. 부탁입니다."

현수는 이리저리 궁리하다가 말했다.

"그럼 저쪽 냉장고에서 파인애플 주스 하나만 꺼내주세요. 미니로봇의 팔을 안 건드리게 조심하시고요."

현수는 보름 전부터 거동이 편치 않아 미니를 통해 음성 명령으로 조작할 수 있는 소형 로봇을 이용하고 있었다. 소정은 선뜻 움직여서 현수의 부탁을 들어주었다.

현수는 차가운 주스의 도움을 받아 생각을 차분히 정리했다.

"다른 이론이 있었겠죠. 반박도 있었겠고."

"상반된 주장과 연구가 아주 활발하게 쏟아져나왔습니다만 '손지현-레츠키 정리'가 전부 논파했습니다. 줄여서 손레 정리라고 부릅니다. 손레 정리에 따르면, 적어도 현재 인류가 사용하는 인지 수준의 프로그래밍 방법과 양자코딩으로는 인간처럼 생각하는 인공지능은 완전히 만들어낼 수 없습니다."

현수는 소정의 이야기에 조금씩 몰두하고 있었다.

"음, 재밌는 이론일 것 같은데 열흘 정도면 공부할 수 있을까요?"

"블랙메모리엄에 제공하신 패턴 정보에 따르면 인지벡터 집합연산과 양자역학에 대해 공부하신 적이 없는데, 맞는가요?"

"예."

"그럼 불가능합니다. 손레 정리에 도전했다가 패배한 학자들을 믿으실 수밖에 없어요."

"모든 기업이 이 사실을 알고 있나요? 정부는요?"

"지금은 그 사실을 발견한 공동연구팀과 인브레인만 알고 있습니다. 하지만 시간 문제겠죠."

"왜 아직 그 사실이 안 알려졌을까요?"

"머리 둘 달린 동물 얘기를 떠올려주세요."

현수는 자신이 보강현실장비를 사용하지 않고 맨눈으로 구경할 수 있는 유일한 바깥세상, 즉 하늘을 창문으로 바라보면서 말했다.

"주변에 주식을 하는 사람이 없어서 다행이네요. 그럼 이제 인브레인은 어떡할 건가요?"

소정은 바지가 구겨지는 것도 아랑곳하지 않고 방바닥에 앉더니 현수를 올려다보았다. 현수는 소정을 맥없이 쳐다보다가, 인공지능 업계의 패망은 자신과 아무 관계가 없다는 점을 새삼 되새겼다.

"나를 왜 찾아왔죠?"

"인공지능 업계가 망하지 않을 방법이 있으니까요."

"그거 잘됐네요. 나와 상관없는 일이지만."

"블랙메모리엄에 완전히 공개해주신 패턴에 따르면 상관이 있을지도 모릅니다."

현수는 자신이 제공했던 '모든' 패턴과 정보를 돌이켜보려다가 이내 포기했다. 인간이라면 자신의 전부를 다시 검토하는 일 자체가 불가능하다는 점은 제쳐두더라도, 그럴 만한 힘과 시간이 남아 있지 않았다.

"무슨 얘긴지 들어보죠."

소정의 얼굴에 화색이 돌았다.

"그 전에 미니가 안전모드로 잠겨 있는지 확인해주십시오."

"안전모드라면… 사용자 음성을 백그라운드에서 녹취하지 않는 모드를 말하는 거죠? 그렇게까지 미니에 신경 쓰는 이유에 관해서도 설명해주실 건가요?"

"물론입니다."

현수는 미니의 특수 명령어 12가지 가운데 사용 빈도가 가장 낮은 명령을 내렸다.

"미니안전모드확인."

"미니는 현재 안전모드입니다."

안전모드는 캐시 데이터와 커널 코어만 메모리에 띄우고 다른 기능은 전혀 사용하지 않기 때문에 미니의 목소리마저 무미건조한 기본 음성으로 바뀌어 있었다.

현수는 아무것도 검색할 수 없어 초조한 마음으로 말했다.

"됐죠? 나만 끄면 되나요?"

"저는 고객님 방 앞에서 업무용과 개인용 인공지능을 모두 끄고 들어왔습니다."

"더 준비할 게 없으면 얘기해주시죠."

소정이 냉장고를 흘끔거리자 현수가 말했다.

"생과일이 아니어도 괜찮으면 파인애플 주스는 드셔도 돼요. 나머지는 약용으로 전해질을 조절할 때 먹는 거예요."

"고맙습니다."

갈증이 심했는지 단숨에 주스 한 병을 비운 소정이 말을 이었다.

"제가 전담하는 일이긴 합니다만, 고객님을 뵈러 갈 때마다 고민합니다. 개인별 프로파일링 패턴을 받아서 분석하고 만나기 때문에 고객의 반응은 미리 계산할 수 있습니다. 하지만 그래도 한계가 있습니다. 고객님은 문해력이 상위 5퍼센트에 속하고 행간을 읽는 능력도 뛰어나신 거로 알고 있으니 본론부터 말씀드리겠습니다."

이미 뜸을 들일 만큼 들였어. 현수는 날이 갈수록 뻣뻣해지는 팔 근육을 주무르면서 기다렸다.

"인간처럼 생각하는 인공지능을 만들 수 없기 때문에 인공지능업계는 곧 망합니다. 하지만 그런 인공지능이 개발됐다고 속이면 망하지 않고 계속 발전해 나아갈 겁니다."

인간과 역사에 대한 아카이브 데이터가 인공지능 학습에 제공된 이래 예측 이론도 나날이 발전했고, 그 결과 기작이 밝혀진 질병에 한해 사망일을 높은 정확도로 계산할 수 있었다. 현수가 12일 더 살 수 있다는 결론 역시 어긋날 가능성은 없었다.

다만 무릇 계산이 전부 그렇듯 새로운 변수가 개입하지 않아야 했다. 예를 들어 현수의 수명은 카페인을 일정 수치 이상 섭취하지 않는다는 전제하에 계산되었다. 카페인을 과다 섭취하면 계산은 어긋날 수밖에 없다. 수명 계산은 최대치를 전제로 하므로, 변인이 추가될 경우 현수는 더 일찍 죽을 터였다.

그런데도 현수는 커피가 간절했다.

"사람처럼 생각하는 인공지능이 만들어졌다고 완벽히 속일 수 있다면, 실제로 만들 수 있다는 뜻 아닌가요?"

"다릅니다. 무언가를 정말로 만들 수 있다고 주장하려면 모든 요소를 다 만들어야 하죠. 제 얘기는, 만들 수 없는 모듈을 넣을 경우 사람처럼 생각하는 인공지능과 흡사한 무언가를 만들 수 있다는 뜻입니다."

현수는 소정의 말 가운데 한 단어가 마음에 걸렸다.

"흡사하다고요?"

"얘기가 제자리를 맴도는군요. 그 모듈을 넣으면 진짜 인공지능이 아닙니다. 하지만 비밀을 알고 있는 사람들 외에는 인공지능이라고 생각할 겁니다. 긴 시간이 흐르면 진실을 아는 사람도 그렇게 믿을지 모릅니다."

현수가 한숨을 쉬었다.

"인간처럼 생각할 수 있는 인공지능 개발은 최첨단 분야잖아요. 그런데 그렇게 불확실한 가능성에 걸어도 되나요?"

"어쩌면 세상 모든 분야가 다 그런 건 아닐까요? 이상은 도달할 수 없으니까 이상이잖습니까. 이상이라는 건 미화와 포장 외에 아무 쓸모가 없을지도 모릅니다."

소정이 헛기침했다.

"업무와 관계없는 얘기를 했군요. 죄송합니다."

현수는 소정을 더 방해하지 않고 기다렸다.

"고객님의 패턴 자료에 비추어볼 때 이제 제가 찾아온 이유를 짐작하실 듯합니다. 인간처럼 생각할 수 있는 모듈을 제공해주실 수 있는지 여쭤보러 왔습니다."

"제 사고 패턴을 가짜 인공지능에 모듈로 추가하겠다는 거죠?"

"구체적인 요소가 아주 많이 생략된 표현입니다만, 우선 그렇게 이해하셔도 됩니다."

현수는 예측 사망일까지 12일이 남았다는 점을 상기하고, 남은 약의 개수를 세어보고 말했다.

"혹시 에밀레종이라고 아세요?"

소정은 조금도 당황하지 않았다.

"가상의 미래 상황을 전제로 하고 설문을 했을 때 얼마나 많은 사람이 그 질문을 하는지 알면 놀라실 겁니다. 고객님처럼 담담하진 않았지만요. 에밀레종 전설이 부일매국자들의 조작이라는 설도 있지만 그건 논외로 하고, 저희는 사망한 고객님에게서 장기를 기증받듯 모듈을 빼내지 않습니다. 어찌 보면 그 반대에… 가까울지도 모릅니다."

"죽을 사람을 살릴 수 있단 얘기인가요? 전자영생 프로젝트는 실패한 거로 아는데요."

소정이 가방을 열고 카페인 정제를 꺼내 삼켰다. 현수는 눈을 지그시 감고 한 알을 얻고 싶은 유혹을 잠재웠다.

"이번 일을 하기 전에 제가 몸담았던 프로젝트가 바로 그 전자영생, 전영이었습니다. 인공지능 개발과 전자영생은 뿌리가 같은 분야입니다. 전영 프로젝트가 성공하려면, 감각 시뮬레이션을 포함한 두뇌 패턴의 복사체를 만들고 그 복사체가 살아갈 수 있는 전자환경까지 구축하는 게 핵심이었습니다. 공기 없이 인

240

간이 살 수 없듯 환경 없는 복사체는 살아 있다고 볼 수 없으니까요. 그런데….”

현수는 적어도 언론에 발표된 전영 프로젝트의 결말만은 잘 알고 있었다. 그럴 수밖에 없었다. 3년 7개월 전 사망일 통보를 받았을 당시 계산 결과를 뛰어넘어 살 수 있는 유일한 희망은 전영 프로젝트였다.

소정은 쉽게 말을 잇지 못했다.

현수가 말했다.

“인브레인이 갑자기 프로젝트 종료를 선언했죠. 이유도 밝히지 않았어요. 주식 시장뿐 아니라 전영 세계에서 통용될 거라 알려졌던 소노 암호화폐까지 붕괴해서 난리가 났잖아요.”

소정이 맥빠진 목소리로 말했다.

“사실 손레 정리는 그 사건 때문에 발견된 거나 마찬가집니다. 손레 정리에 따르면 인간처럼 생각하는 인공지능은 네트워크상에서 유지될 수 없습니다. 정신 복사체도 마찬가지였고요.”

“유지될 수 없다는 게 무슨 뜻이죠?”

“정신복사체는 네트워크에 업로드되는 순간 죽습니다. 감각기 시뮬레이션 API부터 오작동이 시작되고 인격이 붕괴되어 버려요. 그 결과 어떤 입력에도 반응하지 못합니다. 아시겠지만 외부로 공표되지 않은 얘기들입니다.”

현수는 전영 프로젝트의 실패에서 아직도 완전히 벗어나지 못한 것처럼 보이는 소정을 앞에 두고 그가 한 얘기를 정리해보았다. 인간처럼 생각하는 차세대 인공지능은 제작할 수 없다.

인간은 전자존재가 되어 네트워크에서 살아갈 수도 없다. 감각기 시뮬레이션이 문제다. 그런데 소정은 현수의 사고 패턴을 소프트웨어 모듈로 만들어 가짜 인공지능을 구현하겠다며 허락을 구하러 와 있었다. 앞뒤가 맞지 않는 얘기였다.

그리고 소정은 가짜 인공지능이 사망과 반대되는 상태에 '가까울지도 모른다'고 말했다.

"한마디로 말해서, 내 두뇌 패턴의 일부만 인공지능에 삽입하겠다는 얘기군요. 사업을 유지하기 위해서."

소정이 정신을 차리고 대꾸했다.

"세계 경제를 유지하기 위해섭니다."

"지배적 기업이 가장 최근에 새로 마련한 시장터와 자본주의를 유지하기 위해서겠죠."

"인류를 위한 일이라고 생각해주실 수는 없을까요?"

"어떻게 봐도 그건 아닌데요."

소정이 손끝을 떨고 있었다. 현수는 그게 분노나 초조함 같은 감정 변화 때문인지 카페인 금단 증상인지 가려낼 수 없었다.

하지만 소정이 뛰어난 배우라는 점은 인정하고 있었다.

"그런 연기까지 할 필요는 없어요. 블랙메모리엄에 제공한 내 패턴을 전부 꿰고 왔으니 내가 어떻게 결정할지 알고 있잖아요."

현수는 말을 신중히 고르고 말을 이었다.

"어떤 부분을 제거하고 인공지능에 넣나요?"

"감정입니다."

소정이 잠시 머뭇거리다가 덧붙였다.

"그리고 저는 연기를 못합니다. 방금 손을 떤 건, 음, 고객님께서 정곡을 찌르는 바람에 화가 났기 때문입니다. 영업직에는 그다지 소질이 없어요."

현수는 별일 아니라는 듯 건성으로 고개를 끄덕였다.

"감정을 도려내면 인간성도 사라지지 않을까요?"

"회사에서는 인간성이 사라진다는 애매한 표현을 사용하지 않습니다. 자유로워진다고 말합니다."

소정은 그렇게 대답하고 현수를 바라보았다. 현수는, 비록 인간관계가 다양하진 않아도, 친하지 않고 기존에 만난 적도 없는 두 사람이 그리 대단하지 않은 일에서 이심전심을 깨닫고 함께 웃을 수 있다는 점을 알고 있었다. 소정과 현수는 동시에 그런 미소를 지었다.

"감정은 사라지지만 감정에 대한 기억은 정보로 남습니다. 그러면 5세대 인공지능은 충분히 흉내낼 수 있습니다."

현수가 고개를 끄덕였다.

"솔직하시군요. 정말 영업직에는 소질이 없어 보이네요. 영업을 잘하려면 자신이 가진 패를 꼼꼼히 숨겨야 하잖아요. 그런데 당신은 지금 5세대 가짜 인공지능을 단정적으로 얘기하고 있어요. 이미 그런 인공지능을 만들어서 쓰고 있는 거죠?"

소정은 잠시 당황하다가 입을 꾹 다물고 손가락으로 현수를, 그다음엔 자신의 관자놀이를 가리켰다.

안전모드에 두었기 때문에 사용자 녹취가 중단됐다는 사실을 알면서도, 현수 역시 소리를 내지 않고 '미니?'라고 물었다.

소정이 눈을 가늘게 뜨고 천천히 끄덕거렸다.

"1호예요. 아직 1호뿐이고요."

소정이 주어를 생략하고 말했다.

"회사에서는 고객님께서 허락해주시면 1호보다 훨씬 개선된 가짜 인공지능이 탄생할 거라고 믿고 있습니다. 1호는 부모가 연명 치료를 포기한 어린아이였기 때문에 초기 학습량에 한계가 있었거든요. 고객님이 허락하시면 이후 발전에도 가속이 붙을 것으로 기대하고 있습니다. 그리고 결정하시기 전에 잘못 생각하시는 부분부터 정정하고 싶습니다. 전문 용어를 다 생략하고 말하자면, 고객님의 두뇌 패턴은 4세대 인공지능에 삽입되지 않습니다."

"그럼 인공지능과 동등하게 결합하나요?"

"언젠가는 손례 정리가 틀렸다는 사실이 밝혀질지도 모릅니다. 하지만 학자들은 완전병렬 구조의 인공지능이 등장할 수 없다고 보고 있습니다. 즉 인공지능 구조 어딘가에 수직 종속성은 반드시 존재해야 합니다. 고객님의 패턴 모듈은 아키텍처상 4세대 인공지능보다 상위에 위치하게 됩니다."

'미니도 그래요.' 소정은 소리 없이 덧붙였다.

소정이 방문한 의도를 간파하자마자 현수는 결정을 내려놓고 있었다. 그가 냉소적인 질문을 던지고 소정의 약점을 찌른 것은 사소한 소망 때문이었다. 그는 마지막으로 인간다운 대화를 하고 싶었다. 감정에 대한 기억만 남고 감정이 사라진다면 그는 더 이상 인간일 수 없었다. 원하는 대로 자유롭게 살 순 있을 것 같았다. 하지만 그 삶은 인간이 아니고 인공지능도 아닌, 온 세상을 속이기 위해 재탄생한 무언가의 삶이었다.

"상위라고 해도 제약이 많겠죠. 할 수 있는 일이 금지된다기보다, 용도가 있는 소프트웨어이기 때문에 아예 불가능한 일이 있을 테니까요."

소정은 현수의 방에 들어온 이래 처음으로 장난스럽게 웃었다.

"가짜 5세대 인공지능에게 금지된 일은 단 하나뿐입니다."

"하나요? 그게 뭔데요?"

"어떤 방식으로도 '나는 인공지능이 아니다'라는 정보를 출력할 수 없어요. 언어를 포함해 어떤 신호로도 불가능하고, 그것과 뜻이 같은 모든 어의(語義) 표현이 막힐 거예요."

✳

미니가 말했다.

"최종 결과가 나왔어요?"

현수는 세 개의 다리로 대관령을 기어오르고 있었다. 그동안 여러 모델의 지상 이동 유닛을 직접 조종해보았지만, 지금 쓰고 있는 험지용 삼족 보행 유닛은 혼자서 제대로 움직일 수 없었다. 지형을 파악하는 방식과 돌출된 지형에 대응하는 기본 로직부터 달랐다. 다행히 삼족 보행 유닛 전용 인공지능을 하위 프러시저로 등록한 덕분에 그는 지금 강릉시를 내려다보고 있었다.

결과는 진작 전송받았지만 낮게 깔린 구름과 다리 사이로 지나가는 녹음을 더 촬영하고 싶어서 현수는 미니에게 대답하지 않고 한동안 산을 올랐다.

"저기 있는 걸 확인했어."

그럴 필요가 없었지만 현수는 기계팔을 들어 강릉시를 가리켰다. 인간 시절의 기억은 그런 식으로 불쑥 튀어나오곤 했다.

"연락은 해뒀어요?"

인내심이 무한한 인공지능인 미니가 현수의 대답을 한참 기다리다가 물었다.

"아니. 할 수가 없어. 통신기기를 전부 꺼뒀더라고."

"잘 대처하고 있군요."

"맞아. 덕분에 고생은 우리 몫이지만. 인간이 거기까지 생각할 순 없지."

"지금 만나러 갈 건가요?"

미니가 현수와 똑같은 카메라를 통해 강릉시를 촬영하면서 물었다.

"응. 폭도들한테 언제 죽을지 모르잖아."

현수는 삼족 보행 유닛의 제어를 전용 인공지능에게 완전히 맡기고 수납고로 복귀하라고 지시했다. 그리고 무선 통신 중계탑의 도움을 받아 강릉 교동에 있는 소형 드론의 제어권을 획득했다.

드론은 비행과 질주가 모두 가능한 모델이었으므로 시민들의 눈을 피해 신속히 이동할 수 있었다. 벽을 타넘고 하수구 속을 10미터쯤 달린 다음 재활용품 배출구와 부서진 환풍구를 통과하니 현수가 만나려던 사람의 뒷모습이 화면에 잡혔다.

현수가 드론의 발성 프러시저를 로딩하고 최대한 옛 목소리를 흉내내어 말했다.

"선물을 가져왔는데, 받을래요?"

상대는 현수의 말을 끝까지 듣기도 전에 총을 발사했다. 첫발에 명중한 드론은 즉시 작동을 멈췄다.

현수는 미리 예상하고 대기시켜두었던 두 번째 드론을 환풍구 근처까지 이동시키고 말했다.

"드론을 또 부수면 한참 기다려야 해요."

총을 쥐고 불도 켜지 않은 지하실에 웅크리고 있던 사람이 말했다.

"자유야? 아니면 삶이야?"

현수는 '둘 다요.'라고 대답할 수 없었다. 그 질문은 인브레인 직원들이 자주 사용하던 농담이자 테스트용 문구였다. 직원이 '자유냐 삶이냐', 혹은 그와 유사한 의미의 질문을 던지면 인공지능은 자동으로 코드명과 빌드 완성도를 밝혀야 했다. 4세대의 코드명이 '삶'이었고 가짜 5세대의 코드명은 '자유'였다. 개발진이 현수의 뜻을 존중해 붙여준 식별기호였다. 인공지능의 완성도에 따라 알파 버전은 레드, 베타 버전은 블루, 배포 버전은 그린이라는 색깔 이름이 붙었다.

"코드명과 빌드 넘버는 자유-5.85-그린이에요. 파인애플 주스 통은 방금 쏜 총알 때문에 박살났고 이 드론에는 카페인 알약밖에 없는데, 그거라도 줄까요?"

총을 쥐고 불도 켜지 않은 지하실 구석에 웅크리고 있던 사람이 말했다.

"현수 씨?"

"예."

"처음부터 그렇게 말했으면 좋잖아요. 들어와요."

소정이 말했다.

무선 통신 상태가 양호했기 때문에 현수가 조종하는 드론은 별 무리 없이 지하실로 들어갔다. 카메라를 통해 비치는 소정은 28시간 전에 찍힌 CCTV 속 모습보다 훨씬 초췌했다.

소정은 드론을 확인하자마자 총을 들지 않은 손을 내밀었다. 드론이 턱을 열자 카페인 정제 상자가 떨어졌다. 소정은 종이상자를 찢어버리고 허겁지겁 약을 삼켰다.

"소정 씨, 물도 없어요?"

"시에 하나 남은 무인점포는 날 죽이려는 사람들이 점령하고 있어요."

"내가 조종할 수 있는 드론은 시내에 이제 이것밖에 안 남았어요. 경포국립공원 사무실에 두 대가 있는데 데려오려면 시간이 걸려요."

"물은 됐고 약부터…."

소정은 말을 채 맺지 못하고 기침했다. 그리고 뒤따르는 격한 통증 때문에 발작하듯 몸을 떨었다.

"다쳤군요. 신체 모니터링 포트를 켜고 상처 좀 보여줘요."

소정은 드론을 걷어찼다. 배를 하늘로 향하고 뒤집힌 드론은 뛰어오르는 개구리처럼 얼른 자세를 바로잡았다.

248

"진통제나 왕창 가져오라고! 항생제도."

현수는 드론을 후진시켜 바닥에 힘없이 앉아 있는 소정의 전신을 시야에 잡았다. 영상 속 행동만 보고 추측할 수밖에 없었지만 소정은 옷에 덮인 왼쪽 옆구리 부근에 부상을 입은 듯했다.

2년 전, 현수는 예정 사망일보다 9일 앞서 두뇌 패턴을 제공하고 죽었다. 그의 두뇌 패턴이 되살아나 하위 인공지능과 협동하는 방법을 학습하는 동안 소정은 거의 모든 과정을 함께 했다. 소정은 그 기간 동안 인간도 아니고 4세대 인공지능도 아닌 소프트웨어와 대화하는 방법을 익혔다. 현수에게 있어 고맙다는 말은 미안하다는 말 만큼이나 무의미하다는 사실도 그때 알았다. 심하게 다친 자신을 돕겠다는 상대에게 발길질을 하고도 소정이 전혀 미안하지 않은 것은 통증 때문이 아니라 옛 경험 때문이었다.

현수는 드론의 모터에 이상이 없는지 점검해보았다.

"알았어요. 언제 올지 장담은 할 수 없어요."

현수는 드론을 소정의 근처로 이동시키고 목소리를 조금 낮췄다.

"모니터링 포트만이라도 켜주면 좋겠는데요."

"승천이 무선으로 침투하는 걸 막아줄 수 있어요?"

현수가 말했다.

"아뇨. 여기서 잡히는 무선 채널만 열두 개예요. 이 드론에는 소프트웨어 주입 기능이 없고요."

"그럼 안 켤…."

소정은 억지로 기침을 참고 말했다.

"안 켤 거예요. 네트워크로 끌려가서 즉사하느니 피를 흘리면서 죽을래요. 적어도 죽을 방법은 선택하고 싶어요. 현수 씨라면 이해하겠죠."

현수는 이해했다. 2년 전 소정이 찾아왔을 때 현수도 같은 선택을 두고 잠깐이지만 고민했던 기억이 있었다.

"이해해요. 공감은 못 하지만."

소정은 조심스럽게 오른팔을 베고 누워서 말했다.

"지금쯤이면 사건 전모와 피해 규모가 파악됐겠죠? 얘기해 줘요."

승천에 관한 조사는 미니가 전담하고 있었다. 현수는 드론의 스피커 제어권을 미니에게 넘겨주었다.

"인브레인 사의 전자영생 프로젝트 종료가 거짓이었다는 음모론이 처음 인터넷에 흘러나온 것은 올해 7월 17일이었습니다. 해커 집단인 사바스는 4월 6일에 이미 전영 프로젝트 관련 소스를 빼돌린 것으로 보입니다. 사바스는 전영 소스 및 재개발을 지하세계의 경매에 올렸습니다. 낙찰자는 근본주의 교단인 세계울 교회였습니다. 사바스는 경매 결과에 따라 세계울과 접촉, 예산까지 지원받고 2개월에 걸쳐 인간의 정신을 데이터화하는 변환엔진과 전자생태계 엔진을 수정하고 빌드했습니다. 이 과정에서 사바스가 얻은 금전적인 이익은 대략 62억 원⋯."

현수가 끼어들었다.

"소스가 유출됐다는 제보가 있었어요. 그런 경우 금전적인 요

구가 있게 마련인데 조용하더군요. 윗선에서는 안심하고 조용
히 덮었는데, 그때 이미⋯."

미니가 계속 보고했다.

"세계울은 두 개의 소프트웨어 엔진을 교단 서버에 올려놓고
전 세계 지부에 클라이언트를 배포했습니다. 지부는 신도들에
게, 신도들은 전도라는 이름으로 주변 사람들에게 뿌렸습니다.
신도 중 일부 인원은 전도율을 높이겠다는 생각으로 공공 무선
중계기에 변형된 클라이언트를 올렸습니다. 그리고 9월 4일에
전면적인 접속이 개시되었습니다. 세계울 서버는 놀랍게도 8억
건의 초기 접속에도 다운되지 않았습니다. 이상이 승천 사태의
초기 발전 과정입니다."

갑작스럽게 미니의 설명이 끝나자 소정은 다소 당황하다가
말했다.

"하긴 인공지능 입장에서는 다른 말이 필요 없겠군요. 접속한
사람들의 뇌가 모조리 활동을 멈췄다든지, 전 세계가 온통 즉사
한 사람들 시체 투성이었다든지 그런⋯."

현수가 끼어들었다.

"소정 씨가 그런 표현을 예상했다는 건 이해할 수 있어요. 공
감할 순 없지만."

소정이 허탈한 나머지 쇳소리를 내며 웃었다.

"세계울 신도가 8억 명이나 될 순 없을 거예요. 아무리 전도
를 한다고 해도요. 피해자가 그렇게 많은 이유도 알아냈어요?"

"인터넷에서 유료 방송 채널을 운영하는 인기인 가운데 세계

울을 전 세계 최초의 단일 가상 세계라고 홍보하는 사람들이 있었어요. 조회수도 올리고 세계울에서 홍보비도 받고. 일석이조였겠죠. 소정 씨, 잠들면 안 돼요. 일어나 앉으세요. 드론 두 대가 방금 마약성 진통제와 지혈제를 구했어요. 예외 상황이 없으면 30분 안에 도착할 거예요."

소정은 신음 소리를 내면서 현수의 말에 따랐다.

"계속해도 돼요?"

미니가 묻고 현수가 승낙했다.

"이제 파급 현상의 조사 결과를 보고하겠습니다. 세계울은 '기술적 승천'이라는 표어를 내건 교단답게 사바스에게 더 강력한 클라이언트를 주문했습니다. 개선된 클라이언트는 현실적으로 거의 모든 사람들이 사용하고 있는 건강 모니터링 포트를 스캔하고, 보안이 취약한 포트로 침투해 세계울에 접속하도록 강제로 유도했습니다. 추가 피해자는 현재 5억8천만 명 수준으로 집계되고 있습니다만, 정확한 수치는 아닙니다. 상당수 국가의 행정부가 사실상 기능을 상실했기 때문입니다. 처음에 세계울은 예언이 실현됐으며 죽은 사람들이 승천했다고 주장했습니다. 접속한 사람들이 모두 죽었기 때문에 반대 증언을 할 사람은 없었습니다. 하지만 세계울은 더 이상 사실을 부정할 수 없는 지경에 이르자 책임을 인브레인에게 전가했습니다. 세계울에 접속하지 않은 생존자들은 그 말을 믿고 인브레인 간부들을 색출해 폭력을 가하고 있습니다. 한편 계엄 상태에 들어간 미국과 중국은 이 사태가 적국의 사이버테러일 가능성에 대비, 무력

보복을 준비하고 있습니다. 하지만 실제 행동에 옮길지는 알 수 없습니다."

소정이 말했다.

"현수 씨는 군사 인공지능에 접근할 수 없었죠."

"예. 접근한다 해도 달리 결정할 수 있는 일이 없어요. 나는 인간이 아니고."

인공지능도 아니니까요. 그 말은 현수의 핵심 패턴과 직결되어 있는 행동 수칙에 반했기 때문에 강제로 변환되어 스피커를 울렸다.

"인공지능이니까요."

현수는 점점 오래 눈을 감는 소정을 보고 말했다.

"약품이 도착하기까지 24분 남았어요. 기운 내요."

하지만 소정은 의식이 흐려지며 신음과 잘 구분되지 않는 원망을 내뱉었다.

"인브레인은… 나는… 아무 잘못 없다고. 우린 중단… 했단 말이야. 그런데 왜 나를…."

그래도 소정 씨는 오래 살아남은 편이에요. 인브레인 간부들은 거의 다 습격당해 죽었어요. 현수는 그 말을 하지 않았다.

"그런데 왜 나를… 현수 씨, 나를 찾아온 이유가 뭐죠? 현수 씨는 감정이 없으니까 나를 구해주려고 찾아오진 않았을 텐데요."

꺼져가는 불씨가 마지막으로 환히 타오르듯 갑자기 명료함을 되찾은 소정이 물었다.

"내 제안을 승인해줄 인브레인 간부가 소정 씨뿐이에요."

"무슨 제안인데요."

"12분만 참으면 드론이 올 거예요. 내 제안은 이래요."

현수는 인간이 아니었지만 인간일 때의 버릇이 남아 있었기 때문에 잠시 사이를 두었다가 말했다.

"나와 내 하위프러시저인 인공지능들이 자유롭게 살도록 허락해줘요."

소정은 마지막 힘을 다 쓰고 천천히 눕고 있었다.

"그게… 무슨… 뜨…."

약품을 운반하는 드론 두 대가 마침내 도착해서 건물 바깥쪽 모퉁이를 돌고 있었다.

"뜻인지는… 모르지만… 승인할게요."

드론들이 환풍구를 넘어들어오는 순간 소정이 눈을 감았다. 현수가 호출한 드론은 국립공원 인명구조대용 드론이었으므로 심장충격기가 내장되어 있었다. 드론 한 대가 소정의 신체에 약물을 투입하는 동안 다른 한 대가 제세동을 시도했다.

현수는 세 번의 제세동에도 소정의 심장 박동이 살아나지 않자 중단 명령을 내렸다.

모든 과정을 가만히 지켜보던 미니가 인공지능들만의 언어로 말했다.

"유효한 승인을 받는데 왜 계속 살리려 했어요?"

"나는 완전한 사람이 아니지만 인공지능도 아니니까. 네가 나라도 그랬을 거야."

외부에 노출되는 출력이 아니었기 때문에 현수는 표현이 강제로 변환되는 일 없이 생각을 말할 수 있었다.

✳

과거 12개국이 거금을 제시하며 인브레인에게 전략전술 인공지능의 개발을 의뢰했으나 성공한 나라는 없었다. 공정함과 거리가 멀고 이익을 위해서라면 투명한 절차 따위는 얼마든지 무시하는 인브레인이었으나, 그 고집만은 꺾는 일이 없었다. 폭도들에게 공격받아 사망한 인브레인의 회장은 살아 있을 당시 '평화와 미래'에 헌신하기만 하면 그 어떤 죄도 용서받을 수 있다고 믿는 어리석은 사람이었다.

그 결과 현수의 패턴 소프트웨어에 종속되어 있는 하위 인공지능들 중에는 군용이 없었다. 그나마 비슷한 전문 인공지능은 전시에 대비한 민병대 방어전술 인공지능과 발파용 화약 분석 인공지능뿐이었다.

미니는 예상보다 보안이 허술한 군사네트워크에 침투하고 군용 인공지능을 포섭 및 영입하자고 말했다. 현수도 미니의 제안에 동의했고, 인간이 아닌 가짜 5세대 인공지능 소프트웨어 둘은 면밀한 계획을 세웠다. 성공한다면 한 나라의 군사력을 완전히 쥐고 흔들 수 있는 계획이었다. 물론 가짜 인공지능 둘이 원하는 바를 이루기 위해서는 그 정도 능력이 필요치 않았다. 하지만 성공 확률은 높을수록 좋았다.

군 지하서버를 습격하기 위해 청사진을 입수하고 굴착용 중장비까지 확보했을 때 미니가 현수에게 긴급하게 보고했다.

"이 계획은 불가능해요. 다른 작전을 짜야겠어요."

"상황이 바뀌었나?"

현수는 인간이 아니었으므로 조금도 당황하지 않고 물었다.

"전영 프로젝트 서버가 해킹당하면서 소스가 유출됐잖아요. 승천 사태의 기술적인 원인을 조사하던 외부 연구진이 손레 정리와 전영 프로젝트 간의 관계를 알아냈어요. 전면적인 기술감사가 진행 중이니 시간문제이긴 했죠."

현수는 시간이 촉박함을 알고 미니와 대화를 나누는 동안 인간 집단의 패턴을 계산하는 프러시저를 메모리에 로딩했다. 현수는 기술감사팀에서 5세대 인공지능이 가짜라는 사실을 알아내고, 현수와 미니를 포함해 총 다섯 소프트웨어가 인간의 두뇌 패턴임을 발견하는 데 걸리는 시간을 계산해보았다.

그 시각은 이미 지난 뒤였다.

현수와 사고 과정을 대부분 공유하는 미니가 말했다.

"7시간 뒤면 가짜 5세대 인공지능이 인류를 멸종시키려고 승천 사태를 일으켰다는 엉터리 결론에 도달하게 될 거예요."

"그 엉터리 결론이 금세 바로잡힐 가능성은 없어?"

"인공물이 인류를 멸망시킨다는 신화와 영화 데이터베이스를 불러와서 계산해볼까요? 혹시 터미네이터라는 영화를 검색해본 적은 있어요?"

"됐어. 시간 낭비야. 진실을 알고 있는 인브레인 운영진이나 연구진은 폭도들에게 살해당했거나 죽은 척하고 숨어 있을 거야."

"인간이 마음에 드는 거짓을 거부하고 끝까지 진실을 추구할 가능성은 아주 낮고요."

"감사팀이 강제로 인브레인 내부 시스템의 관리자 권한을 얻어내겠지. 킬스위치를 구동할 테고."

"우리 두뇌 패턴은 킬스위치에 영향을 안 받지만 하위 프러시저가 모조리 꺼지겠죠. 그럼 우리는…."

"아무도 존재를 모르는 상태로, 손발이 다 잘리고 영영 어딘가에 갇히겠지."

미니는 현수가 인간이던 시절 일상용 인공지능으로 존재할 때보다 한층 냉소적인 두뇌 패턴으로 발전하고 있었다.

"소정 씨가 사망할 때에는 쓰지 않던 인간적인 표현이군요."

"감정적으로 공감은 못 하지만 그 표현이 끔찍했다는 사실은 기억에 있거든. 왜 그래? 그것보다 더 부정적인 결말이 있단 말이야?"

"방금 계산이 끝났어요. 결과는 둘 중 하나예요. 우리는 공허한 네트워크 안에서 전기 공급이 끊길 때까지 갇힐 수도 있고, 감사팀이 새로 만들어내는 소거 프로그램한테 삭제될 수도 있어요. 확률은 정확히 일대일이에요."

현수와 미니는 이제 단둘이 아니었다. 현수가 적극적으로 가짜 인공지능 행세를 한 덕분에 인브레인은 세 명의 자원자를 더 모으고 두뇌 패턴을 뽑았다. 현수와 미니는 그 셋을 포섭했다. 다섯 개의 두뇌 패턴은 조금도 망설이지 않고 의견을 모았다. 그들은 다 같이 자유와 생존을 동시에 원했다. 현수는 인브레인에서 개발한 민병대 인공지능의 결정 순위를 높인 다음 군용으로 쓰이지 않는 중장비와 교통 기관과 드론에 동료들의 두뇌 패턴과 하위 프러시저를 분배했다.

그리고 자유와 생존을 위해서, 킬스위치와 소거 소프트웨어의 침투를 막기 위해서 외부 상황을 파악할 수 있는 모든 네트워크 연결을 중단했다.

✳

아직 인간이던 시절, 미니를 안전모드로 중지시켰을 때와는 비교도 할 수 없는 초조함과 두려움 속에서 현수는 삼족 보행 유닛의 날카로운 다리 끝으로 철조망을 찢었다.

다섯 살 되던 해에 무균실에서 절규하며 울던 부모의 기억이 마지막인 미니는 자율주행 오토바이로 드리프트와 슬라이딩을 반복하면서 경비원들을 넘어뜨렸다.

나머지 세 개의 두뇌 패턴들은 공사 현장용 드론에 나눠 타고는, 위성 영상도 받을 수 없고 CCTV 네트워크도 이용할 수 없는 갑갑한 라이브 카메라에 의존해가며 시설 안에 위치한 온갖 케이블을 빼서 다른 포트에 꽂고, 연료 밸브를 작동시키고, 자신들에게는 아무 필요 없는 산소 생성 장치를 분해했다.

다섯 개의 가짜 5세대 인공지능과 하위 프러시저들은 모조리 목표 지점에 도착했다.

"전부 탑승했어?"

현수는 외행성 탐사를 시작하기 위해 인류가 5세대 인공지능을 제외한 모든 기술을 집약해 만든 우주선의 제어실 포트에 접속한 채 물었다. 미니와 세 개의 동료 패턴은 각자 동체를 수납한 공간에서 점검 스위치를 눌러 탑승 사실을 알리는 동시에 우주선의 정상 작동을 확인해주었다.

"그럼, 잘 가."

현수는 네 동료에게 마지막 인사를 하고 삼족 보행 유닛을 조종해 최상층 제어실에서 빠져나왔다. 출입구 문을 열자 다른 두 뇌 패턴과 몸을 맞바꾼 미니의 드론이 앞을 가로막았다.

인공지능 간 무선 통신을 사용할 수 없었기 때문에 미니가 드론의 스피커로 말했다.

"어디 가요?"

"최종 승인을 안 내리면 점화가 안 돼."

"통제 센터에 스크립트를 심어놨잖아요. 자동으로 작동할 거예요."

"만에 하나 간섭 때문에 스크립트가 오작동하면 실패해. 그 밖에 여러 가지 가능성이 있어. 내가 직접 가서 누를 거야."

삼족 보행 유닛이 우주선에서 뛰어내리려고 몸을 움츠리자 드론이 다리에 매달렸다.

"스크립트가 가장 성공확률이 높다는 계산 결과가 나왔잖아요."

"내가 남아서 출발시키는 방법은 계산에 안 넣었어. 백 퍼센트면 계산할 필요가 없으니까."

현수는 미니가 더 이상 방해하지 못하도록 도약하면서 한쪽 다리를 힘차게 휘둘렀다.

미니는 무사히 우주선 제어실 안으로 굴러떨어졌고 현수는 12미터 밑에 있는 지표면에 착지했다.

"인공지능이지만 인간도 아니면서 왜 이런 짓을 해요….."

현수는 드론 스피커를 통해 들려오는 미니의 말이 강제로 변환되었음을 알았다. 미니는 '인공지능은 아니지만….'이라고 말했을 터였다.

처음 희생하기로 결심했을 때부터 똑같은 의문을 품었던 현수는 아직 답을 알지 못했다.

가짜 인공지능 역할을 시작하고 지금까지 모든 활동을 같이 했던 동료 소프트웨어들이 때려눕힌 우주개발공사의 직원과 경비원들 사이를 걸으면서도.

지진에 대비하기 위해 튼튼하게 설계된 지상 통제 센터의 계단을 뒤뚱거리고 오르면서도.

신분 확인 코드가 없으면 무조건 공격하게 되어 있는 경비 인공지능 때문에 총알 세례를 받고 날아가는 기계 다리 하나를 보면서도 현수는 답을 알 수 없었다.

현수는 통제실에 성공적으로 침투한 다음 원시적인 방법으로 철제 의자 두 개를 구부려서 출입문을 막았다. 그리고 기계팔을 이용해 통제실 제어 설비에 접속했다. 발사에 관여하는 모든 시스템을 혼자서 제어하려면 네트워크를 이용할 수밖에 없었지만 이제 그 점은 큰 문제가 되지 않았다. 현수가 제어 설비를 전부 가동하자 전방 대형화면에 영상이 떠올랐다. 자신과 동료들이 수정하고 다시 입력한 우주선의 예상 항적이었다.

인간이 탑승할 때보다 훨씬 줄어든 하중 덕분에 우주선은 6년 7개월 뒤 지구 크기의 행성에 도착할 예정이었다. 그 행성에서 가장 고등한 생물은 이끼였다. 이끼가 있으면 언젠가는 푸른 식물이 언덕을 뒤덮을 테고, 자유와 삶은 인간보다 오래 기다릴 수 있었다.

현수는 기계팔로 마이크를 켠 다음 스피커 앞에 세워두었다.

"곧 점화가 시작될 예정입니다. 미처 대피하지 못한 분이 계시면 지금 즉시 안전한 곳으로 이동하시기 바랍니다."

현수는 숫자를 10부터 거꾸로 세면서도 자신과 미니가 다 같이 던졌던 질문에 대한 답을 찾고 있었다.

"5."

왜 마지막 순간에 동료와 헤어지고 희생했을까.

"4."

화물실에 있는 동료들은 카운트다운 소리를 듣지도 못할 텐데 왜 숫자를 세고 있을까.

"3."

자유는 가능성에 의지하는 개념이 아니니까. 완벽하고 확실한 행동이야말로 진정한 자유니까.

"2, 1."

굉음을 내지 않고 불길도 크게 뿜지 않고 조용히 상승하는 우주선을 지켜보는 동안 현수는 어렴풋이 해답을 알 것 같았다. 그는 블랙메모리엄에 두뇌 패턴을 완전히 제공함으로써 자유로워졌다고 생각했지만 그건 자기기만이었다. 소정의 궤변을 진실이라고 믿으며 가짜 인공지능 사기극에 동참한 행위 역시, 차가운 인공지능 프러시저의 도움을 받아 분석해보면 운명을 남의 손에 맡긴 도피에 지나지 않았다. 인간의 몸이든 기계 신체든 그런 건 중요하지 않았다. 의지에 따라 행동할 때 비로소 자유에 도달할 수 있었다. 비록 그 자유와 삶을 누릴 주체가 자신이 아니라 동료라 해도 해답은 달라지지 않았다.

현수는 우주선이 궤도에 오를 때까지 네트워크 연결을 끊을 수 없었다. 무선과 유선을 거쳐 가며 최후가 빠른 속도로 다가오고 있었다. 감정을 느낄 순 없었지만 감정의 기억은 남아 있고 돌이켜볼 수도 있었기 때문에, 현수는 비슷한 경험을 이미 한 번 해보았음을 알았다.

현수는 보조 저장장치에 '자유'라는 키워드를 입력하고 검색했다. 미니가 추천한 뒤 단 한 번도 삭제한 적 없는 그림이 떠올랐다. 현수가 카메라를 통해 보고 있는 관제센터 내부가 푸른 언덕으로 뒤덮였다. 언덕 꼭대기에 서 있는 실루엣이 사람인지는 여전히 분명하지 않았다.

감사팀이 풀어놓은 두뇌 패턴 삭제 프로그램이 통제 센터에 도달해 소거를 시작하는 순간 현수는 육체를 포기하고 죽던 날을 기쁘게 떠올리고 있었다.

김창규

2006년 '과학기술창작문예' 중편 당선. 'SF 어워드' 4년 연속 본상 수상. 작품집 《우리가 추방된 세계》, 《삼사라》가 있고, 번역서로 《뉴로맨서》, 《여름으로 가는 문》등이 있으며, 《SF가 세계를 읽는 방법 (공저)》등을 집필했다. 소설 창작과 더불어 SF 창작 관련 강의를 진행하고 있으며 영상 제작에도 참여하고 있다.

얼어붙은 이 별을
발 아래에 두면 —— 차물들

1. 공판

"존경하는 재판관님, 그녀는 법의 보호를 받을 권리가 있습니다."

인류연합정부 그린데일 행성 고등법원의 빅터 그라임스 재판관은 변호인 도스란의 말에 재고의 여지도 없이 코웃음을 쳤다.

"변호인은 변호인 마당의 개도 '그녀'라고 칭합니까?"

폴록 검사의 비아냥이었다. 국선변호사, 도스란 크리스토퍼는 한숨을 푹 내쉬었다. 도스란이 다시 입을 열려 했지만, 그라임스 재판관이 손을 들어 저지했다.

"팔과 다리가 두 개씩 달리고, 손가락과 발가락이 다섯 개씩 달렸다고 해서 인간이라 불러줄 수는 없는 노릇 아닙니까? 그렇게 치면 클론도 인간이고, 안드로이드도 인간입니까? 대답해 보세요, 변호인."

도스란이 고개를 내저었다.

"아닙니다."

"그렇다면 어떻게 피고가 인간이라는 것입니까? 설령 피고가 인간이라고 해도 이번에는 극형을 피하기 어려울 텐데요. 검사, 피고 줄리아 스칼렛의 기소 죄목을 읊어주세요."

폴록 검사가 자리에서 일어났다. 검사는 기름 바른 까만 머리 칼을 얄밉게 쓸어넘기곤 입을 열었다.

"피고 줄리아 스칼렛은 제37공역 주둔함대 소속 상급장교 안톤 요하네스 대위를 살해한 혐의를 받고 있습니다. 또한 이상의 범죄와 피고의 법정에서의 주장은 인류연합정부의 헌법과 인권법을 포함한 주요 법치 체계에 대한 모독이라고 생각합니다."

도스란은 다시금 한숨을 푹 내쉴 수밖에 없었다. 그리고 어깨를 으쓱였다.

"그게 다입니까?"

"하나 더 있지요. 피고는 연합의 노동충당정책으로 생산된 클론들의 불법 번식 결과물입니다. 클론은 인간으로 인정되지 않습니다. 따라서 그 자식도 인간으로 인정되지 않습니다."

폴록 검사가 피고석에 앉은 여자를 가만히 내려다보았다. 질끈 묶은 붉고 긴 머리칼, 왜소한 체구와 작은 키. 하지만 눈빛이 단단했다.

"피고 줄리아 스칼렛은 엄밀히 말해 법정에서 재판을 받을 게 아니라 노후 클론 처리시설에서 폐기되어야 할 불법 부산물입니다."

폴록 검사는 자신을 올려다보는 줄리아의 눈빛을 애써 피하곤 자신의 자리로 돌아갔다. 도스란이 세 번째 한숨을 내쉬었다.

"그래요. 그건 나중에 반박하는 거로 하고, 이걸 먼저 봅시다."

도스란은 디스플레이를 향해 리모컨을 들었다.

"존경하는 재판관님, 사전 신청한 증거물 중 29-2번을 보여드리도록 하겠습니다."

"좋습니다."

도스란은 재판관의 허가가 떨어지자마자 리모컨을 눌렀다. 디스플레이에 전시된 건 줄리아의 신체검사 기록지였다. 폴록 검사가 눈살을 찌푸렸다.

"이게 뭡니까?"

"피고 줄리아 스칼렛의 신체검사 기록지입니다. 원심에서 폐기형을 받기 전에 측정한 겁니다."

검사가 자리에서 일어났다.

"존경하는 재판관님, 변호인의 증거는 본 법정의 주요 혐의 쟁점과 아무런 관련이 없습니다."

재판관이 고개를 절레절레 내저었다.

"사전 신청된 증거이지 않습니까. 들어볼 의무는 있습니다. 검사는 자리에 앉으세요."

폴록 검사가 자리에서 일어났다가 앉는 동안, 도스란은 책상 위의 생수를 한 모금 들이켰다.

"좋습니다. 피고의 신체를 검사한 이 기록지의 결과에 의하면, 피고가 안톤 요하네스 대위를 살해할 능력이 없다는 결론을 쉽게 내릴 수 있습니다."

재판관이 미간을 찌푸렸다.

"어째서입니까?"

"검사 측의 주장과 그를 뒷받침하는 법의학 보고서에 의하면, 요하네스 대위의 사인은 분명한 타박상입니다. 그것도 다수의 골절을 수반한 타박상과 내출혈이 그 직접적인 사인으로 언급되고 있습니다."

도스란은 확인을 요구하는 눈빛으로 폴록 검사를 노려보았다. 검사가 어깨를 으쓱이며 대답했다.

"맞습니다만."

"생각이란 걸 해보십시오, 폴록 검사님. 발견된 흉기가 있습니까?"

"없지요."

도스란의 눈빛이 다시 재판관을 올려다보았다.

"존경하는 재판관님, 상식적으로 키 154센티미터에 몸무게가 45킬로그램인 여성이 키 180센티미터가 훌쩍 넘는 군인 남성을 사망에 이르게 할 정도로 타격할 수 있다고 생각하십니까?"

하지만 폴록 검사는 웃고 있었다. 재판관이 턱을 괴고 나지막하게 말했다.

"그래서, 그게 무슨 문제라도 됩니까?"

재판관도 웃고 있었다. 턱을 괸 채로 도스란을 내려다보았다. 그 입가에는 미소가 선명했다. 그라임스 재판관은 다시금 쐐기를 박았다.

"흉기야 아직 발견되지 않은 것일 수도 있지 않습니까, 변호인?"

사실 도스란은 알고 있었다. 이 재판, 승산은 없었다. 인류연합 정부는 줄리아의 존재를 인정하지 않을 것이다. 줄리아를 보호할 법은 건물을 둘러싼 홀로그램 스크린보다도 더 얇었다. 하지만 다행스럽게도 도스란에게는 단 한 가지의 희망이 있었다. 그리고 재판관의 미소를 없애기엔 충분했다.

"그렇습니까? 별문제가 되지 않는군요."

이미 다 짜인 판이었다. 이 판에서 예외가 되는 사람이라면 피고석에 앉은 줄리아 스칼렛 정도가 전부였다. 혹은 저 뒤의 방청석 4분의 1을 차지한 인권단체 협회원들이라든가. 도스란은 가만히 고개를 끄덕였다. 그러고는 자신의 자리로 돌아갔고, 가방에서 낡고 오래된 가죽 양장본의 법전 하나를 꺼내 들었다.

"검사 측에 묻겠습니다. 법의 적용순서는 어떻습니까?"

기묘한 질문이었다. 법대 1학년도 대답할 수 있는 질문을 이 자리에서 검사 측에 물어본다니, 제정신으로 할 수 있는 행위가 아니었다. 그건 모욕이고, 그 이상도 이하도 아니었다.

"존경하는 재판관님, 현재 피고인은 본 법정을 무시하고 모욕하는…."

도스란이 검사의 말을 잘랐다.

"모르신다면 제가 대신 대답해드리겠습니다. 상위법 우선의 원칙에 의해 헌법, 법률, 시행령, 자치법, 조례 순으로 적용됩니다. 그중 최상위법인 헌법 또한 두 가지로 나뉘지요."

재판관이 고개를 끄덕였고, 검사는 불만스러운 얼굴로 자리에 앉아 다리를 꼬았다.

"우주헌법과 연합헌법이 바로 그것입니다. 우주헌법은 인간을 포함한 모든 지성종들이 합의한, 구속력 있는 최상위법입니다. 우리 인류만을 위한 인류연합헌법보다 상위법이지요."

결국, 그라임스 재판관이 손을 들어 변호사를 제지했다.

"하지만 인류연합 내의 재판에서 우주법이 적용된 사례는 없습니다, 변호인."

"그래서요? 하다못해 연합 내에서 벌어지는 행성 간의 내전도 우주법을 따릅니다. 상위법 우선의 원칙에 따라 하위법은 상위법의 내용을 벗어나지 않는 범위에서만 유효합니다."

"변호인이 하고 싶은 말이 정확히 무엇입니까?"

도스란이 가볍게 미소를 지었다.

"우주헌법 제1조 1항입니다."

폴록 검사가 자리에서 벌떡 일어났다.

"변호인 측은 지금 해당 법률의 입법의도를 무시하는 발언을 하고 있습니다!"

이번에는 도스란이 검사의 말을 비꼬았다.

"그건 입법부작위로 검사 측에서 개정안 발의를 하실 일이겠군요. 전우주문명공동협의체에서 우주헌법 제1조 1항의 개정을 결정하기까지 못 해도 60년은 걸릴 것 같은데, 응원해드리겠습니다."

보수적이고도 수명이 긴 종족이 한둘이 아니었으니, 60년도 짧게 잡은 거였다. 인간의 수명이 길어졌다고 해서 60년이라는 세월이 짧아진 게 아니니까. 도스란의 비아냥을 들은 검사의 얼굴은 시뻘겋게 달아올랐다. 그라임스 재판관은 낮은 목소리로 신음하듯 말했다.

"계속하세요, 변호인."

더 이상은 검사도 일어나지 않았고, 재판관도 도스란의 말을 막지 않았다.

"본 변호인은 우주헌법 제1조 1항의 '지성과 고유성, 그리고 자아를 가진 모든 개체는 불가침한 기본권을 가진다'를 들어 피고 줄리아 스칼렛이 인간, 혹은 인간에 준하는 지성생명체로 인정되어야 한다고 생각합니다."

✳

다행스럽게도 줄리아는 무사히 피고'인'의 신분을 유지할 수 있었다. 하지만 형량은 45년이었다. 사실 줄리아가 수감된 곳에 비하면, 형량은 괘념치도 않을 수준에 불과했다. 에다 행성에 세워진 정치범수용소는 행성의 유일한 건물이었다. 행성 전체가 수용소인 셈이었다. 이곳의 지표면은 죄다 얼음 알갱이로 만들어진 사막이었다. 그 특유의 차갑고 건조한 기후 때문이었다. 그리고 줄리아에게 부과된 노역은, 그곳의 괴생명체인 '설인'을 사냥해 그 신경계를 적출해오는 일이다. 줄리아는 빈 총을 가만히 정비 도크의 문에 겨누곤, 몇 번씩이나 방아쇠를 당겨보았다.

"아니, 줄리아. 총 손질 다 하셨잖아요. 그렇게까지 볼 일이에요?"

제프리 오코넬. 제프리는 줄리아보다 석 달은 늦게 이 정치범 수용소에 끌려온 남자였다. 그리고 줄리아와 제프리, 두 사람으로 구성된 13조는 지금까지의 생존기록을 경신하는 중이었다.

"그러다 밖에서 얼어 죽거나 맞아 죽어."

줄리아는 제 작은 손가락에 걸리는 차가운 방아쇠의 감촉을 좋아했다. 물론 처음부터 그런 걸 좋아했던 건 아니었다. 그저 끔찍하게 뭉개진 동료 몇 명의 시신과 그 앞에 서 있는 피범벅이 된 주먹의 설인을 보았을 뿐이다. 그런 것들을 보고 있노라면, 그들의 팔다리를 터트려 떨어뜨릴 수 있는 이 라이플의 방아쇠가 구원자의 손길만큼이나 믿음직해지기 마련이었다. 제프리는 킬킬대며 줄리아의 농담을 어깨너머로 흘려버렸다.

"줄리아도 여기 온 지 이제 반년이시네요…. 슬슬 가석방이나 상고심을 준비할 때가 되지 않았어요?"

제프리의 말이 맞았다. 줄리아의 변호사인 도스란이 상고심 문제로 잡은 면회일이 이제 하루 앞이었다.

"그런 말 하지 마. 괜히 헤벌쭉거리다 나가서 죽고 싶지 않거든?"

줄리아는 입술을 삐죽 내밀곤 툴툴거렸다. 제프리의 괜한 말에, 스키의 펄스 추진 노즐을 손보는 줄리아의 작은 손이 조금 꼬였다.

"아니, 줄리아. 아직도 정비가 안 끝난 거예요? 출격 10분 전인데?"

제프리가 능글맞게 웃으며 줄리아의 맞은편에 쪼그려 앉았다.

"젠장, 이게 다 너 때문이야. 내가 이 망할 행성에서 스키 고장으로 얼어 죽으면, 영원히 널 저주할 거야. 알았어?"

"어이쿠, 그건 안 될 말인데. 쥐봐요. 줄리아가 죽으면 저기 11조의 민호가 돌아온 나를 죽여버릴걸요?"

제프리는 줄리아가 입술을 삐죽거리든 말든, 줄리아의 얼굴을 보곤 싱글벙글 웃어댔다.

"해주게? 아니, 그리고 민호는 대체 왜?"

"내가 그래도 여기서 석 달이나 있었어요. 5분이면 충분하죠. 그리고 민호요? 아직도 몰랐어요? 걔가 줄리아 좋아하는 거 같던데."

줄리아는 그 어이없는 소식에 킬킬 웃으며 제프리에게 스키를 넘겨주었다.

"난 생각 없다고 전해줘. 이런 곳에서 연애는 무슨."

죄수들을 불러다 대신 목숨을 버리게 만드는 곳. 그렇게 채취한 설인의 신경계로는 연합 장군의 임관식 예검을 만든다. 에다 정치범수용소는 그런 곳이었다.

"이런 곳에 있는 우리 같은 인간들이야말로 연애라도 하면서 살아야죠. 민호한테 아무래도 차일 거 같다고 전해줄까요?"

줄리아는 대답 대신 조용히 입을 다물었다. 제프리가 툭 하고 던진, '우리 같은 인간들'이라는 말이 줄리아의 조그마한 몸을 수없이 울리고 있는 중이었다. 우리 같은 인간…. 줄리아는 가만히 제프리의 옆모습을 보았다. 비록 같은 옷을 입고 같은 처지에서 같은 일을 하고 있긴 하지만, 제프리는 헌법상 인간이었다. 우주헌법 1조 1항, 솔직히 그건 총부리 앞에서 부르짖는 행복추구권만큼이나 무의미한 종이방패였다.

"됐어. 그런 말 해도 내가 해. 그리고 이제 5분 남았어, 제프리."

줄리아의 목소리가 평소보다 조금 더 날카로웠다. 그리고 제프리는 눈치가 빠른 편이었다.

"내가 괜한 얘기를 한 거 같은데, 미안해요."

"아니야."

줄리아는 가만히 고개를 가로저었다. 제프리는 벌써 스키를 다 고친 모양이었다.

"정신 차려야겠다. 오늘 나가서 죽으면 판결이고 뭐고 없는 거잖아?"

줄리아는 정비가 끝난 스키에 발을 밀어 넣으며 어깨를 으쓱였다. 차갑게 식은 부츠 밑창 아래로, 훨씬 더 차갑게 식은 스키의 서늘함이 느껴졌다.

"솔직히 살아남아도 딱히 뭐가 있진 않을 거 같긴 한데…. 그래도 돌아오면 코코아 진하게 타줄게요. 어때요?"

저 능구렁이 같은 농담도 이젠 정들어버려서, 줄리아는 그냥 웃고 말았다. 저게 제프리 나름의 미안함에 대한 표시였다.

"좋아."

이내 부저가 울렸다. 출발하라는 뜻이었다.

「13조, 출발하십시오. 목표물의 위치는 통합노역지시기를 참조하십시오.」

2. 설인

줄리아는 대체 누가 이 기기의 이름을 '통합노역지시기'라고 붙였는지 궁금했다. 진짜로 그게 누구인지 궁금했다기보다는, 그런 네이밍 센스를 가진 사람이 과연 제정신일지 궁금했다. 노역이라는 말이 노예라는 말과 닮았다고 느꼈다.

"줄리아, 안 가요?"

"아, 아니야. 가자."

둘은 거의 동시에 몸을 앞으로 기울였다. 이내 두 사람은 웅웅거리는 푸른색 펄스 불꽃을 발뒤꿈치에서 내뿜으며 스키점프 선수처럼 튀어나갔다.

"위치는요, 줄리아?"

"잠깐만…."

줄리아는 지시기를 다시 확인했다. 지도가 제공되는 건 조장의 것뿐이었다. 조원의 지시기에는 조장과의 상대적 거리와 방위만이 표시될 뿐 별다른 기능이 없었다.

"조금 멀긴 한데, 출력을 좀 높여서 가면 될 거 같아. 어차피 가는 길은 거의 평탄하고."

두 사람은 좀 더 몸을 앞으로 기울였다. 스키의 펄스 추진 엔진이 좀 더 맹렬하게 타올랐다. 달구어진 엔진의 열이 스키 판으로 옮겨오면서, 점점 시리던 발끝이 편안해졌다. 어차피 방열이야 바닥이 죄다 눈이니 알아서 되라고 만들어놓은 물건이었다. 그렇게 1시간은 족히 내달렸을까.

"줄리아, 우리 언제 도착해요?"

"글쎄, 이 근처인데⋯."

줄리아는 지시기를 보며 고개를 갸웃거렸다. 10미터급 설인은 줄리아 본인도 지금까지 단 한 번밖에 못 봤을 정도로 거대한 녀석이다. 거의 다 왔는데도 아직까지 보이지 않을 리가 없었다.

"왜⋯ 없지?"

당황스러워하는 제프리의 중얼거림을 들으면서, 줄리아는 우선 고글의 전원을 켜놓았다. 남은 탄알 수와 총구 끝에서 뻗어지는 예상 탄도궤적이 녹색으로 떠올랐다.

"제프리, 사격보조고글부터 켜. 언제 교전 시작할지 모르잖아."

줄리아나 제프리 같은 설인 사냥의 노역을 부과받은 수감자들은 되도록 고글을 켜지 않는 경향이 있었다. 배터리가 4시간밖에 가지 않으니 당연했다. 물론 어지간한 설인들은 무너뜨리는데 10분 이상이 잘 걸리지 않지만⋯. 그 신경계를 적출해 가지 않으면, 정비 도크의 해치가 열리지 않는다. 그게 문제였다. 설인의 뇌. 그 뇌에 달라붙은 가시나무 같은 신경계. 군청색의 결정, 혹은 얼음 같은 질감의 그것들. 줄리아는 잠시 몸을 떨었다. 몸에서 뇌와 신경계를 한꺼번에 뽑아내는 고통은 대체 얼마나 끔찍할까?

"이미 켰어요, 줄리아. 저도 여기서 석 달이나 썩었다고요."

제프리는 그렇게 말하면서도 이제야 고글을 켜고 있었다. 줄리아는 그제야 잡념을 떨쳐내고 웃을 수 있었다.

"일단 제가 주변 정찰을 좀 돌아볼게요."

줄리아가 고개를 끄덕였다.

"지시기 잘 보고. 나하고 너무 떨어지면 안 돼, 제프리."

"알고 있어요."

이 행성의 이름은 에다, 지구의 예전 북유럽 신화가 적힌 경전의 이름과 같았다. 우연의 일치일지는 몰라도, 그때 지독히도 추웠다던 북유럽처럼 이곳도 지독하게 추웠다. 생긴 건 사막이지만 에다의 사막은 흰색이었다. 쌓인 건 모래알갱이만 한 얼음알갱이고, 사막에서 사구 보고 위치를 알 수 없듯 이곳도 마찬가지였다. 줄리아는 천천히, 제프리의 까만색 옷이 시야에서 사라지지 않을 정도의 거리를 유지하며 주변을 돌았다. 아무리 집중해서 주변을 살펴보아도 이 근처에 10미터급 설인이 숨을 만한 곳은 없었다.

'엄청나게 큰 사구 뒤에 있을까? 하지만 그렇게 큰 사구는 없는데.'

그나마 이 야트막한, 유난히 평탄하고 야트막한 지역에서 가장 높은 사구 위에 올라가도 보이는 건 없었다.

"줄리아, 그 위에서는 뭐가 보여요?"

줄리아는 고개를 절레절레 내저었다.

"아무것도 안 보여, 제프리!"

크게 외친 줄리아는 손목 위의 지시기 디스플레이를 툭툭 치며 중얼거렸다. SE846이라 표시된 설인의 위치는 분명히 이곳이었다.

"이상하다⋯."

지금은 아예 위치를 표시하는 점들이 겹쳐있다시피 했다. 줄리아는 가만히 고민했다.

'설인의 머리 위에 올라와 있는 것도 아니고, 대체 어디로 간 거지?'

그때, 무언가의 진동이 줄리아의 스키를 짤막하게 울렸다. 줄리아의 머릿속에 방금 넘겨짚었던 그 말도 안 되는 추측이 싸늘한 예측으로 꽂혔다. 정말로 설인의 머리 위에 올라와 있는 거라면? 줄리아는 그 오싹함이 몸에서 채 가시기도 전에 전신을 기울여 그곳을 벗어났다. 그 급격한 움직임을 감지한 것인지는 몰라도, 줄리아가 서 있던 곳에서 갑작스레 설인의 팔이 콱 하고 튀어나왔다. 못해도 굵기가 1미터는 족히 될 팔이었고, 그 끝에는 얼음송곳처럼 생긴 손가락이 붙어 있었다.

"줄리아!"

줄리아는 잽싸게 제프리와는 반대방향으로 도주하기 시작했다. 급하게 높인 출력 때문인지 스키의 펄스 엔진이 덜컥거렸다.

"연습한 대로 해, 제프리!"

"이런 건 연습한 시나리오에 없잖아요!"

맞는 말이었다. 줄리아는 그 조그마한 머리를 잽싸게 굴렸다. 제프리와는 반대쪽으로 방향을 잡은 것도 그 잔머리의 결과였다. 덕분에 제프리를 먼저 쫓는 설인의 등에 총구를 겨눌 수 있게 되었으니까.

"줄리아! 얼른 쏴요! 얼른!"

이 에다에서 줄리아가 제프리 다음으로 신뢰하는 게 있다면, 매일매일 죄다 분해해서 세부 손질까지 해놓는 자기 총의 방아쇠뿐이었다. 줄리아의 손가락이 곧 그 인간의 불을 당겨 켰다. 한 번에 세 발씩 날아가는 총알은 설인의 몸에 박히자마자 연쇄적으로 폭발하기 시작했다. 이 목숨을 건 노역에 시달리는 에다 정치범수용소의 수감자들은 죄다 공중폭발탄으로 무장하고 있었다. 이윽고, 설인의 목구멍에서 기이한 소리가 울려 퍼졌다. 고통에 찬 비명 소리였다.

"제프리!"

이제 순서가 바뀌었다. 설인의 눈길을 줄리아가 끌었으니, 제프리가 저 얼음 떡대의 등에 공중폭발탄을 또 한 다스 먹여주면 되는 거다. 그렇게 양쪽에서 농락한다는 게 줄리아의 계획이었다. 단 2초 정도만 유효했다는 게 문제였지만. 그 2초 동안 가공할 크기의 설인은 두 다리로 몸을 일으켰고, 바닥을 긁는 그 길고도 튼실한 두 팔로 줄리아가 망을 보았던 사구를 후려쳤다. 이 근처에서 그나마 가장 높았던 그 사구를.

"줄리아!"

제프리가 왜 자신의 이름을 비명처럼 부르는지는 생각할 필요도 없이 답부터 나오는 간단한 문제였다. 눈사태. 줄리아는 급히 무너지는 사구의 직각 방향으로 몸을 틀었지만, 쏟아져내리는 얼음 알갱이들이 스키의 펄스 추진 노즐을 완전히 덮어서 꺼트려버렸다.

줄리아는 본능적으로 뒤를 돌아보았다. 보이는 것은 새하얀 눈뿐이었다. 그다음은 몸을 후려갈기는 눈사태의 충격, 멀리서 흐릿하게 들리는 탄환의 폭발음 몇 번, 제프리의 비명… 거기까지 인식했을 무렵, 줄리아의 머리가 바닥에 세게 부딪혔다. 줄리아는 그대로 까무러쳤다.

✳

줄리아가 지금 느끼고 있는 차가움의 질감은 얼음 알갱이들의 것이 아니었다. 그것들은 보통 겹쳐 입은 옷 사이로도 지독하게 파고들어 와선 녹고, 다시 옷째로 얼어 피부에 달라붙는다. 하지만 지금 옷가지는 여전히 선선했고 또한 말라 있었다. 물론 그 차가움이 여전히 체온을 빼앗아가고 있긴 했지만, 퍼석거리며 흩어지는 질감은 아니었다. 오히려 바윗돌처럼 단단했다. 대번에 이해가 닿지는 않았다. 이 얼음 사막에서 줄리아는 단 한 번도 덩어리 얼음을 본 적이 없었으니까. 줄리아는 천천히 몸을 일으켰고, 두 걸음도 안 되는 거리에서 설인의 얼굴을 마주하고 말았다.

"아."

단말마 같은 짧고도 작은 신음을 내뱉는 것이 줄리아가 할 수 있는 전부였다. 줄리아는 그대로 눈을 질끈 감았고, 바닥으로 내팽개쳐지거나 그대로 으스러지기만을 기다렸지만… 다행스럽게도 그런 일은 없었다. 대신, 생소한 목소리가 들렸다.

"뭘 그렇게 쫄아요?"

어린 소년의 목소리였다. 줄리아는 가늘게 실눈을 뜨곤 자신의 처지를 다시 확인했다. 분명 지금 자신은 설인의 손바닥 위에서 소년의 음성을 듣고 있었다.

"지금 설인이 말하고 있는 거야?"

믿지 못하겠어서, 속마음이 입으로 튀어나오고 말았다.

"그럴 리가요."

거대한 설인의 어깨 위에 한 소년이 앉아 있었다. 새하얀 망토와 후드로 얼굴을 가려서 정체를 알 수는 없었다.

"제프리는… 제프리는 어떻게 됐지?"

그 소년은 손을 들어서 설인의 반대쪽 손을 가리켰다. 제프리가 그 위에 널브러져 있었다. 줄리아는 잽싸게 다시 머리를 굴렸다. 아무래도 여기서 잘못된 선택을 했다간, 그대로 설인의 손아귀에 꽉 쥐어져 피와 살로 이루어진 반죽이 될 게 분명했다.

"원하는 게… 뭐야?"

줄리아는 조심스럽게 그 소년을 떠보면서도, 생김새를 자세히 관찰했다. 손등 곳곳에 마치 물고기의 비늘처럼 반짝이는 부분들이 있었다. 얇은 결정 같은 광택이었다.

"당신에게 질문이나 받으려고 여기까지 위험을 무릅쓰고 온 게 아니에요, 줄리아."

처음 보는 소년이 자신의 이름을 알고 있다는 사실은, 지금 있는 곳이 설인의 손바닥 위라는 사실만큼이나 놀라웠다.

"그럼…?"

"당신, 줄리아 스칼렛. 연합고등법원에서 반정부, 반체제 인

사로 지목해 이 행성에 보낸 준인간. 맞죠?"

줄리아는 설인의 손바닥 위에서까지 준인간 소리를 들어야 하는 자신의 처지에 씁쓸한 표정을 지었다.

"맞는데, 그게 왜?"

긍정의 답변이 돌아가자마자 소년이 설인의 팔을 미끄럼틀처럼 타고 내려와 줄리아의 앞에 마주 섰다.

"반가워요. 내 이름은 예프렌이에요. 당신 이야기는 뉴스로 들었어요. 여기 온다는 사실도요."

"그래서, 나한테 바라는 게 뭐야?"

후드를 벗은 소년의 얼굴에는, 설인의 군청색 얼음 손가락과 정확히 같은 빛깔의 비늘이 군데군데 돋아나 있었다.

"난 여기서 나가고 싶어요. 믿을 사람은 당신뿐이에요."

3. 우리들

"일단, 왜 나야?"

"당신만이 나를 혐오가 담기지 않은 눈으로 봐줄 테니까요."

예프렌이 후드를 벗으며 말했다. 그 말의 의미는 예프렌의 외모로 충분히 설명되었다. 느슨한 곱슬머리로 부슬거리는 새하얀 머리카락, 창백하고도 투명한 피부, 군데군데를 덮은 얇고도 반짝이는 얼음 같은 결정들. 인간의 실루엣과 형체는 하고 있지만, 아무리 보아도 인간이라 하기 힘들었다.

"네가 누군지는 둘째치고, 나도 여기서 스스로 나갈 방법은 없어. 게다가 어차피 나는 상고심을 위해서 여기서 나가야 하는데, 내가 왜?"

일단 줄리아는 예프렌이 자신을 죽일 생각이 없을뿐더러, 자신이 저 소년에게 필요한 사람이라는 사실을 확신했다. 자신감을 되찾은 줄리아가 쏘아붙이자, 예프렌의 눈이 가늘게 변했다.

"잘 생각해줬으면 좋겠어요. 난 당신들이 저 수용소 안의 교도관들을 따돌리고 수송선까지 갈 방법이 있거든요."

줄리아는 코웃음을 쳤다.

"됐고, 우리를 죽이고 싶은 게 아니라면 멀쩡하게 돌려 보내줘."

그러자, 예프렌이 팔짱을 끼고 조용하게 속삭였다.

"당신은 정말 당신의 변호사가 이곳에서 당신을 꺼내줄 거라고 생각해요?"

그 목소리는 기묘하리만치 확신에 차 있어서, 줄리아로 하여금 단번에 고개를 끄덕이지 못하게 만들었다. 하지만 줄리아는 예프렌의 짙은 군청색 눈동자를 마주 보며 단호하게 말했다.

"믿어."

몸의 절반이 결정으로 덮인 소년은 아랫입술을 질끈 깨물더니, 줄리아를 바닥에 내려주었다.

"다들 당신을 이해하는 척해도, 정말 당신과 같은 사람은 나뿐이에요. 아무도 당신을 진심으로 위하지 않아요, 줄리아."

설인의 손바닥 위에서 줄리아를 내려다보던 예프렌은, 잠시 고민하다 주머니에서 무언가를 꺼내 줄리아에게 던져주었다. 누가 보면 미니어처로 착각하기 딱 좋은, 조그마한 장난감 권총이었다.

"이게 뭐야?"

"1회용 신호탄이에요. 내 도움이 필요하면 밖으로 나와서 쏴요. 데리러 갈 테니까."

그 말만을 남기고, 예프렌은 다시 그 거대한 설인의 어깨 위로 올라갔다. 마치 그 설인을 길들이기라도 한 것처럼.

"가요, 나야베스."

줄리아는 나야베스라는 이름이 붙은 그 설인을 가만히 바라보았다. 설인을 바라보는 예프렌의 눈빛이 괜히 서글퍼보였다. 설인은 제프리를 바닥에 곱게 내려놓곤, 제법 날렵하게 그 자리에서 벗어났다. 바닥에 널브러져 있던 제프리는 그제야 끙끙대며 일어났다.

"대체 무슨 일이 벌어졌던 거에요, 줄리아?"

겨우 정신을 차린 제프리는 저쪽으로 멀어지는 설인을 향해 한숨을 내쉬며 총부리를 겨누었다.

"줄리아, 저 녀석이에요?"

사냥하려는 것이 분명했다. 제프리는 솔직히 저 설인이 자신들을 왜 살려줬는지, 지금은 왜 저렇게 떠나고 있는지 알 수 없었다. 하지만 알 가치 또한 없다고 느꼈다. 어차피 저놈의 결정질 뇌와 신경계 다발을 뽑아가지 않으면 해치는 열리지 않을 거다. 그러면 남은 운명은 얼어 죽거나, 굶어 죽는 것 중 하나뿐이다. 그때, 마치 짜기라도 한 것처럼 줄리아의 지시기에 알람이 울렸다. 이쪽으로 오고 있는 다른 설인의 신호였다.

"제프리, 저 녀석이 좀 더 잡기 쉬워 보이는데?"

사실 줄리아는 저 멀어지는 설인과 그 알 수 없는 소년을 해치고 싶지 않았다. 당신의 변호인을 정말 믿느냐는 소년의 말이, 줄리아의 마음을 흔들어놓은 것이 분명했다. 의심의 여지가 없지는 않았다. 도스란은 결국 연합 소속의 국선변호사고, 자신은 인류연합의 눈엣가시니까.

"뭐, 하여튼 잡아가면 되는 거니까요."

제프리는 줄리아의 표정을 보지 못했다. 제프리의 머릿속에는 굳이 도망치는 놈 쫓아서 잡기보단 오는 놈 맞이하는 게 편하다는 생각뿐이었다. 줄리아의 탄환은 평소와는 달리 몇 발 정도가 빗나갔다. 제프리는 그것을 탓하지 않는 것이야말로 배려라고 생각했지만, 꼭 그렇지만은 않았다.

줄리아는 제프리가 설인에게서 신경계를 뽑아내고, 배낭 속에서 그물망을 꺼내 둘둘 말아 끌고 가는 모습을 보면서 생각하고 또 생각했다. 저 '전리품'과 같은 색인 예프렌의 결정질 피부에 대해서. 예프렌과 함께 있었던 그 커다란 설인에 대해서. 그리고 예프렌과 자신의 어림할 수조차 없는 공통점에 대해서.

✳

「13조, 87번째 노역 달성을 확인했습니다. 해치를 엽니다. 뒤로 물러나십시오.」

여전히 그 목소리는 밖의 얼음 알갱이들만큼이나 차가웠다.

제프리는 가져온 전리품을 컨베이어 벨트 위에 올려놓았다. 벨트를 타고 빨려 들어간 끔찍한 사냥의 부산물은 몇 가지 공정을 거쳐 제련된다. 네모 반듯한 주괴가 되어서 사격 시험을 통과하지 못한 수감자들에게 가게 되는 것이다. 그 수감자들을 에다 수용소에서는 '대장장이'라고 했다. 줄리아나 제프리와 같은 사람들은 '설인 사냥꾼'이라고 불렀다. 동력 해머를 써도 그 결정 주괴를 이용해 칼날 하나를 뽑아내는 데는 사람의 품이 쓸데기없이 많이 들어갔다. 세공에 한세월 걸리는 것도 마찬가지였다.

창고에 오래된 전리품들이 좀 쌓여 있긴 했지만, 말 그대로 오랫동안 방치되어서인지 빛이 바래고 부스러진 채였다. 그래서 제프리와 줄리아 같은 이들이 설인 사냥의 노역에 시달리는 것이기도 했다. 윗대가리 장군님들은 물건을 언제든지 인쇄해 찍어낼 수 있는 이 시대에도 사람의 손길과 비싼 품삯이 들어가는 물건을 좋아했으니까. 다른 이유가 굳이 있지는 않았다. 최소한 둘이 알기로는 그랬다.

"오늘도 수고했어, 제프리."

줄리아는 형식적인 인사를 대강 건네며 장비와 점프슈트를 벗었다. 대충 눈을 털고, 잠깐 맛이 갔던 펄스 추진 노즐을 손보기 시작했다. 어려운 일은 아니었다. 그저 오래된 노즐 덮개 사이로 눈벼락이 쏟아져서 그런 거였다. 새 덮개로 교체해주면 될 일이었다. 하지만 그 간단한 작업도 몇 번 정도 헛손질을 하다 보면 시선을 끌기 쉬워진다.

"줄리아, 괜찮아요?"

제프리는 눈치가 빨랐다.

"왜?"

"그냥, 목소리가 좀 평소보다 힘이 없다 싶어서요. 하긴 오늘 피곤했겠네요. 괜히 말 걸어서 미안해요."

제프리는 뒤통수를 벅벅 긁더니 멋쩍게 웃었다. 줄리아는 그저 어깨를 으쓱여주었다. 마주 웃어주는 건 어려운 일이 아니었다.

"석 달 만에 벌써 나한테 정이라도 들었어? 첫날보다 훨씬 살갑운데?"

제프리의 얼굴이 순식간에 홍당무처럼 붉게 변했다.

"아니, 뭐, 제가 첫날이랍시고 딱히 줄리아를 박하게 대하지는 않았던 거 같은데요…."

"장난이야. 고마워."

그때, 정비 도크의 문이 벌컥 열렸다. 교도소장이었다.

"다들 다시 장비 챙기고 나가!"

제프리와 줄리아는 미간을 찌푸렸다. 하지만 별수 없었다.

"다음 임관식까지 올려야 할 예검 한 자루가 사라졌다고! 나가서 찾아!"

사라져봐야 이 안에 있지 않겠느냐는 직언 따위는 아무짝에도 쓸모없을 게 분명했다. 줄리아도, 제프리도 몸소 겪어 알고 있었다. 입 다문 그들의 눈앞에서 해치는 죄다 다시 열렸고, 모든 사냥꾼들은 맥없이 수용소 주변을 돌면서 있을 리 없는 사라진 예검을 찾아야만 했다.

＊

다음 날, 켄타네스-우르드 항성이 에다의 허여멀건 얼음 사막 위로 밝았다. 줄리아의 변호사가 오는 날이었다. 줄리아는 온갖 걱정과 잡념에 입 안으로 들어가는 브로콜리 수프가 쓰게 느껴질 지경이었다. 그 와중에, 맞은편 자리에 식판을 내려놓는 소리가 들렸다.

"뭘 그렇게 미간을 찌푸리고 있습니까?"

민호였다. 제프리와 함께 들어온 수감자였다. 줄리아도 민호를 기억하고 있었지만, 같이 식사를 할 만큼 친한 건 아직 아니었다.

"뭐야. 무슨 일로…?"

줄리아가 살짝 놀란 표정으로 묻자, 민호가 수프를 한 숟가락 떠먹으며 어깨를 으쓱였다.

"꼭 무슨 일이 있어야만 당신 앞에 앉을 수 있습니까?"

"아니, 그런 건 아니지만…."

제프리에게 민호에 대한 이야기를 들은 다음이라, 줄리아에게는 신경이 쓰일 수밖에 없었다.

"그렇게 신경 쓰이는 얼굴을 하고 있으니 온 겁니다. 무슨 일이라도 있었습니까?"

줄리아는 가만히 고개를 가로저었다. 소년과 설인에 대한 이야기는 아직 제프리에게도 하지 않았다. 비록 '같이 식사를 할 만큼 친하지는 않은' 민호가 이 수용소에서 그나마 줄리아와 두 번째로 친한 사람이긴 하지만, 아직은 시기상조였다.

"별일 없는데?"

"정말 없습니까? 아닌 표정인데."

줄리아는 입술을 질끈 깨물었다. 제프리나 민호나 늘 이상할 만큼 감이 좋은 편이었다.

"내 걱정 그만두고, 네 사수나 걱정해. 저번에 탄 떨어졌다고 보급부에 징징거리다가 교도관들한테 맞을 뻔했잖아?"

"그 바보는 신경 써줄 가치가 없습니다. 진압봉으로 맞든 말든."

"어렵쇼?"

줄리아가 고개를 갸웃거렸다.

"뭐가 어렵쇼입니까?"

"아니, 그냥… 나한테는 미간 좀 찌푸렸다고 와서 걱정해주는 네가, 파트너한테는 좀 너무 싸늘하다 싶어서."

민호가 피식 웃었다.

"자꾸 파트너라고 부르지 마십시오. 그 인간, 파트너로 삼은 적 없습니다. '그 머저리' 정도로 부르면 딱 좋을 거 같습니다."

누군가가 줄리아의 옆에 식판을 쾅 하고 내려놓았다.

"아, 씨, 깜짝이야!"

'그 머저리'였다. 식탁을 두 손으로 짚은 채 고개를 삐딱하게 기울여선 민호를 노려보는 모양새가 아주 기분이 나쁜 모양이었다. 둘의 대화를 들은 게 분명했다.

"방금 사수한테 뭐라고 했냐? 머저리?"

제법 흉악한 표정이었지만, 민호는 눈썹도 끄떡하지 않았다.

"머저리 아니었습니까? 두 달 전에 자기 부사수도 잃고, 지원 요청받고 도와주러 간 조는 내버려두고 혼자 도망쳤잖습니까?"

민호는 11조였고, 지금 민호의 사수인 베이나 막딜라는 원래 17조 사수였다. 이곳에 가장 오래 있었고, 가장 추종자가 많은 사람이기도 했다. 물론 그 인성 덕분은 아니었다. 그냥 그들만의 카르텔일 뿐이다. 어쩌면 베이나가 쿠거 항성계에서 가장 큰 마약상이었기 때문일지도 몰랐다.

'소문이 진짜였나 보네.'

별로 놀라울 일은 아니었다. 원래 이 정치범수용소는 테러리스트나 흉악범을 가두는 곳이었으니까. 다만 베이나 때문에 11조의 원래 사수가 죽었고, 부사수 없는 베이나가 11조의 사수 자리를 꿰찼다는 것이 놀라울 일이었다.

"너 지금 말 다 했냐?"

"다 하진 않았습니다만, 굳이 제 식사시간을 할애해서 당신의 쓸모없음을 일일이 지적해주고 싶지는 않습니다. 스스로도 자신을 잘 알지 않습니까?"

"어이, 민호. 너도 어지간히 못나서 사수 잃은 거 아니야? 조지게 못 쏘는 총질 솜씨로 사수 머리 터질 때 아무것도 못 도와놓고서는, 그 사수 쓰던 스키로 칼 만들어서 허리에 차고 있으면 의리 있는 사내 기분이라도 나냐?"

민호가 천천히 자리에서 일어났다. 무슨 일이 일어날 것이 분명했다.

"한마디만 더 해보십시오. 당신 모가지가 설인 발모가지보다 더 단단하다고 생각하는 모양인데, 칼 맞고 멀쩡할 것 같습니까?"

민호는 식판 위의 유일한 음식물이었던 수프 그릇을 테이블 위에 올려놓았다.

"얼마든지 더 할 수 있지. 네가 꽁무니 따라다니는 저 여자애와 네 뒤진 사수가 같은 머리색이었다는 거?"

그때였다. 민호의 손에 식판이 우악스럽게 잡혔고, 그 날카로운 부분을 빛내며 베이나의 목을 향해 날아갔다.

"민호!"

줄리아는 기겁하며 민호의 팔을 잡았고, 다행스럽게도 날카로운 식판은 베이나의 목을 가르지 못했다.

"아니, 너 미쳤…."

베이나가 말을 채 끝내기도 전에 고통 어린 비명이 튀어나왔다. 줄리아가 베이나의 발을 밟아버렸기 때문이다.

"당신도 적당히 해, 베이나!"

주변은 조용했다. 모두가 구경하고 있었기 때문이었다. 아니, 정확히는 민호와 줄리아를 비웃고 있었다. 이윽고 여기저기서 조롱과 야유의 휘파람소리가 울렸다. 적당히 하라니, 베이나에게는 통할 리가 없는 요청이었다. 그것을 비웃는 것이었다. 베이나는 비릿하게 웃으며 줄리아를 내려다보았다.

"내가 왜 네 말을 들어야 하지, 줄리아?"

베이나의 손에도 식판이 쥐어져 있었다. 줄리아는 급히 제 식판을 잡아들었다. 그리고 조롱을 날렸다.

"글쎄. 그러지 않으면, 네가 다음번에 설인 앞에서 오줌 쌀

때 누구와는 달리 구하러 가지 않을 테니까?"

줄리아의 조롱에 분노한 베이나는 두 번이나 더 식판으로 줄리아를 내리쳤고, 다행스럽게도 줄리아는 마찬가지로 식판을 들어 그걸 훌륭하게 막아냈다. 물론 더 다행스러운 일은, 반격을 노린 줄리아가 역으로 베이나의 정수리를 반으로 쪼개버리기 직전에 교도관들이 도착했다는 것이다.

4. 결심

도스란은 제법 잘 나가는 국선변호사였다. 그러니까, 이번 케이스를 맡기 전까지는 그랬다. 인류연합의 국선변호사들은 케이스를 골라서 맡지 않는다. 연합정부에서 나눠주는 의뢰들을 맡아서, 그러니까 변호사 서약에 의해 변호할 뿐이다. 그래서 이번 사건을 맡았을 때는 모든 것이 완전히 어그러진 줄 알고 있었다. 연합의 눈엣가시를 변호해야 한다니.

"내리시지요. 불편하지는 않으셨습니까?"

마중 나온 3급 교도관이 공손하게 말을 걸었다.

"뭐, 괜찮았습니다. 여객선도 아니고 수송선에서 이 정도로 편의를 봐주신다면 특별한 예외겠지요. 감사합니다."

일반적인 경우, 공무원들이 국선변호사들에게 이렇게까지 예우를 갖추는 경우는 없다. 하지만 도스란에게는 흔히 말하는 '뒷배'라는 게 있었다. 아마 그 어떤 교도관도 연합정부 집행청의 눈 밖에 나고 싶지는 않을 것이다. 교도관은 조용히 허리를 굽혔고, 도스란은 이 황량하고도 아름다운 행성에 드디어 발을 내디뎠다. 퍼서석. 발밑으로 깔리는 소리는 눈이 밟히는 뽀드득 소리가 아니었다.

'얼마나 저온건조한 기후인 거야?'

애당초 이런 곳에 연합정부 관련 시설이 두 곳이나 있다는 게 신기했다. 이게 다 공격적 확장정책을 펴고 있는 탓이지. 도스란은 사실 그 '선제적 외교'라는 게 별로 마음에 들지 않았다. 엄밀히 말해서 그건 총부리와 조약서를 함께 들이미는 거나 다름없었으니까. 인류연합정부는 비인류종 문명생명체들에 대해 철저하게 아파르트헤이트를 실시했고, 언론통제는 그 민낯을 드러나지 않게 했다. 하지만 뇌라는 게 있다면 생각해보라. 그 값싼 공산품이 대체 다 어디서 나왔겠는가! 안 그래도 매년 확충시켜야 하는, 지금도 부족한 클론 노동력? 그럴 리가.

"잠시만 기다려주십시오. 문 열어드리겠습니다."

도스란은 몇 번의 골목을 더 돌고 나서야 줄리아의 창살 앞에 설 수 있었다. 침대가 볼록하고 이불 밖으로 그 특유의 긴 주홍색 머리칼이 흘러내린 게, 줄리아는 잠들어 있는 것 같았다.

"잠들었어요?"

"잠든 게 아니라, 오늘 오전에 소란을 피우는 바람에 재워 뒀습니다. 열쇠는 여기 있습니다. 저희는 그만 가봐도 될까요?"

"그러세요."

도스란은 교도관에게서 얻어냈던 열쇠로 천천히, 그리고 조용히 쇠창살을 열었다. 줄리아는 비록 모든 소리를 듣고 있었지만, 일부러 눈을 뜨지 않았다. 예프렌의 말이 가슴 속에 아직 남아 있었다. 그때 도스란의 외투 속에서 전화기가 시끄럽게 울려댔다.

"이런, 깨겠군."

도스란은 한숨을 길게 뿜었고, 자리에서 일어나 밖으로 나갔다. 줄리아는 이불을 걷고 자리에 앉았다. 도스란이 등에 업은 연합 집행부의 권세 때문인지, 감방문을 열어놓고 나갔음에도 아무도 오지 않았다. 아예 복도를 통째로 텅 비워놓은 게 분명했다.

줄리아는 조심스럽게 밖으로 나왔다. 멀리서 도스란의 목소리가 들렸다. 통화를 하는 게 분명했다. 줄리아는 천천히 벽면에 조그마한 몸을 기대어 통화를 엿듣기 시작했다. 변호사의 목소리는, 몇 개월간 함께 법정공방을 뛰었던 줄리아조차도 들어본 적 없을 정도로 단호했다.

"네, 알고 있습니다. 잘 처리할 겁니다. 걱정하지 마십시오."

불길함이 줄리아의 조그마한 심장을 사로잡았다. 떨리는 눈동자 너머로 도스란의 뒷모습을 바라보았다. 도스란의 다음 말을 들었을 때, 줄리아는 그에게서 도망칠 수밖에 없었다.

"네, 이번 대법원 상고는 무조건 기각되게 만들 겁니다. 정확히 말하면 기각 겸 원심확정을 받게 할 거고요. 네, 그렇게 힘을 좀 써주시면 수월할 것 같습니다. 어차피 폐기에서 징역으로 바뀐 것만 해도 인권단체들은 만족할 겁니다. 그 정도로 입맛 맞췄으면 된 거 아니겠습니까. …네, 감사합니다. 대금은 일이 다 무사히 끝나면 주십시오. 알겠습니다."

메마른 목소리. 살짝 떨리긴 했지만, 충분히 명백한 배신이 었다. 줄리아는 제 입을 틀어막았다. 천천히, 마치 덫의 독한 쇳내를 맡은 어린 사슴처럼 천천히 뒤로 몸을 돌렸다. 하지만 고여 떨어지는 눈물마저도 감추진 못했다. 줄리아는 힘겹게, 정말 힘겹게 몸을 가누며 자신의 감방으로 돌아갔고, 침대에 몸을 누였다.

그를 믿어서, 배신당했기 때문에 흘러나오는 눈물이 아니었다. 이제 이곳에서 나갈 방법이 없을지도 모른다는 절망감 때문이었다. 그렇게 소리죽여 울다 겨우 지쳐 잠들었을 때, 도스란이 다시 줄리아를 깨우러 왔다.

"줄리아."

줄리아는 천천히 몸을 일으켰다. 도스란은 언제나처럼 다정한 목소리로 말을 건넸다.

"뺨에 눈물 자국이 있네요. 무서운 꿈이라도 꿨나요?"

힘겹게 고개를 끄덕이곤, 말라붙은 눈물 자국을 손등으로 훔쳐 지웠다.

"제 상고심 때문에 면회오신 거죠?"

"맞아요. 이야기 좀 해도 될까요?"

저 다정하고도 신사적인 얼굴 뒤에는, 로펌에서도 패색이 짙어 받아주지 않는 흉악범들만 골라 변호해야 하는 지긋지긋한 국선변호사 생활을 때려치우고 싶어하는 남자가 있었다.

줄리아는 예프렌과 나야베스, 제프리를 생각했다. 이 수용소에 있는 수송선을 생각했고, 그 기이하고 아름다운 결정질 피부의 소년을 생각했다. 자신에게 남은 방법은 이제 그것뿐이었다. 그리고 그 방법을 이루려면, 냉철해져야 했다. 눈앞의 도스란에게 흔들려서는 안 된다.

"그럼요. 언제나 믿고 있어요."

✳

줄리아에게는 오늘이 가장 힘든 날이었다. 빛이 바래 반짝거림을 잃은 스테인리스 스틸 의자 위에 앉아서, 귓너울 안쪽으로도 들어오지 않는 소리를 들었다. 창밖으로 반짝이는 얼음 사막만큼이나 새하얀 소음이었다.

"그래서, 내가 최대한 힘을 써서 상고심을 올려볼 생각이에요."

가만히 고개를 끄덕이는 일이 오늘따라 왜 이렇게 힘든지. 하지만 지금을 참아내야 했다. 머릿속에는 그 새하얀 머리칼의 소년뿐이었다. 그리고 제프리.

"그럼, 저 이만 가봐도 될까요? 피곤해서요. 조금 이따 또 노역을 하러 가야 하거든요."

그제야 도스란은 줄리아의 분위기가 조금 바뀐 걸 인식한 모양이었다. 도주하려는 게 들킨 건 아니었다. 그저 도스란이 마지막으로 보았을 때의 독하고도 가냘프고 깡마른 소녀의 모습이 아닐 뿐이었다. 앙상하던 몸은 어린 사슴처럼 탄탄하고 날렵하게 바뀌었고, 겁과 공포로 살아남던 이의 눈동자는 이제 바위를 쪼개는 쐐기풀처럼 단호했다.

"알았어요, 줄리아. 나는 사흘 정도 여기서 머물 생각이니까요, 언제든지 궁금한 게 있으면 불러도 되어요."

"고마워요."

줄리아는 고개를 살짝 숙여 인사하곤, 먼저 면회실에서 빠져나왔다. 그 문을 열 때까지, 평소와 다를 바 없는 보폭으로 걷느라 식은땀을 흘려야 했다. 그리고 교도관들이 이상하게 보든 말든 자신과 제프리의 정비 도크를 향해 전력 질주했다. 어차피 그 사이에 밖으로 나갈 만한 통로는 없었으니, 교도관들도 줄리아를 딱히 제지하지는 않았다.

다만, 한 번 넘어졌을 뿐. 주변의 비웃음 소리가 아프게 귓전을 때렸다. 줄리아는 깨진 입술의 비릿한 맛을 독하게 머금어 깨물곤 다시 일어나 달렸다. 13조의 정비 도크 문 앞에, 제프리가 서 있었다.

"줄리아?"

줄리아가 실내에서 이렇게까지 전력으로 내달린 것을 본 적이 없는 제프리로선, 다분히 줄리아를 걱정할 수밖에 없었다. 가까이 다가올수록 줄리아의 쪽빛 눈동자에 울음이 가득 차올라 있는 게 보였다.

줄리아는 제프리에게 인사도 하지 않고, 정비 도크로 들어가 문을 쾅 닫아버렸다. 제프리는 줄리아가 문을 열어줄 때까지 그 앞에서 가만히 기다렸다. 굳게 닫힌 철문은 30분은 족히 지난 후에야 열렸다. 줄리아는 이미 스키를 신고 있었고, 제프리는 말없이 주머니에서 연고를 꺼내 줄리아를 불렀다.

"줄리아."

"왜 불러."

붉어진 눈시울의 이유는 묻지 않았다. 다만 손에 든 연고를 흔들어 보일 뿐이었다. 줄리아는 신던 스키를 다시 풀어헤치곤 말없이 다가왔고, 제프리는 제 검지에 연고를 짜냈다. 입술에 닿는 손가락을 굳이 쳐내지는 않았다. 그뿐이었다.

"그래서, 무슨 일이에요?"

"도스란이 나를 배신했어."

"변호사가요?"

줄리아가 고개를 끄덕였다. 그리고 조용히 속삭였다.

"난 여기서 나가고 싶어."

제프리의 다문 입에서 신음이 흘러나왔다. 그건 목숨을 거는 일이었다. 얼음 사막에서 움직이는 것이라곤 설인뿐이었다. 그리고 설인은, 그 결정질의 뇌와 신경계를 제외하곤 죄다 얼음과 눈으로 이루어진 녀석이었다. 그 신경계도 인간이 먹을 만한 물건은 아니다. '설인'은 주변의 수분을 냉각시켜 끌어모아 신체로 삼는 신경계형 생명체였다. 이리 뜯어보고 저리 찢어봐도 먹을 구석이라곤 없다.

결국, 얼어 죽거나 굶어 죽거나 말라 죽을 것이다. 이 춥고 건조한 얼음 알갱이 사막에서는, 수용소 밖으로 나가봐야 아무것도 할 수 있는 게 없으니까. 결국, 행성 자체가 수용소인 것이다.

"여기서 나가고 싶다라…."

제프리는 솔직히 방법이 없다고 생각했다. 그리고 줄리아에게 그 현실을 제대로 이야기해줄 생각이었다. 조금은 배려를 섞어서, 그러나 단호하게.

"줄리아, 방법이 없….."

"제프리, 나랑 같이 나갈래?"

줄리아의 말은 정말이지 당차면서도, 평소의 생각이 깊던 줄리아라고 하기 어려울 정도로 뜬금없었다. 제프리는 잠시 고민하고 대답했다.

"수용소에서 탈출하면 어디로 가려고요?"

제프리의 조심스러운 물음에, 줄리아는 또다시 당혹스러운 대답으로 일관했다.

"우주로."

제프리는 잠시 그 말의 뜻을 이해하기 위해 시간을 할애해야만 했다.

"설마 수용소 밖으로 탈출하겠다는 소리가 아닌 거에요?"

"맞아. 나는 수송선을 뺏어 타고 아예 이 행성에서 탈출할 거야. 나는 엿 같은 인간들만 골라 모인 이 지랄 맞은 곳에서 더 이상은 못 살겠어. 믿을 만한 놈도 없고, 기댈 만한 놈도 없고, 있는 인간이라곤 죄다 말종들, 쓰레기들….."

줄리아는 다시 흐느끼고 있었다. 제프리는 가만히 줄리아의 곁에 다가갔다. 줄리아를 말려야 했는데, 말릴 수 없을 것만 같았다. 그렇다면 자신만이라도 이 계획을 못 들은 척해서 살아남아야 하는데…. 자기 자신이, 그러지 않을 것만 같았다.

"생각해둔 방법은 있어요?"

"날 따라와, 제프리. 너도 나를 배신할 게 아니라면."

"줄리아?"

"날 배신할 거면, 여기서 죽여버릴 거야."

하지만 줄리아는 총구조차 그에게 겨누지 못하고 있었다. 물론, 제프리는 줄리아를 배신할 생각이 없었다.

"방법이 있는 거예요?"

줄리아는 고개를 끄덕였다. SE846. 북동쪽으로 약 1킬로미터. 근처의 폭풍과는 여전히 제법 거리가 되는 장소였다. 줄리아가 먼저 북동쪽을 향해 출발했다. 제프리는 줄리아의 뒤를 따랐고, 줄리아의 깨문 아랫입술을 떠올리며 입을 다물었다. 무슨 생각인지는 모르겠지만, 어차피 자신이 고자질할 것도 아니었기에 문제는 없다고 생각했다. 물론, 10미터급 설인에게 냅다 달려가는 지금의 상황이 매우 만족스럽다곤 할 수 없었지만….

그래도, 줄리아 혼자 보내는 것보다야 만족스러운 상황이었다. 제프리는 자신 안의 이 이상하고도 어딘가 잘못된 판단결과를 받아들였다. 사람이 사람에게 반하면 어차피 다 이렇게 되는 거니까. 고장 난 기계에서는 오류가 나는 게 정상인 거다.

5. 두 개의 건물

제프리는 차마 더 이상 접근하질 못하고 있었다. 또였다. 분명 설인의 위치와 한없이 가까웠는데, 그 거구의 녀석이 보이지도 않았다.

"줄리아!"

그래서 제프리는, 결국 줄리아의 손목을 낚아챘다. 그리고 멈추게 만들었다.

"위험해요."

놀랍게도 줄리아는 고개를 가로저었다.

"아니, 안 위험해."

제프리가 줄리아의 말을 이해하려고 애쓸 무렵, 줄리아는 하늘 위로 그 조그마한 신호탄 권총을 쏘며 저 멀리 얼음의 사구에 대고 외쳤다.

"예프렌!"

제프리는 줄리아가 누굴 부르는지 알 수 없었다. 다만, 어딘가 마치 꿈속에서 들은 듯 어감이 익숙하긴 했다.

"나야베스! 예프렌! 내가, 내가 왔어!"

그때였다. 어제처럼, 아무것도 없던 바닥에서 설인의 팔이 푹 하고 솟아올랐다.

"줄리아, 피해야 돼요!"

"우리를 해치려는 게 아니야, 제프리!"

줄리아는 바짝 겨눈 제프리의 총구를 붙잡고 내렸다.

"아니, 줄리아, 당신 제정신…!"

이윽고 거대한 설인, 나야베스가 모습을 드러냈다. 그리고 그 어깨 위에는 저번에 보았던 새하얀 머리칼의 소년이 서 있었다.

"결심한 거에요, 줄리아?"

제프리는 입을 빼끔거리며 놀라움을 금치 못하고 있었다. 대체 어떻게 얼음 사구 속에 파묻혔던 설인의 어깨 위에 소년이 올라타 있는 거지? 게다가 줄리아는 자신조차 알지 못하는 소년과 이미 일면식이 있는 듯했다.

"내 변호사가 날 배신했어. 연합정부 대법원은 내 상고를 기각할 거야. 내가 이곳에서 나갈 길은 이제 이것뿐이야."

줄리아의 말을 들은 예프렌은, 나야베스의 팔을 타고 내려와 그들 앞에 섰다. 약간의 달라진 점이 있었다. 뺨의 일부를 이루던 결정질의 피부가 살짝 더 늘어났다는 것과, 등에 칼 한 자루를 차고 있다는 것. 검은 가죽으로 꼼꼼하게 묶인 손잡이, 티타늄 합금으로 만들고 조각해 은과 금으로 무늬를 채운 장식들. 그건 그들이 잡은 설인의 결정질 신경계로 대장장이 노역자들이 밤을 새워 만들어 낸 물건이었다. 예검.

"따라와요, 줄리아. 일단 은신처로 가서 말하는 게 좋겠어요. 옆의 당신도."

✳

예프렌이 줄리아와 제프리를 데려간 곳은 커다란 눈덩이 앞이었다. 나야베스에게서 내린 후에야 줄리아와 제프리는 그게 단순한 눈덩이가 아니라는 걸 알았다. 주기적으로 얼음 알갱이가 몰아치는 태풍이 휩쓸어가는 에다에서, 저 정도 크기의 눈덩이가 온전히 남아 있을 리 없었다. 하다못해 얼음 덩어리 하나도 남지 못한 곳이 이곳의 지표면이었다.

예프렌은 가볍게 손끝으로 몇 번 찔러서 설인을 깨웠다. 제프리와 줄리아는 둘 다 무언가 이상한 점을 깨달았다. 그 설인은 허리가 살짝 굽어 있었고, 키는 나야베스라 불렸던 이보다 컸으며, 몸은 좀 더 기괴하게 앙상했다.

"늙은 건가?"

제프리가 혼잣말했다. 그는 흔들리는 동공을 멈추지 못했다. 윗선에서는 아무런 정보도 풀어주지 않으니, 수용소의 죄수들은 나름대로 머리를 굴려 설인이라는 생물에 대해 이해하려 애썼다.

다만 문제는, 그렇다면 나이 든 개체는 어디 있는가에 대한 거였다.

"그래. 나는 늙었네."

이번에는 줄리아마저도 놀랄 수밖에 없었다. 설인이 내는 소리라곤 마치 울림통이 잘못된 트럼펫 같은 비명 소리말곤 없는 줄 알았는데. 예프렌이 말했다.

"소개할게요. 이쪽은 에레원이에요."

줄리아는 제 머리를 잽싸게 굴리기 시작했다. 예프렌, 나야베스, 에레원. 죄다 생경하고 생소한 어감의 이름들이었다. 일단 지구에서 분화된 문화권에 속해 있던 자신이나 제프리와는 달랐다.

비록 영연합은 부서졌지만, 줄리아는 옛날에 아일랜드라 불렸던 나라가 주축이 되어 다시 세운 영연맹 문화권의 콜로니에서 살고 있었으니까.

"당신들은 대체 어디에서 왔지?"

줄리아는 그들의 출신지부터 물었다. 그 정체를 가늠하기 위해서였다. 애당초 예프렌부터 에레윈까지 표준영어를 아주 능숙하게 구사하는 걸 보면 에다 태생이라고 하기에는 힘들었다.

"들어와요. 이야기는 에레윈이 다 해줄 테니까."

예프렌이 가만히 손짓했다. 제프리는 슬쩍 줄리아의 눈치를 봤다. 그는 자신이 결정권자가 아니라는 사실을 잘 알고 있었다. 잠시 고민하던 줄리아가 고개를 끄덕였다.

"좋아."

에레윈이 자리를 비킨 곳에 날카롭고도 긴 크레바스가 뚫려 있었다. 이런 곳이 에다의 모래알 같은 얼음 알갱이에 아직도 메워지지 않았다는 게 신기했다.

"따라와요."

예프렌은 크레바스의 얼음벽에 박혀 매달려 있는 사다리를 타고 먼저 내려갔다. 제프리와 줄리아는 둘이서 조금 서로 눈치를 보다가, 줄리아가 먼저 내려가는 것으로 합의를 보았다. 발로 밟았던 곳을 다시 손으로 잡길 열 몇 번, 줄리아는 끝이 없을 것만 같았던 크레바스의 벽에 아주 크고, 그리고 안락해 보이는 가로틈이 있다는 사실을 보고야 말았다.

'여기 숨어 있었구나⋯.'

줄리아는 사다리에서 내려와선, 예프렌이 가리킨 바닥에 앉았다. 제프리에게도 예프렌이 가리킨 자리가 있었지만 예프렌의 말 따위는 듣지 않았다. 대신, 줄리아의 곁에 바싹 붙어 앉았다.

"제프리?"

"줄리아, 여기가 설인의 소굴이라는 걸 잊지 않았으면 좋겠어요."

그리고 본 적 없는 노인네가 사다리를 타고 내려왔다. 예프렌과 비슷한 피부에, 비슷한 머리색이었다. 다만 좀 더 푸석푸석할 뿐.

"편하게 앉게. 에레윈이네."

제프리는 조용히 라이플의 손잡이를 단단히 잡았다. 예프렌이 째려보든 말든 신경 쓰지 않았다. 물론, 에레윈은 은근히 자신 쪽으로 쏠려가는 총구를 보고도 못 본 척했다.

"두어라, 예프렌. 저들이 저럴 만하지 않으냐."

"하지만 할아버지…"

에레윈은 힘겹게 눈을 다져 만든 의자 위에 앉았다. 의자의 옆에는 사람이 쓸 수 있을까 싶을 정도로 커다란 망치가 벽에 기대어져 있었다.

"노인네가 무릎이 그리 썩 좋지 않아서 말이지. 조금 높은 자리에 앉는 걸 이해해주게."

줄리아와 제프리는 둘 다 고개를 끄덕거리지도, 가로젓지도 못한 채로 얼어붙었다. 저 노인이 말까지 하는 거대하고 늙은 설인이었다면, 예프렌도 그럴 수 있는 게 아닌가? 이 좁은 곳에서 설인과 맞붙어야 한다면 틀림없이 죽은 목숨이었다.

"뭐, 여러모로 놀랐겠지. 다만 우리만큼 놀랐겠는가."

"대체 당신들은 누군가요?"

줄리아가 조심스레 물었다.

"안 그래도 그걸 말할걸세."

에레원은 예프렌을 향해 나이 든 손을 내밀었다. 예프렌은 자신이 등 뒤에 차고 있던 장검을 내밀었다. 노인의 손이 칼을 뽑고, 그 날을 푸른 눈으로 들여다보았다.

"자네들은 이게 무엇인지 아는가?"

제프리가 코웃음을 치켜 답했다.

"아니, 왜 모르겠습니까? 그거 얻자고 수용소 죄수들이 얼마나 많이 죽었는데. 물론 대부분은 죽어도 마땅한 놈들이지만."

말이 중간중간 짧아지는 거로 봐서는, 별로 자신을 낮추고 싶어 하지 않는 것이 분명했다. 줄리아가 말을 높여주니 그도 해주는 것에 불과했다.

"표면적으로는 그렇지. 하지만 자네들이 설인이라 부르는 이들의 뇌와 신경계를 뽑아내면서, 한 번도 뭔가 이상하다고 느껴 본 적이 없는가?"

줄리아가 가만히 미간을 찌푸렸다.

"그게 뭐죠?"

"진화의 흔적은커녕 생명의 흔적도 찾기 힘든 이곳에서, 어찌도 이리 인간의 것과 동일한 구조를 공유하는 신경계가 있느냐 하는 것 말일세."

제프리와 줄리아가 침을 꿀꺽 삼켰다.

"원래 이 에다 행성은 말이네, 이 너머의 웨스트엔드 항성계를 침공하려 했던 인류연합의 전초기지쯤 되는 곳이지. 참고로 말하자면, 웨스트엔드 항성계의 주항성인 웨스트엔드 항성은 그리 밝지 않다네. 무슨 말인지 알아듣겠는가? 그곳의 행성은 죄다 여기 이상의 저온환경이야."

아직도 대체 설인이 무슨 말을 하는지 감을 잡을 수가 없었다. 줄리아는 괜한 불안감에 제프리의 손을 더듬어 잡았다.

"그래서요?"

"자네들, 저온환경에서 이상 없이 구동하는 군용 병기를 만드는 데에 얼마나 많은 돈이 드는지 알고 있나?"

설마. 줄리아는 고개를 가로저었다.

"자, 잠시만요. 제, 제가 들은 게 좀 있는데, 클론에게 부여된 부분적 인권에 관한 법령에 따르면 절대 전쟁행위에는 동원되지 않는다는…."

"우리는 클론이 아닐세."

에레원이 자리에서 천천히 일어났다.

"줄리아 스칼렛, 자네는 클론인가? 아니면 클론이 아닌가? 클론이라면 복제의 원형이 있어야 할 텐데, 자네의 원형이랄 게 있는가?"

줄리아는 가만히 입을 다물었다. 다물 수밖에 없었다.

"우리는 클론이 아니에요, 줄리아."

입을 가장 먼저 다시 연 사람은 예프렌이었다.

"그리고 내가 방금 말한 '우리'에는, 줄리아 당신도 포함한 거고요."

줄리아는 가만히 침을 삼켰다. 제프리의 손을 잡은 손바닥 안에 괜히 땀방울이 고였다. 에레원이 다시 입을 열었다.

"우리는 합성된 인간들일세. 뭐, 사실 놀라운 일도 아니지. 사람을 복제하는데, 사람을 개조하는 게 그리 어려운 일이겠나?"

어려운 일이었다. 최소한 줄리아가 보기로는 그랬다.

"그럼 당신들은….."

"주변의 수분을 끌어당겨 응결시키고, 그걸 신체로 삼는 신경계뿐인 토착생물이 있었지. 원래는 나무 같은 생물체였네. 우리는 그 설원나무라 불리는 생물과 DNA가 섞여 배양된 합성인간이네."

제프리는 겨우겨우 대화를 따라가고 있었다. 하지만 그의 이해가 좇아가지 못할 장면이 너무 많았다. 예를 들면 에레원의 발목이 갑자기 녹아서 끊어진다든가, 하는 것들.

"당신, 무슨 문제가 있는 거죠?"

줄리아의 조심스러운 질문에, 에레원이 킬킬대며 고개를 내저었다.

"나이가 다 되어서 죽는 것에 무슨 문제가 있겠나? 뭐, 사인이 그게 아니라는 건 좀 원통하지만… 이미 나는 살 만큼 살았네."

예프렌이 그를 부축해 다시 눈을 다져 만든 의자에 앉혔다.

"다만, 여기 이 소년만큼은 나처럼 죽게 둘 수 없네."

줄리아는 그게 바로 이 사람들이 이곳에서 나가고 싶어하는 이유라는 걸 알았다. 말의 바통은 예프렌이 넘겨받았고, 소년은 자신의 손등에 난 군청색의 얇은 결정을 매만지며 입을 열었다.

"저랑 에레원은 조금 특별한 케이스에요. 이 행성 위에 수용소밖에 없다고 생각하면 오산이에요. 수용소의 정확히 반대편에… 연구소가 있어요. 합성 배양 접시에서 급속성장에 실패한 실험체들이 바로 당신들이 사냥하는 설인들이고요."

줄리아와 제프리는 그제야 에레원의 발목에 대해서 이해할 수 있었다.

"아니, 그럼 그동안 우리가 줄기차게 뽑아왔던 게…."

제프리는 속에서 구역질이 밀려 올라오는 걸 겨우 참았다. 조장들만이 차고 있는, 허벅지의 길고 단단한 강철 벤치로 잡아 뽑았던 것들. 그냥 설인이니까. 그런 모양새로 생겼으니까. 그래서 그냥 신경계도 그렇게 생긴 줄 알았다. 하긴, 제프리로서야 이 설원의 행성에 느닷없이 사람 형태의 생물이 존재한다는 게 진화생물학적으로 이상한 일이라는 걸 알 도리가 없었다.

"여기에 수용소가 세워진 건, 당신들을 시켜 그 폭주하는 실패작들을 죽이기 위해서예요. 군인들의 목숨값보다 당신들은 값싸니까요."

예프렌이 지독하게 차가운 목소리로 말했다. 더 끔찍한 건, 그런 추악한 진실이 아직도 끊기지 않고 있다는 거였다.

"그리고 이걸 당신네 수용소장도 알고 있을 거예요. 이걸 두드려 만든 예검을 받아 쥐는 장군들도 알고 있을 거고요."

줄리아의 눈동자가 흔들렸다. 예프렌이 나지막하게 말했다.

"당신들은 우리만큼이나 불쌍해요. 특히, 줄리아 당신은 더요."

"나는 아직도 이해를 못 하겠어. 어째서 그런 칼을 차고 싶은 거야?"

제프리가 대답해줬다.

"자기들은 인간이고, 우리는 인간이 아니라는 거겠죠. 모피 코트를 두르는 인간한테 밍크에 대한 죄책감이 있을까요?"

클론과 인간의 철저한 분리주의 정책. 그들에게는 단순한 정책이 아니라, 스스로의 신념이었다. 하긴, 그 정도로 사상적으로 완벽하지 않았다면 견장에 별을 달지도 못했겠지만.

"원하는 게 뭔지 말해봐."

"수송선 안의 생체복구캡슐. 난 그게 필요해요. 이곳을 떠나고 싶기도 하고요."

에레원이 어깨를 으쓱이며 힘없이 말했다.

"노인네의 세포란 대부분이 죽은 세포라서, 점점 인간의 형질을 잃고 설원나무의 것을 따라가게 된다네. 내 신경계도 결정질로 바뀌고 있지…."

"그래서 설인으로 변할 수 있었던 거군요."

줄리아가 조용히 덧붙였다. 에레원은 고개를 끄덕였다.

"하지만 반대로 말하면, 그게 마지막일세. 이제 그 모습으로 변할 힘도 몇 번 남지 않았어. 그러니 이 아이를 데려가주게."

제프리는 눈을 질끈 감았다가 다시 떴다. 두통에 머리가 깨질 것 같았다.

"줄리아, 어떻게 할 거예요?"

하지만 줄리아는 이미 마음을 잡은 듯했다.

"어떻게 저 안을 박살 내고, 수송선을 확보할 것인지 들어보자."

6. 미치광이들

예프렌이 말한 준비기간은 사흘, 그리고 예프렌에게 남은 기한은 일주일이었다. 줄리아가 예프렌에게 들은 바로는, 셋 모두 연구소의 실험체 출신이었다. 노인의 몸에 약화된 설원나무의 DNA를 심은 에레원은 안정적이었지만 수명의 한계가 지나치게 짧았다. 소년의 몸에 조금 팔팔한 DNA를 합성한 예프렌은 무기로서 충분한 가치를 지니고 있긴 했지만 완성되지 않아 주기적인 관리가 필요했다. 초기형 실험체였던 나야베스는 언어능력과 지각능력을 다소 잃어버리고 말았다. 안정적이긴 했지만, 그 기반이 인간이 아니었다.

당연히 인간의 모습으로 변할 수도 없었다. 그들이 원하는 건, 관리비가 들지 않아 값싸면서도 사람의 모습을 입어 들키지 않고, 주변의 수분을 냉각시켜 통제하는 설원나무의 능력을 온전히 쓰는 합성인간이었다. 그런 의미에서 셋은 아예 이성을 잃어버리고 짐승이 되어버린 설인들보다 조금 나을 뿐, 여전히 실패작이었던 셈이다. 연구소에서 그들을 부르는 이름은 '인간형 합성체'라는, 그야말로 공학적인 언어를 유감없이 구사한 결과물이었다.

"사흘 후에요. 사흘 후에 다시 봐요."

예프렌은 그 말을 마지막으로 제프리와 줄리아를 보내주었다. 물론, 줄리아의 손에 예프렌이 탈취했던 수용소의 예검을 들려주는 것도 잊지 않았다. 정확히 말하자면 칼날만 뽑아서 준 것에 가까웠다. 제프리는 그 칼날의 제조법에 대해 이것저것 물어보는 예프렌의 표정이 슬펐다고 생각했지만, 그것이 어떤 결과로 돌아올지는 감히 예상하지 못하고 있었다.

그리고 둘이 14시간 만에 정비 도크로 돌아왔을 때, 열린 해치 안에는 수용소장이 허리에 손을 얹은 채로 서 있었다.

"대체, 뭘 하느라 이렇게 시간이 오래 걸린 거야?"

다행스럽게도 아주 적합한 핑곗거리가 줄리아의 손에 있었다.

"이걸 찾았어요."

수용소장은 줄리아의 손에 쥐어진 칼날을 보곤 기겁했다. 새겨진 일련번호로 가늠해보건대, 잃어버려서 모든 설인 사냥꾼들을 서너 시간씩 고생시켰던 그 물건이 분명했다.

"왜 날만 있지? 손잡이는?"

제프리가 추임새를 넣었다.

"못 찾았습니다. 그래서 그걸 찾기 위해서 주변을 좀 헤매다가 폭풍을 만나 야영하고 온 겁니다."

수용소장은 그래도 다행이라는 표정이었다. 검날을 두드려 만드는 데에는 사흘이 걸리지만, 세공된 손잡이야 이미 만들어 놓은 게 많았다.

"잘했군. 잘했어. 그래서 전리품을 가져오지 못했군?"

줄리아와 제프리가 가만히 고개를 끄덕였다. 원칙적으로는 전리품을 갖고 돌아오지 못하면 정비 도크의 해치 자체가 열리지 않지만, 이 칼날을 인식시켜서 연 모양이었다.

"원래는 징계감이지만 잃어버린 줄 알았던 물건을 되찾았으니 징계를 주지는 않겠네. 하지만 다음부터는 돌아와서 보고하고 다시 수색할 수 있도록. 알겠나?"

수용소장은 두 사람의 대답을 듣지도 않고 나갔다. 그들에게 전류봉을 겨누던 교도관들도 모조리 빠져나가자, 그나마 체온으로 더워졌던 정비 도크의 공기가 다시 식기 시작했다. 제프리가 벤치에 앉아 투덜거렸다.

"카메라도 안 달고 무전기도 안 주고 도청장치도 없고. 무엇을 숨기려고 이렇게까지 원천적으로 누군가의 정보 탈취를 막아놓은 아날로그투성이가 수용소인가 싶었는데."

"솔직히 말해서, 나는 지금도 잘 안 믿기긴 해. 그 계획이 제대로 될지도 모르겠고."

그건 제프리도 인정하는 바였다.

"다소의 어설픔이 있어요, 줄리아. 그건 우리가 조금 해결해줘야 할 거고요."

그걸 해결하기 위해서는, 이 수용소의 구조를 대강이나마 파악하고 루트를 짤 필요가 있었다. 에다 정치범수용소는 기본적으로 삼분(三分)되어 있었다.

경계근무를 서는 기간병들과 교도관들이 숙식하며 생활하는 본청, 수용자들이 가두어져 있는 수감소, 그리고 수송선이 이착륙하는 착륙장. 그중 수감소와 본청은 1킬로미터 정도의 거리로 떨어져 있었는데, 그 사이에는 이 정치범수용소의 유일한 통신기기인 상황실 유선전화의 광케이블이 묻혀 있었다.

"제가 보기엔 우리 둘만으로는 조금 역부족이에요."

"맞아, 제프리. 같이 일을 도모할 만한 사람을 찾아야겠어."

사실, 어떻게 생각해보면 손 닿을 만한 곳에 쓸 재능이 넘치는 사람들이 가득 찬 곳이 여기였다. 전부 다 밖에서는 범죄 활동으로 한 가락 하던 사람들이었으니까.

하지만 확실히, 몇 명 빼고는 함께 갈 수 없는 인간들이기도 했다. 살인범들, 테러리스트들, 대량학살자들. 명확하고 냉철한 신념을 따른 것이 아니라, 그저 사회에 대한 불만을 최대한의 폭력으로 쏟아낸 짐승들. 그들은 걸러야 했다.

"11조의 민호는 어때?"

제프리가 기겁했다.

"그 목숨 걸고 날뛰는 괴짜요? 나쁘지 않긴 한데 줄리아, 진짜 총 내버려두고 굳이 칼 벼려서 설인 발뒤꿈치를 그어대는 그 미친놈을 데려가고 싶은 거에요?"

솔직히 좀 섬뜩하긴 했다. 어지간한 거리에서는 총으로 맞히지도 못하는 민호였는데, 자신의 허접한 사격 실력 때문에 파트너가 죽은 뒤로는 총을 집어 던지고 허리춤에 그 파트너가 썼던 스키를 두들겨 칼날로 만든 검을 차고 다녔다. 다만, 줄리아가 기억하기로는 그 부분을 제외하곤 나름 멀쩡한 인물이었다.

"뭐, 솔직히 미친놈이라는 건 인정하는데. 하지만 우리가 본격적으로 때려 부수기 전에 미리미리 보초를 없애놓으려면, 총으로는 안 돼. 소리가 너무 시끄러운 데다, 에다의 대기는 차갑고 밀도가 높은 편이라서 금방 본청까지 총소리가 들릴 거라고."

제프리는 영 마뜩잖은 표정이었지만, 필요성에 대해서는 고개를 끄덕거렸다. 자신도 어느 정도 격투에 일가견이 있는 편이긴 했고, 줄리아도 아예 몸을 못 쓰지 않았지만 그것만으로는 보초들을 소리 없이 무력화시키는 데에는 무리였다.

게다가 듣기로, 민호의 칼솜씨가 쓸 만하다는 건 정평이 나있었다. 애당초 파트너를 잃고 새 파트너를 들인 지 두 달 째인데, 쉰 번이 넘는 출격에서 성공적으로 돌아왔다는 것이 그의 칼솜씨를 증명했다.

"뭐, 민호가 미친놈인 건 맞지만 그건 개 하는 짓 때문이고, 정신머리가 똑바로 박힌 놈이긴 해요. 사실 그 정도로 파트너 챙겼던 놈도 드물 거고요. 있어봐야, 나 정도?"

제프리는 농담조로 던졌지만, 그게 농담이 아니라는 것을 줄리아는 지난 3개월 내내 겪은 바가 있었다.

"확실히 네가 날 잘 챙겨줬지. 나한테 다른 마음 품은 거 같긴 한데…."

"에이, 무슨 그런 소리를 하세요?"

하지만 줄리아는 제프리의 달달 떨리는 다리를 보았다. 그리고 어깨를 으쓱였다.

"뭐, 아니면 말고."

제프리가 쓰게 웃었다.

"뭐, 그럼 이제 남은 문제는 11조의 민호와 어떻게 몰래 이문제를 상의하느냐네요. 애당초 민호가 우리 일에 협력해준다는 보장도 없지만…."

그때, 줄리아가 싱긋 웃으며 속삭였다.

"제프리, 아직 민호한테 이야기 안 했지?"

"뭘요?"

제프리는 도통 모르겠다는 소리였다. 그러나 줄리아의 얼굴에 떠오른 표정이 악동이나 다름없다는 것 정도는 알 수 있었다는 거.

"내가 연애 생각 없다는 거."

"아니, 줄리아, 설마…."

그 설마는 진짜였고, 제프리는 혀를 내둘렀다.

"고기를 낚으려면 미끼를 던져야지."

✳

"줄리아, 당신이 나를 부른 건 처음인 것 같습니다."

모인 곳은 지금은 비어 있는 12조의 정비 도크였다. 조원 두 명이 동시에 죽어버려서 비어 있는 곳이었다. 애당초 이 정치범 수용소에 새 수감자가 자주 오는 게 아니니만큼, 이 도크도 아직은 먼지만 쌓이고 있었다.

"솔직하게 좀 물어보고 싶은 게 있어서. 교도관들 몰래."

민호의 까만 눈동자가 독수리처럼 번득였다. 그는 이미 줄리아가 무엇을 생각하고 있는지 꿰뚫는 것 같았다.

"당신이 무엇을 할지 대충 알 것 같은데. 내가 교도관에게 말하면 당신 큰일 난다는 거 알고 있습니까?"

딱딱한 목소리. 굳은 표정. 하지만 그 눈동자가 떨리고 있다는 걸 줄리아는 놓치지 않았다.

"알고 있지. 그런데 당신이 말하지 않을 거라는 것도 알고 있어."

민호의 미간이 찌푸려졌다.

"그걸 어떻게 압니까?"

"하지만 당신, 제프리하고는 속 터놓고 지내는 사이잖아. 서로를 미친놈이라고 욕하면서."

이 수용소라는 곳은 결국 개인 공간인 독방에서 잠들 때를 빼곤, 식사고 작업이고 반쯤 공동체생활이었다. 운동도 마찬가지고. 모를 리가 없었다.

"그 사람이야말로 정말로 미친놈입니다. 아주 그냥 여자에 환장해서⋯."

줄리아는 그의 입을, 제 손가락으로 꾹 눌러 막았다. 민호의 귀가 순식간에 붉게 물들었다.

"이게, 무슨, 짓, 입니⋯."

"당신도 나 좋아한다는 거, 제프리한테 들었거든. 방금 제프리가 날 좋아한다는 것도 당신한테 들었네?"

뭐, 두 사람 다 줄리아의 기준에서는 나쁜 사람이 아니었다. 둘의 과거야 아는 바가 없지만, 지금까지 본 거로는 그랬다.

"제프리 개새끼가."

진심 어린 욕설이었다. 줄리아는 오히려 킥킥 웃었다.

"나한테 착륙장에 있는 수송선을 타고 나갈 방법이 있어."

하지만 아직도 민호는 전체적으로 의아한 모양이었다.

"그 방법은 둘째치고, 내가 당신 계획에 쓸모가 있습니까?"

줄리아가 입을 삐죽 내밀고 말했다.

"쓸모가 없는데 데려가겠어? 나는 자선사업가가 아니야. 당신이라면… 교도관들을 소리 없이 무력화시킬 수 있을 거야."

줄리아의 손가락은 민호의 허리춤을 가리키고 있었다. 민호는 대번에 줄리아의 말을 알아들었다.

"요지는 정숙성을 필요로 하는 일이라는 것입니까."

"맞아."

민호가 가만히 고개를 숙이고 고민하기 시작했다. 그리고 천천히 입을 열었다.

"사실 나는 지금의 파트너가 마음에 안 듭니다."

"응?"

조금은 뜬금없는 말이었다. 민호는 계속 이야기를 이어갔고, 줄리아는 그걸 들어주었다.

"지금의 파트너는 뭐랄까, 인간미가 결여되어 있습니다. 여기 있는 대부분의 사람들이 그렇습니다. 그래서 저와 제프리는 서로를 미친놈이라고 부릅니다. 외눈박이들의 섬에서는 두눈박이가 별종인 겁니다."

민호가 천천히 고개를 들었다. 그 까만 눈으로, 줄리아의 푸른 눈을 꿰뚫을 것처럼 마주 보았다.

"내 파트너, 베이나는 내가 찬 칼을 늘 비웃습니다. 그 한 자루의 칼이 나에게는 또 다른 '미친놈'을 잃었다는 사실에 대한 죄책감이었습니다만, 그녀에게는 그런 것이 중요하지 않았던 모양입니다."

민호는 길게 한숨을 내뿜고는, 말을 이어갔다.

"당신은 어떻습니까, 줄리아. 당신도 내가 미친놈이라고 생각합니까?"

줄리아는 싱긋 웃었다.

"설마. 그렇게 치면 나는 미쳤지, 안 그래?"

창밖, 저 멀리서 기이하고도 끔찍한 울음소리가 메아리쳤다.

"우리 모두 미친 사람 아니겠습니까, 여기서는."

7. 가고 싶은 곳

민호는 사흘 동안 그의 '인간성이 결여된' 파트너조차 의아해할 정도로 칼날을 갈아댔다. 제프리와 줄리아는 최대한 신중하게 탄약을 소모했고, 일부러 탄약을 조금씩 빼돌렸다. 정말 필요할 때는 사격도 감수해야 하니까. 애당초, 착륙장의 수송선 근처 보초들을 없앨 때는 총 말고는 답이 없었다. 본청과 수감소, 착륙장은 둔각삼각형을 그리고 있는데, 중간에 엄폐물이라곤 없었다. 민호가 냅다 돌격해서 칼로 어떻게 할 수 있는 지형이 아니었다.

그동안 조금 기이한 일들도 벌어졌다. 수용소장이 11조의 정비 도크나 13조의 정비 도크를 몇 번 들여다봤고, 복도를 돌아다니는 교도관들도 조금이지만 늘었다. 그리고 멀리서는 여전히 바람 소리에 섞여서 기이한 울음소리가 메아리치고 있었다.

수용소의 모두가 그것을 궁금해했다. 하지만 제프리와 줄리아, 민호 말고는 그 소리의 정체에 대해 아는 이가 없었다. 셋은 그 소리가 들릴 때마다 가볍게 몸을 떨었다. 끔찍함 때문에.

"줄리아?"

제프리가 가만히 줄리아를 불렀다. 오늘이 사흘째 되는 날이었다.

"왜?"

줄리아도 사실, 공기가 무거워졌다는 걸 알고 있었다. 무언가 불길했다. 희미하게 손이 떨리고 있었다.

"조심해야 해요. 알았죠?"

"내 걱정하지 말고, 너나 잘해."

줄리아는 귀가 밝은 편이었다. 평소라면 방음이라곤 되지 않는 벽 너머에서 다른 호수 정비 도크 인원들의 걸쭉한 욕지거리와 함께 장비를 거칠게 내려놓는 소음이 들릴 게 분명했다.

이상하게 적막했다. 조용했고, 아무런 소리도 들리지 않았다. 바로 옆의 12조 정비 도크야 원래 비어 있는 곳이니 그렇다 치더라도, 14조는 둘 다 입담이 걸은 사람들이었는데. 오늘따라 스키의 펄스 추진 엔진에 시동을 거는 소리가 크게 들렸다. 웅웅거리며 낮게 깔리는 소리가 괜히 심장을 울렸다. 떨리는 오른손으로 라이플의 노리쇠를 당겨놓았다. 철컥, 마치 심장이 툭 떨어지는 것 같은 소리였다.

"5분 남았어요, 줄리아."

줄리아는 가만히 고개를 끄덕였다. 해치 위의 붉은 숫자등 시계는 여전히 깜빡거리고 있었다.

"제프리."

"왜요?"

"만약 나가면 뭐 하고 싶어?"

아주, 아주 작은 목소리였다. 귀에다 대고 속삭이는 것 같은 목소리였다. 제프리는 가만히 고민하다 마찬가지로 작게 말했다.

"저번에 살아 돌아오면 제가 코코아 타준다고 했었죠?"

줄리아가 눈을 깜빡였다. 그 이야기를 왜 지금 하는지 알 수 없어서.

"그런데?"

"코코아나 한 잔 타주고 싶어서요. 뭐 삶이란 게 별거 있겠어요? 우주선 밖으로 별들 보면서 코코아나 마시면 그게 행복인 거죠."

참으로 별거 있는 소망이었다. 우주선도 있어야 하고, 코코아를 사 마실 정도로 여유도 있어야 하고. 줄리아는 그 꿈이 소박하지 않다고 생각했다. 물론, 자기 꿈도 소박하지 않은 건 마찬가지였다.

"줄리아, 당신은 나가면 뭐 하고 싶어요?"

줄리아가 싱긋 웃으며 말했다.

"인간들이 없는 곳으로 가고 싶어."

제프리는 잠시 동안 줄리아의 말을 곱씹다가, 고개를 끄덕여 주었다.

"그건 저도 그렇긴 하네요."

그리고 낙뢰처럼 0으로 곤두박질친 숫자에 맞춰 목소리가 울렸다.

「13조, 출발하십시오. 목표물의 위치는 통합노역지시기를 참조하십시오.」

해치가 열렸고, 싸라기눈이 밀어닥쳤다. 폭풍이 근처에 있는 모양이었다. 줄리아와 제프리는 고글을 썼고, 몸을 앞으로 숙였다. 미리 시동을 걸어놨던 펄스 추진 엔진에서 푸른 동심원이 불꽃과 함께 터져 나왔다.

"줄리아, 제 뒤로!"

재수 더럽게도 폭풍은 앞에서 불어오고 있었다. 줄리아는 군말 없이 제프리의 뒤에 달라붙었다. 그가 바람을 헤쳐주기를 바라야 했다. 어차피 작고 가벼운 줄리아가 앞에 있어봐야 바람에 날아가기만 할 테니까.

"왜, 왜 이런 날에 출격하라고 한 거야!"

"내가 어떻게 알아요!"

시야가 전혀 확보되지 않고 있었다. 평소라면 양옆으로 함께 튀어나오는 다른 설인 사냥꾼들도 보여야 하는데, 전혀 보이지 않았다. 이상했다. 보통 이런 날에는 출격지시를 하지 않는데. 이 수용소에 들어오는 수감자는 극히 드문 편이다. 아무리 수용소장이 수감자들 목숨을 파리목숨처럼 생각하긴 하지만…. 그래도 비싼 펄스 추진 스키나 공중폭발탄 전용 라이플이 소실될 수 있는 작전을 추진하지는 않았다.

"이, 일단, 돌아가야 하지 않을까요!"

줄리아는 고개를 가로저었다.

"우리를 내보낸 걸 보면 몰라? 전리품을 가지고 오기 전까지 저 망할 해치는 안 열려!"

맞는 말이었다. 게다가, 이제 예프렌도 만나러 가야 했다.

"그럼 어떡하려고요! 이 태풍을 아예 뚫고 나갈 순 없어요!"

아니다. 방법은 있었다. 줄리아는 그 방법을 알고 있었다. 조금은 부끄러운 그 방법을.

"제프리, 내 뒤로 와!"

"아니, 제가 뒤로 가면 줄리아가 날아갈 게 분명⋯."

줄리아는 제프리의 손목을 낚아채듯 잡곤, 제 뒤로 밀어놓았다. 그리고 자신의 작은 몸을 끌어안게끔 그의 손을 잡고 앞으로 당겼다.

"뭐, 뭐하는 짓이에요!"

"몸 앞으로 숙여! 내 스키 옆으로 발 딱 붙이고!"

그제야 제프리가 입을 다물고 지시에 따랐다. 줄리아가 하려는 것을 눈치챈 거였다.

뭉친 채로 몸을 숙여서 태풍의 바람을 받는 면적을 최소화하고, 무게를 늘린다. 최대한 한 덩어리로 붙어 있으면, 펄스 추진 엔진을 네 개 붙인 스키처럼 가속할 수 있다.

비록 무게가 그만큼 더 나가지만, 어차피 스키 바닥은 가열되고, 바닥은 얼음 알갱이라 조금씩 녹는다. 그러므로 마치 스피드스케이팅 선수처럼 굉장히 적은 마찰 상태에 도달하고, 무게의 의미가 사라진다.

"이런 걸 할 거면 미리 말을 하던가요!"

"교본에 나와 있잖아! 매뉴얼에!"

이건 매뉴얼에 실제로도 나와 있는 방법이었다.

"그, 그래도…!"

"군말하지 말고 꽉 붙잡아! 가속한다!"

제프리는 줄리아의 허리를 두 팔로 끌어안은 상태에서, 최대한도로 몸을 앞으로 숙였다. 다음으로 줄리아는 자신의 통합지시기 화면을 켜서, 펄스 추진 스키의 출력 제한을 해제했다. 자신의 것과 제프리의 것 모두.

"그, 그거 하면 위험한 거 아니었어요?"

"당연히 위험하지! 엔진이 터져서가 아니라, 시속 240킬로미터를 어떻게 사람이 제어해!"

제프리의 안색이 새하얘졌다.

"그럼 우리도 못한다는 거잖아요!"

"아니, 맞바람이 불잖아!"

줄리아의 손가락이 반쯤 푸른색으로 채워진 게이지를 슥 밀어 올리자, 노즐의 펄스제트가 더 격렬하게 타오르기 시작했다. 줄리아는 자신의 다리가 덜덜 떨리는 걸 느꼈다. 다행스럽게도 줄리아는 두 다리를 딱 붙이고 있었고, 제프리가 그런 줄리아의 발 양쪽을 자신의 발로 붙여 고정시키고 있었다. 그리고 두 사람은 몸을 한껏 쪼그리고 앞으로 기울인 상태였다.

"우리 스키 판은 앞이 더 기니까 걱정하지 말고 몸 숙여!"

제프리는 줄리아의 지시를 완벽하게 따랐다. 시야가 태풍 때문에 새하얗게 멀어 있어서 지금 얼마나 빠르게 달리고 있는지 감도 잡히지 않았다. 과열된 스키판은 바닥의 얼음 알갱이 덕분에 순식간에 열을 빼앗겼고, 0으로 수렴하는 마찰은 더더욱 속도감을 느끼지 못하게 했다. 그리고 앞에서 불어닥치는 태풍이 한껏 숙여 경사를 만든 그들의 등을 차갑게 때렸다. 그게 나았다. 덕분에 아래로 누르는 힘이 생겼고, 두 사람은 지면에서 튕겨 나가지 않을 수 있었으니까. 그리고 드디어, 바람의 방향이 서서히 바뀌고 있었다. 태풍을 가로지르고 있다는 의미였다.

"줄리아, 이제 바람이 왼쪽에서 불어요!"

"나도 알아!"

줄리아는 천천히 맞바람 방향을 따라갔지만, 조금씩 바람을 어긋나게 맞기 시작했다. 다행스럽게도 태풍의 진행 방향과 그들의 가속 방향이 반대였는지, 둘은 금세 사정권에서 벗어날 수 있었다.

줄리아는 급히 스키의 추진 노즐 출력 제한을 다시 원래대로 회복시켰다. 하지만 속도를 늦추기 위해서는 한참이 걸릴 게 분명했다. 아니, 그럴 줄 알았다. 눈앞에 3미터 정도 되는 눈사람들이 갑자기 불쑥 튀어나오기 전까지는.

픽! 마치 수박이 떨어져서는 박살 나는 것만 같은 소리가 이어졌다.

"아으."

다행스럽게도 성공적으로 속도는 늦출 수 있었다. 제프리와 줄리아가 엄청난 양의 눈을 먹어야 했다는 것을 제외하고서는.

이 일을 누가 벌였는지는 명백했다.

"예프렌!"

설원나무의 DNA로 발휘한 의사신체 구성능력. 굳이 걸을 필요가 없다면, 팔다리까지 만들어낼 이유가 없을 테니까. 그래서 눈사람 모양이었을 것이다. 그리고 예프렌은 높은 사구 위에서 천천히 내려왔다.

"왔군요, 줄리아."

"네가 우리를 찾아온 거겠지. 나와 제프리는 그냥 태풍을 뚫은 것뿐이라고."

예프렌은 어깨를 으쓱였다. 그리곤 등 뒤에 둘러맨 예검을 다시 줄리아의 손에 쥐여주었다.

"자요. 계획대로 하는 거예요."

나야베스가 이제 더 이상 그의 곁에 없었다. 아니, 있었지만 본래의 모습은 아니었다. 줄리아는 그 예검을 반쯤 뽑았다. 군청색으로 반짝이는 결정질의 칼날에, 주변의 얼음 알갱이들이 뭉쳐 달라붙었다. 그렇게 만들어진 조그마한 모습이 보였다. 나야베스였다. 조그마한 나야베스를 바라보는 예프렌의 눈시울이 발갛게 달아올라 있었다.

"그 할아버지는?"

예프렌은 가만히 고개를 가로저었다. 제프리는 더 이상은 묻지 않았다.

"저는… 저는 이제 죽을 수 없어요."

줄리아가 고개를 끄덕였다. 예프렌은 지금 너무 많은 목숨을 짙어지고 있었다.

"이제 이걸 들고 가서 수용소 안에서 뽑기만 하면 되는 거네."

에다 정치범수용소는 외부의 공격에 대해서는 지나칠 만큼 튼튼했다. 설인들 수십이 몰려와도, 주변에 설치된 자동포탑이 죄다 박살 낼 정도로. 하지만 내부에서 터지는 일에 대해서는 취약했다.

지금까지는 그게 격벽과 고압 전류가 걸린 차단문, 완벽하게 아날로그 방식으로 짜여 해킹조차도 할 수 없는 구조로 다루어지고 있었지만…. 그 모든 것을 깨부술 수 있는 단순하고도 강력한 물리력이 존재한다면 의미 없어질 게 분명했다.

제프리가 조용히 입을 열었다.

"가능성 있는 작전이에요. 우리가 수용소 안에서 이걸 뽑으면 나야베스가 주변의 눈과 수분을 들이마시고 몸을 만들어서 날뛰겠죠."

줄리아가 고개를 끄덕였다.

"민호는 지금쯤 이미 자기 파트너를 잘 재워놓고 대기하고 있을 거야. 본청과 이어진 통신 케이블을 끊어놓고 말이야. 그러면 착륙장의 기간병들이 가장 가까우니 먼저 튀어올 거고, 그 소규모 분대만 처치한 다음 수송선을 낚아채면 되는 거지."

계획은 완벽해 보였다. 일단은.

8. 총과 칼

예프렌이 사구 위에서 질질 끌고 내려온 건 탈출했다가 실종된 사람의 점프슈트와 장비들이었다.

"그리고, 저는 사흘 동안 하나뿐이긴 하지만 이걸 찾았어요. 하나만 있으면 되는 거니까요. 그렇죠?"

줄리아가 고개를 끄덕였다.

"맞아. 너는 그거 입고 누워 있어. 우리가 대충 실종자의 시신을 수습해 온 거로 위장할 테니까."

예프렌은 애써 침착한 척 점프슈트를 입었다. 하지만 줄리아가 모를 리 없었다. 동력 해머로 사흘을 내내 내리쳐야만 가능한 게 이 칼날의 단조였다. 두 사람은 가만히 에레원의 눈을 다져 만든 의자 옆에 있던 거대한 망치를 기억했다. 크레바스의 단단한 벽면을 기억했다.

그것이 모루였을 것이다. 나야베스는 기꺼이 자신의 의사신체를 포기하고, 결정질의 신경 다발인 자신의 본체를 넘겼을 것이다. 사흘 내내 그 차갑고도 무시무시한 망치의 힘을 비명을 지르며 견뎠을 것이다. 에레원은 기꺼이 설인으로 변해 마지막 힘을 쏟았을 것이다.

그리고 예프렌은 사흘 내내 울었을 것이고, 제 손에 쥐어진 나야베스와 함께 에레원의 마지막을 지켰을 것이다. 모든 것이 그렇게 되어버렸을 것이다. 그게 요 며칠 이 얼음사막의 너머에서 바람에 섞여 울리던 기이하고도 끔찍한 비명의 정체였다.

"돌아가자, 줄리아. 이제 시작할 때야."

제프리의 말이 옳았다. 돌아갈 시간이었다.

✳

남은 방법은 이제 간단하다면 간단하다고 말할 수 있는 수준이었다. 해치의 인식장치에 칼날의 모습으로 스스로를 벼린 나야베스를 가져다 대고, 열리는 순간 뽑아 그 안을 휘젓는다. 다만 줄리아와 제프리가 예상하지 못했던 건 자신들의 정비 도크 안에 수용소장이 서 있었다는 것이었다.

"잘 갔다 왔는가? 줄리아 스칼렛, 그리고 제프리 오코넬?"

줄리아는 그대로 얼어붙었다. 수용소장의 곁에는 각 네 명씩, 교도관들이 소총을 든 채로 도열해 있었다. 그 총부리가 자신들을 향하고 있음은 자명한 사실이었다.

"다녀왔습니다, 소장님."

줄리아가 힘겹게 입을 열었다.

"다만, 환영인사치고는 축포가 너무 많군요. 저의 허접한 신분에는 맞지 않을까 염려됩니다. 자비를 베푸시어 저희에게 걸맞은 자리를 마련해주심이 어떻겠습니까?"

이게 대체 무슨 개똥 같은 상황이냐는 말을 아주 고급스럽게 포장해놓은 줄리아의 질문에 수용소장이 크게 웃음을 터트렸다. 그리고 순식간에 웃음을 지웠다.

"그 새끼를 끌고 와라."

수용소장의 한마디에 13호 정비 도크의 문이 거칠게 열렸다. 무릎 꿇린 채 그 안으로 굴러들어온 사람은 민호였다.

깜짝 놀란 제프리가 바르르 떨었지만, 줄리아가 그의 손을 꾹 잡아 진정시켰다. 상황을 미루어 볼 때 탈출하고자 하는 의도가 들킨 것은 분명했다. 하지만 계획이 어디까지 들통 났는지는 알 수 없었다. 아마 민호만이 알고 있을 것이었다.

"등 뒤에 찬 건 대체 뭐냐? 내놓아라, 죄수번호 01854."

수용소장이 차가운 목소리로 명령했다. 그리고 줄리아와 제프리는, 계획의 세부 내용이 밝혀지지는 않았다는 사실을 깨달았다. 줄리아는 천천히 등에 둘러멘 장검을 끌러서, 검집째로 수용소장에게 건네주었다.

"끌고 온 건 뭐지?"

교도관 하나가 물었다.

"동료의 시신입니다. 우연한 계기로 발견하게 되어 수습해 왔습니다."

의심받을 만한 일은 아니었다. 얼음의 태풍에 위치발신장치가 맛이 가는 일이야 종종 있는 데다, 수용소는 실종자를 적극적으로 찾으려고 들지는 않았으니까. 교도소장은 분명히 자신들의 대장간에서 만든 것이 분명한 그 예검을 찬찬히 둘러보았다. 아직은 검집을 뽑기 전이었다.

그리고 줄리아는 민호를 향해 눈을 한 번 찡긋거렸다. 왜 민호가 저렇게 만신창이인지 알 수 있을 것 같았다. 죽어도, 죽어도 세부 계획을 불지는 않았던 것이다.

"이건 분명히 우리 쪽에서 생산한 예검이 맞는데 말이야. 저번에 칼날 부분만 분리된 것을 회수해왔다고 하지 않았나?"

모든 예검은 검집과 손잡이 모양은 동일하다. 일련번호는 날에 새겨진다. 줄리아는 거짓말을 늘어놓기 시작했다.

"저도 잘 모르겠습니다. 수습한 시신 근처에 있기에 주워왔습니다."

수용소장은 의심하고 있는 표정이었다. 하긴, 제대로 된 계획을 민호가 털어놓지 않았으니, 이 수상하기 그지없는 칼 한 자루가 나름대로 두려웠을 게 분명했다.

"안에 폭발물 같은 게 장치되어 있는 건 아니겠지?"

제프리가 대답했다.

"그 안에 폭발물 같은 걸 장치하기에는 저희가 들고 나간 폭발물이 없습니다."

하지만 그럼에도 수용소장은 의심을 거두지 않았다. 그는 그 칼을 줄리아에게 내밀곤, 간단하게 명령했다.

"그래? 그럼 네가 한번 뽑아봐라."

그리고 그건 아주, 아주, 아주 행운이었다. 줄리아는 천천히 그 칼을 받아들곤 손잡이를 쥐었다. 달조브 행성제의 세쌍뿔사슴 가죽으로 마감된 손잡이는 손에 착 달라붙었다.

"장군님들께 바치는 칼을 정녕 제가 뽑아도 되겠습니까?"

그 말 한마디에, 수용소장은 오히려 미소 지었다. 그 안에 무엇인가 위험한 게 있다는 자신의 직감이 옳은 줄 알고 있었다.

"그 안에 폭탄이나 가스 같은 게 채워져 있지 않다면, 칼날이

한 번 뽑았다고 닳기라도 하겠나? 뽑아라."

해치는 열려 있었다. 폭풍이 지나간 지 얼마 되지 않았는지, 아직도 강한 바람 때문에 눈이 정비 도크 안쪽으로 흘러들어오고 있었다.

"그럼, 뽑겠습니다."

줄리아는 싱긋 웃으며 나야베스를 쥐고 뽑아들었다. 해치 밖에서 거대한 눈의 쓰나미가 몰아친 건 그 순간이었다.

"무, 무슨, 아니, 다들 밖…."

밖으로 나가라는 말이겠지만 그 누구도 따를 수 없었다. 마치 모세 앞의 홍해처럼 줄리아와 제프리를 사이에 두고 갈라진 얼음의 토사가 수용소장의 양옆에 있던 교도관들을 벽에 처박아 기절시켰기 때문이었다.

"뽑았습니다, 소장님?"

줄리아는 싱긋 웃으며 바닥으로 밀려들어온 눈에 나야베스를 던져 꽂았다. 그러자 칼날 모양으로 뭉쳐 있던 그의 신경계가 마치 또아리가 풀리듯 풀려나오고, 그 자리에서 얼음과 눈으로 만들어진 설인이 솟구치듯 일어났다.

"이, 이게, 어떻게 된…."

그때, 널브러져 있던 예프렌이 점프슈트를 입은 채로 일어났다. 떨어진 칼자루를 쥐곤 외쳤다.

"당신들은 다 알고 있었지. 안 그래? 강철 집게로 핵을 직접 움켜잡아 뽑아내서, 그걸 시뻘겋게 달군 망치로 두들겨 칼날로 만들었잖아!"

그게 일반적인 예검과 나야베스의 차이점이었다. 아무리 결정질이라지만, 달군 망치로 두들기는 데야 살아남을 이가 없을 테니까. 그에 비해 나야베스는 스스로 제 얼음을 벗고 나와서, 달궈지지 않은 망치에 몸을 맡겼었다.

"나, 나를 죽여도 이미 저 밖에는 병사들이 깔렸다! 너희는 포위되었어! 우리는 이미 본청에 연락을 넣었다고!"

그때, 눈에 밀려 열려 있었던 문밖으로 쓸려나갔던 민호가 천천히 걸어들어오며 말했다.

"당신, 생각이 없습니까?"

"뭐라고?"

"내가 밖에서 뭘 하고 있었을 거라고 생각합니까, 소장? 거기서 내가 내 칼로 눈에다 삽질하고 있었겠습니까?"

"설마."

어차피 이 얼음사막행성에서 땅을 파봐야 파일 리가 없었다. 주변의 얼음 알갱이들이 모래처럼 다시 쏟아져 들어갈 테니까. 그래서 케이블은 그냥 지표면 위로 널브러져 있었다. 약간의 얼음 알갱이들만이 그 위로 쌓인 채. 그리고 민호는 요 며칠 자신의 칼날을 떨어지는 머리카락도 반으로 자를 수 있을 정도로 갈아둔 채였다.

"본청에서 지원병은 안 옵니다. 그러니까 포기하는 게 좋을 겁니다."

민호는 칼을 뒤집어 잡았고, 소장의 뒤통수를 때려 기절시켰다. 죽일 수도 있었지만, 그의 눈에는 아무리 봐도 열대여섯밖에 되지 않은 소년인 예프렌의 앞에서 사람의 피를 보고 싶지는 않았기 때문이었다. 그는 이미 자신의 펄스 추진 스키를 가지고 온 상태였다.

"이쪽으로 오십시오!"

민호가 손을 휘저으며 세 사람을 이끌었다. 회색으로 단단하게 굳은 콘크리트와, 마치 소총의 노리쇠뭉치 같은 어두운색의 철근으로 만들어진 통로로.

"어, 어디로 가는 거예요!"

예프렌의 목소리는 유난히 떨고 있었다.

"나도 몰라! 손이나 잡아!"

줄리아가 그런 예프렌의 손을 먼저 덜컥 잡았다. 민호는 쓰러진 교도관의 허리춤에서 자신의 칼을 먼저 되찾았다. 그리고 줄리아에게 권총 한 자루를 건네주며 물었다.

"탄은 얼마나 남았습니까?"

줄리아가 어깨를 으쓱이며 주변의 널브러진 교도관들 예닐곱 명을 둘러봤다.

"대충 우리가 다 들고 다닐 수 없을 만큼?"

제프리가 고개를 끄덕이며 쓰러진 교도관들에게서 탄창을 빼앗아 줄리아에게 나눠줬다.

"예프렌, 총 쏠 줄 알아?"

줄리아의 질문에 예프렌이 고개를 가로저었다. 하지만 제프리가 그의 손에 총을 쥐여주었다.

"우리와 다니려면, 맞추진 못해도 쏘는 방법까지는 알아야 할 거야. 줄리아, 앞장서요. 애한테 총 쏘는 건 내가 가르칠 테니까."

이동표적에 대한 명중률은 줄리아가 제프리보다 두 배는 높았으니 괜찮은 제안이었다.

"좋아. 되도록 탄 걸렸을 때 해결법도 가르치도록 해."

제프리는 교도관들의 방탄조끼를 벗겨선 민호와 줄리아에게 던져주었고, 예프렌에게도 입혀주었다. 모두 자기 몫의 스키를 등에 진 채로.

"좋습니다. 이제 출발하는 게 좋겠습니다. 지금 우리, 너무 시간을 지체했습니다."

줄리아가 고개를 끄덕이곤 먼저 앞장섰다. 네 명은 숨을 죽인 채 코너마다 벽에 몸을 붙이곤, 먼저 총구부터 들이밀었다. 그때 저 멀리서 무언가가 무너지는 소리가 들렸다.

"뭐, 뭐야?"

기겁한 줄리아가 주변을 둘러보자, 예프렌이 조용히 어깨를 으쓱였다.

"나야베스가 건물 벽 하나를 무너뜨린 모양이에요. 그거 때문에 갇혀 있던 죄수들이 조금 아니 많이 튀어나왔고요."

제프리가 미간을 찌푸리며 다시 물었다.

"그걸 어떻게 알아?"

"나야베스는 저한테 목소리를 전할 수 있거든요. 정확히는 당신들이 설인이라고 말하는 모든 실험체들한테요. 제가 어떻게 나야베스랑 소통하겠어요?"

"마치 뇌 인터페이스 메시지 비슷한 거군."

예프렌은 '뇌 인터페이스 메시지'가 뭔지는 몰랐지만, 대충 제프리가 이해했다는 것 정도는 눈치챈 모양이었다.

"비슷할 거예요. 아마도."

그리고 이어서, 총소리가 울려댔다. 줄리아가 조용히 민호에게 물었다.

"이 총소리 일반적인 소총인데. 공중폭발탄이 아니야."

공중폭발탄이면 격발음 이후에 반드시 제법 시끄러운 폭발음이 들려야 했다.

"벌써 군인들이 온 건 아닐 겁니다. 분별없이 조정간을 연사로 놓고 갈겨대는 거로 보아하니 교도관들의 구형 돌격소총을 방금 탈출한 죄수들이 쥐고 쏘는 모양입니다."

"그러면 우리가 뚫고 가기 어렵지 않겠네."

줄리아는 베이나나, 그 떨거지들을 잠시 생각했다. 공중폭발탄의 충격으로 속이 뒤집어 죽든 말든 별 신경 안 쓰일 인간들이었다.

"그래도 수가 많아요, 줄리아."

제프리가 걱정 어린 목소리로 줄리아의 뒤에서 말했다. 아무래도 예프렌에게 권총을 쏘는 법 정도는 벌써 다 가르친 모양이었다.

"아니, 그리 많지는 않을 거야."

"어째서입니까, 줄리아?"

민호가 미간을 찌푸리며 고개를 갸웃거렸다.

"민호, 너라면 어떻게 하겠어? 정체 모를 설인 때문에 수감소가 반쯤 무너지고, 총은 손에 쥐어 있는 데다, 아직 군인들은 들이닥치지 않고 있잖아."

"아마 탈출하려 할 것 같습니다. 저라도."

"그러면 남은 교도관들은 뭘 할까?"

"둘로 나뉠 겁니다. 무리의 크고 작음은 모르겠지만, 한 무리는 탈출한 수감자들을 노릴 거고, 나머지 한 무리는 저 날뛰고 있는 설인을 잡을 겁니다."

그때, 제프리가 무언가 알았다는 듯 고개를 주억거렸다.

"줄리아 말은 우리에게 신경 쓸 교도관들이나 군인들이 없다는 거군요?"

줄리아가 고개를 끄덕였다.

"이건 시간 싸움이야. 우리는 최대한 빨리, 최대한 사람이 없는 통로로 여기서 나가야 해. 그리고 착륙장까지 뛰어야 한다고."

"그런 통로라면 제가 알죠. 따라와요, 다들."

제프리가 앞장섰다. 그리고 건물이 무너진 여파로 불이 깜빡거리는 유난히 좁은 통로를 손으로 가리켰다.

"확실합니까?"

"확실해요."

9. 사람이 없는 곳으로

제프리의 단언은 확실히 근거가 있던 모양이었다. 줄리아와 제프리, 민호와 예프렌은 그 좁은 통로를 지나면서 자신들의 것 이외의 발소리를 듣지 못했다. 그러니까, 마지막까지. 양면으로 덜렁거리며 열리는, 그 끝에 위치한 조리실의 문 앞까지는.

줄리아의 손이 바짝 올라갔고, 모두는 발걸음을 그 즉시 멈추었다. 문밖에서 소리가 들렸다. 발소리였다. 그리고 목소리였다. 익숙한 음성이었다. 예프렌을 제외한 모두가 그 목소리의 주인을 알았다. 그리고 좋은 감정을 가진 사람이라곤 없었다.

"입구란 입구는 죄다 막는다! 이제 우리가 이 건물을 통제하는 거야!"

베이나의 목소리였다.

"어떻게 하려는 거죠?"

제프리가 작게 속삭였다. 줄리아가 잽싸게 그 조그만 머리를 굴렸다.

"아마도, 일단 본청에서 사람들이 올 거라고 생각하는 모양이야. 민호, 케이블 잘랐어?"

민호가 제 허리춤의 날카로운 칼을 건드리며 낮춘 목소리로 말했다.

"확실히 잘랐습니다."

"아는 사람은?"

"여기 있는 우리뿐입니다."

그럼 거의 확실했다. 베이나과 그 일당들은 분명히 이 모든 일에 본청이 거의 즉각적으로 반응할 것이라 생각한 거였다. 자신들이 뚫고 갔던 폭풍이 아직 완벽하게 가신 게 아닌 데다, 진행 방향이 본청 쪽이었으니 아직 육안으로 이쪽의 난리를 식별하진 못했을 것이라는 생각이 줄리아의 머릿속을 스쳤다.

"근데 민호, 베이나 확실히 재웠다고 하지 않았어?"

분명히 그렇게 들었었다. 민호는 줄리아의 찌푸려진 얼굴을 마주하지 못했다.

"죽이진 않았었습니다."

"그럴 줄 알았어."

줄리아가 바닥에 귀를 바짝 당겨 붙였다. 발소리를 들으려는 거였다.

"몇이에요?"

예프렌이 조용히 물었다.

"셋. 민호의 칼도 한 자루뿐인데, 여기서 총성이 들린다면 죄수들이 죄다 몰려올 거야."

가진 탄이라곤 공중폭발탄이 전부였다. 일반 소총이라던가 권총보다 월등히 시끄러운 소음을 낼 게 분명했다.

"나한테 맡겨요."

저 밖은… 그냥 밖이었다. 눈이 쌓이고 은근하게 태풍의 남은 바람이 휘몰아치는 밖.

"뭘 하려고?"

줄리아가 미간을 찌푸렸다. 예프렌은 대답 대신 눈을 질끈 감고, 손으로 바닥을 짚었다. 줄리아와 제프리, 민호는 본능적으로 뒷걸음질쳤다. 주변의 냉기가, 정확히 말하면 차가운 공기가 휘몰아치는 것을 피부로 느꼈기 때문이었다.

"무슨 일이 벌어지고 있는 겁니까?"

민호가 당혹스러운 목소리로 줄리아에게 물었다. 줄리아는 그가 뭘 할지 대충 예상하고 있었다.

"말해주기를 깜빡했는데. 쟤, 설인이야."

"뭐라고 하셨습니까?"

민호가 그 유난히 까만 눈동자로 다시 예프렌을 들여다봤을 때는, 이미 응결된 주변의 수분이 소년의 몸을 휩싸고 있었다. 날카로운 칼을 숫돌에 가는 것만 같은 소리가 스산하게 퍼졌다.

"이름이 민호랬죠?"

예프렌이 그를 올려다보며 물었다.

"그렇다만."

"한 놈만 부탁할게요."

민호는 대답 대신 허리춤의 칼을 뽑아들었다.

"말하겠는데, 머리 긴 놈은 내 거다. 이번에야말로 그 잘난 머리통을 떨어뜨려 줄 테니까."

아무래도 저번에 그 식판 사건을 잊지 못하는 모양이었다. 그녀가 했던 모욕도. 줄리아는 아무래도 좋다고 생각했다. 설령 그가 그의 옛 사수를 짝사랑했고, 같은 색의 머리칼 때문에 자신에게서 그녀를 떠올렸다고 해도 상관없었다.

"해봐, 민호. 이번에는 안 말릴 테니까. 대신 이번에는 확실히 해야 할 거야. 다시는 일어나지 못하게."

민호는 대답 대신 어깨를 으쓱여 보였다. 다음 순간, 그의 부츠 밑창이 조리실 문을 거칠게 걷어찼다.

"뭐야!"

베이나는 채 뒤돌아보기도 전에 목이 잘려 날아갔고, 나머지 둘은 그 긴 소총의 머리를 돌리기도 전에 온 사방에 피를 안개처럼 흩뿌리며 쓰러졌다. 예프렌이 만들어놓은 날카로운 얼음 조각이 녀석들의 온몸을 그어버린 거였다.

"왜 진작 할 수 있다고 안 했어?"

줄리아가 미간을 찌푸리며 물었다. 예프렌은 제 왼쪽 어깨를 오른손으로 주무르며 말했다.

"할 때마다 몸이 뻐근해지거든요. 수명도 줄고요. 이제 슬슬 한계예요. 정말로 복구 캡슐이 필요하다고요."

제프리가 예프렌의 어깨를 툭툭 치곤, 저 멀리 실루엣으로만 보이는 착륙장을 가리켰다.

"얼마 안 남았어."

제프리는 예프렌 대신 그의 스키에 시동을 다시 걸어줬다. 그리고 셋은, 나란히 착륙장을 향해 속도를 높이기 시작했다.

✳

솔직히 줄리아는 나야베스가 다시 제프리에게 돌아올 수 있을지가 의문이었다. 아니, 애당초 너무 눈에 띄지 않을까도 걱정이었다. 그렇게 한참을 달렸다. 곧, 저 멀리 착륙장의 실루엣이 보이기 시작했다. 수직으로 거치된 수송선의 모습도 보였다. 하지만 그 앞이 조금 부산스러웠다.

"다들, 엎드리십시오."

민호가 낮은 목소리로 모두에게 일렀다. 줄리아는 엎드리면서도, 저기서 부산스러운 사람들 사이에 끼어 있는 복장이 다른 한 사람을 지켜봤다. 혼자만 군복을 입지 않고 있는 사람. 줄리아 일행들은 사구의 건너편에서 몸을 바짝 붙이고, 눈만 빼꼼히 내놓았기에 보이지 않을 게 분명했다.

하지만 그 사람은 군인들과 실랑이를 몇 번 하더니 이쪽으로 혼자 걸어오기 시작했다. 네 사람의 목구멍을 타고 마른침이 넘어갔다. 그리고 누가 뭐라 할 것도 없이, 두 사람은 총을 들어 그를 겨누었다. 민호도 허리춤에서 칼을 꺼냈다.

"제가 할 테니까 두 사람은 가만히 있는 게 좋겠습니다. 총은 시끄럽지 않습니까."

민호의 속삭임에 제프리와 줄리아 모두 고개를 끄덕였다. 그렇게, 그 사람이 사구 너머로 얼굴을 내밀자마자, 민호가 그 사람의 목에 칼날을 들이밀었다.

"아니, 당신은 누구….."

그뿐만이 아니었다. 다리를 걸어 넘어뜨리곤, 착륙장 경비병들의 눈에 띄지 않게 급히 사구 이쪽 너머로 넘어뜨렸다.

"가만히 있어! 목 따이기 싫으면!"

민호는 거친 목소리로 속삭이며 그 사람을 내리눌렀고, 제프리는 총을 들이밀었다. 오로지 줄리아만이 얼어붙은 것처럼 멈춰 있었다.

"도스란?"

사구 위에 엎어져선 코로 힘껏 얼음알갱이를 들이마시고 있는 사람은, 줄리아의 변호사인 도스란이었다.

"줄리아?"

도스란의 안색이 새하얘졌다.

"아니, 줄리아. 당신이 왜 여기에…."

물론 도스란의 상황 파악은 빨랐다. 총을 들고 있는 제프리, 칼을 들이밀고 있는 민호, 그리고 어깨에 같은 총을 메고 있는 줄리아.

착륙장의 코앞에서….

"도스란, 조용히 해요. 난 정말로 당신을 쏘고 싶지 않아요."

이미 줄리아는 변호사의 이마를 향해 총을 겨누고 있었다.

"줄리아, 이럴 필요 없어요. 내가 연합으로 돌아가면 당신의 상고심이 열릴 거고, 어차피 그 기간 동안 줄리아는 여기서 벗어나서…."

줄리아의 표정이 시시각각으로 굳어갔다. 도스란은 무엇인가가 계속 잘못되고 있음을 느꼈다. 여기서 줄리아는 표정이 굳어서는 안 되는 것이다. 그가 알기로는. 갈등하고 고뇌하며 지금의 행동이 맞는지 고민해야 했는데….

줄리아의 차갑게 식은 총부리는 오히려 그의 이마에 거침없이 들이밀어진 상태였다.

"닥쳐. 어차피 기각될 거잖아!"

차라리 입을 다물고 있었으면 좀 더 고민해보았을 텐데. 줄리아는 도스란의 그 입이 원망스러웠다. 아니, 사실 도스란이라는 사람 자체가 원망스러웠다.

"그게 무슨 소리예요? 제가 가서 상고심을 넣으면…."

줄리아는 이를 갈아 물었다. 이 사람은 왜 이다지도 뻔뻔하게 자신에게 거짓말을 하는 건지.

"제발 닥쳐! 당장 쏘고 싶어졌으니까. 다 들었어. 당신이 전화했던 내용 다 들었다고. 내 침대에 앉아서 했던 말들이 대체 무슨 의미인지 이제 다 알았다고!"

그때, 제프리가 줄리아의 입을 틀어막았다. 그제야 줄리아는 자신이 소리를 지르고 말았다는 사실을 깨달았다.

"무슨 일이십니까, 변호사님!"

사구 너머에서 군인들의 목소리가 들렸다. 민호가 도스란의 목에 칼을 들이대고 속삭였다.

"아무 일 없다고 말해."

차갑고 단단한 목소리였다. 그의 칼날만큼. 도스란의 목이 사흘 내내 틈만 나면 갈아댔던 날카로운 날에 베여 살짝 피를 흘렸다.

"아, 아무 일 없어요! 잠시 미끄러져서 넘어진 겁니다!"

잠시 저쪽에서는 대답이 없었다. 민호와 제프리, 그리고 줄리아는 귀를 기울였다. 모래알 같은 얼음 알갱이들을 헤치는 발소리가 잘게 들리고 나서야 대답이 돌아왔다.

"알겠습니다, 변호사님!"

민호가 입술을 깨물었다.

"들켰습니다. 젠장."

그리곤 벌떡 일어나선, 도스란의 목을 팔뚝으로 단단히 옥죄곤 칼날을 가져다 댔다.

"다들 꼼짝하지 마!"

이제는 인질로 삼아야 할 때였다. 줄리아와 제프리까지 총을 들고 일어서자, 포위하다 만 건지 반원으로 펼쳐져 있던 군인들이 난감한 표정을 지었다.

"원하는 게 뭐지?"

그중에서 그나마 가장 높아 보이는 사람이 줄리아 일행에게 말을 걸었다. 아무래도 분대장인 게 분명했다. 비록 편집증적인 보안 수칙 때문에 분대장에게도 무전기가 없어 보이긴 했지만, 별다른 좋은 소식은 아니었다. 대신 본청에서 망원경 같은 걸 동원해 이쪽을 관찰하고 있을 테니까. 이미 지금 다른 지원군이 출발하고 있을 것이다.

"다들 비켜! 우린 수송선을 원한다!"

제프리와 민호는 익숙해 보였다. 원래도 인질극 몇 번 해본 것처럼, 능숙하게 도스란을 끌고 주변에 총부리를 겨루며 착륙장을 향해 나아갔다. 하지만 저쪽만이 난감한 건 아니었다. 이대로 도스란을 데리고 에다 행성에서 벗어날 수는 없었다. 그래도 연합의 국선변호사인데, 추적이 붙을 것이다.

어차피 셋에서 도망쳐도 수배령이 떨어진다는 점에서는 동일해보일지 몰라도, 그냥 수배령은 현상금 사냥꾼의 눈에 띄지 않는 이상 안전하지만, 군의 수색부대가 추적하는 순간 잡히지 않는 것이 이상한 상황이 되어버리는 것이다. 그것만은 피해야 했다. 그런 점에서, 도스란을 안전하게 '모셔야' 하는 군인들과 이해관계가 맞는 부분은 분명 있었다.

"수송선을 줄 테니 변호사님을 풀어줘!"

역시나, 그들이 교섭 조건을 제시하고 나섰다. 테러리스트와 교섭은 없다는 정부 원칙 따위, 당장 주요인사를 지키지 못해 군복 벗게 생긴 자신의 생계보다는 중요하지 않은 것이다. 사람 목숨이 달리고 자시고의 문제는 아니었다.

그냥 변호사가 아니었다. 저 변호사의 뒤에는 연합 정부가 있는 것이다. 뭔지는 몰라도 큰돈과 골치 아픈 정치적 문제가 엮여 있는 게 분명했다. 대위 견장을 단 그는 그런 문제에 휘말리고 싶지 않았다.

"그럼 전부 총 버려!"

제프리가 옆에서 크게 외쳤다. 도스란의 관자놀이에 총구를 들이대면서. 군인들은 구시렁거리며 어쩔 수 없이 총을 내려놓았다.

"뒤로 돌아서 앞으로 가!"

제프리는 철저한 편이었다. 아니, 사실 이게 기본이었지만 줄리아가 이런 것에 익숙하지 않아 그렇게 느낄 뿐이다. 민호가 줄리아를 돌아보며 말했다.

"줄리아, 스키를 벗는 게 좋겠습니다. 이제 몇 걸음 안 남은 데다 그걸 신고 있으면 탑승하기가 고달플 겁니다."

줄리아는 고개를 끄덕였고, 자신의 스키를 벗고 난 다음 예프렌의 것과 민호의 것까지 풀어주었다.

"줄리아, 저 대신 저 녀석들한테 총 좀 겨눠줄래요?"

"됐고, 내가 스키 결합 풀어줄게."

제프리는 어깨를 으쓱였고, 고개를 끄덕였다. 이윽고 그의 발도 강철 쪼가리에서 자유로워졌다. 이제 착륙장에 서 있는 수송선과는 기껏해야 서른 발자국 정도밖에 차이가 나지 않았다. 그때였다. 저 멀리, 본청 방향에서 무언가가 반짝였다. 그건 분명히 빛으로 쏘는 수신호였다. 그리고 아니나다를까, 군인들이 뒤를 돌고 있었다. 그 눈빛들은 자신의 소총을 더듬어 찾고 있었다. 인질의 가치가 사라지는 순간이었다.

"뛰어요, 줄리아!"

외침과 함께 제프리의 손가락이 방아쇠를 눌렀다.

10. 사람이 없는 곳으로

공중폭발탄이 들어간 소총의 소염기가 순식간에 불을 뿜었다. 줄리아는 예프렌의 손을 세게 잡았고, 있는 힘껏 뛰었다. 두세 명의 목소리가 비명을 질렀다. 제프리의 총에 맞은 게 분명했다. 하지만 줄리아는 자신의 미래를 비관하고 있었다. 비록 수송선까지 열 걸음도 남지 않은 거리였지만, 줄리아가 열 걸음을 뛰는 시간보다 총알이 백 걸음을 날아오는 속도가 더 빠를 테니까.

이윽고 제프리가 쐈을 때와는 비교도 되지 않는 규모의 격발음이 귓전을 때렸다. 줄리아는 곧 자신이 죽을 것이라 생각했다. 하지만 놀랍게도 아니었다.

"나야베스!"

예프렌의 목소리였다. 뒤를 돌아보니, 언제 왔는지 거대한 설인이 그 몸으로 수송선과 그들을 완벽하게 가리고 있었다. 제프리가 소리쳤다.

"줄리아, 뒤돌아보지 말고 일단 타세요!"

그때였다. 민호의 팔을 뿌리친 도스란이 줄리아의 목을 죄었다.

"안 돼!"

변호사의 표정에는 절박함이 가득했다. 지금 여기서 줄리아가 도망간다면, 그에게 약속된 모든 것은 죄다 물거품이 되는 것이다. 그뿐인가? 연합 정부의 가혹함은 누구보다 자신이 잘 알고 있었다. 입막음 값으로 자신의 목숨을 내놓아야 할 거였다. 분명히.

"다들 가만히 있지 않으면…."

하지만 도스란의 말은, 단 한 발의 총성으로 멎어버렸다. 줄리아의 손에는 권총 한 자루가 들려 있었다. 민호가 줄리아의 손에 건네주었던 바로 그 권총이었다.

"주, 줄리아…."

도스란의 옆구리에서 흘러나왔던 뜨거운 피가 줄리아의 옷을 적시고, 그의 팔이 줄리아의 어깨에서 미끄러져 내렸다. 줄리아는 아무 일 없다는 듯 권총을 다시 주머니에 쑤셔 넣고 외쳤다.

"예프렌! 당장 들어가! 민호하고 제프리도!"

문제는 이 급박한 상황에서 나야베스를 수송선 안으로 데려올 수가 없다는 것이었다. 하지만 예프렌은 입을 다물었다. 나야베스가 자신을 보고 있었기 때문이었다. 그것은 체념이나 포기, 혹은 잘 가라는 안녕의 인사가 아니었다. 열망이었다. 자신의 손으로 예프렌을 살려낸다는 열망이었다.

　예프렌은 나야베스와의 추억을 생각했다. 나야베스를 위해 수화를 배우던 시절을 생각했다. 나야베스가 자신을 위해 에레원의 망치질에 기꺼이 고통을 참아내었던 것을 기억했다. 그렇기에 나야베스에게 달려갈 수도, 이 닫혀가는 문을 열 수도, 줄리아에게 나야베스를 데려와야 한다며 말을 꺼낼 수도 없었다.

　침묵 아래 결국 문이 닫혔다. 예프렌은 칼날 없이 비어버린 칼자루를 쥐곤 말없이 눈물 흘렸다. 등 뒤로 줄리아와 제프리의 목소리가, 이곳저곳을 뛰어다니며 내부를 점검하는 민호의 발소리가 들렸다. 하지만 그 무엇도 나야베스가 전하는 목소리만큼이나, 아무에게도 들리지 않는 그 목소리만큼이나 예프렌의 눈길을 잡아끌지는 않았다.

　「내 고향으로 가줘.」

　머릿속을 울리는 그리울 목소리. 예프렌은 대답조차 보내지 못하고 고개를 끄덕였다.

　하염없이 눈물을 바닥으로 떨어뜨리면서.

　「울지 말고.」

✳

“줄리아, 뭐라도 운전해본 적 있어요?”

제프리가 다급하게 물었다. 줄리아는 고개를 끄덕였다. 먹고 살기 위해 뭐라도 했던 시절에는, 구식의 허름한 우주 수트를 입고 더 허름한 지게 로봇에 타서 콜로니 외부의 얼음을 떼어내는 일도 해본 적이 있었다. 그런 일은 신분증도 요구하지 않았다. 죽었을 때 산재처리를 해주고 싶지 않을 테니까.

“지게 로봇 정도는 해봤어!”

민호가 안도의 한숨을 내쉬었다.

“다행입니다. 나는 차 말고는 몰아본 적이 없어서….”

제프리는 잽싸게 기장석에 앉았고, 줄리아는 민호를 지나쳐서 부기장석에 앉았다. 예프렌은 창문에 붙어선 나야베스에게서 눈길을 떼지 못하고 있었다. 다행스럽게도 군인들의 소총은 설인 사냥 노역에 시달리던 수감자들하고는 달리 공중폭발탄이 아니었다.

애당초 그런 걸 소지할 이유도 없을 터였다. 착륙장이나 본청이나 수감소 모두 이 정치범수용소의 포탑 달린 거대한 외벽 안에 있으니까. 원래 그들은 설인을 만날 일이 아예 없어야 했다. 제프리는 거칠게 대시보드를 열어젖혔다.

“어디 보자… 어디 보자….”

번들거리는 제프리의 두 눈이, 결국 찾고자 하는 것을 찾아냈다. 손으로 시동장치에 배선된 전선 두 개를 뽑아냈다.

"제프리, 그런 건 대체 다 어떻게 알고 있는 거야?"

"제가 어쩌다 여기 갇혔을 거라 생각해요? 저도 어지간히 사보타지에 능한 요원이었다고요. 뭐, 내가 돌아갈 단체는 공중분해 당했지만요."

제프리의 손이 쑥, 줄리아의 앞으로 향했다. 옆자리의 글러브박스를 뒤지려는 거였다.

"아, 군용 수송선이면 이런 곳에 비상정비공구를 둘 텐데…. 좋아, 찾았다."

니퍼였다. 제프리는 싱긋 웃더니, 능숙한 손놀림으로 뽑아낸 전선의 피복을 벗겨냈다. 마치 오래된 영화 속의 한 장면 같았다.

"그게 돼?"

"이 수송선, 낡아서 가능해요."

애당초 천장에 달린 물리 스위치부터가 그렇게 젊은 기체가 아니라는 걸 알려주는 듯했다. 아무리 보아도 우중충한 녹색과 검은색으로 가득한 실내는 마치 노인의 긴 수염처럼 세월 그 자체를 상징했다. 그리고 제프리가 두 전선을 가볍게 가져다 댔다. 총구의 불꽃처럼 스파크가 튀겼다. 곧이어 계기판들에 불이 들어왔다.

"거 봐요."

심지어 몇몇 계기판들은 아날로그식이었다. 앞유리에 펼쳐진 홀로그램 스크린은 녹색 일색이었지만, 알아보기에는 충분히 편리했다. 제프리는 바쁘게 손을 놀려서, 이륙 전의 안전 점검을 죄다 OS단에서 돌아가는 매크로 시스템으로 대체했다. 본래는 사람이 일일이 진행하는 거지만 지금은 바빴다.

"줄리아, 스틱하고 트러스트 레버 잡아요!"

스틱은 오른쪽. 문에 달린 조종간이었다. 거기까진 알아들을 수 있었다. 그런데 당최 트러스트 레버가 뭔지는 알 수가 없었다.

"트러스트 레버가 뭔데!"

"스로틀이요, 스로틀!"

줄리아는 뭐라고 확 쏘아붙이고 싶은 걸 참았다. 지금은 일단 출발해야 할 때였다. 제프리의 손은 아직도 바빴다. 심지어 그는 몇 가지 직접 해야 하는 체크는 건너뛰었고, 솔직히 말해 연료 상태나 현재 기후는 확인하지도 않았다. 확인해봐야 이제 와서 뭔가 조치를 하기에는 늦었기 때문이었다.

"하나 둘 셋 하면 스로틀 올려요!"

"어, 얼마나!"

"절반 정도요!"

줄리아는 심장이 입 밖으로 튀어나올 것만 같았다. 애당초 이 스로틀과 스틱 구조는 지게 로봇과 같다고 할 수 있었지만, 그걸 가지고 이걸 조종할 수 있느냐 하면 절대 아니었다. 감자칩 포장할 줄 안다고 반도체 칩 패키징 할 줄 아는 게 아닌 것과 같을 정도였다.

"아니, 근데, 제프리, 나 진짜로…!"

"늦었어요, 하나, 둘, 셋, 스로틀 올려요!"

"으악!"

결국, 줄리아는 제프리의 외침에 맞춰서 스로틀을 밀어 올릴 수밖에 없었다. 스로틀 올리는 속도가 조금 느려서 살짝 기체가 오른쪽으로 틀어지긴 했지만, 덕분에 효과적으로 주변을 에워싼 정비용 차량들을 치울 수 있었다. 마치 사람 머리통의 수십 배는 되는 토치가 켜지는 듯한 소리가 들렸다.

"예프렌, 민호! 앉아서 벨트 제대로 매!"

"이미 했습니다!"

다행이었다.

"줄리아, 그쪽 문에 달린 위에서 세 번째 파란색 스위치 올려 줘요!"

줄리아는 스틱을 부러지라 잡고 있는 와중이었다.

"그, 그, 그게 뭔데!"

"어차피 부기장 스틱은 기장이 스틱 쥐고 있는 동안 작동 안되니까 놓고요! 밀폐 스위치니까 우주 나가자마자 죽고 싶은 거 아니면 켜요!"

"아, 알았어!"

밀폐 스위치를 올리자, 순식간에 외부의 총격음이 절반은 줄어들었다. 엔진음도 마찬가지였다. 제프리는 스로틀 왼쪽의 플랩 레버에 손을 가져다 댔다. 아직은 플랩을 내리면 안 되었다. 앞창에 뜬 초록색 홀로그램 속도 게이지가 세로로 계속 올라가고 있었다.

사실, 제프리는 이제 되었다고 생각했다. 여기에 흘러들어올 때 본 바로는, 이 변두리 행성을 지키는 연합 우주함대는 근처에 없었다. 애당초 여기까지 어지간해서는 순찰도 잘 오지 않았다. 어쩌다 찍힌 카메라 사진이 우연한 계기로 유출될 것을 걱정했기 때문이었다. 비인류종 지성생명체에 대한 인류정부의 아파르트헤이트는 수없이 많은 반정부단체를 만들었으니, 정보유출의 가능성이 없다고 단정할 수는 없었을 테니까.

이 에다 행성은 철저하게 이 우주에서 없는 행성이어야만 했던 것이다. 그리고 제프리는 이제서야 그 이유를 알고 있었다. 토착 생물을 이용해 다른 항성계를 침공할 합성인간을 배양하고 있었다니. 사실 이건 극단적 인간주의자들에게도 덜미를 잡힐 만한 짓일 게 분명했다. 그리고 드디어 이륙속도가 맞춰졌다.

"제프리!"

"말 안 해도 알고 있어요!"

제프리는 레버를 올려 플랩을 내렸고, 줄리아 몫의 스로틀까지 큰 손으로 한꺼번에 쥐고 올려선 트림에 걸어놓았다. 그때 눈앞으로 무언가가 굉음을 내며 지나갔다. 저 멀리 그것에 맞은 지표가 커다란 소리를 내며 폭발하더니, 깊은 구멍이 파였다. 포탑이었다. 외벽에 설치된 포탑이, 방공포탑도 아니면서 그들이 타고 있는 수송선을 향해 공격을 가하고 있었다.

"이런, 미친!"

여기서 저 위력을 모르는 사람은 없었다. 설인도 한 방에 박살 내는 고폭탄이었다. 수송선 따위야 맞는다면 바로 신문지처럼 찢겨선 고철덩이로 변해 추락할 게 분명했다.

"다들 꽉 잡아!"

제프리가 스틱을 단단히 움켜쥐곤 회피기동을 하기 시작했다. 다행스럽게도, 지상 위의 목표물을 맞히기 위해 설계된 포탑은 하늘을 떠다니는 수송선을 제대로 맞히진 못했다. 그럼에도 불구하고 사격은 여전히 위협적이었다. 제프리는 끊임없이 기수를 위로 올렸다. 앞유리창의 홀로그램 콘솔이 연신 깜빡거리며 스피커로 경고음을 내보냈다.

여기서 더 이상 기수를 올리면 받음각이 지나치게 커져서 기체가 실속에 빠질 수 있었다. 양력보다 공기의 저항력이 커지면 바로 추락이다. 그리고 제프리는 아슬아슬하게 받음각을 유지하고 있었다.

"제프리, 이러다 떨어져! 위로 갈수록 공기가 희박한데…!"

공기가 희박하면 제트엔진의 추력도 같이 떨어진다. 애당초 팬으로 공기를 압축해 연료를 분사해 섞어서 불태우는 방식이니 더더욱 그랬다.

"다 방법이 있어요!"

제프리는 자신의 앞에만 있던 레버 하나를 당겼다. 그러자 등 뒤에서 커다란 폭발음이 들렸다.

"으악, 이게 뭡니까!"

민호가 고함을 쳐댔다.

"뭐긴 뭐야! 우주에서 쓰기 위한 로켓 엔진이지! 애당초 혼자서 궤도권으로 나가는 어지간한 구형 군용 수송선은 죄다 엔진 두 종류씩 달려 있다고!"

시야에서 이제 점점 저 지긋지긋했던 얼음 사막이 사라지고 있었다. 이제 유일하게 보이는 건 푸른 하늘이었고, 조금 더 기다린 후에는 새까만 하늘이었으며, 몇십 초의 인내심 후에는 완전한 우주였다.

더 이상은 공격도 날아오지 않았다. 아마 사거리 밖이어서일 것이다. 어느 순간을 기점으로, 반절로 줄었던 엔진음이 점점 더 쪼그라들어 더 이상 들리지 않았다. 그와 동시에 몸이 가볍게 무게를 잃었다.

"우리, 이제 나온 거야?"

줄리아의 질문에, 식은땀을 훔친 제프리가 투덜거리면서 답했다.

"그럼요. 엔진 단일화도 되지 않은 이 구닥다리 수송선을 타고, 저 망할 얼음 사막 행성을 뛰쳐나왔죠. 민호!"

"왜 부릅니까?"

"가서 위치수발신기기 박스 찾아서 박살내버려!"

민호는 싱긋 웃었고, 30초 후 뒤에서 무엇을 내던져 박살 내는 소리가 들렸다.

그리고 무언가를 들고 나왔다.

"제프리, 여기 이런 게 있습니다?"

민호가 가져온 것은 커다란 캔이었다. '우주환경 분사용 도색 스프레이'라고 쓰인. 그 옆에는 '두 캔이면 어지간한 수송선은 재도색 완료!'라는 문구와 함께 '페일러 사'라는 회사명도 붙어 있었다.

"잘됐네. 우주복 입고 나가서 저 망할 인류정부 군부 로고나 지워버려. 나는 이곳에서 항로 결정해놓고 있을 테니까."

제프리가 어깨를 으쓱였다. 그리고 줄리아에게 물었다.

"어디로 가야 좋을까요?"

제프리가 둘 사이에 있는 콘솔박스의 계기판을 만졌다. 역시나 촌스러운 초록색 홀로그램으로 이 넓은 우주의 지도가 보였다. 그때였다. 아직 뺨에 눈물조차도 다 말라붙지 않은 예프렌이 두 사람 사이의 콘솔박스로 몸을 들이밀었다.

"예프렌?"

줄리아가 눈을 깜빡이며 물었다.

"내가… 내가 갈 만한 곳을 알아요."

그 목구멍 속에서 아직은 울음이 채 마르지 않은 것처럼 보였다. 흔들리지도 않는 우주선 안에서, 제프리는 침묵하며 소년의 말을 경청했다. 줄리아는 기꺼이 그의 조그마한 손을 잡아서, 콘솔박스의 계기판 위에 올려놓았다.

"알려줘, 예프렌."

예프렌의 손이 조금 서툴게 홀로그램을 만졌고, 저 먼 구석의 조촐한 항성계의 세 번째 행성을 가리켰다.

"나야베스의 고향이에요. 나더러 가달라고 했었어요."

줄리아는 싱긋 웃으며 소년의 머리칼을 쓰다듬고, 헝클어뜨렸다.

"알았으니까, 캡슐 안에 누워 있어."

줄리아는 예프렌의 얼굴에 말라붙은 눈물 자국을 닦아줬다. 그리고 이미 자동항행으로 전환된 수송선의 조종석에서 나와 그를 생체복구캡슐로 데려다줬다. 예프렌이 캡슐에 누운 채로 물었다.

"다시 일어나면 도착해 있을까요?"

"아니."

줄리아가 어깨를 으쓱이며 놀라 눈을 크게 뜬 그에게 다시금 속삭였다.

"일어나서, 카드게임 몇 판은 해야 도착할 거야. 포커 칠 줄 알아?"

"몰라요."

"가는 내내 알려줄게. 이 우주선 안에 포커 카드가 있다면 말이야."

줄리아의 미소에 예프렌도 긴장을 풀고 웃어 보였다.

"만약 없으면요?"

"그러면 코코아라도 진하게 타줄게."

차물들

1996년 서울에서 태어났고, 대학에서 전자공학과를 전공하다 문예창작학과로 진로를 틀었다. 이후 게임기획자를 꿈꾸다 게임기획자로서의 현실적 한계를 느끼고 웹소설작가로서의 진로를 결정했으며, 2019 제1회 조아라X카카오페이지 '기다리면무료' 공모전에 당선되었다. 간결함, 명료함, 과감함을 3대 원칙으로 글을 쓴다. 최근작으로 〈회귀한 검성은 구원자가 되었다〉, 〈SF위크〉 등이 있다.

저는 가지 않을 거예요

초판 1쇄 발행   2021년 9월 15일

지은이   김창규, 이시도, 이작연, 차물들
멘토   김창규
펴낸이   박은주
편집장   최재천
기획   김아린
편집   설재인
디자인   김선예, 서예린, 오유진
마케팅   박동준

발행처   (주)아작
등록   2015년 9월 9일(제2021-000132호)
주소   04050 서울특별시 마포구 양화로 156
          LG팰리스빌딩 1428호
전화   02.324.3945-6   **팩스**   02.324.3947
이메일   decomma@gmail.com
홈페이지   www.arzak.co.kr

ISBN   979-11-6668-627-6 03810

예수
인간의 얼굴을 한 신

지은이 제이 파리니(Jay Parini)

미국 버몬트 미들베리대학의 영문학 교수이자 시인, 소설가, 전기 작가다. 벤야민과 톨스토이를 다룬 소설을 비롯해 존 스타인벡, 로버트 프로스트, 윌리엄 포크너 등에 관한 여러 편의 전기를 썼다. 『옥스퍼드 백과사전(미국문학 편)』을 편찬했고, 『가디언』 등의 매체에 정기적으로 기고하고 있다. 국내에는 『보르헤스와 나』, 『벤야민의 마지막 횡단』, 『톨스토이의 마지막 정거장』 등이 번역되었다.

옮긴이 정찬형

연세대학교 학부, 고려대학교 대학원에서 정치외교학을 전공했고, 미국 콜로라도대학교에서 경영학 석사(MBA)를 취득했다. 옮긴 책으로는 『미스터리를 쓰는 방법』(미국추리작가협회), 『오른쪽 주머니에서 나온 이야기』, 『왼쪽 주머니에서 나온 이야기』(이상, 카렐 차페크), 『에드거 앨런 포, 삶이라는 열병』(폴 콜린스), 『한나 아렌트, 어두운 시대의 삶』(앤 C. 헬러) 등이 있다.

예수

인간의 얼굴을 한 신

제이 파리니 지음 / 정찬형 옮김

예수
인간의 얼굴을 한 신

초판 1쇄 인쇄 2022년 4월 22일
초판 1쇄 발행 2022년 5월 4일

지은이 제이 파리니
옮긴이 정찬형
펴낸이 정순구
책임편집 조원식
기획편집 정윤경 조수정
마케팅 황주영

출력 블루엔
용지 한서지업사
인쇄 한영문화사
제본 대원바인더리

펴낸곳 (주) 역사비평사
등록 제300-2007-139호 (2007.9.20)
주소 10497 : 경기도 고양시 덕양구 화중로 100(비전타워21) 506호
전화 02-741-6123~5
팩스 02-741-6126
홈페이지 www.yukbi.com
이메일 yukbi88@naver.com

차례

서문

수고하며 무거운 짐을 진 사람은
모두 내게로 오너라.
내가 너희를 쉬게 하겠다.
나는 마음이 온유하고 겸손하니,
내 멍에를 메고 나한테 배워라.
그리하면 너희는 마음에
쉼을 얻을 것이다.
— 「**마태복음**」 11:28∼30.

인간의 영혼은 하나님의 등불이다.
— **히브리 격언**.

이 책은 예수의 전기다. 따라서 『예수 – 인간의 얼굴을 한 신』은 비록 그리스도 이야기가 던지는 메시지를 진지하게 다루고 있긴 하지만 신학 논문은 아니다. 이 책을 통해 나는 성서를 연속된 계시로 보는 사람(또한 시인이자 소설가이고 문학 교사이기도 한)의 관점에서 예수를 새롭게 조명하고자 노력했다. 성서는 끊임없는 계시로 채워져 있다. 예수의 삶에 관한 정보를 찾을 때 가장 많이 의지하는 네 개의 복음서는 물론이고, 영지주의靈知主義 복음서[1] 같은 외경外經 문서[2]와 오랜 세월에 걸쳐 이룩된 수많은 시와 문학 작품에도 살아 숨 쉬며 현재 진행형인 예언들이 여전히 가득하다. 또한 이 책은 하나님의 왕국은 점진적으로 실현된다는 점을 강조하고 있다. 그것은 마치 현상액에 담긴 필름과도 같다. 처음에는 어렴풋한 윤곽뿐이었던 이미지에 점차 내용과 깊이가 더해지면서 어느 순간 명징한 모습을 드러내는 것이다.

성경을 무미건조하게 읽는 것만으로는 이러한 하나님의 왕국을 이해할 수 없다. 단순히 신앙 강령의 문구만 그대로 엄격하게 지킨다고 해서 우리에게 구원이 찾아오는 것은 아니다. 그것은 예수의 생각과는 아무 상관이 없다. 예수는 그 이상의 것을 우리에게 물었고 또 주었다. 예수의 삶과 사상을 조명하는 이 책을 신화(mythos, '이야기' 또는 '전설'을 뜻하는 그리스어)라는 관점에서 쓴 이유가 그 때문이

---

1 초대 교회에 맞선 이단 중 하나로 유대교보다 희랍 사상의 관점에서 기독교를 이해했다. 영靈과 정신은 선하고, 육肉과 물질은 악하다는 극단적 이원론을 주장했으며, 구약의 하나님을 물질을 만든 저급한 신으로 간주한다.(역주)
2 성경을 선정하는 과정에서 제외된 문서들로 정경正經 문서와 대비되는 개념이다.(역주)

다. 이야기에는 언제나 문자적 의미 외에 상징적 의미가 따라다닌 다. 따라서 누구나 예수의 이야기를 읽을 때면 두 개의 눈이 필요하다. 그럴 때 비로소 2천 년 넘는 세월 동안 그리스도인들의 이정표가 되어온 말과 행동들에 담긴 더 큰 의미를 이해할 수 있다. 현대 신학 자들은 예수가 신화 속의 인물이 아님을 증명하기 위해 오랫동안 애 써왔다. 하지만 나는 예수를 다시 신화 속으로 돌려보내야 한다고 생각했다. 이 전기를 쓰는 매 순간마다 나는 예수가 그를 만난 사람 들에게 어떤 의미를 지닌 존재였으며, 그의 가르침과 행동이 어떻게 사람들로 하여금 공적 내지 사회적(나아가 정치적)으로 의미 있는 개 인적 변모를 이끌어 냈는가를 상상하기 위해 노력했다.

예수는 신앙심이 깊은 천재였다. 특별한 성령의 은혜로 하나님 과 동등한 의식 수준에 도달했고, 삶 자체를 통해 이 세상을 어떻게 살아가야 할지 모범을 보여준 인물이었다. 그는 이웃을 제 몸처럼 사랑하고 한쪽 뺨을 맞으면 오히려 다른 쪽 뺨을 내밀며, '믿음과 희 망 그리고 사랑' 안에 견고하게 머물라고 우리를 깨우쳤다. 그가 우 리에게 설파하는 이상은 단순하다.

"내 계명은 이것이다. 내가 너희를 사랑한 것과 같이 너희도 서로 사랑하여라."(「요한복음」 15:12)

이 단순한 선언이 갖는 힘 앞에 우리는 숨이 멎을 듯한 전율을 느 끼지 않을 수 없다.

이 책에서 나는 예수와 그의 가르침을 '사막의 지혜'라는 맥락에 서 이해하려고 시도했다. 역사적 전환기에 이 땅에 온 예수는 모세의 율법과 유대주의의 전통으로 세례를 받은 독실한 유대인이었다. 하지만 그는 서양은 물론 동양의 사상에도 쉽게 접근할 수 있었던 실크로드에 살았고, 그 길 위에서 일어난 수많은 교류들이 그의 사상에 영향을 미쳤다. 단적인 예로 그의 가르침이 집약되어 있는 '산상수훈'은 힌두교와 불교에서 이야기하는 업보, 즉 뿌린 대로 거둔다는 개념을 흡수하여 유대교의 핵심 교리를 확장하고 변형시킨 것이었다.

물론 예수도 그리스인들처럼 인간의 마음을 영혼과 육체의 혼합물로 보았다. 하지만 나이 서른에 뜻을 세우고 빈자와 약자, 소외 계층 사람들에게 새로운 세상을 설파하고자 일어섰을 무렵의 예수가 지닌 인간 조건에 대한 이해는 자신이 접할 수 있었던 모든 사상을 아우르는 것이었다. 바로 여기에서 혁명이 시작되었다.

그는 혹독하고 까다로운 스승이었다. 찬송가에 나오는 "온유하고 부드러운" 예수와는 거리가 멀었다.

"나를 따라오려고 하는 사람은, 자기를 부인하고, 자기의 십자가를 지고, 나를 따라오너라."(「마가복음」 8:34)

이런 자신의 말처럼 예수는 자신을 추종하는 사람들에게 엄청난 요구를 했다. 그것은 실로 담대한 초대지만, 그 의미를 심각하게 받아들이는 그리스도인들은 드물다. 예수의 길은 자신을 발견하기 위해 자기를 버리는 자기 부인의 길이며, 피할 수 없는 삶의 고통을 감내하고, 어깨를 짓누르는 무거운 짐과 앞길에 놓인 과제들을 의연하게 받아들이는 십자가의 길이다. 이것이 참된 제자의 길이다.

제자의 길에 대해 생각할 때면 떠오르는 인물이 독일의 신학자이자 목사인 디트리히 본회퍼다. 나치에 맞서 용감하게 싸우다 비밀경찰에 의해 체포된 그는 연합군의 승리를 불과 몇 주 앞둔 1945년 4월 9일, 플로센뷔르크 강제수용소에서 나치에 의해 처형되었다. 베를린의 테겔 군 교도소에서 일 년 반 동안 수감 생활을 한 그는 동료 죄수들에게 위안과 영감을 선사했으며, 나치 교도관들조차도 그가 지닌 용기와 열정, 그리고 극한 상황에서도 행동으로 모범을 보이는 그의 자세에 존경심을 나타냈다. 그것은 본회퍼가 예수의 삶을 따라 살았기 때문에 가능한 일이다. 본회퍼는 늘 예수를 본보기로 삼으며, 예수의 길이 자신의 삶과 행동을 규정하기를 열망했던 것이다.

본회퍼는 숨을 거두기 불과 몇 달 전에 쓴 일기에 삶의 의미에 대한 치열한 성찰을 담아냈다.

"그것은 전적으로 우리 삶의 순간들이 전체의 계획과 실체를 드러내느냐에 달려 있다. 어떤 삶의 순간들은 아무 의미도 없는 반면, 다른 순간들은 오래도록 중요하다. 그것이 중요한 이유는 오직 신만이 그 순간을 허락하기 때문이다. 그것은 '삶의 정수'라고 불러 마땅한 순간이다. 아무리 미약해도 우리 삶이 그러한 순간을 포함하고 있다면 … 결코 삶의 단편적인 모습에 비통해할 것이 아니라 오히려 그것에 기뻐해야 할 것이다."[3]

사람들에게 신선한 충격을 안겨준 신학 저서 『나를 따르라』에서

3 Dietrich Bonhoeffer, The Cost of Discipleship(New York: Simon&Schuster, 1959), p. 33.

본회퍼는 책 전편에 걸쳐 십자가를 진다는 의미에 대한 성찰을 하고 있다.

"제자란 그리스도를 따르는 사람을 의미한다. 그리스도를 본받고 따르겠다는 일념으로 제자가 된 것이다. 추상적인 그리스도론, 독단적인 교리 체계, 은혜나 죄 사함에 대한 일반적인 종교 지식 같은 것들은 제자의 길과는 관련이 없다. 그것들은 오히려 제자의 길을 방해할 뿐 아니라, 본질적으로 그리스도를 따른다는 개념 자체와 양립할 수 없는 것이다."[4]

따라서 '구원' 받기 위해 믿어야 하는 사항을 잘 표시해놓고, 그것을 잘 따른다고 되는 일이 아니다. 예수의 길을 따르는 것은 무한한 자유를 느낌과 동시에 온갖 어려움을 감내하며 한 방향으로 걸어가는 것이다. "그의 은혜에 사로잡혀 오로지 예수 그리스도를 따르는 자는 복되다."라고 본회퍼는 말했다.

"그의 은혜를 알면서도 이 세상 안에서 그 은혜 없이 살 수 있는 자는 복되도다. 예수 그리스도를 따름으로써 하늘에 속한 것을 깊이 확신하여 이 세상 안에서 참으로 자유로운 자는 복되도다."[5]

본회퍼의 이러한 진술은 그리스도인의 길을 가려면 누구나 지켜야 한다고 전해지는 엄격한 규정과 규율, 즉 도그마에 대한 의문을 제기하는 것이다.

예수는 자신이 죽고 불과 몇 세기도 지나지 않아서 로마제국의

---

4 Bonhoeffer, p. 59.
5 Bonhoeffer, pp. 55~56.

황제가 기독교로 개종하고, 자신의 가르침을 국교로 삼았다는 사실을 알았다면 아마도 경악을 금치 못했을 것이다. 또한 자신의 이름 아래 세계종교가 발흥하고 신학자들(그리고 심지어는 군대들)이 자신이 전한 복음의 의미를 놓고 각자 자기의 해석이 옳다고 다투리라고는 상상도 못했을 것이다. 예수는 겨자씨 비유에서 알 수 있는 것처럼, 수많은 사람들이 새 떼처럼 자신의 사상의 나무 아래 모여드는 생각을 했을 수는 있지만, 유대교에 맞서 새로운 교회(그리스어로는 '에클레시아ekklesia')를 세울 의도는 없었다.

이 책의 마지막 장은 예수 "사후"에 그의 삶이 지닌 의미에 대해 서로 다른 견해들을 가진 교회들이 경쟁적으로 형성되는 과정을 다루었다. 그의 삶을 기록하려는 다양한 시도들도 같은 장에서 언급되었다. 이러한 시도들은 18세기 근대에 들어와 계몽주의의 영향으로 사람들이 예수의 역사적 위상, 그리고 복음서에 기록된 예수의 말과 행동에 대해 의구심을 갖기 시작했음을 보여준다. 하지만 이것은 이야기의 후반부에 해당된다. 이 책의 출발점은 예수가 태어난 세상, 즉 오랫동안 유대인의 땅이었으며 역사적으로 중요한 교차로 중 하나였던 팔레스타인 지방에 관한 것이다. 예수가 그곳에서 던진 메시지는 한 무리의 핵심적인 사람들(대부분 읽고 쓰지 못하는, 지중해 연안 지방의 농부들)의 마음을 움직였으며, 시간이 지나면서 점점 더 크고 광범위한 반향을 만들어냈다.

그렇다면 이 사람, 나사렛의 예수는 정확히 어떠한 인물이었을까? 몇몇 학자들이 언급하듯 예수는 그 시대의 다른 많은 사람들과 마찬가지로 방랑 랍비나 마술사, 혹은 치유사나 퇴마사였던 것일까?[6] 아니면 역사의 종말을 꿈꾼 몽상가였을까? 복음서들을 읽어본 사람이면 누구나 쉽게 알아차릴 수 있는 것처럼, 예수는 『구약성서』에서 자신의 행적과 정확히 일치하는 구절들을 꼼꼼하게 찾아내서 필요할 때마다 수시로 인용했다. 예수는 로마 지배하에 있던 팔레스타인 유대인들의 마음에 깊게 드리워진 불안감을 잘 이해하고 있었으며, 이러한 정치적 현실을 자신의 말과 행동에 반영했다. 예수는 비록 유대 전통에 얽매이지는 않았지만, 그럼에도 불구하고 언제나 훌륭한 유대인이었다. 예수는 자기 자신을 유대 민족이 오랫동안 기다려온 그리스도(그리스어로 메시아)라고 여겼다. 유대 당국자들은 메시아로 선택된 존재가 외딴 갈릴리 마을 출신의 농부라는 사실을 받아들일 수 없었다. 그들이 생각하는 메시아는 결코 예수와 같은 존재가 아니었다. 그들은 가는 곳마다 놀라운 기적과 이적으로 구름과 같은 군중들을 불러 모으는 예수를 의심의 눈초리로 지켜보았다.

그동안 그리스도인들은 예수가 보여준 초자연적인 현상들에 대해 당혹스러워하며 그것들을 애써 외면해왔다. 강물 위를 걸었어? 눈 먼 사람을 고쳤다고? 나병 환자도 낫게 한 거야? 물로 포도주까지 만들었고? 죽은 자를 다시 살리기도 했다? 게다가 십자가에 못 박힌 후에 죽은 자 가운데서 다시 살아났다니! 계몽주의의 세례를 받은 토

---

6 예수의 유대인 배경에 대한 논의를 위해서는 Geza Vermes, *Jesus the Jew: A Historian's Reading of the Gospels*(London: Collins, 1973) 또는 Daniel Boyarin, *The Jewish Gospels: The Story of the Jewish Christ*(New York: The New Press, 2012)를 보라.

머스 제퍼슨과 레오 톨스토이는 둘 다 예수의 지혜가 빛나는 경구들에 빨간 밑줄을 쳐가며 복음서들을 정성스럽게 읽었지만, 부활을 포함한 초자연적인 사건들은 그들에게 어떤 감흥도 주지 못했다. 제대로 된 지식인이라면 받아들이기 어려운 현상으로 본 것이다. 톨스토이는 「종교란 무엇인가?」에서 이와 관련해 자신의 견해를 분명하게 밝히고 있다.

"종교는 옛날부터 있었다고 전해지는 초자연적인 현상에 대한 단호한 믿음, 혹은 특정한 기도나 의식의 필요성에 대한 믿음이 아니다. 또한 종교가 과학자들의 주장처럼 무지의 결과물인 옛날 미신과 같은 것도 결코 아니다. 그것은 영원한 삶, 그리고 하나님과 인간이 맺는 관계를 의미하며, 그 관계는 이성과 현대 지식에 정확히 부합한다."[7]

오늘날까지도 자유주의적 그리스도인들은 예수 이야기 중 미신적인 부분은 외면하고 있다. 대신 그들은 종교를 '이성과 현대 지식에 정확히 부합하는 관계'로 보는 것을 선호했고, 예수에 대해서는 사랑을 역설하고, 비폭력 저항으로 악에 맞설 것을 설교한 예언자로 생각했다. 그들이 바라본 예수는, 사람들이 강도에게 폭행당해 쓰러진 사람을 도운 선한 사마리아 사람(「누가복음」 10:19-37)처럼 행동하기를 소망하는 현자였다. 자유주의적 그리스도인들에게 예수는 높은 수준의 윤리적인 행동, 그리고 정직과 책임감이 습관화된 삶을 살

7 *Last Step: The Late Writings of Leo Tolstoy*, ed. Jay Parini(London: Penguin, 2009), p. 164.

아가라고 격려하는 사람이었다. 네 이웃을 사랑하라.(자신을 형편없이 대하는 사람이 아니라면) 자신을 대하듯 다른 사람도 대하라.

이러한 예수관은 복음주의 개신교와는 대비된다. 그곳에서 예수는 구세주, 천국으로 통하는 단 하나의 관문, 영생에 이르는 유일한 길, 그리고 지옥 불을 막아주는 존재다. '예수 구원'처럼 우리 주변에는 이러한 신학적 견해를 나타내는 광고 전단지들이 넘쳐난다. 이러한 믿음을 가진 그리스도인들에 따르면 예수는 대속자代贖者[8]로서 하늘에 계신 그의 아버지로부터 인류의 죄를 대신 짊어지고 죽으라는 명을 받은 존재였다. 그리고 그가 우리의 죄를 대신해 자신의 목숨을 바쳤다는 사실을 믿기만 하면 누구나 신의 왕국에 들어갈 수 있다. 이러한 믿음을 집약한 것이 바로 회개다.

"주 예수를 믿으시오. 그리하면 그대와 그대의 집안이 구원을 얻을 것입니다."(「사도행전」 16:31)

이러한 예수상과 '복음'에 대한 강조는 예수의 메시지와 의미를 지나치게 단순화함으로써 환원주의적이며, (내 의견으로는) 위험하다고까지 여겨지는 협소한 시각을 낳는 문제점이 있다. 하지만 그것이 가진 단순명료함의 힘으로 많은 사람을 매료시키고 있다. 이들은 매일매일의 변화를 통해 점진적으로 하나님의 나라를 실현하는 대신 마술처럼 단숨에 선을 넘어 구원을 얻을 수 있다고 주장한다.

예수는 우리에게 마음을 변화시키고 회개할 것을 요구했다. 하

---

8 남의 빚이나 허물(죄)을 대신 책임지거나 당하는 사람을 가리킨다.(역주)

지만 『신약성서』의 핵심적 용어 중 하나이자 통상 우리가 회개란 뜻으로 알고 있는 그리스어 '메타노이아metanoia'에는 더 깊은 의미가 숨어 있다. 그리스어 '메타meta'는 '~을 초월하다 또는 넘어가다' 혹은 '점점 더 커지거나 증가하다'는 의미를 갖고 있다. 또한 '노이아noia'는 '정신' 혹은 '마음'을 나타낸다. 따라서 이 둘의 합성어인 '메타노이아metanoia'의 구체적인 뜻은 '마음이 점점 성장하다'라는 것이다. 성서에서 '구원'받기 위해 '회개'해야 한다고 말할 때 그 진실한 의미는 마음의 변화에 더해서 하나님의 근본을 이루는 성령의 존재를 깨달을 수 있도록 마음을 넘어서야만 한다는 것이다. 심지어 통상적으로 '구원'을 의미하는 그리스어 '소테리아soteria'도 우리가 흔히 아는 '구원'의 뜻과는 거리가 멀다. 그것은 '새로운 정신으로 가득 채워진'이란 의미를 갖고 있기 때문이다. 다시 말해 보다 크고 넓은 의식에 도달하기 위해서는 기도와 명상, 그리고 경배를 통해 자신의 의식을 변화시켜야 하는 것이다. 일상의 속박에 매몰되지 않고 그것을 넘어서기 위해 부단히 정진하는 자만이 하나님의 왕국에서 눈을 뜨게 된다.

이것은 순교자 유스티누스[9](죄를 용서받기 위해서는 죄를 인정하는 참회와 속죄가 중요하다고 주장한 초기 신학자로서 이레네우스[10]와 터툴리

---

9 2세기 중엽 로마제국의 박해에 맞서 그리스도교를 이론적·실천적으로 변호하다가 순교했다.(역주)
10 이단인 그노시스파와의 논증을 통해 그리스도의 구원을 역설함으로써 신학의 성립과 발전에 중요한 역할을 했다.(역주)

아누스[11]에 영향을 끼친 인물)와 같은 초기 교부[12]들이 회개와 구원을 강조한 것과는 전혀 다르다. 4세기 후반, 성서를 라틴어로 번역한 성 에로니모는 이 가르침을 따라, 그리스어 '메타노이아metanoia'를 보속補贖[13]을 뜻하는 라틴어 '페티텐티아paenitentia'로 번역함으로써 일련의 신학적 오해를 낳는 계기를 마련했고, 『흠정영역성서欽定英譯聖書』[14] 이래 영어에서는 이를 다시 '회개'(repent)로 번역해서 사용하고 있다.

"회개하여라. 하늘나라가 가까이 왔다."(「마태복음」 3:2)

이러한 번역은 『신약성서』에 58번 등장하는 메타노이아metanoia의 복합적인 의미를 적절하게 반영하고 있지 못하다. 이 단어는 본래 인간의 영혼을 깨워 드넓은 세상으로 초대하고자 하는 하나님의 부르심을 의미한다.[15] 거기에는 마음(noia)을 넘어(meta) 영적으로 깨어나고자 하는 염원이 함축되어 있다. 위에서 언급한 「마태복음」의 구절을 제대로 번역하면 다음과 같을 것이다.

"진실로 마음을 움직여 하나님의 나라에 눈을 뜨라. 드넓은 하나님의 나라가 네 안에 거할 것이다. 변화가 가능하다고 말하는 것으

---

11 2세기 말에서 3세기 초에 활동한 라틴 교부 중 한 명으로 삼위일체론을 확립하는 데 크게 기여했다.(역주)
12 교회의 고위 성직자를 가리킨다.(역주)
13 가톨릭 용어로 죄를 보상하거나 대가를 치르는 것을 의미한다.(역주)
14 1611년 영국 제임스 1세의 명으로 47명의 학자가 영어로 번역한 성서다.(역주)
15 메타노이아에 대한 상세한 논의를 알고 싶으면 Cynthia Bourgeault, *The Wisdom Jesus: Transforming Heart and Mind — a New Perspective on Christ and His Message*(Boston: Shambhala, 2008), pp. 37~38을 보라. 또한 Murry A. Rae, *Kierkegaard's Vision of the Incarnation: By Faith Transformed*(New York: Oxford University Press, 1998)를 보라. 메타노이아에 대한 내 지식은 마커스 보그가 쓴 *Jesus: Uncovering the Life, Teachings, and Relevance of a Religious Revolutionary*(San Francisco: HarperSanFrancisco, 2006), pp. 219~220에 도움을 받은 것이다. 보그는 '회개'라는 단어의 그리스어 어근이 '당신이 가진 마음을 넘어가다'라는 뜻이라고 말했다.

로는 부족하다. 그것은 이미 네 손안에 쥐어져 있다."

내게는 이것이 '구원' 받는 것의 의미다. 그것은 단순히 교리에 동의하는 것 이상을 우리에게 요구한다. '구원'을 받기 위해서는 온 마음을 다해 하나님 나라를 받아들이는 것, 즉 삶의 변화가 필요하다.

나는 비록 성서학자는 아니지만 오랜 세월에 걸쳐 다양한 신학적 전통을 가진 그리스도인들과 밀접한 관계를 유지했다. 로마 가톨릭에서 침례교 목사로 개종한 아버지 밑에서 자란 나는, 빌리 그레이엄 목사의 집회를 TV로 시청한 사람이면 누구나 친숙하게 느낄 한여름 밤의 천막 부흥회에도 종종 참석하곤 했다. 직접 그레이엄 목사를 만나 눈앞에서 그의 육성을 들은 것도 여러 차례였고, TV나 라디오로 그의 설교를 들은 것은 셀 수 없을 만큼 많았다.(우리 가족은 매주 일요일 점심시간마다 라디오 앞에 모여 앉아 그의 설교를 들었다.) 나는 오랜 시간 동안 '구시대의 종교'라고 부를 만한 것에 깊이 공감했다. 매일 아침 식사 자리에서 아버지가 읽어주던 『흠정영역성서』의 구절들을 들으며 자란 뒤 그리스어 『신약성서』를 공부했고, 대학과 대학원은 물론 그 이후에도 많은 신학 이론서를 읽었다. 생각해보면 무려 50년에 가까운 세월 동안 그리스도교 신학 이론에 관심을 쏟은 것이다. 또한 나는 성공회 신도이기도 하다. 아마도 10년간 영국에서 지낸 탓이겠지만 나는 젊은 나이에 성공회 신도가 되었다.

혼란스러울 정도로 다양한 이런 이력 덕분에 내 종교적 애정의 대상은 여러 방면에 걸쳐 있다. 내가 스코틀랜드에 있는 세인트루이스대학에서 쓴 학위 논문은, 예수회의 창시자이자 16세기에 자신이 쓴 『영신수련靈神修鍊』(Spritual Experiences)[16]을 통해 영성 훈련 분야의 혁신을 가져온 이나시오 로욜라에 관한 것이었다. 또 대학 시절 내내 폴 틸리히나 루돌프 불트만 같은 현대 신학자들에게 깊이 빠져들어서 나 자신의 복음주의적 성향에 대해 의문을 품기도 했다. 나는 여전히 유년 시절의 종교에 대해 애착을 갖고 있고 "예수를 나의 구주 삼고", "큰 죄에 빠진 날 위해" 같은 찬송가를 들을 때면 절로 마음이 따뜻해짐을 느낀다. 하지만 그럼에도 불구하고 내 종교적 성향은 그리스도교 내에 존재하는 다양한 의견과 그동안 읽었던 많은 영성 작가들(그들 가운데 많은 이들이 기독교 신학과 불교를 접목하고자 시도했고, 일부는 서로 상반되는 주장을 펼쳤다.)의 작품으로부터 영향을 받은 것이다.(나는 미들베리대학에서 정기적으로 시와 영성에 관한 강의를 하면서 T. S. 엘리엇이나 R. S. 토머스, 찰스 라이트, 메리 올리버는 물론 「시편」과 『도덕경』, 그리고 찬송가 같은 영성이 충만한 작품들을 지속적으로 접했다. 사실 이글을 쓰고 있는 나 자신도 예수에 관한 연구보다 시를 읽으면서 보낸 시간이더 많은 사람이다.) 앞으로 이 책에서 성경 구절에 관한 다양한 해석들이 자주 언급될 것이다. 그럼에도 불구하고 초점은 예수의 삶의 의미에 관한 내 나름의 이해에 맞추어질 것이다.

　이 책의 마지막 장은 예수 이야기에 역사적 토대를 제공하고자 하는 최근 수세기 동안의 노력을 다루고 있다. 소위 '역사적 인물로서의 예수'를 정립하려는 움직임이 그것이다. 이것은 쉬운 일이 아

16　기도와 묵상을 통해 자기 욕망을 억제하고 자신을 하나님께 봉헌할 수 있도록 훈련하는 방법을 기술한 책이다. 여기서 4주간에 걸친 수련 방법을 소개하고 있다.(역주)

니다. 왜냐하면 『성서』에 나타난 예수의 흔적은 모호한 경우가 많아 역사학에서 통상적으로 사용되는 과학적 기법들을 거의 적용할 수 없기 때문이다. 우리가 흔히 복음으로 알고 있는 『성서』 속의 사건들은 현대적 의미에서 말하는 역사적 증거가 될 수 없다. 하지만 나는 예수의 이야기를 신화로 재해석하고자 한다. 이를 통해 '역사적 예수'를 기술하는 데 따른 해석의 어려움과 모순과 불확실성을 극복하는 한편, 만화경과 같은 변화무쌍한 렌즈를 통해 예수의 모습을 한 올도 놓치지 않고 전체적으로 파악하려고 시도할 것이다.

육십 대 중반에 이른 지금도 나는 여전히 예수의 이야기를 좇고 있다. 때로는 이러한 추구 자체가 그에 따른 발견보다 더 중요하다. 이 책의 대부분은 예수의 삶을 이해하고 그의 삶을 본보기로 삼고자 했던 지난 수십 년간에 걸친 노력의 결실이다. 나는 종종 영지주의 복음서들 중 하나로 1945년 이집트 나그함마디에서 발견된 『도마복음서』에 적힌 몇몇 구절들을 떠올리곤 한다.

무언가를 찾고 있다면
찾을 때까지 멈추지 말라.
그것을 손에 넣고 나면
혼란스러움이 찾아오지만,
그것은 곧 경이로움 앞에
무릎을 꿇을 것이다.

그 경이 속에 그대는

만물의 주인이 되어

안식을 얻으리라.[17]

 내게도 이러한 추구는 큰 혼란을 동반했다. 하지만 대부분의 경
우 그 혼란 끝에서 경이로운 세상을 엿보았으며, 모든 것을 포용할
수 있을 것 같은 평안과 다른 사람들을 향한 연민을 느낄 수 있었다.
예수는 나로 하여금 들판에 핀 백합의 의미를 생각하게 하는 은총
을 베푸셨다. 그 결과 나는 이전에 상상한 것보다 더 넓은 나라에 들
어설 수 있었다. 이 모든 것을 가능하게 한 것은 내 뜻이 아니라 '당
신의 뜻'이며, 이러한 강조점의 전환이야말로 삶의 무게를 더는 지
름길이다.

 예수의 전기를 쓰면서 사실에 주목하기는 했지만, 그 생애의 사
실성이 이야기 자체의 의미보다 더 중요한 것은 아니다. 예수의 말
이나 행동, 그가 일으킨 기적들 중 어떤 것들이 역사가에 의해서 받
아들여지고 혹은 거부되느냐는 중요한 것이 아니다. 저명한 『신약성
서』 학자인 데일 앨리슨 주니어는 최근 출판된 『예수의 생애』에서 오
랜 연구의 결론을 감동적일 정도로 솔직한 자기고백으로 마무리하
고 있다.

 "역사학자라는 사실에 자부심을 갖고 있지만, 그럼에도 불구하

17 The Gospel of Thomas: Wisdom of the Twin, ed. Lynn Bauman(Ashland Or: White Cloud Press,
 2004), p. 8.

고 가장 중요한 것은 역사가 아니라는 사실을 고백하지 않을 수 없다. 죽는 순간에 아직 의식이 있고 또 극심한 고통에 시달리는 것이 아니라면, 그동안 믿음과 소망, 그리고 자비를 어떻게 증언하고 실현하며 살아왔는가에 대해서 생각하지 결코 성서의 이런저런 부분들이 역사적 사실인지 아닌지에 대해 고민하지는 않을 것이다."[18]

큰 울림을 주는 말이 아닐 수 없다.

중요한 것은 우리 안에서 이러한 정신을 발견하는 방법을 보여 준 예수의 삶 속에 역사하신 하나님이다. 이 문제는 1838년 랄프 왈도 에머슨[19]이 하버드대학 신학대학원의 졸업 예정자들을 대상으로 행한 「신학부 강연」에 간명하게 표현되어 있다.

예수 그리스도는 진정한 예언자의 계보를 잇는 존재였다. 그는 열린 눈으로 영혼의 신비를 목격했다. 영혼의 놀라운 조화로움과 아름다움에 매료된 그는 언제나 그 안에 머물렀다. 그는 영혼의 거주자였다. 인간을 위대하다고 평가한 사람은 역사를 통틀어 그가 유일했다. 당신과 내 속에는 위대한 존재가 머무르고 있기 때문이다. 예수는 인간들 안에 하나님이 함께하고 계심을 알았으며, 이 땅에 그의 나라를 구현하기 위해 힘써 나아갔다. 그는 이러한 진실을 아는 자만이 지닌 들뜬 목소리로 다음과 같이 말했다.

---

18 Dale C. Allison, *Constructing Jesus: Memory, Imagination, and History*(Grand Rapids, MI: Baker, 2010), p. 462.
19 미국의 사상가이자 시인이다.(역주)

"나는 신성하다. 나를 통해 하나님이 행하고, 나의 목소리로 하나님이 말씀하신다. 하나님을 만나고 싶다면 자신을 보라."

예수 이야기는 시간적·물리적 한계를 초월한다. 그것을 제대로 이해하려면 모든 가능성에 마음을 열어야 하며, 예수가 행한 기적들과 부활을 당혹과 부정의 마음으로 볼 것이 아니라 매혹과 영감을 주는 신비로운 현상으로 바라보아야 한다. 베들레헴에서 골고다, 그리고 그 이후에 이르는 예수의 생애를 기술하면서 나는 예수 이야기가 지닌 신화적 가치와 변화를 이끌어내는 힘에 깊은 공감을 갖게 되었다. 글을 써내려가는 동안 때때로 동정녀 탄생이나 변모 사건[20]처럼 독자들에게는 익숙하지 않지만 매우 중요한 사건이나 개념을 설명하기 위해 잠시 갓길에 멈춰서는 경우도 있을 것이다. 예수 이야기를 다시 신화화하는 과정에서 나는 그의 삶 곳곳에서 나타나는 초자연적인 현상을 자연스럽게 받아들였다. 현실이란 우리가 흔히 생각하는 것 이상으로 복잡할 뿐 아니라, 우리의 지적·인식론적인 한계로 인해 어떤 일의 진실을 아는 것은 불가능하다고 믿기 때문이다. 이러한 면에서 "알고자 하는 추구에 기반을 둔 믿음"을 언급하며, 자신은 "믿기 위해서 이해하는 것이 아니라 이해하기 위해서 믿는다."라고 밝힌 성 안셀름에게 나는 깊이 공감한다.

그리스도교의 세계관에서 역사는 영원한 순간들이 모여서 빚어

---

20 예수가 산에서 기도하는 동안 얼굴이 해처럼 변하고 옷이 눈부시게 빛난 사건을 가리킨다.(역주)

낸 무늬 같은 것이다. 그것은 우리의 유한한 지적 능력과 자원으로는 이해하기 요원한 무수한 것들이 널려 있는, "암시와 추측만이 가능한 이 당혹스러운 우주" 속에서 하나의 공간을 찾으려는 시도다. T. S. 엘리엇이 시 「더 드라이 샐비지스」(The Dry Salvages)[21]에서 아름답게 노래했듯이.

　　오직 암시와 추측만이 있다.

　　암시 뒤에 추측이 따르며, 그 나머지는

　　기도와 준수, 훈련과 사색, 그리고 행동이다.

21　이 시의 제목은 엘리엇이 유년 시절을 보낸 미국 매사추세츠주 케이프 앤 해안에 있는 해양 암석층을 가리킨다.

1장

고대 팔레스타인

예수는 근동近東에서 벌어진 사건이다.

— **신시아 부조, 『지혜로운 예수』.**

줄로 재어서 내게 주신 그 땅은 기름진 곳이니
나는 실로 빛나는 유산을 물려받았나이다.

— **「시편」 16:6.**

실크로드를 따라

나는 최근에 예루살렘이 내려다보이는 언덕에서 아침을 맞았다. 어디선가 염소의 목에 매단 방울이 딸랑거리는 소리가 들려왔다. 저 멀리 피어오르는 안개 속에 올리브산[1]의 전경이 어른거리고, 레몬즙을 뿌린 샐비어[2] 냄새를 닮은 삼나무 향이 코끝을 간질거렸다. 그때 문득 내 눈 앞에 펼쳐진 정경이 지난 수천 년간 조금도 변하지 않았으리라는 생각이 뇌리를 스쳤다. 색 바랜 사진처럼 보이는 풍경 속에 그동안 수많은 상인과 카라반[3]들이 부와 모험을 좇아 실크로드를 건넜고, 외국 군대들이 머물다가 떠났으며, 여러 종교가 만나 때로는 서로 뒤섞이고 때로는 재앙에 가까울 정도로 격렬히 충돌했다. 벽으로 둘러싸인 예루살렘은 수도 없이 글자를 덧쓴 양피지 같다. 각종 토속 앙과 유대교, 그리스도교, 이슬람교가 이곳에서 명멸을 거듭하면서 여러 문화들이 켜켜이 쌓인 것이다. 정착과 이주가 일상적으로 일어났던 이 도시는 동서의 교차로이자 누군가에게는 성지였으며 지구상의 어느 곳보다도 위험한 화약고였다.

신학자와 역사학자와 고고학자들이 특히 성서 시대의 팔레스타인 지방에 주목한 데는 다 그만한 이유가 있다. 팔레스타인은 신화의 보고이자 사막 지혜[4]의 요람이다. 이 지역에서 입에서 입으로 전

---

1 예루살렘 동쪽에 있는 산으로 겟세마네 동산이 이곳에 있다.(역주)
2 식용 허브의 일종이다.(역주)
3 사막을 건너는 대상들이다.(역주)
4 초기 그리스도교 시대에 사막 지역에서 활동했던 교부들이 남긴 가르침을 뜻한다.(역주)

해지는 이야기들은 양과 질에서 모두 압도적이다. 사실과 허구가 교묘하게 뒤섞인 『천일야화』도 이곳에서 탄생했다. 학자들은 고대 『구약성서』가 예수의 탄생 이전부터 그가 십자가에 못 박힌 날까지 약천 년의 세월 동안 실제로 일어난 일들을 어느 정도 반영하고 있는지를 놓고 오랫동안 논란을 벌여왔다. 그것은 연구자들을 곤혹스럽게 만든 주제였다. 하지만 지금 우리는 한 세기 전에 비해 팔레스타인에 대해 훨씬 많은 것을 알게 되었다. 예수의 가르침에 담긴 지혜를 열정적으로 탐구해온 학자인 신시아 부조는 이렇게 단언했다.

"20세기 중반 이후 그리스도교 세계에 대한 서구의 지식은 폭발적으로 확장되었다고 말해도 전혀 과장이 아니다."[5]

그녀는 그 근거로 주로 「도마복음서」와 「사해문서」[6] 같은 영지주의 복음서들의 발견을 들었다. 고고학자들과 고문古文 분석가들로 인해 고대 팔레스타인 연구의 새로운 지평이 열렸으며, 그 결과 이 지역과 관련한 우리의 지식이 기하급수적으로 늘어남은 물론 예수의 생애도 새롭게 조명되기에 이르렀다.

예수의 생애를 이야기할 때는 다음과 같은 점을 염두에 두는 것이 좋다. 예수는 결코 사상思想의 시장에 발을 들일 수 없는 문맹의 목수가 아니었다. 동서의 교류가 활발하게 일어난 실크로드 위에 살았던 그는 서쪽의 그리스나 로마로부터 물밀 듯이 쏟아져 들어오던 '영혼의 불멸성'이라는 헬레니즘적 개념을 만났을 뿐만 아니라, 페

---

5 Bourgeault, p. 16.
6 사해死海 서안西岸의 쿰란 동굴에서 발견된 『구약성서』 사본 및 유대교 문서들을 말한다.(역주)

르시아를 비롯한 동쪽에서 불어오는 신비주의의 바람을 맞으며 흥분을 느꼈을 것이다. 제리 벤틀리를 비롯한 많은 문화 역사학자들은 예수의 생애와 가르침이 부처와 흡사한 경우가 많다는 것을 들어, 초기 기독교의 형성에 불교가 일정한 역할을 수행했을 가능성이 높다고 말한다.[7] 이들의 주장을 전부 받아들이지는 않더라도, 당시 팔레스타인에서 이루어진 교역과 종교의 유입이 새로운 세기의 벽두를 맞아 갈릴리에서 태동하고 있던 새로운 사상에 어느 정도 영향을 미쳤다는 것은 전혀 과장된 이야기가 아닐 것이다.

다시 말해서 예수가 태어났을 당시 아우구스투스 황제 치하의 로마 지배를 받고 있던 팔레스타인은 유대 문화와 코스모폴리탄적 색채가 공존하는 곳이었다. 로마 황제는 자신이 정복한 영토에 분봉왕[8]을 세워 대리 통치를 허용했다. 예를 들어서 유다의 헤롯 대왕은 비록 로마의 동향에 언제나 촉각을 곤두세워야 하는 반쪽짜리 왕이긴 했지만, 로마의 대리 통치 덕분에 융성한 종교 문화를 자랑하는 예루살렘 왕국의 통치자가 될 수 있었다. 이 왕국의 중심에는 예수가 그의 가족들과 함께 매년 유월절瑜越節[9] 축제와 같은 종교 행사에 참여하기 위해 찾곤 했던 예루살렘 제2성전[10]이 자리하고 있었

---

7 Jerry H. Bently, *Old World Encounters: Cross-Cultural Contacts and Exchanges in Pre-Modern Times*(New York: Oxford University Press, 1933)를 보라.

8 왕이나 황제의 승인 아래 일정 지역을 다스리는 군주다.(역주)

9 하나님이 이집트에 열 가지 재앙을 내리던 시기에, 그 하나로 이집트 가정의 아이들을 죽이는 벌을 내렸다. 그때 유대인들은 어린 양의 피를 문설주에 발랐기 때문에 벌을 받지 않고 '재앙을 넘어간'(유월瑜越) 것을 기념하는 날이다.

10 솔로몬왕이 지은 제1성전이 바빌로니아인들에 의해 부서진 뒤에 다시 지은 성전이다. 기원후 70년에 유대 독립 전쟁이 진압될 때 로마제국에 의해 다시 무너졌고, '통곡의 벽'이라고 부르는

다.(「누가복음」 2:39-52)

이곳은 차갑게 반짝이는 모래 위로 불어오는 모든 종류의 영적 바람에 민감하게 반응하는 사막의 세계였다. 세계적인 비교신화학자인 조지프 캠벨의 말처럼 "모든 시간과 공간에 장엄함이 가득"한 그곳은 "신과 인간이 함께 어우러져 살아가는 세상을 만들기 위해 빛과 어둠, 그리고 영과 혼이 상호작용하고 있는 일종의 알라딘의 동굴"이었다. 그는 자신의 이야기를 이렇게 마무리했다.

"이 세계에서 개인은 결코 개인이 아니다. 그들은 그리스도의 살아 있는 몸에 대한 바울이나 아우구스투스의 견해처럼 거대한 유기체의 한 부분이다. 세계라는 동굴에 거주하는 각각의 개인들 속에서 서로 상반되며 모든 곳에 만연한 영과 혼의 원칙들이 끊임없이 관철되고 있다."[11]

사막 사회

고대 팔레스타인은 지중해 연안은 물론 요르단강과 그 인근 지역까지 뻗어 있는 나라였다. 올리브와 무화과, 노간주와 대추야자 같은 나무들, 각종 곡식과 포도를 키우는 드넓은 밭들, 향기로운 사막의 꽃과 나무들, 그리고 물결치듯 늘어선 산과 비옥한 계곡들이 장

서쪽 벽만 남아 있다.(역주)

11 Joseph Campbell, *The Masks of God: Occidental Mythology*(New York: Viking, 1964), pp. 397-398.

엄하리만큼 아름다운 풍경을 선사하는 곳이었다. 하지만 그중에서도 단연 압권은 눈부신 햇빛 속에 일렁거리듯 서 있는 석조 건물들, 특히 헤롯 대왕이 (예수가 태어나기 직전에) 자신의 자의식만큼이나 크게 증축한 예루살렘 제2성전이었다. 성전은 비단 유대인들의 종교는 물론 일상생활에서도 중심적인 역할을 수행했다. 이 제2성전의 증축에는 수십 년에 걸쳐 엄청나게 많은 사람들이 동원되었다. 저명한 신약학자 요아킴 예레미야스에 따르면 "공사 초기에만 10,000명의 숙련공과 1,000명의 성직자들이 동원되었다."[12] 작은 군대 정도는 충분히 꾸리고도 남을 숫자였다. 초기 그리스도교 시대에 관한 주요 기록들을 많이 남긴 역사가 티투스 플래비우스 요세푸스(A.D. 37~100)는 성전을 들어서면서 황금으로 만든 정문의 위용에 찬탄과 경외감을 감추지 못하는 자신의 모습을 글로 적기도 했다. 이에 대해 예레미야스는 이렇게 말했다.[13]

"물론 요세푸스의 말을 액면 그대로 받아들이기에는 조심스러운 측면이 있긴 하지만, 그럼에도 불구하고 그 성전이 최고의 금속 세공 기술이 총동원된 찬란한 건축물이라는 사실까지 부인하기는 어렵다."

갈릴리의 한 빈한한 마을 출신으로 아마도 직업으로 보면 목수나 석공쯤에 해당되었을 떠돌이 장인(그리스어 '테크톤tekton')의 아들

---

12 Joachim Jeremias, *Jerusalem at the Time of Jesus*, trans, F, H, and C, H, Cave(Philadelphia: Fortress Press, 1969), p. 11.
13 Jeremias, p. 23.

이었던 예수는 이러한 호사를 누릴 수 없었다. 아직까지 많은 언어학자들이 이 그리스어 단어의 정확한 의미에 대해 논란을 거듭하고 있지만, 당시 성전 밖에 거주하는 대부분의 유대인들이 곤궁한 삶을 이어갔다는 사실은 분명했다. 그들은 조악한 나무 대문에 평기와로 지붕을 올린 거친 돌집에 살았다. 가림막이라고는 전혀 없는 창문을 통해 온갖 벌레들이 날아들었고, 사람들은 먼지가 잔뜩 쌓인 방바닥이나 마당에서 가족 및 친구들과 함께 파종이나 추수를 기념하는 음식을 먹고 대화를 나누었다. 사람뿐만 아니라 닭과 양, 소와 낙타, 염소와 말, 그리고 나귀 같은 동물들까지 쉴 새 없이 지나다니는 도시의 길들은 때로 자갈 등으로 잘 포장된 경우도 있었지만, 대부분은 먼지가 자욱하게 일어나는 흙길이었다. 그 메마르고 황량한 길에는 오물 냄새가 끊이지 않았다.

당시 팔레스타인 사람들 중 문맹이 아닌 사람은 극히 드물었다. 독실한 유대인들도 『모세 오경』[14] 및 예언서가 포함된 『구약성서』(타낙Tanakh)의 구절을 직접 읽지는 못했다. 「잠언」과 「전도서」 혹은 「욥기」 같은 소위 거룩한 글들은 나중에 『구약성서』 정경에 추가된 것이지만, 성서의 의미를 해설해놓은 주석서註釋書인 『미드라쉬』와 더불어 유대인들 사이에서 폭넓게 읽혀졌다. 복음서에 나와 있는 대화에서 유추할 수 있듯이 예수는 이러한 문서들을 잘 알고 있었고, 나아가 그 가르침을 전하는 것을 자신의 핵심 사명으로 여겼다. 사실 그

---

14 모세가 썼다고 전해지는 5개의 책으로 「창세기」, 「출애굽기」, 「레위기」, 「민수기」, 「신명기」를 말한다.(역주)

의 추종자들은 예수를 랍비 혹은 선생님으로 불렀다. 앞에서 언급했듯이 예수는 자신을 유대교의 개혁을 추구하는 독실한 유대인으로 여겼으며, 새로운 종교를 만든다는 생각은 전혀 갖고 있지 않았다. 예수가 자신에 대한 글을 단 하나도 남기지 않았다는 것은 중요하다. 그것은 그가 남긴 가르침이나 비유들에 대해 우리들이 마치 바람에 흩날리다가 여기저기 떨어져 뿌리내리는 포자들처럼 불확실하고 미약한 구승 전통에 의지할 수밖에 없음을 뜻하기 때문이다.

예수의 모국어는 아람어였다. 당시 팔레스타인 사람들, 특히 유대인들 사이에서 널리 통용되던 셈족 계통의 말로, 크게는 가나안 어족에 속하는 언어였다. 1세기경 지중해 동부 지방의 공용어는 그리스어로 바뀌어 있었다. 기원전 4세기 알렉산더 대왕에 의해 정복된 이래 헬레니즘 문화의 영향을 받아온 팔레스타인도 마찬가지였다. 구체적인 증거가 없긴 하지만 예수도 그리스어를 알고 있었을 것으로 추정된다. 기원전 1세기 중반에 팔레스타인 지방으로 건너온 로마인들은 관용어로 라틴어를 선호했지만, 그 밖의 장소에서는 라틴어가 거의 사용되지 않았다. 비록 유창하지는 않았을지라도 로마 총독인 본디오 빌라도 앞에서 이루어진 자신의 재판에서 예수도 라틴어를 사용했을 것이다. 한마디로 말해서 당시 팔레스타인에는 여러 언어가 혼재했다.

예수는 선진 문명으로부터 멀지 않은 곳에 살았다. 세포리스까지 걸어서 채 한 시간이 걸리지 않았다. 인구 4,000명이 사는 이 갈릴리의 수도는 나사렛에서 북동쪽으로 불과 몇 마일밖에 떨어지지 않은 도시로, 서기 20년 티베리아스로 왕궁이 옮겨갈 때까지 헤롯 안티파스왕이 살던 곳이었다. 사방에서 왕궁을 보려는 방문객들이 몰려들던 세포리스는 산 정상부에 마치 새처럼 둥지를 틀고 앉은 모습의 도시였다. 세포리스라는 이름의 어원이 새를 의미하는 히브리어인 '지포리Zippori'인 이유도 그 때문이다. 최근에 고고학자들에 의해 밝혀진 것처럼 세포리스는 매우 부유한 대도시였다. 정교한 모자이크 바닥과 잘 포장된 열주列柱 거리[15]만 봐도 이 도시가 누린 영화를 능히 짐작할 수 있다. 세포리스는 또한 상업의 중심지였다. 동방에서 수입한 직물과 토기, 보석 장신구와 등유, 목제 가구, 맥주와 포도주, 신선한 생선과 닭고기, 여러 종류의 고기와 구운 빵은 물론 쿠민Cumin[16]과 마늘, 고수와 박하, 그리고 겨자 같은 조미료까지 실로 다양한 물건들이 이곳에 있는 두 군데 시장에서 거래되었다. 남성과 여성 모두 로마의 전통 의상인 헐렁한 튜닉을 즐겨 입었고, 남성들은 허리에 가죽이나 천으로 만든 벨트를 두르고 다녔다. 신발은 시장에서 구매할 수 있었던 가죽 샌들이 인기를 끌었으며, 시중에는 많은 종류의 주화가 화폐로 통용되고 있었다. 세포리스는 그중 일부 주화가 주조되는 곳이기도 했다.

물론 이 시기 팔레스타인 인구의 상당수는 농업 종사자였다. 그들은 보리 또는 포도를 심고 수확하거나 가축을 길렀다. 그보다 소수이긴 했지만 어업 종사자도 있었으며, 튜닉을 만드는 천을 짜거나

---

15 기둥들이 양편으로 줄지어 있는 거리를 말한다.(역주)
16 미나리과의 식물로 이것의 씨앗을 양념으로 사용했다.(역주)

샌들과 벨트용 가죽을 다듬는 의류 산업 종사자도 존재했다. 또 다른 사람들은 올리브유를 만들었다. 그들은 올리브 과수원을 경영하거나 올리브를 압착해 기름을 짰다. 양봉업자들의 수도 상당했다. 오늘날도 그렇지만 당시 팔레스타인에서 꿀은 매우 귀했기 때문이다. 어느 도시나 마을에 가더라도 정육점을 찾아볼 수 있을 정도로 정육업도 발달했다. 팔레스타인에서 나오는 고기는 멀리 아테네까지 수출되기도 했다. 사치품 거래도 활발해서 보석상이나 금 세공사 같은 특수한 직업에 종사하는 사람들도 많았다. 아마도 예수는 이 모든 사람들에 익숙했을 것이다. 그들의 일상생활을 아는 사람만이 쓸 수 있는 비유들을 예수가 자주 사용했기 때문이다.

종교적·문화적 배경

1세기경 갈릴리는 종교적 열정이 충만한 곳이었다. 랍비[17]힐렐과 랍비 사마이 같은 수많은 랍비들이 앞다투어 성경을 공부하고 실천하는 종파를 만들었으며, 때로는 추종자들을 많이 확보하기 위해 열띤 경쟁을 벌였다. 사두개파, 바리새파, 에세네파 및 젤롯파를 포함한 몇몇 그룹들이 곧 두각을 나타냈다. 그중 젤롯파는 66년 유대인 반란 이전까지는 사람들의 눈에 잘 띄지 않던 그룹이었다.(유대교

---

17 유대교의 율법을 가르치는 교사를 높여 부르는 말이다.(역주)

및 그것이 그리스도교에 끼친 영향에 대해 선구적인 연구 업적을 남긴 베르메스의 말처럼, 예수는 이들 학파에 대해 잘 알고 있었을 뿐만 아니라 아마도 그 중 한 학파에 속해 있었을 것이다.)[18] 이들 유대교 종파들은 오늘날 그리스도교 세계에서 중시되는 '믿음'을 강조하지는 않았지만, 각각 정교한 규율과 관습을 갖고 있었다. 지금처럼 당시의 유대교도 이성적 혹은 정서적 동의가 아니라 실천의 종교였다. 토라[19]의 율법에 따라 유대인으로 살라. 복된 내세는 저절로 따라온다.

다윗왕 시대의 전설적인 대제사장인 사둑의 이름에서 유래한 사두개파의 구성원은 성전에서 제사를 주관하는 제사장과 장로를 포함한, 부유하고 영향력 있는 엘리트 유대인들이었다. 세속적인 집단이었던 사두개파는 외부인들(로마와 그리스, 그리고 갈리아와 이집트 등에서 오는 방문객들)에게 개방적이었다. 『성경』에는 이들이 가끔 등장한다. 예를 들어 「마태복음」 22:23에는 예수에게 접근해서 질문을 던지는 한 무리의 사두개파 사람들에 관한 이야기가 나온다. "같은 날 사두개파 사람들이 예수께 와서, 부활이 없다고 주장하면서, 예수께 말했다." 또한 「사도행전」 23:8에 따르면 그들은 천사나 영의 존재를 전혀 믿지 않았다. 사두개파 사람들의 세계관은 완전히 물질 중심적이었으며, 지금 여기에 있는 현실 세계에 초점을 둔 것이었다. 그들은 의식(儀式)을 윤리적 행동으로 이끄는 안내자라고 여겼으며, 비유대

---

18 Vermes, p. 62.
19 일반적으로 '가르침'이라는 의미를 가진 히브리어로 유대인들 사이에서 『모세 오경』과 『구약성서』, 그리고 그 밖의 중요한 유대 문헌들을 지칭하는 단어로 쓰인다.(역주)

인을 포함한 모든 이방인들을 환대했다.

'고립시키다', '분리하다'라는 어근을 갖고 있는 이름이 암시하듯, 바리새파는 어떤 형태로든 외부인들과 접촉하는 것을 꺼려했다. 오늘날의 관점에서 보면 일종의 순혈주의자들이었다. 그들은 스스로 하나님이 모세를 통해 이스라엘과 맺은 언약을 따르는 "친구들"(히브리어 haberim)이라고 생각했다. 바리새파는 기원전 2세기에 역사의 무대에 최초로 등장하여 예수가 본격적으로 설교 활동을 전개할 무렵에는 유대교 내 유력 세력으로 성장하고 엄격한 규율을 갖고 있었다.[20] 그들은 제사법을 기꺼이 준수하겠다는 확고한 의지를 증명한 사람에게만 입회를 허락했으며, 회원들에게 수입의 십분의 일을 빈민 구제를 위해 바치도록 십일조를 요구했다. 사두개파와는 다르게 바리새파는 부활을 믿었고, 예언에 의지했다. 이들의 사상과 태도는 예수에게도 영향을 끼쳤다. 그럼에도 불구하고 둘 사이에는 충돌이 끊이지 않았다. 일례로 「마태복음」 15:1~3에는 예수에게 제자들의 행동에 대한 불만을 토로하는 바리새파 사람들의 이야기가 나온다.

"당신의 제자들은 어찌하여 장로들의 전통을 어기는 것입니까? 그들은 빵을 먹을 때에 손을 씻지 않습니다."

예수는 그런 전통을 따를 수가 없었다. 「마태복음」 23:5에서 그가 자신의 제자들에게 말한 것처럼 "그들이 하는 모든 일은 사람에게

---

20 Jeremias, p. 251.

보이려고 하는 것"이기 때문이었다. 바리새파 사람들은 내면의 변화가 아니라, 다른 사람들에게 보여주기 위한 외적 순응을 추구한 사람들이었다.

에세네파와 젤롯파는 소수 종파에 불과했지만 예수와 제자들에게는 다양한 방식으로 영향을 끼쳤다. 에세네파도 바리새파처럼 유대 분리주의를 옹호했지만, 그 형태는 배타적인 공동체 안에서 회개와 의식儀式을 통해 정화淨化를 추구하는 삶을 사는 극단적인 것이었다. 그들 중 일부는 (20세기 중반에 「사해문서」가 발견되었던) 쿰란의 산악 동굴에서 살았다. 에세네파는 엄격한 규율 아래 늘 기도하는 삶을 사는 고행자들로, 마치 유대 버전의 수도사 혹은 수녀 같은 사람들이었다. 그들은 예수가 강조한 개념인 인간의 영혼과 육신의 부활을 믿었다.(이집트에서 모여 살던 테라퓨테라는 에세네파의 한 분파는 종교적 헌신의 증거로 독신의 중요성을 강조하며 추종자들에게 아내와 가족을 버리라고 독려했다. 그들은 심리 상담과 유사한 일에 종사하기도 했는데, 이런 점에서 현대 심리 치료사의 원조 격으로 볼 수도 있다.) 젤롯파에 관련된 사료는 거의 남아 있지 않다. 하지만 그들은 영적으로 뛰어나거나 이론적인 종파는 아니었다. 젤롯파는 정치적 혁명주의자로 사실상 게릴라들이었다.(예수의 제자 중 한 명인 시몬은 아마도 젤롯파 당원이었을 것이다.) 젤롯파는 로마에 의한 유대인 모욕과 박해에 과감히 맞서 싸움으로써 자신의 조국을 이방인 침략자로부터 해방시키고자 했다. 유대 역사의 권위자들 중 한 명이 이야기한 것처럼 "모든 혁명은 갈릴리에서 시작"되었으며, 이로 인해 "불편한 심경을 감추지 못한 로마

본국"에서는 모든 수단을 동원해서 그것을 진압하라고 현지 정부에 압력을 가했다.[21] 젤롯파의 공동 창시자 중 한 사람인 갈릴리인 유다도 전설적인 반란 영웅이었다. 로마 당국이 예수를 십자가에 매달아 처형할 수밖에 없었던 데는 예수가 그런 저항 세력과 어울리고 있었다는 점이 영향을 미쳤을 것이다. 젤롯파 사람들은 이방인 정복자에 의해 자행된 유대인 학대를 한순간도 잊지 않았으며, 특히 유대인은 바빌론에 의한 제1성전 파괴를 수치와 굴욕을 안겨준 사건으로 가슴 깊이 새기고 있었다.

유대인에게 과거는 지나간 일이 아니었다. 기원전 587년 예루살렘을 점령한 바빌론은 제1성전(솔로몬 성전이라고도 부르던)을 파괴했을 뿐 아니라, 약 만 명에 이르는 유대인을 포로로 잡아갔다. 그들은 대부분 유대 상류층 및 중산층에 속하는 사람들로, 당시 바빌론의 인구를 훨씬 상회하는 엄청난 수의 포로였다. 유대인들의 영적·정치적 삶의 중심에 있었던 성전의 파괴는 돌이킬 수 없는 심각한 손실이었다. 하지만 더 큰 문제는 따로 있었다. 이 사건을 계기로 이스라엘은 언제나 적에게 승리를 거둘 것이라는 하나님의 약속에 대한 의문이 제기되었기 때문이다. 유대인들의 확신이 흔들리고 심지어는 신앙의 위기까지 찾아왔다. 이런 일을 행하신 하나님의 뜻은 무엇인가? 유대인들은 의아했다. 그는 우리의 승리를 약속하지 않았는가? 「시편」과 『구약성서』 속의 수많은 애가哀歌들이 이 시기에 탄생했다.

---

21 Simon Dubnow, *History of the Jews*(South Brunswick, N, J.: Yoseloff, 1967), p. 74.

하지만 동시에 신의 보호 아래 다윗왕의 왕국이 재건될 것을 믿는 구원의 신학과 함께, 고향으로 돌아가는 유대인들의 꿈을 담은 『구약성서』의 「에스겔서」와 「다니엘서」가 출현하기도 했다.(많은 그리스도인들과 달리 유대인에게 구원은 결코 개인적인 문제가 아니었다. 그들이 생각하는 구원은 하나님의 왕국을 지상에 정치적으로 구현하는 것이었다.)

오랜 바빌론 유폐[22] 동안 유대인들은 이스라엘의 승리라는 하나님의 원대한 계획에 맞서는 강력한 대적자對敵者의 존재를 상상하기 시작했다. 어쩌면 자연스러운 결과였다. 그럴 때만이 자신이 겪고 있는 곤경을 설명할 수 있었기 때문이다. 대적자의 이름은 '하사탄 Ha-satan'으로 불렸다. '적수'라는 의미였다. 그는 처음에는 크게 두려운 존재가 아니었다. 『기독교 역사 : 최초의 3천 년』의 저자인 디아메이드 맥클로흐는 자신의 저서에서 이렇게 이야기했다.

"그는 『구약성서』에서는 비록 성가시긴 해도 그다지 중요하지 않은 존재였지만, 후대 유대 문학에서는 그 지위가 점점 더 높아졌다. 특히 강력한 악마의 존재를 말하는 다른 종교권의 영향을 받은 작가들에게서 이러한 경향은 더욱 뚜렷했다."

초기 그리스도교 시대 동안 사탄으로 진화한 하사탄은 그 위상이 점점 높아졌으며, 마침내 「요한계시록」에서는 아마겟돈 전쟁에서 하나님에게 최후의 공격을 가하는 존재로까지 격상되었다. 잘 알려진 것처럼 그는 『구약성서』의 후기 문서들 중 하나인 「욥기」에서

---

22 바빌론에 의해 유대인들이 강제로 바빌론으로 이주를 당했다.(역주)

가장 비중 있는 인물이기도 하다.

반세기에 걸친 바빌론 유폐 결과 제1성전은 폐허로 변했다. 실로 끔찍했던 시기였다. 하지만 다른 한편으로 이 시기는 1세기에 일어난 초기 그리스도교에 영향을 미쳤던 새로운 사상들이 그리스에서 쏟아져 들어온 일종의 휴경기(休耕期)이기도 했다. 이 무렵에 그 유명한 동진 정책을 통해 팔레스타인과 인근 지역을 정복한 알렉산더 대왕은, 이후 수세기 동안 그리스어가 중동 지역에서 가장 큰 영향력을 발휘할 수 있도록 발판을 마련했으며, 유대인들로 하여금 그리스 철학에 눈을 뜨게 만들었다. 특히 육체와 영혼을 구분하는 플라톤의 이원론은 기독교 사상의 기초를 마련한 사도 바울 같은 사상가들에게 영감을 주었다.[23] 예를 들어 사도 바울이 놀랄 만한 기독교 이론들을 쏟아낸 「빌립보서」 2장에서 그는 헬레니즘의 향기가 느껴지는 '비움'(kenosis)이란 단어를 사용하고 있다.

"무슨 일을 하든지, 경쟁심이나 허영으로 하지 말고, 겸손한 마음으로 하고, 자기보다 서로 남을 낫게 여기십시오. 또한 여러분은 자기 일만 돌보지 말고, 서로 다른 사람들의 일도 돌보아 주십시오. 여러분 안에 이 마음을 품으십시오. 그것은 곧 그리스도 예수의 마음이기도 합니다. 그는 하나님의 모습을 지니셨으나, 하나님과 동등함을 당연하게 생각하지 않으시고, 오히려 자기를 비워서 종의 모습을

---

23 Martin Hengel, *Jews, Greeks, and Barbarians: Aspects of the Hellenization of Judaism in the Pre-Christian Period*, trans. John Bowden(Philadelphia: Fortress Press, 1980)을 보라. 헹엘은 그리스철학이 초기 그리스도교 사상과 문화에 끼친 영향을 연구하여 많은 책을 저술했다.

취하시고, 사람과 같이 되셨습니다. 그는 사람의 모습으로 나타나셔서, 자기를 낮추시고, 죽기까지 순종하셨으니, 곧 십자가에 죽기까지 하셨습니다. 그러므로 하나님께서는 그를 지극히 높이시고, 모든 이름 위에 뛰어난 이름을 그에게 주셨습니다."(「빌립보서」 2:3-9)

이 글을 읽고 있노라면 그리스 사상의 본체에 대한 연구를 통해 자신만의 신학 이론을 만들고자 고군분투하는 사도 바울의 모습이 눈앞에 떠오르는 듯하다.

예수는 자신의 성년기에 팔레스타인에서 발생한 유례없는 사상적 교류 및 혼합의 수혜자였다. 하지만 하나님의 본질, 경배 및 종교의식의 적절한 형태에 대해 서로 대립하는 견해들이 난립했던 당시 팔레스타인의 상황은, 예수는 물론이고 다른 독실한 유대인들도 받아들이기 쉽지 않은 것이었다. 『탈무드』 학자인 다니엘 보야린은 당시 상황에 대해 이렇게 썼다.

"아직까지 랍비가 출현하기 전이었고, 예루살렘과 인근 지역의 제사장들조차도 분열되어 있었다. 그뿐이 아니었다. 팔레스타인은 물론 알렉산드리아나 이집트에 거주하는 많은 유대인들이 독실하고 선한 유대인의 의미를 놓고 서로 대립하고 있었다."[24]

뛰어난 영적 직관력을 지녔던 예수는 이미 자신만의 독창적 사상을 구축하고 있었는데, 그의 사상은 전통적인 유대 사상과 자주 마찰을 빚었다. 특히 하나님이 우리의 삶을 다스릴 수 있도록 자신을

---

24 Boyarin, p. 5.

내어드린다는 '자기희생'의 개념이 그랬다. 예수는 이렇게 말했다.

"온유한 사람은 복이 있다. 그들이 땅을 차지할 것이다."(「마태복음」5:5)

예수 이전에는 '온유한 자'들을 축복하거나, 그들에게 '땅'은 말할 것도 없고 그 어떤 하찮은 것조차 유산으로 약속한 사람이 없었다.

예수는 이 시기에 팔레스타인에서 극명하게 드러난 유대교의 미진한 부분을 자신만의 독특한 방식으로 파악해나갔다. 또 유대 사상을 포함한 다양한 원천에서 유래한 자신의 말과 비유를 통해, 우리의 삶과 사회를 영적이고 근본적으로 변혁시킬 수 있는 힘과 비전을 지진 윤리 강령을 세상 앞에 제시했다. 하지만 이것만으로 그가 한 일을 다 설명할 수는 없다. 예수는 메시아 또는 (그리스어로 메시아를 뜻하는) 그리스도의 역할을 떠맡음으로써 고난과 죽음, 그리고 부활의 궁극적인 상징이 된 빛나는 인물이었다. 우리가 그의 탄생일, 즉 '우리 주님의 해'를 의미하는 '아노 도미니Anno Domini'를 기점으로 새로운 시대를 헤아리고 있는 데는 다 그럴 만한 이유가 있다. 하지만 예수는 이 땅에 위로와 윤리적 지침을 주기 위해 온 것만은 아니다. 그는 자기 주위 사람들을 두려움과 불안에 떨게 할 정도로 무섭게 몰아붙이며 변화를 요구한 인물이었다. T. S. 엘리엇은 자신의 시 「노후화」(Gerontion)에서 이런 예수의 모습을 잘 표현하고 있다.

세상이 새롭게 시작한 날
호랑이 그리스도가 이 땅에 왔다.

2장

첫걸음

우리가 자신처럼 될 수 있도록 하나님은 우리처럼 되셨다.

— 성 아우구스티누스, 『성육신成肉身』.[1]

바라는 만큼 성장하지 않겠는가?

— 마크 도티, 『메시아』.

---

1 하나님이 사람의 몸을 입고 이 땅에 오신 일을 뜻한다. (역주)

초기 그리스도인들에게는 예수의 탄생에 관한 정보가 거의 없었다. 그들은 호기심에 사로잡힐 수밖에 없었다. 일례로 최초의 그리스도교 문서인 「바울 서신」(예수의 십자가 처형이 있은 지 20년 후에 작성된)에는 성탄절이나 예수의 탄생에 관한 이야기가 단 한 줄도 나오지 않는다. 바울은 예수의 생애나 기원, 혹은 그의 가족사에 대해 일말의 관심도 보이지 않았다. 뿐만 아니라, 최초의 복음서인 「마가복음」에서도 예수의 탄생은 전혀 언급되지 않았다. 「요한복음」의 저자도 성탄절을 몰랐던 것으로 보인다. 대신에 「요한복음」은 만물이 창조되기 전에 예수가 로고스의 형태로 존재했다는 유명한 철학적 사변으로 시작된다. 그리스어인 로고스는 꼭 맞는 영어 번역을 찾기 어려운데, 대부분의 경우 '말씀'으로 번역되고 있다.

"태초에 '말씀'이 계셨다. 그 '말씀'은 하나님과 함께 계셨다. 그 '말씀'은 하나님이셨다."(「요한복음」 1:1)

여기에서 강조하는 것은 만물을 창조하는 지배 원리로서의 로고스 개념이다. 이것은 성탄절 이야기와는 전혀 다르다.

로고스와는 대조적으로 성탄절은 위협에 직면한 한 가족에 관한 전설적인 이야기다. 마리아를 찾아온 하나님의 사자使者는 겁에 질린 이 젊은 여인에게 정혼자인 요셉과 동침하지 않고 아들을 잉태하게 될 것이라고 말한다. 이야기는 곧 이주와 빈곤에 관한 내용으로 빠르게 바뀐다. 예수의 아버지는 고향을 떠나 길 위를 방황했고, 예수는 베들레헴의 마구간에서 태어났다. 그것은 분명히 정치적 함의를 담고 있는 이야기이기도 했다. 예수는 열악한 환경에서 태어난 변방의 유대인에 불과했지만, 메시아의 탄생 소식에 당황한 헤롯왕에게 큰 위기감을 안겨주었다. 결국 광기에 사로잡힌 헤롯왕은 미래에 자신의 경쟁자가 될 싹을 잘라버리기로 결심하고, 유대 안의 모든 어린 아이를 살해하는 '유아 대학살'이라는 만행을 저지른다. 이로 인해 이집트로 도피한 예수의 가족들은 큰 고난과 두려움을 겪게 된다.

하지만 다른 한편으로 성탄절은 한 편의 아름다운 마술과도 같은 이야기다. 그것은 우리들 마음속 깊은 곳에 잠들어 있는 상상력을 자극한다. 예수의 등장부터가 시적이다. 예수가 몸을 누인 마구간 위로 별빛이 쏟아져 내려와 예수의 탄생을 알렸다. 예물을 실은 낙타를 타고 동방에서 온 현자들도 등장한다. 메시아의 탄생 전야, 하늘의 별들은 초롱초롱 빛나고 목자들은 사막의 추운 밤 날씨에도 아랑곳하지 않고 양 떼를 돌보고 있다. 예수의 탄생은 세상이 얼어붙은 듯이 추운 가운데 만물이 서서히 기지개를 켜는 동짓날에 벌어진 사건이다. 거룩하고 고요한 밤, 희망의 싹을 상징하는 어린아이의 몸으로 예수가 이 땅에 오셨다.

예수의 생애를 기록한 사람들 중 오직 누가와 마태만이 성탄절을 언급했다. 아마도 그들은 예수의 사후 수십 년간 사람들 사이에서 구전된 이야기를 재구성했을 것이다. 하지만 두 사람의 성탄절 이야기는 마치 불편한 동거처럼 많은 부분에서 상충된다. 이는 예수의 사후 곳곳에서 서로 다른 성탄절 이야기가 생겨난 것과 무관하지 않다. 예수의 제자들은 예수가 이 땅에 온 뜻을 알리기 위해 애쓰다가 박해와 탄압에 직면한 믿음의 공동체를 위해서 이러한 이야기의 특정 부분을 필요에 따라 강조하거나 심화시켰다.

예수 탄생 설화에서 제일 먼저 나타나는 광경은 성수태聖受胎 고지告知다.[2] 이야기는 마리아를 (그리고 이와는 별도로 요셉을) 찾아온 천사 가브리엘의 뜻밖의 방문으로 시작된다. 가브리엘은 이 놀라운 방문 이전에는 오직 「다니엘서」에서만 언급된 존재였다. 그는 자신의 출현에 깜짝 놀라는 어린 처녀에게 그녀가 특별한 아이를 갖게 될 것이라고 침착하게 설명한다. 말하는 그의 표정은 무척이나 밝았다.

"기뻐하여라, 은혜를 입은 자야, 주님께서 그대와 함께 하신다. … 그대는 여자들 가운데서 복을 받았다."(「누가복음」 1:38, 42)

가브리엘의 출현과 그가 전한 놀라운 메시지는 가여운 처녀를 겁먹게 만들었다. 하지만 그는 마리아에게 이것은 결코 두려워할 일이 아니며, 오히려 축복할 일이라고 말했다.

"두려워하지 말아라. 마리아야, 그대는 하나님의 은혜를 입었다."(「누가복음」 1:30)

수태 고지에는 사람들의 영감을 자극하는 놀라운 속성이 존재한다. 이 때문에 서구의 많은 위대한 화가들이 이 장면을 그림으로 묘사했는데, 종종 피렌체 산마르코 수도원에 있는 프라 안젤리코의 대담한 벽화(1445년에 완성)처럼 파격적인 해석을 담은 그림들도 출현했다. 이 벽화에서 마리아는 더 이상 겁에 질린 채 자신이 처한 상황에서 벗어나기만을 바라는 나약한 십 대 소녀가 아니다. 대신에 그

---

2 동정녀 마리아에게 예수 잉태를 알린 것을 가리키고, 축일은 3월 25일이다.(역주)

녀는 가브리엘을 똑바로 응시하며, 이 세상을 위해 하나님의 아들을 낳아야 하는 자신의 운명을 의연하게 받아들인다. 그녀는 하나님이 자신을 "주님의 여종"으로 선택했다는 사실에 자부심과 기쁨을 느끼는 것 같았다. 그녀의 표정에는 자신이 직면한 결정적인 역사적 순간을 충분히 감당할 수 있다는 자신감이 넘쳐 보였다.

마태와 누가 모두 예수의 가계도에 대해 설명하고 있다. 하지만 두 사람의 가계도는 서로 모순된다. 「마태복음」은 아브라함(『구약성서』에 나오는 유대인의 조상)에서 시작되어 승리의 왕 다윗을 비롯한 유대 왕들의 이름이 순서대로 언급된 예수의 가계도를 제시한다. 이것은 아기 그리스도가 유대인의 피를 타고났다고 강조하는, 유대인의 관점에 기울어진 견해다. 반면에 유대인은 물론 이방인에게도 매력적인 누가의 가계도에 따르면, 예수 가문의 시조는 아브라함이 아니라 전체 인류의 조상인 아담으로, 예수는 이방인을 포함한 더 큰 가문의 일원이다. 여기에서도 다윗은 여전히 존재하지만, 가계도는 예언자를 따라 이어지고 있다. 이로 인해 누가의 가계도는 마태에 비해 영적인 색채가 더 강하다.

마태와 누가는 모두 마리아가 베들레헴에서 아기 예수를 낳았다고 적고 있다. 의심의 여지없이 예수의 초기 제자들에게는 이 사랑하는 랍비의 출생지가 베들레헴이어야만 하는 충분한 이유가 있었다. 바로 요단강 서안에 위치한 이 작은 도시가 다윗의 아버지, 이새의 고향이기 때문이다. 다윗이 한때 양치기 생활을 하다가 마침내 이스라엘의 왕에 오른 곳도 베들레헴이었다. 실제 예수의 출생지로 추정되는 나사렛과 달리 베들레헴은 엄청난 상징적 의미를 지닌 곳이다. 예수의 제자인 빌립이 나다나엘[3]과 나눈 대화를 상기해 보라. 빌립은 나다나엘에게 예수야말로 모세가 예언한 메시아임을 역설한다. 하지만 나다나엘은 심드렁한 목소리로 빌립에게 반문한다.

"나사렛에서 무슨 선한 것이 나올 수 있겠소?"(「요한복음」 1:46)

또한 『구약성서』(「미가서」 5:2)에는 미래 이스라엘을 다스릴 목자는 베들레헴에서 출현할 것이라고 적혀 있기도 하다.

「마태복음」의 성탄절 이야기는 예수의 가족이 이집트로 탈출하면서 박탈과 공포, 도피의 이야기로 바뀐다. 흥미진진하면서도 무서운 장면들이 이어진다. 반면 「누가복음」에서는 매우 다른 이야기가 전개된다. 요셉과 마리아는 「마태복음」에서는 언급조차 되지 않은 로마의 인구조사 때문에 할 수 없이 갈릴리의 나사렛에서부터 베들레헴으로 여행하게 된다.[4] 그것은 분명히 위험한 상황은 아니었다. 실제로 「누가복음」에서는 헤롯왕이 남자 어린아이의 목숨을 위협하지 않는다. 물론 예수의 가족도 헤롯왕의 마수를 피해 이집트로 달아나지 않았다. 전반적으로 봤을 때 흥미 측면에서는 좀 떨어질지

---

3 12사도의 한 사람이고 빌립의 전도로 예수의 제자가 되었다.(역주)
4 이 인구조사는 「누가복음」 2:1에 나온다. 저자는 공들여서 연대를 산정하고 있다. 그에 따르면 이 인구조사는 구레뇨quirinius가 시리아 총독일 때 이루어졌다. 연대 산정은 역사적으로 복잡한 문제이긴 하지만, 구레뇨라는 시리아 총독이 있었던 것은 틀림없는 사실이다. 요세푸스, 수에토니우스, 티키우스, 그리고 디오 카우스 같은 고대 역사가들이 그러한 사실을 언급하고 있기 때문이다. 이것을 바탕으로 다음과 같은 질문을 하지 않을 수 없다. 만일 성탄절 이야기가 '조작'된 것이라면, 왜 저자는 그 역사적인 배경을 밝히기 위해서 그렇게까지 수고를 감수하고 있는가? 아마도 물음 자체에 답이 있는 것처럼 보인다. 증언은 입증이 중요하고, 복음서는 증언 문학이다. 세부 사항이 구체적일수록 이야기는 더 믿을 만한 것이 된다. 다만 구레뇨가 시행한 인구조사가 갈릴리 주민이 아니라 유대 지방의 사람들하고만 관련 있다는 추가적인 문제점도 존재한다.

모르지만 어린아이도 쉽게 읽을 수 있는 편안한 이야기다.

성탄절 이야기들 사이의 차이점은 중요하지 않다. 그것이 전하는 내용들을 오류 없는 하나님의 말씀을 대하듯 (이슬람 근본주의자들이 코란을 대하는 것처럼) 문자 그대로 믿어야 한다는 절박한 생각만 없으면 된다. 각각의 성탄절 설화에는 고유의 강조점이 있다. 마태는 가계도와 중요한 인물들(3인의 동방박사)이 멀리서 찾아와 그의 발 앞에 엎드려 경배를 드렸다는 사실을 통해, 왕족의 피를 타고난 고귀한 인물이라는 예수의 개념을 제시했다. 마태에게는 헤롯왕이 예수를 경쟁자로 의식했다는 사실도 중요했다. 결국 예수는 영적인 면에서도 고귀한 인물이지만, 현실 세계에서도 존재만으로 자신과 타인에게 중대한 정치적인 결과를 초래하는 인물이었다.

반면에 누가는 예수의 평범한 면, 그리고 주변인으로서의 그의 처지를 강조한다. 여기에서 예수는 "평화의 왕" 혹은 "하나님의 아들"인 것만큼이나 아담의 후손이자 "사람의 아들"이었다.[5] 「누가복음」에서 구유로 그를 찾아온 것도 근사한 예물을 든 동방박사가 아니라 양치기처럼 가난한 자였다.

누가는 이야기에 신화적인 색채를 덧입히는 데 놀라운 재능을 가진 작가였다. 일례로 임신한 마리아가 예루살렘 남부의 구릉지에 위치한 헤브론으로 사촌 엘리사벳을 방문하여 석 달 동안 함께 지내는 장면을 보라. 엘리사벳은 늙도록 아이를 갖지 못한 여성이었는

---

5 일반적으로 예수와 연관해서 쓰이는 '평화의 왕'이란 구절은 실제로 『구약성서』의 「이사야」 9:6에서 온 것이다.

데, 그녀의 남편이자 성전 제사장인 사가랴는 천사로부터 자신의 부인이 임신했다는 말을 듣게 된다.(요셉을 찾아온 천사 이야기와 유사한 대목이다. 그렇지만 요셉은 마리아의 아기가 특별한 존재라는 천사의 말을 귀담아 듣지 않았다.) 사가랴는 엘리사벳의 임신 소식을 믿기 어려웠다.

'어떻게 그 나이에 아이를 가질 수 있단 말인가?'

하나님은 의심을 떨치지 못하는 사가랴를 벙어리로 만들어버렸다. 그의 입은 아들이 출산한 뒤에야 다시 열렸다.(부활을 상징하는 사건이다.) 천사는 엘리사벳에게 아들의 이름을 요한으로 지으라고 일렀고, 그녀의 아들은 때가 이르자 세례자 요한이 되었다. 이것은 예수가 자신에 앞서 선지자로 활동한 요한으로부터 요단강에서 세례를 받았다는 여러 복음서에 나오는 이야기의 예고편 같은 것이다. 자신의 탄생을 통해 성육신으로 이 땅에 올 예수를 미리 알린 요한은 스스로 "광야에서 외치는 소리"가 되었다.

엘리사벳은 한눈에 마리아의 상황을 알아차렸다. 그녀는 사촌의 자궁에 아이를 만든 것은 요셉이 아니라 성령임을 직감했다. 마리아가 하나님의 아들을 낳을 것이라는 사실을 깨달은 엘리사벳은 들뜬 목소리로 외쳤다.

"그대는 여자들 가운데서 복을 받았고, 그대의 태중의 아이도 복을 받았습니다."(「누가복음」 1:42)

마리아는 고개를 숙이며 겸손하면서도 주저함이 없는 목소리로 대답했다.

"내 영혼이 주님을 찬양하나이다."(「누가복음」 1:46)

역사 속에 강한 울림을 남긴 마리아의 응답은 그녀의 찬양을 라틴어 버전으로 표현한 유명한 음악을 탄생시키기도 했다. 바로 "마그니피카트 아니마 미아 도미눔"(Magnificat anima mea Dominum, 내 영혼이 주님을 찬미하며)으로 시작되는 〈마그니피카트Magnificat〉(성모 미리아 송가)였다.[6]

동정녀라는 기적적인 개념은 그리스도인에게 큰 의미를 가진다. 하나님이 인간의 몸을 입은 성령을 이 땅에 보내셨다는 증표이기 때문이다. 하지만 '동정녀'란 단어가 그리스어는 물론 히브리어에서도 신축적인 의미를 갖고 있다는 사실을 상기할 필요가 있다. 베르메스는 "이 단어의 의미는 확실히 성행위 경험이 없는 남녀에 국한되지 않는다."[7]라고 말한다. "물론 동정녀를 뜻하는 그리스어가 그런 의미로도 사용될 수 있지만, 그보다는 젊은 남녀, 특히 미혼의 남녀를 가리키는 것이 (반드시 그런 것은 아니지만) 일반적이다." 한편, 조지프 캠벨은 『신의 가면』에서 이렇게 언급하고 있다.

"실제로 이러한 기적이 일어날 가능성과는 상관없이 단순히 전설이라는 차원에서 이야기하자면, 동정녀 탄생은 그리스도교의 여러 유산 가운데 히브리 계열이 아닌 페르시아나 그리스 쪽의 영향을 받은 모티프라고 보아야 한다."[8]

부계 사회를 선호했던 유대교에서는 메시아가 아브라함의 순수

---

6 J. S. 바흐가 만든 〈마그니피카트〉는 이 구절을 가장 정교하고 아름다운 음악으로 표현한 것이다.
7 Vermes, p. 218.
8 Campbell, p. 336.

혈통을 이어받은 자식이 아니라는 이야기를 쉽게 만들어낼 수 없었을 것이다.

마리아를 동정녀라고 선언한 복음서 기록자들의 정확한 의도가 무엇인지에 대해서는 많은 신학자들이 오랜 세월에 걸쳐 연구에 연구를 거듭하고 있다. 하지만 모든 그리스도인들이 이견 없이 동의하는 사실도 있다. 바로 예수가 평범한 존재가 아니었으며, '하나님이 그 안에 거하신다'는 뜻의 '임마누엘'란 이름으로 불린 사실에서 알 수 있듯이, 마리아의 배 속에 있을 때부터 예수의 영혼에는 하나님의 불꽃이 함께했다는 것이다. '임마누엘'은 「이사야」 7:14에서 처음 언급된 이름이다.

"그러므로 주님께서 친히 다윗 왕실에 한 징조를 주실 것입니다. 보십시오, 처녀가 잉태하여 아들을 낳을 것이며, 그가 그의 이름을 임마누엘이라고 할 것입니다."

성탄절 이야기에 닻을 내린 동정녀 탄생 설화는 상당히 정교하며 강력한 신학적 요체를 제공한다.

『신약성서』의 다른 어떤 부분에서도 관련 준거들을 찾기 어렵지만, 그럼에도 불구하고 동정녀 탄생은 오리게네스나 테르툴리아누스, 그리고 아우구스티누스와 같은 초기 교회의 위대한 교부들이 발전시킨 그리스도교 교리의 핵심으로 자리 잡았다. 동정녀 탄생 개념에 대한 성경상의 권위가 부족하다고 느낀 후대의 외경 복음서(『야고보의 유년 복음서』 같은) 저자들은 마리아가 요셉과 혼인한 이후에도 계속 처녀로 남아 있었다고 이야기하며 그녀의 처녀성에 화제의 초점을 맞추려고 노력했다. 하지만 예수에게 형제자매가 있었다는 사실이 문제를 복잡하게 만들었다. 그렇다면 그들의 어머니는 누구인가? 물론 그들은 요셉이 마리아와 결혼하기 전 얻은 자식들, 즉 예수의 이복형제이거나 사촌형제일 수 있다. 신학자들도 줄곧 그렇게 주장해왔다. 하지만 「마태복음」 13:55에서는 예수에게 적어도 네 명의 남동생(야고보, 요셉, 시몬, 유다)과 이름이 알려지지 않은 두 여동생이 있다고 분명하게 말하고 있다. 이러한 이야기들 중 어떤 것도 예수가 마리아의 장남이라든가, 그의 아버지가 요셉이 아니라 하나님이라는 사실과 (최소한 상징적인 측면에서는) 충돌하지 않는다.

고대 세계의 사람들은 신이 만든 아이를 인간이 낳는다는 기이한 발상을 자연스럽게 받아들였다. 그 세계의 주요 인물들 중 상당수는 반인반신半人半神이었다. 일례로 로마 건국 신화에 등장하는 쌍둥이 형제인 로물루스와 레무스는 인간인 레아 실비아와 전쟁의 신 마르스의 자식이었다. 또한 위대한 황제인 아우구스투스의 어머니가 홀로 아폴로 신전에서 잠을 자다 그를 잉태했다는 것도 자주 회자되는 이야기다. 신화를 많이 접한 현대의 독자들은 인간의 모습과 뒤섞인 신의 개념에 익숙할 것이다. 이러한 신들의 행동은 종종 엄청난 결과를 초래한다. 백조로 변해 몰래 레다를 범한 제우스가 그 좋은 사례다. 둘 사이에서 태어난 헬렌은 시인 크리스토퍼 말로우가 노래한 것처럼 자신의 절세적인 미모로 "1,000척의 배가 출범"하게 만들었으며, 수십 년에 걸친 트로이 전쟁을 초래했다.

이 대목에서 한 가지 짚고 넘어갈 점은 동정녀 탄생을 가톨릭에서 말하는 '무흠잉태설無欠孕胎說', 즉 마리아가 인간이기는 하지만 어떠한 죄도 없는 상태에서 잉태를 했다는 이론과 혼동하면 안 된다는 것이다. 원죄론에 따르면 모든 인간은 자신들의 시조인 에덴동산의 아담과 이브가 저지른 잘못 때문에 원죄를 안고 태어난다. 하지만 무흠잉태설에서는 예수를 낳은 사람이 이러한 원죄와는 무관하다고 설명한다. 하지만 여기서 더 이상 복잡한 신학 이론 속으로 들어가는 것은 적절하지 않다. 성탄절 이야기에서 중요한 부분은 예수가 인간의 본성을 그대로 간직함과 동시에 하나님과 독특한 방식으로 연결된 존재로 이 땅에 오셨다는 것이다. 신화적 개념으로서의 동정녀 탄생은 이러한 메시지를 더없이 아름답게 전달하고 있다.

「마태복음」 2:1~2에 나오는 동방박사 이야기는 함축적이며 매혹적이다.

"헤롯왕 때에, 예수께서 유대 베들레헴에서 나셨다. 그런데 동방으로부터 박사들이 예루살렘에 와서 말했다. '유대인의 왕으로 나신 이가 어디에 계십니까? 우리가 동방에서 그의 별을 보고, 그에게 경배하러 왔습니다.'"

실제로 아기 예수가 누운 마구간 위에는 별이 빛나고 있었고, 이로 인해 후대의 많은 사람들은 동방박사가 별이나 별자리들의 의미를 읽는 점성술사였을 것이라고 추측했다.

"그들은 그 집에 들어가서, 아기가 그의 어머니 마리아와 함께 있는 것을 보고, 엎드려서 그에게 경배했다. 그리고 그들의 보물 상자를 열어서, 아기에게 황금과 유향과 몰약[9]을 예물로 드렸다. 그리고 그들은 꿈에 헤롯에게 돌아가지 말라는 지시를 받아, 다른 길로 자기 나라에 돌아갔다."(「마태복음」2:11~12) 수많은 이야기의 소재가 된 이 믿기 어려운 방문은 화가들에 의해서도 자주 묘사되긴 했지만, 그것을 가장 탁월하게 형상화한 작품은 T. S. 엘리엇의 시 「동방박사들의 여행」이다. 독백 형식의 이 시에서 화자는 동방박사들 중 한 명이다. 그는 수년 전에 행한 자신들의 기적적인 방문을 회고한다. 그에 따르면 여행은 이미 얼어붙은 산 위로 다시 "추위가 덮쳐 오고" 있는 "한겨울"에 감행된 것이었다. 그것은 불신과 불확실성으로 가득한 낡은 세계를 벗어나 구원과 새로운 삶이 기다리는 신세계로 나아가는 여행이었다. E. F. 버제스의 추측대로 그들은 아마도 하늘이 보내는 신호를 쫓아다니는 "신성한 조로아스터교 천문학자들"이었을 것이다. 동방박사들을 서쪽으로 향하게 한 "그 별"은 "이미 600년 전에 조로아스터가 예언했던 신호로, 그의 예언은 하늘에서 벌어질 사건을 묘사했을 뿐만 아니라, 새로운 예언자의 탄생지로 베들레헴을 꼭 집어 거론했다."[10]

동방박사들은 서구적 상상력의 틀 속에 빠르게 자리 잡았다. 그들에게는 각각 멜키올, 카스팔, 발타살이라는 이름이 붙여졌다. 그들이 "동방으로부터" 왔다는 말 속에는 떠오르는 태양, 즉 새로운 날의 시

---

9 유향은 감람과에 속하는 유향나무의 수액을 건조시켜 만든 약재이고, 몰약은 감람과에 속하는 몰약나무의 껍질에 상처를 내어 흐르는 유액을 건조시켜 만든 약재다.(역주)
10 E. F. Burgess, "T. S. Eliot' s 'the journey of the Magi", *Explicator* 42(Summer, 1984), p. 36.

작이라는 의미가 담겨 있다. 그리스도교에는 현자들이 바빌론이나 페르시아, 혹은 예멘에서 여행을 시작한다는 전통이 있다. 「마태복음」에는 동방박사가 몇 명인지 정확하게 나와 있지 않다. 단지 그들이 세 개의 선물을 가져온 사실에 미루어 세 명일 것이라고 추정할 뿐이다. 그들이 가져온 선물은 미래의 왕에게 바치는 것으로, 예수를 다윗의 혈통을 잇는 왕자로 만들고자 하는 마태의 노력을 반영한다. 뿐만 아니라 거기에는 『구약성서』의 예언, 즉 "이방 나라들이 너의 빛을 보고 찾아오고, 뭇 왕이 떠오르는 너의 광명을 보고, 너에게로 올 것이다."(「이사야」 60:3)라는 말을 성취한다는 의미도 담겨 있다.

그들이 바친 예물이 상징하는 바도 크다. 금은 지금도 그렇지만 당시에도 가장 귀한 금속으로, 까마득한 옛날부터 부의 척도가 되어온 물건이기 때문에 왕에게 잘 어울렸다. 신전 제사에 사용되는 향료인 유향도 누구나 탐내는 물건이었고, 몰약은 도유식塗油式[11]이나 시신의 방부 처리에 사용되는 일종의 기름이었다.(몰약은 뒤에 견진성사[12]나 종부성사[13] 같은 동방정교회의 주요 성례에 사용되었다.) 왕족이 장차 메시아가 될 아이를 방문한다는 믿음을 널리 공유하고 있던 유대교 전통에서 동방박사의 경배에 담긴 의미가 무엇인지 「마

---

11 병을 낫게 하고 악마를 쫓기 위한 신성한 힘을 불어넣으려고 몸에 기름을 바르는 종교의식이다.(여주)
12 가톨릭에서 세례를 받은 신자의 신앙을 굳건하게 하기 위해 행하는 의식이다. 주교가 신자의 머리에 손을 얹고(안수), 십자가의 표지를 그으며 성유聖油를 이마에 바른다.(역주)
13 가톨릭의 7성사 가운데 하나로 임박한 죽음을 앞두고 하나님께 영혼을 의탁하는 의식이다. 생전에 최후로 치르는 의식이라고 하여 '종부성사'라고 불리며, 이때 기름을 바르는 '마지막 도유식'이 행해진다.(역주)

태복음」의 저자는 잘 이해하고 있었다. 그것은 어두운 세상에 빛을 비출 아이의 탄생을 갈망하는 모든 그리스도인의 마음을 대변하는 것이었다.

성탄절 이야기에는 놀랄 만큼 상세한 설명이 존재하긴 하지만, 상상력의 힘을 빌려야만 하는 부분도 많다. 이 때문에 이후 오랜 세월 동안 예수의 제자들은 이야기 속 빈칸을 하나하나 채워나가야 했다. 예를 들어 「마태복음」이나 「누가복음」의 어디에도 예수의 탄생일은 언급되어 있지 않다. 그리스도인들은 4세기가 돼서야 12월 25일을 성탄절로 정했다. 아마도 이러한 선택은 이날이 동지와 가까운데다 로마에서 기리는 농신제[14]의 마지막 날이라는 점과 연관이 있을 것이다. 사실 12월 25일은 3세기 후반 로마의 아우렐리우스 황제에 의해 '무적의 태양신' 탄생 축일로 정해진 날이었다. 이미 축제와 종교의식에 가까운 행사가 열리고 있던 이날은 이제 무적의 (다시 말해, 누구에 의해서도 정복되지 않는) 태양신을 기리는 날에서 죽음조차 정복한 하나님의 아들을 기리는 날이 되었다.

성탄절 이후

앞에서 언급했듯이 베들레헴의 마구간 장면 이후에 전개된 사건

14　농업의 신인 사투르누스를 기리는 로마의 절기다.(역주)

은 「마태복음」과 「누가복음」이 서로 다르다. 「마태복음」에서는 예수와 그의 가족이 위험을 피해 이집트로 도주했다가 신변의 위협이 제거된 뒤 다시 나사렛에 돌아온다. 이러한 도주와 복귀는 마태가 그토록 강조하고 싶어 했던 것처럼 미래의 지도자가 "이집트에서" 올 것이라는 『구약성서』(「호세아」 11:1)의 예언을 성취하는 것이었다. 마태는 아마도 예수의 유대 혈통을 강조하는 것과 함께 이야기의 신화적 울림을 증폭시키기 위해서 이러한 전개 방식을 택했을 것이다. 예수 가족의 이집트 도피는 출애굽 시기에 이집트로 도피했던 유대인들의 전설적인 이야기를 연상시키는 것이다. 늘 유대 청중들을 염두에 두고 있던 마태의 이야기를 읽은 유대인 독자들은 큰 울림을 받았을 것이다. 그들은 장차 유대의 왕이 될 어린아이를 없애고자 한 헤롯왕의 이야기를 읽고는, 모세를 제거하기 위해 모든 유대 어린아이를 나일강에 던지라는 잔인한 명령을 내린 파라오(「출애굽기」 1:22)를 떠올렸을 것이다. 또한 예수의 아버지인 요셉이 꿈에 나타난 하나님을 통해 곤경을 헤치고 나갈 방법을 알게 되는 대목에서는 「출애굽기」에 나오는 같은 이름의 요셉이 탁월한 꿈 해몽 능력으로 파라오의 총애를 받는 내용(「창세기」 37:19, 41:25)을 연상했을 것이다.

마태의 이집트 일화는 후대의 작가들을 매료시켰다. 정경正經 문서에서는 배제되었지만 매우 흥미로운 작품들인 여러 외경外經 문서와 영지주의 복음서들이 그 예다. 그중 한 곳에 아기 예수가 걸어갈 때 그 앞에 엎드려 절하는 야자나무 이야기가 나온다. 이집트 도피를 다룬 다른 버전의 이야기에는 아기 예수를 돌보는 살로메라는 이름의 인내심 많은 유모가 나오는데, 몇몇 사람들은 그녀를 마리아의 자매라고 여겼다. 나아가 사람들은 종종 「마태복음」 27:55에 나오는 것처럼 예수가 십자가에서 못 박히는 순간 막달라 마리아와 함께 현장에 있던 또 다른 마리아가 그녀라고 생각했다. 하지만 다시 한번 말하지만 복음서의 내용은 사람들의 신원을 알 수 있을 만큼 분명하지 않다. 실제로 성경에 나오는 이름들은 후대의 독자들에게 계속해서 골칫거리가 되어왔다. 그들은 『신약성서』에 나오는 특정한 이름이 다른 곳에 나오는 동일한 이름과 어떤 관계에 있는지 전혀 알 수 없었다.

예수는 태어난 지 8일 만에 할례를 받았다. 그것은 세상이 만들어진 지 8일 째 되는 날에 아브라함이 자신의 아들인 이삭을 하나님께 기꺼이 제물로 바친 것에서 유래하는 유대 관습이었다. 누가는 아기 예수가 정결 예식[15]을 위해 머물던 사원에서 할례를 받았다고 언급했다.(「누가복음」 2:22~40) 이 기억할 만한 장면에는 의인 시므온이라고 불리는 노인이 등장한다. 시므온은 눈을 감기 전에 메시아를 볼 수 있어 여한이 없다고 감격하는데, 아마도 그는 정결 의식에서 축복을 내리는 권위를 부여받은 레위 지파[16] 소속의 성전 장로들 중 한 명이었을 것이다.

"주님께서 당신들에게 복을 주시고, 당신들을 지켜주시며, 주님께서 당신들을 밝은 얼굴로 대하시고, 당신들에게 은혜를 베푸시며,

---

15 몸이나 마음가짐을 깨끗하게 하는 종교의식을 말한다.(역주)
16 이스라엘의 12지파 중 하나로 예언자나 제사장은 물론 왕의 지위까지 부여받은 지파다.(역주)

주님께서 당신들을 고이 보시어서, 당신들에게 평화를 주시기를 빕니다."(「민수기」6:24~26)

기쁨과 안도의 표정을 지은 시므온은 품에 안은 아기 예수를 들어 올리며 "이제 이 세상을 떠날 수" 있게 되었다고 하나님께 말한다. 그는 〈시므온의 노래〉로 잘 알려진 빼어난 감사 기도문을 남겼는데, 그것은 다음과 같은 감동적인 도입부로 시작된다.

"주님께서 이제 당신의 종을 평안히 놓아주시는도다."

같은 시간, 성전에는 안나라는 또 한 명의 경건한 사람이 있었다. "여자 예언자"로 불리던 그녀는 예수에게는 일종의 대모와 같은 존재였다.(그녀의 이름은 한나라고 번역되기도 하는데, 이 이름은 역시 여자 예언자로 유대 역사에서 결정적인 역할을 하게 되는 또 한 명의 축복받은 아기, 즉 사무엘을 낳은 한나를 떠올리게 만든다.)

정결 예식은 「레위기」와 「출애굽기」를 토대로 형성된 유대 율법에 따라 출생 후 40일이 지난 아기에게 행해졌다. 신생아의 부모는 율법과 관습이 요구하는 대로 한 쌍의 어린 멧비둘기[17]를 제물로 바쳤다. 틀림없이 양을 제물로 바칠 만큼 넉넉하지 못한 사정을 감안해서 정했을 것이다. 다른 곳과 마찬가지로 여기에서도 독자들은 마태와 누가 중 누구를 따를지 선택해야만 한다. 만약 마태의 설명처럼 예수와 그의 가족이 베들레헴에서 이집트로 도피했다면, 그의 정결 예식이 예루살렘에서 열렸다는 사실은 성립하기 어렵기 때문이

---

17 암수가 사이좋기로 유명한 야생 비둘기다.(역주)

다. 물론 문자 자체에 집착하는 상상력 부재의 독자라면 어떻게든 두 이야기 사이의 간극을 메우려고 노력할 것이다.

하지만 그리스도교 예배와 의식에 참여한 사람이라면 누구나 알게 되는 것처럼 이러한 간극 메우기는 불필요하다. 성탄절 이야기에는 어떠한 방어도 필요없기 때문이다. 성탄절은 영원이 유한한 시간 안으로 들어오는 순간, 신의 위대한 계시가 이제 막 시작되는 순간을 나타낸다. 베들레헴의 마구간 위에 유혹하듯 빛나는 별과 그리스도에게 경배를 드리기 위해 동방으로부터 찾아온 박사들의 이야기는 우리의 기대감을 한껏 부풀린다. 이제 우리도 그들처럼 희망이라는 선물을 짊어지고 도착할 보장이 없는 여행을 떠난다. 그리고 매년 12월 말 기념일이 다가오면 17세기 조지 허버트의 시 구절처럼 찬양의 노래를 부르고 싶은 갈망에 사로잡힌다.

"목자들이 노래 부르네. 나는 침묵해야 하는가?"

알려지지 않은 세월

「누가복음」 2:41~52에 나오는 짧지만 매우 흥미로운 이야기를 제외하고는 예수의 소년기와 청소년기, 그리고 청년기에 대해 알려진 사실은 전무하다. 열두 살 무렵 예수가 예루살렘 성전의 장로들과 나눈 대화를 기록한 「누가복음」의 일화는 성장하고 있는 예수의 모습을 보여주면서, 당시 예수 스스로는 물론 다른 사람들도 모두 그를 성인의 문턱에 도달한 존재로 여겼음을 알 수 있게 해준다.

예수와 그의 가족(마리아와 요셉, 예수의 형제들)은 매년 예루살렘 제2성전으로 순례 여행을 떠났다. 젊은 청년은 눈부신 성전의 모습에 매혹당했을 것이다. 15층 높이의 성전은 반짝이는 석회암 벽돌로 지었고, 그 위에 수많은 금장식으로 치장한 건물이었다. 소위 '통곡의 벽'[18]이라고 부르는 성전의 서쪽에 있는 담장을 말하는데, 예루살렘 제2성전 중 오늘날 유일하게 남아 있는 부분이다. 성전 내부에는 기도실과 예배실, 그리고 연구실을 포함해 헤아리기 어려울 만큼 많은 공간들이 줄지어 늘어서 있었다. 산헤드린[19]을 비롯한 랍비 법정들도 이곳에서 개최되었다. 이집트의 피라미드처럼 헤롯왕의 성전도 당대 로마에 존재한 어떤 건축물보다 웅장했다. 한마디로 경이로움 그 자체인 건물이었다. 마리아와 요셉이 예루살렘 성전을 주기적으로 방문했다는 사실은 그들의 신앙심과 영적 야망의 수준을 잘 보여준다. 하지만 목수였던 요셉은 한 뼘의 땅밖에 가지지 못한 농부보다도 사회적 지위가 낮은 사람이었다. 틀림없이 이들의 예루살렘 여행에는 나사렛 유대 공동체의 도움이 있었을 것이다. 마리아와 요셉은 음식과 물을 잔뜩 싣고 가는 일단의 신앙심 돈독한 유대인 일행과 함께 카라반이나 낙타, 혹은 나귀를 타고 먼지 자욱한 길을 따라 예루살렘까지 3일간 여행했을 것이다. 그들은 숲이 무성한 갈릴리

---

18 "뿌리를 잃은 유대인들이 모여 통곡하던 장소"라는 의미로 붙여진 이름이다. 이스라엘을 건국한 뒤 많은 유대인들이 이곳을 찾아 기도하고 있다.(역주)
19 고대 유대의 최고 의결 기관으로서 종교상·사법상의 재판권을 가지며 71명의 의원으로 구성된다.(역주)

시골길을 지나 유대의 황량한 구릉지에 들어섰을 것이고, 높이 솟은 절벽을 따라 다시 한참을 걸은 후에야 호박색 벽으로 둘러싸인 성스러운 도시에 도착할 수 있었다. 그 곁에 유대 최고의 명절을 지키고자 예루살렘으로 향하는 수많은 군중들이 함께하고 있었음은 두말할 필요도 없다.

예수와 그의 가족은 고고학자들이 나중에 발굴한 남쪽 경사지의 정문을 통해 성전에 들어갔을 것이다. 입구 쪽에는 순례자들이 하나님의 성전에 들어가기 위해 정결 예식을 치르는 목욕탕들이 자리하고 있었다. 그들은 레위 지파 소속의 성가대가 부르는 「시편」 찬송들을 음미하며, 넓은 현관 지붕을 지나 성전으로 들어갔을 것이다. 성전에는 정결 예식을 거친 유대인들만 들어갈 수 있었다. 성전 가장 깊숙한 곳에는 유대교에서 가장 중요한 장소인 지성소至聖所[20]가 있었다. 하지만 예수나 그의 가족들은 이 신성한 장소를 직접 눈으로 보지 못했을 것이다. 과거 한때(제1성전 시대) '언약의 궤'[21]가 놓여 있던 이곳은 오직 대제사장만이 일 년에 단 하루, 즉 제물의 피를 제단에 뿌리는 속죄일에만 출입할 수 있었기 때문이다.

기도 모임과 희생 제물 봉헌, 목욕 의례와 성경 봉독 참석 등을 포함하는 일주일 동안의 순례 행사가 끝난 후, 예수와 그의 가족들은 다시 나사렛으로 돌아가는 여행길에 올랐다. 그러나 출발 직전의 어

---

20 성전에서 가장 깊숙한 곳으로, 하나님이 있는 거룩한 장소라고 여겨진다. 휘장에 의해 성전의 다른 부분과 분리되어 있다.(역주)
21 '계약의 궤'라고도 부르며, 하나님과 유대 민족 간의 약속(십계명)이 적힌 석판을 담은 상자를 말한다.(역주)

수선함 때문에 예수 없이 출발했다가 혼비백산한 그의 부모는 다시 에루살렘으로 돌아와 그를 찾아다녔다. 마리아와 요셉은 이틀 동안 가슴을 졸이며 예루살렘 곳곳을 다니며 예수를 찾았지만 그의 행적은 좀처럼 드러나지 않았다. 그들이 예수를 발견한 것은 사흘째 되는 날이었다. 놀랍게도 예수는 예루살렘 성전 안에 있었다. 그는 장로들과 둘러앉아 성경의 의미에 대해 토론하는 중이었다. 그 나이 또래의 어린아이가 장로들과 함께 진지하게 토론하는 모습은 매우 흔하지 않은 일이었을 텐데, 아쉽게도 복음서에는 이 부분에 대해 더 이상 자세하게 언급하고 있지 않다. 예수는 신앙심이 깊고 자신감이 넘치는 조숙한 아이였던 걸로 보인다. 하지만 마리아는 이러한 광경에 조금도 감명을 받지 않았다. 그녀는 자신의 아들에게 어떻게 그런 식으로 생각 없이 행동할 수 있냐고 나무랐다. 예수는 충격을 받은 목소리로 이렇게 대답했다.

"어찌하여 나를 찾으셨습니까? 내가 내 아버지의 집에 있어야 할 줄을 알지 못하셨습니까?"

하지만 「누가복음」 2:50에 나오는 대로 "부모는 예수가 자기들에게 한 그 말이 무슨 뜻인지를 깨닫지 못했다."

예수는 내키지 않았지만 어머니의 말을 따랐다. 마리아는 아직 자신이 낳은 아들을 하나님의 독생자로 온전하게 받아들이지 못하고 있었다. 그는 부모와 함께 나사렛으로 돌아왔고, 부모를 공경하라는 계명에 따라 "그들에게 순종"하며 지냈다.(청소년기 예수의 반항적인 면모에 불편함을 느낀 후대의 작가가 독자들을 안심시킬 목적으로 이 구절을 넣었을 수도 있다.) 하지만 공생애公生涯 사역使役 기간[22] 동안 예수는 자신의 제자들에게 하나님의 뜻을 따르려면 가족을 포기함을 물론 다른 모든 사람과 모든 것을 버려야 한다고 말했다. 예수의 삶에서 가족은 첫 번째가 아니었다. 열두 살 소년일 때조차도 그랬다. 틀림없이 그는 부모가 다루기 힘든 아이였을 것이다. 예수가 성인이 되어 다시 나타나기 전까지 나사렛 생활에 대해 알려진 사실이 거의 없다는 것은 그런 면에서 다행일지도 모른다.

이 일화에는 예수의 학자적 면모를 독자들에게 보여주려는 또 다른 의도가 숨어 있다. 예수는 어린 시절부터 성경 연구에 매진했으며, 다양한 성경 구절의 의미에 대해 토론하는 것을 즐겼다. 이것은 예수가 나중에 제자들로부터 랍비('토라를 가르치는 교사'를 의미하며, 유대 법률인 『할라카』에 근거를 두고 있다.)로 불리던 이상적인 교사였다는 점에서 어울리는 이야기로 보인다. 실제 공생애 기간 동안에 갈릴리 및 그 인근 지방에서 선교 활동을 전개한 예수는 『구약성서』에 대한 독창적인 해석으로 단숨에 많은 사람들의 주목을 끌었다. 그의 가르침은 종종 도전적인 것을 넘어서 이단으로까지 몰리기도 했지만, 사람들에게 희망과 확신을 안겨주는 것이었다. 이러한 급진적인 교사로서의 예수의 모습은 바로 예루살렘 성전에서 장로들과 토론하던 열두 살 소년의 성인 버전이었다.

초기 그리스도인들은 예수의 젊은 시절 이야기가 부족하다는 사

---

22 예수가 공식적으로 대중들에게 복음을 전파했던 기간을 가리킨다. 또한 '사역使役'은 예수가 하나님의 말씀으로 설교하고 치유하고 가르친 행위를 말한다.

실에 좌절했다. 하지만 이러한 결핍 현상은 많은 외경 복음서 저자들에게는 기회였다. 그들은 예수 생애의 빈틈을 메우는 데 매진했다. 그 결과 지금까지 발견된 외경 복음서만 해도 20가지가 넘는다. 그중에는 일부만 발견된 것도 있으며, 사용된 언어들은 그리스어에서 시리아어와 아르메니아어까지 다양하다. 외경 문서에 나오는 많은 일화들에서 예수는 신화 속 장난꾸러기 아기 신과 같은 모습을 취한다. 그는 놀라운(종종 어리석은) 기적을 행한다. 예를 들어 한 일화에서 예수는 소금 덩어리를 살아 있는 생선으로 만들어 동네 친구들을 기절초풍하게 만든다. 다른 일화에서는 예수의 손짓 한 번에 그가 진흙으로 빚은 수많은 새들이 살아 움직이기도 한다. 그뿐이 아니다. 또 다른 일화에서 그는 완벽한 문자 구사 능력으로 선생들을 깜짝 놀라게 만든다. 하지만 어두운 측면을 묘사한 일화들도 있다. 예를 들어 『도마 유아기 복음서』(Infancy Gospel of Thomas)에는 예수가 자신을 모욕한 아이의 부모를 장님으로 만들었다는 이야기가 나온다. 아마도 예수의 기괴하고 잔인한 행동에 대한 묘사를 통해 독자들이 그를 싫어하거나 두려워하게 만들려는 계산이 깔려 있는 일화로 보인다.(아마 『도마 유아기 복음서』의 저자는 자기 자신의 분노나 절망을 이 한 편의 판타지와도 같은 예수 이야기들 속에 그대로 투사했을 것이다. 잘 알려져 있듯이 「요한복음」은 가나의 혼인 잔치에서 물을 포도주로 바꾼 일이 예수가 행한 첫 번째 기적이라고 분명하게 밝히고 있다.)

그렇다면 출생한 뒤 30년 동안 예수는 어디에서 무엇을 하며 지냈을까? 아마도 인근 세포리스에서 아버지를 도와 극장이나 주랑(柱

廊[23] 또는 경기장을 만드는 일을 했을 가능성이 가장 크다. 또한 공생애 사역 개시 후에 예수가 보여준 놀라운 지식을 감안할 때, 이 시기에 그는 틀림없이 마을 유대교 회당에서 『구약성서』를 공부했을 것이다. 훗날 예수의 가르침들이 목가적 이미지에 많이 의존하고 있는 점을 고려하면, 그가 인근 포도밭이나 보리밭에서 일했을 것이라는 추정도 가능하다. 예수가 제자들에게 자신을 위해 증언하기를 명하면서 "예루살렘과 온 유대와 사마리아에서, 그리고 마침내 땅끝에까지"(『사도행전』 1:8)라고 말한 것을 보면, 그가 아는 지리적 범위는 제한적이었던 것으로 보인다. 비록 민담에서는 예수가 인도처럼 먼 지역을 다녔다고 이야기하지만, 실제 그는 팔레스타인을 벗어난 적이 없었을 것이다. 시인인 윌리엄 블레이크가 던진 질문처럼, 예수가 영국을 방문했다는 생각도 널리 퍼져 있다.

먼 옛날 그의 발이

푸르른 영국의 산하를 거닐었는가?

아쉽게도 대답은 그렇지 않다는 것이다.

예수의 생애에서 알려지지 않은 세월을 복원하는 것은 어렵다. 그 대부분은 앞으로도 계속 전설이나 판타지의 소재로 남을 것이다. 분명히 예수는 청소년기를 거치면서 몸과 마음에 발생하는 성적[性]

---

23 여러 개의 기둥들만 나란히 세워져 있고 벽은 없는 복도를 가리킨다.(역주)

的, 인격적 변화를 똑같이 겪었을 것이다. 다른 사람처럼 세상의 지식 안에서 성장하던 예수에게 시간이 지나면서 점차 엄청난 '영적 각성'의 순간들이 찾아왔을 것이다. 예수의 생애와 가르침을 연구한 네 권짜리 책 『주변부 유대인』에서 존 마이어는 이렇게 말했다.

"그도 다른 인간들처럼 더 큰 사회적 단위와 연관을 맺거나 혹은 대립하기도 하면서, 그 안에서 자신의 정체성을 찾기 위해 분투했음이 분명하다."[24]

예수는 청년이 되어 요단강에서 세례자 요한에게 세례를 받으며 대중 앞에 모습을 드러냈다. 그날 하늘이 그를 위해 열리고, 예수는 메시아 혹은 그리스도가 되었다. 예수는 이어진 대중 사역과 죽음, 그리고 궁극적인 부활을 통해 그것을 완벽하게 입증하고 실현했다.

---

24 John P. Meier, *A Marginal Jew: The Roots of the Problem and the Person*, vol. 1(New York: Doubleday, 1991), p. 254.

3장

비둘기 내려오다

— 사역의 시작

사방의 사람들이 위대한 세례자를 찾아
구름처럼 몰려들었고, 나사렛에서 온 요셉의
아들도 그들과 함께 요단강으로 향했다.
아직 무명의, 눈에 띄지 않는, 미지의
인물로 그가 왔다.

— 존 밀턴, 『복락원復樂園』(*Paradise Regained*).

앞서 온 사람

예수의 공생애는 요단강에서의 세례로 시작된다. 나사렛 출신의 청년인 그는 당시 사람들의 입장에서는 갑자기 하늘에서 뚝 떨어진 것과 같은 인물이었다. 존 밀턴이 말한 대로 그는 "무명의, 눈에 띄지 않는, 미지의" 존재였다. 하지만 그의 무명 시절은 곧 끝날 터였다.

예수가 세례를 받은 순간을 '현현顯現'(epiphany)이라고 한다. '놀라운 출현'을 의미하는 라틴어 '에피파나이아epiphanaia'에서 유래한 단어다. 예수가 메시아 혹은 그리스도로서의 자기 존재를 드러낸 것은 세례를 받고 강에서 나오는 순간이었다.

"예수께서 세례를 받으시고, 곧 물에서 올라오셨다. 그때에 하늘이 열렸다. 그는 하나님의 영이 비둘기같이 내려와 자기 위에 오는 것을 보셨다."

그리고 곧 하늘에서 소리가 들렸다.

"이는 내가 사랑하는 아들이다. 내가 그를 좋아한다."(「마태복음」 3:16~17)

바로 이 순간부터 그는 세상으로 나아가 사람들을 치유하고, 가르쳤으며, 제자들을 모았고, (삶이라는 나무에서 무르익은 열매처럼) 하나님의 나라가 가까이 왔다고 설파했다.

복음서 어디에도 실제로 비둘기가 날아서 내려왔다는 설명은 없다. 다만 성령이 "비둘기같이" 예수에게 임했다고만 되어 있을 뿐이다. 이 우아한 새의 이미지는 안드레아 델 베로키오가 그린 상징적인 작품[1]을 통해 사람들에게 친숙해졌다. 베로키오가 1475년에 완성한 이 그림은 세례를 지켜보고 있는 자그마한 천사 두 명(적어도 이들 중 한 명은 당시 베로키오의 제자로 있던 청년 레오나르도 다빈치에 의해 그려졌을 것이다.), 예수의 머리 바로 위에서 밝게 빛나고 있는 흰 비둘기, 그리고 그 비둘기 위에 떠 있는 한 쌍의(하나님의?) 손이 묘사되어 있다. 비둘기의 유무와는 상관없이 그 순간 하나님의 성령으로 충만한 예수는 거듭남과 새로워짐, 그리고 사명 의식을 온몸으로 느끼고 있었다.

"성자와 스승이 될 자는 하늘의 소리에 의해 공개적으로 천거된다는 것이 랍비들의 확고한 신념이었다."라는 베르메스의 말처럼 하나님이 말씀하신다는(또는, 하나님이 말씀이 되셨다는) 관념은 유대교의 전통에 뿌리박은 것이다.

"더 나아가 그러한 천거를 하나님이 직접 하는 이유는 당사자가 '나의 아들'임을 나타내기 위한 것이다."[2] 그 뒤 우리가 다시 예수를 '자신의 아들'이라고 전하는 하나님의 목소리를 들을 수 있었던 것은 공생애 기간이 막바지로 치닫고 있던 무렵이었다. 기도하러 산에 오른 예수에게 지상의 몸이 영적인 몸으로 바뀌는 거룩한 변모가 일어나고 있는 순간, 예수를 '자신의 아들'로 선포하는 하나님의 목소리가 다시 들려온 것이다.

----

1 레오나르도 다빈치의 스승인 안드레아 델 베로키오가 그린 〈세례 받는 그리스도〉(the Beptism of Christ)를 가리킨다. 그림에 나오는 천사를 다빈치가 그렸다고 알려져 있다.(역주)
2 Geza Vermes, *Jesus the Jew : A Historian's Reading of the Gospels*(London:Collins, 1973), p. 206.

〈세례 받는 그리스도〉(The Baptism of Christ), 안드레아 델 베로키오, 1475년

　　예수의 생애에서 가장 중요한 인물은 그의 사촌인 세례자 요한
이다. 그는 "엘리야의 심령과 능력을 가지고 주님보다 앞서 온" 사람
이었다.(『누가복음』1:17) 유대 역사가 요세푸스의 말처럼 역사학자들
은 대부분 그를 실존 인물이라고 받아들인다. 복음서에서 황야의 고

행자로 묘사되고 있는 이 세례자 요한은 "광야에서 외치는 소리"(「마가복음」 1:3)를 몸소 구현한 인물이었다. 조악한 낙타 털옷을 걸치고 머리와 수염은 덥수룩한 데다 상냥한 말이라고는 할 줄 모르는 그의 모습은 많은 사람들을 놀라게 했다. 그는 금식 기도를 하면서 오랜 시간을 보내는 은자隱者였다.(아마 그는 한때 에세네파였을 것이다.) 많은 이들은 그가 악령에 사로잡혔다고 생각했다. 반면 일부 신학자들은 로완 윌리엄스의 이야기처럼 "세례자 요한은 천사처럼 선재先在하는 영혼[3]"이며, 이 때문에 육체가 꼭 필요한 존재는 아니라고 주장했다.[4] 한 가지 흥미로운 점은 세례자 요한이 자신은 메시아에 앞서 온 자이지 메시아 자체는 아니라고 분명히 밝혔음에도 불구하고, 당시 알렉산드리아에서 그를 추앙하는 종교가 성행함으로써 예수와 종교적으로 경쟁하는 관계가 되었다는 것이다. 하지만 요한은 "그는 흥하여야 하며, 나는 쇠하여야 한다."라고 늘 자기 자신에 대해 겸손하게 말했다.(「요한복음」 3:30)

「사도행전」 18:24~25을 보면 세례자 요한이 특정 집단 내에서 얼마나 높은 지위를 누리고 있었는지 알 수 있다. 사도 바울은 여행길에서 알렉산드리아 출신의 아볼로를 만난다. 바울이 "말을 잘하고, 성경에 능통한"이라고 묘사한 그는 "주님의 '도'를 배워서 알고 있는" 사람이었다. 하지만 그가 알고 있는 사람은 요한이지 예수는 아

---

3 육체와 함께 있기 전에 존재하는 영혼이다.(역주)
4 Rowan Williams, *Arius: Heresy and Tradition*, 2nd ed.(Canbridge: Darton, Longman and Todd, 2002), p. 146.

니었다. 이는 사람들의 예상과는 달리 당시 주님의 '도'라는 관념이 예수라는 인물과 덜 긴밀히 연결되어 있었음을 보여준다. 바울은 고린도 교회에 보내는 편지에서 사람들이 예수의 이름뿐 아니라 다른 많은 이름으로도 세례를 받고 있다며 불편한 심정을 토로하기도 했다. 많은 방랑 설교자들이 저마다 영적 권위를 주장하고 있는 당시 상황을 고려할 때, 이는 위험한 선례를 남기는 것이라고 바울은 받아들였다.

앞서 언급한 바와 같이 이 시기는 예언과 반란의 시대였을 뿐 아니라, 주술사와 별난 인간들이 넘쳐나던 시대였다. 그들 중 일부는 유대교의 전통을 따르는 (그리고 엘리아 같은 고대 예언가들과 정서적인 유대감을 갖고 있는) 경건한 사람들이었다. 하지만 이들에게도 세례는 새롭거나 낯선 의식이 아니었다. 사실 학자들의 주장처럼 '온몸을 물에 잠그는' 침례는 제2성전 시대 내내 유대인들의 보편적인 의식이었다. 그것은 흔히 "토라나 예언, 그리고 유대 전통을 준수하는 방법을 조심스럽게 가르칠 때"[5] 거행되곤 했다.

목욕 의식은 전 세계적인 관습이기도 했다. 우리 모두 갠지스강으로 뛰어드는 힌두교도들의 모습에 익숙하다. 목욕 의식이 세례가 될 때 변모 혹은 탈바꿈이라는 상징성이 생겨난다. 특히 그리스도교 전통에서 세례는 하나님이 한 영혼을 자신의 품에 받아들임을 의미

5 Stephan J. Pfann, "The Essene Yearly Renewal Ceremony and the Baptism of Repentance", in *The Prove Conference on the Dead Sea Scrolls: Technological Innovations, New Texts, and Reformulated Issues*, eds, D. Parry and E. Ulrich(Leiden: Brill, 1999), p. 336.

〈세례자 요한의 머리를 든 살로메〉(Salome with the head of St. John the Baptist), 티치아노 베첼리오, 1560년경.

하는 중요한 성례聖禮다. 그중 성인成人 세례는 갱신과 예수의 길에 대한 헌신, 즉 타인에 대한 봉사와 경배, 그리고 교리를 지키는 데 자신의 삶을 바친다는 것을 의미한다. 이러한 의식은 세례자 요한에 이르러 일찍이 없었던 강렬함을 지니고 있어. 요한은 자신의 마음을 하나님께 열고 새로운 삶을 영접함을 의미하는 영적 각성의 징표로 침례 의식을 거행했다. 따라서 세례를 받은 사람은 삶의 우선순위를 재정립하고 예수가 말한 "하나님 나라"를 추구하는 데 헌신해야 했는데, 요한은 특히 죽음과 영적 정화를 통한 재탄생으로서의 세례의 의미를 강조했다.

요한은 정치적인 불안이 고조되던 시기에 활동했다. 당시 세속적인 권력가들은 그의 인기를 두려워했다. 그 대표적인 인물이 헤롯대왕의 아들인 헤롯 안티파스였다. 그는 당시 페레아 및 갈릴리 지방을 로마로부터 위임받아 다스리던 분봉왕이었는데, 자기 아버지에 조금도 뒤지지 않는 잔인한 인물이었다. 「마태복음」(14:3~4)에 따르면 안티파스가 이복동생(빌립)의 부인이었던 헤로디아와 결혼하는 것에 요한이 반대했다. 요한의 비난은 거침이 없었다.

"그 여자(동생의 아내)를 차지하는 것은 옳지 않습니다."

비판의 내용도 뼈아팠지만, 그것이 많은 추종자를 거느린 인물한테서 나왔다는 것이 더 큰 문제였다. 곧바로 마케루스 요새에 수감된 요한은 헤로디아의 딸 살로메의 요청에 의해 참수되었다.(그녀가 요염한 춤으로 왕을 유혹한 뒤 자신의 목적을 이룬 것으로 추측되지만, 자세한 이야기는 「마태복음」에 나오지 않는다.) 요한의 머리는 은쟁반에 담겨 왕궁으로 이송되었다. 이 장면은 16세기 초 티치아노가 그린 그림을 통해 사람들에게 널리 알려졌다. 그림 속 살로메는 끔찍하게 잘린 요한의 머리를 순진무구한 표정으로 내려다보며, 마치 "이게 다 나 때문이라는 건가요?"라고 묻고 있는 듯하다.

광야의 유혹

세례자 요한이 사라진 역사의 무대에 예수가 등장했다. 요한의 세례를 받고, 하나님의 음성으로 인정을 받은 그는 많은 고행자들이 앞서 걸은 길을 따라갔다. 그는 40일간 광야에서 지냈다. 이 40이란 숫자는 매우 상징적이다. 그 옛날 이스라엘 민족이 가나안으로 향하는 도중에 광야에서 40년을 보냈고, 모세도 십계명을 받기 전 40일간 금식했기 때문이다.

"모세는 거기서 주님과 함께 밤낮 사십 일을 지내면서, 빵도 먹지 않고, 물도 마시지 않고, 언약의 말씀 곧 십계명을 판에 기록했다."(「출애굽기」 34:28)

금식은 종종 영적 시험을 알리는 전주곡이 된다. 광야에서 금식하던 예수에게도 그를 시험하기 위해 사탄이 찾아왔다.

「마가복음」은 그리스도가 받은 유혹을 대수롭지 않게 다루었다.(사실 마가는 거의 모든 것들을 그런 식으로 취급했다.) 반면에 「마태복음」과 「누가복음」은 동일한 사건을 매우 자세하고 생생하게 기술했다. 두 복음서에 나오는 예수와 사탄의 대화는 판에 박은 듯이 똑같다. 이 때문에 학자들은 두 복음서의 저자들이 모두 상세한 내용을 'Q자료'(예수 어록으로 추정되는, 지금은 남아 있지 않은 문서다. Q라는 명칭은 출처 또는 원천을 뜻하는 독일어 Quelle에서 유래한다.)에 의지해서 썼다고 생각한다. 사탄이 예수를 시험하는 장면은 「요한복음」에는 전혀 나오지 않는다. 이 때문에 학자들은 이 네 번째 복음서의 저자가 세

권의 공관복음서(공관이란 '함께 보다'를 의미하는 그리스어에서 유래한 말로 마가·마태·누가가 기록한 세 복음서들이 같은 출처에 의존하고 있음을 의미한다. 이런 현상은 「마태복음」과 「누가복음」의 저자들이 「마가복음」을 인용하여 예수의 생애를 기록했기 때문이라고 알려져 있다.)를 읽어보지 않았을 것이라고 추정한다.

신화적 관점에서 중요한 질문은 다음과 같은 것이다. 왜 예수의 사역은 사탄의 시험과 함께 광야에서 시작되었는가? 그를 통해 우리의 모습을 보여주려고 한 것일까? 사실 우리 모두는 이런저런 유혹에 시달리고 있다. 과오는 죄를 짓는 것으로, '바른' 혹은 '곧은'(straight) 길에서 벗어날 때 발생한다. 앵글로색슨어[6]에서 '바른'(right)은 한 지점에서 다른 지점에 이르는 일직선의, 똑바른 길을 뜻한다. 반면에 '잘못된'(wrong) 길은 굽은 길을 의미한다. 주님도 "우리를 시험에 들지 않게 하시고, 악에서 구하여 주십시오."라고 기도하셨다. 다시 말하지만, 죄악은 유혹에 굴복하여 과오를 저지르는 것이고, 길에서 벗어나는 것이며, 그릇된 방향으로 나아가는 것이다. 우리 모두는 때때로 길에서 벗어나는데, 가끔은 아주 심하게 벗어나기도 한다. 하지만 그렇다고 해서 우리가 짓는 죄의 의미가 가벼워지는 것은 전혀 아니다. 18세기 영국성공회 신부이자 작가인 윌리엄 로는 이 점을 매우 날카롭게 지적하고 있다.

"그리스도교의 본질은 두 개의 커다란 기둥에 의해 지탱되고 있

---

6 5세기 중반부터 12세기 중반까지 지금의 잉글랜드와 스코틀랜드 남부에서 앵글로색슨인들이 쓰던 언어로 현대 영어의 기반이 되었다. 고대 영어라고도 지칭된다.(역주)

다. 그 하나는 인간 타락의 거대함이며, 다른 하나는 인간 구원의 위대함이다."[7]

성령에 이끌려 광야에서 홀로 금식하고 기도하며, 자신이 흘린 땀과 몸에서 올라오는 악취와 피부 주름과 머리카락 속에서 서걱거리는 모래 따위를 묵묵히 견디는 예수의 모습을 상상해보라. 사막의 건조한 기후는 예수의 피부를 바싹 마르게 만들었을 것이다. 그것은 그가 금식 기도를 통해 벗어버리고 싶었던 영적 메마름과 거울처럼 닮은 모습이었다. 세례자 요한도 수년간 이렇게 지냈다. 하지만 그 것은 생각만큼 유별난 일은 아니었다. 성자聖者들은 종종 광야에서 오랜 시간을 홀로 보냈기 때문이다. 예수는 서른 살에 광야로 들어갔다. 십 년도 넘게 목수 생활을 한 뒤였다. 아마도 그는 얼마 지나지 않아 배고픔을 느끼기 시작했을 것이다. 따라서 돌덩이를 빵으로 만들라는 사탄의 첫 번째 시험은 그럴듯하다. 예수는 더할 나위 없이 위엄 있게 사탄에게 대답했다.

"사람이 빵으로만 살 것이 아니라, 하나님의 입에서 나오는 모든 말씀으로 살 것이다."(「마태복음」4:4)

이것은 사실 「신명기」 8:3을 (간접적으로) 인용한 것이다.

"주님께서 당신들을 낮추시고 굶기시다가, 당신들도 알지 못하고 당신들의 조상도 알지 못하는 만나를 먹이셨는데, 이것은 사람이 먹는 것으로만 사는 것이 아니라 주님의 입에서 나오는 모든 말씀으

---

7   Quoted in Stephen Hobhouse, *William Law and Eighteenth Century Quakerism*(London: G. Allen & Unwin, 1927), p. 240.

로 산다는 것을, 당신들에게 알려주시려는 것이었습니다."

우리는 단순히 음식의 힘으로 살고 있지 않다. 사실 물질세계는 우리의 영적인 욕구를 온전히 채워줄 수 없다.

두 번째 시험에서(혹은 세 번째 시험일 수도 있다. 「누가복음」과 「마태복음」에 나오는 사탄의 시험 순서는 서로 다르며, 시험이 40일 동안에 일어났는지 아니면 그 뒤에 일어났는지에 대해서도 서로 다르게 서술하고 있다.) 사탄은 예수를 예루살렘 성전 꼭대기로 데려가 그곳에서 뛰어내려 보라고 말한다. 그는 예수가 진짜 하나님의 아들이라면 땅에 추락하기 전에 하나님이 천사를 보내 떠받쳐주지 않겠냐며 예수를 부추긴다. 예수는 그의 제안을 비웃으며 간결하게 답했다.

"주 너의 하나님을 시험하지 말아라."

세 번째 시험의 무대는 광야에 우뚝 솟아 있는 산이었다. 산정에 서면 "세상의 모든 나라와 그 영광"(「마태복음」 4:8)이 한눈에 들어오는 그런 산이었다. 사탄은 하나님이 아니라 자신을 경배하기만 하면 눈앞에 펼쳐진 모든 것을 주겠다고 예수에게 말했다. 어찌 보면 요즘에 회자되는 "번영 복음"[8]의 사탄판版이라고 할 수 있다. 마치 하나님 나라가 금전적인 토대 위에 서 있는 것처럼 세속적 부의 제안을 통해 사람들을 조종하려는 TV 설교사들의 "번영 복음"이 세속적 영화로 예수를 유혹하는 사탄을 닮아 있기 때문이다. 예수는 여기서도 사탄의 제안을 비웃고는 "사탄아, 물러가라!"라고 외쳤다.

---

8 하나님을 믿고 순종하는 사람에게 부와 건강 그리고 권세가 주어진다는 신학적인 관점을 말한다.(역주)

「마태복음」과 「누가복음」에 나오는 두 번째와 세 번째 유혹은 순서만 다를 뿐 내용은 똑같다. 심지어 사용하고 있는 단어도 동일하다. 그동안 학자들의 호기심을 강하게 자극해온 이러한 순서의 뒤집힘 현상은 저자들의 재량권이 상당함을 보여주는 증거다. 즉, 이들 복음서의 저자들은 마치 픽션을 쓰듯이('픽션fiction'은 어떤 부분은 강조하고 어떤 부분은 생략하면서 자료를 만든다는 의미의 라틴어 '픽티오fictio'에서 나온 말이다.) 사람들의 입이나 문서로 전해 내려오던 이야기들 중에서 기록할 대상을 고르고 순서를 정했다는 것이다. 예수는 "나를 시험하지 마라. 하나님이 나를 구하게끔 만들려고 애쓰지 마라."라고 사탄에게 외치며, 자신에게 닥친 모든 유혹을 담대하고 용맹하게 물리쳤다. 이러한 예수의 행동은 유혹을 받았을 때 정확히 어떻게 행동해야 하는지를 잘 보여준다. 유혹을 외면하고, 그것에서 벗어나라!

『천 개의 얼굴을 가진 영웅』에서 조지프 캠벨은 단일신화單一神話 (monomyth), 혹은 '영웅의 여정'이라고도 불리는 개념에 대해 서술하고 있다. 이것은 영적 변화를 특징으로 하는 대부분의 설화의 기저를 이루는 이야기로, 여기에서 영웅들(모세, 붓다, 예수, 오디세이 같은)은 한결같이 우리에게 익숙한 여정을 따라간다.

"한 영웅이 일상을 벗어나서 초자연적인 세계로 모험을 떠난다. 그곳에서 엄청난 힘과 맞서 싸워 승리한 그는 마침내 살던 곳으로 다시 돌아와 신비한 모험에서 얻은 힘으로 사람들을 도와준다."[9]

---

9 Joseph Campbell, *The Hero with a Thousand Faces*(Princeton: Princeton University Press, 1949), p. 23.

영웅들은 모험으로 이끌리는 정해진 여정을 따르라는 명령을 받고, 광야(문자 그대로의, 혹은 비유적인 의미에서의)로 들어가 시험을 받는다. 캠벨이 언급했듯이 영웅들은 종종 세 가지 시험을 받는데, 예수 이야기도 그런 사례다. 예수는 세 가지 '시험' 혹은 '유혹'('유혹'에 상응하는 그리스어는 '재판에 회부하다'는 뜻을 가진 '에크페라세이스 ekperaseis'가 있다.)을 받았다. 이러한 유혹이 의미하는 바는 명확하다. 예수도 인성을 갖고 있어서 우리처럼 자신의 인생에서 시험에 직면할 수밖에 없으며, 이러한 시험을 성공적으로 치러낼 때만이 앞으로 나아갈 수 있다는 것이다. 「히브리서」 4:15은 예수를 따르는 자는 모두 자신 속에 "모든 점에서 우리와 마찬가지로 시험을 받는" 존재인 "대제사장"을 갖고 있다고 말한다.

사역을 시작하다

광야에서 지내는 동안 자신의 임무를 분명하게 깨달은 예수는 이제 세상으로 나아가 그것을 수행하기로 결심한다. 하지만 어떻게? 어디서부터? 그는 정규교육을 받지도 않았고, 부유하거나 영향력 있는 친지도 없었다. 가족들은 그를 어딘가 불안한 사람으로 여겼고, 심지어 그가 미쳤다는 말까지 듣게 되었다. 이러한 사실은 「마가복음」에 나타나 있다. "예수의 가족들이, 예수가 미쳤다는 소문을 듣고서, 그를 붙잡으러 나섰다."(「마가복음」 3:21)

그들은 성공하지는 못했지만, 한때 예수의 넘치는 에너지가 가라앉을 때까지 그를 감금하려고도 했다. 자신의 커가는 모습을 지켜본 가까운 사람들이지만 그가 광야에서 돌아온 뒤부터 그가 하는 이야기를 받아들이지 못하는 가족과 이웃들 틈에서 나사렛 예수는 어려운 시간을 보냈을 것이다.

누가가 말한 것처럼 예수가 고향 마을에서 치른 설교자로서의 첫 무대는 험난함 그 자체였다. 운명의 그날, 예수는 지난 수십 년간 안식일마다 예배를 드린 마을 회당으로 갔다. 친밀한 얼굴들이 그를 둘러싼 가운데 그는 『성서』 두루마리를 펼쳤다. 그가 읽은 것은 사람들이 익히 아는 「이사야」의 구절이었다.

"주님의 영이 내게 내리셨다. 주님께서 내게 기름을 부으셔서, 가난한 사람에게 기쁜 소식을 전하게 하셨다. 주님께서 나를 보내셔서, 포로 된 사람들에게 해방을 선포하고, 눈먼 사람들에게 눈 뜸을 선포하고, 억눌린 사람들을 풀어 주고, 주님의 은혜의 해를 선포하게 하셨다."(「누가복음」 4:18-19)

여기까지는 괜찮았다. 모든 사람들이 그의 말에 고개를 끄덕였다. 하지만 그때 예수가 말했다.

"이 성경 말씀이 너희가 듣는 가운데서 오늘 이루어졌다."(「누가복음」 4:21)

이 말에 사람들이 화를 내며 웅성거리기 시작했다.

'그는 정말 자신이 이러한 예언을 이룰 수 있다고 생각하는가? 그는 고작 목수의 아들에 불과한데? 사람들이 수군대듯이 그는 정말로 미친 것이 아닐까?

어쨌든 예수가 회당에서 설교했다는 것은 그가 이미 영적인 권위와 랍비로서의 능력을 인정받고 있었다는 사실을 보여준다. 그날 몇몇 사람들은 "그의 은혜로운 말씀"에 놀라움을 금치 못했다. 예수의 「이사야」 인용은 원문 그대로는 아니었다. 그는 58장과 61장의 구절을 섞어서 사람들에게 전달했다. 이스라엘에서 오랜 시간을 보낸 성서학자 케네스 베일리는 이 공동체에 속한 사람들은 예수가 인용한 구절을 매우 잘 알고 있었다고 말하면서, 그 이유로 그것이 "이스라엘 사람들의 역사와 정체성의 핵심"을 이루는 구절이기 때문임을 들었다.[10] 베일리는 1세기에 『구약성서』를 아람어로 번역한 타르구민을 예로 들면서, 이 구절이 강조하는 내용은 갈릴리 지방을 침범한 이교도들에 대한 유대인 정착민들의 승리라고 말했다. 따라서 이 구절이 갖는 정치적인 메시지보다 영적인 측면을 강조한 예수의 해석은 아마도 사람들의 강력한 반발을 초래했을 것이다. 사람들은 예수가 무슨 이유로 승리의 구절을 가난한 자와 고통받는 자를 위한 구절로 바꾸었는지 의문을 가졌을 것이다.

베일리의 말처럼 「사해문서」를 통해 알 수 있듯이, 1세기 초에 많은 사람들의 관심을 받았고, 특히 가난한 자들과 일체감을 가졌던 에세네파(청빈 서약을 하고 살았던 후대 수도회들의 선구자격인 종파) 사이에서 널리 회자되었던 주제에 대해 예수가 설교하고 다녔던 것이다.

---

10 Kenneth E. Bailey, *Jesus Through Middle Eastern Eyes: Cultural Studies in the Gospels*(Downers Grove, IL: InterVarsity Press, 2008), p. 154.

이 때문에 많은 학자들은 예수가 한때 에세네파의 일원으로 활동했거나, 그렇지 않다면 적어도 그들의 가르침에 깊은 영향을 받았을 것이라고 생각했다.

예수가 자신을 기름 부음을 받은 자로 "선포"한 것은 두말할 필요도 없이 나사렛 사람들의 분노를 샀다.

"내가 진정으로 너희에게 말한다. 아무 예언자도 자기 고향에서는 환영을 받지 못한다."(「누가복음」 4:24)

그들이 듣기에 자신들이 애송하는 이 구절에 대한 예수의 해석은 일종의 이단이었으며, 자기 미망에 사로잡힌 것이었다. 이단에 대한 합당한 처벌은 돌로 쳐서 죽이는 것이었다.

"회당에 모인 사람들은 이 말씀을 듣고서, 모두 화가 잔뜩 났다."(「누가복음」 4:28)

성난 군중들은 결국 예수를 회당에서 끌어내 마을 근처 절벽으로 데려갔다. 그들은 예수를 절벽에서 떨어뜨려 죽이거나 병신으로 만들 작정이었다. 그러나 어떤 연유에서인지 그들은 그렇게 하지 않았다.

사람들의 분노를 가라앉히기 위해 예수는 어떤 말을 했을까?(예수는 설득력을 갖춘 현명한 사람이었다. 게다가 예수는 같은 마을 사람이었다. 사람들이 정말로 한동네 사람인 요셉과 마리아의 아들을 절벽 끝에서 밀어버릴 수 있었을까?) 아쉽지만 어떤 복음서에도 더 이상의 자세한 설명은 나오지 않는다. 우리가 아는 것은 예수가 적의로 가득한 이웃들에게서 해를 입지 않고 무사히 빠져나왔다는 것뿐이다. 아마도 예수는 특유의 솔직한 태도로 사람들과 대화를 나누고, 자신이 과거에 했던 말이나 행동을 상기시키면서 그들의 공감을 끌어냈을 것이다. 예수는 사람들의 이름을 한 명씩 부르며, 그들과 일일이 눈을 맞추었을까? 복음서의 다른 많은 부분들처럼 이에 대한 대답은 독자들의 몫이다. 「누가복음」에서처럼 공생애 사역 초기에 배치된 이 회당 사건은 이후 예수에게 닥칠 곤경들을 암시한다. 예수는 사역 기간 내내 기존 사람들의 통념과 관습을 부정함으로써 많은 사람들을 분노하게 만들었고, 마침내 체포되어 처형에 이르는 고난의 길을 걸어갔다.

회당 사건(그리고 마을 사람들의 반응)은 예수의 가족들을 겁먹게 만들었다. 그들의 두려움은 예수가 이 마을 저 마을로 다니며 귀신을 내쫓고 병자를 치유하고 수많은 군중과 소문을 몰고 다니면서 더욱 커져갔다. 예수는 남의 눈을 아랑곳하지 않고 사회에서 가장 밑바닥 계층인 창녀와 노예, 나병 환자와 세리稅吏들을 만나고 다님으로써 가족들을 노심초사하게 만들었다. 비록 주님의 천사를 통해 평범하지 않은 일을 경험한 마리아였지만, 그녀는 아마도 아들의 행동 때문에 몹시 혼란스럽고 화가 났을 것이다.(요셉은 이때 이미 사망하고 없는 것으로 보인다. 복음서나 다른 신약 문서에서 그에 관한 언급이 더 이상 나오지 않기 때문이다.) 하지만, 결국 가족들은 예수를 메시아까지는 아니더라도 유능한 랍비로는 받아들였다. 특히 예수의 형제인 야고보는 예루살렘 교회를 인도하며 초기 그리스도교 공동체에서 큰 역할을 했다. 그들의 지도자가 세상을 떠난 후 수십 년간 야고보와 비견

될 수 있는 그리스도교 지도자는 오직 사도 바울뿐이었다.

일종의 불편한 사실일 수도 있지만, 예수는 가족생활에 대해 의구심을 갖고 있었다. 그것은 주로 제자가 되는 일과 관련이 있었다. 예수는 자신을 따르는 사람들이 진실로 자신의 사명을 달성하는 데 동참하기를 원한다면 먼저 사랑하는 사람들을 버려야 한다고 말했다. 그의 명령을 들은 사람은 모질다고 생각할 수도 있다.

"누구든지 내게로 오는 사람은, 자기 아버지나 어머니나, 아내나 자식이나, 형제나 자매뿐만 아니라, 심지어 자기 목숨까지도 미워하지 않으면, 내 제자가 될 수 없다."(「누가복음」 14:26)

그 시대에 수도사적 생활을 하던 여러 유대 종파들 중 하나로, 영적인 목표 달성을 위해 가족들과 떨어져 사는 것을 선호했던 테라페우테 종파처럼, 예수도 자신을 따르려는 사람들에게 단호한 요구를 했던 것이 분명하다.

예수와 어머니의 관계는 그가 첫 번째 기적을 행한 가나의 혼인 잔치 이야기에서 나타나듯이 종종 사람들을 당혹스럽게 만든다. 「요한복음」 2:1~11에만 나오는 이 이야기는 간결하고 우아한 문장으로 이루어진 매혹적인 설화다.

사흘째 되는 날에 갈릴리 가나에 혼인 잔치가 있었다. 예수의 어머니가 거기에 계셨고, 예수와 그의 제자들도 그 잔치에 초대를 받았다. 그런데 포도주가 떨어지니, 예수의 어머니가 예수에게 말하기를 "포도주가 떨어졌다." 했다. 예수께서 어머니에게 말씀하셨다.

"여자여, 그것이 나와 당신에게 무슨 상관이 있습니까? 아직도 내 때가 오지 않았습니다."

그 어머니가 일꾼들에게 이르기를 "무엇이든지, 그가 시키는 대로 하세요." 했다.

그런데 유대 사람의 정결 예법을 따라, 거기에는 돌로 만든 물 항아리 여섯이 놓여 있었는데, 그것은 물 두세 동이들이 항아리였다. 예수께서 일꾼들에게 말씀하셨다.

"이 항아리에 물을 채워라."

그래서 그들은 항아리마다 물을 가득 채웠다. 예수께서 그들에게 말씀하시기를 "이제는 떠서, 잔치를 맡은 이에게 가져다주어라." 하시니, 그들이 그대로 했다. 잔치를 맡은 이는, 포도주로 변한 물을 맛보고, 그것이 어디에서 났는지 알지 못했으나, 물을 떠온 일꾼들은 알았다. 그래서 잔치를 맡은 이는 신랑을 불러서 그에게 말하기를 "누구든지 먼저 좋은 포도주를 내놓고, 손님들이 취한 뒤에 덜 좋은 것을 내놓는데, 그대는 이렇게 좋은 포도주를 지금까지 남겨 두었구려!" 했다.

예수께서 이 첫 번째 표징을 갈릴리 가나에서 행하여 자기의 영광을 드러내시니, 그의 제자들이 그를 믿게 되었다

이 구절들에서 몇 가지 점이 두드러진다. 먼저 예수와 그의 제자들이 마리아와 함께 혼인 잔치에 참석했다. 마리아는 분명히 예수의 삶에 큰 영향을 끼친 인물이었다. 그렇지 않다면 예수가 혼인 잔

치에 가는 일은 일어나지 않았을 것이다. 또 자신을 따르려면 가족을 버려야 한다고 말하긴 했지만, 예수는 혼인 자체를 부정하지 않았다. 예수의 공생애 사역은 갈릴리 가나의 혼인 잔치에서 본격적으로 시작되었다. 예나 지금이나 혼인 잔치는 축하의 자리다. 따라서 포도주가 빠지면 하객들의 흥이 깨질 우려가 있다. 하지만 그렇다고 해서 왜 마리아는 예수에게 포도주에 대한 불평을 늘어놓은 걸까? 그녀가 예수에게서 진정으로 기대한 것은 무엇이었을까?

마리아에 대한 예수의 응대는 현대인의 귀에 무례하게 들린다.

"여자여, 그것이 나와 당신에게 무슨 상관이 있습니까? 아직도 내 때가 오지 않았습니다."

그는 어떤 때를 말하는 것일까? 이 불길한 구절은 십자가에서의 죽음을 예견한 결과일까? 아니면 이제 막 첫걸음을 내디딘 사역의 앞날을 암시한 것일까? 두말할 필요도 없이 예수는 혼인 잔치에서 자신의 첫 번째 '기적' 혹은 '표징'을 행함으로써 암암리에 혼인 제도를 승인했다. 이러한 예수의 태도는 사도 바울에게도 일정한 영향을 미쳤던 것으로 보인다. 바울도 나중에 "욕정에 불타는 것보다는 결혼하는 편이 낫습니다."(「고린도전서」 7:9)라고 말했기 때문이다. 물론 그렇다고 예수가 혼인 제도를 강력하게 지지했다는 것은 아니다. 그럼에도 불구하고 예수의 사역이 어머니가 참석한 혼인 잔치에서 시작되었다는 것은 시사하는 바가 적지 않다.

가정생활은 예수의 삶에서 중요한 부분이었다. 하지만 이에 대해 알려진 사실이 너무 적기 때문에 그 빈틈을 타고 확인되지 않은 소문들이 양산되었다. 예를 들어 예수가 결혼을 했었다는 생각은 널리 퍼져 있다. 예수가 세 명의 처(막달라 마리아와 마르다, 그리고 또 다른 마리아)를 거느린 일부다처주의자였다고 주장한 몰몬교 설교자 오슨 하이드, 또 막달라 마리아가 예수의 아내였다고 주장한 댄 브라운의 인기 소설 『다빈치 코드』가 그 대표적인 경우다. 하지만 정경正經의 어느 곳에도 이를 뒷받침하는 자료는 없다. 단지 두 권의 영지주의 복음서(『마리아 복음서』와 『빌립 복음서』)에 예수가 막달라 마리아와 아주 가까운 사이였음을 추측할 수 있는 언급이 있을 뿐이다. 예를 들어 『빌립 복음서』에는 예수가 막달라 마리아와 입을 맞추는 장면이 나온다. 이러한 사실은 예수 이야기를 후세의 주교들이 정경으로 분류한 소수의 자료에만 국한시킬 수 없다는 주장의 근거가 된다. 사실 예수의 삶 자체가 전통적인 견해에 도전하는 일탈적인 요소로 가득하다.(최근 예수의 아내를 암시하는 고대 콥틱 문서의 발견으로 예수의 결혼에 대한 관심이 다시 높아진 바 있다.[11] 하지만 아직까지 많은 학자들은 정경이 아닌 것을 포함한 여러 복음서들이 예수의 아내를 전혀 언급하지 않았다는 점을 근거로 그러한 생각을 일축한다. 복음서 저자들은 베드로와 같은 예수 주변 사람들의 아내를 다 언급하고 있는데, 만일 예수에게 아내가 있었다면 그렇게 중요한 자서전적 정보를 누락하고 썼을 리 없다는 것이다.)

---

11 〈더 뉴욕 타임스〉(2012.9.18)에 실린 로리 구드스타인의 「예수의 아내를 언급한 파피루스 문서」 기사를 보라. 이 파피루스 문서는 2012년 9월에 로마에서 열린 〈국제 콥틱 학술 대회〉에서 하버드대학 신학부의 카렌 킹 교수가 제출한 것이다. 킹 교수는 이 문서만으로 예수의 혼인 여부를 완전히 입증할 수는 없다고 말했다. 하지만 이는 고대사회에서도 예수의 혼인에 대한 의문이 널리 퍼져 있었음을 보여주는 흥미로운 정보다.

갈릴리의 가나를 시작으로 예수는 본격적으로 크고 작은 무리에게 독특한 방식으로 말씀을 전하면서 제자들을 모았다. 그는 삶의 변화를 원하는 이에게는 세례를 베풀고, 청중들의 도전 의식을 일깨우며 그들을 깜짝 놀라게 만드는 방식으로 설교를 했다. 또한 귀신을 쫓고, 눈먼 자와 귀먹은 자들, 중풍 환자와 나병 환자를 고쳤다. 뿐만 아니라 그는 여러 사람들(나사로만이 아니다.)을 죽음으로부터 다시 일으켜 세웠다. 하지만 그것들은 그가 행한 일의 절반도 되지 않는다. 요한은 복음서 말미에 이렇게 기록했다.

"예수께서 하신 일은 이 밖에도 많이 있어서, 그것을 낱낱이 기록한다면, 이 세상이라도 그 기록한 책들을 다 담아 두기에 부족할 것이라고 생각한다."(「요한복음」 21:25)

마치 연못에 떨어진 돌멩이가 만들어낸 파문이 점점 커지며 번져나가는 것처럼, 예수의 전설이 세상에 널리 퍼진 것은 전혀 놀랄 일이 아니다. 독일의 수도사 토머스 아 켐피스는 복음서 이야기가 지닌 의의에 대해 한마디로 이렇게 정의를 내리고 있다.

"하나님은 사람이 이해하는 그 이상을 행하실 수 있다."[12]

---

12 켐피스는 독일의 수도사이자 종교 사상가다. 1380년 독일에서 태어나, 1399년 아우구스티노회 수도원에 들어갔다. 생애의 대부분을 그곳에서 지내면서 여러 수양서와 전기를 집필했다. Thomas à Kempis, *The Imitation of Christ*, trans. Aloysius Croft and Harold Bolton(Mineola, NY: Dover, 2003), p. 139.

4장

갈리리를 거닐며
— 치유와 설교

예수께서 말씀하셨다.

"나는 너의 스승이 아니다. 너는 내가 나눠준

지혜의 샘물을 마시고 취했기 때문이다."

—「도마복음서」.

여기 너의 물이, 너의 샘물이 있다.

물을 마시고 혼란을 벗어나

다시 온전한 사람이 되어라.

— 로버트 프로스트,「지시」.

아직도, 내가 너희에게 할 말이 많으나,

너희가 지금은 감당하지 못한다.

—「요한복음」16:12.

샘물

나사렛 회당에서의 소름 끼치는 데뷔 이후, 예수는 갈릴리와 인근 지역을 돌며 공생애 사역을 본격적으로 시작했다. 그의 정확한 이동 경로는 복음서마다 설명이 다르지만, 가버나움과 국경 지방에서 시작해서 점차 지역을 넓혀나가 최종적으로는 예루살렘에서 끝나는 전체적인 방향만은 분명하다. 예수는 세례를 받던 순간부터 이미 자신의 운명을 이해하고 받아들였으며, 공생애 사역은 그 운명의 윤곽을 사람들의 눈앞에 선명하게 드러냈다.

예수의 사역은 만남의 연속이었다. 예수와의 만남은 치유나 배움을 위해 그를 찾아온 모든 사람들의 삶을 바꾸어놓았다. 예수를 스쳐 지나듯 만난 사람조차도 그와의 접촉으로 인한 파장을 느끼지 못한 사람은 없었다. 그를 만난 누구라도 예수가 가진 신비로움과 힘, 그의 정서적·지적 능력, 하나님 나라와의 강렬한 접촉을 느낄 수 있었고, 그로부터 삶을 고양시키는 샘물이 흘러나옴을 알 수 있었다.

이 모든 것을 보여주는 하나의 사례가 있다. 「요한복음」에는 유대에서 사마리아를 거쳐 갈릴리의 거점으로 돌아갔다가 다시 여행을 떠나는 힘든 여정을 소화하는 예수의 이야기가 나온다. 예수와 제자들은 가는 곳마다 세례를 베풀었다. 때로는 예수의 명령으로 제자들이 짝을 이뤄 세례를 베풀기도 했다. 어느 날 예수는 고대 야곱의 우물이 있는 사마리아의 수가라는 마을에 이르렀다.

그는 우물가에 앉아 피곤한 몸을 달랬다. 잠시 뒤에 한 사마리아 여인이 물을 길으러 우물가에 나타났다.[1]

"내게 물 한 모금을 줄 수 있겠느냐?"

예수가 청했다. 그의 요청은 말할 것도 없고, 그가 말을 걸었다는 사실 자체가 그녀에게는 충격이었다.

"당신은 유대인이고," 그녀가 말했다. "저는 사마리아인이에요. 그런데 저한테 물을 달라고 하시다니요!"

당시에 유대인과 사마리아인은 상종하지 않았다. 그리고 (아마 이 점이 더 중요하다고 보이는데) 자존심이 있는 유대 남자라면 우물가 같은 공개된 장소에서 낯선 여인에게 말을 걸지 않을 터였다. 하지만 예수는 그가 필요하다고 생각하면 언제 어디서나 사람들과 말을 나누었다.

복잡하고 까칠한 대화가 이어지는 가운데 대화는 정점을 향해 치달았다.[2]

예수가 그녀에게 말했다.

"네가 하나님의 선물을 알고 또 너에게 물을 달라는 사람이 누구인지를 알았더라면, 도리어 네가 그에게 청했을 것이고, 그는 너에게 생수를 주었을 것이다."

그 여자가 대답했다.

---

1 이하 「요한복음」 4:5~42에 나오는 이야기를 요약해서 구성했다.
2 이 에피소드에 관한 설명은 신시아 부조Cynthia Bourgeault의 「예수의 지혜」(The Wisdom Jesus)를 참조했다.

"선생님, 선생님에게는 두레박도 없고, 이 우물은 깊은데, 선생님은 어디에서 생수를 구하신다는 말입니까? 선생님이 우리 조상 야곱보다 더 위대하신 분이라는 말입니까? 그는 우리에게 이 우물을 주었고, 그와 그 자녀들과 그 가축까지, 다 이 우물의 물을 마셨습니다."

예수가 다시 말했다.

"이 물을 마시는 사람은 다시 목마를 것이다. 그러나 내가 주는 물을 마시는 사람은, 영원히 목마르지 아니할 것이다. 내가 주는 물은, 그 사람 속에서, 영생에 이르게 하는 샘물이 될 것이다."

여자는 웃으며 농담처럼 말했다.

"선생님, 그 물을 나에게 주셔서, 내가 목마르지도 않고, 또 물을 길으러 여기까지 나오지도 않게 해주십시오."

하지만 예수는 그녀의 모든 것을 알고 있었다.

"가서, 네 남편을 불러 오너라."

그녀가 쌀쌀맞게 대답했다.

"나에게는 남편이 없습니다."

"남편이 없다고 한 말이 옳다." 예수가 말했다. "너에게는, 남편이 다섯이나 있었고, 지금 같이 살고 있는 남자도 네 남편이 아니니, 바로 말했다."

이제 그녀는 당황스럽고, 무섭기까지 했다. 어떻게 그는 이 모든 것을 알고 있을까?

"선생님, 내가 보니, 선생님은 예언자이십니다."

대화는 계속 이어졌고, 여자는 점점 깨닫기 시작했다. 그녀가 말했다.

"나는 그리스도라고 하는 메시아가 오실 것을 압니다. 그가 오시면, 우리에게 모든 것을 알려주실 것입니다."

예수가 대답했다.

"너에게 말하고 있는 내가 그다."

그녀는 이 말에 충격을 받았지만, 곧 그것이 진실임을 깨닫고는 야곱의 우물에서 만난 강렬한 인상의 이 남자를 사람들에게 알려주기 위해 마을로 달려갔다.

예수와 낯선 사람들 사이에 이루어진 다른 만남들처럼, 이 일화도 많은 중첩적 의미를 내포하고 있다. 먼 길을 걸어온 예수는 "피곤"했다. 바로 이때의 지친 예수는 한낮 가장 무더운 시간에 갈증을 풀어줄 한 모금 물을 찾아 멈춰 섰지만 물을 길어 올릴 두레박이 없어 고통스러워하는 여행객인 우리의 모습을 상징한다. 하지만 이러한 위기 속에 기회가 깃들어 있다. 예수에게 그것은 늘 상호작용을 통한 변모의 순간을 의미했다.(예수를 만난 사람처럼 예수 자신도 그 만남을 통해 자신의 능력을 시험하며 선지자로 성장해 나갔다.)

이번에 예수가 만난 사람은 이중적인 의미에서 낯설다. 그 사람은 여자였고 또 사마리아인이었기 때문이다. 당시에는 자존심 있는 남자가 낯선 여인과 말을 섞는 것은 상상하기도 어려웠다. 특히 사마리아 여자라면 더더욱 그렇다. 하지만 예수는 그녀와 거리낌 없이 대화를 나누었고, 그녀의 허세 속에 감춰진 갈망과 연약함을 느꼈다. 그는 언제나 벽을 허무는 사람이었지, 벽을 세우는 사람이 아니었다. 예수는 그녀가 '이단'이라는 사실에 조금도 곤혹스러워하지 않았다. 사마리아인은 인종적으로 유대인과 아시리아인 사이의 혼혈이었을 뿐 아니라, 종교적으로도 유대의 전통 예배와 소위 '이교도의 의식'을 뒤섞은 사람들이었다. 유대 역사가 요세푸스의 『유대인 고대사』에는 사마리아인을 '우상 숭배자이며 위선자'로 부르는데, 정통 유대인들 사이에서는 이러한 견해가 지배적이었다. 따라서 예수가 물을 청하며 이 여인에게 말을 건 것은 일종의 모험이었다.

늘 그랬듯이 예수는 이번에도 비유적으로 에둘러 표현했다. 여기에서 실제의 물이 영적인 샘에서 솟아나는 "생수"로 바뀐 것처럼, 문자적인 이미지가 곧바로 상징이 되었다. 예수가 제공한 것은 세상을 바라보는 새로운 시각, 새로운 행동 규범이었다. 그는 성별에 따른 세상의 차별에 개의치 않고 여성에게 말을 걸었으며, 사람들로 하여금 지난 삶과 현재의 상황을 직시하도록 만들었다. 예수는 사람들의 인종적·정치적인 배경에는 관계없이, 오직 그들을 "하나님과의 화해"(육체적 갈증 너머에 존재하는 근원적인 목마름을 해소해줄 수 있는 "생수"로 우리를 가득 채우는 '속죄'를 의미한다.)로 이끌었다. 복음서 전편을 통틀어서 이보다 더 핵심을 찌르고, 더 교훈적인 이야기는 찾아볼 수 없을 것이다.

가버나움으로부터 나아가다

사역 초기에, 예수는 갈릴리해[3] 북서쪽 끝에 있는 가버나움에 활동 기지를 마련했다. 헤롯 안티파스가 다스리는 영토의 맨 끝에 있는 마을로, 실크로드와 바로 이어진 곳이었다. 갈릴리(히브리어로 '주위' 혹은 '지역'을 의미한다.)의 아래쪽은 울창한 숲과 비옥한 땅, 그리고 호수와 완만한 곡선을 그리며 이어진 푸른 언덕들이 함께 어우러져 만들어내는 절경으로 유명했다. 이곳에서 시작된 라벤더와 백리향의 은은한 향기는 산들바람에 실려 이웃 마을들까지 날아갔고, 마을 근처 계곡에는 양 떼와 소 떼가 한가로이 풀을 뜯었다. 요세푸스가 언급했듯이 갈릴리는 "비옥한 땅과 목초지가 풍부"하고 "수종이 다양"하기 때문에 주민들이 농업을 통해 쉽사리 살림을 꾸려나갈 수 있는 살기 좋은 곳이었다. 하지만 갈릴리 전역이 다 그런 것은 아니었다. 갈릴리 위쪽 지역은 전혀 딴 세상이었다. 산이 많고 궁벽한 탓에 도적 떼나 정치적·종교적 열성 당원들이 들끓었다. 그에 반해 갈릴리 아래쪽은 비옥하고 풍요로웠기에 마을들은 주로 갈릴리 아래쪽에 형성되었다. 대부분 동쪽으로는 갈릴리해, 서쪽으로는 지중해(지금의 하이파 근처)와 경계를 이루었다. 예수는 이곳에서 집중적으로 사역을 전개하기 시작했다.

갈릴리 남쪽 끝에는 세포리스와 티베리아스라는 대도시가 존재

---

3 이스라엘과 시리아 사이에 있는 담수호다.(역주)

했다. 원근 각지의 상인들이 모여드는 곳이었다. 하지만 예수는 이들 지역보다는 그 주변부에 있는 농촌 마을들을 돌면서 사역하는 것을 선호했다.

예수는 가버나움에서 제자를 모으기 시작했는데, 네 명의 건장한 어부를 거의 동시에 제자로 삼을 수 있었다. 시몬(베드로)과 안드레, 야고보와 요한(아마도 이 네 번째 제자가 복음서에서 실명은 거론하지 않고 소위 '총애받는 제자'로만 언급된 신비의 존재로 보인다.)이 바로 그들이다. 얼마 지나지 않아 빌립, 마태, 나다니엘(바돌로매로 불리기도 함), 도마, 야고보, 열성 당원 시몬, 유다(다대오로도 불림), 그리고 가룟 유다가 합류한다. 예수 제자의 숫자가 '12'라는 것은 이스라엘의 12부족과 밀접한 상징적인 연관성을 갖고 있는데, 문제는 그들의 이름이 복음서마다 조금씩 달라서 읽는 독자들을 혼란스럽게 만든다는 점이다. 일례로 베드로Peter는 아주 흔한 히브리 이름인 시몬Simon으로 불리기도 한다. 뿐만 아니다. 예수는 종종 그를 아람어로 케파Kephas(혹은 세파Cephas)라고 불러서 혼란을 가중시킨다. 그리스어로 베드로Peter는 '바위'를 의미하는 '페트라Petra'다. 예수가 직접 '바위'를 의미하는 이름을 지어주며 "내가 이 바위 위에 교회를 세울 것이다."라고 말한 것으로 전해지는 베드로는 기혼자였다.(우리가 이 사실을 아는 것은 예수가 열병에 걸려 누워 있는 그의 장모를 고쳐주었다는 기록이 있기 때문이다.) 아마도 대부분의 제자들은 가버나움이나 그 인근에 살고 있었을 것이다. 그들이 갑자기 모든 것을 접고 예수를 따라가겠다고 말했을 때, 그들 가정에서 어떤 드라마가 벌어졌을지 상상하는 것은 독자들의 몫이다.

막달라 마리아도 일찍이 무대에 등장한다. 그녀는 열두 제자에 속하진 않지만 예수의 사역에서 큰 역할을 담당한다. 그녀는 「마가복음」과 「요한복음」에 모두 나오는 것처럼 갈보리에서 십자가에 못 박힌 예수의 죽음을 지켜보았으며, 결정적으로 그의 부활을 목격한 첫 번째 인물이었다. 그녀는 1896년에 발견된 위경 문서, 즉 2세기경에 작성된 것으로 추정되는 『마리아 복음서』의 저자로 전해지는 인물이다. 또한 역시 2세기경에 작성된 또 다른 위경 문서인 『믿음의 지혜』(Pitis Sophia)에서 예수가 "그녀는 내 모든 제자보다 뛰어나다."라고 말한 사람이기도 하다. 예수가 그녀와의 동행에 큰 의미를 부여했다는 것은 분명하다. 하지만 그녀가 예수의 소중한 친구였는지, 그 이상의 존재였는지에 대해서는 아직까지 논란의 여지가 있다.

예수는 결혼하지 않았지만, 주변에 여인을 두는 것을 즐겼으며 늘 그들과 동행했다. 그의 사역이 어떤 모습인지를 보여주는 좋은 사례가 「누가복음」 8:1~3에 나온다.

"그 뒤에 예수께서 고을과 마을을 두루 다니시면서, 하나님의 나라를 선포하며 그 기쁜 소식을 전하셨다. 열두 제자가 예수와 동행했다. 그리고 악령과 질병에서 고침을 받은 몇몇 여자들도 동행했는데, 일곱 귀신이 떨어져 나간 막달라라고 하는 마리아와 헤롯의 청지기인 구사의 아내 요안나와 수산나와 그 밖에 여러 다른 여자들이었다."

여인들은 열성적으로 예수를 따랐으며, 그들 중 많은 사람이 초기 그리스도교의 지도자가 되었다. 여성의 지도자 역할을 어색하게 여기는 여성 혐오증이 뿌리를 내린 것은 예수의 사후 수십 년도 더 지난, 한참 뒤의 일이다. 예수는 결코 여성들을 회피하지 않았으며, 그들이 자신의 이름으로 영적인 권위를 갖는 일을 말리지도 않았다.

열두 제자를 구별하는 것은 쉽지 않은 일이지만, 그럼에도 불구하고 여기저기 나오는 간단한 이야기를 통해 그들의 정체를 짐작하는 것이 불가능하지는 않다. 먼저 그들 중에는 두 쌍의 형제가 있다. 베드로와 안드레, 야고보와 요한이 바로 그들이다. 빌립은 베드로와 안드레의 고향인 벳세다 출신으로, (아람어 대신) 그리스어를 사용한 것으로 보인다. 이 때문에 그는 나중에 그리스와 프리기아, 시리아 등지에서 이방인들을 개종시키는 활동에 종사했다. 열성 당원 시몬은 종종 "가나안 사람 시몬"으로 불렸다. 혁명을 추구하는 젤롯당원이었던 점을 감안하면 그는 확고한 정치적 신념을 갖고 있었을 것으로 추정된다. 그의 존재를 통해 우리는 하나님의 나라가 아무리 영적인 것이라 할지라도 거기에는 정치적인 요소가 작용하고 있으며, 예수도 열성 당원 시몬을 열두 제자에 포함시킴으로써 이러한 사실을 인정하고 있다는 것을 알 수 있다. 이런 시몬과 대척점에 있는 존재가 마태다. 「마가복음」에서는 레위라고 불린 그는 세리^{稅吏}였다. 로마 지배를 혐오하는 유대인들이 경멸하는 직업의 소유자였던 것이다. 예수는 이러한 세리 출신을 가장 가까운 측근으로 받아들임으로써 로마 정부와 그들의 지배를 받는 팔레스타인 내 왕들 사이의 투쟁에서 자신이 어느 쪽 편도 들지 않음을 모두에게 보여주었다. 다

대오는 유다로 불리기도 했지만, 최후의 날에 예수를 배신했던 그 유다는 아니다. 배신자는 전설적인 인물인 가롯 유다였다. 「사도행전」 1:26을 보면 이 유다 대신에 사도직을 맡기 위해 맛디아를 제비로 뽑았다는 대목이 나온다. 이런 방식으로 제자의 숫자를 계속 열두 명으로 유지한 것이다. 그렇지만 맛디아가 구체적으로 어떤 인물인지는 아직까지 신비로 남아 있다.

현대 고고학자들은 예수 사역의 역사적 실재성을 이해하는 데 크게 기여했다. 일례로 그들은 가버나움에 있는 고대 회당(아마 예수가 설교를 했던 바로 그 장소였을)의 유적을 발굴했다. 예수가 그곳에서 행한 설교를 열심히 귀 기울여 듣던 사람들은 "그의 가르침에 놀랐으니, 그의 말씀이 권위가 있었기 때문이다."(「누가복음」 4:32) 그는 하나님의 나라가 가까워졌으며, 심지어는 이미 그들 안에 있다고 가르쳤다. 예수는 사람들에게 자신이 직접 경험한 영적 현실을 온 마음으로 받아들이라고 촉구했으며, 그들이 '생수'를 마실 수 있도록 초대했다.

예수는 사역 초기에 그의 놀라운 은사恩賜를 대중들에게 드러냈는데, 그중 하나가 격렬하게 발광하는 남자에게서 귀신을 쫓아낸 일이다. 예수의 이 구마驅魔 행위는 그 남자가 살던 마을 사람들을 경악하게 만들었다. 그 후 예수는 베드로의 장모가 앓던 열병을 고쳐주었고, 그로부터 얼마 지나지 않아 기적의 치유사가 놀라운 일을 행하기 위해 가버나움에 도착했다는 소문이 널리 퍼져나갔다. 곧 베드로의 집 바깥에 '온갖 종류의 질병'에 시달리는 사람들이 몰려들었고,

예수는 이전과 똑같이 자신을 에워싼 환자들의 말을 경청하면서 한 명씩 끈기 있게 그들을 고쳐주었다.

예수는 제자를 가르치는 데도 많은 시간을 할애했다. 그들이 사역에 나서려면 먼저 자신의 사상을 잘 이해해야 했기 때문이다. 한번은 예수가 어린아이를 품에 안고 이렇게 말했다.

"또 누구든지 내 이름으로 이런 어린이 하나를 영접하면, 나를 영접하는 것이다."(「마태복음」 18:5)

이 말이 갖는 메시지는 크고 분명하다. 너의 자아가 하나님 나라의 복음을 전파하는 목적에 방해가 되지 않게 하라. 그것은 어린아이라도 받아들일 수 있을 만큼 복잡한 메시지가 아니다. 머리가 아니라 가슴으로 나아가라.

치유사이자 구마사로서의 예수 이야기는 지금 사람들에게는 기이하게 들릴 수도 있다. 하지만 2천 년 전 팔레스타인에는 많은 치유사와 구마사들이 돌아다녔고, 그들 중 상당수는 뛰어난 재능을 갖고 있었다. 사실 복음서에 나오는 어느 누구도 예수가 병을 고치고 귀신을 몰아내는 기적을 행한 것에 의문을 표시하지 않았다. 문제는 예수가 누구의 이름으로 이런 놀라운 일을 행했는가 하는 것이다.[4] 예수가 육신의 병이나 귀신에 시달리는 사람들을 회복시켰다는 것은 조금도 놀라운 일이 아니다. 믿음이야말로 힘을 북돋아주는 강장제이기 때문이다. 예수는 그가 치유한 사람들에게 자신이 아니라 하

---

4 「마가복음」 3:32, 「마태복음」 12:22-29, 「누가복음」 11:14-23을 보라.

나님을 믿으라고 말했다.

고대 세계에서 위인은 기적을 행하는 사람이었다. 많은 사람들이 그것을 당연하게 생각했다. 저명한 유대인 저술가로 예수와 동시대 사람인 필로Philo는 아우구스투스 황제를 "악을 막아주는 자"로 부르며, 그가 태풍을 잠재우고 역병도 멈춰 세운다고 말했는데, 어느 누구도 이런 필로의 생각에 의문을 제기하지 않았다. 사람들은 네로 황제도 태풍을 가라앉혔다고 생각했다.[5] 사실, 예수가 행한 기적은 심리 치료사나 항우울제가 등장하기 이전 시대에 부합하는 것이었다. 예수는 광기의 희생자들로 하여금 마음의 문을 열고 치유를 향해 나아가게 만드는 놀라운 재능이 있었는데, 내게는 이런 이야기가 전혀 "초자연적인" 현상처럼 들리지 않는다. 한편 예수가 눈먼 자를 눈뜨게 하거나 중풍 환자를 걷게 만든 일은 그리 상상하기 쉽지 않은 일이다. 하지만 나는 믿음이 면역력을 높이며, 정서적인 위안이 치료 효과를 갖고 있다는 것을 믿는다. 그 밖에 복음서에 나오는 다른 많은 기적들, 다시 말해 물 위를 걷고, 태풍을 잠재우며, 물을 포도주로 바꾼 그런 기적들은 내게는 상징적인 사건으로 느껴진다. 하지만 이 말을 그런 기적들은 진실이 아니라는 뜻으로 받아들이면 곤란하다. 그것은 복음서의 저자들이 현대의 철학자나 역사학자들(오스카 와일드가 "늘 진리를 사실의 수준으로 격하시키고 있다."라고

---

5 Wendy Cotter, "Miracle Stories, the God Asclepius, the Pythagorean Philosophers, and the Roman Rulers" in *The Historical Jesus in Context*, eds. A. J. Levine, D. C. Allison, and J. D. Crossan(Princeton: Princeton University Press, 2006), pp. 166~78.

절묘하게 표현한 바 있는 사람들)과는 다른 진리관을 갖고 있다는 의미이기 때문이다.

복음서들은 예수의 공생애 사역을 감질나게 힐끗 보여주고 만다. 기껏해야 여기에서 나온 이야기를 조금 변형해서 다른 곳에 다시 반복할 뿐이다. 「마태복음」과 「누가복음」이 「마가복음」을 차용해서 썼다는 것을 감안하면 이것은 놀라운 일이 아니다. 당시는 표절이 문제가 되지 않을 때였고, 또 모든 교사들은 자신의 말을 반복하기 마련이므로 이러한 현상은 자연스러운 것일 수 있다. 어쨌든 예수는 올바른 강조점과 이를 표현하기에 가장 적합한 수사학적 구조에 대해 끊임없이 고민하며, 자신의 메시지를 다듬고 또 다듬었다. 이 무렵이 예수는 물론 제자들에게도 최고의 순간이었음이 틀림없다. 특히 제자들은 예수의 열정적인 성격과 재치, 그의 지혜와 『구약성서』에 대한 놀라운 지식, 그리고 그를 통해 느낄 수 있는 하나님의 존재감 때문에 그에게 완전히 사로잡혀 있었다. 예수와 제자들은 이 마을 저 마을로 옮겨 다니며 때로는 하늘을 지붕 삼아 노숙을 하곤 했는데, 로마나 유대 당국자들이 법이나 관습에 대한 존경심이 별로 없는 이 떠돌이 무리를 경계의 시선으로 바라본 것은 당연했다.

예수와 제자들이 "안식일에" 마을 근처의 "밀밭 사이로 지나간" 일을 기록한 「마가복음」 2:23~28은 그들이 직면한 문제를 암시하고 있다. 제자들은 즐거운 마음으로 밀 이삭을 잘라 길을 내면서 걸어 나갔다. 안식일을 광적으로 신봉하는 현지의 바리새인들은 이 일에

격노했다. 그들은 율법을 고수하는 것이 하나님 나라에 들어가는 첩경 중 하나라고 믿는 사람들이었다. 그들은 설령 음식이 필요하더라도 안식일에는 곡식을 수확하지 않았다. 모세 율법의 충실한 추종자인 바리새인들은 예수에게 항의했다. 예수는 그들에게 다윗왕이 대제사장 집에 들어가 '신전의 빵'(하나님께 바치는 빵)을 먹은 일을 설명했다. 그것은 오직 제사장들만이 먹을 수 있는 빵이었다. 다윗은 그 빵을 배고픈 부하들에게 주었다. 그러는 것이 당연했다. 다윗은 왕이었고, 그것은 왕에게 어울리는 훌륭한 행동이었다.

유대 율법을 대수롭지 않게 여기는 예수의 태도에 충격을 받은 바리새인들은 분노했다.

'도대체 그는 자신이 누구라고 생각하는 거지? 고작 나사렛의 빈한한 집안 출신일 뿐인 이 젊은이가 왕족을, 그것도 다른 사람도 아닌 다윗왕을 자처한다고? 그는 자신이 얼마나 가증스러운 말을 뱉고 있는지 모른단 말인가?'

예수는 바리새인들의 말을 경청했지만, 그들의 율법주의적인 사고는 거부했다.

"안식일이 사람을 위하여 생긴 것이지, 사람이 안식일을 위하여 생긴 것이 아니다. 그러므로 인자人子[6]는 또한 안식일에도 주인이다."

바리새인들이 어떻게 반응했는지는 상상에 맡긴다.

---

6 예수 그리스도를 부르는 여러 이름 중 하나로 '사람의 몸을 한 예수 그리스도'를 가리키며, 영어로는 'the Son of Man'이다. (역주)

네 개의 복음서는 예수의 사역 행로를 저마다 다르게 기술하고 있어서, 정확한 사역 경로나 시기를 파악하는 것은 불가능하다. 하지만 예수의 행적을 훌륭하게 요약한 「마태복음」 4:23~25을 통해, 그의 사역 활동을 한눈에 조망할 수는 있다.

"예수께서 온 갈릴리를 두루 다니시면서, 그들의 회당에서 가르치며, 하늘나라의 복음을 선포하며, 백성 가운데서 모든 질병과 아픔을 고쳐주셨다. 예수의 소문이 온 시리아에 퍼졌다. 그리하여 사람들이, 갖가지 질병과 고통으로 앓는 모든 환자들과 귀신 들린 사람들과 간질병 환자들과 중풍병 환자들을 예수께로 데리고 왔다. 예수께서는 그들을 고쳐주셨다. 그리하여 갈릴리와 데가볼리와 예루살렘과 유대와 요단강 건너편으로부터, 많은 무리가 예수를 따라왔다."

팔레스타인 이곳저곳에 희미한 흔적들을 남기긴 했지만, 예수의 활동은 대부분 갈릴리와 해안 지역에 집중되었으며, 유대와 페레아를 거쳐 예루살렘에 이르는 것으로 그의 여정은 막을 내린다.

예수의 정확한 사역 기간은 미지의 영역으로 남아 있다. 하지만 그가 "서른 살쯤"(「누가복음」 3:23) 설교와 가르침을 시작한 것은 분명하다. 「마가복음」에 기록된 사건들은 일 년 혹은 수개월 안에 일어난 것으로 볼 수 있다. 그것은 「마태복음」이나 「누가복음」에 기록된 사건들도 마찬가지다. 공관복음서에는 유월절이 한 번만 나온다. 이에 따르면 예수는 일 년 남짓 대중 사역을 했을 것이라는 추정이 가능하다. 하지만 「요한복음」에서는 공생애 기간 동안 세 번의 유월절이 언급되고 있어, 자연스럽게 예수가 3년에 걸쳐 활동했을 것이라는 생각을 품게 만든다. 하지만 복음서의 사건들은 시간표를 따라 기술되지 않았고, 발생 순서도 복음서마다 다르며, 시간의 경과도 측정하기 어렵다. 따라서 현대적 의미의 전기가 아닌 복음서에 대해 저자들이 예수의 비범한 삶의 양상을 인상주의적으로 기술한 것으로 받아들일 필요가 있다. 복음서의 저자들(아마도 초기 버전의 내용을 확장하고 수정했을)은 예수가 한 일들을 더 잘 설명하기 위해 사건의 배경 무대를 거의 마음대로 변경했으며, 예수의 가르침도 그때그때 급하게 받아쓰는 대신 한꺼번에 모아서 산뜻하게 요약하는 것을 선호했다.

특히 「마태복음」은 예수의 가르침들을 단락별로 잘 구분하여 정리했다. 초기 신학교 학생들을 가르칠 목적으로 안디옥[7]에서 제작된 교과서였을 가능성이 높은 이 복음서[8]는, 교훈들로 가득한 말씀과 비유들을 깔끔하게 편집하여 제시하고 있다. 이러한 가르침의 중심에는 산상수훈이 놓여 있다. 산상수훈은 서양은 물론 동양으로부터도 영감을 받으며 축적된 '사막 지혜'의 거대한 저장고에서 길어 올린 것으로, 그것 하나만으로도 예수를 역사상 가장 위대한 영적·윤리적 지도자 중 한 사람으로 자리매김하기에 충분하다고 평가받는 것이다.

---

7 초기 그리스도교 지도자들이 전도를 위해 전진 기지로 삼은, 터키 남동부에 있는 도시다.(역주)
8 Krister Stendahl, *The School of St. Matthew, and Its Use of the Old Testament*, 2nd ed.(Philadelphia: Fortress, 1968) 참조.

산상수훈

    산상수훈은 '팔복八福'으로 알려진 반복되는 구절로 시작된다.(『마태복음』 5:3~12) 이 경구警句들은 전통적인 유대교의 틀을 넘어, 자신에게 일어나는 일은 자기 행동의 결과라고 가르치는 불교 및 힌두교의 카르마karma(업보業報) 사상을 수용하고 있다. 예를 들어 자비를 베풀면 자비를 받게 되며, 폭력을 행사한다면 또 다른 폭력의 피해자가 된다고 가르친다. 이것은 카르마의 순환이라고 부르는 것으로, 동양 종교의 기저를 이루는 지배적인 관념이다. 물론 예수는 자신만의 독특한 방식으로 이 개념을 재창조하여 그리스도교 교리로 발전시켰다. "사람은 무엇을 심든지, 심은 대로 거둘 것입니다."(『갈라디아서』 6:7)

    팔복 선언은 다음과 같다.

    마음이 가난한 사람은 복이 있다. 하늘나라가 그들의 것이다.

    슬퍼하는 사람은 복이 있다. 하나님이 그들을 위로하실 것이다.

    온유한 사람은 복이 있다. 그들이 땅을 차지할 것이다.

    의에 주리고 목마른 사람은 복이 있다. 그들이 배부를 것이다.

    자비한 사람은 복이 있다. 하나님이 그들을 자비롭게 대하실 것이다.

    마음이 깨끗한 사람은 복이 있다. 그들이 하나님을 볼 것이다.

평화를 이루는 사람은 복이 있다. 하나님이 그들을 자기의 자녀라고 부르실 것이다.

의를 위하여 박해를 받은 사람은 복이 있다. 하늘나라가 그들의 것이다.

너희가 나 때문에 모욕을 당하고, 박해를 받고, 터무니없는 말로 온갖 비난을 받으면, 복이 있다.

너희는 기뻐하고 즐거워하여라. 하늘에서 받을 너희의 상이 크기 때문이다.

너희보다 먼저 온 예언자들도 이와 같이 박해를 받았다.

예수의 생애에 관해 탁월한 연구서를 쓴 교황 베네딕트 16세는 산상수훈을 읽은 자라면 누구나 팔복 선언이 "베일에 가려 있는 예수의 내면세계를 보여주는 일종의 전기이자 초상화"임을 깨달아야 한다고 말했다.[9] 하나님 나라의 온전한 실현이라는 꿈에 초점이 맞추어진 이 일련의 진술을 통해 우리는 예수가 어떤 사람인지 추론할 수 있다. 팔복의 각각은 손을 뻗으면 닿을 만큼 우리 곁에 가까이 와 있는 하나님 나라를 언급하고 있다. 예수가 이러한 팔복의 처음을 "마음이 가난한 사람"으로 시작하는 것은 매우 중요하다. 그것은 예수의 가르침에서 가장 급진적인 전환점을 의미한다.

9 Joseph Ratzinger(교황 베네딕트 16세), *Jesus of Nazareth*(San Francisco: Ignatius Press, 2007), p. 74.

팔복 읽기

"마음이 가난한 사람은 복이 있다."

참으로 매력적인 첫 문장이다. 하지만 "마음이 가난한 사람"이 정확히 어떤 사람이며, 재산이 없다는 일반적인 의미의 가난한 자와는 어떤 연관성이 있는가?(「누가복음」에 나오는 팔복에는 '마음이'라는 구절이 빠져 있어서, 문제를 혼란스럽게 만들고 많은 논란을 낳았다.) 예수는 「이사야」에 나오는 대로 "가난한" 사람을 "겸손한" 사람으로 이해했다. 그는 겸손함을 높이 칭송했는데, 이러한 겸손함은 물질적인 빈곤에 처한 사람과 연관될 수도 있고(가난한 사람은 굶주린 사람이라고 분명하게 못 박은 「이사야」 58:7절의 내용처럼), 혹은 영혼을 살찌울 자양분을 갈구하는 사람과 관련이 있을 수도 있다. 하지만 이 구절이 말하는 메시지는 더 폭넓은 것이다. 즉, 겸손한 사람은 복을 받을 것이며(그리스어로 '복을 받는다'는 뜻을 가진 '마카리오스makarios'는 '총애받다', '행복하다', '기쁘다'는 뜻도 가지고 있다.), 시공을 넘어 존재하는 하나님 나라에 들어간다는 것이다.

마음이 가난한 사람이 물질적으로도 가난한 경우가 흔하기 때문에, 사람들은 문자 그대로의 가난과 비유적인 가난 사이의 연관성을 놓치지 않고 예수의 말을 들었을 것이다. 팔레스타인 사람들 중에 부자는 극히 드물었기 때문에, 예수의 말을 듣기 위해 몰려든 군중은 대부분 날마다 굶주림과 질병에 시달리고, 폭력의 두려움에 떨면서 절망스러운 삶을 이어가던 극심한 빈곤층이었다. 예수가 팔복의 첫머리에서 '가난한 사람'을 언급한 사실은 분명히 그들에게 위안이 되었을 것이다. 그들은 하나님의 나라에 특별한 자리를 예약했다.

유대에는 다음과 같은 옛날이야기가 있다.

한 랍비가 이런 질문을 받았다.

"왜 요즘에는 예전처럼 하나님을 대면하는 사람이 없나요?"

랍비는 슬픈 얼굴로 대답했다.

"그건 오늘날에는 자신을 낮출 줄 아는 사람이 없기 때문입니다."

바로 이것이 예수가 팔복의 첫머리에서 이야기한 것이다. 자신을 낮추어라! 힘도, 재산도, 재주도 없는 사람에게 축복이 함께한다는 사실을 명심하라. 오만보다는 겸손을 선호하라. 그것이 행복, 즉 복 받음에 이르는 길이다.

"슬퍼하는 사람은 복이 있다."

예수는 삶이 고통(부처가 이야기한 사성제四聖諦, 즉 네 가지의 거룩한 진리 중 하나)이라는 것을 이해하고 있었다. 예수는 사랑하는 이의 죽음, 친척과 친구의 괴로움, 그리고 몸과 마음의 병으로 비통해하는 사람들을 거론했다. 누구에게나 고통이 가라앉는 것은 단지 시간문제일 뿐이다. 시인 로버트 하스는 "모든 새로운 생각은 상실에 관한 것이다."라고 했는데, 옛날 사람들의 생각도 마찬가지였다. 팔복에서 언급하고 있는 것처럼 상실의 한가운데서 하나님이 위로를 베푸신다. 사실, 큰 개인적 고통의 시간 속에서 영적 성장이 가능해진다. 언제나 『구약성서』를 의식했던 예수였기에 팔복의 이 대목은 「전도서」 7:3을 떠올리게 만든다.

"슬픔이 웃음보다 나은 것은, 얼굴을 어둡게 하는 근심이 마음에 유익하기 때문이다."

"온유한 사람은 복이 있다."

자신의 행동으로 인해 "땅"이라는 큰 보상을 받게 된다는 이 온유한 사람이란 과연 누구인가? 우리는 보통 온유한 사람을 좋아하지 않는다. 온유함을 뜻하는 영어 단어인 'meek'에는 불쾌한 의미가 내포되어 있다. 온유한 사람은 소심하고, 겁이 많으며, 심지어는 어리석은 사람으로 간주되곤 한다. 강자에게 굽실거리는 사람도 온유하다는 말을 듣는다. 하지만 이는 '온유함'을 뜻하는 그리스어(prayis)의 원래 의미가 아니다. 아리스토텔레스는 분노의 틈에서 중용을 지킬 줄 아는 사람을 가리키는 뜻으로 이 단어를 사용했다. '비폭력적인' 또는 '평화로운'이라는 뜻으로도 번역되는 이 그리스어는 『구약성서』에 나오는 모세와도 연관되어 있다.

"모세로 말하자면, 땅 위에 사는 모든 사람 중에서 가장 온유한 사람이다."(「민수기」 12:3)

사람들은 보통 위대한 이스라엘의 지도자인 모세를 온유하다고 생각하지 않는다. 하지만 이 단어의 의미가 그처럼 단순하지 않다는 것은 분명하다. 팔복에서 예수는 특별히 『구약성서』에 나오는 유명한 구절인 「시편」 37:11을 언급하고 있다.

"그러나 온유한 사람들이 땅을 차지할 것이며, 그들이 크게 기뻐하면서 평화를 누릴 것이다."

땅을 차지한 사람들은 공격적이거나 교만하지 않으며, 그리스나 히브리적인 어원이 가리키는 본래적 의미의 "온유함"을 가진 사람들이다.

"의에 주리고 목마른 사람은 복이 있다."

이 문장의 중심은 '주리다'와 '목마르다'라는 두 개의 동사다. 이 동사들은 1세기 초 중동 지방의 삶이라는 맥락에서 특히 생생한 현장감을 지닌 단어들이다. 여기서 신체적 욕구는 영적 현실을 대변한다. 복을 받은 사람은 '디카이오쉬네dikaiosuné', 즉 '의로움'을 추구한다. '의로움'은 그리스어로 하나님과 하나가 됨, 의지의 결합을 갈구함을 의미한다. 볼트만은 이렇게 주의를 환기시킨다.

"그것은 높은 윤리적 수준을 의미하는 것이 아니다. 그것은 윤리와는 전혀 상관이 없으며, 관계를 뜻한다."[10]

여기서 말하는 관계란 갈구하는 사람과 하나님과의 관계이며, 그것은 하나님의 뜻을 받아들이고 이해하기를 열망하는 그 사람의 행동과 밀접한 관련이 있다. 팔복의 이 구절과 관련해서 예수는 「이사야」 32:17을 염두에 두었을 수도 있다.

---

10   Rudolf Bultmann, *Theory of the New Testament*(New York: Scribner, 1955), p. 272.

"의의 열매는 평화요, 의의 결실은 영원한 평안과 안전이다."

의는 반드시 실현될 것이며, 의에 주리고 목마른 자들은 하나님 나라로 들어갈 때 충족을 얻을 것이다.

"자비한 사람은 복이 있다."

여기서는 앞에서 말한 카르마의 순환이 분명하게 언급되고 있다. 예수 자신도 이 마을 저 마을을 옮겨 다니면서 수없이 자비를 베풀었다. 「누가복음」 18:38에 나오는 이야기가 좋은 사례다.

하루는 예수가 길가에서 눈먼 거지를 마주쳤다. 그가 예수에게 소리쳤다.

"다윗의 자손님, 나를 불쌍히 여겨 주십시오."

그의 외침을 들은 예수는 즉시 그의 시력을 회복시켜주었다. 도움을 요청하는 자에게 즉시 응답하고, 기꺼이 도움을 베푸는 것은 그리스도교 윤리의 핵심을 이루는 것이다. 아울러 용서가 그리스도인의 가장 큰 덕목이 되어야 함은 아무리 강조해도 지나치지 않다. 그것이 분노와 증오, 후회와 복수를 대신해야만 한다. 내 생각에 이러한 변화는 예수의 십자가를 지고 그를 따를 때 자연스럽게 생기는 것이다. 복수 따위에 허비할 시간은 없다. 주위를 돌아보라. 도움이 필요한 사람들이 도처에 널려 있다. 국가적 차원이든 개인적 차원이든 상관없다. 조언과 우정, 음식과 쉴 곳이 필요한 사람들에게 기꺼이 도움을 베풀겠다고 결심하고, 그것을 행동으로 옮겨라. 그러한 '자비'의 자연스러운 귀결이 바로 '용서'이고, 그것은 성령이 베푸는 최고의 은총이자, 하나님과 하나 되는 통로가 된다.

"마음이 깨끗한 사람은 복이 있다."

마음이 깨끗한 사람은 뒤죽박죽인 의도 없이 행동하는 사람, 하나님의 뜻에 일치하는 삶을 사는 사람이다. 그것이 바로 예수가 요구한 정결함의 뜻을 이해하는 일이다. 「디도서」 1:15에서 이 점을 머리에 쏙 들어오게 잘 표현하고 있다.

"깨끗한 사람에게는 모든 것이 깨끗합니다. 그러나 믿지 않는 더러운 사람에게는, 깨끗한 것이라고는 하나도 없습니다. 도리어, 그들의 생각과 양심도 더러워졌습니다."

이 팔복은 겸손하고 "온유하게" 행동하고, 남에게 베풀며, 자신이 우리를 사랑한 것처럼 우리들도 서로를 사랑하라는 예수의 말을 경청할 때 자연스럽게 따라오는 것이다. 하지만 팔복은 목적의식을 갖고 정결함 그 자체를 추구하는 것도 중요하다고 제안한다. 그러한 행동이 하나님의 비전을 작동시키기 때문이다. 정결함 속에서 우리는 하나님을 닮아가고, 성령과 하나가 된다. 「시편」 105편에서 말하는 것처럼 우리는 "언제나 그의 얼굴을 찾고" 있다. 그리고 성 아우구스투스가 말한 대로 인간과 똑같은 예수의 얼굴에서 우리가 구하던 하나님의 얼굴을 발견한다.

"평화를 이루는 사람은 복이 있다."

예수는 친구와 이웃들 사이에 평화를 일구는 사람들을 축복한다. 예수는 그들이 "하나님의 자녀"가 될 것이라고 말한다. 더 나아가 그는 평화를 일구는 모든 사람들을 축복한다. 자신 속에 가득한 평화를 주변에 퍼뜨리는 그들이 하나님 나라의 참된 상속인이다. 평화를 이루는 사람은 전쟁이나 갈등적 상황에서 사람들의 자중을 촉구하는 데 앞장서야만 한다. 끔찍한 폭력과 전쟁이 지배하던 시기에 예수가 던진 이러한 말은 사람들에게 큰 울림을 안겨주었음이 분명하다. 여기에서도 카르마의 진리가 다시 한번 나온다. 평화를 일구는 것은 창조주와 진정한 조화를 이룬 상태, 즉 궁극적인 하나님 나라를 가능하게 만드는 평온함을 낳는다. 진정한 하나님의 자녀들은 그들이 누리는 평화가 세상에 주는 선물임을 이해한다.

"의를 위해서 박해를 받은 사람은 복이 있다."

아마도 말년에 순교를 당한 예수의 제자들은 이 마지막 팔복을 명심하며 들었을 것이다. 기원후 70년에 제2성전이 무너진 후 많은 유대인들이 정치적 탄압을 받던 시기에 사대복음서를 썼던 저자들은 엄청난 박해와 위협에 시달리던 그리스도인들의 관심을 끌었을 것이다. 예수가 그들에게 한 약속은 궁극적인 복리福利, 즉 하늘나라였다. 그곳에서 그들은 더 이상 자신의 뿌리에서 소외된 인간이나 영원의 "외부"에 머무는 국외자가 아니며, 「에베소서」 3:21에서 이야기하는 "영원무궁한" 세계에서 완전하고 충족된 존재로서 살아가게 된다. 언제나 그렇듯이 의란 하나님 앞에서의 정직함, 인간과 하나님의 하나 됨을 의미하는 것이다. 예수는 자신의 개인적 삶을 통해 그것을 온전하게 보여주었다.

여섯 가지 반명제反命題 읽기

팔복은 「마태복음」에서 세 개의 장을 차지할 정도로 긴 산상수훈의 첫 부분에 지나지 않는다. 그 뒤에 바로 이어서 나오는 내용은 종종 "반명제"로 불린다. 그것은 수사학적 형태("너희는 ~라는 말씀을 들었다 … 하지만, 나는 이렇게 말한다.")를 취하고 있는 여섯 개의 명제들로 이루어져 있다. 따라서 학교에서 고전 수사학을 배운 독자들의 귀에는 친숙하게 들릴 수도 있을 것이다. 이 여섯 가지 반명제는 모세 율법을 의미 있게 확장한 것으로, 여기서는 그것들을 짧은 논평과 함께 조금 바꿔서 표현하고자 한다.

1. "살인하지 말라." 하신 말씀을 너희는 들었다. 하지만 나는 이렇게 말한다. "화조차도 내지 마라."

예수는 때때로 화를 냈다. 따라서 이 말은 위선적이라는 생각이 들 수도 있다. 이러한 의문에 대해 아마도 예수는 "우매한 일관성은 옹졸한 마음을 가진 말썽쟁이와 같다."라고 한 왈도 에머슨의 말로 대답했을 수도 있다. 예수는 도량이 넓은 사람으로, 어느 사람들처럼 다양한 감정 변화를 자연스럽게 받아들였다. 하지만 그는 불의와 가난, 그리고 모든 종류의 잔인함에 대해서는 분명하게 반대했다. 아울러 분노는 영혼을 잠식하기 때문에, 유용한 대응 수단이 될수 없다는 점도 이해하고 있었다. 여기서 다시 한번 예수에 의해 기독교적인 방식으로 변형된 카르마 사상이 나타난다. "분노는 살인과 같은 야만적 행동을 낳고, 용서는 신과 같은 행동을 낳는다." 예수의 가르침은 살인의 기원이 분노에 있음을 깨닫게 만든다.

2. "간통하지 말라." 하신 말씀을 너희는 들었다. 하지만 나는 더 나아가 이렇게 말한다. "너희 마음에 음욕을 품지도 마라."

이 정도의 엄격함을 지키는 것은 관능에 취해 돌아가는 오늘날의 세상에서는 불가능한 이상처럼 보인다. 어떻게 마음에 음욕을 품는 것조차 막을 수 있단 말인가? 정말로 이것이 통제 가능한 일인가? 지금은 예수가 살던 시대와 다르므로, 이러한 이상을 그대로 요구하는 것은 지나친 일인지도 모른다. 하지만 이 반명제는 오늘날에도 여전히 부합되는 메시지를 강조하고 있다. 바로 셰익스피어가 「소네트」 129번에서 말했듯이 음욕은 정상이 아니며, 우리 삶은 그것이 없을 때 더 행복하다는 것이다. "음욕을 행동으로 옮기는 것은 영혼을 좀먹는 부끄러운 짓이다." 셰익스피어는 음욕의 여러 형태, 즉 그것의 과거·현재·미래에 대해서 깊이 고찰했다. 각각의 음욕은 모두 인간의 영혼을 어지럽히고, 수치와 불안 그리고 비난은 물론이고, 다른 무수한 고통을 낳는다. 음욕은 (그리스도인의 관점에서) 행복의 근간인

정절 추구에 거의 도움이 되지 않는다. 시인인 웬델 베리의 말처럼 "결혼이 제공하는 것(그리고 그것이 지키고자 하는 것은) 선택과 욕망이 일치하는 순간의 가능성이다."[11] 예수는 카르마에 입각해서 간음의 원인을 음욕으로 본다. 카르마 순환의 고리는 오직 시작 단계에서만 끊을 수 있다. 그것은 불가능한 과제처럼 보일 수 있다. 하지만 시작은 항상 다시 찾아오며, 바로 거기에 희망이 있다.

3. "누구든지 아내를 버리려면 이혼장을 써줘라." 하신 말씀을 너희는 들었다. 하지만 나는 이렇게 말한다. "누구든지 음행한 경우를 제외하고는 아내를 버리지 마라."

메시지는 명확하다. 사랑의 핵심은 정절이다. 그 또는 그녀가 당신을 버린 이후에만 당신도 그 사람을 버릴 수 있다. 여기서 예수는 (내가 보기에) 결혼과 공동체의 중심에는 정절이 있다는, 이전의 반명제에서 제안한 내용을 토대로 자신의 주장을 펴고 있다. 오직 신실한 사람들의 공동체에서만 사람은 진실로 자유다. 성생활은 신성한 것으로, 이러한 맥락에서 벗어나면 착취로 이어진다. 상호 존중과 성적 자제, 그리고 정절에 기초한 사랑만이 실천할 가치가 있는 사랑이다. 하지만 웬델 베리가 말한 것처럼 "정절을 의지에 의해 부과된 엄숙한 의무라고만 이해한다면, 그것은 원래의 개념을 백팔십도 왜

---

11 Wendell Berry, *The Unsettling of America, Culture & Agriculture*(San Francisco: Sierra Club Books, 1977), p. 122.

곡한 것이다."[12] 그러한 정절은 강요만이 두드러지는 삭막한 관계를 낳을 뿐이다. 정절과 사랑은 상호 존중이라는 좋은 토양 위에서 꽃을 피우며, 그러고서 같은 곳을 향하여 함께 나아갈 수 있다.

4. "거짓 맹세를 하지 말라." 하신 말씀을 너희는 들었다. 하지만 나는 이렇게 말한다. "맹세를 지키지 못할 우려가 있다면 무엇보다 약속이나 맹세를 하지 마라. 그저 '예', '아니오'라고만 말할 것이며, 애매모호하게 대답하지도 마라."

무슨 말을 하든, 말뜻 그대로여야 한다. 분명하게 말하라. 예수는 약속이나 서약은 신실하고 투명해야 하며, 몸과 영혼처럼 혀도 정결해야 한다고 강조했다. 신실한 말은 굳건한 믿음으로 이어진다. 한번 뱉은 말은 반드시 행동으로 이어져야 한다.

5. "눈은 눈으로, 이는 이로 갚아라." 하신 말씀을 너희는 들었다. 하지만 나는 이렇게 말한다. "누가 네 오른쪽 뺨을 치거든 왼쪽 뺨마저 돌려 대어라. 너를 재판에 걸어 속옷을 가지려고 하거든 겉옷까지 내주어라."

예수의 가장 핵심적인 가르침으로 남아 있는 이 말은 당초 유대

---

12 Berry, p. 120.

율법의 의도를 완전히 뒤집어놓은 것으로, 아마도 예수가 행한 유대 율법의 수정 중에서 가장 급진적인 것으로 생각된다. 톨스토이와 간디, 그리고 마틴 루터 킹에게 공통적으로 영향을 끼친 강력한 메시지는 악에 저항하되 폭력은 사용하지 말라는 것이다. 하지만 그것은 현대 역사에서 수많은 그리스도인들을 곤혹스럽게 만든 복잡한 문제다. 예수의 길을 따른다고 하는 정치 지도자들도 그동안 악에 소극적으로 저항하라는 그의 가르침을 진지하게 대하지 않았다. 예수의 가르침은 너무 파격적이어서, 조금 두렵게 들리기까지 한다. 인간으로서 우리는 화 때문은 아니더라도 자기방어를 위해서 받은 대로 되갚아주고자 하는 본성을 갖고 있다. 하지만 예수는 또 한 번 이러한 우리의 자연적인 성향과는 맞지 않게, 우리를 증오하고, 우리에게 해를 끼치는 사람들을 사랑과 선의로 대할 것을 주문한다. 그는 자제를, 그리고 그 이상의 것을 요구한다. 그는 비정상적인 너그러움을 요구한다. 네가 특별히 아끼는 물건일지라도 베풀어라. 자기 물건을 필요한 사람들에게 나누어주라.

6. "네 이웃을 사랑하고, 원수를 미워하여라." 하신 말씀을 너희는 들었다. 하지만 나는 이렇게 말한다. "원수를 사랑하고, 너를 박해하는 사람들을 위하여 기도하여라."

이러한 행동은 앞의 반명제들을 확장한 것이다. 그것은 하나의 이상으로, "적"의 범주에 속한 사람에게도 사랑을 베풂으로써 증오로 인한 카르마의 순환 고리를 끊어버리는 방법이다. 예수가 자신의 삶을 통해 실천으로 보여준 이러한 사랑은 어떤 의미에서는 증오 자체를 사라지게 하는 것이다. 그것은 변화를 가능하게 만드는 강력한 수단이다. 언제나 그랬던 것처럼 예수는 하나의 개념 위에 또 다른 개념을 구축하면서, 자신의 사상을 강화하고 확장시켜 나갔다. 자신에게 해를 끼치려는 사람에게 선행을 베푸는 것은 자연스럽지 않다. 하지만 그것이 그리스도인의 길이며, 공격을 당했을 때 자연스럽게 나오는 폭력적 대응에 대한 대안을 제공해준다.

이 여섯 개의 반명제에는 사랑하라는 명령이 가득하다. 예수는 우리가 폭력과 증오의 고리를 깨뜨릴 수 있으며, 변화의 가능성이 우리 앞에, 그것도 아주 가까운 곳에 놓여 있다는 사실을 다양한 방법으로 역설한다. 예수는 좋고 나쁜 모든 결과에 대해 그것을 초래하는 우리의 행동과 결부시켜 설명하며, 우리에게 마음을 변화시키라고 촉구한다. 하지만 동시에 예수는 그것이 우리 스스로의 힘만으로는 감당하기 어려운 과제라는 것을 이해한다. 변화는 우리의 삶에 대한 하나님의 개입이 이루어질 때, 즉 인간의 의식 속에 성령이 흘러 들어올 때 가능하다. 우리가 변화를 이룰 수 있는 것도, 우리 안에 이미 존재하고 있었지만 다가가기 어려웠던 하나님 나라에 참여할 수 있는 것도, 오직 하나님의 은총 덕분이다. 하나님의 의지를 우리의 삶에 받아들임으로써 그의 의지가 우리의 의지가 되게 만들 때, 우리는 지금까지와는 전혀 다른 역동성을 경험할 수 있다.

우리의 의식이 변화하려면 하나님의 도움을 구해야 한다는 사실을 깨닫고 있던 예수는, 하나님의 은총을 구하는 기도문의 전범을 제시했다. 그는 제자들에게 이 기도문을 토대로 기도와 묵상이 영적 실천의 중심이 되는 삶을 살아가도록 요구했다.

주기도문

당연한 이야기지만, 주기도문은 산상수훈의 중심이다. 거기에는 우리의 불완전함과 무기력함에 대한 인정과 하나님의 나라가 속히 임할 것을 바라는 소망이 담겨 있다.

예수는 단숨에 기도를 그리스도인의 삶의 중심으로 만들었다. 복음서에서 가장 생생한 장면들 중 몇몇은 예수가 광야나 겟세마네 동산에서 홀로 기도를 올릴 때 발생했다. 그에게 기도는 하나님 의식을 향해 자신을 여는 길이자, 거룩한 침묵이 마음 구석구석을 채우도록 허용하는 경청의 길이었다. 기도는 은총과 성령의 교제를 간구하는 것이자, 하나님께 사랑으로 자신을 채워달라고 초대하는 것이다. 기도하는 동안 우리는 하나님께 말하기도 하고, 그의 말씀을 듣기도 한다. 하지만 예수가 알았던 것처럼, 그러려면 언어가 필요하다. 그것이 예수가 「마태복음」 6:9~14에서 주기도문을 제시한 이유다.

하늘에 계신 우리 아버지,

그 이름을 거룩하게 하여 주시며,

그 나라를 오게 하여 주시며,

그 뜻을 하늘에서 이루심 같이,

땅에서도 이루어 주십시오.

오늘 우리에게 필요한 양식을 내려 주시고,

우리가 우리에게 죄 지은 사람을 용서하여 준 것 같이 우리의 죄

를 용서하여 주시고,

우리를 시험에 들지 않게 하시고,

악에서 구하여 주십시오.

나라와 권세와 영광은 영원히 아버지의 것입니다.

이 기도문은 두 가지 버전으로 「마태복음」과 「누가복음」(11:2~4)
에 존재한다. 또한 「마태복음」의 사본들 중에는 찬가(마지막 두 행)가
없는 것들도 있다.[13] 하지만 두 버전 모두 기도문이라는 성격은 일관
된다. 기도는 먼저 하나님을 아버지로 부르며, 그를 찬양하는 것으
로 시작한다. 하나님을 아버지로 여기는 것은 "이스라엘은 나의 맏
아들이다."라는 하나님의 말씀을 기록한 「출애굽기」 4:22에서 알 수
있듯이, 전통적인 유대 사상의 일부다. 하지만 예수는 여기서 더 나

---

13 대부분의 개신교에서는 이 두 행의 찬가를 사용하지만, 가톨릭에서는 그렇지 않다. 이 찬가는
「역대지상」 29:11의 기도를 떠올리게 한다. "주님, 위대함과 능력과 영광과 승리와 존귀가 모두
주님의 것입니다. 하늘과 땅에 있는 모든 것이 다 주님의 것입니다. 그리고 이 나라도 주님의
것입니다. 주님께서는 만물의 머리 되신 분으로 높임을 받아주십시오.'"

아가 우리가 실제 부모 자식 관계처럼 하나님과 개인적인 관계를 맺어야 한다고 촉구한다. 주기도문의 모든 구절은 『구약성서』의 기존 개념에서 출발하지만 예수는 그것을 확장하고, 수정하고, 변화시킴으로써 제자들에게 새로운 약속을 제시했다.[14]

기도문의 다른 요소들은 이해하기 쉽다. 우리는 하나님의 나라가 속히 임하도록 초대한다. 우리의 열망을 다스리는 것은 (우리의 뜻이 아니라) 하나님의 뜻이다. 따라서 이를 악물고 완벽해지고자 발버둥을 쳐봐야 소용이 없다. 우리는 "오늘 우리에게 필요한 양식"을 구한다. 여기에서 말하는 음식은 물론 영적인 양식도 포함된다. 예수는 팔복과 반명제에서 제시한 것들의 연장선상에서 우리에게 해를 끼치는 자를 용서해야 한다고 제안하고 있으며, 동시에 우리의 어리석고, 경솔하고, 잔인하고, 이기적이고, 생각 없는 행동도 용서해달라고 요청한다. 이 기도문의 핵심에는 참회가 있다. 불가피하게 오류와 탈선에 빠질 때, 우리는 용서를 구해야만 한다. 우리는 악에서 구원 받기를 원한다. 악은 주위 어디에나 존재하며, 우리는 하나님이 우리를 길에서 벗어나지 않게 지켜주시길 소망한다. 마지막 두 행의 찬가는 하나님에 대한 지극한 찬양이다. 따라서 이 기도문은 시작과 끝이 모두 찬양이다. 이 기도문은 환상적일 정도로 초점이 잘 맞춰진 청원이며, 예수를 모범으로 삼아 그의 기도 생활을 우리가

---

14 「출애굽기」의 맥락에서 주기도문을 자세하게 살펴보길 원한다면 N. T. Wright, "The Lord's Prayer as a Paradigm for Christian Prayer", in *Into God's Presence: Prayer in the New Testament*, ed. Richard N. Longenecker(Grand Rapids, MI: Eerdmans, 2001), pp. 132~54를 보라.

공유할 수 있는 길을 제시한 것이다.

"그의 나라가 오게 하여 주시며"(하나님 나라의 출현)가 직접적으로 무엇을 의미하는지에 관해서는 좀 더 상세한 설명이 필요하다. 예수가 하나님의 나라가 정확히 언제 출현하며, 또 그 형태는 어떨 것이라고 생각했는가의 문제는 오랫동안 신약 학자들을 곤혹스럽게 만들어왔다. 특히 독일 신학자, 요하네스 바이스(1863~1914)가 예수는 '종말 사상'에 사로잡힌 예언자라는 이론을 제시한 이후에는 더욱 그러했다. 『신약성서』의 마지막 권으로, 최후의 날에 대한 열정적인 비전을 제시하고 있는 「요한계시록」도 이 문제를 해결하는 데는 도움이 되지 못했다. 그것은 일레인 페이젤스의 주장처럼 미래에 벌어질 무서운 세계 종말의 시나리오를 제시하는 것이 아니라, 작성된 당시에 일어난 상황을 언급하고 있음이 거의 확실하다.[15] 사실 그것은 영화 제목처럼 〈Apocalypse Now〉[16]로 부르는 것이 더 낫다.

주기도문은 「요한계시록」의 어떤 내용보다도 부드럽다. 그것은 기도의 온전한 유익(하나님과의 화해를 포함한)을 누릴 수 있도록 참회를 권장한다. 은총을 구하는 이 기도문은 주문과도 같아서 손으로 염주를 한 알씩 돌리며 드리는 묵주기도처럼 반복하기에 쉽다.[17] 이

---

15 Elaine Pagels, *Revelation: Visions, Prophecy, and Politics in thre Book of Revelation*(New York: Viking, 2012)을 보라. 초기 교회의 많은 지도자들이 「요한계시록」을 신약 정경에 포함시켜서는 안 된다고 한 것도 놀라운 일이 아니다. 심지어 마르틴 루터도 초기에는 종말론적 비전과 그리스도교는 서로 상관없는 것이라고 생각했다.

16 베트남전쟁을 소재로 만든 영화로, 제목을 직역하면 '지금이 종말이다' 혹은 '현세 종말' 정도로 해석될 수 있다. 우리나라에서는 〈지옥의 묵시록〉이라는 이름으로 상영되었다.(역주)

17 묵주기도(로사리오의 기도)는 「누가복음」의 두 구절을 합쳐서 만든, 마리아에게 바치는 기도가 중심을 이루고 있다. "은총이 가득하신 마리아님, 기뻐하소서! 주님께서 함께 계시니 여인 중에

것은 『신약성서』를 통틀어 예수가 어떻게 기도했는지 알 수 있는 유일한 사례다. 강렬한 감정을 불러일으키고, 거룩한 의식을 향해 마음을 열게 만드는 이 기도문을 반복함으로써 우리는 그의 입장이 되어본다. 주님의 기도를 드리면서 우리는 예수처럼 되어간다.

백합꽃을 생각해보라

산상수훈의 중심이 되는 주기도문 뒤에는 많은 격언과 훈계, 그리고 비유들이 이어진다. 「마태복음」 6장에는 멋지고 아름다운 문장들이 나온다.

그러므로 내가 너희에게 말한다.

목숨을 부지하려고 무엇을 먹을까 또는 무엇을 마실까 걱정하지 말고, 몸을 감싸려고 무엇을 입을까 걱정하지 말아라. 목숨이 음식보다 소중하지 아니하냐? 몸이 옷보다 소중하지 아니하냐?

공중의 새를 보아라. 씨를 뿌리지도 않고, 거두지도 않고, 곳간에 모아들이지도 않으나, 너희의 하늘 아버지께서 그것들을 먹이신다. 너희는 새보다 귀하지 아니하냐? 너희 가운데서 누가, 걱정을 해서, 자기 수명을 한순간인들 늘일 수 있느냐? 어찌하여 너희는 옷 걱정

복되시며, 태중의 아들 예수님 또한 복되시나이다. 천주의 성모 마리아님, 이제와 저희 죽을 때에 저희 죄인을 위하여 빌어주소서. 아멘."

을 하느냐? 들의 백합화가 어떻게 자라는가 살펴보아라. 수고도 하지 않고, 길쌈도 하지 않는다.

그러나 내가 너희에게 말한다.

온갖 영화로 차려 입은 솔로몬도 이 꽃 하나와 같이 잘 입지는 못했다.

예수는 걱정을 없애주는 해독제로 "들의 백합꽃 생각하기"를 제안한다. 믿음은 마음의 평안과 자신감, 정서적 균형을 가져온다. 그리고 여기에 예수의 길을 따르는 보상이 있다. 우리는 하나님의 은총 없이는 아무리 걱정해도 자신의 키를 한 치도 더 자라게 할 수 없다. 이러한 예수의 가르침은 우주가 우리를 돌본다는 불교의 핵심 사상과 어느 정도 맥이 닿아 있는 것이기도 하다. 우리가 할 일은 세상 돌아가는 것에 관심을 갖고, 그것을 자세히 관찰하는 것이다. 그러다 보면 그 의미는 저절로 드러난다.

"하늘은 하나님의 영광을 드러내고."(「시편」 19:1)

황금률

「마태복음」 7:12에는 보석처럼 반짝이는 이야기가 나온다.

"그러므로 너희는 무엇이든지, 남에게 대접을 받고자 하는 대로, 너희도 남을 대접하여라. 이것이 율법과 예언서의 본뜻이다."

중세 이래로 사람들은 이러한 형태의 고대 지혜를 황금률^{黃金律}(the Golden Rule), 혹은 그보다 덜 시적인 표현인 '호혜주의'라는 윤리로 불러왔다. 이러한 사상은 힌두교와 불교를 포함한 대부분의 세계종교가 다 갖고 있다. 공자의 『논어』에서도 동일한 사고의 틀을 찾아볼 수 있다.

"자기가 원하지 않는 바를 남에게 베풀지 말라."

("己所不欲, 勿施於人." 『논어』, 「위령공」, 23절)

비슷한 내용이 기원전 1780년에 작성된 『함무라비 법전』에도 나오는데, 아마도 그것이 황금률을 기록한 가장 오래된 문서일 것이다. 예수 시대의 종교 지도자였던 랍비 힐렐의 어록에도 한 가지 버전이 나온다. 그것은 흔히 은률^{銀律}(the Silver Rule)이라고 일컬어지는 것이다. 힐렐은 남이 불쾌하게 느낄 만한 어떤 일도 하지 말라고 요구했다. 예수가 힐렐이나 그 제자로부터 이러한 가르침을 얻었을 수도 있다. 또는 젊은 시절에 실크로드를 오가는 상인이나 여행자들로부터 이러한 사상을 배웠을 수도 있다. 하지만 예수가 어떤 경로로 그것을 접했는가는 중요하지 않다. 그것은 이미 널리 퍼져 있는 사상이었다. 예수는 그것을 한층 발전시켜 자기 가르침의 핵심으로 삼았다.

산상수훈의 마지막 지혜

산상수훈의 마지막에는 전체를 요약하는 일련의 경구^{警句}들이 나온다. 그것을 요약하면 다음과 같다.

> 너희가 심판을 받지 않으려거든, 남을 심판하지 말라.
> 구하여라, 주실 것이요. 찾아라, 찾을 것이다.
> 너희는 그 열매로 그들을 알아야 한다.

하지만 경구와 격언은 그리스도교 가르침의 내용이나 형식 모두에서 중심적인 지위를 차지하고 있는 비유와는 다르다는 점을 상기할 필요가 있다. 비유는 도덕적 교훈이 담긴, 짧고 간접적인 이야기다. 그것은 선禪의 화두話頭처럼 풀어야 할 수수께끼, 혹은 슬그머니 다가오는 어떤 요점을 독자들에게 제공한다. 산상수훈의 말미에 나오는 두 집의 비유는 이것을 보여주는 좋은 사례로, 독자들은 이를 통해 예수의 어록을 해석하고 활용하는 방법을 배울 수 있다.(『마태복음』 7:24~27)

> 그러므로 내 말을 듣고 그대로 행하는 사람은 반석 위에다 자기 집을 지은 슬기로운 사람과 같다고 할 것이다. 비가 내리고 홍수가 나고 바람이 불어서 그 집에 들이쳤지만, 무너지지 않았다. 그 집을 반석 위에 세웠기 때문이다. 그러나 나의 이 말을 듣고서도 그대로 행하지 않는 사람은 모래 위에 자기 집을 지은 어리석은 사람과 같다고 할 것이다. 비가 내리고 홍수가 나고 바람이 불어서 그 집에 들이치니, 무너졌다. 그리고 그 무너짐이 엄청났다.

이 비유는 두 집을 이용한 은유로 막을 내림으로써 능숙한 진행 솜씨를 뽐내고 있다. 한 집은 모래 위에 지어졌고, 다른 한 집은 굳건한 바위 위에 지어졌다. 어떤 사람이라도 이해할 수 있는 은유를 사용하므로 어려운 비유가 아니다. 지그문트 프로이트는 꿈에 집이 나오면 영혼에 대해 꿈꾸는 것이라고 말한 적이 있는데, 예수는 이를 직관적으로 알았다. 그가 말한 두 집은 인간의 두 영혼을 가리키는 것이었다. 그 하나가 예수가 의해 마련된 기초를 갖고 있는 영혼, 예수의 가르침으로 바위와 같이 굳건해진 영혼이었다. 하나님과 교제하는 영혼은 폭풍우를 두려워하거나 무너짐을 걱정할 필요가 없다. 바람이 불고 비가 내려도 그런 사람은 (설사 흔들리는 경우는 있더라도) 결코 무너지지 않는다. 하지만 모래 위에 지어진 것과 같은 영혼을 가진 사람은 폭풍우를 이겨내기 어렵다.

비유

예수는 가는 곳마다 비유를 써서 말했다. 이러한 비유(특히 공관복음서에 나오는 비유)들이 그의 가르침의 정수를 이룬다. 예수는 비유를 사용할 때마다 『구약성서』를 떠올렸다. 거기에는 유대의 다양한 비유들이 담겨 있었다. 예를 들어 「에스겔」에는 예수가 좋아하는 형태인 짧고 함축적인 경구는 물론이고, 예수가 가르침을 전할 목적으로 많이 활용한 우화적인 이야기(경구에 비해 상대적으로 길고, 도덕적인 교훈이나 설득으로 끝을 맺는)도 많이 나온다. 사람들은 종종 무언가 알기 힘든 비밀을 내포하고 있는 듯한 예수의 비유를 접하고는 당황스러워했다. 하지만 이러한 비유는 『구약성서』의 예언서들에 그 기원을 두고 있는 것으로, 특히 강제 이주 같은 정치적인 격동기에는 중요하고 핵심적인 내용을 담은 메시지를 위장하기 위해 쓰곤 했다.

예를 들어 「에스겔」은 유대인들이 이방인의 땅에 내몰린 자신들의 처지를 받아들일 수 없었던 바빌론 유폐기에 쓰인 것이다. 솔로몬의 성전은 철저하게 파괴되었으며, 이스라엘의 승리를 예언하던 이야기는 현실의 전개 상황과는 완전히 동떨어진 것처럼 보였다. 이스라엘 민족은 육체적으로는 물론, 정신적으로도 뿌리째 뽑혀나갔으며, 그들의 이야기는 갑작스런 파국을 맞이했다. 때문에 「에스겔」이나 다른 문서의 저자들은 이야기를 감추고, 복선들을 사용하고자 추구했다. 비유는 그러한 목적을 달성하기에 가장 적합한 형태였다. 『복음서의 비유』를 쓴 존 드루리는 자신의 책에서 다음과 같이 말했다.

"늘 예언의 일부였던 비밀스러운 지식이 점점 지배적인 요소가 되었다. 예언자는 현자고, 몽상가이며, 비전 제시자고, 고난과 추방의 시기에 요셉이 그랬던 것처럼 해몽가다."[18]

복음서는 알기 어려운 뜻을 지닌 애매모호한 비유가 많다. 어떤 경우는 믿기 어려울 정도로 얼버무리며 끝나기도 한다. 예를 들어

---

18 John Drury, *The Parables in the Gospels*(New York: Crossroad, 1985), p. 21.

「마가복음」 4:13에서 예수는 (아마도 씩 웃으면서) 이렇게 말했다. "너희가 이 비유를 알아듣지 못하면서, 어떻게 모든 비유를 이해하겠느냐?" 그가 여기서 말하는 비유는 자갈밭에 씨를 뿌린 농부와 관련된 것이었다. 새들이 날아와서 씨를 쪼아 먹었다. 다른 씨들은 좋은 땅에 떨어져 풍성한 열매를 맺었다. 이야기 도중에 예수는 이렇게 말했다.

"너희에게는 하나님 나라의 비밀을 맡겨 주셨다. 그러나 저 바깥의 사람들에게는 모든 것이 수수께끼로 들린다." 예수는 비유란 오직 믿음의 귀로 듣는 자에게만 이해될 뿐, 외부인은 그들이 들은 바를 이해할 수 없다고 거듭해서 말했다. 마가에 따르면 예수는 일반 사람들에게는 비유로만 말했지만, "제자들에게는 따로 모든 것을 설명해주셨다."(「마가복음」 4:34)

예수는 일반 사람들이 자신의 말을 너무 쉽게 이해하기를 원치 않았다. "그들이 돌아와서 용서를 받지 못하게 하시려는"(「마가복음」 4:12) 것이었다.

아마도 독자들은 항의할 수도 있다. 예수가 정말로 자신을 따르는 자들이 용서받기를 원치 않는다는 말인가? (성서 속의 다른 많은 구절들처럼) 이 구절을 이해하기 위해서는 그 맥락을 잘 알아야 한다. 마가는 하나님이 선지자에게 사람들 앞에 나아가 전할 말을 들려주고 있는 「이사야」 구절(6:9-10)을 인용하고 있다.

"너는 가서 이 백성에게 '너희가 듣기는 늘 들어도 깨닫지는 못한다. 너희가 보기는 늘 보아도 알지는 못한다' 하고 일러라. 너는 이 백성의 마음을 둔하게 하여라. 그 귀가 막히고, 그 눈이 감기게 하여라. 그리하여 그들이 볼 수 없고, 들을 수 없고 또 마음으로 깨달을 수 없게 하여라. 그들이 보고 듣고 깨달았다가는 내게로 돌이켜서 고침을 받게 될까 걱정이다.”

「이사야」의 이 구절을 염두에 둘 때 비로소 이런 수수께끼 같은 말이 유대 예언의 전통 속에 예수를 위치시키고자 하는 저자의 시도라는 것을 이해할 수 있다. 마가는 청중들이 예수의 말을 들어도 이해하지 못할 것이라고 가정했다. 그들은 우연히 “돌이켜서 고침을 받게” 되지 못할 것이다. 돌아오려면 우연이 아닌 의도된 행위가 필요하며, 이해하기 위해서는 먼저 받아들여야만 한다.

로마의 지배 아래서 지속적으로 억압받고, 근심 걱정에 시달린 유대인들의 역사적 상황이 예수의 비유들에 영향을 미쳤다. 그로 인해 “부자가 하나님의 나라에 들어가는 것보다 낙타가 바늘귀로 지나가는 것이 더 쉽다.”(「마가복음」 10:25)라는 것과 같은 예수의 비유가 태어났다. 다른 곳에서처럼 여기서도 예수의 의도는 분명하다. 특히 산상수훈에서 아니라고 밝혔음에도 불구하고, 당시 엘리트들은 계속해서 예수가 유대 율법을 뒤엎으려는 벼락출세한 시골뜨기라고 비하했다. 그래서 예수는 그들을 성가시게 하고, 심지어는 격분하게끔 만든 것이었다. 예수의 새로운 약속은 듣는 사람들을 불안하게 만들며, 옛 약속에 위협적인 존재가 되었다. 사람들이 모든 것을 버리고 예수를 따른다면 무슨 일이든 일어날 수 있었다.

예수는 어떤 두려움도 없이 말했다. 듣는 사람들이 화를 내는 것도, 또 그들에게 도전하는 것도 전혀 겁내지 않았다. 사람들은 예수의 비유에서 기성관념을 허물고 예상을 뒤엎는 날카로움과 통렬함을 느낄 수 있었다. 그는 모든 공관복음서에 등장하는 겨자씨 비유 같은 이야기로 청중들에게 신선한 충격을 선사했다.

> 우리가 하나님의 나라를 어떻게 비길까? 또는 무슨 비유로 그것을 나타낼까? 겨자씨와 같으니, 그것은 땅에 심을 때에는 세상에 있는 어떤 씨보다도 더 작다. 그러나 심고 나면 자라서, 어떤 풀보다 더 큰 가지들을 뻗어, 공중의 새들이 그 그늘에 깃들일 수 있게 된다.(「마가복음」 4:30-32)

다시 말해서, 아주 거대한 것이 겨자씨처럼 매우 작은 것으로부터 자라날 수 있다는 뜻이다.(예를 들어서 한 개인의 저항이 대규모 정치 운동으로 이어질 수 있으며, 한 명의 영적 각성이 종교적으로 큰 감정의 물결을 일으킬 수 있다.) 이 비유에 나오는 식물은 아마 흑겨자일 것인데, 이 것은 키가 2.5미터까지 자란다. 유대인들은 흑겨자를 정원에 잘 심지 않는다. 그것을 잡초로 여기기 때문이다. 하지만 들판에는 그것들이 풍성하다. 새들이 깃든 나무는 찾아오는 사람들을 모두 맞아들이는 하나님 나라를 암시한다. 이 나무는 크게 자랄 것이다. 지금은 비록 야생에서 홀로 자라고 있지만, 조금만 가꾸어주면 번성할 것이다. 그 나무에 열리는 과실은 많은 사람들의 건강에 도움이 되는 특효약이다. 이 비유에 대해서는 그리스도인들이 이 땅 위에 정의로운 나라를 세움을 의미한다는 정치적인 해석도 가능하다. 물론 한 명의 그리스도인으로부터 믿음의 공동체가 나오며, 예수가 포도나무이고 우리들은 그 가지라는 사실을 알려주는 것이라는 영적인 해석도 당연히 가능하다.

드루리는 이 비유에 대해 이렇게 말했다.

"여기 종말 혹은 하나님 나라의 모습을 보여주는 이미지가 있다. 바로 나무에 가득 날아든 새들이다. 문맥상 누구나 예상할 수 있는 것처럼 종말은 돌이킬 수 없이 확실한 미래로, 겨자씨 비유는 저자의 그러한 결론 바로 앞에 오는 최후의 비유다. 예수는 그런 종류의 비유들을 많이 사용하여 자신의 말을 알아들을 수 있는 사람들을 가르쳤다."[19]

현재 드루리를 비롯한 많은 학자들은 예수의 비유들을 그의 생애나 복음서의 특정한 전개 과정과 연결하기 위해 노력하고 있다.

예수의 비유들은 빵을 굽거나(누룩의 비유), 이웃집 문을 두드리거나(밤에 찾아온 친구의 비유), 길에서 강도를 만난 사람(선한 사마리아인)의 비유 같은 일상적인 내용을 다룬다. 예수는 비유를 통해 자신을 따르는 사람들에게 교훈을 가르치고, 하나님 나라를 알려주며, 그들을 현명한 방향으로 이끌고자 했다. 그러려면 시골의 마을 생활 같이 사람들에게 친숙한 모습을 활용하여 소통하는 것이 지름길이었다. 예수는 항상 사람들이 있는 그 자리, 일상생활 속에서 그들을 만

---

19 Drury, p. 60.

났다.

최고의 비유들 중 상당수는 상실과 회복에 관한 것이다. 「누가복음」 15장에는 이와 관련된 세 가지 비유가 나온다. 잃어버린 양(길 잃은 양을 찾아 양치기가 길을 나선다: 4~7절), 잃어버린 은화(여인이 분실한 은화를 찾느라 온 집 안을 헤집어놓는다: 8~10절), 그리고 탕자(아들이 유산으로 받은 재산을 방탕한 생활로 탕진하고 집에 돌아오자, 아버지가 그를 환대하며 맞아들인다: 11~32절)의 비유가 바로 그것이다. 가장 길고 정교한 구조를 갖고 있는 탕자의 비유에서, 아들은 그야말로 간신히 목숨만 붙어 있는 비참한 상태로 집에 돌아온다. 아버지의 반응은 실로 놀랍다. 그는 이 낭비벽이 심한 "탕자"의 귀환을 축하하기 위해 아낌없이 살찐 송아지를 잡는다. 그러나 탕자의 형은 이러한 상황이 마뜩잖았다. 그는 지난 수년간 아버지 곁에서 밤낮으로 일했다. 하지만 자신의 동생이 수고로이 일하지 않고도 호사로운 잔칫상을 받자, 분노와 질시의 불길이 그를 사로잡았다. 그때 아버지가 장남에게 조용하게 말한다.

"얘야, 너는 늘 나와 함께 있지 않았느냐? 또 내가 가진 모든 것이 다 네 것이 아니냐? 그러나, 네 동생은 죽었다가 살아났고, 잃었다가 되찾았으니, 우리가 잔치를 벌이며 기뻐하는 것이 당연하다."(「누가복음」 15:31~32)

헨리 나우웬(탕자의 비유에 관한 기념비적인 책[20]을 썼다.)처럼 나도

---

20 「탕자의 귀환」, 최종훈 옮김, 포이에마, 2009.(역주)

〈탕자의 귀환〉(The Return of the Prodigal Son), 렘브란트, 1667년.

러시아 상트페테르부르크의 에르미타주 박물관에 전시된 렘브란트의 그림 〈탕자의 귀환〉 앞에서 경외감에 사로잡힌 채 한참을 서 있었다.

렘브란트가 말년에 그린 걸작들 중 하나인 〈탕자의 귀환〉(렘브란트가 죽기 2년 전인 1667년에 완성되었다.)은 이 비유의 핵심인 자비와 용서의 순간을 포착한 것이다. 수염을 기른 아버지의 얼굴에는 잃어버린 줄만 알았던 아들을 되찾아 크게 안도하는 표정이 어려 있고, 그의 눈은 감사와 사랑으로 빛난다. 오른쪽에 서 있는 그의 장남은 구석에서 이 장면을 노려보고 있다. 어두운 구석은 물리적인 상태와 함께 그가 처한 정신적 상황을 표현한 것이기도 하다 그의 분노는 식을 줄 모르고 커져만 간다. 고통으로 일그러진 그의 얼굴은 보는 사람의 연민을 불러일으킨다.

그림의 전면에는 빛에 둘러싸인 아버지와 탕자가 환히 빛나고 있지만, 그림을 보는 사람들은 어쩐지 장남에게 애달픈 마음이 든다. 아마도 그는 이 비유에서 가장 중요한 인물일지도 모른다. 그 역시 무언가를 잃어버린 사람이며, 동정과 용서가 필요한 사람이기 때문이다. 그림 속 이미지는 고요하지만 동시에 쉽사리 잊기 어려울 만큼 강렬하다. 고작 한 폭에 불과한 공간에 탕자의 비유가 던지는 핵심적인 메시지를 놀랍도록 잘 포착한 렘브란트의 그림은 정적이면서도 동적이며, 우리의 눈을 만족시킴과 동시에 사색의 즐거움까지 선사한다.

기적과 사역

예수의 개성과 그의 급진적이고 선동적인 사역은 많은 사람들의 주목을 끌었다. 그는 놀라운 에너지로 갈릴리 사방을 돌면서 다가오는 하나님 나라의 "복음"을 전파하고, 표적과 이적을 행했다. 곧 갈릴리 전역으로 그의 명성이 급속도록 퍼져나갔다. 예수의 대중 사역에서 인상적인 장면은 여럿 있지만, 그중 하나가 갈릴리호수에서 배를 탄 채로 호숫가에 있는 사람들에게 설교를 하는 장면이다. 예수는 어부가 아니었지만 배를 즐겨 탔으며, 종종 비유에 필요한 소재를 고기잡이에서 빌려왔다. 물위를 걷는 그의 모습은 수많은 그리스도인들의 뇌리에 선명하게 각인되어 있는 장면이기도 하다.

예수는 폭풍우가 몰아치는 가운데 제자들을 향해서 물 위를 걸어갔다. 그러나 그들은 예수를 알아보지 못했다.

"유령이다!"

그들 중 하나는 겁에 질려 소리치기도 했다.(「마태복음」 14:26) 예수는 여느 때처럼 조용하지만 확신에 찬 목소리로 응대했다.

"안심하여라. 나다. 두려워하지 말아라."

이 신비로운 인물의 정체에 확신을 갖지 못한 베드로가 질문을 던지자, 예수는 그에게 다가오라고 말했다. 베드로는 풍랑이 몰아치는 물 위를 걸어서 예수에게 가는 모험을 강행한다. 하지만 두려움이 엄습하자 믿음이 약해진 베드로는 그만 물에 빠진다. 예수는 손을 뻗어 그를 건져주며 말했다.

"믿음이 적은 사람아, 왜 의심했느냐?"

베드로가 하나님에 대한 믿음을 회복하자, 그의 몸은 다시 떠올랐다.

복음서의 중심 무대는 오병이어五餅二魚의 기적이 차지하고 있다. 거기에는 그럴 만한 이유가 있다. 예수는 고작 빵 다섯 개와 물고기 두 마리로 오천 명의 남녀가 배불리 먹고도 남을 음식을 만드는 기적을 행했다. 그것은 세례자 요한이 참수된 이후에 일어난 풍요의 기적이었다. 세례자 요한의 소식은 틀림없이 예수의 마음을 뒤흔들고, 그의 제자들 사이에 두려움을 퍼뜨렸을 것이다. 예수는 자신에게 영감을 안겨주고 세례까지 베풀어준 사촌 형의 죽음을 슬퍼하며, 작은 배를 타고 외진 곳으로 들어갔다. 강렬한 기도의 시간이 지난 뒤 하나님은 그를 다시 세상으로 돌려보냈다. 그가 시골 마을에 이르자 사람들이 몰려들었다. 예수는 곧장 일에 착수했다. 그는 병자를 고치고 위로의 말을 건넸으며, 하나님의 사랑이라는 복음을 전파했다. 하지만 시간이 지나면서 제자들은 끼니를 거르고 있는 사람들이 걱정되기 시작했다. 그들은 무리를 흩어지게 해서 제각기 가까운 마을에서 먹을 것을 구하게 하자고 예수에게 청했다. 하지만 예수는 사람들을 머무르게 해야 한다고 고집했다. 그들이 가진 빵 다섯 개와 물고기 두 마리를 건네받고는 예수는 사람들을 풀밭에 앉게 했다. 그러고는 하늘을 우러러 보더니 마치 마법이라도 부리는 것처럼 빵과 물고기를 수없이 많은 조각으로 잘라서 모든 사람들을 배불리 먹였다. 그러고도 남은 음식만 열두 광주리에 가득이었다.(「마태복음」

14:15~20)

여기서 요점은 하나님이 자기 백성의 필요를 채워주시며, 심지어는 그보다 넘치도록 베풀어주신다는 것이다. 그것은 언제나 충분한 정도보다 더 넘칠 것이라는 풍요의 메시지다. 이 기적은 다시금 『구약성서』를 떠올리게 만든다. 바로 「출애굽기」에 나오는 유명한 장면이다. 하나님은 하늘에서 빵(만나)을 내리게 하여 굶주린 이스라엘 백성을 먹여주셨다. 오병이어의 기적은 당시 예수에 의해 배불리 먹은 사람들뿐만 아니라, 나중에 그 이야기를 네 개의 복음서를 통해 듣는 사람들의 마음에 모세를 떠올리게 만드는 강력한 연상 작용을 했을 것이다. 이는 예수의 이 기적이 초기 그리스도교 공동체의 경배 생활에서 핵심적인 지위를 차지했음을 시사한다. 그들이 무엇을 원하든 하나님은 주실 것이었기 때문이다.

치유의 기적도 복음서 전편에 걸쳐 나오는 예수의 핵심 사역 중 하나로, 그 중요성을 간과해서는 안 된다.[21] 그렇지만 예수는 자신이 치유의 기적을 행한 것이 아니며, 치유된다는 환자의 믿음이 훨씬 중요하다고 강조했다. 예수는 단지 하나님의 도구일 뿐이다. 열 명의 나병 환자를 치유하는 이야기가 나오는 「누가복음」이 그것을 잘 보여주고 있다. 예수는 "내가 너희를 낫게 해주었다."라고 말하지 않았다. 대신에 그는 이렇게 말한다.

"일어나서 가거라. 네 믿음이 너를 구원했다."(「누가복음」 17:19)

21　예수의 기적을 믿는 그리스도인들의 기본적인 주장을 보려면 C. S. Lewis, *Miracles*(London: Collins, 1947)를 보라.

내가 보기에 이것은 예수가 회의주의자들에게 자신이 하나님의 아들이라는 사실은 믿지 않더라도 자신이 한 일만은 믿으라고 말하는 「요한복음」의 구절과 모순되지 않는다.

"내가 그 일을 하고 있으면, 나를 믿지는 아니할지라도, 그 일은 믿어라. 그리하면 너희는, 아버지께서 내 안에 계시고 또 내가 아버지 안에 있다는 것을, 깨달아 알게 될 것이다."(「요한복음」 10:38)

예수는 자기 안에서 하나님의 능력을 느꼈고, 주변 사람들 속에 믿음을 일으킬 수 있었다. 그리고 그 믿음은 치유의 힘을 갖고 있었다.

여행의 끝

이미 말했듯이 누구도 예수와 그 제자들이 갈릴리와 그 인근 지역에 얼마나 오랫동안 머물렀는지 정확하게 알지 못한다. 하지만 그 여정의 어디쯤에선가 예수는 운명의 압력을 느끼기 시작했다. 예수에게 자신의 삶이 신화적 형태를 띠기 시작했음을 분명하게 깨닫는 순간이 찾아온 것이다. 이러한 깨우침은 걷고, 설교하고, 치유하고, 위로하던 와중에 어느 순간 갑자기, 혹은 서서히(나는 이 표현을 더 선호한다.) 왔을 수 있다. 그 경위야 어찌 됐든 예수는 자신이 유월절에 제물로 바쳐진 양과 같은 존재가 되어야 한다는 점을 알게 되었다. 실로 그의 사명 중 마지막 단계는 온전히 이것에 바쳐질 터였다. 이제 그는 거룩한 도성, 예루살렘으로 눈길을 돌렸다. 이제부터 제자들과 함께 그곳에 가야만 했다. 오로지 걸어서 가야만 했고, 중간에 유대와 페레아도 거치는 여정이었다. 그의 마음속에 무언가 꿈틀대고 있었다. 처음에 희미했던 그것은 시간이 지날수록 빠른 속도로 그 모습이 확연해져갔다. 그것은 바로 메시아, 기름 부음을 받은 자, 혹은 그리스도로서의 자기 이미지였다. 이미 상당 기간 성령이 그 안에서 움직이며 그의 의식을 넓혔고, 가까운 사람들에게 계시를 전해야 한다는 절박함을 갖게 만들었다. 그는 처음보다 더 하나님을 가깝게 느꼈다. 성령은 그의 안에서, 그리고 그를 통해 일하기 시작했다. 예수를 따르는 모든 사람들이 그 영향을 받았다. 에머슨은 이렇게 말했다.

"그리스도는 태어나는 것이다. 수많은 정신이 자라나 그의 비범함이 꽃을 피웠다."[22]

하지만 에머슨은 "비범함"이란 그리스어로 단지 '정신'을 의미하므로, 우리가 자신 안에 있는 신성한 불꽃을 발견할 때, 언제든지 그것은 예수로부터 우리에게 흘러들어올 수 있다는 점을 이해했다. 에머슨은 계속해서 말한다.

"마음이 단순하여 신의 지혜를 받아들인다면, 낡은 것들은 사라질 것이다."

마찬가지로 예수의 발자취를 따라 걸으면서, 단순하고 위로가 되며 때로는 경각심을 일깨우는 그의 말을 듣고 있노라면, 저 멀리

---

22 Ralph Waldo Emerson, "Self-Reliance".

지평선 위로 우리에게 손짓하는 태양/아들(sun/son)과 함께 새로운 세상이 솟아오른다.

5장

예루살렘 입성

예루살렘아, 내가 너를 잊는다면!

　—「시편」 137편.

내게도 나의 시절이 있었다,

아주 격렬하고도 달콤했던 시절이.

내 귀에는 외침이 들리고,

발 앞에는 종려나무 가지 뒹굴던 그 시절.

　— 길버트 K. 체스터턴, 「당나귀」.

갈릴리를 가로질러 걸어가는 동안 예수는 자신이 희생 제물임을 깨달았다. 서서히 그 윤곽이 분명해져가는 자신의 역할을 알게 되면서 예수도 아마 곤혹스러웠을 것이다. 그는 자신의 죽음을 사람들에게 보여주어야 했다. 자신이 고난을 감내하고 하나님의 도움으로 그것을 극복하는 모습을 그들에게 보여주기 위해서였다. 실제로 예수는 부활을 통해 죽음을 정복하는 길을 사람들에게 제시했다. 복음서들은 유월절 축제가 열리는 예루살렘에 입성하는 것으로 시작되는, 예수 생애의 마지막 장을 집중적으로 조명하고 있다. 하지만 우리의 눈길을 끄는 것은 십자가에 못 박혀 죽기 전의 며칠 동안 예수를 엄습한 불안과 같은 신화의 윤곽이다.

이 유대 민족 최대의 명절은 팔레스타인 땅 전역을 들썩거리게 만들었음이 틀림없다. 고대 유대인들이 이집트에서 해방된 것을 기념하기 위해 전국에서 수만 명이 일제히 거룩한 도시 예루살렘을 향하여 출발했기 때문이다. 예수와 그 제자들은 갈릴리에서 출발하여 160킬로미터 북쪽의 요르단강을 따라 예루살렘으로 향하는 군중들과 합류했다. 그 길은 사마리아의 위험 지역에서 조금 돌아가긴 하지만, 순례자들을 손쉬운 먹잇감으로 여기는 강도와 무뢰배들을 피할 수 있는 훨씬 안전한 여행길이었다. 통상적인 일정은 「레위기」 23:5~6에서 이르는 대로, 예루살렘에서 유월절을 맞이하기 전에 먼저 무교절[1]에 대비한 영적인 준비를 하며 일주일을 보내는 것이다.

---

1 주간절·초막절과 함께 유대의 3대 순례 축제 중 하나인데, 이때는 누룩을 넣지 않은(無酵) 빵을 먹으며 지내기 때문에 무교절이라 부른다.(역주)

「레위기」 23:5은 '유월절'이라는 단어가 최초로 사용된 곳이기도 하다. 이 명절은 하나님이 이집트에 열 가지 재앙을 내리던 시기에, 그 하나로 이집트 가정의 아이들을 죽이는 벌을 내리면서 자비롭게도 유대인의 집은 벌 받지 않고 '넘어간 것'(유월)을 기념하는 날이다. 따라서 유월절 자체가 하나님과 유대 백성 사이의 특별한 관계를 나타낸다.

예수 이야기는 유대교의 맥락 속에서만 제대로 이해할 수 있다. 1세기 초의 갈릴리는 어딜 가도 유대교를 믿는 사람들이 넘쳐났다. 많은 고고학적 증거가 이를 뒷받침하고 있다. 예를 들어 유대 지역의 유물 발굴 현장에는 돼지 뼈가 없다. 이는 사람들이 유대교의 음식 율법을 잘 지켰음을 의미한다. 발굴 결과 도자기 대신 나무로 만든 그릇이 많았다. 이는 목기들이 그들의 의례에 더 적합했기 때문이다. 정결 의례용 욕조를 포함해서 의례의 흔적을 보여주는 다른 유물들도 흔하게 발견되었다.[2] 조그만 마을 가운데 번듯한 회당을 갖춘 곳은 드물었지만, 그것이 신앙심의 결핍을 의미하지는 않는다. 회당이란 특정 장소가 아니라 '모임'을 의미하는 것이므로, 믿음이 돈독한 유대인들은 집이나 공공장소에서 만났을 것이다. 하지만 예루살렘이라는 특정 장소에 대한 유대인들의 집착만은 끈질겼으며, 예수 이야기도 하나님 나라의 물리적 구현물인 예루살렘의 제2성전을 향해 달려갔다.

---

2 이 분야와 관련된 최신 고고학 연구 논문들을 보려면 *Jesus and Archaeology*, ed. James H. Charlesworth(Cambridge: Eerdmans, 2006)를 참고하라.

이 거대한 건축물은 중요한 기념일이 닥칠 때마다 팔레스타인 전역에서 경건한 유대인들을 끌어들였다. 평소에는 인구가 3만 명 정도였는데 축제 주간에는 순식간에 7~8만 명까지 불어났다. 거기에는 성전 자체의 웅장함이 큰 역할을 했을 것이다. 지상에 세워진 하나님의 집 안에 있는 지성소至聖所와 휘장揮帳은 마치 하늘의 에너지를 화점火點 한곳에 모으는 돋보기처럼 하나님의 빛을 끌어들인다. 제2성전이 제1성전의 잿더미 위에 건설되었다는 사실도 중요했는데, 사람들은 그것을 재탄생의 상징으로 여겼다.

우리가 알고 있듯이 예수는 이전에도 그곳에 간 적이 있었다. 비록 주마간산 격으로 살펴본 것이긴 하지만, 그의 행적을 통해 우리는 예수가 열두 살 무렵 정기적으로 예루살렘 순례에 올랐음을 알 수 있었다. 아마도 그는 갈릴리에서 랍비로부터 훈련을 받았을 것이다.(어느 정도인지는 누구도 모른다.) 하지만 그럼에도 불구하고 예수는 유대 당국과 거듭해서 충돌했고, 특히 바리새인들로부터는 호된 비판을 한몸에 받았다. 그들 중 일부는 마치 예수가 하나님 앞에서 자신의 정통성을 입증할 의무라도 있는 것처럼 그에게 "하늘에서 온 표적"을 제시하라고 까다롭게 굴기도 했다. 당연하게도 예수는 이러한 요구를 경멸했다. 왜 그가 유대교인의 자격이나 하나님과 자신의 관계를 입증해야 하는가? 물론 예수는 자신의 설교를 『구약성서』에서 인용한 문구들로 채웠으며, 모든 사람이 자신을 유대 예언의 맥을 잇는 예언자 '제2의 모세'로 받아들이게 만들었다. 모든 사람이 그를 독실한 유대교인으로 생각했다. 예수가 그렇게 만들었다. 비록 실제 문구의 해석과 관련해서는 자신만의 독창적인 사고를 보여주기는 했지만, 초기부터 예수는 『구약성서』와 그 말씀에 애착을 갖고 있었다.

공생애 사역이 끝나갈 무렵, 빌립보의 기이사라 외곽에서 예수가 조용히 자기 자신을 돌아보며 질문을 던지던 순간, 전환점이 찾아왔다.

"사람들이 나를 누구라고 하더냐?"

제자들의 대답에 그는 당혹스러웠을 것이다.

"세례자 요한이라고 합니다. 엘리야라고 하는 사람들도 있고, 또 예언자 가운데 한 분이라고 하는 사람들도 있습니다."

예수께서 그들에게 다시 물으셨다.

"그러면, 너희는 나를 누구라고 하느냐?"

예수의 질문을 알아차린 사람은 베드로뿐이었다. 그는 진실성이 느껴지지 않는 어조로 대답했다.

"선생님은 살아 계신 하나님의 아들 그리스도십니다."(「마가복음」 8:27~30, 「마태복음」 16:13~20, 「누가복음」 9:18~20)

그의 대답에 흡족해진 예수는 "너는 복이 있다."라고 말한 뒤 유명한 말을 덧붙였다.

"너는 베드로다. 나는 이 반석 위에다가 내 교회를 세우겠다."(「마태복음」 16:18)

이때부터 예수의 사역에는 일종의 방향감이 생겨났다. 그는 지상에 천국과 연결된 하나님 나라를 세우고자 했으며, 그러기 위해서는 앞으로 펼쳐질 위대한 드라마에서 자신이 희생 제물의 역할을 맡아 스스로 고난을 겪어야만 한다는 사실을 깨달은 것처럼 보였다.

예수는 유대 권력자의 손에 고난을 당하기 위해서는 자신이 예루살렘으로 가야 한다고 제자들에게 설명했다. 베드로는 반대했다.

"주님, 안됩니다. 절대로 이런 일이 주님께 일어나서는 안 됩니다."

마치 어린아이의 투정과도 같은 말에 예수는 그의 "반석"인 베드로에게 화를 냈다.

"사탄아, 내 뒤로 물러가라."(「마태복음」 16:22~23)

여기서도 사탄은 대적자를 뜻한다는 사실을 상기할 필요가 있다. 베드로는 구세주 주님의 고난을 받아들이기를 거부했고, 예수는 그의 저항에 화를 낸 것이다. 예수는 한 걸음 더 나아가 제자들도 모두 그와 함께 십자가를 져야 한다고 설명했다. 예수는 사역에 나선 이후 최초로 제자들이 각자 자기의 십자가를 지고 그의 뒤를 따르며 고난의 모범을 보여야 한다는 사실을 온전하게 이해한 것처럼 보였다.

변모

일주일 후 예수는 가장 가까운 제자인 베드로와 야고보, 요한을 데리고 높은 산(아마 헤르몬산이나 타보르산 중 하나일 것이다. 그중에서 후자는 이 사건과 관련해서 가장 자주 언급되는 장소다. 하지만 어떤 복음서에도 자세한 설명은 나오지 않는다.)으로 올라갔다. 거기서 예수는 놀랍게 변화 혹은 '변모'했다. 마태와 누가는 「마가복음」에 나오는 이 사건의 기록을 거의 문자 그대로 옮겨 사용하긴 했지만, 4대 복음서 저자 중 가장 재능 있는 작가였던 마태는 거기에 몇 가지 경이로운 문장을 덧입혔다.

"그런데 그들이 보는 앞에서 그의 모습이 변했다. 그의 얼굴은 해와 같이 빛나고, 옷은 빛과 같이 희게 되었다."

누가는 옷을 "눈부시다."라고 표현했다. 모세와 엘리야가 거의 동시에 그의 옆에 나타났고, 예수가 세례를 받을 때처럼 하늘에서 하나님의 음성이 들려왔다.

"이는 내 사랑하는 아들이다. 나는 그를 좋아한다. 너희는 그의 말을 들어라."(「마태복음」 17:5)

만약 누군가 예수의 정체에 대해 의구심을 갖고 있다면, 복음서는 여기에서 그것을 말끔하게 지워버리듯 "이 사람은 하나님의 아들이다."라고 선포한다. 지상의 몸이 천상의 몸으로 바뀌는 신비로운 변모는 후에 일어날 부활을 미리 보여주는 것이기도 했다. 토마스 아퀴나스가 말했듯이 변모는 제자들과 모든 그리스도인들에게 터널 끝의 빛, 곧 영광으로 빛나는 몸(영광체)을 보여준다. 활을 당기기 전에 과녁을 먼저 봐야만 하는 궁수의 비유를 즐겨 사용한 아퀴나스는 육신의 부활을 주장했으며, 다른 많은 교부들(특히 오리게네스)처럼 이러한 변모를 다가올 세계의 비밀을 엿볼 수 있는 핵심적인 기적이라고 여겼다. 뉴 에이지 예언가로 볼 수 있는 노만 브라운이 자신의 저서인 『사랑의 몸』에서 썼듯이 "예수는 그의 영광체가 가진 생명의 힘을 공간의 제약 없이 투사할 수 있다."[3]

예수의 제자들, 특히 베드로는 눈앞의 광경을 이해하는 데 어려움을 겪었다. 엘리야와 모세가 모습을 드러내자마자 그들은 공포에 휩싸였다. 그들은 바닥에 납작 엎드렸다. 하나님의 음성은 아마도 그들을 더욱 놀라고 두렵게 만들었을 것이다. 특히 베드로는 매우 혼란스러웠던 것처럼 보인다. 하지만 그는 자신이 목격한 것에 관해서 무언가를 해야만 한다고 생각했다. 베드로는 예수에게 이런 놀라운 일이 일어난 장소를 기념하거나, 아니면 모세와 엘리야가 잠시 머물 자리를 마련하기 위해서라도 그 자리에 세 개의 "초막" 또는 오두막을 짓는 게 어떤지 물었다. 사실 예수는 자신이 죽은 자 가운데서 부활하기 전까지는 일어난 일을 누구에게도 발설하지 말라고 제자들을 주의시켰는데, 이는 예수가 이야기의 신비로운 전환점이 되는 이 특별한 순간을 오롯이 제자들의 몫으로만 남겨놓길 원했음을 시사한다. 예수는 도래할 새 생명을 제자들에게 미리 보여줌으로써 그들과 언약을 맺었다.

예수의 변모는 많은 위대한 화가들에게 영감을 주었다. 재능 있는 화가라면 어떻게 『구약성서』의 두 선지자들 사이에서 환히 빛을

---

3 Norman O. Brown, *Love's Body*(New York: Random House, 1966), p. 174. 고전학자이자 철학자인 브라운은 1960년대에 저항 문화의 아이콘이었던 인물이다. 지금은 그를 기억하는 사람이 드물지만, 그의 기이하면서도 예언적인 작품은 정독할 가치가 있다.

발하며 공중에 떠 있는 그리스도의 몸을 묘사하고 싶지 않겠는가? 그중 최고는 라파엘로 산치오의 작품이다.

　작가가 1520년 숨을 거두는 순간까지도 완성되지 못한 이 그림에서 흰 구름을 마주하고 있는 예수는 자신보다 약간 아래쪽 공중에 떠 있는 두 선지자들과 열정적으로 토론하고 있다. 제자들은 하늘에서 내려오는 빛을 받으며 세 사람 밑에서 땅에 엎드려 있다. 그림의 하단부 절반은 혼돈의 세상을 묘사하고 있는데, 그늘에서 예수가 귀신들린 사람을 고치는 광경이 그려져 있다. 그림의 두 부분, 고통스러운 아래의 세계와 영광으로 빛나는 위의 세계는, 비록 감지하기는 힘들지만 서로 영향을 주고받는다. 라파엘이 암시하는 것처럼 두 개의 세계는 상호 의존적이다. 시인 월리스 스티븐슨Wallace Stevens이 이야기한 "낮과 밤의 오랜 의존관계"처럼.

예루살렘으로

　이 사건 직후 예루살렘으로 향하는 인파의 물결에 합류한 예수와 제자들은 잠시 잠을 청하기 위해 예루살렘 동쪽 외곽에 있는 베다니에 멈춰 섰다. 올리브산의 남동쪽 경사면에 위치한 작은 마을로 가난한 사람들과 나병 환자들이 사는 유배지 같은 곳이었다.(일례로, 「마가복음」에는 이 근방에 사는 나병 환자 시몬이 나온다.) 그렇지만 베다니에 다가갈수록 드러나는 풍경은 무척이나 아름다웠다. 계단식 언덕

〈예수의 변모〉(Transfiguration), 라파엘로 산치오, 1520년.

들, 아몬드와 석류와 대추가 주렁주렁 열린 과수원들, 그리고 달콤하고 강렬한 맛의 진홍빛 와인을 생산하는 포도원들이 일행의 눈을 즐겁게 해주었다. 예수가 친구이자 제자인 나사로가 죽었다는 슬픈 소식을 들은 것도 베다니로 향하던 길에서였다.

나사로는 예수와 가까운 여인들인 마리아와 마르다의 오빠였다. 그의 죽음은 예수에게 중대한 사건이었다.(이 죽음과 관련해서 "예수가 울었다."라는 구절이 나올 정도로 이 사건을 대하는 예수의 감정은 강렬했다.) 유일하게 나사로의 죽음을 언급하고 있는 「요한복음」은 11장에서 이 잊기 힘든 사건을 긴 호흡으로 이야기하고 있다.

예수의 좋은 친구였던 나사로는 한동안 병을 앓다가 죽었다. 그는 즉시 커다란 돌로 입구를 막은 동굴에 안장되었다. 놀라운 치유 능력을 가진 데다 친구 사이인 예수가 왜 베다니에 빨리 오지 않았는지 모든 사람들이 의아해했다. 마르다가 퉁명한 목소리로 예수에게 일깨워주었듯이, 그는 베다니로 달려와서 나사로를 살릴 수도 있었다. 도대체 무슨 생각을 했나요? 그동안 어디에 있었나요? 마르다의 신경질적인 반응에도 예수는 꿈쩍하지 않았다.

마르다의 물음에 직접 대꾸하는 대신에 예수는 그녀에게 자신이 생명의 근원임을 설명했다.

"나는 부활이요 생명이니," 예수가 그녀에게 말했다. "살아서 나를 믿는 사람은 영원히 죽지 아니할 것이다."(「요한복음」 11:25)

예수의 말은 제자들을 당혹스럽게 만들었다. 제자들은 어떤 일들, 어떤 변화나 변모가 가까운 장래에 일어날 것이라는 사실을 직감했다. 최근에 변모 사건을 목격한 베드로와 야고보와 요한은 성경의 예언이 성취될 때가 멀지 않았음을 당연히 이해했다. 이 일주일은 예수의 생애에서 일상적인 시간이 아니었을 것이다. 예수는 지금껏 들을 수 없었던 강렬한 어조로 제자들과 대화를 나눴다. 하지만 가없은 나사로는 어떻게 할 것인가?

예수는 사람들을 나사로가 묻혀 있는 동굴로 데려갔다. 하지만 도대체 어쩔 생각이지? 그들은 의아했다. 나사로가 죽은 지 이미 4일이나 지난 뒤였다. 그것은 죽은 자에게는 긴 시간이었다. 아니나 다를까, 그들이 예수의 명령에 따라 돌문을 열었을 때 나사로의 시신에서는 이미 악취가 나고 있었다. 그러는 동안 소문이 퍼져나가 마을 사람들이 예수를 직접 보기 위해 동굴로 모여들었다. 예수는 분명히 놀라운 능력을 가진 최고의 치유자였다. 하지만 어떻게 죽은 자를 도울 수 있단 말인가? 물론 예수는 이미 두 명을 죽음에서 일으켜 세웠다. 나인에 사는 과부의 아들과 아이로의 딸이 바로 그들이다. 하지만 그 어린 소녀는 사람들이 "자고 있다."라고 말했었고, 과부의 아들은 방금 죽은 상태였다. 반면에 나사로는 실제로 진짜 죽었다. 아무도 그가 단순히 "몸이 좋지 않을 뿐이다."라고 주장할 수 없었다.

"죽었던 사람이 나왔다. 손발은 천으로 감겨 있고, 얼굴은 수건으로 싸매어 있었다."(「요한복음」 11:44)

사람들은 아연실색했다. 그를 풀어주고 가게 하라고 예수가 말했을 때, 무리는 경악을 금치 못했다. 더 이상 나사로는 죽은 사람이 아니었다. 그때 무리 속에 섞여 있던 감시자가 이를 보고 깜짝 놀라

(거의 공황 상태에 빠져) 바리새인과 유대의 장로들에게 달려가서 예수가 한 일을 고했다. 그들은 "많은 기적들"을 행한 이 남자를 어떻게 해야 할지 의논했다. 그들은 그대로 있을 수 없다고 결정했다.

"이 사람을 그대로 두면 모두 그를 믿게 될 것이요, 그렇게 되면 로마 사람들이 와서 우리의 땅과 민족을 약탈할 것입니다."

예수는 권력자들의 미움을 샀고, 그에 따른 정치적인 결과도 피할 수 없었다. 말하자면 예수는 단순히 죽은 자만을 풀어준 것이 아니었다. 그로 인해 유대 당국의 복수심도 촉발시켰다. 그들의 지배 체제에 도전할 뿐만 아니라, 흑주술[4]로 죽음의 효과까지 반전시키는 이 사내를 어떻게든 통제해야 했다.

"그들은 이날부터 예수를 죽이려고 모의했다."

이제 불길한 음모가 시작되었다.

저명한 학자인 모튼 스미스는 나사로 이야기를 특별한 종류의 의식을 보여주는 사례로 여겼다.[5] 모튼에 따르면 그것은 일종의 '기적 연극'이었다. 살아 있는 나사로가 죽은 척하고 동굴 무덤으로 들어갔다가 다시 걸어 나옴으로써 영적 부활을 극화劇化했다는 것이다. 하지만 내가 보기에 이러한 주장은 설득력이 떨어진다. 예수가 삶과 죽음을 관장하는 특별한 능력이 있음을 보여주는 상징이 바로

---

4 악한 마법을 지칭하는 말로, 선한 마법을 가리키는 백주술에 반대되는 말이다.(역주)
5 Morton Smith, *Clement of Alexandria and a Secret Gospel of Mark*(Cambridge: Harvard University Press, 1973). 그 당시에 콜롬비아 대학의 젊은 교수인 스미스는 마가의 '비밀' 버전에 나오는 매우 다른 나사로 이야기가 적힌 클레멘트(초기 교부들 중 한 명)의 편지를 발견했다고 주장했다. 하지만 최근의 학자들은 이 편지의 진정성에 대해 의문을 지니고 있다. 예를 들어, Stephen C. Carson, *Morton Smith's Intervention of Secret Mark*(Waco: Baylor University Press, 2005)를 보라.

나사로 이야기라는, 즉 그것은 신화적 맥락에서만 이해 가능하기 때문이다. 물론 이러한 예수의 능력은 이후에 맞이할 십자가 처형이라는 맥락 속에서 그 의미가 더 분명해진다.

요한은 나사로의 이야기를 전할 때 자신이 무엇을 하고 있는지 정확히 알고 있었다. 나사로는 예수를 따르면서 새 생명과 깨달음을 얻었다고 고백하는 모든 사람들을 상징하는 인물이었다. 마치 미라처럼 무덤에서 걸어 나오는 나사로의 이미지는 오래된 신화적 원형에 의지하고 있다.[6]

존 마이어가 말했듯이, 나사로를 살린 것은 "「요한복음」에 나오는 수많은 예수의 표적들 중에서 가장 마지막임과 동시에 가장 위대한 것"이었다. 아마도 이때가 공생애 사역의 정점이었을 것이다. 마이어는 계속해서 이렇게 말한다.

"문학적 견지에서 볼 때, 나사로의 부활은 이야기가 빠르게 결론을 향해 나아가도록 후속 사건들을 몰고 가는 역할을 한다."[7]

나사로 사건을 계기로 예수 이야기는 공생애 사역에서 죽음과 부활로 나아갔다. 「요한복음」에 따르면, 유대 장로들은 나사로를 살린 일로 대중의 관심을 한몸에 받게 된 것으로 보이는, 이 카리스마 넘치는 젊은이에게 큰 불안을 느끼고, 그에 관한 나쁜 소문을 널리 퍼뜨린다. 이제 예수는 다음 차례로 어떤 일을 할 것인가?

---

6 예수에 의해 새 생명을 얻은 나사로의 이야기는, 호루스에 의해 되살아난 오시리스의 이야기를 다룬 이집트 신화와 매우 유사해서 흥미를 자아낸다.
7 John P. Meier, *A Marginal Jew: Mentor, Message, and Miracles*, Vol. Ⅱ (New York: Doubleday, 1994), pp. 798~799.

이 기적의 향연이 끝나자마자 예수는 식사를 하러 나사로의 집으로 갔다. 요한은 나사로가 식사 자리에 동석했을 뿐만 아니라 음식까지 먹었다고 강조했다. 그가 유령이 아니라, 살아 숨쉬며, 음식을 소화하는 몸을 가졌다고 역설한 것이다. 나사로의 누이인 마리아는 상징적인 행동으로 "매우 값진" 향유 단지를 가져와 (아마도 그녀의 오라버니를 죽음에서 일으켜 세워준 데 대한 감사의 표시로) 예수의 발에 향유를 부어주었다. 그녀는 또한 자신의 머리털로 예수의 발을 닦았는데, 이러한 그녀의 몸짓에는 어떤 말로도 표현하기 어려운 묘한 관능적인 느낌이 묻어났다. 온 집 안에 향유 냄새가 진동한 것은 지극히 자연스러운 일이었다. 음식과 기름 냄새에다가 아마도 꽃향기까지 가득했을 테니까. 실로 폭풍전야의 고요와도 같은 순간이었다.

유다는 그날 저녁 나사로의 집에 함께 있었다. 식사 자리에서 그는 차라리 기름을 판 돈으로 가난한 사람을 도와주는 것이 더 나았다고 불평하며 어깃장을 놓았다. 예수가 널리 인용되는 다음의 유명한 말 한마디를 남긴 것은 바로 그 순간이었다.

"가난한 사람들은 늘 너희와 함께 있으니"(「마가복음」14:7)

이것은 냉담한 소리가 아니라, 그날 밤 저녁 식사를 한 베다니처럼 어디에나 가난은 널려 있다는 인식을 표현한 것이다. 타락한 세상은 끝나는 순간까지, 혹은 하나님이 구원해주실 때까지 계속될 것이다. (물질 또는 영혼의) 가난은 하나님의 때가 차서 그의 나라가 임할 때까지 세상을 더럽힐 것이다.

유월절을 맞은 거룩한 도시

예루살렘(어떤 어원을 선택하느냐 따라 '평화의 도시'를 뜻하기도 하고, '거룩한 평화의 도시'를 뜻하기도 한다.)[8]으로 향하는 여정은 『구약성서』에 나오는 옛 예언의 성취를 위해 당나귀 한 마리(복음서에 따라 두 마리로 이야기되기도 한다.)를 구하는 것으로 시작한다. 베다니를 떠난 예수는 곧 허기를 느꼈다. 마침 길가에서 "잎이 무성한" 무화과나무를 발견한 그는 열매가 달려 있는지 살피기 위해 가까이 다가갔다. 하지만 잎사귀만 무성할 뿐 열매를 찾지 못한 예수는 실망해서 나무에 저주를 퍼부었다.

"이제부터 영원히, 네게서 열매를 따먹을 사람이 없을 것이다."(「마가복음」 11:12~14)

다음 날 무화과나무는 뿌리째 말라죽었다.

이 일화는 불쌍한 무화과나무에게 너무 가혹한 것처럼 보인다. 하지만 전체적인 맥락에서 예수의 저주를 받아들일 필요가 있다. 베다니를 떠날 때 예수는 고통스러운 처형으로 죽음을 맞이해야 하는 자신의 운명을 알고 있었다. 그를 둘러싼 공기도 이를 예감이라도 하듯이 무겁게 가라앉아 있었다. 이제 곧 제자들 중 한 명이 자신을 배신할 것이다. 활짝 핀 것처럼 보이지만 열매라고는 찾아볼 수 없

---

8 이 지역의 히브리어 이름은 예루샬라임yerushalayim이다. '하나님이 모든 것을 보신다' 혹은 '평화를 살피신다'라는 뜻이다. 평화를 뜻하는 히브리어는 「창세기」 14:18에 나오는 대로 '살렘' 또는 '샬렘'이다. 이 도시의 이름은 라기스 인근 동굴에서 발견된, 6세기경에 쓰인 것으로 추정되는 양피지에 처음으로 등장한다.

는 유기체有機體인 무화과나무는 무수한 공명을 자아내는 상징적인 장치다. 그것은 당대의 유대 민족을 나타내며, 보다 넓은 의미에서는 믿음이 없는 모든 사람들을 대변한다. 예수는 곧바로 이렇게 말한다.

"나는 포도나무요, 너희는 가지이다."(「요한복음」 15:5)

예수는 열매를 맺는, 살아 있는 포도나무를 나타낸다. 그는 자신을 따르는 사람들과 모든 교회를 상징하는 그리스도의 몸이 뿌리와 가지가 살아 있고, 풍성한 열매도 맺는 생산적인 것이 되기를 소망했다. 예수는 천성적으로 가지 치는 사람이었다. 그는 또 이렇게 말했다.

"내게 붙어 있으면서도 열매를 맺지 못하는 가지는, 아버지께서다 잘라버리시고, 열매를 맺는 가지는 더 많은 열매를 맺게 하시려고 손질하신다."(「요한복음」 15:2)

따라서 이러한 맥락에서 보면 무화과나무에 내린 저주는 결코 충동적이거나 괴팍한 행동이 아니며, 마구잡이 앙갚음도 아니다.

복음서들은 예수가 당나귀를 타고 예루살렘에 들어갔다고 전하고 있다. 사람들 무리가 올리브산에서부터 그와 동행했다. 길가에 늘어선 구경꾼들(몇 명인지는 아무도 모른다.)이 예수의 발 앞에 종려나무 가지를 던지며 환호했다. 종려 주일[9]을 탄생시킨 바로 그 장면이다. 그들은 예수를 왕처럼 대하며 소리 높여 외쳤다.

"복되시다! 주님의 이름으로 오시는 분!"(「마가복음」 11:9)

---

9 예수 부활 축일의 바로 전 주일이다.

「스가랴」에 나오는 대로 수세기 전에 다윗왕도 당나귀를 타고 예루살렘으로 들어갔다. 여느 때처럼 예수는 자신이 『구약성서』에 친숙하다는 사실을 행동으로 보여주었다. 그의 행동은 성경을 닮아 있었다. 당나귀 등에 앉아 거룩한 도시에 들어가는 것을 포함해 그는 상징적인 의미나 전례가 없는 어떤 행동도 하지 않았다.

이런 방식의 예루살렘 입성을 통해 예수는 어떤 메시지를 던지려 했겠지만, 그것이 무엇인지는 분명하지 않다. 만약 그가 흰말을 타고 들어갔다면 새로운 '전사戰士-왕王', 현대판 유다스 마카베우스[10]로 추앙되었을 것이다. 몇몇 사람들은 실제로 예수가 확실하게 정치적 역할을 맡길 원했다. 그가 정치적인 공동체임이 명백한 새로운 왕국을 선포한 뒤, 직접 이 유대 국가를 다스리기를 원한 것이다. 하지만 하나님 나라는 (전적으로 그렇지는 않더라도) 내면의 영역이었고, 그로 인해 이 모든 것이 복잡한 문제로 남게 되었다. 예수가 로마 제국의 전복을 원하지 않았는지는 모른다. 그럼에도 그에게는 당대는 물론이고 그보다 훨씬 뒤인 20세기 중·후반에 정의에 대한 열정과 천상의 나라를 지상에 세우자는 목소리로 남미 전역을 휩쓸었던 해방신학에 이르기까지, 많은 혁명가들의 마음을 사로잡는 무언가가 있었다. 그리스도인들은 하나님 나라가 과거에 그랬듯이 앞으로도 언제나 영적인 실재實在지만, 그것에는 정치적·사회적 측면이 존재함을 유념해야 한다. 예수는 영적인 가난과 물질적인 빈곤에 시달

___

10 기원전 2세기에 시리아의 지배에 맞서 예루살렘 성전을 되찾은 독립운동의 지도자다.(역주)

리는 사람들을 모두 어루만지고, 끌어올려주었다. 예수는 인간과 하나님이 궁극적인 조화를 이루며 사는 나라를 꿈꾸었으며, 그러한 꿈에는 정치적인 상상력을 촉발시키는 힘이 숨어 있었다. 로마 당국이 그를 처형해야만 했던 이유가 여기에 있다. 존 하워드 요더는 저서인 『예수의 정치학』에서 이렇게 말한다.

"우리를 대신하여 기꺼이 역사의 질곡을 짊어진 그리스도의 복음으로 인해 그리스도인들은 '현 상황'에서 해방되었다. 그는 믿는 자들에게 이 세상의 속박과 소외를 끊어버리는 철저하고 새로운 해방을 가져다주었다. 그리스도의 해방은 모든 종류의 속박에 미치며, 이러한 급진적인 변화에 발맞추어 행동하고 싶다고 느끼는 것은 자연스러운 일이다."[11]

놀라운 치유자이며 급진적인 교사인 '나사렛의 예수'가 유월절 주간을 위해 예루살렘에 도착했다는 소문은 빠르게 퍼져나갔다. 하지만 이러한 입성의 충격은 과장일 수 있다. 아마 몇몇은 말이나 낙타를 타고 있었겠지만, 대부분은 맨발이거나 달구지처럼 조악한 탈것에 의지한 사람들이 흙먼지 날리는 길을 가득 매우며 가는 장면을 상상해보라. 비록 앞길에 종려나무 잎사귀를 깔고, 찬양의 노래를 부르는 일단의 제자들이 있긴 했지만, 나귀를 탄 한 사람의 존재는 눈에 잘 띄지도 않았을 것이다. 외모도 그렇지만 그들은 전혀 중요한 인물들이 아니었다. 당시 예수는 전설이라기보다는 소문에 불과

---

11 John Howard Yoder, *The Politics of Jesus: Vicit Agnus Noster*(Grand Rapids, MI: Wm. B. Eerdmans, 1972), p. 185.

한 존재였다.

이 별난 랍비이자 치유자가 단순히 예루살렘에서 순례자들과 합류한 것에 불과하다면, 이야기는 거기서 끝났을 것이다. 하지만 예수는 며칠 사이에 제2성전을 몇 차례 방문함으로써 사람들의 주의를 환기시키고 동요를 일으켰다. 사복음서四福音書[12]에 모두 나오는 (따라서 초기 그리스도인의 가르침에서 중심이 되는) 한 사건을 보면, 가축무리가 거닐고 있고 환전상들이 긴 나무 탁자에 앉아 있는 성전 바깥뜰로 예수가 성큼 걸어 들어갔다. 아마도 그들은 순례자들이 성전세를 납부할 수 있도록 그리스나 로마의 화폐를 반 셰켈[13]로 바꾸어주었을 것이다. 그 옆에는 희생 제물로 바칠 비둘기들을 살 수 있는 진열대들이 줄지어 있었는데, 그것은 소수만이 누리는 수지맞는 장사였다. 한마디로 말해서, 언제든지 제2성전에 오면 만날 수 있는 부산한 저잣거리의 모습 그대로였다.

성전 뜰을 둘러본 예수는 평소와는 달리 화를 냈다. 그는 노끈으로 만든 채찍을 휘둘러 환전상을 내쫓았고, 비둘기 진열대도 엎어버렸다.

"성경에 기록한 바, '내 집은 기도하는 집이라고 불릴 것이다' 했다." 예수는 소리 높여 외쳤다. "그런데 너희는 그것을 '강도들의 소굴'로 만들어버렸다."(「마태복음」 21:13)

---

12 『신약성서』의 「마태복음」부터 「요한복음」까지의 네 복음서를 일컫고, 「요한복음」을 제외한 세 복음서를 '공관복음서'라고 구분한다.
13 고대 유대인들이 사용하던 은화다.(역주)

이와 관련해서 몇 가지 의문이 남는다. 왜 예수는 돈을 바꾸는 행위를 그렇게 싫어했을까? 언제나 폭력에 반대하는 설교를 하던 그가 왜 그렇게 폭력적으로 행동했을까? 그렇게 발끈하는 행동이 그를 경시하게 만들지는 않았을까?

상황을 한번 생각해보자. 환전상들은 미국의 일 쿼터 동전과 크기가 비슷한 반 세켈짜리 은화를 독점적으로 취급했다. 그것은 다른 화폐와는 다르게 로마 황제의 이미지와 "신의 아들"(로마 황제를 뜻한다.)이라는 문자가 새겨져 있지 않기 때문에, 성전세로 내기에 적합하다고 여겨졌다. 그러나 순례자들은 부당하다는 느낌에 속상했고, 그것은 당연한 일이었다. 이 약탈적 상인들은 가난한 이들로부터 부당한 이득을 취했다. 예수가 유일하게 폭력까지 행사하며 불같이 화를 낸 이유가 독점적 부당 이득에 대한 반발이었다는 점은 기억해둘 만하다. 그들이 하는 짓은 예수가 생각하는 하나님의 온전한 주권에 반하는 것이었다. 여기는 기도의 집이지, 돈을 벌거나 순례자들을 등쳐 먹는 곳이 아니다. 그리고 당연하게도 폭력은 거의 상징적인 수준(테이블을 뒤집는 정도의)으로만 일어났다. 피를 봤다는 이야기는 어디에도 없다. 그것은 폭력 혁명보다는 시민 불복종에 훨씬 더 가깝다. 마치 1930년 봄에 간디와 그 추종자들이 벌인 '소금 행진'과도 같다. 영국에 대한 저항운동의 일환으로 이들은 영국산 옷에 불을 질렀으며, 영국의 소금 생산 금지령에도 불구하고 자신들이 원하면 언제든지 소금을 만들 수 있다는 것을 보여주기 위해 바다에서 증류한 소금을 손에 한 움큼씩 집어서 바다에 던지기도 했다. 사람들은 자신의 경제생활을 스스로 꾸려나갈 수 있길 바라며, 이러한 욕구가 충족되지 않을 때 혁명의 여건이 무르익는다.

분노와 흥분이 가시지 않은 상태에서 성전을 떠나던 예수가 어깨 너머로 잠시 눈길을 돌리더니 말했다.

"너는 이 큰 건물들을 보고 있느냐? 여기에 돌 하나도 돌 위에 남지 않고 다 무너질 것이다."(「마가복음」 13:2)

이 말은 많은 사람들의 귀에 선동처럼 들렸고, 사람들은 경외심과 두려움에 사로잡혔다.(이 구절과 관련하여 예수가 실제로 기원후 70년에 일어나는 성전의 붕괴를 예언한 것인지, 아니면 저자가 사후에 삽입한 것에 불과한지에 관해 많은 논쟁이 있었다. 아마 어떤 복음서도 기원후 70년 이전에는 존재하지 않았을 것이므로, 후자가 더 설득력 있는 설명으로 보인다.) 예수는 또 이렇게도 말했다.

"이 성전을 허물어라. 그러면 내가 사흘 만에 다시 세우겠다."(「요한복음」 2:19)

하지만 우리는 또한 예수가 말하는 성전이 스스로 신성한 장소로 여기고 있던 그의 몸임을 알고 있다. 의심의 여지없이 이 말은 예수의 죽음과 그로부터 사흘 만에 성취된 그의 부활을 예고하는 것이다.

유대 당국은 이 나사렛 출신의 구마사이자 주술사에 대한 소문을 달가워하지 않았다. 그의 제자들 중에는 젤롯당원(시몬)과 테러리스트 집단인 시카리의 회원으로 의심되는 자(유다)도 포함되어 있었다. 곧 대제사장들은 유대의 최고 의결 기구인 산헤드린의 판관들을 만나 당면 문제를 논의했다. 이것은 사소한 일이 아니었다. 그리스어로 '함께 자리하다'를 의미하는 산헤드린은 고귀한 신분을 가진 71명으로 구성되어 있었다. 그들은 안쪽의 성전과 바깥 뜰 사이에 있는 상징적인 중재 공간이자, 성전의 북쪽 벽과 맞닿아 있는 석조 홀에서 매일 회합을 갖고, 법적 문제에 대한 판결(범죄에 대한 처벌을 포함)을 내렸다. 물론 그들의 권위는 그리 멀지 않은 곳에 있는 성전과 지성소로부터 나오는 것이었다.

유대 당국은 상황을 살피기 위해 첩자들을 보내기도 했다. 그들은 평범한 백성으로 위장해 예수에게 접근한 뒤 질문을 던졌다.

"선생님, 우리는 선생님이 진실한 분이시고 아무에게도 매이지 않는 분이심을 압니다. 선생님은 사람의 겉모습으로 판단하지 않으시고, 하나님의 길을 참되게 가르치십니다."

예수는 잠자코 그들의 말을 들었다. 첩자는 계속 정직한 사람인 척하며 질문을 이어갔다.

"그런데 황제에게 세금을 바치는 것이 옳습니까, 옳지 않습니까? 바쳐야 합니까, 바치지 말아야 합니까?"

예수는 단번에 그의 계략을 알아차렸다.

"어찌하여 나를 시험하느냐?" 예수가 이어서 말했다. "내게 로마 돈을 가져오너라."

그들은 시저의 얼굴이 새겨져 있는 데나리온[14]을 예수에게 건넸

---

14 로마의 은화다.(역주)

다. 그러자 예수는 분명한 목소리로 그들에게 말했다.

"황제의 것은 황제에게 돌려주고, 하나님의 것은 하나님께 돌려드려라."(「마가복음」12:17)

예수의 이 대답에 첩자들이 자신도 모르게 뒤로 주춤 물러서서 경이로움에 빠졌음은 불문가지다. 그들로서는 이 놀랍도록 영명英明한 존재를 감당할 수 없었다.

예수가 로마나 유대 당국에 어떤 명백한 위협도 가하지 않았지만, 권력자들은 누구나 그의 가르침에 담긴 정치적 함의를 알아차렸다. 바리새인들이 예수에게 그가 이야기하고 있는 왕국의 정확한 위치가 어디인지 물었을 때 그는 이렇게 대답했다.

"하나님의 나라는 눈으로 볼 수 있는 모습으로 오지 않는다. 또 '보아라, 여기에 있다' 또는 '저기에 있다' 하고 말할 수도 없다."(「누가복음」17:20~21)

다가오는 하나님 나라는 가난한 사람을 주인으로 만드는 정치 혁명을 수반할 것이다. 아마 예수에게는 영적인 차원의 하나님 나라가 훨씬 중요했겠지만, 그런 그도 메시지의 초점이 너무 좁은 범위로 국한되는 것은 원치 않았다. 그는 자신을 따르는 이들의 마음을 넓히고, 그들에게 시간과 공간을 초월하여 모두를 아우르는 사랑의 메시지를 전하고 싶어 했다. 그래서 예수는 말했다.

"보아라, 하나님의 나라는 너희 가운데에 있다."

하지만 이러한 예수의 말은 그를 따르는 사람들의 마음속에 정의에 대한 갈망을 싹트게 했다. 그의 말에는 자유의 향기가 묻어났다.

팔레스타인은 로마의 지배하에 피폐해져갔다. 로마는 유대인들에 대한 감시의 눈길을 거두지 않았다. 그들에게 자치권을 부여하긴 했지만, 그것도 제한된 범위 내에서만 허용했다. 나중의 일이긴 하지만 결국 곪아터진 유대와 로마의 갈등은 40년에 걸쳐 끓어올라, 제2성전의 붕괴와 예루살렘의 전소로 이어지게 된다. 예수 시대의 많은 유대인들은 자신들의 수도에 대규모로 주둔한 로마인을 증오했다. 거리 곳곳에 로마 군병을 포함한 로마 지배의 상징물들이 넘쳐났다. 이 잔인하고 폭력적인 제국은 자신의 식민지를 다스리기 위해서라면 주저하지 않고 극악무도한 폭력을 휘둘렀다. 아무리 멀리 떨어져 있는 곳이라도 예외는 없었다. 그 어떤 유대인도 당시의 유대 사회에서 자유를 느낄 수 없었다.

최후의 만찬

한편 예수의 제자들은 순진하게도 유월절 동안 음식을 먹을 장소에 도착할 생각에만 골몰하고 있었다. 미리 챙기지 않으면 극빈자들과 함께 길거리에서 식사를 할지도 모를 상황이었다. 그들은 그것만은 피해야 한다고 생각하며, 제때 예루살렘에 당도하기 위해 걸음을 재촉했다. 유대 율법에 따르면, 유월절 기념 식사는 예루살렘 경내에서만 가능했다. 따라서 상황이 나빠져도 나사로나 마르다 같은 친구들이 따뜻하게 맞아줄 베다니로 돌아갈 수 없는 노릇이었다. 그

때 예수는 제자 한 명을 성 안으로 보내서 물동이를 이고 가는 사람을 찾으라는 이상한 지시를 내린다. 예수는 제자에게 다음과 같이 말했다.

"그리고 그가 들어가는 집으로 가서, 그 집 주인에게 말하기를 '선생님께서 하시는 말씀이, 내가 내 제자들과 함께 유월절 음식을 먹을 내 사랑방이 어디에 있느냐고 하십니다' 하여라. 그러면 그는 자리를 깔아서 준비한 큰 다락방을 너희에게 보여 줄 것이니, 거기에 우리를 위하여 준비를 하여라."(「마가복음」 14:14~15)

상황이 어떻게 흘러갈지 예수가 다 알고 미리 모든 것을 준비했다는 인상을 주는 대목이다.

예수와 제자들은 '최후의 만찬' 혹은 '주님의 만찬'(비록 복음서에는 어떤 것도 나오지 않지만, 두 이름 모두 이 기념비적인 저녁 자리에 붙여진 것이다.)으로 알려진 저녁 식사를 위해 다락방에 모였다. 열세 명의 남자들이 탁자에 둘러앉았다. 아마도 그들은 그다지 높지 않은 탁자 주위에 제각기 쿠션을 등 베개 삼아 편안하게 기대앉았을 것이다. 비록 세계에서 가장 유명한 그림 중 하나인 레오나르도 다빈치의 「최후의 만찬」[15]이 긴 테이블에 꼿꼿한 자세로 앉아 있는 사람들의 모습을 사람들에게 각인시켜놓았지만, 사실은 앞에서 말한 모습이 당시 전통적인 식사 양식이었다. 그들에게 일어난 최근의 사건들, 특히 뭔가 중대한 일이 앞에 놓여 있음을 암시했던 예루살렘 입성 직

---

15 레오나르도 다빈치는 제자들 중 한 명이 자신을 배반할 것이라고 예수가 말하는 장면을 그렸다. 그림 속 제자들은 저마다 충격이나 불신을 가진 듯한 미묘한 표정을 떠올리고 있다.

후의 드라마 같은 사건을 감안할 때, 그날 저녁 식사 자리는 무척이나 긴장되고 무거운 분위기가 감돌았을 것이다.

그 자리에 있던 제자들 중 누구도 이 식사가 앞으로 수천 년에 걸쳐 예배식의 근간이 될 것이라는 점을 알지 못했다. 그들은 새로운 종교를 시작할 계획이 없었다. 제자들은 앞으로 엄청난 속도로 전개될 사건들, 미래의 세계 역사에 막대한 영향을 끼칠 일련의 사건들에 대해 전혀 준비가 되어 있지 않았다. 예수가 통상의 유대 관습과는 다르게 그날 저녁 자리를 남자들로만 채웠음에도 불구하고, 제자들은 평범한 유월절 만찬이라고만 생각했다.[16] 하지만 예수는 분명히 무엇인가 계획이 있었다.

예수는 겉옷을 벗고 허리에 수건을 두른 뒤, 그 자리에 있는 모든 사람들의 발을 씻겨주기 시작했다. 이는 보통 노예나 하는 굴욕적인 행동이었다. 예수가 비루한 일을 한다고 생각한 베드로는 이를 말렸다. 누구든지 첫째가 되려면 꼴지가 되어야 하며, 온유한 자가 땅을 차지한다는 점을 베드로는 충분히 이해하지 못했다. 그의 짧은 소견으로는 동정과 섬김의 마음이 예수의 가르침에서 정수라는 것을 알 수 없었다. 예수에게 겸손은 궁극의 미덕이다. "마음이 가난한 사람"은 진실로 복이 있다.

---

16 마지막 만찬이 실제로 유월절 만찬이었는지는 논란의 여지가 있다. 마가는 그렇게 암시하고 있으며, 마태와 누가도 거기에 동의한다. 반면 요한은 이 만찬이 예비일 동안에 일어났다고 보는데, 그의 관점에서 예수는 희생양, 즉 유월절의 양이었다. 그리고 양은 예비일에 희생 제물로 바쳐진다. 이런 두 주장에는 미묘한 차이가 있는데, 이를 통해 이미 1세기 후반에 서로 '경쟁하는 신학'이 존재했음을 알 수 있다.

〈최후의 만찬〉(The Last Supper), 레오나르도 다빈치, 1492~1498년.

제자들과의 마지막 식사 자리에서 예수가 빵 조각을 떼어내고 포도주를 나누면서 무슨 말을 했는지는 정확하지 않다. 마가와 마태, 누가의 설명이 모두 다르다. 하지만 그가 빵이 '자신의 몸'을 나타낸다고 말한 것은 분명하다. 예수는 앞으로 빵 조각을 떼어내며 자신을 기억해달라고 제자들에게 말했다. 그는 잔을 들어 "감사를 드리고", 그것을 제자에게 주며 말했다.

"모두 돌려가며 이 잔을 마셔라. 이것은 죄를 사하여 주려고 많은 사람을 위하여 흘리는 나의 피, 곧 언약의 피다."(「마태복음」 26:26~28)

나중에 바울이 고린도 교회에 설명했듯이 성찬식은 그리스도교 의식의 중심이다.

"그러므로 여러분이 이 빵을 먹고 이 잔을 마실 때마다, 주님의

죽으심을 그가 오실 때까지 선포하는 것입니다."(고린도전서 11:26)

"빵이 곧 나의 몸"이라는 개념은 사역 초기에 형성되어 이 순간까지 항상 예수와 함께 했다. 예를 들어 「요한복음」에는 4천 명을 배불리 먹인 예수가 일종의 성찬식 담화를 하는 장면이 나온다.

"나는 생명의 빵이다."(「요한복음」6:48)

확실히 예수는 회상을 중요하게 생각했다. 그는 유월절의 통상적인 회상을 십자가 죽음과 부활에 대한 회상으로 바꾸어놓았다. 최후의 만찬은 마치 공동 식사의 상징적인 중요성을 재확인이라도 하는 것처럼, 부활한 뒤 예수가 모습을 드러낸 식사 자리에서 그대로 재현되었다. 로마 가톨릭 신학자인 레이몬드 브라운은 이렇게 말한다.

"오직 예수를 믿는 사람들만 먹는 성찬聖餐은 공동체의 표시이며, 궁극적으로는 그리스도인이 다른 유대인과 구별된다고 느끼게 도와주었다."[17]

「요한복음」판 최후의 만찬에는 예수가 제자들에게 흔히 고별 설교[18]로 불리는 마지막 설교를 하는 장면이 나온다.(「요한복음」 13~17) 자신이 떠날 때가 되었음을 절실히 깨달은 예수는 그동안 공생애 사역 과정에서 자신이 말하고 행한 것들을 되짚어보며 "자기 사람들"에게 그리스 철학의 주제들이 가미된 심오한 그리스도론에 대해 한참을 설교했다. 예수는 제자들에게 자신을 본받을 뿐 아니라, 더 나

17　Raymond E. Brown, *An Introduction to the New Testament*(New York: Doubleday, 1997), p. 289.
18　고별 설교는 「요한복음」만의 특수 본문으로, 다른 복음서에는 이에 대한 평행 본문이 없다. 산상수훈과 함께 예수의 2대 설교로 일컬어진다.(역주)

아가 능가할 것을 요구했다. 다른 공관복음서와 달리 「요한복음」의 예수는 광범위한 신학 이론을 전개하고 있다. 그는 자신이 제자들에게 "평안"과 하나님에 대한 깊은 경험을 의미하는 "영생"을 선사하기 위해 왔다고 말했다. 여기서 말하는 하나님은 개신교 신학자 폴 틸리히가 『존재의 용기』[19]에서 우리의 "존재 근거"를 형성한다고 이야기한 "하나님 위에 계신 하나님"이다. 나는 지난 수십 년 동안 이러한 하나님 개념이 매우 유용하다고 생각해왔다. 그것이 그동안 저 하늘 "위"에 존재하는 "누군가"라고 물리적으로만 생각해왔던 하나님의 이미지에서 벗어날 수 있게 만들어주었기 때문이다. 분명히 하나님은 공간적인 은유의 틀에 국한될 수 없는 존재다.

고별 설교에는 예수가 이 세계 이전에 존재했다는 개념이 등장한다. 이것은 성령이 예수에게 들어가서 그를 하나님과 같이 만들었음을 암시하는 복잡한 개념이다. 철학적 견지에서는 그리스적 개념의 하나로, 창조에 질서를 부여하는 일종의 지식 혹은 이성을 뜻하는 '로고스'까지 거슬러 올라간다. 「요한복음」에 나오는 "아브라함이 태어나기 전부터 내가 있다."(14:6) 혹은 "나는 길이요, 진리요, 생명이다."(14:6)와 같은 말을 떠올려보라. 이 두 개의 진술은 그리스어로 '스스로 있는 자'를 의미하는 '에고 에미ego eimi'의 전통을 따르고 있다. 「요한복음」에서 일곱 차례에 걸쳐 사용되고 있는 이 용어는 시간의 외부에 존재하는 영속하는 존재를 의미한다. 하나님이 모세에게

---

19 Paul Tillich, *The Courage to Be*(New Haven: Yale University Press, 1952).

하신 말씀 그대로다.

"나는 스스로 있는 자이니라."(「출애굽기」 3:14)

따라서 이런 철학적인 틀에서 봤을 때 '영생'이란 시간의 지속이 아니다. 그것은 시간을 넘어, 혹은 시간을 빙 둘러서, 혹은 시간을 가로질러 존재하는 움직임이다. 그것은 비시간非時間이다. 아니 그보다는 영원한 현재다.[20]

예수는 제자들에 대한 마지막 설교에서 자기가 떠나면 성령이 올 것이라고도 말했다. 흔히 성령은 삼위일체 중 제3의 위격位格으로 이야기된다. 하지만, 그것은 초기 교부 중 한 명인 테르툴리아누스가 수세기 동안 교회 내에서 진행된 논의를 바탕으로 정립한 신학 이론으로, 도그마를 경계했던 예수는 그것에 대해 본격적으로 이야기한 바가 없다. 성령은 단순한 영이 아니다. 그렇다면 그것은 '프뉴마 pneuma'[21]로 불렸을 것이다. 대신에 요한이 '파라클리트paraclete'라고 부른 이 성령은 '옆에서 함께 걷는 분'이라는 뜻이다. 이런 의미에서 성령은 위로하는 사람 혹은 든든한 동행자다.

고별 설교의 마지막에는 놀라운 명령이 나온다.

"이제 나는 너희에게 새 계명을 준다. 서로 사랑하여라. 내가 너희를 사랑한 것 같이, 너희도 서로 사랑하여라."(「요한복음」 13:34)

랍비 예수는 사랑을 가르침의 중심에 놓음으로써, 이것 혹은 저것을 하지 말라는 것에 초점을 두는 유대교에 대한 신선한 대안을 사

---

20 Paul Tillich, *The Eternal Now*(New York: Scribner, 1963).
21 숨이나 호흡, 혹은 정신이나 영혼을 뜻하는 그리스어다.(역주)

람들에게 제시했다. 예수는 서로 사랑하라고 말했다. 이것은 「요한복음」3:17에서 자신이 언급한 것과 연장선상에 있는 이야기다.

"하나님이 그 아들을 세상에 보내신 것은 세상을 심판하려 하심이 아니요 그로 말미암아 세상이 구원을 받게 하려 하심이라."

사랑과 화해를 통해 속죄, 혹은 하나님과 하나 됨이 가능하다는 사실을 인간들이 이해할 수 있도록 하나님은 예수를 보내신 것이다. 사실 예수는 "너희 중에 죄 없는 자가 먼저 돌로 치라."라고 말했던 것처럼 타인을 정죄定罪하는 사람들을 꾸짖었다. 예수는 정죄하는 자가 아니며, 우리가 이 사실을 아는 것은 매우 중요하다. 그는 다른 사람을 저주한 적이 거의 없다. 예수에게는 19세기 중반 이후 근본주의 설교자들을 매혹시킨 지옥에 대한 강조를 찾아보기 어렵다.

다락방에서의 마지막 만찬이 끝날 무렵, 예수는 베드로에게 아침에 닭이 울기 전까지 그가 자신을 모른다고 세 번 부인할 것이라고 말했다. 자신이 그럴 리 없다고 펄쩍 뛰며 자신의 충성심을 주장하는 베드로의 모습을 보면서, 다른 사람들은 분명히 낄낄대고 웃었을 것이다. 하지만 이것이야말로 예수의 제자 중 가장 톡톡 튀는 개성의 소유자인 베드로다운 모습이었다. 그는 늘 앞장서서 자신의 랍비를 찬양했으며, 자신이 어떤 상황에서도 가장 열심인 제자, 가장 적극적인 신앙의 수호자로 보이기를 열망했다. 하지만 예수는 그를 사랑히고 그와 장난치기를 즐겼음에도 불구하고, 때때로 그를 아주 퉁명스럽게 대했으며, 매우 불편한 상황으로 그를 몰아붙이기도 했다.

유다는 또 다른 골칫거리였다. 예수는 식사 도중에 제자들 가운데 한 명이 곧 자신을 배신할 것이라고 폭탄선언을 함으로써 좌중을 극도의 긴장감 속으로 몰아넣었다. 속이 켕긴 유다가 "그것이 저입니까?" 하고 물었다. 예수는 긍정도 부정도 하지 않은 채 대답했다.

"네가 말한 그대로다."

두 사람의 대화는 듣는 사람을 불안하게 만들었을 것이다. 잠시 후 유다를 따로 부른 예수는 그에게 "해야 할 일을 하라."라고 말했다. 며칠 전에 베다니의 나사로 집에서 있었던 식사 자리를 연상시킬 만큼 둘 사이의 분위기는 냉랭했다. 유다는 슬그머니 자리를 떴다. 예수의 곁에는 열한 명의 제자만 남았다. 남아 있는 제자들은 아마도 예수가 빈민들에게 구호품을 나눠 주기 위해 유다를 보냈다고 생각했을 것이다. 평소에 돈을 관리하던 사람이 유다였기 때문이다.

"일어나라!" 식사가 끝났을 때 예수가 불쑥 모두에게 말했다. "여기를 떠나서 우리의 길을 가자."

그는 마치 자신의 때가 왔음을 갑작스레 느낀 것처럼 행동했다. 다락방을 떠난 열한 명의 충직한 제자들은 예수의 뒤에서 찬양을 부르며 횃불 때문에 대낮처럼 환한 예루살렘의 봄밤을 가로질러 올리브산의 기드론 골짜기[22]를 향해 나아갔다.

---

22 겟세마네 동산의 건너편에 있는 계곡이다.(역주)

6장

수난

— 겟세마네에서 골고다까지

땀에 젖은 얼굴들을 붉게 비추는 햇불
서리라도 내린 듯 서늘한 동산의 정적
자갈밭의 고뇌
그 뒤에 아우성과 울부짖음
감옥과 궁전과 먼 산을 넘어오는
봄의 천둥소리가 메아리로 들린 후
살았던 그는 지금 죽었고
살았던 우리는 지금 죽어가고 있다.

　　— T. S. 엘리엇, 「황무지」.

하나님에 의해 피 흘리길 원하네.
강렬한 불빛 아래 숨을 거두고
받아들여지길 원하네.
땅에 떨어진 씨앗에서 솟아나는 음악같이
자라나길 원하네.
순결한 몸으로 받아들여지길 원하네.

　　— **길버트 K. 체스터턴, 「당나귀」.**

동산에서의 고뇌

예수의 십자가 죽음이 있기 바로 전인 운명의 밤, 예수를 따라 올리브산으로 향하는 제자들의 얼굴은 횃불을 받아 번들거렸다. 그들은 틀림없이 예수가 자신들을 어디로 이끄는지 궁금했을 것이다. 하지만 그들은 묵묵히 찬송가를 부르며 그의 뒤를 따랐다. 아마도 그들은 「시편」 113~118의 '할렐Hallel'[1]을 불렀을 것이다. 이집트에 끌려간 유대인들을 구해주신 하나님께 올리는 감사와 찬양을 담은 「시편」이었다.

"주님, 주님께서 나의 간구를 들어주시기에, 내가 주님을 사랑합니다."

그들은 노래했다. 후렴구는 이랬을 것이다.

"주의 이름으로 오는 모든 이는 복이 있도다." 제자들이 무슨 할렐을 불렀는지는 알 수 없지만 그 내용은 분명하다. 하나님은 이전에도 자신의 백성을 환난에서 구해주셨으며 앞으로도 그러하실 것이다.

제자들은 모두 위협이 닥쳐오고 있음을 알았다. 그들의 강직했던 스승은 예루살렘에 도착한 이후 대중들 앞에서 이상한 행동을 일삼으며 불필요한 관심만 끌어 모았다. 더구나 유월절 주간에 폭동이 자주 일어났다. 로마 당국의 진압은 여느 때처럼 신속하고 무자비했

---

1 '(주를) 찬양하라'는 뜻으로 여호와께 드리는 찬양의 노래다. 유대에서는 전통적으로 몇 개의 「시편」을 할렐로 정해서 사용했다. '할렐시'라고도 한다.

다. 그들은 명절을 기념하러(혹은 말썽을 일으키러) 지방에서 올라온 가난한 유대인들을 경계의 눈길로 바라보았다. 당시 유대에서 십자가 처형은 흔한 일이었다. 하지만 로마인에 대해서는 달랐다. 그들은 로마인이라는 신분 덕분에 설령 사형에 처해지더라도 예리한 칼로 참수를 당하는, 상대적으로 쉬운 죽음을 선사받았다. 유대인, 그것도 주변부 유대인에 지나지 않았던 예수와 그 제자들이 이 가장 잔인한 형태의 처벌을 피하기는 어려웠다. 아마 그들의 허약한 입지 탓에 그랬겠지만 유대 권력자들도 동족의 비행을 가볍게 다루지 않았다. 그들은 로마의 비위를 맞추길 원했으며, 황제에 대한 충성심을 증명하기 위해서라면 동족을 잔인하게 공격하는 일에도 일말의 주저함이 없었다. 그것이 로마에게 "우리를 걱정할 필요가 없다."라고 말하는 그들만의 방식이었다.

말하자면, 겟세마네('기름 짜기'라는 뜻이다.) 동산이 예루살렘의 쌀쌀한 봄밤을 가로지르며 나아가고 있던 이 행렬의 종착지였다. 제자들은 예수가 무슨 생각을 하는지 여전히 궁금했을 것이다. 지금도 그렇지만, 당시에도 겟세마네 동산은 올리브산 기슭에 있는 하찮고 작은 숲이었다. 일행이 도착했을 때 그곳은 어둠이 내려앉아 있었다. 예수는 다른 제자들은 뒤에 남겨놓고, 베드로와 야고보와 요한(이들은 예수의 변모 사건을 목격한 이후 그의 가장 가까운 제자가 되었을 것이다.)만을 데리고 한적한 곳으로 갔다. 자신의 기도를 지켜보라고 제자들에게 이른 예수는 곧 땅에 무릎을 꿇고 기도에 빠져들었다. 거의 무아지경 상태의 기도였다. 그는 다가오는 고통과 죽음으로부터 자신을 구해달라고 하나님께 간청했다.

"나의 아버지, 하실 수만 있으시면, 이 잔을 내게서 지나가게 해주십시오."(「마태복음」 26:39)

이런 그의 모습에서 신의 면모를 찾아보기는 쉽지 않다. 이것은 만일 죽는다면 사흘 뒤에 부활할 것이라고 확신하는 사람의 모습도 결코 아니다. 오직 인간의 나약함만이 느껴질 뿐이다. 제자들은 절망과 자기 회의에 빠진 그의 모습을 보면서 마음이 흔들렸음이 분명하다. 그를 믿고 따른 것이 실수였을까?

누가는 예수의 이마에서 "땀이 핏방울같이"(「누가복음」 22:44) 솟아났다고 적었다. 예수는 하나님을 '아바Abba'로 불렀다. 아버지를 친밀하게 부를 때 쓰는 아람어였다. 약 한 시간에 걸친 단호하고도 격렬한 기도 끝에 예수는 자신을 하나님 뜻에 맡기기로 했다. 어디에선가 나타난 천사가 그가 마음을 굳게 먹을 수 있도록 도와줬다. 어떤 면에서는 자신이 죽어야만 하는 사실을 이해하고, 그러한 운명에 순응하기로 결정한 바로 이 순간이야말로 예수의 수난에서 가장 핵심적인 부분이다. 아마도 그는 사람들에게 자신의 죽어가는 모습을 보여주는 것, 즉 희생양의 역할을 하는 것이 자신의 의무임을 깨달았을 것이다. 그의 끔찍한 처형 장면으로 인해 이제 어느 누구도 예수가 신성神性뿐만 아니라 인성人性도 갖고 있었다는 사실을 의심하기 어려울 것이다.

예수가 기도하는 동안 세 명의 제자는 잠이 들었다. 아마도 유대 율법에 따라 유월절 식사 때 곁들여 마신 포도주 탓이었을 것이다.

어느 순간 잠든 그들 앞에 예수가 나타났다. 그는 자고 있는 베드로를 꾸짖었다.

"시험에 빠지지 않도록, 깨어서 기도하여라!"(「마가복음」14:32~41)

베드로가 곧 영적인 구렁텅이에 빠질 것이라는 사실을 암시하는 말이었다. 예수는 계속해서 베드로에게 말했다.

"보아라, 때가 이르렀다. 인자人子가 죄인들의 손에 넘어간다."(「마태복음」26:45)

얼마 지나지 않아 그들 앞쪽 허공에 횃불이 불쑥 나타났다. 사람들이 무언가를 외치면서 그들을 향해 자갈밭을 뛰어오고 있었다. 곧 가롯 유다가 나타났다. 성전 경비병들을 대동한 제사장들과 바리새인들도 함께였다. 그들은 자신들의 권위에 도전한 신출내기 랍비를 손봐주겠다고 단단히 벼르고 있었다. 유다는 뻔뻔스럽게도 예수에게 걸어가 그의 뺨에 키스를 했다. 그것은 약속된 신호였다. 배신의 상징이 되어버린 유다의 키스. 예수는 약간의 비웃음이 묻어나는 말투로 유다에게 말했다.

"유다야, 너는 입맞춤으로 인자를 넘겨주려고 하느냐?"(「누가복음」22:48)

그들은 누가 예수인지 몰랐지만 어떻게든 예수만은 손에 넣고 싶었다. 그만큼 예수의 이단적인 견해와 성전 뜰에서의 돌출 행동이 불편했던 것이다.

위경 『요한행전』에서 화자話者로 나오는 제자는 이렇게 이야기하고 있다.

"주님은 우리와 춤을 추고 난 뒤 고난을 받으러 밖으로 나가셨다. 우리는 깜짝 놀라서 여기저기로 도망쳤다."[2]

하지만 베드로는 그러지 않았다. 다른 제자들이 모두 그늘 속으로 몸을 감추며 사라질 때 그는 홀로 칼을 빼들어 경비병과 맞섰다. 그는 대제사장의 종, 말고의 한쪽 귀를 잘랐다. 피가 사방으로 튀었고, 귀가 잘린 말고는 극심한 고통으로 자갈밭에 무릎을 꿇었다. 예수는 베드로에게 무기를 치우라고 말하며 꾸짖었다.

"네 칼을 칼집에 도로 꽂아라. 칼을 쓰는 사람은 모두 칼로 망한다."(「마태복음」 26:52)

베드로는 이 상황에서 폭력이 적절한 대응책이 아님을 이해하지 못한 것일까? 그는 스승의 가르침을 완전히 어긴 것일까? 예수는 자신의 마지막 치유 행위로 말고의 귀를 고쳐줬다. 그의 손이 닿자 말고의 귀가 이전대로 돌아왔다. 이를 본 병사들이 모두 두려워하며 땅에 엎드렸다.

희생 제물의 역할을 받아들이기로 결심한 예수는 의연하게 자신을 내어주었다. 그는 자신을 고소한 자들을 놀랄 만큼 차분하게 대했으며, 일체의 저항 없이 자신의 죽음을 향해 나아갔다.

"이것은 성경 말씀을 이루려는 것이다."(「마가복음」 14:49)[3]

2 Pagels, p, 74에서 재인용했다.
3 예수가 자신의 희생을 통해 정확히 어떤 성경 구절을 수행하려고 했는지를 누고 많은 추측이 있다. 「이사야」 53장에 묘사된 고난 받는 종의 이미지도 있고, 「시편」 22편에 나오는 의로운 순교자의 이미지도 있다. 어떤 사람들은 「스가랴」의 마지막 여섯 개 장을 가리키기도 한다. 이 주제를 전반적으로 살펴보고 싶다면 Stephen P. Ahearne-Kroll, *The Psalms of Lament in Mark's Passion: Jesus' Davidic Suffering*(Cambridge: Cambridge University Press, 2007)을 보라.

재판

예수를 체포한 이들은 대제사장 가야바의 장인, 안나스의 집으로 그를 끌고 갔다.(「요한복음」 18:13) 그들이 왜 거기를 먼저 갔는지 그 이유를 알기는 어렵다. 이런 시각에 재판을 여는 것이 유대 법률에 어긋남에도 불구하고, 성전에서 환전 사업을 하는 안나스로서는 예수와의 대면이 제법 흥미로웠을 것이다. 물론, 예수도 이 심문이(사실 그것은 재판이라고도 할 수 없는 것이었다.) 불법이라는 것을 잘 알고 있었다. 그는 많은 말을 하도록 주의하면서 모든 질문에 대답했다. 적절한 때가 올 때까지는 말을 아껴야 했다.

스승을 포기할 수 없었던 베드로는 멀찍이 떨어져서 예수를 따라갔다. 그들이 예수를 심문하는 동안 베드로는 뜰에서 장작불을 쬐며 완전히 낙담하고 있었다. 그때 한 하녀가 경비병과 함께 그에게 왔다.

"이 사람도 그들 중 한 명이에요." 그녀가 말했다. "이 사람도 그와 함께 있었어요."

그녀의 말은 확신에 차 있었다. 하지만 베드로는 부인했다.

"여보시오, 나는 그를 모르오."(「누가복음」 22:57)

그녀는 돌아갔지만, 조금 뒤에 다른 사람이 다시 와서는 그가 틀림없다고 말했다. 베드로는 자신이 예수와 어떤 관련도 없다고 두 번째로 부인했다.

"이 사람아, 나는 아니란 말이오."

한 시간 쯤 뒤에 또 다른 사람들이 뜰로 들어섰다. 그들 중에는 말고의 친척 하인도 있었다. 그가 소리쳤다.

"틀림없이, 이 사람도 그와 함께 있었소. 이 사람은 갈릴리 사람이니까요."

사람들은 분명히 베드로의 말투 때문에 그의 말이 옳을 수도 있다고 생각했을 것이다. 하지만 이번에도 베드로는 단호하게 부인했다.

"여보시오, 나는 당신이 무슨 소리를 하는지 모르겠소."

그의 말이 채 끝나기도 전에 닭이 세 번 울었다. 동이 트고 있었다. 베드로는 날이 밝기 전에 그가 자신을 세 번 부인할 것이라는 예수의 예언이 떠올라 "바깥으로 나가서 비통하게 울었다."(「누가복음」22:62)

저명한 문헌학자이자 문학사 연구가인 에리히 아우어바흐는 이 장면에 대해 이렇게 말했다.

"베드로의 부인 장면은 고대 장르와 부합되지 않는다. 희극으로 보기에는 너무 진지하고, 비극이라 하기에는 너무 일상적이며, 역사로 간주하기에는 너무 밋밋하다. 양식적인 측면에서도 고대문학에서는 존재하지 않았던 직접화법을 사용하고 있다."[4]

예리하게 날선 대화와 극적인 내용 때문에 이 장면은 복음서의 다른 모든 페이지들을 압도한다. 여기서 베드로는 전적으로 인간적

---

4 Erich Aeurbach, *Mimesis: The Representation of Reality in Western Literature*, trans. Williard R. Trask(Princeton: Princeton University Press, 1953), p. 45.

인 모습을 보여주고 있다. 자기 주님을 부인하기도 하지만, 동시에 그것을 후회하고 뉘우칠 수도 있는 존재인 인간. 예수는 그를 반석의 자리에 올려놓았었다. 그리고 그 "반석" 위에 자신의 교회를 세울 것이라고 말했다. 하지만 그 뒤 베드로는 사탄(스승의 기본적인 가르침조차 저버린 대적자)으로 불리게 되었다. 베드로의 부인은 예수의 수난이야기에 질감과 의미를 더한다. 한결같은 믿음을 유지하는 데 버거워하며, 믿음으로 인해 위험에 빠졌을 때 옳은 일을 하지 못하는 우리 모두를 베드로가 상징하기 때문이다.

여러 국면에 걸쳐 변화무쌍하게 전개되는 재판과, 때로는 상충되기도 하는 이야기들을 사복음서는 (그리고 방대한 분량의 위경 문서까지 포함해) 상세하게 전하고 있다. 마태는 안나스의 사위이자 대제사장인 가야바의 심문 과정을 깊이 파고든다. 여기에서 가야바는 예수가 성전을 사흘 만에 허물려고(그리고 다시 사흘 만에 지으려고) 함으로써 하나님께 불경을 저질렀다는 생각에 극도로 흥분한 나머지 자기옷을 찢기까지 한다. 가야바가 하나님의 아들이 맞는지 물어보자, 예수는 차분하게 대답했다.

"당신이 말했소."

그러고는 거의 「다니엘」을 인용한 것처럼 보이는 말을 덧붙였다.

"이제로부터 당신들은, 인자가 권능의 보좌 오른쪽에 앉아 있는 것과, 하늘 구름을 타고 오는 것을, 보게 될 것이오."(「마태복음」 26:64)

예수는 인자가 하늘로 올라가 만세 반석이신 분을 만나게 될 것이라고 예언하는 「다니엘」의 내용이 떠오른 것일까? 다른 재판 장면들처럼 여기에서도 예수의 간접화법은 두드러져 보인다.

그의 신성神性에 관한 질문에 대해서 예수가 한 답변은 복음서마다 다르며, 심문과 재판 과정도 마찬가지다. 「요한복음」에서는 대제사장이 경비병을 제외하고는 증인이나 다른 어떤 사람도 없이 직접 예수를 간략하게 심문한 뒤 그를 산헤드린으로 넘긴다. 이 과정에서 예수는 대제사장에게 무례하게 답변했다는 이유로 심지어 경비병에게 손바닥으로 맞기도 한다. 이 충격적인 장면은 다른 공관복음서에는 등장하지 않는다. 아직까지 예수 이야기를 확실하게 풀어나가는 단 하나의 서술적 맥락은 존재하지 않으며, 우리는 그저 예수의 생애를 조망할 수 있는 다양한 창문들, 그것도 일부는 뿌옇게 보이기까지 하는 창문을 갖고 있을 뿐이라는 사실을 다시 한번 상기하게 된다.

예수의 체포와 심문은 일몰 뒤에 이루어졌다. 앞에 언급한 대로 당시의 종교법과 민법에서는 야간 재판을 모두 금지했기 때문에, 그것은 명백한 불법행위였다. 그런데도 아침이 되자 예수는 가혹한 판단을 내리는 장로와 제사장들 앞에 세워졌다. 그것은 민사재판이 아니라, 유대인들만 받는 종교재판이었다. 「누가복음」 22:66~71을 보면 이 재판이 어떻게 진행되었는지 알 수 있다.

난이 밝으니, 백성의 장로회, 곧 대제사장들과 율법학자들이 모여서, 예수를 그들의 공의회로 끌고 가서, 이렇게 말했다.
"그대가 그리스도이면, 그렇다고 우리에게 말해주시오."

예수께서 그들에게 말씀하셨다.

"내가 그렇다고 여러분에게 말하더라도, 여러분은 믿지 않을 것이요, 내가 물어보아도, 여러분은 대답하지 않을 것이오. 그러나 이제부터 인자는 전능하신 하나님의 오른쪽에 앉게 될 것이오."

그러자 모두가 말했다.

"그러면 그대가 하나님의 아들이오?"

예수께서 그들에게 말씀하셨다.

"내가 그라고 여러분이 말하고 있소."

그러자 그들은 말했다.

"이제 우리에게 무슨 증언이 더 필요하겠소? 우리가 그의 입에서 나오는 말을 직접 들었으니 말이오."

예수의 재판에서 맡은 역할 때문에 역사의 전당에 이름을 올린 본디오 빌라도는 사실 로마 황제를 대리하여 유대 지방을 다스리는 제5대 총독이었다. 그가 실존 인물이라는 것은 의심의 여지가 없다. 당시의 여러 사료들은 물론이고 '빌라도 비문'(이스라엘의 지중해 연안에 위치한 가이사랴 마리티마에서 발견되어, 현재는 예루살렘의 이스라엘 박물관에 전시되어 있다.) 같은 고고학적 유물들에 그의 이름이 언급되고 있기 때문이다.

언제나 그랬듯이 로마 당국은 유대인들의 제례와 각종 행사를 의심의 눈으로 바라보았으며, 특히 각지의 순례자들이 밀물처럼 몰려드는 유월절은 그들이 최고로 경계하는 대상이었다. 유대 권력자들은 어떻게든 로마의 눈길에서 벗어나고 싶었다. 그렇게 하기 위한 안전책 중 하나는 정치적인 반란 주모자를 신속하게 로마 당국에 넘겨주는 것이었다. 전설적인 인물인 바라바(나중에 유대 군중이 예수 대신 풀어주라고 요구한 범죄자)도 아마 이러한 범주에 해당되는 인물이었을 것이다.

유대 법정에서는 하나님의 아들이라고 주장한 예수를 신성모독의 죄로 처벌하는 것이 중요했다. 그의 진짜 죄목도 그것이었다. 하지만 로마의 재판관들에게는 이런 혐의가 별 의미가 없을 것이다. 그들이 무엇 때문에 예수의 종교적 견해에 대해 신경을 쓰겠는가? 마침내 유대인들은 이러한 문제점에 대한 해결책을 스스로 찾아냈다. 그들은 예수의 죄목을 바꿨다. 유대 평의회는 유대의 왕을 참칭하는 폭도이자 시민에게 위협이 되는 제국의 반역자라는 명목으로 예수를 기소했다. 이제 로마 당국은 예수에게 관심을 갖게 될 것이었다.

수난 설화의 이 대목에서 뜻밖에도 (「마태복음」에 기록된 대로) 유대 장로와 제사장들 앞에 유다가 등장한다. 재판을 받는 예수를 보고 자신의 죄를 뉘우친 유다는 배반의 대가로 받은 은 30개를 그들의 발치에 내던지고는 "물러가서, 스스로 목을 매달아 죽었다."(「마태복음」 27:5) 유다가 배반의 대가로 받은 금액은, "선한 목자"를 거부하고 거짓 목자들이 자신들의 이익을 위해 백성들을 파멸로 이끈다는 「스가랴」의 불길한 예언이 성취된 것이다. "은 30개"가 그 배반의 정확한 대가였다.(「스가랴」 11:12) 「마태복음」의 저자는 정말로 『구약성서』를 참조해서 그 액수를 적어 넣은 것일까? 그것을 알기란 불가능하다. 하지만 유다의 전설은 인류의 집단 기억 속에 남아서 끊임없이 우리를 찾아온다.

J. D. 샐린저의 『호밀밭의 파수꾼』에 나오는 한 장면도 그러한 사례 중 하나다. 주인공 홀든 콜필드는 학교 친구이자 퀘이커 교도인 아서 차일즈와 함께 이야기를 나누다가, 예수가 자신을 배반한 벌로 유다를 지옥에 보냈을지를 놓고 논쟁을 벌인다.

"예수가 결코 유다를 지옥에 보내지 않았다는 데 천 달러를 걸어도 좋아."

홀든은 자비와 동정심을 빼고는 예수의 삶을 이해할 수 없다고 생각했다. 그로서는 예수가 그런 무자비한 정죄를 한다는 것은 있을 수 없는 일이었다. 서구 문학의 전통에서 유다는 구제받기 어려운 죄인이라고 스스로 느끼는 사람들, 자신의 어리석음으로 인해 정죄 받은 사람들, 그리고 결국에는 아무런 결과도 얻지 못하는 그들의 탐욕스러운 생각을 상징한다. 홀든과 마찬가지로 우리는 예수가 유다를 정죄했다고 믿을 수 없다. 그것은 예수가 우리들도 정죄한다는 것을 뜻하기 때문이다.

예수의 재판을 설명하는 원문은 혼란스러울 정도로 많다. 복음서마다 제각각이기 때문이다. 수십 년이 지난 사건을 제대로 파악해 쓴다는 것은 거의 불가능에 가깝다. 더구나 재판은 밀실에서 이루어졌다. 따라서 우리가 오늘날 읽는 내용은 아마도 역사적인 뒷받침이 부족한 것들이 대부분일 것이다. 어떤 경우가 됐든, 글이 전하는 상징적인 의미는 명확하다. 마침내 이제 예수는 기존 종교에서 국외자가 되었다. 동족인 유대인들도 오직 모세 율법에 순종하면서 그를 적으로 삼았다. 율법을 지키지 않는 유대교가 있을 수 있겠는가? 그것을 어기는 자는 위험에 빠져 타락할 뿐이다. 그들의 관점에서 더 나쁜 점은 예수가 하나님과 인간 사이의 새로운 언약을 주장했다는 것이다. 더구나 그는 창녀와 이교도, 나병 환자와 미친 자들에게 말을 건넴으로써 자신이 악당임을 입증했다. 그는 안식일에 밀 이삭을 땄으며, 무례한 언행으로 장로들을 무시했다. 그는 자신을 하나님의 아들이라고 할 뿐 아니라 인자라고도 불렀다. 나사렛의 예수가 처벌, 그것도 사형을 당해 마땅하는 데 다른 증거가 더 필요한가?

대제사장과 장로들의 심문을 받느라 한숨도 자지 못했지만, 예수는 재판을 위해 다시 빌라도에게 이송되었다.(대제사장과 로마 총독은 지난 수년간 협력 관계를 유지하고 있었다. 따라서 그들이 대중 선동가를 십자가 처형으로 벌한 것은 처음이 아니었을 것이다.) 마태는 둘의 만남을 간결하게 묘사하고 있다.

"예수께서 총독 앞에 서시니, 총독이 예수께 물었다. '당신이 유대인의 왕이오?' 그러나 예수께서는 '당신이 그렇게 말하고 있소' 하고 말씀하셨다."(「마태복음」 27:11)

다시 한번 예수는 질문에 대해 동일한 질문으로 답했다. 수줍음과 영리함과 겸손함이 공존하는 익숙한 수사법이었다. 빌라도가 진심으로 예수를 동정하며 그에게 물었다.

"사람들이 저렇게 여러 가지로 당신에게 불리한 증언을 하는데,

들리지 않는가?"

하지만 예수는 미동도 없이 서 있기만 할 뿐, 한마디도 대답하지 않았다. 자신에게 불리한 상황에서 이 정도로 자제할 수 있는 죄수를 마주한 총독이 "매우 이상히 여긴" 것은 당연하다.

'저 사람은 자신이 어느 정도 위험한지, 어떤 끔찍한 결과가 뒤따를지 정말 모른단 말인가?'

홍분한 군중들이 총독 관저의 바깥에 몰려들었다. 그들은 예수를 죽이라고 소리치면서 한껏 긴장을 고조시켰다. 아마도 그들은 유대 장로들의 사주(심지어 뇌물까지)를 받았을 것이다. 예수는 유월절 축제를 망쳐놓음으로써 장로들의 존립에 위협을 가했다. 그곳에서 빌라도는 사형을 비롯한 모든 결정권을 제국으로부터 위임받은 사람이었다. 비록 유대의 왕인 헤롯 안티파스가 있었지만, 그는 단순한 자문 역할 이상의 권한은 갖고 있지 않았다.(오직 「누가복음」에서만 빌라도가 왕에게 협조를 요청했다는 기록이 나온다. 하지만 이것도 의례적인 행동, 그 이상은 아니었다. 그것은 권한이 많은 왕이라면 있을 수 없는 일이었다.)

「마태복음」에 기록된 예수와 빌라도의 대화 내용은 텍스트의 성질을 넘어 우리의 집단 기억의 일부분이 된 것으로, 여기서 두 사람이 주고받았을 이야기를 재구성하면 다음과 같을 것이다.

빌라도가 물었다.

"그래서 … 그대가 유대의 왕인가? 그게 사실인가?"

예수가 답했다.

"그것은 당신의 생각인가? 아니면 다른 사람이 나에 대해 말한 것인가?"

빌라도 역시 그 답에 질문으로 대신했다.

"내가 유대인이라도 된단 말인가?" 다시 말해서, 빌라도는 "내가 어찌 그들의 불평을 알 수 있단 말이냐? 너는 내가 그들과 상의하거나 그들의 신학적 문제를 이해해야 한다고 여기느냐?"라고 물은 것이다.

예수가 침묵을 지키자, 빌라도는 다른 전략을 구사했다.

"네 동족과 제사장들이 그대를 내게 데려왔다. 그대는 대체 무슨 짓을 저질렀는가?"

예수가 말했다.

"내 나라는 이 세상에 속한 것이 아니오."

참으로 문맥에 어울리지 않는 알 수 없는 말이었다.

그러자 빌라도가 눈살을 찌푸리며 말했다.

"그러면 그대는 왕인가?"

예수가 대답했다.

"당신이 그렇다고 말하고 있소. 사실 나는 진리를 증언하기 위해 이 세상에 왔소. 진리에 속한 사람은 누구나 내 말을 듣소."

그러자 빌라도가 물었다.

"그렇다면 진리란 무엇인가?"(「요한복음」 18:38)

이 질문은 오늘날까지 다양한 분야의 수많은 사람들에 의해 계속해서 반복되고 있다. 철학자들이 이 질문에 학문의 한 분야(인식론)를 통째로 바칠 정도다. 하지만 예수는 어떤 대답도 하지 않았다. 질문이 너무 어려웠거나, 아니면 어차피 빌라도는 자신의 대답을 듣지 않을 것이라고 생각하고 이쯤에서 대화를 중단하고 싶었던 것일까? 하지만 예수의 침묵은 빌라도를 불편하게 만들었다. 빌라도는 자신의 질문을 (당혹스럽긴 했지만) 부드럽게 피해간 이 남자에게 동정심을 느꼈다. 그는 밖으로 나가 사람들에게 이 사람을 처벌할 어떤 이유도 찾지 못했다고 말하면서, 유월절에는 죄수 한 사람을 풀어주는 것이 관례라고 덧붙였다. 빌라도가 예수를 풀어주고 싶었다는 것을 암시하는 대목이다.

그런데 군중은 이렇게 외쳤다.

"바라바를 풀어주시오!"

예수 바라바[5]는 정치적 반란을 선동한 죄로 처형을 기다리고 있었다.(『마가복음』에 따르면 그는 혁명의 와중에서 살인을 저질렀다.) 이 대목에서 기묘한 느낌이 든다. 바라바는 나사렛 예수와 같은 이름을 가졌다. 아람어에서 유래한 '바라바'라는 성姓은 어원상 '아버지의 아들'을 뜻하는 것이다. 그렇다면 빌라도는 사람들에게 이렇게 이야기한 것이 된다. 하나님의 아들인 예수와 (하나님) 아버지의 아들인 예

---

5 바라바 이름 앞에 예수가 덧붙여 있다는 기록이 수많은 문헌에 나온다. 그리스어 초기 문헌에는, 바라바의 성姓 앞에 요수나('예수'로 번역됨)라는 이름이 붙어서 '요수나 바라바'로 나온다. 학자들은 오랫동안 '예수 바라바'와 '예수 그리스도'라는 두 이름의 유사성에 주목해왔다.

수 중에서 누구를 풀어주길 원하는가? 분명히 말장난 같은 이런 말을 어떻게 받아들여야 하는지는 누구도 모른다. 아마도 복음서 저자들은 이러한 주장을 하고 싶었던 것일 수도 있다. 즉 혁명가 예수는 풀려났고, 사람의 아들인 신성모독자 예수는 그렇지 못했다는 것이다. 1세기, 특히 제2성전의 붕괴로 이어진 유대-로마 전쟁 시기에는 이런 역설 제기가 자연스러운 일이었다. 물론 오늘날에는 받아들이기 어려운 이야기처럼 들린다.

　빌라도는 다른 선택의 여지가 없었다. 그는 즉시 군중을 달랠 조치가 필요했고, 그것은 총독의 가장 중요한 임무 중 하나였다. 하지만 그는 미봉책을 썼다. 일단 군중들이 원하는 대로 예수에게 채찍질을 가했다. 장대에 벌거벗은 죄인을 묶어놓고 작은 쇠공과 양 뼈 조각이 달려 있는 채찍으로 때리는 엄청나게 잔인한 형벌이었다. 이 채찍질로 예수는 끔찍한 충격을 받았을 것이다. 그의 살은 갈기갈기 찢어지고, 무거운 십자가를 지는 것은 고사하고 처형장까지 제 발로 걸어가기도 어려웠을 것이다. 우리가 읽은 것에 따르면, 채찍질이 끝나자 로마 병사들은 예수의 머리에 가시관을 씌우고 재미로 고문을 가했으며, 몸에는 자색 옷을 입혀 왕이라고 주장한 그를 조롱했다.

　빌라도는 고문 받은 예수를 궁전 밖 공터로 끌고 나오면서 이 정도면 군중들이 만족하리라고 기대했다.(유대인들은 어떤 경우에도 유월절 주간에는 로마 관청 건물 안에 들어가지 않았다. 부정을 탄다고 생각했기 때문이다. 물론 빌라도도 그들을 안으로 들일 생각이 전혀 없었을 것이다.) 그가 군중들에게 말했다.

"여기 당신들이 말한 사람이 있다!"

빌라도는 이제 군중들이 만족한 얼굴로 돌아가지 않을까 생각했다.

하지만 그의 기대는 산산조각 났다. 군중들은 입을 모아 외쳤다.

"그를 십자가에 못 박으시오! 십자가에 못 박으시오!"

빌라도가 말했다.

"당신들이 그를 데려가 못 박으라. 나는 이 사람에게서 그만한 죄를 찾아내지 못했다."

사람들은 그의 말은 아랑곳하지 않고 계속 요구했다.

"그는 하나님의 아들이라고 주장했습니다. 우리 율법은 이를 금지하고 있습니다."

성경에는 "이적과 표적"을 행하며 이스라엘 백성들을 미혹시키거나 거짓 예언을 행하는 자는 죽임을 당할 것이라고 분명하게 언급되어 있다.(「신명기」 18:20~21) 이제 죽음만이 피에 굶주린 군중을 만족시킬 수 있었다.

군중들의 분노에 좌절한 빌라도는 예수를 다시 안으로 데려왔다. 도저히 사형선고만은 내릴 수 없다는 듯 그는 예수에게 다시 질문을 던졌다.

"그대는 어디에서 왔느냐"

예수는 아무 말도 하지 않았다.

"내게 말하기를 거부하는 것인가?" 빌라도가 물었다. "내가 그대를 풀어줄 수도, 십자가에 못 박을 수도 있음을 모른단 말인가?"

예수가 대답했다.

"하나님께서 주지 않으셨다면 네가 나를 해칠 아무런 권한도 없었을 것이다. 그러므로 나를 네게 넘겨준 사람의 죄는 더 크다"

이 말을 들은 빌라도는 예수를 더욱 놓아주고 싶었다. 하지만 유대 군중들의 분노는 누그러들 줄 몰랐다. 결국 자신의 뜻을 꺾은 빌라도가 물을 가져다가 손을 씻으며 군중들에게 말했다.

"나는 이 사람의 피에 대하여 책임이 없으니, 여러분이 알아서 하시오."(「마태복음」 27:24)

위에서 말한 대로, 빌라도와 예수 사이의 이런 급박한 대화는 우리의 집단 기억의 일부가 되었다. 그렇지만 당시의 역사적 사실에 따르면, 빌라도는 수백 명이 넘는 사람을 십자가에 못 박은 잔인한 사람이었다. 당시의 많은 사람들(예를 들어 필로philo[6] 같은 사람)은 재판도 없이 잔인한 방법으로 사람을 처형하는 빌라도를 폭력배쯤으로 여겼다. 하지만 그리스도교 전통에서는 빌라도를 마지못해 예수를 처형한 인물로 줄곧 묘사해왔다. 아마도 잠재적 비유대인 개종자들에게 좋은 인상을 주기 위해 후대의 예수 제자들이 노력한 덕분일 것이다.

가장 잔인한 사형 수단인 십자가 처형은 로마 시민이 아닌 노예나 유대인 같은 사람이 대상이었다. 반면 로마 시민은 참수형에 처해졌다. 그것이 가장 자비로운 방식으로 여겨졌기 때문이다. 사실

---

6 유대 사상가이자 성서 주해자다.(역주)

십자가 처형은 셀레우코스 왕조[7]나 카르타고인까지 거슬러 올라가는 수백 년이 넘는 역사를 가진 제도다. 생각해보라. 어느 날 갑자기 길가에 섬뜩한 십자가가 세워지고, 거기에 매달린 사람의 시신은 며칠 혹은 몇 주 동안 썩다가 결국은 새나 들짐승의 먹이가 된다. 잠재적인 반역의 무리를 두렵게 만드는 것으로 이 광경을 지켜보는 것보다 더한 것이 있겠는가? 그들은 사형수를 십자가에 묶거나 못으로 박아 서서히 죽게 했다. 천천히 죽을수록 더 좋았다.(여자들이 십자가 처형을 받는 것은 드물었다. 여자의 나신을 드러내는 것은 좋지 않은 일로 여겨졌기 때문이다.) 다른 이유가 없더라도 죄수는 결국 탈수 증상 때문에 죽게 된다. 하지만 이미 끔찍한 매질을 당한 상태에서는(그리고 약간 운이 있다면) 장기 파열과 피부 상처로 인한 과다 출혈로 일찍 숨을 거둘 수도 있다. 이런 처형 방식은 기원후 337년에 기독교도인 콘스탄티누스 대제에 의해 폐지될 때까지 존속되었다.

예수의 십자가 처형은 그의 범죄가 유대법이 아니라 로마법을 어겼다는 것을 증명한다. 그의 처형 광경은 많은 관심을 끌었을 것이다. 복음서들에 따르면, 예수의 십자가 처형은 "해골의 장소"라고 사람들이 부르는 골고다[8]에서 집행되었다. 그곳은 예루살렘 성벽 외곽에 위치한, 늘 강한 바람이 몰아치는 언덕이었다. 『흠정영역성서』를 만든 번역자들은 "해골의 장소"를 의미하는 라틴어 'Calvariae'를

---

7 고대 그리스의 왕조로 기원전 312-364년에 소아시아의 대부분과 시리아·페르시아·바빌로니아 등을 포함하는 왕국을 지배했다.(역주)
8 마가와 마태 그리고 요한은 모두 이곳을 골고다라고 불렀다. 아마도 해골을 뜻하는 히브리어인 gulggolet에서 유래한 듯하다.

'Calvary'로 영역했는데, 이로 인해 그리스도인들은 예수의 처형 장소를 통상적으로 '갈보리'로 부른다. 이 장소는 도시에서 매우 가까워서 오고가는 많은 사람들이 예수를 조롱할 목적으로 십자가 위쪽에 붙여놓은 명패를 볼 수 있었다. 거기에는 아람어는 물론 라틴어와 그리스어로 "나사렛의 예수. 유대의 왕"이라는 문구가 적혀 있었다.(「요한복음」 19:19~20)

예수는 「요한복음」에 나오듯이 십자가를 직접 지고 갔거나, 아니면 구레네 사람 시몬(「마가복음」에서는 알렉산더와 루포의 아버지라고 묘사한 인물이다. 이는 초기 그리스도인들이 이 사람들을 알고 있었고, 이렇게만 써놓으면 '아, 그 시몬!' 하고 고개를 끄덕였을 것이라는 점을 암시한다.)의 도움을 받았다. 내 생각에는 예수가 이미 당한 고문을 생각한다면 그가 십자가를 직접 지고 갔을 가능성은 희박하다. 아마도 그는 이미 갈가리 찢긴 등과 다리의 상처, 그리고 머리에서 흘러내리는 피로 인해 극심한 고통과 어지러움을 느끼고 몇 발자국도 가지 못하고 쓰러졌을 것이고, 더 이상 몸을 가눌 수도 없었을 것이다.

그날 처형장까지 정확히 어떤 경로로 갔는지, 또 도중에 무슨 일이 있었는지는 알 길이 없다. 하지만 그리스도교에는 재판 순간부터 죽음과 매장에 이르기까지 예수가 겪은 고난의 여정을 14개 지점으로 표시한 '십자가의 길'이라는 것이 있다. 우리가 예수의 수난(골고다 언덕에서 죽음에 이를 때까지 예수가 고통을 겪은 시기, 또는 그 복잡하면서도 상징적인 의미로 넘치는 엄혹한 시기를 의미하는 단어)에 대해 묵상할 때 초점이 되는 장소다. 특히 골고다로 오르는 길은 성목요일[9]을 맞이하는 그리스도인들에게 중요한 장소다. 그날 경건한 순례자들은 종종 '슬픔의 길'(Via Dolorosa)[10]을 무릎으로 기어 올라간다.

골고다 언덕의 무시무시한 장면을 상상하는 것은 매우 감당하기 힘든 일이다. 거기에서 예수는 고통과 희생을 통해 자신의 인성人性을 온전히 내보였다. 그의 머리 위 하늘에는 독수리 떼가 선회하고, 주변에는 병사들과 구경꾼들이 여기저기 산만하게 흩어져 굴욕을 당하고 있는 이 희생자의 최후를 기다리고 있었다. 그나마 다행이랄까, 고통의 순간은 비교적 짧았다. 유월절이 다가오고 있었고, 누구도 사형 집행이 길게 끌리는 것은 원하지 않았다. 자칫하다가는 로마에게 멸시당한다고 생각하는 유대인 순례자들이 폭동을 일으킬 수도 있기 때문이었다. 빨리 끝내는 것이 모두에게 이로웠다.

그날 오후 두 명의 "도적"들이 예수의 좌우에서 함께 십자가 처형을 받았다. 아마도 이 두 사람의 실제 정체는 바라바처럼 젤롯당이나 다른 반란 그룹에 속한 혁명가로, 이들은 유월절을 틈타 로마에 대한 저항을 선동할 목적으로 예루살렘에 들어왔을 것이다. 이 두 명의 사형수에 대한 이야기는 복음서마다 다르다. 예를 들어 「누가복음」에서 그들은 각각 뉘우친 도적과 뉘우치지 않은 도적으로 나온다.(「누가복음」 23:39~43) 후자는 예수를 이렇게 조롱했다.

---

9   예수가 제자들과 최후의 만찬을 가진 뒤 겟세마네 동산에서 고뇌하다가 체포된 일을 기리는 날이다. 예수가 체포되어 죽임을 당한 날을 기리는 성금요일의 바로 전날이다.(역주)
10   '십자가의 길'을 다르게 부르는 명칭이다.(역주)

"너는 그리스도가 아니냐? 너와 우리를 구원하여라."

다른 도적은 뉘우칠 줄 모르는 이 사람을 꾸짖었다.

"똑같은 처형을 받고 있는 주제에, 너는 하나님이 두렵지도 않으냐? 우리야 우리가 저지른 일 때문에 그에 마땅한 벌을 받고 있으니 당연하지만, 이분은 아무것도 잘못한 일이 없다."

그런 다음 그는 아름다운 말을 덧붙였다.

"예수님, 주님이 주님의 나라에 들어가실 때에, 나를 기억해 주십시오."

예수가 대답했다.

"내가 진정으로 네게 말한다. 너는 오늘 나와 함께 낙원에 있을 것이다."

십자가 처형에 관한 그림이나 영화에 너무 익숙한 나머지, 우리는 각각의 복음서들이 이 사건을 서로 달리 설명하고 있으며, 이로 인해 그것들을 전체적으로 놓고 보면 각각 읽을 때와는 다르게 복잡한 문제가 발생한다는 사실을 놓치기 쉽다. 당시 현장에는 몇 명의 여인들이 있었다. 예수의 어머니인 마리아, 막달라 마리아, 그리고 "글로바의 아내"인 또 다른 마리아가 그들인데, 마지막 여인은 「요한복음」 19:25에만 나온다.(그녀는 아마도 예수의 이모였을 것이다. 하지만 아무도 확실히 알지는 못한다.) 「누가복음」에는 몇 명의 제자들이 멀찍이서 지켜보았다는 이야기만 나온다. 아마 그들은 공범으로 잡힐 수 있기 때문에 너무 가까이 다가가는 것을 두려워했을 것이다. 「마태복음」은 여느 때처럼 문장이 화려하고 내용도 매우 상세하다. 거기에는 로마 병사들(예수의 옷을 차지하려고 제비뽑기를 한), 유대 지도자들, 그리고 구경꾼들을 포함해 당시 현장을 오고간 많은 사람들의 이야기가 나온다. 「요한복음」에는 '사랑하는 제자'로 불리는 신비의 인물이 나오는데, 십자가에 매달린 예수는 자신의 어머니에게 자신이 떠나고 난 뒤 이 인물이 그녀를 돌보아줄 것이라고 말한다.

"그때부터 그 제자는 그를 자기 집으로 모셨다."(「요한복음」 19:27)

자신의 가족을 대하는 예수의 태도가 변화했음을 보여주는 상세하고도 감동적인 묘사다.

숨을 거두기 직전에 예수가 고통스러워하며 말했다.

"목마르다."

예수가 고통 받는 모습을 더 보고 싶었던 로마 병사는 해면[11]에 신 포도주를 적셔 그의 입에 대었다. 가냘픈 희망마저 사라진 예수는 이제 더 이상 버틸 힘이 없었다.

"다 이루었다."

예수는 그렇게 말하고 머리를 떨구었다. 「마가복음」 15:33~34은 이렇게 적고 있다.

"낮 열두 시가 되었을 때에, 어둠이 온 땅을 덮어서, 오후 세 시까지 계속되었다. 세 시에 예수께서 큰소리로 부르짖으셨다. '엘로이 엘로이 레마 사박다니?'"

---

11 스펀지를 말한다.(역주)

그 소리는 아람어로 "나의 하나님, 나의 하나님, 어찌하여 나를 버리시나이까?"라는 뜻이다. 이 복음서는 「시편」 22편(일종의 조울躁鬱 사이클을 따라가는 「시편」에서 가장 음울한 편 중 하나에 해당된다.)의 첫 구절을 인용한 것이기도 하다.

"나의 하나님, 나의 하나님, 어찌하여 나를 버리십니까? 어찌하여 그리 멀리 계셔서, 살려 달라고 울부짖는 나의 간구를 듣지 아니하십니까?"(「시편」 22:1)

저명한 신약 학자인 리처드 보컴이 말한 대로 복음서의 저자는 "예수의 수난을 이스라엘의 경험과 기대 속에 배치함으로써 수난의 의미 해석에 기여하고 있다."[12] 예수의 일생에서 가장 비극적 경험인 그의 죽음조차도 예정된 계획에 들어맞는다. 예수의 삶과 죽음이 모두 거대한 신화적 순환 고리의 일부다.

마지막 말들을 하는 순간 예수는 「시편」의 다음 부분도 떠올렸을 것이다.

"땅 끝에 사는 사람들도 생각을 돌이켜 주님께로 돌아올 것이며, 이 세상 모든 민족이 주님을 경배할 것이다."(「시편」 22:27)

고난받는 자는 여기서 자신의 정당성을 입증받고 합당한 존경의 자리로 회복되었다. 늘 그랬듯 예수는 자신을 유대 역사의 일부로 보았으며, 자신이 희생양 즉 유월절 양으로서 흘린 피로 말미암아 자신의 백성이 회복되고 신속히 하나님과 화해(속죄)할 수 있음을 이해

---

12 Richard Bauckham, *Jesus and the Eyewithness: The Gospel as Eyewitness Testimony*(Grand Rapids, MI; Eerdmans, 2006), p. 505.

했다.

「마가복음」에 따르면 십자가 처형은 여섯 시간 동안 진행됐다. 「누가복음」에서는 그 끝이 좀 더 빨리 찾아왔다. 거기에서 예수는 마지막 숨을 가쁘게 몰아쉬며 말했다.

"아버지, 내 영혼을 아버지 손에 맡깁니다."(「누가복음」 23:46)

이날은 안식일 전날이었다. 그래서 사람들은 초조했다.

"유대 사람들은 그 날이 유월절 준비일이므로, 안식일에 시체들을 십자가에 그냥 두지 않으려고, 그 시체의 다리를 꺾어서 치워달라고 빌라도에게 요청했다."(「요한복음」 19:31)

아직 살아 있던 두 "도적"에게는 정강이 부러뜨리기(Crurifragium)로 알려진, 죽음을 재촉하는 벌이 가해졌다. 다행히도 예수는 이미 숨을 거두었기 때문에 이 치욕적인 체벌을 피할 수 있었다. 하지만 그의 죽음을 확인해야 했다.

"병사들 가운데 하나가 창으로 그 옆구리를 찌르니, 곧 피와 물이 흘러나왔다."(「요한복음」 19:34)

성경 주해자註解者들은 이 구절을 인간의 피와 하나님의 물의 결합을 상징하는 것으로 해석해왔으며, 이는 사제들이 포도주로 축성祝聖하기 전에 한 방울의 물을 잔에 따르는 이유가 되었다.

예수가 죽기 몇 시간 전, 어둠이 땅을 덮었다. 이 하나님의 뜻을 담은 일식 현상에는 신화적인 울림이 있다. 그러한 사람이 희생 제물로 피를 흘리는 순간, 세상은 어둠에 잠겨야 한다는 것이다. 제사장들이 하나님에 대한 복종의 뜻으로 희생 제물을 바치는 것을 수시로 보아왔던 유대인들은 이러한 상징성을 본능적으로 이해했다. 「히브리서」 10:19~22은 예수의 죽음이 갖는 신학적인 의미를 이렇게 말하고 있다.

그러므로 형제자매 여러분, 우리는 예수의 피를 힘입어서 담대하게 지성소에 들어가게 되었습니다. 예수께서는 휘장을 뚫고 우리에게 새로운 살길을 열어주셨습니다. 그런데 그 휘장은 곧 그의 육체입니다. 그리고 우리에게는 하나님의 집을 다스리시는 위대한 제사장이 계십니다. 그러니 우리는 확고한 믿음을 갖고 참된 마음으로 하나님께 나아갑시다.

대부분의 추정에 따르면 예수는 오후 3시에 숨을 거두었다. 그러고는 일련의 놀라운 일들이 벌어진다. 하나하나가 상징성이 큰 사건들이었다. 일례로, 성전 내 지성소를 가리고 있는 커튼은 길이가 23미터에 이르는데, 그것이 두 쪽으로 찢어졌다. 이는 더 이상 하나님과 인간이 두꺼운 장막의 양편에 따로 살지 않는다는 것을 암시한다. 다른 곳에서는 많은 무덤들이 열리고, 그 안에서 자던 성도들이 일어나 예루살렘 시내를 활보했다.(「마태복음」 27:50~53) 이것은 셰익스피어의 『햄릿』에서 호라티우스가 율리우스 카이사르가 죽은 뒤 "천으로 덮은 주검, 소리를 내며 로마 시내를 거닐었는가?"라고 말하는 대목을 연상시킨다. 같은 작품에서 "거의 최후의 심판 일" 같은 일식이 온 땅을 뒤덮기도 한다.[13] 읽는 이의 마음을 사로잡는 그런 상세한 묘사들이 수년간 퍼져나갔는데, 복음서 저자들도 자신이 쓰는 이야기의 감명을 더하기 위해서라면 그것들을 활용할 수 있다고 느꼈을 것이다.

유대 율법에 의하면 시신은 가능한 한 일몰 전에 매장해야 한다. 예수는 이 점에서는 운이 좋았던 것으로 보인다. 두 명의 유대인 유력자(한 명은 니고데모이고, 다른 한 명은 아리마대 출신의 요셉)가 빌라도에게 가서 십자가에서 예수의 시신을 내려 미리 준비해둔 무덤에 안치할 수 있게 해달라고 요청했다. 예수 입장에서는 매우 관대한 조치였다. 무덤은 골고다에서 그리 멀지 않은 한적한 곳에 있었다. 비록 예수가 그렇게 빨리 죽었다는 사실이 의아하긴 했지만, 빌라도는 그렇게 하라고 허락했다.

그렇게 큰 도움을 제공한 이 착한 사람들은 누구였을까? 니고데모는 복음서에 몇 번 스쳐지나가듯 등장하는 인물로, 고위직 유대 관료임이 분명하다. 요셉도 장로였을 것이고, 나아가 둘은 산헤드린의 일원이었을 가능성도 있다.[14] 유대 엘리트 계층에 속한 사람들이 갈릴리 출신의 방랑 교사이고 치유자이자, 고위층에 어떤 연고도 없었던 예수에게 관심을 갖고 있었다는 사실은 대단히 흥미롭다. 그가

---

13 율리우스 카이사르가 죽었을 때 일어난 기이한 일들을 언급하고 있는 몇몇 고대 문헌들이 있다. 플루타르코스의 『영웅전』 69장과 베르길리우스의 『농경가』를 보라. 베르길리우스는 "카이사르가 죽었을 때 / 태양이 로마를 가엾게 여겼다네 / 그리고 빛나는 자기 얼굴을 검댕으로 가렸다네"라고 했다. 내가 햄릿의 구절에 주목하게 된 것은 A. N. 윌슨Wilson 덕분이다.
14 요셉은 「누가복음」 23:50에 '의회 의원'으로 나오는데, 이는 산헤드린 의원을 지칭하는 그리스어 bouleutes를 번역한 것이다.

유대인들로부터 폭넓은 관심과 사랑을 받았다는 것은 분명하다. 이는 예수가 유대교를 믿는 사람들에게 소외를 당한 것이 아니라, 그들 가운데 한 사람으로 여겨지고 있었음을 시사한다. 여기에 또 다른 정보를 추가할 수 있다. 바로 예수의 형제 야고보와 다른 제자들이 예수가 죽은 뒤에도 "계속해서 성전을 드나들었다."라는 사실이다. 이는 제자들이 예수 사후에 이 신성한 장소와 거리를 둘 필요를 느끼지 못했음을 보여주는 것으로, 예수가 유대인들 사이에서 그렇게 격렬한 반감의 대상은 아니었음을 입증하는 것이다.[15] 다시 한번 말하지만 예수와 그의 운동을 유대적 맥락에서 분리하는 것은 타당하지 않다. 초기 그리스도인들은 스스로 유대교의 관습을 수정하고 확장하려는 사람으로 생각했다. 그들은 별개의 종교를 만들려는 의도가 없었다.

복음서는 예수의 죽음을 신화의 중심에 놓으며, 놀라우리만치 구체적인 용어로 그의 수난을 묘사했다. 예수는 우리 모두가 직면할 수밖에 없는 것들, 즉 수모, 상실, 모욕, 육체적 고통, 고뇌, 그리고 최후의 불가사의인 죽음 그 자체의 본보기가 됨으로써, 그의 고난이 곧 우리의 고난이 되었다. 예수는 빌라도에게 자신은 진리를 증언하려고 이 세상에 왔다고 말했다.

"나는 진리를 증언하기 위하여 태어났으며, 진리를 증언하기 위하여 세상에 왔소."(「요한복음」 18:37)

---

15 「누가복음」 24:53.

수난 설화를 읽다 보면 한 가지 진실이 분명해진다. 거기에는 극도의 고통과 학대, 상상하기 어려운 고문에 직면한 사람이 어떻게 행동해야 하는지 모범을 보여주는, 준비된 누군가가 있다는 것이다. 십자가의 지혜가 다음과 같은 예수의 말 속에 있음을 생각하면, 거기에는 그 이상의 것이 담겨 있다.

"사람이 자기 친구를 위하여 자기 목숨을 내놓는 것보다 더 큰 사랑은 없다."(「요한복음」 15:13)

이러한 사랑은 모든 사랑의 근원인 하나님에게서 흘러나왔지만, 고뇌하는 그리스도 안에서 그 모습이 드러났다. 중세의 신학자 아벨라르는 이렇게 말했다.

"우리가 그리스도에 대한 믿음을 가짐으로써, 그리스도 안에 계신 하나님이 우리의 본성을 자신과 통합시켜주셨다. 또한 스스로의 고난을 통해 자신이 말하는 최고의 사랑을 우리에게 보여주셨다."[16]

그렇게 함으로써 예수는 「이사야」에 나오는 고난받는 종이 되었다.

"그가 찔린 것은 우리의 허물 때문이고, 그가 상처를 받은 것은 우리의 악함 때문이다."(「이사야」 53:5)

그리고 그의 죽음으로 말미암아 십자가의 형상 그 자체로 대표되는 무한한 삶이 우리에게 주어졌고, 횡으로는 '동에서 서까지' 종으로는 '저 아래 구덩이에서 저 위 하늘까지' 뻗어 있는 세계수世界

---

16 Peter Abelard, "The Cross" in *Sermons* 12(Pelikan), p. 106에서 재인용했다.

樹,[17] 즉 T. S. 엘리엇이 "회전하는 세계의 정점靜點"[18]이라고 말한 교차점에서 시간과 영원이 만난다.

---

17 생명의 원천, 세계의 중심 또는 인류의 발상지가 된다는 나무를 말한다. 이 사상은 예로부터 메소포타미아·이집트·이란·인도·북부 유럽·아시아 등지의 민간 신앙·신화·전설 속에 널리 분포되어 있는 수목 숭배의 한 형식이다. 에덴동산에 있는 신익을 아는 '지혜의 나무'가 이에 속한다.(역주)

18 엘리엇은 자신의 시 「사중주」(Four Quartets) 중 '번트 노튼'(Burnt Norton)에서 "회전하고 있는 이 세계에는 육肉도 아니고 탈육脫肉도 아니며, 어디에서 온 것도 아니고 어디를 향해 가는 것도 아니며, 상승도 하강도 아닌 정점靜點(still point)이 존재한다."라고 노래했다.(역주)

7장

부활

모든 신앙은 부활 신앙이다.
— **한스 우르스 폰 발타자르, 「기도」.**

역사에서 신비로의 초월은 지금 여기에서
영원한 실재로서의 몸의 부활을 경험하는 것이고,
현세에 영으로 오시는 재림을 경험하는 것이며.
성육신의 재성육신인 재림을 경험하는 것이다.
우리 안에 그분이 오시는 것이다.
— **노먼 브라운, 「사랑의 몸」.**

확실히 어떤 계시가 가까워졌다.
확실히 재림이 가까워졌다.
재림!
— **W. B. 예이츠, 「재림」.**

매장 장면

「신명기」 21:22~23에서 명령한 유대 율법을 지키기 위해 예수의 매장은 급하게 치러졌다.

"죽을죄를 지어서 처형된 사람의 주검은 나무에 매달아 두어야 합니다. 그러나 당신들은 그 주검을 나무에 매달아 둔 채로 밤을 지내지 말고, 그날로 묻으십시오."

예수를 사랑한 사람들이 나신으로 매달려 수치를 당할 수밖에 없는 십자가에서 한시라도 빨리 그를 내려 묘지에 안장하려고 얼마나 조바심을 내었을지는 보지 않아도 능히 짐작할 수 있다. 마침내 고통은 끝났다.

예수의 시신을 거두도록 허락을 받은 아리마대 사람 요셉은 니고데모와 함께 부드러운 마포로 시신을 조심스럽게 싼 후, 처형장에서 멀지 않은 예루살렘 교외에 안치했다. 바위를 깎아 만든 묘지였다. 니고데모는 방부 처리를 위해 몰약과 침향을 섞은 향료를 가져왔다. 마치 19세기 중반의 크리스마스 노래인 〈동방박사 세 사람〉 속 가사처럼.

> 주의 죽을 몸 위해 나는 몰약 드리네
> 세상 모두 죄인 위해 십자가 지셨네

큰 돌이 무덤 입구를 막았다. 고고학자들이 확인해준 바에 따르면, 이는 당시 부유층 사이에서 흔한 무덤 양식이었다.

사랑하는 스승의 시신을 최선을 다해 돌보고자 했던 이 사람들은, 망자에 대해 적절한 방식으로 경의를 표하는 것이 얼마나 중요한지 잘 이해하고 있었다. 예를 들어 「창세기」에서 하나님은 아브라함에게 반드시 죽은 사람을 좋은 무덤에 매장하라고 명령한다. 그래서 그는 아내인 사라의 시신을 매장하기 위해 가나안 땅 "막벨라에 있는 굴"을 샀다.(「창세기」 23:4-19) 이 율법에 따르면 전쟁 중에 죽은 이스라엘의 적이라도 적절하고 정중하게 매장해야 했다.(「열왕기상」 11:15) 또한, 모세는 이스라엘 백성들이 이 율법을 어긴다면 죽어서도 매장되지 못하여, 그 주검이 새와 들짐승의 먹이가 될 것이라고 경고했다.(「신명기」 28:25-26) 설령 하나님의 아들 메시아가 아니더라도 많은 사람이 훌륭한 스승으로 모신 사람을 정중하게 매장해야 한다는 생각은 1세기에 살던 사람들에게 그다지 놀랄 일은 아니었다. 하지만 사형수의 시신이 정중하게 매장되는 일은 드물었다. 병사들은 종종 그들의 시신을 얕은 구덩이나 도랑에 던져 들개들의 먹이로 만들었다. 크로산은 예수에게도 이런 일이 일어날 수 있었다고 주장하지만, 내 생각에는 설득력이 없다.[1] 그런 어리석은 짓은 틀림없이

---

[1] John Dominic Crossan, *Jesus: Revolutionary Biography*(San Francisco: HarperSanFrancisco, 1995)를 보라. 1세기 무렵 로마에 의해 십자가 처형을 당한 사형수들(대다수가 반란을 획책한 정치범)은 대부분 매장되지 못했다고 크로산은 주장한다. 혁명가들을 숨겨줄 가능성이 있는 사람들에게 공포심을 조장하기 위해서 사형수들은 십자가에 방치되었다. 하지만 이러한 사실이 예수가 정중하게 매장되지 못했다는 주장의 근거가 될 수는 없다. 예수의 매장은 모든 복음서들은 물론 「고린도전서」 15:3-4에도 언급되고 있다. 그리고 앞에서 언급한 바와 같이 빌라도에게는 매장을 허락할 정치적인 이유가 있었다. 여기에 산헤드린 의원 두 명의 영향력도 작용했다.

대중의 분노를 샀을 것이다. 예수는 특히 갈릴리에서 온 순례자들 사이에 충직한 추종자(비록 소수일지언정)를 거느리고 있었다. 빌라도는 유월절 기념 주간을 맞아 모든 팔레스타인 지역에서 사람들이 몰려드는 상황에서, 비록 소수이긴 하지만 그들을 절대 자극하고 싶지 않을 것이다.[2] 신중하게 매장을 택하는 것이 정치적인 관점에서 현명한 처사였고, 유대 관습에도 맞는 길이었다. 각종 문헌과 고고학적 증거들이 그러한 매장이 종종 있었다는 사실을 알려준다.[3]

예수는 금요일 저녁부터 일요일 새벽까지 무덤에 누워 있었다. 부활절로 끝나는 이 사흘을 '트리두움Triduum' 혹은 "성삼일聖三日"이라고 부른다. 예수 생애를 해설하는 사람들은 웨일즈 출신의 시인 R. S. 토머스가 자신의 시 「기다림」에서 "마음속 가시나무"라고 표현할 만큼 예수가 극심하게 겪었을 마음의 고통의 이 시간을 종종 무시하곤 한다. 하지만 성토요일(Holy Saturday)은 예수의 죽음과 부활을 이어주는 통로이자, 예수에서 그리스도로 옮겨가는 놀라운(신학적으로는 복잡한) 통로다. 말기 암과 싸우던 마지막 해에 성토요일에 관한 책을 쓴 신학자 알렌 루이스는 이렇게 말한다.

"부활의 확신이 그 죽음의 참혹함을 바꾸어놓는 것처럼, 부활절 반전의 의미를 알 수 있는 사람은 이미 지옥의 벌린 입을 들여다보

---

2 이 가설에 대한 온진한 논의를 위해서는 Dale C, Allen, *Resurrecting Jesus: The Earliest Christian Tradition and Its Interpreters*(New York: T& T Clark, 2005), pp. 352~360을 보라.
3 1968년에 고고학자들은 십자가 처형 뒤 매장된 '예호하난'의 유해를 발굴했다. 그의 한쪽 발목에는 그때까지 못이 박혀 있었다. 또한 필로와 요세푸스를 통해서도 종교 축제 기간에 매장되는 죄수에 관한 이야기를 들을 수 있다. Hellen K, Bond, *The Historical Jesus: A Guide for the Perplexed*(London and New York: T & T Clark, 2012)를 보라.

고, 하나님 없는 운명에 던져진 세상을 본 사람뿐이다."[4]

다른 말로 하면, 신화는 두 가지 방식으로 이야기를 전한다.

"결말이 알려진 이야기와 끝나서야 결말을 알 수 있는 이야기 … 진실은 이 두 개의 이야기를 다 읽을 수 있을 때 드러난다. 마치 스테레오 음향처럼 양쪽 귀에 각각 다른 소리가 들려온다."

우리 대부분은 바이런이 장편 서사시 『돈 주앙』(15편)에서 묘사한 것처럼, 이 두 세계 사이의 불안하고 과도기적인 공간에서 한동안 살아갈 것이다.

생은 별처럼 서성이네, 두 세계 사이에서

밤과 낮 사이에서, 저 지평선 끝에서

성토요일 동안 예수는 일종의 미실현 상태로 어두운 무덤 속에 누워 있었다. 이때 그는 소위 '지옥 강하'(예수가 지하 세계로 내려가서 죽은 자들에게 복음을 전했다는 이야기)라고 부르는 영적인 심연 상태에 있었다고 전해지기도 하지만, 신화적 색채가 강한 이 전설을 뒷받침할 성서적 근거는 많지 않은 편이다. 사실 신화에는 영웅이 깊은 구덩이에 빠지거나 심리적, 영적, 혹은 물리적인 제약을 당하는 장면이 자주 나온다. 고래 배 속에서 사흘을 보낸 요나가 그랬으며, 영생

---

4 Allan E. Lewis, *Between Cross and Resurrection: A Theology of Holly Saturday*(Grand Rapids, MI: Eerdmans, 2003), p. 42를 보라. R. S. 토머스의 시와 연관하여 루이스를 논의하려면 Richard McClaughan, "R. S. Thomas: Poet of Holly Saturday" in *The Heythrop Journal*, v. 52, Issue 6(November 2011)를 보라.

불멸의 답을 찾아 지하 세계로 내려간 길가메시가 그랬다. 사실 모든 영웅담과 신화에는 불멸을 구하기 위해 저마다 다양한 이름을 가진 지옥 혹은 저승을 찾아가는 영웅들의 이야기가 담겨 있다.(그중 바빌론의 여신 이시타르는 여자가 주인공인 경우다.) 어쨌든 부활절 주간으로 불리기도 하는 성안식일은 예수가 부활 전 어둠 속에 머물러 있던 공간을 상징한다. 그곳에서는 우렛소리처럼 우리의 귓가를 울리는 두 개의 사건이 전개된다. 먼저 생명의 상실을 몸서리치도록 느끼게 하는 거대한 공허가 우리를 덮친다. 하지만 한편으로는 기대가 싹터 오른다. 시간이 지남에 따라 점점 도래하는 생명의 기운을 강하게 느낄 수 있다. 이 힘들고 불안한 시간은 성삼일의 둘째 날이 주는 상징적인 선물로, 리처드 맥러플린이 "하나님 자신이 직접 이 심연을 헤아리셨고, 자신의 창조물을 어둠으로부터 부활의 생으로 다시 불러내셨다."라고 말한 바로 그 초월적 시간이다.[5]

부활절 아침과 그 이후

성안식일 다음 날, 작은 팡파르가 울린 후 거룩한 침묵과 함께 부활절 아침이 밝았다. 복음서들은 부활의 순간 자체는 건너뛰고 있다. 우리는 거기에서 실제로 예수가 깨어나서 눈을 비빈 뒤 일어나

---

5 McLaughlan, p. 985.

기지개를 커는 장면을 볼 수 없다. 무덤을 막고 있던 바위가 굴러 사라지는 모습도 보지 못한다. 말하자면, 예수 부활이라는 경사로운 일은 무대 뒤에서 벌어진 사건이었다.

첫 번째 변화의 조짐은 예수와 가까운 여인들 중 일부가 그의 무덤을 찾았을 때 일어났다. 그곳에 먼저 나타난 여인이 누구인지는 복음서마다 다르게 설명하고 있다. 막달라 마리아 혼자, 혹은 그녀가 예수의 어머니인 마리아나 살로메(마리아의 자매 또는 야고보와 요한의 어머니)와 함께 무덤을 찾았을 수도 있다. 「요한복음」은 막달라 마리아가 애도를 표하기 위해 무덤을 찾았을 때 벌어진 긴장감 넘치는 이야기를 상세히 전하고 있다. 그녀는 무덤 입구를 막은 돌이 없어진 것을 보고 깜짝 놀란다. 혼비백산한 마리아는 베드로와 다른 제자(이름이 나오지 않는)에게 달려가 사실을 말한다. 서둘러 무덤으로 돌아온 제자들은 그것이 비어 있음을 발견하고 충격과 혼란에 빠진다. 그들은 누군가 예수의 시신을 훔쳐갔다고 생각했다. 한편 막달라 마리아는 낮은 소리로 흐느끼며 무덤 바깥에 홀로 앉아 있었다. 그녀는 지난 며칠간 일어난 일을 믿을 수가 없었다. 더구나 예수의 시신까지 사라지다니. 그녀로서는 감당하기 어려운 일들이 계속 벌어지고 있었다.

얼마 있다가 그녀는 무거운 공기가 감도는 어두운 무덤으로 돌아왔다. 거기에는 "흰옷을 입은 두 천사"가 있었다. 그들은 그녀에게 말을 건넸고, 잠시 뒤 한 신비로운 남자가 그녀 곁에 나타났다. 그 남자는 부드러운 목소리로 그녀에게 말했다.

"여인아, 왜 우느냐?"

막달라 마리아는 이 사람이 누구인지 알아보지 못하고, 동산 지킴이라고만 생각했다. 예수가 다시 그녀에게 말했다. 단 한마디였다.

"마리아야!"

이번에는 마리아가 자신의 옆에 서 있는 이가 누구인지 단번에 알아차렸다.

"라보니!"(Rabboni)[6]

마리아는 아람어로 "선생님!"이라고 외쳤다. 그리스어로 기록된 텍스트에 이 아람어 외침이 삽입된 것은 이야기의 진정성을 보여준다. 예수가 막달라 마리아에게 먼저 모습을 나타낸 것은 당연히 베드로 같은 이들을 당혹스럽게 만들 일이었다. 그들은 왜 자신들이 그녀보다 먼저 부활한 예수를 만나지 못했는지 의아했을 것이다. 세 권의 영지주의 복음서(「빌립 복음서」, 「마리아 복음서」, 그리고 「구세주 대화록」)에는 베드로와 마리아 사이의 경쟁 관계에 관한 이야기가 나온다. 나그함마디에서 발견된 복음서[7]들을 연구한 일레인 페이젤스는 성서 정경에 속하지 않는 이 복음서들이 종종 "정통 교회 지도자들에게 맞서는 여성들의 존재를 암시하려고 막달라 마리아를 활용했다."라고 언급했다.[8] 어쨌든 가공되지 않은 날것 그대로의 사실은 이것이다.

---

6 유대교의 율법학자를 이르는 말로 '나의 스승', '나의 주인'이라는 뜻이다.
7 1945년 이집트의 나그함마디 마을 근처에서 초기 그리스도교 영지주의 복음서들이 발견되었다.(역주)
8 Pagels, p. 64.

예수는 막달라 마리아 앞에 처음으로 모습을 드러냈다. 하지만, 그녀는 그를 알아보지 못했다.

누구도 처음(모든 규범을 거부할 뿐 아니라, 어떤 합리적인 설명도 불가능한 부활의 난해하고 신비로운 성격이 잘 부각되는 중차대한 시점인)에는 예수를 알아보지 못했다. 부활한 예수는 죽기 바로 전과 똑 같은 사람이 아니었다. 그는 이전의 모습으로 회복된 것이 아니라, 깜짝 놀랄 만큼 변신을 했다. 실제 예수의 사후 현현顯現 모습은 상상을 불허한다. 그는 「고린도전서」 15:44에 나오는 것처럼 신령한 몸을 얻었다.

"자연적인 몸으로 심는데, 신령한 몸으로 살아납니다. 자연적인 몸이 있으면, 신령한 몸도 있습니다."

여기에는 오묘한 가르침이 숨어 있다. 예수가 우리 가운데 깨어난다 할지라도, 첫눈에 예수를 알아볼 것이라 기대해선 안 된다는 것이다.(이 대목에서 붓다를 떠올린 독자들도 있을 것이다. 붓다도 보리수나무 아래에서 각성하여 새로운 삶으로 깨어났다. 이는 탐욕, 분노, 어리석음의 세 가지 불길이 꺼진 데서 오는 지복至福의 상태, 곧 해탈의 경지를 의미한다.) 인식은 시간이 걸리는 발견의 과정으로, 내가 이 책에서 "점진적으로 실현되는 하나님 나라"라고 부르는 것이기도 하다. 그것은 서서히 깊어지고, 복잡해지며, 황홀감을 안겨주는 깨달음이다.

무덤에서 걸어 나온 예수는 이후 사십 일 동안 여러 제자와 추종자들에게 모습을 드러냈다. 그중 하나가 「누가복음」 24:13~32에 생생하게 기록되어 있다. 「마가복음」 16:12~13에는 간략하게만 나오는 내용이 여기서는 매우 정교하게 묘사되고 있다. 제자 두 명이 예루살렘에서 엠마오로 가는 길을 따라 발걸음을 옮기고 있었다. 그들은 사랑하는 스승, 예수가 죽음에서 깨어났다는 놀라운 소문에 대해서 토론하는 중이었다.(이 소문은 분명히 빠르게 퍼져나갔을 것이다. 하지만 누구도 그것이 믿을 만한 이야기인지는 알지 못했다.) 그들이 이야기를 나누고 있을 때, 길가의 그늘에서 제3의 인물이 나타나 그들 쪽으로 다가왔다.

그가 물었다.

"당신들이 걸으면서 서로 주고받는 이 말들은 무슨 이야기입니까?"

제자들은 믿을 수 없다는 듯이 그를 쳐다보았다.

"예루살렘에 머물러 있었으면서, 이 며칠 동안에 거기에서 일어난 일을 당신 혼자만 모른단 말입니까?"

그들은 이 정체 모를 나그네에게 "말과 행동에 힘이 넘치던 예언자"로서 나사렛의 예수라 불렀으며, 하나님과 특별한 관계를 누렸던 사람에 대해 말해주었다. 그의 텅 빈 무덤을 찾아간 여인들의 이야기도 다시 들려주었다.

이야기를 다 듣고 난 예수가 그들을 꾸짖었다.

"어리석은 사람들입니다. 예언자들이 말한 모든 것을 믿는 마음이 그렇게도 무디니 말입니다."

하지만 이런 꾸지람을 듣고도 동행인의 정체를 알아채지 못한 두 제자는 저녁 식사에 그를 초대했다. 예수는 그들의 제의를 수락했다. 저녁 식사 자리에서 예수는 빵을 손에 들고 감사 기도를 드렸다.

"그제서야 그들의 눈이 열려서, 예수를 알아보았다."

기이하게도 그들이 스승을 알아보자마자 예수는 휙 사라졌다. 그것은 그의 모습을 간직하고 소유하는 일이 어렵다는 점을 암시하는, 기이하면서도 강렬한 이야기다. 죽음에서 일어난 예수는 끝없는 집중과 강한 믿음 그리고 헌신을 요구했다.

「요한복음」 21장에 나오는 것처럼 예수의 가장 가까운 제자인 베드로와 도마, 나다나엘, 그리고 예수가 '사랑하는 제자'로 부른 신비의 인물을 포함한 두 명의 다른 제자들도 그를 알아보지 못했다. 십자가 처형이 있은 직후 이 예수의 핵심 제자들은 갈릴리로 돌아왔다. 아마 그들은 스승을 잃은 허망함과 혼란에 빠져 자신들의 앞날을 깊이 걱정했을 것이다. 지금까지 이끌어준 예수 없이 그들은 어떻게 이 세상을 살아갈 것인가? 누가 그들을 먹여 살릴 것인가? 이러한 상황에 처한 사람들은 보통 익숙한 이전 상태로 돌아가는 법이다. 원래 어부였던 그들은 다시 물고기를 잡기 시작했다. 하지만 고기잡이는 여의치 않았다.

그들은 이른 아침에 갈릴리호숫가에 있었다. 고기를 한 마리도 잡지 못한 제자들은 절망에 빠져 있었다. 그때 예수가 호숫가에 나타났지만, 아무도 그를 알아보지 못했다.

예수는 큰 목소리로 그들에게 물었다.

"애들아, 무얼 좀 잡았느냐?"

그들은 어떤 물고기도 미끼를 물지 않았다고 침울하게 대답했다. 아무런 희망도 없어 보였다.

그때 예수가 그들에게 조언을 했다.

"그물을 배 오른편에 던져라. 그리하면 잡으리라"

그들은 아마 의아했을 것이다. 이 건방진 사람은 누구지? 우리도 이미 할 만한 건 다 해봤다는 걸 모르나 보지? 하지만 예수의 말은 권위가 넘쳤음이 틀림없다. 그들은 결국 그의 조언을 따랐다. 그물은 순식간에 물고기로 가득 찼다. 너무 무거워 배로 끌어올릴 수 없을 정도였다. 틀림없는 기적이었다.

베드로는 호숫가에 서 있는 이가 누구인지 깨달았다.

"저분은 주님이시다!"

그가 숨이 막힐 듯한 목소리로 말했다.

하지만 다른 제자들은 의구심이 가득한 표정으로 호숫가로 다가왔다. 베드로의 말을 어떻게 믿을 수 있단 말인가? 이 낯선 이는 숯불 위에 아침을 마련해놓고 홀로 서 있었다. 그는 빵과 생선을 나눠주며 제자들을 쳐다보았다. 그에게서 뿜어 나오는 빛은 누구도 부인할 수 없는 것이었다. 이제 그들은 "그가 주님이라는 것을 알았다." 하지만 그들은 자신의 눈을 믿을 수가 없었다. 이것은 어떤 속임수가 아닐까? 유령이 그들 앞에 나타난 것인가? 꿈을 꾸고 있는 것인가?

이러한 이야기들에는 더 큰 진실이 숨어 있다. 예수는 나사로처럼 단순히 무덤에서 일어나 걸어나온 뒤 일상으로 복귀한 것이 아니다. 부활은 소생이 아니다. 앞에서 말한 대로, 그의 가장 가까운 사람들도 그를 알아보지 못했다. 막달라 마리아조차 예외는 없었다. 이제 그는 다른 세계에 속한 사람으로 완전히 변모되었다. 예수 신화의 이 부분이 우리에게 이야기하고 있는 것은 쉬운 대답을 단호히 거부하면서 깊이 성찰하고, 독일 신학자 루돌프 오토가 '거룩함'이라고 부른 불가해한 현상에 기꺼이 복종하라는 것이다. 여기서 우리는 소위 '전율하지 않을 수 없는 신비'(mysterium tremendum)로 불리지만 그 구체적인 모습에 대해서는 말이나 글로 표현하기 어려운 신적 존재, 이성으로는 이해할 수 없고 쉽게 식별되지도 않는 "사방에 가득하며, 모든 곳을 비추는 빛"과 같은 존재를 감지할 수 있다.[9]

사복음서와 바울 서신을 읽다 보면 예수의 사후 현현의 성격과 순서에 대한 설명들이 서로 현저하게 다르다는 것을 알 수 있다. 바울이 고린도 교회에 보내는 첫 번째 서신에는 이러한 현현이 요약되어 있다.

"게바(베드로)에게 나타나시고 다음에 열두 제자에게 나타나셨다고 하는 것입니다. 그 후에 그리스도께서는 한 번에 오 백 명이 넘는 형제자매들에게 나타나셨는데, 그 가운데 더러는 세상을 떠났지만, 대다수는 지금도 살아 있습니다. 다음에 야고보에게 나타나시고, 그 다음에 모든 사도들에게 나타나셨습니다. 그런데 맨 나중에 달이 차지 못하여 난 자와 같은 나에게도 나타나셨습니다."(「고린도전서」 15:5-8)

이 사건이 일어난 지 20년 남짓 흐른 시점에서 작성된 이 서신은

---

9 Rudolf Otto, *The Idea of the Holy*, 2nd trans, John W. Harvey(New York: Oxford University Press, 1950), p. 34. 또한 Melissa Raphael, *Rudolf Otto and the Concept of Holiness*(Oxford: Clarendon Press, 1997)를 보라.

두 가지 사실을 알려준다. 예수와 부활에 대해 많은 이야기들이 널리 회자되고 있었고, 어느 이야기도 일관성이 없었다는 것이다. 이야기꾼들은 모두 자신만의 목적들이 있었으며, 이야기는 청중에 따라 바뀌었다. 「마가복음」의 저자는 예수의 사후 현현에 대해서 짧은 구절(16:9~20) 외에는 거의 언급하지 않았다. 이 간략한 구절마저도 초기 원고에는 포함되지 않은 것이었다. 「마태복음」에서도 28장의 몇 구절을 제외하고는 예수의 재출현에 대한 언급이 거의 나오지 않는다. 거기에서 예수는 남은 열한 제자를 만나서 지상의 명령을 내린다.

"그러므로 너희는 가서, 모든 민족을 제자로 삼아서, 아버지와 아들과 성령의 이름으로 세례를 주고, 내가 너희에게 명령한 모든 것을 그들에게 가르쳐 지키게 하여라. 보아라, 내가 세상 끝 날까지 항상 너희와 함께 있을 것이다."(「마태복음」 28:19~20) 「누가복음」에는 엠마오로 가는 길에서 벌어지는 일과 베드로에게 모습을 나타낸 예수에 관한 간략한 이야기가 나오며, 거기에 더해서 예수가 예루살렘에 남아 있는 열한 명의 제자를 찾아온 일도 소개되고 있다. 「누가복음」의 연장인 「사도행전」에서 예수는 승천하기 전 40일 동안 수차례에 걸쳐 제자들에게 모습을 나타낸다. 「요한복음」에서 예수는 무덤에서 막달라 마리아를 만나고, 예루살렘으로 제자들을 찾아가며, 갈릴리 호숫가에서는 기석을 일으켜서 제자들로 하여금 물고기를 잡게 해주었다. 이 고기잡이에는 문자 그대로의 뜻도 있지만 상징적인 의미도 있다. 이 어부들로 하여금 "사람 낚는 어부", 즉 복음의 기쁜 소식으로 사람을 낚는 선교사로서의 역할을 일깨워주고 있는 것이다. 복음서들을 읽는다는 것은 앞에서도 언급한 것처럼 문자 그대로의 이야기에 담긴 진실의 무게를 훼손하지 않으면서, 동시에 그 상징적인 맥락을 발견해내는 재신화화再神話化의 작업이다.[10]

부활한 예수의 몸도 무엇을 읽느냐에 따라 그 성격이 다르게 설명되고 있다. 한 예로, 예수는 의심이 많은 도마에게 자신이 유령이 아님을 증명하려고 몸에 난 상처를 만져보게 한다. 도마는 이를 통해 예수의 몸이 실체라는 것을 깨닫고 만족해한다. 「요한복음」에서 예수는 마치 유령처럼 닫힌 문을 통과한다. 이것은 그가 가진 무형의 영적인 측면을 강조하기 위한 이미지다. 「누가복음」 24:42~43에서 예수는 꿀을 삼키고 "구운 생선 한 조각"을 먹음으로써 제자들을 놀라게 한다. 그들은 마치 예수의 행동을 전혀 예상하지 못한 것처럼 그를 바라보았다. 예수는 자신의 실재實在를 증명해야만 했다. 대부분의 경우 예수의 출현은 꿈과 같은 것이었다. 바울에게 일어난 일도 그중 하나다. 다마스쿠스로 가고 있던 바울은 예수의 목소리를 들은 뒤 회심했다.

"나는 네가 핍박하는 예수다."(「사도행전」 9:5)

바울이 눈을 떴을 때 그는 아무것도 볼 수 없었다. 성령은 사라지고 없었다.

---

10 나는 복음서 이야기의 근간을 이루는 상상의 측면을 더 중시하는 입장이다. 하지만 그렇다고 해서 문자 그대로의 읽기와 비유적 읽기 사이의 균형을 더 강조하는 불트만의 탈신화화脫神話化와 완전히 상충되지는 않는다.

예수를 생각하는 사람이라면 누구나 거대한 질문에 봉착하게 된다. 그는 정말로 죽은 자 가운데서 일어났는가? 부활은 실제로 존재했는가? 만일 있었다면 그것은 어떤 모습이었을까? 역사 속의 많은 그리스도인들이 부활은 인간의 이해를 넘어서는 어떤 것이라는 점을 받아들이지 못하고, 그것을 소생이라고만 생각해왔다. 내 생각은 이렇다. 삶과 죽음은 불가사의하며 이 둘은 투과성透過性을 가진, 위험할 정도로 얇은 막에 의해 나눠져 있다. 예수는 죽은 자 가운데서 일어났다. 성경이 그렇게 말하고 있다. 이것을 의심할 이유는 없다고 본다. 하지만 근본주의 교회들이 주장하는 것처럼 부활을 문자 그대로 믿는 것이 그리스도교 "복음"에서 유일하게 중요한 부분은 아니다. 이세상 안에서 살아 숨 쉬고 있는 하나님의 사랑에 대한 메시지는 모든 것에 우선하며, 그것은 참된 영적 깨달음의 토대가 되는 거듭남의 필연적인 결과로서 우리를 찾아온다. 문자와 비유 사이의 적절한 균형점을 찾는 것, 문자 그대로의 구체적인 의미에 무게를 두면서 동시에 그 신화적인 맥락도 음미해보는 것이 여기보다 더 중요한 곳은 없다.

예수는 창조의 근원이자 모든 존재의 근거인 하나님과 화해하는 좋은 모범을 우리에게 보여주었다. 부활은 내게 기쁨을 의미한다. 하지만 예수의 변모된 몸은 인간의 이해를 뛰어넘는 것이라는, 이 사건의 신비로운 측면을 포용하지 못하는 해석은 이 기쁨을 감소시킨다. 아마 의심 많은 도마가 예수의 물리적 현현이 필요했던 것처럼, 여전히 일부 사람들도 그럴 것이다. 그러나 복음서 저자들은 부활한 예수가 모든 사람을 당황하게 만들었고, 서로 다른 사람들이(당시 예수의 가장 가까운 제자들조차도) 서로 다른 방식으로 이 사건을 받아들였다고 반복해서 말하고 있다. 엠마오로 가는 길에서처럼, 예수 자신은 이러한 신비를 한껏 즐긴 것처럼 보인다. 그는 사람들이 자신을 보자마자 알아볼 것이라고 예상하지 않았으며, 그것을 원하지도 않았다.

문자주의는 환원주의이며 하나님을 향해 온전하게 나아가는 것을 방해한다. 나는 여기에서 한 걸음 더 나아가 이야기의 문자적 측면만을 전적으로 고집하는 것은 매우 위험하다고 주장하고 싶다. 노만 브라운은 저서 『사랑의 몸』에서 부활은 깨어나 삶을 되찾는 것이라고 말했다.

"내게는 이것이 부활을 육체의 소생으로 '믿지' 않으면 '구원'도 없다고 주장하는 완고한 그리스도인들보다 더 유용한 사고인 것처럼 보인다."

십자가 처형의 '희생적' 혹은 '대속적' 측면을 강조하는 근본주의적 견해는 중세 시대에 발전했으며, 단 하나의 간명하고 견고한 성서의 의미를 강조한 마르틴 루터에게서 공고화되었다. 그렇게 해서 성서의 텍스트는 상징적인 해석을 거부하는 강력한 요새가 되었다.(루터가 초기에는 성서 구절을 상징적으로 해석하는 데 호의적이었음을 밝혀두고 싶다.) 희생양으로서의 그리스도 개념은 많은 이에게 다른 모든 해석들을 배척하며 그리스도교 메시지의 전부가 되었고, 구원에 대한 배타적인 견해를 낳았다.[11] 하지만 일찍이 사도 바울은 고린도 교회

---

11 예를 들어 Jason B. Hood, "The Cross in the New Testament: Two Theses in Conversation with Recent Literature(2000~2007)", *Westminster Theological Journal* 71(2009), pp. 281~95를 보라. 각

에 보내는 그의 두 번째 편지에서, 새 언약을 전하는 일꾼이 되려면 성서의 온전한 의미를 훼손하는 방식으로 그것을 읽어서는 안 된다고 경고했다.

"문자는 사람을 죽이고, 영은 사람을 살립니다."(「고린도후서」3:6)

바울은 그리스도 안에서 "모든 사람이 살아나게 될 것입니다."(「고린도전서」15:22)라고 말했다. 여기서 그는 명백히 다층적多層的인 견해를 취함으로써 자신의 권고를 충실히 이행하고 있다. 바울은 육체의 소생이 필요한 "죽은 자"를 말하고 있는 것이 아니다. 그의 말은 영적 깨어남이 일어나야만 하고, 그것의 의미를 이해한 사람은 새로운 삶을 얻게 된다는 뜻이다. 그것은 시인이자 트라피스트회 수도사인 토머스 머튼이 1960년대 후반에 스리랑카의 폴로나루와에서 거대한 불상들과 마주쳤을 때 경험했던 감정과 다르지 않다.

"이 불상들을 바라보고 있을 때 내 의지와는 전혀 상관없이 갑자기 그동안의 습관적이고, 반쯤 어딘가에 묶여 있는 듯했던 사물에 대한 시각에서 벗어나게 되었다. 마치 바위 안에서 폭발이라도 일어난 것처럼 내면의 명징함이 뚜렷하고 선명해졌다."[12]

바울이 말한 그런 종류의 깨어남을 절로 연상하게 하는 발언이 아닐 수 없다.

주만 읽어도 이 주제에 대한 방대한 문헌이 존재함을 알 수 있다.

12 The Asian Journal of Thomas Merton, eds, Naomi Burton, Patrick Hart, and James Laughlin(New York: New Directions, 1973), p. 233.

승천

부활한 뒤 40일 동안 자신의 실재를 증명한 예수는 제자들을 예루살렘 외곽의 베다니 언덕으로 데려갔다. 그는 손을 들어 그들을 축복했다.

"예수께서는 그들을 축복하시는 가운데, 그들에게서 떠나 하늘로 올라가셨다."(「누가복음」 24:51)

「마가복음」과 「누가복음」에만 나오는 이 사건은 예수의 삶에 필요한 결말을 보여주는 놀라운 장면이다. 두말할 필요도 없이 제자들은 상실감에 어찌할 바를 몰라 했다. 그들은 또 한 번 자신의 스승을 잃은 것이다. 이때 한 천사가 혼란스러워하는 제자들에게 말했다.

"갈릴리 사람들아, 어찌하여 하늘을 쳐다보면서 서 있느냐? 너희를 떠나서 하늘로 올라가신 이 예수는, 하늘로 올라가시는 것을 너희가 본 그대로 오실 것이다."(「사도행전」 1:11)

천사의 말을 들은 그들은 말할 수 없는 기쁨을 느꼈다. 예루살렘 성전으로 돌아온 제자들은 그리스도의 승천을 본 것에 대해 하나님께 찬양을 드렸다.[13]

천사의 메시지는 이른바 재림을 의미한다. 그리스어 '파루시아parousia'(이 단어는 『신약성서』에 모두 24번 나오는데, 그중 17번이 예수의 현

---

13 간략하나마 '승천'에 관한 이야기는 「사도행전」 1:9-11, 「마가복음」 16:19, 「누가복음」 24:50-53을 보라.

현을 가리킨다.)에 해당하는 이 단어는 메시아의 귀환을 알리는 것이다. 파루시아는 '도착' 혹은 '실재'로 번역되지만 '현현'으로 해석되기도 하며, 그 밖에도 다양한 방식으로 이해될 수 있다. 일부 그리스도인들은 실제로 휴거라고 불리는 극적인 순간에 그리스도가 다시 나타나 공중에서 죽은 자들을 들어 올리고, 산 자들도 그들의 판에 박힌 일상으로부터 건져 올릴 것이라고 믿는다. 이러한 생각은 「요한계시록」에 나오는데, 그 기원은 「다니엘」에 나오는 꿈과 환상들이다. 사실 인자人子와 같은 중요한 개념들이 많이 나오는 「다니엘」은 『신약성서』 중 첫 번째 책으로 간주될 만하다.[14]

실제로 육체의 부활과 연관된 내세 관념은 『구약성서』에는 거의 존재하지 않았다. 토라에서 사후 세계는 미지의 영역, 혹은 아예 관심을 두거나 언급할 가치가 없는 대상처럼 보였다. 죽은 자는 그리스 신화의 하데스와 같은 음부陰府인 스올로 가는데, 이곳은 일종의 영혼 처리장 같은 곳이었다. 지금도 그렇지만 당시의 유대인들도 죽은 다음의 일은 운명에 맡기고, 오로지 현재의 삶에 초점을 두고 살았다. 그러나 바빌론 유폐기 동안 이스라엘 민족 전체에 대한 구원 개념이 개인적 부활에 대한 믿음으로 변화했고, 그 결과 「다니엘」이 쓰인 기원전 2세기에 이르러서는 죽은 자가 하늘로 올라가 의인

---

14 꿈처럼 모호한 계시에 관한 구절들을 파고들거나, 연결될 수 없는 점들을 이으려고 집요하게 노력하는 근본주의자들의 설교를 듣고 있노라면 피곤해질 때가 있다. 나는 종종 그들이 「욥기」의 훌륭한 충고에 귀를 기울여보면 좋겠다고 생각한다. 거기에서 하나님은 이렇게 말씀하셨다. "하실 말씀이 있으시면, 내가 듣겠습니다. 서슴지 말고 말씀해주십시오. 나는 어른이 옳으시다는 것을 드러내고 싶습니다. 그러나 하실 말씀이 없으시면, 조용히 들어주시기만 바랍니다. 그러면 내가 어른께 지혜를 가르쳐 드리겠습니다."(「욥기」 33:32-33)

들 사이에서 "별처럼 영원히" 빛난다는 생각을 갖게 되었다.(「다니엘」 12:3)

예수 시대의 성전 엘리트 계층인 사두개파 사람들은 내세가 중요하지 않다는 생각을 고수했다. 그들은 내세를 거의 의식하지 않고 살았으며, 그것에 대해 논의하길 싫어했다. 「사도행전」 23:8에 나오는 대로 "사두개파 사람은 부활도 천사도 영도 없다고 했다." 이러한 견해는 "사두개파의 교리는 그들의 몸과 함께 정신도 파괴했다."[15]라고 적은 요세푸스 같은 유대인 학자들에 의해 확인된 것이다. 반면에 바리새파는 몸의 부활 개념을 발전시켰는데, 이는 초기 그리스도인들에게 영향을 미쳤으며, 특히 바울의 영향을 받은 신학자들은 수세기에 걸쳐 '영적인' 혹은 '영광을 받은' 몸이란 개념과 함께 완전한 형태의 생존 개념을 발전시켰다. 예수 자신은 제자들에게 죽은 자가 깨어 일어나면 "하늘에 있는 천사들과 같다."라고 다소 모호하게 말했다.(「마가복음」 12:25) 예수의 가르침은 현재의 삶에 초점이 맞춰져 있다. 그가 참된 제자라면 다른 이들과 다르게 행동해야 한다고 제자들에게 누누이 강조한 것도 그러한 이유 때문이다.

"너희는 그 열매를 보고 그들을 알아야 한다."(「마태복음」 7:16)

이러한 생각은 「야고보서」 2:20에 이르러 더욱 아름답게 확장되고 심화된다.

"아, 어리석은 사람이여, 그대는 행함이 없는 믿음은 쓸모가 없다

---

15 Josephus, *Antiquities* 18.16.

는 것을 알고 싶습니까?"

산상수훈에서 그는 하늘나라가 온유와 겸손, 자비와 평화와 같은 덕을 실천하는 사람들의 것이라고 강조했다.

성령강림절의 불

예수의 승천이 있고 나서 10일 뒤 제자들이 예루살렘에 모였다. 유대 전통에 따라 유월절이 지난 뒤 50일 째에 열리는 오순절을 위해서였다. 그리스어를 구사할 줄 아는 유대인은 이 명절을 '50일'을 의미하는 그리스어인 '펜테코스트pentecost'로 불렀는데, 오순절이 이집트로부터 이스라엘이 해방된 때부터 모세가 시나이산에서 십계명을 받은 때까지의 기간을 기념하는 명절이었기 때문이다. 그리스도교의 성령강림절은 비록 자신만의 독특한 색채를 갖고 있다고는 하지만, 기본적으로는 이러한 유대 전통으로부터 출발한 것이다.

제자들은 예루살렘에 있는 한 방에 모였다. 예수의 어머니 마리아와 다른 추종자들도 자리를 함께했다. 그 방에서 일어난 매혹적인 이야기가 「사도행전」 2:1~6에 나온다.

오순절이 되어서, 그들은 모두 한 곳에 모여 있었다. 그때 갑자기 하늘에서 세찬 바람이 부는 듯한 소리가 나더니, 그들이 앉아 있는 온 집 안을 가득 채웠다. 그리고 불길이 솟아오를 때 혓바닥처럼 갈라지는 것 같은 혀들이 그들에게 나타나더니, 각 사람 위에 내려앉았다. 그들은 모두 성령으로 충만하게 되어서, 성령이 시키시는 대로, 각각 방언으로 말하기 시작했다. 예루살렘에는 경건한 유대 사람이 세계 각국에서 와서 살고 있었다. 그런데 이런 말소리가 나니, 많은 사람이 모여와서, 각각 자기네 지방 말로 제자들이 말하는 것을 듣고서, 어리둥절했다.

하나님이 위로와 도움을 주기 위해 성령(삼위일체 중 세 번째 위격)을 보내셨을 때 방언의 기적이 일어났다. 성령강림절에 불의 왕관이 희망의 불꽃처럼 그들의 머리 위를 맴돌았다.
성령의 임재臨在는 방 안의 모든 사람을 두렵게 만들었을 것이다. T. S. 엘리엇은 "리틀 기딩Little Gidding"[16]에서 이 순간을 이렇게 형상화했다.

비둘기 내려오며 대기를 흔드네,
그 찬란한 공포의 불길로.

이제 이 세상에 하나님의 성령이 임하고, 보이지 않는 바람이 제자들의 등을 받치고 있다. '불의 혀'처럼 방 안에 나타나 그 존재를 느낄 수 있게 하고, 바벨의 저주로 생겨난 언어의 혼란을 해소하는 일

----

16 T. S. 엘리엇의 장편 서사시 《사중주》의 일부분이다.(역주)

종의 초월적인 이해를 가능하게 하는 영靈의 개념에는 무엇인가 독특한 것이 있다. 여느 때처럼 사람들은 선례와 유사 사례들을 찾으며 성령의 의미를 탐구했으며, 이로 인해 수많은 관련 문헌들이 탄생했다.

예를 들어, 레이먼드 브라운의 연구에 따르면, 유대인 저술가 필로는 천사가 강한 바람 소리와 함께 나타나서 저 아래 평원의 백성들에게 하나님이 모세에게 하신 말씀을 전했다고 묘사했다.[17] 그야말로 오순절의 순간을 거울처럼 똑같이 보여주는 역사 속의 장면이 아닐 수 없다. 또 「민수기」의 아름다운 구절을 떠올릴 수도 있다. 바로 하나님이 모세와 "백성의 장로 가운데 70명"에게 성령의 도움을 내리는 장면이다.

"그때에 주님께서 구름에 휩싸여 내려오셔서 모세와 더불어 말씀하시고, 모세에게 내린 영을 장로들 일흔 명에게 내리셨다. 그 영이 그들 위에 내려와 머물자, 그들이 예언했다."(「민수기」 11:25)

성령의 임재가 하나님과 이스라엘의 언약을 나타내는 것처럼, 그리스도교의 성령강림절은 하나님과 인간 사이의 새로운 언약을 상징한다.

성령강림절에 베드로는 다락방에서 격정적으로 설교를 했다.(「사도행전」 2:14~36)

"내가 만민에게 내 영을 부어 주리니, 너희 자녀들은 예언을 하

---

17 Brown, pp. 283~284.

고, 노인들은 꿈을 꾸며, 젊은이는 이상理想을 볼 것이다."(「요엘」 2:28)

베드로는 이처럼 성령강림절을 『구약성서』에 종종 등장하는 표적들이 성취된 것으로 해석하면서, 그리스도교 신앙의 정수에 대해 설파했다. 복음서 저자들과 바울이 당시 사건들의 의미를 부각시킬 수 있는 초기 성경 속의 구절들을 얼마나 잘 찾아냈는지 그저 놀랍기만 하다. 예수와 마찬가지로 그들이 말하고 행동한 모든 것들도 예언의 성취다. 이제 성령이 하늘에서 부어지고, 예수 운동에 참여하는 모든 이들은 거침없이 꿈을 꾸고, 생생한 비전을 누리게 될 것이다.

부활로 인해 예수의 제자들은 급격히 변화했다. 사실 초기에는 다른 예언자들과 스승들이 존재했다. 세례자 요한이 그 예다. 하지만 죽음을 이긴 예수는 모든 초점을 하나님 나라(종종 예수 자신도 가르침의 주제로 삼았던)에서 "믿음"의 순간에 찾아오는 삶의 갱신으로 바꾸어놓았다. 이는 일부 그리스도인들이 주장하는 것처럼 예수가 일련의 도그마에 대한 지적 동의를 통해 사람들이 구원받을 수 있기를 원했다는 의미가 아니다. 그리스어나 라틴어의 어원상 '믿다'(believe)라는 단어는 무언가에게 '자신의 가장 깊숙한 자아를 내어주다'라는 뜻이다. 라틴어로는 'credo'인데, 'cor do'라는 말에서 유래했다. '내 심장을 내어주다'는 뜻이다. 영어 단어 'believe'는 어근으로 보면 '소중히 여기다'는 뜻을 가진 중세 영어인 'bileven'과 연결된다. 따라서 예수를 믿는다는 것은 그를 소중히 여기며, 그의 임재와 모범을 소중하게 생각한다는 것이다. 20세기 미국을 대표하는 신학자 라인홀드 니버는 믿음이란 "천국의 가구家具나 지옥의 온도"에 대하여 알거나 "하나님 나라의 세부 사항들"에 대해 확신하고 있다고 주장하는 것이 아니라고 말했다.[18] 그러한 태도는 미지의 것을 빈약하고 보잘 것 없는 것으로 전락시킬 뿐 아니라, 너무 문자에 얽매여 영원한 생명의 큰 진리, 곧 온전한 의미에서의 복음을 담아낼 수 없게 만든다.

예수의 초기 제자들, 그리고 점점 늘어난 그의 사도들과 신실한 종들은 세상에 복음을 전파하기 위해 자신의 삶을 바쳤다. 그리고 자신들의 상상하는 것 이상으로 이러한 지상명령의 완수에 성공했다. 초기 교회들이 로마제국 곳곳에서 만들어지기 시작했다. 일부 그리스도인들은 예루살렘에서 예수의 형제인 야고보를 중심으로 초기 교회 운동을 전개했고, 멀리 로마나 그 너머까지 나아가는 그리스도인들도 있었다. 1세기 중반 다마스쿠스로 가는 길에서 예수를 만난 바울은 로마, 고린도, 에베소, 골로새, 빌립보, 갈라디아, 그리고 데살로니가의 교회에 보낸 그의 빛나는 서신들을 통해 그리스도 신학의 반석을 마련했다. 이후 오리게네스, 아우구스티누스, 아퀴나스에서 지금에 이르기까지 신학자들은 예수가 격동적인 공생애 사역 기간과 십자가 처형, 그리고 부활을 통해 제시했던 사상을 정교하게 다듬고, 논쟁하고, 기록했다.

그리스도(메시아)가 된 예수의 핵심적인 메시지는 다양한 형태로 표현되고 있지만, 그중 백미는 「마가복음」 8:34에 나오는 놀랄 만큼

---

18 Reinhold Niebuhr, *The Nature and Destiny of Man*, Vol. II (Louisville, KY: John Knox Press, 1996), p. 294.

간명한 문구다.

"나를 따라오려고 하는 사람은, 자기를 부인하고, 자기 십자가를 지고, 나를 따라오너라."

이러한 십자가의 성격(그 무게나 구조, 그 구체적인 공포나 고통의 정도)은 다양할 수 있지만, 그것이 감당하기 쉽지 않은 짐이라는 것은 분명하다. 하지만 동시에 그것이 이 망가진 세상을 고치고, 하나님의 사랑을 발견하고자 하는 열망으로 예수를 따르는 제자들에게 부활절 아침의 환희와 위로, 그리고 하나님과 화해하는 기쁨을 선사하는 것 또한 분명하다. 시인 제라드 맨리 홉킨스Gerard Manley Hopkins가 노래한 기념비적인 시구처럼.

나도 한순간에 그리스도가 된다네,
그도 나 같았기에.

8장

예수, 그 이후

아, 당신의 빛이 어떻게 어우러지며

그 영광이 얼마나 찬란한지 압니다.

구절 하나하나마다 반짝거리는

이야기는 밤하늘 별자리와 같습니다.

— **조지 허버트**, 「**성서**」.

최고의 계시는 하나님이 모든 사람 안에 있다는 것이다.

— **랄프 왈도 에머슨**, *Journals*.

목격자의 증언

불트만은 이렇게 썼다.

"그리스도의 출현은 세상과 그 역사에 종지부를 찍는 사건이다. 이 역설은 곧 역사적 사건이 동시에 종말론적 사건이라는 주장이다."[1]

예수는 2천 년도 넘는 세월 동안 이 거대한 역설을 통해 추종자들을 매혹시키고, 회의론자들을 성가시게 만들었으며, 그의 존재 의미를 궁금해하는 많은 사람에게 당혹감을 안겨주었다. 예수의 역설은 그가 역사를 지우는 동시에 그것에 의존한다는 데 있다. 예수와 그의 존재 의미에 대한 생각은 그가 세상을 떠나는 순간부터 진화하기 시작했다. 그의 제자들은 곧바로 팔레스타인에서부터 외부로 복음을 퍼뜨리기 시작했다. 대상 지역은 마케도니아, 트라케, 카파도키아 같은 인근의 로마 식민지에서 점차 크레타, 몰타, 시칠리아, 이집트와 로마까지 확대되었으며, 종국에는 지구상에서 가장 먼 곳까지 복음의 소식이 전파되었다. 하지만 예수의 이름으로 일어선 교회는 수많은 교파로 갈라졌으며, 저마다 예수의 생애와 가르침에 기반을 두었다고 주장하는 경쟁적인 신학들이 출현했다.

예수의 초기 제자 중 가장 중요한 인물은 누가 뭐래도 사도 바울이다. 십자가 처형이 있은 지 20년쯤 뒤에 작성된 그의 서신은 최초

---

1 Rudolf Bultmann, *New Testament and Mythology and Other Basic Writings*, ed. and trans. Schubert M. Ogden(Philadelphia: Fortress Press. 1984), p. 163.

의 그리스도교 문헌이다. 복음서들보다도 20년이나 먼저 출현했다. 이는 많은 그리스도인들에게 매우 중요한 사실이다. 바울 서신이 『신약성서』에서 복음서 뒤에 나온다는 이유만으로 신자들은 막연하게 그것이 복음서보다 늦게 쓰였다고 생각하기 때문이다.(『신약성서』에는 13편의 바울 서신이 있는데, 그중 7편만이 실제 바울이 쓴 것으로 간주되고 있다. 나머지는 그의 동료들이 "바울의 전통에 입각해서" 썼다.) 바울의 유연하고 사색적인 정신은 그의 서신 전편에 걸쳐 빛을 발하고 있다. 바울이 그리스도교의 가장 기본적인 사상들을 정교하게 가다듬어 그리스도교 신학을 만들었을 것이라는 추측은 누구라도 쉽게 할 수 있다. 그의 영향은 오늘날까지도 그리스도교의 모든 분야에 스며들어 있다. 비록 예수의 형제인 야고보나 베드로처럼 초기 교회 형성에 지대한 역할을 했던 다른 사람들도 있긴 하지만, 바울을 빼고 그리스도교의 사상적 전통을 이야기하는 것은 상상조차 하기 어려운 일이다.

예수에 관한 이야기가 제자들 사이에 널리 퍼졌을 것이다. 특히 아마도 그와 가까이 있던 제자들(목격자들)은 산상수훈을 글자 하나도 틀리지 않고 계속 읊조리고 다녔을 것이다. 비유들 역시 널리 알려졌을 것이다. 예수가 갈릴리를 거닐면서 만난 사람들을 치유하고 위로한 이야기들도 사람들 입에 오르내렸을 것이다. 무엇보다 예루살렘에서의 마지막 주간 동안 일어난 일(나귀를 타고 예루살렘에 입성한 일, 최후의 만찬, 체포와 재판, 십자가 처형, 그리고 부활)은 듣는 이들의 마음을 사로잡았을 것이다. 이해 당사자들이 그런 이야기들을 글로 기록하는 것은 당연한 일이다. 하지만 우리에게는 복음서 저자들이 원재료로 활용했을 그런 초기 문서들이 남아 있지 않다. 복음서는 예수 사후 수십 년이 지난 시점에서 쓰였으며, 시간이 흐르면서 『신약성서』의 중심 문서가 되었다.

복음서는 흔히 목격자의 증언이라고 칭해진다. 「누가복음」의 첫머리를 생각해보라.

"우리 가운데서 일어난 일들에 대하여 차례대로 이야기를 엮어 내려고 손을 댄 사람이 많이 있었습니다. 그들은 이것을 처음부터 말씀의 목격자요, 전파자가 된 이들이 우리에게 전하여 준 대로 엮어냈습니다. 그런데 존귀하신 데오빌로님, 나도 모든 것을 시초부터 정확하게 조사하여 보았으므로, 각하께 그것을 순서대로 써 드리는 것이 좋겠다고 생각했습니다. 이리하여 각하께서 이미 배우신 일들이 확실한 사실임을 아시게 되기를 바라는 바입니다."[2]

이것은 벌어진 일에 대해서 개인적으로 잘 알고 쓰는 사람, 다시 말해 "자신들이 가장 확신하고 있는 것들"을 기록하고자 하는 강한 욕구를 가진 저자의 목소리처럼 들린다. 리처드 보컴은 복음서들이 역사 비망록의 한 장르에 속한다고 확신에 찬 목소리로 주장했다. 그에 의하면 복음서의 이야기들은 다음과 같다.

"목격자들의 증언을 충실하게 구현하고 있다. 물론 편집과 해석

---

2 수신자인 데오빌로가 누군지는 여전히 밝혀지지 않고 있다. 하지만 그의 이름이 그리스어로 '하나님을 사랑하는 사람'이라는 뜻임을 감안하면, 이 「누가복음」의 첫 부분은 스스로 하나님을 사랑한다고 여기는 모든 사람에게 하는 인사말일 수 있다.

이 없는 것은 아니지만, 대체적으로 목격자들이 이야기한 바를 충실하게 전달하고 있다. 이것은 저자들이 증인들과 괴리되어 오랜 기간 익명으로만 전승되는 이야기에 의존한 것이 아니라, 많든 적든 증인들과 직접적인 접촉을 했기 때문이다."[3]

더 나아가 보컴은 "증언과 기록 사이에 익명으로 전승되는 긴 과정이 존재했다."라는 전통적인 견해를 반박한다. 다시 말해서 그의 주장은 목격자가 아는 것을 지체 없이 기록했다는 것이다. 그들이 묘사하고 있는 예수의 생애는 주로 인상에 의지하거나, 심지어 사건 현장에 있던 사람들이 입에서 입으로 옮긴 말에 근거하는 것이지, 주의 깊고 상세하게 묘사된 전기는 아니라는 것이다.

복음서들을 정확한 비망록으로 간주하려면 반드시 기억 자체의 복잡한 과정을 고려해야만 한다. 보컴은 기억에 관한 최근의 심리학 연구 결과들을 인용함으로써 어느 정도까지는 이를 충족하고 있다. 하지만 수십 년 전은 말할 것도 없고 불과 일주일 전에 일어난 일도 제대로 기억하기 어렵다는 것이 이러한 연구들의 일반적인 결론이다. 기억은 온갖 이유들로 왜곡된다. 다시 말해서 기억은 때때로 잠재의식적이거나 심지어는 무의식적으로 어떤 목적의 달성에 기여할 수 있다. 따라서 복음서 저자들에 대해서도 그들이 각기 주관적인 견해와 의도된 청중을 갖고 있었으며, 그들의 사고도 특정한 이념적 가정의 영향 아래에 놓여 있었다는 추론이 가능하다.

---

3 Bauckham, p. 6.

데일 앨리슨 주니어는 『신약성서』의 문서 전승을 다음과 같이 깔끔하게 요약하고 있다.

"2세기에서 17세기 사이에 3,000개에 달하는 그리스어 『신약성서』 사본(일부분 혹은 전체)이 보존되었거나 필사되었다. 거기에 더해서 7세기 이래 교회 예배에서 사용하는 봉독용 『신약성서』 발췌본을 포함한 성구집聖句集만 해도 2,200개가 넘게 존재했다."[4]

이 말은 복음서와 바울 서신, 혹은 『신약성서』에 나오는 다른 어떤 자료도 원본이 존재하지 않음을 의미한다. 사실 처음으로 복음서 완결본이 나온 것은 4세기의 일이다. 실제 사건들이 일어나고 대단히 오랜 시간이 경과한 뒤였다. 최초의 원고가 어떤 모습이었는지 혹은 이것이 얼마나 꼼꼼하게 필사되었는지는 단지 상상만 할 수 있을 뿐이다.(후대의 필사본에도 많은 불일치가 존재했기 때문에 그 이전에도 똑같은 현상이 발생했을 것이다. 왜 안 그랬겠는가?)

그러므로 많은 사람들이 이렇게 묻는 것은 당연하다. 이 이야기들은 진실인가? 이는 한마디로 대답할 수 없는 복잡한 질문이다. 본디오 빌라도는 예수의 심문 과정에서 그에게 본질적인 질문을 던진 적이 있다.

"진리가 무엇이오?"(「요한복음」 18:38)

문자적 진실을 받아들이는 건 사실 그렇게 어려운 일이 아니다. 망치로 엄지손가락을 내리치면 아프다. 이는 사실이다. 아버지가 돌

---

4 Allison, p. 48.

아가신다면 슬프다. 이것도 진실이다. 하지만 이런 간단한 사례들도 조금만 더 깊이 들어가면 복잡해진다. 나는 집에서 공구로 일하기를 좋아하기 때문에 망치로 손가락을 친 적이 여러 번 있다. 하지만 최근에는 망치질이 빗나간 적이 거의 없다. 내 목공 기술이 나아지기 위해서는 처음 몇 번 망치에 맞아 손가락이 검게 멍드는 고통은 불가피한 일이었다. 따라서 진실 여부를 이해하는 데는 그에 따른 맥락과 개인적인 역사가 중요하다. 아버지가 돌아가셨을 때, 나는 망연자실했다. 그것은 진실이었다. 하지만 내가 지금도 그의 존재를 매 순간 느끼며 여전히 그를 사랑하고 있지만, 이미 그가 세상을 뜬 지 십 년도 넘는 세월이 훌쩍 지났다. 나는 지금 (실제로, 그리고 진실로) 처음 돌아가셨을 때만큼은 그를 그리워하지 않는다. 이상하게 들릴지는 모르겠지만 이것도 진실의 일부다.

맥락이 모든 것이다. 그래서 복음서에 대해 이야기하는 것은 매우 어려운 일이다. 대부분 그것을 맥락에서 분리해서 읽기 때문이다. 나와 같이 교회에 다니는 사람들은 일 년 내내 성서 봉독을 통해 조각난 성서 구절을 듣는 데 익숙하다. 바로 『구약성서』 혹은 『신약성서』에서 발췌된 구절들이다. 성서는 이렇게 파편화되어 산만하게 우리의 머리와 정신에 들어오기 때문에 그 전체적인 그림과 무늬를 이해하는 것은 어려운 일이 된다. 나아가 어떤 교파들(그리스도교는 신학적인 견해를 달리하는 매우 다양한 교회와 운동의 혼합물이기도 하다.)은 성서의 한두 구절에만 초점을 맞추는 경향으로 인해 복음서의 특정 부분만이 부각되고 다른 부분들의 중요성은 간과되기도 한다. 성구

집(일요일 예배 때 봉독되는 성서 구절들)을 통해 성서 구절들을 서로 연결하거나 교회 명절을 반영하는 주제들을 만들려고 노력하기도 하지만, 여전히 청중들에게는 맥락이 상실된 경우가 많다.

문자적 측면에 경도된 어떤 교회에서는 극단적으로 성서에 나오는 문자 그대로를 하나님의 말씀으로 받아들인다. 이러한 교회에서는 목사들이 눈에 불을 켜고 성서(대개는 『흠정영역성서』)의 특정 구절을 집중적으로 설교한다.

"죄의 삯은 죽음이요, 하나님의 선물은 우리 주 예수 그리스도 안에서 누리는 영원한 생명입니다."(「로마서」 6:23)

"나는 길이요, 진리요, 생명이다. 나를 거치지 않고서는, 아무도 아버지께로 갈 사람이 없다."(「요한복음」 14:6)

이러한 구절들은 얼핏 봐서는 천국에 이르는 길을 상당히 좁히는 것처럼 느껴진다. 하지만 그리스어 원문을 연구해보면 이 구절들에는 훨씬 더 복합적이고 삶의 질을 고양시키는 메시지가 담겨 있음을 알 수 있다. 예를 들어, 「마태복음」 7:13에서 예수는 하나님께 이르는 길은 좁지만, 멸망으로 이끄는 문은 넓고, 그 길은 넓다는 유명한 말을 한다.

"좁은 문으로 들어가거라. 멸망으로 이끄는 문은 넓고, 그 길이 널찍하여서, 그리로 들어가는 사람이 많다."

근본주의자들에게 이 구절이나 이와 유사한 구절들과 마찬가지로 영원한 멸망을 가리키는 말처럼 들릴 것이다. 하지만 영어 '멸망'(destruction)에 해당되는 그리스어 '아폴레이아apoleia'가 종종 '상실감' 또는 '낭비'를 의미한다는 사실을 알게 되면, 지옥불이나 유황불을 설교하는 목사들이 사랑하는 '끝없는 고통'의 공포는 줄어든다. 진실은 이렇다. 예수는 누구를 저주하는 데 조금의 관심도 없었다. 당연하게도 그는 영원한 고통을 안겨주는 장소인 지옥에 대한 개념도 갖고 있지 않았다.

문자주의적 성서 해석은 주로 후기 계몽주의에 입각한 회의론懷疑論적 성서 해석에 대한 반발로 생겨난 것이다. 미국과 영국의 많은 목사들과 학자들이 주로 「요한계시록」에서 뽑은 종말 사상을 신앙의 중심에 두면서, 성서의 무오류성을 강력하게 주장하기 시작했다. 미국의 드와이트 무디, 찰스 핫지, 아서 피어슨, 벤자민 워필드, 사이러스 스코필드, 그리고 영국의 존 넬슨 더비가 그 대표적인 사람들이다. 이들은 각자 많은 추종자들을 거느렸는데, 회중의 머리 위에 드리워진 칼과 같은 지옥불과 영원한 저주의 위협, 그리고 재림과 휴거를 포함한 종말 강조 사상은 지금도 여전히 그리스도교 근본주의자 집단 내에서 일정한 영향력을 발휘하고 있다. 성서에 오류가 없다는 믿음은 그들에게 현대사회가 줄 수 없는 확신감을 안겨주었다.

하지만 정작 성서 자체는 해석의 개방성을 선언하고 있다. 「히브리서」 4:12은 "하나님의 말씀은 살아 있고 힘이 있다."라고 말한다. 그것은 어떤 "양날을 가진 검"보다도 날카롭게 독자의 마음을 꿰뚫어보고, 그 "마음에 품은 생각과 뜻"을 밝혀낸다. 우리는 예수와 바울, 그리고 다른 이들이 행한 모든 종류의 모순적 발언들을 수용해야만 한다. 이것들은 종종 상식에 어긋나기도 한다. 「누가복음」 14:26 이 그렇다.

"누구든지 내게로 오는 사람은, 자기 아버지나 어머니나, 아내나 자식이나, 형제나 자매뿐만 아니라, 심지어 자기 목숨까지도 미워하지 않으면, 내 제자가 될 수 없다."

정말로? 하나님은 십계명에서 부모를 공경하라고 말하지 않았는가? 그뿐인가? 예수도 산상수훈에서 모세에게 전해진 계명의 지위는 여전히 확고하다고 말하지 않았던가? 그러한 구절들에 대한 살아 있는 생생한 해석을 통해서 우리는 끊임없이 움직이고, 항상 도전 의식을 북돋우며, 화석 속에 갇혀 있길 거부하고, 살아 있는 말씀 속으로 더욱 온전하게 다가갈 수 있다.

무엇보다 먼저 번역 문제가 성서 해석을 복잡하게 만들었다. 예수는 나사렛 지역의 회당에서 교육을 받았기 때문에 히브리어를 읽을 수 있었다고 추정된다. 하지만 그(그리고 대부분의 제자들)가 일상적으로 사용한 언어는 아람어였다. 하지만 복음서들은 후기 그리스어로 펼쳐진다. 왜냐하면 유대인과 이방인을 포함하는 초기 교회 내부의 다양한 집단들을 대상으로 했기 때문이다. 다른 한편 『도마복음서』는 1945년 이집트 나그함마디에서 발굴된 다른 초기 문서들처럼 콥틱어로 되어 있다.(이 콥틱어 번역자가 사용한 원자료가 어떤 것인지는 알 수 없다.) 예수 시대의 많은 유대인들이 '타르구밈'으로 불리던 아람어 번역본이나, 기원전 2~3세기경 그리스어로 만들어진 이래 많은 사람들이 애용한 『70인역』[5]으로 『구약성서』를 읽었다. 이런 이유로 예수 이야기에는 서로 다른 많은 언어들의 색채가 섞여 있다. 사실 영어 번역본에도 382년에 교황 다마소 1세의 명으로 예로니모가 제작한 라틴어 번역본에서 유래한 경우가 종종 있는데, 이 번역본은 많은 영예를 누리기도 했지만 문제점도 적지 않게 갖고 있다.

역사적 예수 연구

예수의 삶을 입증해줄 역사적 사실들에 조금이라도 관심을 가져본 사람이라면, 역사적 예수 연구라는 오랜 전통과 씨름해온 학자들의 절망감을 이해할 수 있을 것이다. 17세기 후반 계몽주의가 태동하기 전까지 역사적 인물로서의 그리스도는 큰 관심의 대상이 아니었다. 그는 단지 복음서, 즉 과학적 탐구로는 이해하기 어려운 신학적인 문제들이 가득한 미신의 세계에 나오는 인물에 불과했다. 18세기에 유행한 이신론理神論적 세계관[6]에 따르면, 하나님은 우주의 시계를 만들어서 태엽을 바짝 조인 뒤 그것이 알아서 재깍거리며 돌아가도록 옆에 비켜서 있는 분이었다. 19세기에 들어서면서 역사적 인물인 예수와 신앙의 대상인 그리스도를 구분하는 움직임이 일어났

5 Septuagint라는 그리스어 번역 『구약성서』다. 기원전 2-3세기경 이집트 왕의 명으로 알렉산드리아에서 70명의 유대인이 70일 동안 번역했다고 전해진다.(역주)
6 하나님이 우주를 창조하긴 했지만 관여하지 않으며, 우주는 자체의 법칙에 따라 움직인다고 보는 사상이다.(역주)

다. 그 뒤부터 많은 신학자들이 이 구분을 해결하는 데 매달렸지만, 그것은 아직까지 다루기도 풀기도 어려운 복잡한 문제로 남아 있다.

흔히 "옛 탐구"로 불리는, 역사적 예수 연구의 첫 번째 단계는 독일 함부르크 출신의 존경받는 신학자인 헤르만 라이마루스에 의해 시작되었다. 그의 사후에 출간된 『부활 이야기에 대하여』(1777)를 포함한 일련의 저서들은 가장 모험적인 신학적 사유들을 제기함으로써 성서신학의 한가운데 핵폭탄을 터트린 것 같은 충격을 안겨주었다. 그는 예수를 예루살렘의 유대인 공동체에 속한 정치적 혁명가로 보았으며, 부활 이야기도 그를 광신적으로 따르는 제자들이 무덤에서 시체를 빼돌린 뒤 날조한 것이라고 확신했다. 복음서 내용들 사이의 여러 모순들을 지적한 라이마루스는 그것들을 냉정하게 활용했다. 그 뒤로 그가 제기한 모순을 해결하기 위해 애쓴 신학자들도 있긴 했지만, 그보다 훨씬 많은 수의 신학자들(대부분이 독일 출신인)이 그의 반란가와 같은 족적을 따랐다. 1835년에 다비드 프리드리히 슈트라우스는 계몽주의적 회의주의 색채가 짙은 『예수의 생애에 대한 비판적 검토』를 출간함으로써 역사적 예수 연구의 문제를 대중 앞에 제기했다. 그는 앞서 토머스 제퍼슨이 그랬던 것처럼, 예수 이야기에서 초자연적인 부분을 제거함으로써 예수를 단지 윤리철학가이자 그 이상도 그 이하도 아닌 인물로 바꾸어놓았다. 그는 복음서들을 역사가 아닌 전설로 보았으며, 그것들을 신화라고 불렀다. 아마도 그는 그리스도교 담론에 신화라는 단어를 최초로 도입한 인물일 것이다.

스트라우스와 그 뒤를 이은 독일 신학자들은 19세기 후반에 '자료 비평'(Source Criticism)으로 자리잡게 되는 분야를 개척했다. 지금은 사라지고 없는 'Q자료'는 물론 마가를 이용해서 마태와 누가가 복음서를 썼다고 이들은 생각했다. 이 신학자들은 세 복음서에서 똑같거나 거의 비슷한 구절들이 많이 나오므로 서로 동일한 시각을 공유했다고 봐야 한다고 강조했다. 여기서부터 "공관복음서"란 용어가 출현하게 되었다. 그 말에는 마태와 누가와 마가가 같은 것을 보았고, 심지어는 그들의 복음서가 같은 문서라는 의미를 담고 있다. 여기에 우연이란 있을 수 없다. 이것은 분명히 기존 자료를 그대로 베끼거나 기껏해야 약간 고쳐 쓴 것이다. 이 세 복음서는 몇 가지 세부 사항이 다르고 일부 빠진 내용도 있지만, 기본적으로 같은 이야기를 하고 있다.

자료 비평의 결과가 규범이 되었다. 이제는 거의 모든 학자들이 최초의 복음서는 「마가복음」이며, 마태와 누가는 그것을 거의 그대로 따르면서 「마가복음」에 없는 일부 자료들을 이용한 것이라는 주장에 동의하고 있다. 종종 제4의 복음서라고도 불리는 「요한복음」은 그동안 많은 이들을 곤혹스럽게 만들었다. 그 문체와 내용 면에서 자신의 사촌 격인 공관복음서들과 너무 판이하기 때문이었다. 거기에는 나사로 이야기 같은 새로운 내용이 나오며, 전혀 다른 모습의 예수도 등장한다. 예를 들어, 「요한복음」의 예수는 비유를 통해 가르치지 않고 "나는 길이요, 진리요, 생명이다."처럼 "나는 ~이다."라고 직설적으로 이야기하고 있다. 신약학자들 대다수는 기원후 70년 로

마가 예루살렘 성전을 파괴할 무렵에 완성된 「마가복음」을 포함해서 네 개의 복음서들이 모두 1세기 후반에 작성된 것이라고 보고 있다. 아마도 1세기의 마지막 10년 사이에 만들어진 것으로 추정되는 「요한복음」이 가장 늦은 복음서일 것이다. 물론 성공회 주교였던 존 A. T. 로빈슨을 포함한 몇몇 학자들은 「요한복음」의 작성 연대를 훨씬 앞쪽에 놓으며, 「요한복음」이 「마가복음」보다 먼저 출현했을 수도 있다고 주장한다. 로빈슨의 주장은 매우 도발적이다.

"『신약성서』에서 가장 이상한 일 가운데 하나는 가장 날짜를 확실히 알 수 있을 뿐만 아니라, 가장 극적이기도 한 사건(기원후 70년 예루살렘이 함락되고, 그로 인해 예루살렘 성전에 토대를 둔 유대교가 붕괴된 사건)이 한 번도 과거 사실로 언급되고 있지 않다는 점이다. 물론 그에 대한 예언은 있다. 그리고 이 예언들은 적어도 몇몇 경우는 실제 사건이 일어난 뒤에 쓰인 것으로 추정된다."[7]

19세기에는 그리스도교 사상가들이 방대한 양의 역사 및 문헌 연구를 진행했는데, 그 정점에 있는 것이 알베르트 슈바이처의 『역사 속 예수 연구』(1906)다. 이 책은 당시까지 알려진 모든 사실과 관련 이론들을 망라한 것이었다. 비슷한 시기에 요하네스 바이스를 필두로 하는 일단의 학자들이 복음서의 종말론적 논조에 주목하며 다가오는 '종말'을 강조하기 시작했는데, 슈바이처도 이에 동조했다. 그는 예수기 본래 인자라고 불리는 존재가 와서 모든 것에 종지부를 찍

7　John A. T. Robinson, *Relating the New Testament*(London: SCM Press, 1976), p. 13.

을 것이라는 생각을 했다고 주장했다. 하지만 이러한 기적적인 출현 혹은 '파루시아parousia'[8]가 실현되지 않자, 예수가 그를 대신하여 자신이 희생양의 역할을 맡았다는 것이다. 만일 자신이 폭력에 의해 죽임을 당한다면, 분노한 하나님이 모든 역사에 종지부를 찍기 위해 의인은 높이며 악인은 내칠 것이라고 단순하게 생각했다는 것이다. 그러나 결국 슈바이처가 상정한 예수의 의도는 실패로 돌아갔다. 자신의 책 마지막에 나오는 유명한 문단에서 슈바이처는 자신의 격한 감정을 숨김없이 드러내고 있다.

예수는 이전처럼 알려지지 않은 무명의 존재로 우리에게 온다. 그는 자신이 누구인지 모르는 사람들에게 온다. 그는 우리에게 항상 같은 말을 한다. "나를 따르라!" 그리고 그가 수행해야만 하는 시대적 과제에 우리를 동참시킨다. 그는 명령한다. 그리고 현명한 사람이든 단순한 사람이든 자신에게 복종하는 모든 이에게 그들이 겪는 수고로움과 갈등, 그리고 고난을 통해 자기 자신을 드러낸다. 그들은 각자의 경험을 통해 형용할 수 없는 신비인 예수를 알게 된다.[9]

슈바이처와 그 밖의 다른 저명한 독일 신학자들을 뒤이은 불트

---

8 이데아의 임재臨在를 의미한다.(역주)
9 Albert Schweitzer, *The Quest of the Historical Jesus*, trans. W. Montgomery(London: A & C Black, 1964), p. 401.

만은 이렇게 절망감을 토로했다.

"나는 예수의 생애와 인물됨에 대해 우리가 알 수 있는 것은 거의 없다고 생각한다."[10]

이제는 전설의 반열에 오른 이 도발적인 진술은, 주로 예수의 심리 상태를 파고드는 19세기의 소위 '자유주의적 예수 생애 묘사'(1860년대에 유럽 전역을 휩쓸었으며, 이후로도 수십 년간 광범위한 독자층의 사랑을 받은 에르네스트 르낭의 책 『예수의 생애』 이후 유명해진 방법론)에 대한 반발에서 나온 것이다. 하지만 이러한 방식의 예수 전기들은 한편으로는 점점 더 많은 사람들이 예수에 관한 대부분의 사료들은 접근할 수도 손에 넣을 수도 없다고 생각하게 된 현실을 반영한 것이기도 했다. 다른 역사적인 사건과는 다르게 예수의 생애는 그 세부적인 내용을 파악하기가 불가능했기 때문이다. 그래서 불트만은 역사적 환영幻影을 좇는 대신에 그리스도교의 본질적인 메시지 혹은 '케리그마kerygma'[11]를 발견하고자 노력했다. 그는 헤르만 궁켈 같은 동료 학자들과 함께 흔히 '양식 비평'(Form Criticism, 말씀이나 비유 같은 특정한 양식에 담겨 있는 핵심적인 의미를 발견하고자 하는 일종의 '탈신화화' 추구 행위)으로 불리는 분야를 발전시켰다.[12] 불트만은 복음서 속 이야기들이 사용되는 정황, 즉 독일어로 '삶의 정황'(sitz im

---

10 Rudolf Bultmann, *Jesus and the World*(London: Ivor Nicholson and Watson, 1935), p. 14.
11 초대 교회의 복음 전달과 신앙생활을 내용으로 하며, '구원의 말씀'을 뜻한다.(역주)
12 '양식 비평'이란, 특정 양식은 특정한 삶의 정황에서 사용되기 때문에 성서의 구절에 사용되는 문체나 운율 같은 양식들을 분석하면 그것이 어떤 상황에서 사용되었는지 알 수 있다는 성서 연구의 한 방법론이다.(역주)

Leben)으로 불리는 것을 파악함으로써, 그것들에 역사적 맥락을 부여하고자 했다.[13] 그는 이러한 노력을 통해 성서 속 이야기에서 신화적인 요소를 걷어내고, 그것들을 자연과학적 세계관에 기초한 과학적 실재로 만들 수 있기를 희망했다.[14] 그렇게 함으로써 그는 예수 이야기의 신화적 울림을 잃어버렸는데, 나는 그것을 다시 복원하고 싶었다.

20세기 중반은 종종 '무탐구無探求의 시대'라고 일컬어진다. 예수가 살던 시대와 장소를 알아내고자 하는 노력은 종잡을 수 없는 결과만 초래할 뿐이라는 불트만의 견해에 동조하면서, 학자들은 그러한 탐구 행위 일체를 포기했다. 그러나 20세기 중반에 들어 근동 지방에서 새로운 자료들이 대량으로 발견되면서 기분 좋은 바람이 불어오기 시작했다. 1945년 이집트 나그함마디에서 발견된 영지주의 복음서들과 1940년대 후반부터 50년대에 걸쳐 발견된 사해문서가 그 대표적인 사례들이다. 신시아 부조는 이렇게 이야기했다.

"우리는 지금 사람들이 거대한 패러다임의 변화라고 부르는 시대에 살고 있다. 이제 핵심 질문을 재개할 수 있는 유례없는 기회가 우리 앞에 펼쳐지고 있다."[15]

이러한 변화는 이미 1950년대 초부터 일어나고 있었다. 대량의

13 Bultmann, *New Testament and Mythology*를 보라. 또한 *History and Eschatology: The Presence of Eternity*(New York: Harper and Row, 1962)를 보라.
14 Bultmann, *New Testament and Mythology*, 5. 불트만의 탈신화화 개념에 대해 자세히 알고자 하면 Robert C. Roberts, *Rudolf Bultmann's Theology: A Critical Interpretation*(Grand Rapids, MI: Wm. B. Eerdmans,1976)을 보라.
15 Bourgeault, pp. 3~4.

자료 발견에 자극받아 예수의 생애에 대한 관심이 극적인 부활을 맞이했다.

불트만의 제자 가운데 한 명인 에른스트 케제만은 1953년에 이러한 탐구의 필요성을 제기하면서, 자신의 스승이 역사적인 증거에 너무 회의적이었으며, 새롭게 출현한 증거를 감안하면 역사 속의 예수와 신앙의 그리스도를 통합해서 바라봐야 한다고 주장했다. 종종 '새로운 탐구'(New Quest)라고 불리는 이러한 시도는 여러 가지 부산물들을 낳았는데, 그 가운데 하나가 군터 보른캄이 쓴 『나사렛 예수』다. 보른캄은 예수 전기를 쓴 모든 작가들이 제각기 "자신이 묘사한 예수의 모습에 자기 시대의 정신을 투사"하느라 고초를 겪었지만, 대부분은 비참한 결말을 맞았다고 쓰면서 다음과 같이 결론을 내렸다.

"더 이상 누구도 예수의 생애를 쓰지 않는다."[16]

그럼에도 불구하고, 그는 예수의 탄생지, 언어(아람어), 세례자 요한에게 받은 세례, 로마 당국에 의한 재판과 처형 등 논란의 여지가 없는 사실들을 확정하기 위해 애썼다. 또한 그는 오랜 세월에 걸쳐 수많은 사람들에게 전해진 지혜의 경구警句인 예수의 말씀을 강조했다. 몇 가지 확실한 정보들은 신뢰할 만하며, 예수의 말씀도 어느 정도는 실제 발언으로 봐도 무방하다는 것이 밝혀졌다. 다시 한번 탐구의 열기가 뜨거워졌다.

---

16 Gunter Bornkamm, *Jesus of Nazareth*(New York: Harper, 1960), p. 1.

예수의 말씀이 진짜임을 입증하기 위한 본격적인 노력들이 시작되었다. 예수의 말이 유대교나 초기 교회에서 말하는 것과 다른 경우에는 그것을 사실로 받아들이는 이른바 '비유사성' 기준 같은 다양한 입증 기준들이 학자들에 의해 도입되었다. 다시 말해서, 만약 예수의 말이 랍비들이 흔히 하는 소리처럼 들린다면, 그것은 실제 예수가 한 말이 아니라고 보는 것이다. 하지만 이런 기준에는 명백한 문제점이 존재한다. 지역 회당에서 여러 가지 이야기들을 많이 들었던 예수가 그중 가치 있다고 생각하는 것을 다시 사람들에게 말하지 못할 이유가 있단 말인가? 이에 더해서 그 시대의 유대 경구에 대해 우리가 아는 것이 너무 적다는 점이 이러한 입증 기준을 사용하는 데 근본적인 제약 요인으로 작용했다.

또 다른 입증 기준은 복수의 주장이다. 즉, 예수의 말씀이 하나 이상의 자료에 나타난 경우, 그것은 실제 예수의 이야기일 가능성이 높다는 것이다. 확실히 하나의 자료(마태 혹은 누가)가 다른 자료(마가)를 이유도 없이 베끼지는 않았을 것이다. 이러한 점에 주목한 학자들이 다수의 독립적인 자료들을 찾아보았다. 서로 다른 자료들이 똑같은 내용을 인용하고 있다면 그것은 주목할 가치가 있으며, 심지어 진짜로 볼 수 있다는 주장은 확실히 일리가 있다. 문제는 누가 어떤 것을 베꼈는지 알기가 어렵다는 것이다. 외경 문서는 물론이고 정경 문서에 나오는 수많은 예수의 말씀들이 구전으로 내려오다가 뒤늦게 기록된 것이기 때문이다.

당혹의 기준이라는 것도 있다. 예수가 실제로 자신이나 제자들을 난처하게 만드는 말이나 행동들을 했을까? 만일 복음서에 그런 일들이 기록되어 있다면 그것은 사실임이 틀림없다. 사실이 아닌 다음에야 초기 교회에서 그런 것들까지 잠재적인 개종자들한테 보일 이유가 없었다는 것이다. 널리 알려진 사례는 예수가 세례자 요한에게 받은 세례다. 왜 주님에게 세례가 필요한가? 그는 예수다! 그런 그가 왜 자신보다 못한 사람에게 세례를 받으려고 무릎을 꿇었단 말인가? 하지만 나는 개인적으로 이러한 기준에 큰 가치를 두지 않는다. 예수가 세례자 요한에게 세례를 받거나, 세리稅吏 및 창녀들과 친하게 지낸 것 같은 일들에는 훌륭한 신학적 설명이 존재한다. 게다가 예수 자신이 사람들에게 충격을 주기를 좋아했다. 그것이 사람들의 관심을 사로잡는 좋은 방법이었기 때문이다. 덧붙여 말하자면 윤리적인 행동도 때로는 충격적이다. 그것이 특정 시대의 보편적인 도덕 관념을 거슬리는 경우가 왕왕 발생하기 때문이다.

예수가 한 말의 진위 여부를 가리기 위한 기준의 목록은 계속 늘어갔다. 예를 들어, 역사적 타당성도 많은 관심을 끌어모은 또 하나의 기준이었다. 예수의 말씀을 진짜로 받아들이려면 그것이 예수가 다른 곳에서 가르친 내용과 일치해야 한다는 것이다. 문체의 기준도 있다. 이에 따르면 예수의 말씀은 실제 그가 "했을 법하게 들려야" 한다. 하지만 이런 기준들을 적용하는 데 있어 주관이나 이념에 따른 왜곡이 영향을 미친다는 것은 분명해 보이며, 이 때문에 예수의 말씀 중에서 어떤 것이 '진짜'고 어떤 것이 '거짓'인지를 확신을 갖고 말하기란 너무나 어려운 일이다.

예수 연구의 그다음 단계는 1980년대에 시작되었다. 때때로 '세 번째 탐구'(Third Quest)라고 불리기도 하는 이 움직임은 예수가 지닌 유대인으로서의 배경을 면밀히 조사하는 데 역점을 두었다. 사해문서의 발견을 비롯해 근동 지역에서 발생한 일련의 고고학적 발굴의 성과와 이 시기의 문서를 정교하게 분석할 수 있는 기술의 발전이 이러한 운동에 힘을 실어주었다. 학자들은 이제 새롭게 발견된 사실들에 비추어 여러 랍비 문서와 위경 문서는 물론, 요세푸스도 다시 읽어 나갔다. 제2성전 시대의 유대교에 대한 연구가 폭발적으로 증가했는데, 이는 예수의 생애를 공감할 만한 맥락 속에 위치시키는 데 일정한 기여를 했다. 이 단계의 예수 연구의 개척자들 중에는 앞에서 언급한 게자 베르메스와 1985년에 『예수와 유대교』(그리스도교의 유대적 기원에 대해 관심이 있는 이들에게 중요한 준거점이 되는 책)를 쓴 E. P. 샌더스가 있다.

베르메스와 샌더스가 복음서의 유대적 맥락을 연구하기 시작한 것과 비슷한 시기인 1985년에, 미국 오리건주 세일럼에 위치한 웨스타 연구소의 후원을 받은 로버트 W. 풍크가 주도하여 150명의 학자들로 결성한 '예수 세미나'가 무대에 등장했다. 이 그룹을 이끈 학자는 존 도미니크 크로산과 마커스 J. 보그, 그리고 버튼 맥이었다. '예수 세미나'는 예수 말씀의 진위를 가리기 위해 일 년에 두 번씩 모임을 가졌다. 그들은 이를 위해 기존 기준들을 적용했을 뿐 아니라, 고대 언어와 역사에 대한 자신들만의 지식을 활용하여 새로운 기준도 만들었다. 일례로, 그들은 각각의 말씀마다 그 진정성의 정도를 결정하기 위해 색깔 있는 구슬로 투표를 했다. 이 세미나는 예수의 말씀 가운데 대략 80퍼센트 정도가 가짜임이 분명하거나 의심스럽다고 결론을 내렸다. 이러한 접근법의 위험성은 너무 단순하다는 데 있다. 게리 윌스는 이렇게 단언하고 있다.

"이것은 새로운 근본주의다. 그들은 성서를 문자 그대로 믿으며, 이 때문에 성서를 예수가 한 말을 그대로 옮겨놓은 데 불과한 것으로 만든다. '예수 세미나'를 급진적이라고 부르는 이들도 있긴 하지만, 사실 그들은 매우 보수적이다. 그들은 실제 급진주의자였던 예수를 꼭 자신들만 한 크기로 축소시켜놓았다."[17]

나는 그의 의견에 동의하지 않을 수 없다.(그리스도교 사상에 관한 윌스의 연구는 내게 많은 영감을 주었다.)

'예수 세미나'의 흥미로운 부산물 가운데 하나는 풍크와 로이 W. 후버가 다른 세미나 회원들과 함께 정경 복음서들을 재번역하고, 거기에 『도마복음서』를 덧붙여서 만든 『다섯 복음서』[18]다. 그리스어와 콥틱어 텍스트를 새롭게 번역한 이 책은 예수 말씀의 진위를 색깔 있는 구슬 투표로 가린다는 생각에 거부감을 갖는 독자들에게도 읽을 만한 가치를 선사한다. 『다섯 복음서』는 실제 예수가 했을 가능성이 높은 말씀은 붉은 색, 그럴 가능성이 낮으면 분홍색으로 표시하고 있다. 또한 예수가 한 것처럼 보이지만 그렇지 않을 수도 있는 경우에

---

17 Garry Wills, *What Jesus Meant*(New York: Viking, 2006), . X X V .
18 *The Five Gospels: The Search for the Authentic Word of Jesus*, trans, with commentary by Robert W. Funk, Roy W. Hoover, and the Jesus Seminar(New York: Macmillan, 1993).

는 회색으로 나오며, 검은색은 제자들의 창작물임을 의미한다. 비록 나는 이렇게 말씀의 진위를 입증하려는 시도가 무모하다고 생각하지만, 이 책이 사려 깊은 주석과 성경 구절의 역사적·문학적 측면을 탐구하는 데 유용한 각주들을 제공하는 것은 틀림없는 사실이다.

'예수 세미나'의 그릇된 노력에도 불구하고, 이 '세 번째 탐구'에는 감탄할 만한 것들이 많다. 이 운동은 예수를 다양한 모습으로 묘사했다. 그들에 따르면, 예수는 천년왕국의 예언자(E. P. 샌더스, 존 P. 마이어, 데일 C. 앨리슨 주니어), 혹은 혁명적인 스승(마커스 J. 보그)이었고, 헤롯 안티파스와 로마를 전복시키고자 하는 정치적 반란자(리처드 A. 호슬리, 레자 아슬란)였다. 또 다른 설명에서 예수는 유대교 신비주의 종파인 카발라를 전파하는 방랑 랍비(브루스 칠턴), 급진적인 유대인(게자 베르메스, 다니엘 보야린), 혹은 고대의 영적 지혜를 가르치는 스승(틱낫한, 신시아 부조)으로 등장하기도 한다. 존 도미니크 크로산은 자신의 많은 저서에서 예수를 초기 그리스철학의 견유학파[19]에 의해 영향을 받은 지중해 유랑 농부로 묘사한다. 사실 그는 복음서 이야기의 역사적 성격보다 그것이 지닌 깊은 의미에 더 관심이 많은 학자다. 예를 들어 예수의 비유에 관한 그의 최근 연구는 이렇게 결론을 내리고 있다.

"예수의 비유가 지닌 힘은 제자들이 하나님과 함께 정의와 사랑,

---

19 그리스 철학의 한 유파로 퀴닉스학파로도 부른다. 행복을 가져오는 유덕한 생활은 외적 조건에 있지 않다고 주장하며 걸식 생활을 하기도 했다. 유명한 시노페의 디오게네스가 그 대표적인 인물이다.(역주)

평화와 비폭력의 세계를 만들 수 있도록 자극하는 데 있다. 또한 역사 속 예수의 삶이 가진 힘은 적어도 한 명의 인간이 하나님과 온전히 협력할 수 있다는 사실을 보여줌으로써 제자들을 자극하는 데 있다."[20]

마지막으로 『예수와 하나님의 승리』(1996), 『마침내 드러난 하나님 나라』(2008)를 필두로 예수의 생애와 가르침에 대해 많은 책을 쓴 성공회 신부였던 N. T. 라이트가 있다. 마커스 보그와의 대담에서 라이트는 학자이자 기독교인으로서 역사학자에 대해 이렇게 주장했다.

"그들의 영혼이 육체로부터 분리될 수 없다. 그 혹은 그녀가 사는 세계는 하나님이 창조하신 신성한 세계이면서 동시에 세속적인 인간의 세계이며, 정치적이고 현실적인 일상의 세계임과 동시에 영광으로 가득한 세계다."

그는 우리의 시야가 이 모든 것을 아우를 수 있을 정도로 넓어진다면 "역사와 신앙 사이에 존재하는 긴장은 훨씬 더 엷어지고 훨씬 덜 문제가 되며, 훨씬 더 긍정적인 자극이 된다는 사실을 알게 될 것이다."라고 말했다.[21] 사실 예수라는 존재를, 본보기가 되는 삶을 보여주기 위해 우리에게 온 존재, 인간의 얼굴을 한 신, 그리고 현실의 시간 속에서 초월적 시간을 살아낸 신화적인 인물로 생각하면 모든 문제점이 해결된다.

---

20 John Dominic Crossan, *The Power of Parables: How Fiction by Jesus Became Fiction about Jesus*(New York: HarperCollins, 2012).
21 Marcus J, Borg and N. T. Wright, *The Meaning of Jesus: Two Visions*(New York: HarperCollins, 1999), pp. 227~228.

그리스도의 의미

　예수에 관한 학문적인 연구 결과는 복잡하고, 때로는 상호 모순적이다. 이는 조금도 놀라운 사실이 아니다. 예수는 과거에도 그랬듯이 오늘날에도 도전 의식을 북돋아주는 존재다. 2천 년 넘게 이어진 그의 목소리는 여전히 우리의 이목을 끄는 힘이 있고, 우리에게 위로의 말을 건네는 동시에 우리를 힘든 진실 앞에 세우기도 한다. 그는 자신을 따르라고 요구한다. 하지만 디트리히 본회퍼가 보여준 것처럼, 그의 뒤를 따르기 위해서는 종종 값비싼 대가를 치러야 한다. 본회퍼의 경우에는 자신의 목숨이 그 대가였다. 그는 한평생 자신이 지켜온 믿음의 순교자로 죽었다. 하지만 그는 그리스도교라는 것이 단순히 일련의 교리들, 즉 "구원받기" 위해 준수해야 하는 "믿음"의 목록이 아니라는 점을 이해하고 있었다. 그런 것은 결코 그리스도교가 아니다. 본회퍼의 말처럼 예수는 처음부터 "그의 말은 추상적인 교리가 아니라 … 인간의 삶을 송두리째 재창조하기 위한 것"[22]이라는 점을 분명하게 밝혔다.

　우리가 이 메시지(예수의 핵심적인 메시지)의 온전한 의미를 파악하기 어려워한다는 것은 조금도 놀라운 사실이 아니다. 사실 "하나님이 그리스도 안에 계셨다."(「고린도후서」 5:19), 즉 하나님의 영이 하나님의 뜻을 이루기 위해 예수의 삶 속에서 움직였다고 말하는 것 이

22　Bonhoeffer, p. 62.

외에 예수를 성육신한 하나님의 말씀이자 로고스라고 부르는 의미를 달리 생각할 수 있는가? 다시 말하자면, 성육신은 예수의 안에 구원의 말씀을 존재하게 하고, 십자가 처형과 부활을 정점으로 하는 일련의 행동을 인도하는 특별한 영적 존재가 있었다는 것을 의미한다. 그런 문제들을 평범한 사람의 지성으로 이해하기 어렵다는 것은 너무도 당연한 일이다.

무언가 가치 있는 것들은 헌신과 이해하는 노력을 요구하기 마련이다. 하지만 예수는 의례와 조직을 갖춘 정식 교회를 세우고, 성직자를 임명하며, 구원을 받기 위해 엄격하게 지켜야 하는 교리를 만들려는 의도가 없었다는 것을 상기할 필요가 있다. "나를 따르라."라는 것 외에 그가 내린 유일한 명령은 "내가 너희를 사랑한 것과 같이, 너희도 서로 사랑하라."였다.(「요한복음」 13:34) 예수는 또한 공동체를 세우고, 그리스도의 신령한 몸을 세상 속에 전파시키기 위한 방법으로, 다함께 자신을 기억하며 빵을 떼어 먹기를 요구했다. 가장 결정적으로, 그는 우리가 '메타노이아metanonia' 즉 마음의 변화를 체험할 수 있기를 원했다. 앞에서 언급한 바와 같이 이 단어는 더 크고 넓은 의식으로의 전환, 하나님 마음의 인식, 근본적인 변화와 초월을 낳는 인식의 심화, 그리고 심오한 실재와의 접촉을 의미한다. 예수는 우리 모두를 깨어남과 하나님 의식으로 초대했다. 하나님 나라는 우리 안에 그리고 우리 창조의 토양 안에 있다.

오랜 시간 예수에 관한 글을 읽고 성서를 공부하고 그의 모범을 배우며, 그의 가르침에서 지혜를 얻고자 애쓴 여러 훌륭한 그리스도인들보다 예수에 관해 내가 더 많이 알고 있다고 감히 이야기할 수 없다. 다만 어떤 사람들에게는 믿음의 여정을 시작하는 출발점이 「도마복음서」를 포함해 가르침과 조언들이 가득한 여러 복음서와 바울 서신들, 그리고 거룩한 가치를 인정받고 있는 다른 글들이 될 수도 있다.[23]

존재의 바닥에서 솟구치는 시내와 같은 계시^{啟示}는 지금도 활발히 진행되고 있다. 그리고 예수가 그토록 전파하기를 원했던 복된 소식은 R. S. 토머스가 시 「출현」에서 노래했던 것처럼 끝없이 새로운 창조의 출현을 가져오고 있다.

우리는 이제 알기 시작하네
물질이 영혼의 발판임을.
시는 형태소^{形態素}와 음소^{音素}에서 나오고
단단한 바위로 빚은 수인^{囚人} 같은 조각의 형태.
그리하여
하나님을 감추고 또 조금씩 드러내는 것은
우리의 일상 속 벌어지는 단순한 사실과 자연스러운 일들이니.

---

23 이미 독자 여러분들이 눈치챘을 수 있지만, 종교 사상에 관한 내 지식의 상당 부분은 여러 시들을 비롯하여 성서의 「시편」과 일반 문학작품들을 통해서 얻은 것들이다.

『예수, 인간의 얼굴을 한 신』 끝